LA HISTORIA DEL LOCO

John Katzenbach

EDICIONES B
GRUPO ZETA

Barcelona • Bogotá • Buenos Aires • Caracas • Madrid • México D.F. • Montevideo • Quito • Santiago de Chile

Título original: *The Madman's Tale*

Traducción: Laura Paredes

1.ª edición: octubre 2004

2.ª reimpresión: abril 2006

© 2004 by John Katzenbach
© Ediciones B, S.A., 2004
    Bailén, 84 - 08009 Barcelona (España)
    www.edicionesb.com

Publicado por acuerdo con John Hawkins & Associates, Inc., New York.

ISBN: 84-666-1946-1

Impreso por Quebecor World

La historia del loco

John Katzenbach

Traducción de Laura Paredes

Querido lector,

En algún momento, a mitad del libro que estoy escribiendo, me viene de repente a la cabeza la idea del siguiente proyecto; desconectada, inconexa y, a veces, sin venir a cuento. De modo extraño, las ideas se me ocurren tal como a Francis Petrel, el protagonista y curioso narrador de *La historia del loco*. Francis está, por supuesto, como una cabra. Pero yo, por fortuna, no.

El gran desafío al que se enfrentan todos los escritores de novelas de suspense consiste en cómo distinguirse. A veces, da la impresión de que vivimos en un mundo donde la verdad está hecha a la medida de la conveniencia; lo que hoy parece un hecho mañana puede convertirse en una pregunta. Se parece un poco al mundo del hospital psiquiátrico donde mi personaje está recluido. Un lugar de delirios, fantasías y alucinaciones, donde, en el fondo, algo muy malvado amenaza los delgados hilos de la vida.

—¿Por qué son tan distintos sus libros? —preguntó el mismo alumno.
—No sé —contesté—. No me gusta contar la misma historia una y otra vez.

Por lo menos, *La historia del loco* es diferente: la historia de un asesinato que transcurre en un hospital a finales de la década de 1970 y que está narrada veinte años después, con lo que eso conlleva, por un esquizofrénico que lo presenció todo. ¿Y qué es lo que recuerda? Atrapado en un mundo de sueños alocados y pensamientos díscolos, Francis Petrel es el héroe más insólito que he creado, porque debe luchar contra un asesino implacable a la vez que lucha contra sí mismo.

Espero que *La historia del loco* le resulte una lectura tan absorbente como su escritura lo fue para mí.

Atentamente,

JOHN KATZENBACH

*Para Ray, que me ayudó
a contar esta historia mucho más
de lo que él supone*

PRIMERA PARTE

EL NARRADOR POCO FIABLE

1

Ya no oigo mis voces, de modo que ando un poco perdido. Sospecho que sabrían contar mucho mejor esta historia. Por lo menos, tendrían opiniones, sugerencias e ideas definidas sobre lo que debería ir al principio, al final y en medio. Me indicarían cuándo añadir detalles, cuándo omitir información superflua, qué es importante y qué es trivial. Después de tanto tiempo, no recuerdo muy bien las cosas y me resultaría muy útil su ayuda. Pasaron muchas cosas, y me cuesta saber dónde situar qué. Y a veces no estoy seguro de que algunos incidentes que recuerdo con claridad ocurrieran de verdad. Un recuerdo que parece sólido como una piedra, acto seguido me resulta tan vaporoso como una neblina. Ése es uno de los principales problemas de estar loco: nunca estás seguro de las cosas.

Durante mucho tiempo creí que todo había empezado con una muerte y terminado con otra, como un buen par de sujetalibros, pero ahora ya no estoy tan seguro. Quizá lo que realmente puso todo en movimiento tantos años atrás, cuando yo era joven y estaba loco de verdad, fue algo más insignificante o más efímero, como unos celos ocultos o una rabia reprimida, o más universal y permanente, como la posición de las estrellas en el cosmos, la fuerza de las mareas o el movimiento rotatorio del planeta. Sé que algunas personas murieron, y yo tuve la suerte de no unirme a ellas, lo que fue una de las últimas observaciones que hicieron mis voces antes de abandonarme para siempre.

Ahora, en lugar de su agotadora cacofonía, tengo medicamentos para prevenir su regreso. Una vez al día tomo diligentemente un psicotrópico, una pastilla oblonga de color azul que me deja la boca tan seca que, cuando hablo, sueno como un viejo fumador empedernido o como un sediento desertor de la Legión Extranjera que ha cruzado el Sáhara y suplica un sorbo de agua. Le sigue de inmediato un elevador del ánimo de sabor amargo para combatir la esporádica depresión perversa y suicida en la que, según dice mi asistente social, es probable que me suma en cualquier momento con independencia de cómo me sienta. De hecho, creo que podría entrar en su despacho dando botes de alegría y exaltación por el rumbo positivo de mi vida, y ella seguiría preguntándome si he tomado la dosis diaria. Esta pastillita cruel me estriñe y me hincha por retención de líquidos, como si llevara puesto un manguito de medir la tensión arterial ceñido en la cintura en lugar del brazo izquierdo. Así que tengo que tomar un diurético y también un laxante para aliviar esos síntomas. El diurético me provoca una migraña terrible, como si alguien especialmente cruel me golpeara la frente con un martillo; combato ese efecto secundario con analgésicos con codeína mientras corro hacia el lavabo para resolver el otro. Y, cada dos semanas, me inyectan un potente agente antipsicótico en el ambulatorio, donde me bajo los pantalones ante una enfermera que siempre sonríe de la misma forma y me pregunta en un tono idéntico cómo estoy, a lo que yo contesto que bien, tanto si lo estoy como si no, porque tengo bastante claro, incluso a través de las diversas nieblas de la locura, de cierto cinismo y de los fármacos, que le importa un comino pero lo considera parte de su trabajo. El problema es que el antipsicótico, que me impide toda clase de conducta maligna o despreciable, o al menos eso me dicen, también me produce un ligero temblor en las manos, como si fuera un nervioso defraudador que se enfrenta a un inspector de Hacienda. También me provoca un ligero rictus en las comisuras de los labios, de modo que tengo que tomar un relajante muscular para impedir que la cara se me convierta en una máscara que asuste a los niños del vecindario. Todos estos mejunjes me recorren a su aire las venas y me atacan varios órganos inocentes, y probablemente embotados, cuando se dirigen a calmar los irresponsables impulsos eléctricos que se me disparan en la cabeza como a muchos adolescentes revoltosos. A veces me siento como si mi imaginación fuera un dominó incontrolable que ha perdido de repente el equilibrio, se tambalea adelante y atrás y luego se desploma contra las demás fuerzas de mi cuerpo, lo que desata una potente reacción en cadena, *clic clic clic*, en mi interior.

Era más fácil, con mucho, cuando aún era joven y lo único que tenía que hacer era escuchar las voces. La mayoría de las veces ni siquiera eran tan malas. En aquella época solían ser tenues como ecos que se desvanecen por un valle, o como los susurros que se oyen cuando unos niños comparten un secreto en el cuarto de juegos, aunque cuando las cosas se ponían tensas su volumen aumentaba deprisa. Normalmente, mis voces no eran demasiado exigentes. Eran más bien sugerencias, consejos, preguntas perspicaces. A veces un poco rezongonas, como una tía abuela solterona con la que nadie sabe muy bien qué hacer en una comida familiar, pero que aun así es invitada y que, de vez en cuando, suelta algo grosero, disparatado o políticamente incorrecto, pero a la que nadie hace demasiado caso.

En cierto sentido, las voces me hacían compañía, en especial las muchas ocasiones en que no tenía amigos.

Tuve dos amigos, una vez, y fueron parte de la historia. Antes creía que eran la parte más importante, pero ya no estoy tan seguro.

A varios de los que conocí durante lo que me gusta considerar mis años de verdadera locura les fue peor que a mí. Sus voces les gritaban órdenes como los sargentos de instrucción de los marines, esos que llevan sombreros marrón verdoso de ala ancha y rígida calados hasta las cejas, de modo que por detrás se les puede ver la cabeza pelada. «¡Muévete! ¡Haz esto! ¡Haz lo otro!»

O peor: «Suicídate.»

O peor aún: «Mata a alguien.»

Las voces que chillaban a esos tipos procedían de Dios, de Jesús, de Mahoma, del perro del vecino, de su tío abuelo fallecido, de extraterrestres, de un coro de arcángeles o de un coro de demonios. Esas voces eran insistentes, imperativas e intransigentes y yo reconocía, por la rigidez que reflejaba la mirada de esas personas y la tensión que les agarrotaba los músculos, que oían algo bastante fuerte y machacón, y que rara vez auguraba nada bueno. En momentos así, me iba y esperaba cerca de la puerta o en el otro lado de la sala de estar común, porque era probable que ocurriera algo desafortunado. Se parecía a un consejo que recordaba del colegio, una de esas cosas curiosas que se te graban: en caso de terremoto, el mejor sitio para esconderse es el umbral de una puerta, porque la estructura de la abertura es arquitectónicamente más fuerte que una pared y hay menos riesgo de que se te derrumbe en la cabeza. Así pues, cuando veía que la turbulencia de otro paciente se volvía explosiva, encontraba el umbral donde tendría más probabilidades de supervivencia. Y, una vez ahí, escuchaba mis propias voces, que solían parecer cuidar de mí y casi siempre me advertían cuándo irme y esconderme. Tenían un curioso instinto de conservación, y si no les hubiese contestado en voz alta de modo tan obvio cuando era joven y aparecieron, jamás me habrían diagnosticado y recluido. Pero eso es parte de la historia, aunque no la más importante ni mucho menos. Aun así, las echo extrañamente de menos, porque ahora estoy muy solo.

Resulta muy duro, en los tiempos que vivimos, estar loco y ser de mediana edad.

O ya no estarlo, pero sólo mientras siga tomando las pastillas.

Ahora me paso los días en busca de movimiento. No me gusta llevar una vida sedentaria. Así que ando a paso rápido por la ciudad, desde los parques a las zonas comerciales e industriales, mirando y observando pero sin detenerme. O busco actividades en las que haya mucho movimiento ante mis ojos, como un partido de fútbol americano o de baloncesto. Si ocurre algo ajetreado delante de mí, puedo descansar. Si no, mis pies siguen adelante —cinco, seis, siete o más horas al día—. Una maratón diaria que me gasta las suelas y me mantiene delgado y vigoroso. En invierno calzo unas botas rígidas y repiqueteantes del Ejército de Salvación. El resto del año llevo zapatillas de deporte que obtengo en la tienda de material deportivo. Cada pocos meses, el propietario me pasa un par del cuarenta y cinco de algún modelo que ya no tiene salida, y así sustituyo el que se me ha quedado hecho jirones en los pies.

A principios de primavera, tras el primer deshielo, me dirijo hacia las cascadas, donde hay una escalera para peces, y cada día trabajo como voluntario para registrar el regreso del salmón a la cuenca del río Connecticut. Eso me exige observar cómo infinitos litros de agua fluyen por la presa, y ver de vez en cuando cómo un pez remonta la corriente, impulsado por un potente instinto de volver a su lugar de nacimiento, donde, en el mayor misterio, desovará a su vez y morirá. Admiro al salmón porque comprendo lo que significa ser empujado por fuerzas que los demás no pueden ver, sentir ni oír, y percibir la obligación de un deber más importante que uno mismo. Son peces psicóticos. Tras años de recorrer tan felices el ancho océano, oyen una poderosa voz interior que los impele a iniciar este viaje imposible hacia su propia muerte. Perfecto. Me gusta pensar que los salmones están tan locos como yo antes. Cuando veo uno, hago una anotación a lápiz en un formulario que me proporciona el Wildlife Service estatal y a veces susurro un saludo: «Hola, hermano. Bienvenido a la sociedad de los locos.»

Es fácil detectar a los peces, porque son esbeltos y tienen los costados plateados debido a sus largos viajes por el salado océano. Es una presencia brillante en el agua reluciente, invisible al ojo inexperto, casi como una fuerza invisible que pasa por la ventanita desde donde vigilo. Casi noto la llegada del salmón antes de que aparezca al pie de la escalera para peces. Contar peces es algo satisfactorio, aunque pueden pasar horas sin que llegue uno, y nunca hay los suficientes para complacer a los del Wildlife Service, que comprueban el número de los que han regresado y sacuden la cabeza, frustrados. Pero la ventaja de mi capacidad para detectarlos se traduce en otras. Mi jefe del Wildlife Service llamó a la policía local para informarle de que yo era totalmente inofensivo, aunque siempre me he preguntado cómo lo dedujo y tengo sinceras dudas sobre su veracidad general. De modo que me toleran en los partidos de fútbol y otros actos, y ahora, realmente, aunque no pueda decirse que sea bienvenido en esta antigua ciudad industrial, por lo menos soy aceptado. No se cuestiona mi rutina, y más que loco, me consideran excéntrico, lo que, como he averiguado con los años, es un estatus bastante seguro.

Vivo en un pequeño apartamento de un dormitorio gracias a un subsidio del Estado. Está amueblado en lo que yo llamo estilo moderno encontrado en la calle. Mi ropa procede del Ejército de Salvación o de alguna de mis dos hermanas menores, que viven a un par de ciudades de distancia y que, de vez en cuando, por algún extraño sentimiento de culpa que no comprendo, sienten la necesidad de hacer algo por mí vaciando los armarios de sus maridos. Me compraron un televisor de segunda mano que apenas veo y una radio que rara vez escucho. Me visitan cada pocas semanas para traerme comida casera, medio solidificada, en recipientes de plástico, y pasamos un rato hablando con incomodidad, sobre todo de mis padres, a quienes ya no les apetece demasiado verme porque soy un recordatorio de las esperanzas perdidas y la amargura que la vida puede proporcionar de modo tan inesperado. Lo acepto e intento mantener las distancias. Mis hermanas se ocupan del pago de las facturas de la calefacción y la luz. Se aseguran de que me acuerde de cobrar los escasos cheques que llegan desde diversos organismos estatales de ayuda. Comprueban que haya tomado toda la medicación. A veces lloran, creo, al ver lo cerca que vivo de la desesperación, pero ésa es la impresión que ellas tienen, no la mía, porque en realidad yo me siento bastante cómodo. Estar loco te proporciona una visión interesante de la vida. Sin duda, te lleva a aceptar mejor ciertas cosas que te ocurren, excepto las veces en que los efectos de la medicación se pasan un poco y me siento muy inquieto y enojado por el modo en que me ha tratado la vida.

Pero la mayoría del tiempo, aunque no sea feliz, por lo menos tengo conciencia de las cosas.

Y mi existencia tiene detalles fascinantes, como lo mucho que me he dedicado a estudiar la vida en esta ciudad. Resulta sorprendente cuánto he aprendido en mis recorridos diarios. Voy con los ojos abiertos y los oídos atentos y capto toda clase de informaciones. Desde que me dieron de alta del hospital, después de que pasaran en él todas las cosas que iban a pasar, me valgo de lo que aprendo, es decir, soy observador. Gracias a mis recorridos diarios he llegado a saber quién tiene una aventura escabrosa con qué vecino, qué marido se va de casa, quién bebe demasiado, quién pega a sus hijos. Sé qué negocios tienen dificultades y quién ha heredado dinero de sus padres o quién lo ha ganado con un billete de lotería agraciado. Descubro qué adolescente anhela una beca de fútbol americano o de baloncesto para ir a la universidad, y qué adolescente irá unos meses a visitar a alguna tía lejana para afrontar un embarazo indeseado. He llegado a saber qué policías te dan un respiro y cuáles son rápidos con la porra o las multas, según el caso. Y también hay todo tipo de observaciones menores que tienen que ver con quién soy y en quién me he convertido, como por ejemplo, la peluquera que al final del día me hace señas para que entre a cortarme el pelo —para estar más presentable durante mis recorridos diarios— y después me da cinco dólares de las propinas de la jornada, o el encargado del McDonald's local, que, cuando me ve pasar, me da una bolsa de hamburguesas y patatas fritas, y que sabe que me gustan los batidos de vainilla y no los de chocolate. Estar loco y caminar por la calle es la forma más clara de ver la naturaleza humana; puedes observar cómo la ciudad fluye, como hago con el agua en la escalera para peces.

Y no es que sea un inútil. Una vez vi abierta una puerta de una fábrica a una hora impropia y busqué a un policía, que se llevó todo el mérito por el robo que impidió. Pero la policía me entregó un certificado cuando anoté la matrícula de un conductor que tras atropellar a un ciclista se dio a la fuga una tarde de primavera. En otra ocasión actualicé eso de entre-ellos-se-conocen, cuando al cruzar un parque lleno de niños que jugaban me fijé en un hombre que me dio mala espina. Tiempo atrás, mis voces lo habrían observado y me habrían alertado, pero esta vez me encargué yo solo de mencionárselo a la joven maestra de preescolar que estaba leyendo una revista sentada en un banco a diez metros del cajón de arena y de los columpios sin prestar atención a los pequeños. Resultó que el hombre había salido de la cárcel hacía poco y era un delincuente sexual habitual.

Esa vez no me dieron ningún certificado, pero la maestra hizo que los niños me regalaran un dibujo de ellos mismos jugando y con la palabra «gracias» escrita con esa letra extraordinariamente alocada que tienen los niños antes de que los carguemos de razones y opiniones. Me llevé el dibujo a casa y lo colgué de la pared, sobre la cabecera de la cama, donde aún sigue. Mi vida es gris, y el dibujo me recuerda los colores que podría haber tenido si no hubiera seguido el camino que me condujo hasta aquí.

Éste es, más o menos, el resumen de mi existencia actual. Un hombre en la periferia de la cordura.

Y sospecho que me habría limitado a pasar el resto de mis días de este modo, sin haberme molestado en contar lo que sé sobre todos aquellos hechos que presencié, si no hubiera recibido una carta oficial.

Era un sobre sospechosamente grueso con mi nombre mecanografiado. Destacaba entre el habitual montón de folletos y de cupones de descuento de las tiendas de ultramarinos. No recibes demasiada correspondencia personal cuando vives tan aislado como yo, así que cuando llega algo fuera de lo corriente, te apresuras a examinarlo. Aparté el correo basura y abrí el sobre, lleno de curiosidad. Lo primero que observé fue que habían escrito bien mi nombre.

Estimado señor Francis X. Petrel:

Empezaba bastante bien. El problema de tener un nombre de pila que se comparte con el sexo opuesto es que genera confusión. Más de una vez he recibido cartas del seguro médico porque no dispone de los resultados de mi último frotis cervical o preguntando si me he hecho alguna mamografía. He dejado de intentar corregir estos errores informáticos.

El Comité de Conservación del Hospital Estatal Western le ha identificado como uno de los últimos pacientes que fueron dados de alta de esta institución antes de que cerrara sus puertas permanentemente hace unos veinte años. Como tal vez sepa, existe un proyecto para convertir parte de los terrenos del hospital en un museo y el resto cederlo para urbanizar. Como parte de ese esfuerzo, el Comité patrocina un «examen» de un día de duración del hospital, su historia, el importante papel que desempeñó en este Estado y el enfoque actual sobre el tratamiento de los enfermos mentales. Le invitamos a acudir el próximo día. Hay previstos seminarios, discursos y diversiones. Le adjuntamos un programa de actos provisional. Si puede asistir, le rogamos que se ponga en contacto lo antes posible con la persona indicada a continuación.

Eché un vistazo al teléfono y al nombre, cuyo cargo era copresidenta del Consejo de Conservación. Ojeé la información adjunta, que consistía en la lista de actividades previstas para ese día. Incluían, como decía la carta, discursos de políticos cuyos nombres reconocí, incluso el lugarteniente del gobernador y el líder de la oposición en el Senado. Habría grupos de debate, moderados por médicos e historiadores sociales de varias universidades cercanas. Me llamó la atención una sesión titulada «La realidad de la experiencia del hospital — Una presentación», seguida del nombre de alguien a quien pensé que podría recordar de mi época en el hospital. La celebración terminaría con un interludio musical a cargo de una orquesta de cámara.

Dejé la invitación en la mesa y la contemplé un momento. Mi primer impulso fue echarla al cubo de la basura, pero no lo hice. Volví a cogerla, la leí por segunda vez y fui a sentarme en mi mecedora, en un rincón de la habitación, para valorar la cuestión. Sabía que la gente celebra reencuentros sin cesar. Los veteranos de Pearl Harbor o del día D se reúnen. Los compañeros de curso de secundaria se ven tras una o dos décadas para observar las cinturas ensanchadas, las calvas o los pechos caídos. Las universidades utilizan los reencuentros como medio para arrancar fondos a licenciados que recorren con ojos llorosos los viejos colegios mayores adornados de hiedra recordando los buenos momentos y olvidando los malos. Los reencuentros son algo constante en el mundo normal. La gente intenta siempre revivir momentos que en su memoria son mejores de lo que fueron en realidad, evocar emociones que, en realidad, es mejor que permanezcan en el pasado.

Yo no. Una de las consecuencias de mi situación es sentir devoción por el futuro. El pasado es una confusión fugitiva de recuerdos peligrosos y dolorosos. ¿Por qué iba a querer regresar?

Y, aun así, dudaba. Contemplaba la invitación con una fascinación creciente. Aunque el Hospital Estatal Western estaba sólo a una hora de distancia, no había vuelto allí desde que me habían dado de alta. Dudaba que nadie que hubiera pasado un solo minuto tras sus puertas lo hubiera hecho.

Advertí que las manos me temblaban un poco. Quizá los efectos de la medicación empezaban a diluirse. De nuevo, me dije que debía echar la carta a la basura y salir a la calle. Aquello era peligroso. Inquietante. Amenazaba la muy cuidadosa existencia que me había construido. Pensé que debía caminar deprisa. Avanzar rápido. Cumplir mi rutina normal porque era mi salvación. Olvidarme de la carta. Y empecé a hacerlo, pero me detuve.

Cogí el teléfono y marqué el número de la presidenta. Oí dos tonos y luego una voz:

—¿Diga?

—Con la señora Robinson-Smythe, por favor —pedí con excesivo brío.

—Yo soy su secretaria. ¿De parte de quién?

—Me llamo Francis Xavier Petrel...

—Oh, señor Petrel, llama por lo del día del Western, ¿verdad?

—Exacto. Voy a asistir.

—Fantástico. Espere un momento que le paso la llamada.

Pero colgué, casi asustado de mi propia impulsividad. Salí a la calle y caminé lo más rápido que pude antes de tener la oportunidad de cambiar de opinión. Mientras recorría metros y metros de acera y dejaba atrás las fachadas de las tiendas y las casas de mi ciudad sin fijarme en ellas, me preguntaba si mis voces me habrían aconsejado que fuera. O que no.

Era un día demasiado caluroso para finales de mayo. Tuve que tomar tres autobuses distintos para llegar a la ciudad, y cada vez parecía que la mezcla de aire caliente y gases de motor era peor. El hedor mayor. La humedad más alta. En cada parada, me decía que volver era una absoluta equivocación, pero me negaba a seguir mi propio consejo.

El hospital estaba en las afueras de una pequeña ciudad universitaria de Nueva Inglaterra que poesía la misma cantidad de librerías que de pizzerías, restaurantes chinos o tiendas de ropa barata de estilo militar. Algunos negocios tenían, sin embargo, un carácter ligeramente iconoclasta, como la librería especializada en autoayuda y crecimiento espiritual, en que el dependiente tras el mostrador tenía el aspecto de haberse leído todos los libros de los estantes sin haber encontrado ninguno que lo ayudase, o un bar de *sushi* que parecía bastante desastrado, la clase de sitio donde era probable que el tipo que cortaba el pescado crudo se llamara Tex o Paddy y hablara con acento sureño o irlandés. El calor del día parecía emanar de las aceras, una calidez radiante como una estufa de una sola posición: temperatura infernal. Llevaba mi única camisa blanca desagradablemente pegada a la zona lumbar, y me habría aflojado la corbata si no hubiese tenido miedo de no poder recomponerme el nudo. Vestía mi único traje: un traje de lanilla azul para asistir a entierros, comprado de segunda mano en previsión de la muerte de mis padres, pero como ellos se obstinaban en conservar la vida, era la primera ocasión en que me lo ponía. No tenía ninguna duda de que sería un buen traje para que me enterraran con él ya que mantendría mis restos calientes en la tierra fría. Cuando llegué a la mitad de la colina en mi ascenso hacia los terrenos del hospital, ya juraba que sería la última vez que me lo pondría deliberadamente, por mucho que se enfureciesen mis hermanas cuando apareciera en el velatorio de nuestros padres en pantalones cortos y una camisa con un chillón estampado hawaiano. Pero ¿qué podrían decirme? Después de todo, soy el loco de la familia. Una excusa que justifica toda clase de comportamientos.

Por una curiosa y espléndida ironía arquitectónica, el Hospital Estatal Western se erigía en lo alto de una colina con vistas al campus de una famosa universidad femenina. Los edificios del hospital imitaban los del centro educativo, con mucha hiedra, ladrillos y marcos de ventana blancos en residencias rectangulares de tres y cuatro plantas, dispuestas alrededor de patios interiores con bancos y grupos de olmos. Siempre sospeché que ambos proyectos eran obra de los mismos arquitectos y que el contratista del hospital había burlado materiales a la universidad. Un cuervo que pasara volando habría supuesto que el hospital y la universidad eran más o menos la misma cosa. Sólo habría observado las diferencias si hubiese sido capaz de entrar en cada edificio.

La línea de demarcación física era un camino asfaltado de un solo carril, desprovisto de acera, que serpenteaba por un lado de la colina, con una zona de equitación en el otro, donde los estudiantes más ricachones de entre los ya ricachones, ejercitaban sus caballos. La cuadra y los obstáculos seguían allí, donde estaban la última vez que los vi veinte años atrás. Una solitaria amazona describía círculos por el recinto bajo el sol veraniego y espoleaba a su caballo al enfilar a los obstáculos. Como una cinta de Möbius. Oí los resuellos fuertes del animal mientras se esforzaba en medio del calor y vi una larga coleta rubia que salía del casco negro de la amazona. Tenía la camisa empapada de sudor, y las ijadas del caballo relucían. Ambos parecían ajenos a la actividad que tenía lugar colina arriba. Seguí avanzando hacia una carpa de rayas amarillas que habían plantado al otro lado del alto muro de ladrillo con la verja del hospital. Un cartel rezaba INSCRIPCIÓN.

Una mujer corpulenta y servicial situada tras una mesa me proporcionó una etiqueta con mi nombre y me la pegó en la chaqueta con una floritura. También me proveyó de una carpeta que contenía copias de numerosos artículos de periódicos en los que se detallaban los proyectos de urbanización de los antiguos terrenos del hospital: bloques de pisos y casas de lujo porque las tierras tenían vistas al valle y el río. Eso me resultó extraño. Con todo el tiempo que había pasado allí, no recordaba haber visto la línea azul del río en la distancia. Aunque, por supuesto, podría haber creído que era una alucinación. También había una breve historia del hospital y algunas fotografías granuladas en blanco y negro de pacientes que recibían tratamiento o pasaban el rato en las salas de estar. Repasé esas fotografías en busca de rostros familiares, incluido el mío, pero no reconocí a nadie, aunque los reconocí a todos. Todos éramos iguales entonces. Arrastrábamos los pies con diversas cantidades de ropa y medicación.

La carpeta contenía un programa de las actividades del día, y vi a varias personas que se dirigían hacia lo que, según recordaba, era el edificio de administración. La presentación prevista para esa hora estaba a cargo de un catedrático de historia y se titulaba «La importancia cultural del Hospital Estatal Western». Si tenemos en cuenta que los pacientes estábamos confinados en el recinto, y muy a menudo encerrados en las diversas unidades, me pregunté de qué podría hablar. Reconocí al lugarteniente del gobernador, que, rodeado de varios funcionarios, recibía a otros políticos estrechándoles la mano. Sonreía, pero yo no recordaba a nadie que hubiera sonreído cuando lo conducían a ese edificio. Era el sitio donde te llevaban primero, y donde te ingresaban. Al final del programa había una advertencia en letras mayúsculas que indicaba que varios edificios del hospital se encontraban en mal estado y era peligroso entrar en ellos. La advertencia conminaba a los visitantes a limitarse al edificio de administración y a los patios interiores por motivos de seguridad.

Avancé unos pasos hacia la cola de gente que iba a la conferencia y me detuve. Observé cómo la cola se reducía a medida que el edificio la devoraba. Entonces me volví y crucé deprisa el patio interior.

Me había dado cuenta de algo: no había ido allí para oír un discurso.

No tardé mucho en encontrar mi antiguo edificio. Podría haber recorrido el camino con los ojos cerrados.

Las rejas de metal que protegían las ventanas se habían oxidado; el tiempo y la suciedad habían bruñido el hierro. Una colgaba como un ala rota de una sola abrazadera. Los ladrillos exteriores también se habían decolorado y adquirido un tono marrón opaco. Los nuevos brotes de hiedra que crecían con la estación parecían agarrarse con poca energía a las paredes, descuidados, silvestres. Los arbustos que solían adornar la entrada habían muerto, y la gran doble puerta que daba acceso al edificio colgaba de unas jambas resquebrajadas y astilladas. El nombre del edificio, grabado en una losa de granito gris en la esquina, como una lápida, también había sufrido: alguien se había llevado parte de la piedra, de modo que las únicas letras que se distinguían eran MHERST. La *A* inicial era ahora una marca irregular.

Todas las unidades llevaban el nombre, no sin cierta ironía, de universidades famosas: Harvard, Yale, Princeton, Williams, Wesleyan, Smith, Mount Holyoke y Wellesley, y por supuesto la mía, Amherst. El nombre del edificio respondía al de la ciudad y la universidad, que a su vez respondía al de un soldado británico, lord Jeffrey Amherst, cuyo salto a la fama se produjo al equipar cruelmente a las tribus rebeldes de indios con mantas infectadas de viruela. Estos regalos lograron con rapidez lo que las balas, las baratijas y las negociaciones no habían conseguido.

Me acerqué a leer un cartel clavado a la puerta. La primera palabra era PELIGRO, escrita con letras grandes. Seguía cierta jerga del inspector de inmuebles del condado que declaraba ruinoso el edificio, lo que equivalía a condenarlo a la demolición. Iba seguido, con letras igual de grandes, de: PROHIBIDA TODA ENTRADA NO AUTORIZADA.

Lo encontré interesante. Tiempo atrás, parecía que quienes ocupaban el edificio eran los condenados. Jamás se nos ocurrió que las paredes, los barrotes y las cerraduras que limitaban nuestras vidas se encontrarían alguna vez en la misma situación.

Daba la impresión de que alguien había desoído la advertencia. Las cerraduras estaban forzadas con una palanca, un medio que carece de sutileza, y la puerta estaba entreabierta. La empujé con la mano, y se deslizó con un crujido.

Un olor a moho impregnaba el primer pasillo. En un rincón había un montón de botellas vacías de vino y cerveza, lo que explicaría la naturaleza de los visitantes furtivos: chicos de secundaria en busca de un sitio donde beber lejos de la mirada de sus padres. Las paredes estaban manchadas de suciedad y extraños eslóganes pintados con spray de distintos tonos. Uno decía: ¡LOS MALOS MANDAN! Supuse que era cierto. Las cañerías se habían desprendido del techo y de ellas goteaba una oscura agua fétida al suelo de linóleo. Los escombros y la basura, el polvo y la suciedad llenaban todos los rincones. Mezclado con el olor neutro de los años y el abandono se notaba el hedor característico a excrementos. Avancé unos pasos más, pero tuve que detenerme. Una placa de un tabique caída en mitad del pasillo bloqueaba el paso. Vi a mi izquierda la escalera que conducía a las plantas superiores, pero estaba llena de desechos. Quería recorrer la sala de estar común, a mi izquierda, y ver las salas de tratamiento, que ocupaban la planta baja. También quería ver las celdas del piso superior, donde nos encerraban cuando luchábamos contra nuestra medicación o nuestra locura, y los dormitorios, donde yacíamos como desdichados campistas en hileras de camas metálicas. Pero la escalera parecía inestable y temí que fuera a derrumbarse bajo mi peso.

No estoy seguro del rato que pasé allí, en cuclillas, escuchando los ecos de todo lo que había visto y oído tiempo atrás. Como en mi época de paciente, el tiempo parecía menos urgente, menos imperioso, como si la segunda manecilla del reloj avanzara muy despacio y los minutos pasaran a regañadientes.

Me acechaban los fantasmas de la memoria. Podía ver caras, oír sonidos. Los sabores y olores de la locura y la negligencia volvieron a mí en una oleada. Escuché mi pasado arremolinándose a mi alrededor.

Cuando el momento de la melancolía me invadió por fin, me incorporé y salí despacio del edificio. Me dirigí a un banco situado bajo un árbol, en el patio interior, y me senté para contemplar lo que había sido mi hogar. Me sentía exhausto y respiré el aire fresco con esfuerzo, más cansado de lo que me sentía después de mis paseos habituales por la ciudad. No desvié la mirada hasta que oí pasos en el camino.

Un hombre bajo y corpulento, un poco mayor que yo, con el cabello negro y lacio salpicado de canas, avanzaba deprisa hacia mí. Lucía una amplia sonrisa pero una ligera ansiedad en los ojos, y me dirigió un tímido saludo.

—Supuse que te encontraría aquí —dijo, resoplando debido al esfuerzo y el calor—. Vi tu nombre en la lista de inscripciones. —Se detuvo a unos pasos de distancia, vacilante—. Hola, Pajarillo —me dijo.

—*Bonjour*, Napoleón —contesté a la vez que me levantaba y le tendía la mano—. Nadie me ha llamado así en muchos, muchos años.

Me estrechó la mano. La suya estaba algo sudada y se agarraba con flojedad. Debía de ser por la medicación. Pero su sonrisa seguía ahí.

—Ni a mí —aseguró.

—Vi tu nombre en el programa. ¿Vas a dar un discurso?

—No me convence eso de ponerme delante de toda esa gente —dijo tras asentir—. Pero el médico que me trata está metido en el proyecto de urbanización y fue idea suya. Dijo que sería una buena terapia. Una demostración fehaciente de la ruta dorada hacia la recuperación total.

Dudé un momento y pregunté:

—¿Tú qué crees?

—Creo que es él quien está loco. —Napoleón se sentó en el banco y soltó una risita ligeramente histérica, un sonido agudo que unía nerviosismo y alegría, y que recordé de la época que pasamos juntos—. Por supuesto, va bien que la gente siga pensando que estás totalmente loco, porque así nunca puedes ponerte en una situación demasiado embarazosa —añadió, y yo sonreí. Era la clase de observación que sólo haría alguien que haya pasado un tiempo en un hospital psiquiátrico. Me recosté y ambos observamos el edificio Amherst. Él suspiró—. ¿Has entrado?

—Sí. Está hecho un desastre. A punto para el martillo de demolición.

—Yo ya lo pensaba entonces. Pero todo el mundo creía que era el mejor sitio del mundo. Por lo menos, eso me dijeron cuando me ingresaron. Un centro psiquiátrico avanzado. La mejor forma de tratar a los enfermos mentales en un entorno residencial. Menuda mentira. —Contuvo el aliento y añadió—: Una puta mentira.

—¿Es eso lo que vas a decirles? En el discurso, me refiero.

—No creo que sea lo que quieren oír —dijo tras sacudir la cabeza—. Es más sensato decirles cosas bonitas. Cosas positivas. Tengo prevista una serie de tremendas falsedades.

Me lo pensé un momento y sonreí.

—Eso podría ser un signo de salud mental —comenté.

—Espero que tengas razón —sonrió Napoleón.

Ambos guardamos silencio unos segundos.

—No les voy a hablar sobre los asesinatos —susurró con tono nostálgico—. Ni decirles una sola palabra sobre el Bombero o la fiscal, ni nada de lo que pasó al final. —Alzó los ojos hacia el edificio y añadió—: De todos modos, esa historia deberías contarla tú.

No respondí.

Napoleón guardó silencio un momento.

—¿Piensas en lo que pasó? —preguntó.

Negué con la cabeza, pero los dos sabíamos que era falso.

—A veces sueño con ello —expliqué—. Pero me resulta difícil recordar qué fue real y qué no.

—Es lógico —dijo, y añadió despacio—: ¿Sabes qué me preocupaba? Nunca supe dónde enterraban a las personas. Las que murieron cuando estábamos aquí. Quiero decir que estaban en la sala de estar o en los pasillos con todos los demás, y de repente estaban muertas. Pero ¿qué pasaba luego? ¿Te llegaste a enterar?

—Sí —respondí tras una pausa—. Había un pequeño cementerio improvisado en un extremo del hospital, hacia la arboleda situada detrás de administración y de Harvard. Pasado el jardincillo. Creo que ahora forma parte de un campo de fútbol juvenil.

—Me alegra saberlo —dijo Napoleón mientras se secaba la frente—. Siempre me lo había preguntado.

Estuvimos callados unos instantes y luego prosiguió:

—Ya sabes cómo detestaba averiguar cosas. Después, cuando nos dieron de alta y nos enviaron a ambulatorios para recibir el tratamiento y todos esos nuevos fármacos, ¿sabes qué detesté?

—¿Qué?

—Que el delirio al que me había aferrado durante tantos años no sólo no era un delirio, sino que ni siquiera era un delirio especial. Que no era la única persona que imaginaba ser la reencarnación de un emperador francés. De hecho, seguro que París está lleno de gente así. Detesté saber eso. En mi delirio me sentía especial. Único. Y ahora sólo soy un hombre corriente que tiene que tomar pastillas, sufre temblores en las manos todo el rato, sólo puede tener un empleo de lo más simple y cuya familia seguramente desearía que desapareciera. Me gustaría saber como se dice *joder* en francés.

—Bueno, personalmente, si te sirve de algo, siempre tuve la impresión de que eras un espléndido emperador francés —aseguré tras pensar un momento—. Y si hubieras sido tú quien dirigió las tropas en Waterloo, seguro que habrías ganado.

Napoleón soltó una risita.

—Siempre supimos que se te daba mejor que a los demás prestar atención al mundo que nos rodeaba, Pajarillo —dijo—. Le caías bien a la gente, aunque estuviera delirante y loca.

—Me alegra saberlo.

—¿Y el Bombero? Era amigo tuyo. ¿Qué fue de él? Me refiero a después.

—Se fue —contesté tras una pausa—. Solucionó todos sus problemas, se trasladó al sur y ganó mucho dinero. Formó una familia. Compró una casa grande, un coche potente. Todo le fue muy bien. Lo último que supe fue que dirigía una fundación benéfica. Sano y feliz.

—No me extraña —asintió Napoleón—. ¿Y la mujer que vino a investigar? ¿Se fue con él?

—No. Obtuvo una plaza de juez. Con toda clase de honores. Su vida fue maravillosa.

—Lo sabía. Era de prever.

Todo esto era mentira, por supuesto.

—Tengo que volver y prepararme para mi gran momento —dijo tras echar un vistazo al reloj—. Deséame suerte.

—Buena suerte —dije.

—Me ha gustado volver a verte —añadió Napoleón—. Espero que te vaya todo bien.

—Y yo a ti. Tienes buen aspecto.

—¿De veras? Lo dudo. Dudo que muchos de nosotros tengamos buen aspecto. Pero está bien. Gracias por decirlo.

Se levantó y yo hice lo mismo. Ambos volvimos la mirada hacia el edificio Amherst.

—Me alegraré cuando lo derriben —dijo Napoleón con súbita amargura—. Era un sitio peligroso y maligno, y en él no pasaban cosas buenas. —Se volvió hacia mí—. Tú estuviste ahí, Pajarillo. Lo viste todo. Cuéntalo.

—¿Quién querría escucharme?

—Puede que alguien. Escribe la historia. Puedes hacerlo.

—Algunas historias es mejor no escribirlas.

—Si la escribes, entonces será real —comentó Napoleón, y se encogió de hombros—. Si sólo la conservamos en nuestros recuerdos, es como si nunca hubiera pasado. Como si hubiera sido un sueño. O una alucinación propia de chalados. Nadie se cree lo que decimos. Pero si lo escribes, eso le dará, no sé, cierto fundamento. Lo volverá real.

—El problema de estar loco es que era muy difícil distinguir qué era verdad y qué no —dije sacudiendo la cabeza—. Eso no cambia sólo porque tomemos las pastillas suficientes para arreglárnoslas en el mundo con los demás.

—Tienes razón —sonrió Napoleón—. Pero también puede que no la tengas. No lo sé. Sólo sé que podrías contarlo y quizás algunas personas lo creerían, y eso ya estaría bastante bien. Entonces nadie nos creía. Ni siquiera con la medicación, nadie nos creía. —Volvió a echar un vistazo al reloj y movió los pies, nervioso.

—Deberías regresar —aconsejé.

—Tengo que regresar —repitió.

Estuvimos un momento, quietos, incómodos, hasta que por fin se dio la vuelta y se alejó. A medio camino, se giró y me dedicó el mismo saludo inseguro que al llegar.

—Cuéntalo —me gritó, y se alejó deprisa, un poco encorvado como era su costumbre.

Vi que las manos le temblaban de nuevo.

Ya había oscurecido cuando por fin regresé a mi casa y me encerré en la seguridad de aquel reducido espacio. Un cansancio nervioso parecía latirme en las venas, recorriéndolas junto con los glóbulos rojos y los glóbulos blancos. Encontrarme con Napoleón y oír cómo me llamaba por el apodo que recibí cuando ingresé en el hospital me había despertado emociones. Me planteé tomar más pastillas. Tenía unas que servían para calmarme si me ponía demasiado nervioso. Pero no lo hice. «Cuenta la historia», me había dicho.

—¿Cómo? —pregunté en voz alta en la quietud de mi hogar.

La habitación resonó a mi alrededor.

«No puedes contarlo», me dije.

Y entonces me pregunté por qué no.

Tenía bolígrafos y lápices, pero no papel.

Entonces tuve una idea. Por un segundo, me pregunté si era una de mis voces, que volvía, la que me lanzaba al oído una sugerencia rápida y una orden modesta. Me detuve, escuché con atención para distinguir los tonos inconfundibles de mis viejos guías entre los sonidos de la calle que se oían por encima del zumbido del aire acondicionado de la ventana. Pero me eludían. No sabía si estaban ahí o no. Pero estaba acostumbrado a la incertidumbre.

Cogí una silla algo arañada y raída y la situé contra la pared, al fondo de la habitación. Aunque no tenía papel, sí tenía unas paredes desnudas pintadas de blanco.

Si mantenía el equilibrio sobre la silla, podía llegar casi hasta el techo. Agarré un lápiz y escribí deprisa, con letra pequeña, comprimida pero legible:

Francis Xavier Petrel llegó llorando al Hospital Estatal Western en una ambulancia. Llovía con intensidad, anochecía deprisa, y tenía los brazos y las piernas atados. Con sólo veintiún años, estaba más asustado de lo que había estado en su corta y hasta entonces relativamente monótona vida...

2

Francis Xavier Petrel llegó llorando al Hospital Estatal Western en una ambulancia. Llovía con intensidad, anochecía deprisa, y tenía los brazos y las piernas atados. Con sólo veintiún años, estaba más asustado de lo que había estado en su corta y hasta entonces relativamente monótona vida.

Los dos hombres de la ambulancia habían guardado silencio durante el trayecto, salvo para mascullar quejas sobre lo impropio del tiempo para esa estación o para hacer comentarios mordaces sobre los demás conductores, ninguno de los cuales parecía alcanzar los niveles de excelencia que ellos poseían. La ambulancia había recorrido el camino a una velocidad moderada, sin luces intermitentes ni urgencia alguna. La forma en que ambos habían actuado tenía algo de rutinario, como si el viaje al hospital fuera sólo una parada más en medio de un día opresivamente normal y aburrido. Uno de ellos sorbía de vez en cuando una lata de refresco, y al hacerlo emitía un ruido parecido a un beso. El otro silbaba fragmentos de canciones populares. El primero llevaba patillas a lo Elvis. El segundo lucía una melena tupida como la de un león.

Podía haber sido un trayecto aburrido para los dos asistentes, pero para el joven tenso que iba en la parte posterior, que respiraba como si hubiera corrido un *sprint*, no era nada de eso. Cada sonido, cada sensación parecía indicarle algo más aterrador y amenazador. El rumor del limpiaparabrisas era como el redoble de un tambor agorero en el corazón de la selva. El murmullo de los neumáticos en la resbaladiza carretera era un canto de sirena desesperado. Hasta el sonido de su respiración trabajosa parecía resonar, como si estuviera metido en una tumba. Las sujeciones se le hincaban en la piel. Quería pedir ayuda, pero no conseguía emitir el sonido correcto. Lo único que le salía era un gargarismo de desesperación. Una idea se abrió paso a través de aquella sinfonía disonante: si sobrevivía a ese día, no era probable que viviera jamás uno peor.

Cuando la ambulancia se detuvo frente a la entrada del hospital, oyó que una de sus voces le advertía por encima del miedo: *Si no tienes cuidado, aquí te matarán.*

Los hombres de la ambulancia parecían ajenos al peligro inminente. Abrieron las puertas del vehículo con estrépito y sacaron sin la menor delicadeza a Francis en una camilla. Éste sintió la lluvia que le caía en la cara y se mezclaba con el sudor nervioso de su frente hasta que traspusieron unas puertas anchas y entraron en un mundo de luces brillantes e implacables. Lo empujaron por un pasillo y las ruedas de la camilla chirriaban contra el linóleo. Lo único que pudo ver al principio fue el techo gris marcado de hoyos. Era consciente de que había más personas en el pasillo, pero estaba demasiado asustado para volver la cabeza hacia ellas. Mantenía los ojos fijos en el aislamiento acústico del techo, y contaba la cantidad de fluorescentes que iba dejando atrás. Cuando llegó al cuarto, los camilleros se detuvieron.

Algunas personas más se habían situado delante de la camilla. Oyó unas palabras por encima de su cabeza:

—Muy bien, chicos. Nosotros nos encargaremos.

Entonces, una cara negra, inmensa y redonda, que mostraba una hilera de dientes irregulares en una amplia sonrisa, apareció sobre él. La cara coronaba una chaqueta blanca de auxiliar que parecía, a primera vista, varias tallas pequeña.

—Muy bien, señor Francis Xavier Petrel, no nos va a causar ningún problema, ¿verdad? —El negro imprimió un ligero tono cantarín a sus palabras, de modo que sonaron entre amenaza y diversión. Francis no supo qué responder.

Un segundo rostro negro entró de repente en su campo de visión al otro lado de la camilla, inclinado también hacia él.

—No creo que este chico vaya a crearnos ningún problema —dijo el segundo hombre—. En absoluto. Verdad, ¿señor Petrel? —Él también hablaba con un suave acento sureño.

Una voz le gritó al oído: *¡Diles que no!*

Intentó sacudir la cabeza, pero le costaba mover el cuello.

—No causaré ningún problema —dijo al fin. Sus palabras parecían tan duras como aquel día, pero se alegró de poder hablar. Eso lo tranquilizó un poco. A lo largo del día había temido que, de algún modo, fuera a perder toda capacidad de comunicación.

—Muy bien, señor Petrel. Vamos a bajarlo de la camilla. Después nos sentaremos con calma en una silla de ruedas. ¿Entendido? Pero aún no le voy a soltar las manos y los pies. Eso será después de que hable con el médico. Quizá le dé algo para que se calme. Para relajarlo. Ahora incorpórese, mueva las piernas hacia delante.

¡Haz lo que te dicen!

Lo hizo.

El movimiento lo mareó y se balanceó brevemente. Una mano enorme lo sujetó por el hombro. Se volvió y vio que el primer auxiliar era inmenso, cerca de dos metros de estatura y puede que unos ciento treinta quilos de peso. Tenía brazos muy musculosos y piernas como barriles. Su compañero, el otro negro, era un hombre enjuto y nervudo, empequeñecido a su lado. Llevaba perilla y un peinado afro que no lograba añadir demasiados centímetros a su modesta estatura. Los dos hombres lo depositaron en una silla de ruedas.

—Muy bien —dijo el pequeño—. Ahora lo llevaremos a ver al médico. No se preocupe. Las cosas pueden parecer desagradables, pésimas ahora mismo, pero pronto mejorarán. Puede estar seguro.

No se lo creyó. Ni una palabra.

Los dos auxiliares lo condujeron hasta una pequeña sala de espera. Una secretaria sentada tras una mesa metálica alzó la mirada cuando cruzaron la puerta. Parecía una mujer imponente, estirada, de más de mediana edad, vestida con un ajustado traje chaqueta azul, el cabello demasiado crespado, el delineador de ojos demasiado marcado y el brillo de labios ligeramente excesivo, lo que le confería un aspecto algo incongruente, entre bibliotecaria y prostituta callejera.

—Éste debe de ser el señor Petrel —dijo con brusquedad, aunque Francis supo al instante que no esperaba respuesta, porque ya la conocía—. Ya pueden pasar. El médico lo está esperando.

Le condujeron a un despacho. Era una habitación algo más agradable, con dos ventanas en la pared del fondo con vistas a un jardín. Se veía un roble mecido por el viento. Y, más allá del árbol, otros edificios, todos de ladrillo, con tejados de pizarra negra que se fundían con la penumbra del cielo. Delante de las ventanas había un enorme escritorio de madera. Un estante con libros en un rincón, varias sillas demasiado mullidas y una alfombra oriental de color rojo vivo sobre la moqueta gris que cubría el suelo creaban una zona de asiento a la derecha de Francis. Una fotografía del gobernador junto a un retrato del presidente Carter colgaban de la pared. Francis lo captó lo más rápido posible girando la cabeza a uno y otro lado. Pero sus ojos se detuvieron enseguida en el hombre menudo que se levantó de detrás de la mesa.

—Buenas tardes, señor Petrel. Soy el doctor Gulptilil —dijo, con una voz aguda, casi como de niño.

Era un hombre con sobrepeso, rollizo, sobre todo en los hombros y la barriga, bulboso como un globo al que se le ha dado forma. Era indio o pakistaní. Llevaba una reluciente corbata de seda roja y una camisa de un blanco luminoso, pero su traje gris, mal entallado, tenía los puños algo raídos. Parecía la clase de hombre que pierde interés en su aspecto a medio vestirse por la mañana. Llevaba unas gafas gruesas de montura negra, y el pelo, peinado hacia atrás, se le rizaba sobre el cuello de la camisa. Francis no pudo deducir si era joven o mayor. Observó que le gustaba subrayar sus palabras con movimientos de la mano, de modo que su conversación parecía la actuación de un director de orquesta con la batuta.

—Hola —dijo Francis, vacilante.

¡Ten cuidado con lo que dices!, le advirtió una de sus voces.

—¿Sabe por qué está aquí? —preguntó el médico. Parecía sentir verdadera curiosidad.

—No estoy muy seguro.

Gulptilil bajó la mirada a un expediente y examinó una hoja.

—Al parecer, ha asustado a algunas personas —indicó despacio—. Y parecen creer que necesita ayuda. —Tenía un ligero acento británico, un pequeño toque de anglicismo que era probable que los años en Estados Unidos hubieran erosionado. Hacía calor en la habitación, y uno de los radiadores siseaba bajo la ventana.

—Fue un error —respondió Francis—. No quería hacerlo. Las cosas se descontrolaron un poco. Fue un accidente. De verdad que sólo fue una equivocación. Ahora me gustaría volver a casa. Lo siento. Prometo portarme mejor. Mucho mejor. Sólo fue un error. No quería hacerlo. De verdad que no. Pido disculpas.

El médico asintió, pero no contestó precisamente a lo que Francis había dicho.

—¿Oye voces ahora? —quiso saber.

¡Dile que no!

—No.

—¿No?

—No.

¡Dile que no sabes de qué está hablando! ¡Dile que nunca has oído ninguna voz!

—No sé a qué se refiere con eso de las voces —aseguró Francis.

¡Muy bien!

—Me refiero a que usted oye hablar a personas que no están físicamente presentes. O tal vez oye cosas que los demás no pueden oír.

Francis negó con la cabeza.

—Eso sería una locura —comentó. Estaba ganando algo de confianza.

El médico examinó la hoja y volvió a alzar los ojos hacia Francis.

—Así que las muchas veces que los miembros de su familia le han observado hablando solo no son ciertas. ¿Por qué mentirían, pues?

Francis se movió inquieto mientras pensaba en la pregunta.

—¿Quizás están equivocados? —dijo, y la incertidumbre asomó a su voz.

—Lo dudo.

—No he tenido demasiados amigos —comentó Francis con cautela—. Ni en el colegio ni en el barrio. Los demás suelen dejarme solo. Así que he terminado hablando conmigo mismo. Puede que sea eso lo que han observado.

—¿Habla consigo mismo? —repuso el médico.

—Sí. Eso es —corroboró Francis, y se relajó un poco más.

Muy bien. Muy bien. Ten cuidado.

El médico echó otro vistazo al expediente. Exhibía una sonrisita en los labios.

—Yo también hablo conmigo mismo a veces —aseguró.

—Bueno. Ya lo ve —contestó Francis. Se estremeció y sintió una curiosa mezcla de calor y frío, como si el tiempo húmedo y crudo del exterior hubiera logrado seguirlo y hubiese superado el calor ardiente del radiador.

—Pero cuando lo hago no mantengo una conversación, señor Petrel. Es más bien un recordatorio, como «No olvides comprar un litro de leche», o una advertencia, como «¡Ay!» o «¡Mierda!» o, debo admitirlo, epítetos aún peores. No me dedico a preguntar y contestar a alguien que no está presente. Y eso, me temo, es lo que su familia dice que lleva haciendo usted desde hace años.

¡Ten cuidado con ésta!

—¿Eso han dicho? —replicó Francis con astucia—. Qué extraño.

—No tanto como se imagina, señor Petrel —dijo el médico y sacudió la cabeza.

Rodeó la mesa acortando la distancia entre ambos para terminar apoyándose en el borde, justo delante de Francis, confinado en la silla de ruedas, limitado por las ataduras de manos y piernas, pero igualmente por la presencia de los dos auxiliares, que no habían hablado ni se habían movido pero se mantenían justo detrás de él.

—Tal vez volvamos más tarde a esas conversaciones suyas, señor Petrel —dijo el doctor—. Porque no acabo de entender cómo puede tenerlas sin oír algo a cambio, y eso me preocupa de verdad.

¡Es peligroso, Francis! Es inteligente y no busca nada bueno. ¡Cuidado con lo que dices!

Francis asintió, y temió que el médico lo hubiese advertido. Se puso tenso y vio cómo Gulptilil hacía una anotación en la hoja con un bolígrafo.

—Intentemos otra cosa de momento, señor Petrel —prosiguió—. Hoy ha sido un día difícil, ¿no es así?

—Sí —contestó Francis. Supuso entonces que sería mejor añadir algo porque el médico se limitó a mirarlo fijamente—. Tuve una discusión. Con mis padres.

—¿Una discusión? Sí. Por cierto, señor Petrel, ¿puede decirme qué fecha es hoy?

—¿La fecha?

—Correcto. La fecha de esta discusión que tuvo usted hoy.

Pensó un buen momento. Luego miró por la ventana y vio que el árbol se doblaba bajo el viento, con movimientos espasmódicos, como si un titiritero oculto le manipulara las extremidades. Las ramas tenían unos brotes, así que hizo algunos cálculos mentales. Se concentró mucho, y esperaba que una de las voces supiera la respuesta, pero de repente estaban, como era su irritante costumbre, silenciosas. Echó un vistazo alrededor con la esperanza de encontrar un calendario u otra señal que pudiera ayudarlo, pero no vio nada. Volvió la mirada a la ventana para observar cómo se movía el árbol. Luego miró al médico y vio que éste esperaba pacientemente la respuesta, como si hubieran transcurrido varios minutos desde su pregunta. Francis inspiró hondo.

—Lo siento... —empezó.

—¿Se ha distraído? —preguntó el médico.

—Le pido disculpas.

—Parecía estar en otro sitio —comentó el médico—. ¿Le ocurre con frecuencia?

¡Dile que no!

—No. En absoluto.

—¿De veras? Me sorprende. En cualquier caso, señor Petrel, iba a decirme algo.

—¿Me había hecho una pregunta? —repuso Francis, enojado consigo mismo por haber perdido el hilo de la conversación.

—La fecha, señor Petrel.

—Creo que es quince de marzo —respondió Francis con seguridad.

—Ah, los idus de marzo. Momento de traiciones famosas. Lástima, pero no. —Negó con la cabeza—. Pero ha estado cerca, señor Petrel. ¿Y el año?

Francis hizo más cálculos mentales. Sabía que tenía veintiún años y que su cumpleaños había sido el mes anterior, de modo que dedujo:

—Mil novecientos setenta y nueve.

—Bien —contestó el doctor—. Excelente. ¿Y a qué día estamos?

—¿Qué día?

—¿Qué día de la semana, señor Petrel?

—Estamos a... sábado.

—No. Lo siento. Hoy es miércoles. ¿Podrá recordarlo un rato?

—Sí. Miércoles. Por supuesto.

—Y ahora volvamos a esta mañana —pidió el médico, y se frotó el mentón con la mano—, con su familia. Fue algo más que una discusión, ¿no es así, señor Petrel?

¡No! ¡Fue lo mismo de siempre!

—No creo que fuera tan especial...

—¿De veras? —El médico abrió los ojos con una ligera nota de sorpresa—. Qué curioso, señor Petrel. Porque el informe de la policía local indica que amenazó a sus dos hermanas y que después anunció que iba a suicidarse. Que la vida no valía la pena y que odiaba a todo el mundo. Y luego, cuando su padre le hizo frente, también lo amenazó, lo mismo que a su madre, aunque no con atacarlos sino con algo igual de peligroso. Dijo que quería que todo el mundo desapareciera. Creo que ésas fueron sus palabras exactas. Y el informe asegura además, señor Petrel, que fue a la cocina de la casa donde vive con sus padres y sus dos hermanas menores y tomó un cuchillo grande, el cual blandió en su dirección de tal manera que ellos creyeron que iba a atacarlos. Luego lo lanzó contra la pared. Y después, cuando la policía llegó a su casa, se encerró en su habitación y se negó a salir, pero desde el pasillo le oían hablar en voz alta, discutiendo, cuando de hecho no había nadie con usted. Tuvieron que derribar la puerta, ¿no es así? Y, por fin, forcejeó con los policías y con los auxiliares de la ambulancia que intentaban ayudarlo, por lo que uno de ellos necesitó incluso ser atendido. ¿Es ése un breve resumen de los hechos de hoy, señor Petrel?

—Sí —contestó con tristeza—. Siento lo del policía. Un puñetazo mío le acertó sin querer en el ojo. Sangró mucho.

—Eso fue una suerte para usted y para él —dijo Gulptilil.

Francis asintió.

—Tal vez ahora podría explicarme por qué pasaron hoy estas cosas, señor Petrel.

¡No le digas nada! ¡Van a usar en tu contra hasta la última palabra que digas!

Francis miró otra vez por la ventana en busca del horizonte. Detestaba la pregunta «por qué». Lo había perseguido toda la vida. ¿Por qué no tienes amigos? ¿Por qué no te llevas bien con tus hermanas? ¿Por qué no puedes lanzar bien una pelota o estar tranquilo en clase? ¿Por qué no prestas atención cuando te habla el profesor, o el jefe de los *scouts*, o el sacerdote de la parroquia, o los vecinos? ¿Por qué te escondes siempre de los demás? ¿Por qué eres diferente, Francis, cuando lo único que queremos es que seas igual? ¿Por qué no puedes conservar un empleo? ¿Por qué no puedes estudiar? ¿Por qué no puedes alistarte en el ejército? ¿Por qué no puedes comportarte? ¿Por qué no hay quien te ame?

—Mis padres creen que tengo que hacer algo con mi vida. Eso fue lo que provocó la discusión.

—¿Es consciente, señor Petrel, de que obtuvo muy buenos resultados en sus estudios? Excelentes, por extraño que parezca. Quizá sus esperanzas no fueran tan infundadas.

—Supongo que no.

—¿Por qué discutió entonces?

—Una conversación así nunca es tan razonable como se cuenta después —respondió Francis, y eso hizo sonreír al doctor.

—Ah, señor Petrel, supongo que tiene razón en eso. Pero no entiendo cómo esta discusión subió tanto de tono.

—Mi padre estaba resuelto.

—Usted lo golpeó, ¿verdad?

¡No admitas nada! ¡Él te golpeó antes! ¡Di eso!

—Él me golpeó antes —obedeció Francis.

Gulptilil hizo otra anotación. Francis se revolvió en el asiento. El médico alzó los ojos hacia él.

—¿Qué está escribiendo? —quiso saber Francis.

—¿Importa eso?

¡No permitas que te toree! ¡Averigua qué está escribiendo! ¡No será nada bueno!

—Sí. Quiero saber qué está escribiendo.

—Sólo son unas notas sobre nuestra conversación.

¡Insiste!

—Creo que debería enseñarme lo que está escribiendo. Creo que tengo derecho a saber qué está escribiendo.

El médico no respondió, así que Francis prosiguió.

—Estoy aquí, he contestado sus preguntas y ahora yo le hago una. ¿Por qué está escribiendo cosas sobre mí sin enseñármelas? No es justo.

Se removió y tiró de las ataduras que lo sujetaban. Notaba que el calor de la habitación aumentaba, como si hubieran subido la calefacción de golpe. Forcejeó un momento para intentar liberarse, pero no lo consiguió. Inspiró hondo y volvió a desplomarse en el asiento.

—¿Está nervioso? —preguntó el médico tras unos instantes de silencio. Era una pregunta que no requería respuesta.

—Eso no es justo —repitió Francis, intentando infundir tranquilidad a su voz.

—¿Es importante la justicia para usted?

—Sí. Por supuesto.

—Sí, quizá tenga razón en eso, señor Petrel.

De nuevo guardaron silencio. Francis oía sisear el radiador y pensó que quizás era la respiración de los auxiliares, que seguían a sus espaldas. Se preguntó si una de sus voces podría estar intentando captar su atención susurrándole algo tan bajo que le costaba oírlo. Se inclinó hacia delante, como para escuchar mejor.

—¿Suele impacientarse cuando las cosas no le salen como quiere?

—¿No le pasa a todo el mundo?

—¿Cree que debería lastimar a la gente cuando las cosas no salen como a usted le gustaría, señor Petrel?

—No.

—Pero se enfada.

—Todo el mundo se enfada a veces.

—Ah, señor Petrel, en eso tiene toda la razón. Sin embargo, el modo en que reaccionamos a nuestro enfado es fundamental, ¿no? Creo que deberíamos volver a hablar. —El médico se había inclinado hacia él para imprimir algo de complicidad a su actitud—. Sí, creo que serán necesarias más conversaciones. ¿Sería eso aceptable para usted, señor Petrel?

No contestó. Era como si la voz del médico se hubiera apagado, como si alguien le hubiera bajado el volumen o como si sus palabras le llegaran desde una gran distancia.

—¿Puedo llamarte Francis? —preguntó el médico.

De nuevo no respondió. No se fiaba de su voz, porque empezaba a mezclarse con las emociones que le crecían en el pecho.

—Dime, Francis —preguntó Gulptilil tras observarlo un instante—, ¿recuerdas lo que te pedí que recordaras hace un rato, durante nuestra conversación?

Esta pregunta pareció devolverlo a la habitación. Alzó los ojos hacia el médico, que exhibía una mirada inquisitiva.

—¿Cómo?

—Te he pedido que recordaras algo.

—No me acuerdo —soltó Francis con brusquedad.

—Pero tal vez podrías recordarme a qué día de la semana estamos —dijo el médico con la cabeza ligeramente ladeada.

—¿Qué día?

—Sí.

—¿Es importante?

—Imaginemos que lo es.

—¿Está seguro de habérmelo preguntado antes? —Francis procuraba ganar tiempo, porque aquel simple dato parecía de repente eludirlo, como si se escondiera tras una nube en su interior.

—Sí —contestó el doctor—. Estoy seguro. ¿A qué día estamos?

Francis se lo pensó, mientras se debatía con la ansiedad que de repente se encaramaba a sus demás pensamientos. Ojalá alguna de sus voces acudiera en su ayuda, pero siguieron silenciosas.

—Creo que es sábado —aventuró con cautela. Pronunció cada palabra despacio, vacilante.

—¿Estás seguro?

—Sí —contestó con escasa convicción.

—¿No recuerdas que yo te hubiera dicho que era miércoles?

—No. No sería correcto. Es sábado. —La cabeza le daba vueltas, como si aquellas preguntas le obligaran a correr en círculos concéntricos.

—No —corrigió el médico—. Pero no tiene importancia. Te quedarás un tiempo con nosotros, Francis, y tendremos oportunidad de volver a hablar sobre estos temas. Estoy seguro de que en el futuro recordarás mejor las cosas.

—No quiero quedarme —contestó Francis, sintiendo un pánico repentino mezclado con desesperación—. Quiero irme a casa. De verdad, creo que me están esperando. Se acerca la hora de cenar, y mis padres y hermanas quieren que todo el mundo esté en casa entonces. Es la norma de la casa, ¿sabe? Tienes que estar a las seis, con la cara y las manos lavadas. Nada de ropa sucia si has estado jugando fuera. Preparados para bendecir la mesa. Tenemos que bendecir la mesa. Siempre lo hacemos. Algunos días me toca a mí. Tenemos que dar gracias a Dios por la comida que tenemos en la mesa. Creo que hoy me toca. Sí, estoy seguro. De modo que tengo que irme; no puedo llegar tarde.

Notaba cómo las lágrimas le anegaban los ojos y los sollozos le entrecortaban las palabras. Esas cosas le pasaban a un reflejo exacto de él, no a él, que estaba algo distanciado del Francis real. Luchó para que todas esas partes de él mismo se reunieran en una sola, pero era difícil.

—¿Quizá quieras hacerme alguna pregunta? —dijo Gulptilil con delicadeza.

—¿Por qué no puedo volver a casa? —tosió la pregunta entre lágrimas.

—Porque la gente te tiene miedo, Francis, y porque asustas a la gente.

—¿Qué clase de sitio es éste?

—Un sitio donde te ayudaremos —aseguró el médico.

¡Mentira! ¡Mentira! ¡Mentira!

Gulptilil dirigió la mirada a los dos auxiliares y les dijo:

—Señor Moses, por favor, lleve con su hermano al señor Petrel al edificio Amherst. Aquí tiene una receta con la medicación y algunas instrucciones adicionales para las enfermeras. Deberá estar por lo menos treinta y seis horas en observación antes de que se planteen pasarlo a la sala abierta. —Entregó el expediente al más bajo de los hombres que flanqueaban a Francis.

—Muy bien, doctor —asintió el auxiliar.

—Sí, doctor —respondió su enorme compañero, que se puso tras la silla de ruedas y la empujó con rapidez. El movimiento mareó a Francis, que contuvo los sollozos que le sacudían el pecho—. No tenga miedo, señor Petrel. Pronto se arreglará todo. Cuidaremos bien de usted —susurró el hombretón.

Francis no lo creyó.

Le condujeron de vuelta a la sala de espera, con las lágrimas resbalándole por las mejillas y las manos temblorosas bajo las sujeciones. Se retorcía en la silla para llamar la atención de los auxiliares.

—Por favor —rogó lastimeramente, con la voz quebrada por una mezcla de miedo y tristeza sin límite—, quiero ir a casa. Me están esperando. Es donde quiero estar. Llévenme a casa, por favor.

El auxiliar pequeño tenía el rostro tenso, como si le doliese oír las súplicas de Francis.

—Todo va a ir bien, ¿me oyes? —repitió con una mano en el hombro de Francis—. Tranquilo... —Le hablaba como si fuera un niño.

Los sollozos sacudían a Francis, procedentes de una parte muy profunda de su ser. Se detuvieron en la sala de espera donde la secretaria estirada alzó los ojos con una expresión impaciente e implacable.

—¡Silencio! —ordenó a Francis, que se tragó otro sollozo y tosió.

Al hacerlo, echó un vistazo alrededor de la habitación y vio a dos policías estatales uniformados, con chaqueta gris y pantalones de montar azules remetidos en relucientes botas marrones de caña alta. Ambos eran la imagen robusta, alta y esbelta de la disciplina, con el pelo cortado al uno y el sombrero de ala rígida un poco inclinado. Los dos llevaban un cinturón tan pulido como un espejo, y un revólver enfundado a la cintura. Pero quien llamó la atención de Francis fue el hombre al que flanqueaban.

Era más bajo que los policías, pero corpulento. Francis supuso que tendría unos treinta años. Adoptaba una postura lánguida y relajada, con las manos esposadas delante, pero su lenguaje corporal parecía minimizar la función de las esposas, como si sólo fueran un leve inconveniente. Llevaba puesto un holgado mono azul marino con las palabras MCI-BOSTON bordadas en amarillo sobre el bolsillo superior derecho, y un par de zapatillas de deporte viejas y sin cordones. El pelo castaño, bastante largo, le sobresalía por debajo de una gorra de los Boston Red Sox manchada de sudor, y lucía barba de dos días. Lo que más impresionó a Francis fueron sus ojos, porque iban de un lado a otro de la habitación, más atentos y observadores que la pose relajada que adoptaba, para captar muchas cosas lo más rápido posible. Poseían algo profundo que Francis notó de inmediato, a pesar de su propia angustia. No supo definirlo, pero era como si aquel hombre percibiese algo indescriptiblemente triste situado fuera del alcance de su vista, de modo que lo que veía, oía o presenciaba estaba teñido por este dolor oculto. Fijó esos ojos en Francis y logró esbozar una sonrisita comprensiva, que pareció hablarle directamente.

—¿Estás bien, chico? —preguntó con un leve acento irlandés de Boston—. ¿Tan mal te van las cosas?

—Quiero irme a casa —explicó Francis a la vez que meneaba la cabeza—, pero dicen que tengo que quedarme aquí. —Acto seguido, preguntó espontáneamente en tono lastimero—: ¿Puedes ayudarme, por favor?

—Supongo que aquí hay más de uno que querría irse a casa y no puede —dijo el hombre, inclinándose un poco hacia el joven—. Yo mismo me incluyo en esa categoría.

Francis alzó la mirada hacia él. No sabía muy bien por qué, pero su tono calmado lo tranquilizó.

—¿Puedes ayudarme? —repitió.

—No sé qué puedo hacer —dijo el hombre con una sonrisa, medio indiferente y medio triste—, pero lo intentaré.

—¿Me lo prometes? —lo urgió Francis.

—De acuerdo. Te lo prometo.

El joven se recostó en la silla y cerró los ojos.

—Gracias —susurró.

La secretaria interrumpió la conversación con una orden a uno de los auxiliares negros:

—Señor Moses, este caballero es el señor... —Vaciló tras señalar al hombre del mono y decidió continuar como si omitiera adrede el nombre—. Es el caballero del que hablamos antes. Estos policías lo acompañarán a ver al médico, pero vuelvan enseguida para llevarlo a su nuevo alojamiento. —Pronunció esta palabra con una pizca de sarcasmo—. Mientras tanto, instalen al señor Petrel en Amherst. Lo están esperando.

—Sí, señora —dijo el negro corpulento, como si le tocara hablar, aunque los comentarios de la mujer iban dirigidos al otro auxiliar—. Lo que usted diga.

El hombre del mono volvió a mirar a Francis.

—¿Cómo te llamas? —preguntó.

—Francis Petrel.

—Petrel es un nombre bonito. —Sonrió—. Así se llama un pajarillo marino, común en Cape Cod. Son los pájaros que se ven sobrevolando las olas las tardes de verano, sumergiéndose en el agua y levantando el vuelo. Unos animales muy bonitos. Mueven con rapidez sus alas blancas y planean sin esfuerzo. Deben de tener muy buena vista para detectar un lanzón o un menhaden en el agua. Un pájaro poético, sin duda. ¿Puedes volar así, Francis?

El joven sacudió la cabeza.

—Vaya —exclamó el hombre del mono—. Pues tal vez deberías aprender. Sobre todo si te van a encerrar en este acogedor sitio mucho tiempo.

—¡Silencio! —interrumpió uno de los policías con una brusquedad que hizo sonreír al hombre.

—¿O qué? —le replicó.

El policía no contestó, aunque enrojeció, y el hombre volvió a girarse hacia Francis sin hacer caso de la orden.

—Francis Petrel. Pajarillo. Eso me gusta más. Tómatelo con calma, Pajarillo, y volveré a verte pronto. Te lo prometo.

Francis fue incapaz de contestar, pero percibió un mensaje de ánimo en aquellas palabras. Por primera vez desde que esa horrible mañana había empezado con tantas voces, gritos y recriminaciones, sintió que no estaba totalmente solo. Era como si el ruido y el estruendo constante que había oído todo el día se hubiera reducido, como si hubieran bajado el volumen demencial de una radio. Algunas de sus voces le murmuraron una aprobación de fondo, y se relajó un poco. Pero no tuvo tiempo de reflexionar al respecto, porque se lo llevaron con brusquedad hacia el pasillo y la puerta se cerró con estrépito a sus espaldas. Una corriente fría le hizo estremecerse y le recordó que, a partir de ese momento, su vida había cambiado radicalmente y todo lo que iba a experimentar sería inaprensible y nuevo. Tuvo que morderse el labio inferior para impedir que volvieran a aflorarle las lágrimas, y tragó saliva para mantenerse en silencio y dejarse llevar con diligencia desde la zona de recepción hacia las profundidades del Hospital Estatal Western.

3

La luz tenue de la mañana se deslizaba por los tejados vecinos e in-sinuaba su llegada a mi reducido apartamento. Situado frente a la pared, vi todo lo que había escrito la noche anterior en un largo y único párrafo. Mi escritura era muy apretada, como nerviosa. Las palabras discurrían en líneas titubeantes, como un campo de trigo recorrido por un soplo de viento. Me pregunté si había tenido realmente tanto miedo el día que llegué al hospital. La respuesta era fácil: sí. Y mucho más de lo que había escrito. La memoria suele nublar el dolor. La madre olvida la agonía del parto cuando le ponen al bebé en los brazos, el soldado ya no recuerda el dolor de sus heridas cuando el general le pone la medalla en el pecho y la banda toca una marcha militar. ¿Había escrito la verdad sobre lo que vi? ¿Capté bien los detalles? ¿Ocurrió tal como lo recordaba?

Tomé el lápiz, me arrodillé en el suelo, en el lugar donde había terminado mi primera noche ante la pared. Vacilé y escribí:

Francis Petrel despertó cuarenta y ocho horas después en una deprimente celda de aislamiento gris, embutido en una camisa de fuerza. El corazón le latía acelerado, se notaba la lengua espesa y ansiaba beber algo frío y tener algo de compañía...

Francis Petrel despertó cuarenta y ocho horas después en una deprimente celda de aislamiento gris, embutido en una camisa de fuerza. El corazón le latía acelerado, se notaba la lengua espesa y ansiaba beber algo frío y tener algo de compañía. Yacía rígido en la cama metálica con un colchón delgado y manchado, con la mirada puesta en el techo que cerraba las paredes acolchadas de color arpillera, mientras efectuaba un modesto inventario de su persona y su entorno. Movió los dedos de los pies, se pasó la lengua por los labios resecos y se contó cada latido del pulso hasta que notó que se calmaba. Los fármacos que le habían inyectado le hacían sentir sepultado o, como mínimo, cubierto de una sustancia densa. Había una sola bombilla blanca, que relucía en una rejilla metálica sobre su cabeza, lejos de su alcance, y el brillo le lastimaba los ojos. Debería tener hambre, pero no era así. Forcejeó con las sujeciones, en vano. Decidió pedir ayuda, pero antes se susurró a sí mismo:

—¿Todavía estáis ahí?

Hubo un momento de silencio.

Luego oyó varias voces hablando todas a la vez, tenues, como sofocadas con una almohada:

Estamos aquí. Todavía estamos aquí.

Eso lo tranquilizó.

Tienes que conservarnos ocultas, Francis.

Asintió. Parecía algo obvio. Sentía un dilema interior, casi como un matemático que ve que una ecuación complicada en una pizarra podría tener varias soluciones posibles. Las voces que lo habían guiado también lo habían metido en ese aprieto, y no le cabía duda de que tenía que mantenerlas ocultas en todo momento si quería salir alguna vez del Hospital Estatal Western. Mientras pensaba en ello, oía los sonidos familiares de todas las personas que habitaban en su imaginación. Cada una de esas voces tenía su personalidad: una voz de exigencia, una voz de disciplina, una voz de concesión, una voz de preocupación, una voz que advertía, una voz que calmaba, una voz de duda, una voz de decisión. Todas tenían sus tonos y sus temas; había llegado a saber cuándo debía esperar una u otra, según la situación en que se encontrase. Desde su airada confrontación con su familia y la llegada de la policía y la ambulancia, las voces le habían reclamado su atención. Pero ahora tenía que esforzarse para oírlas, y la concentración le hacía fruncir el entrecejo.

Pensó que, en cierto modo, eso formaba parte de organizarse.

Permaneció en aquella cama incómoda otra hora, percibiendo la estrechez de la habitación, hasta que la ventanita de la puerta se abrió con un chirrido. Desde su posición, podía verla si se incorporaba como un atleta haciendo abdominales, una postura difícil de mantener más de unos segundos debido a la camisa de fuerza. Vio primero un ojo y después otro que lo observaban, y logró pronunciar un débil: «¿Hola?»

Nadie contestó y la ventanita se cerró de golpe.

Treinta minutos después, según sus cálculos, se abrió de nuevo. Intentó saludar otra vez, y esta vez pareció funcionar porque segundos después oyó una llave en la cerradura. La puerta se abrió, y el negro grandullón entró en la celda. Sonreía como si lo hubieran pillado en mitad de una broma, y saludó a Francis de una forma afable.

—¿Cómo te encuentras hoy, Francis? —preguntó—. ¿Has conseguido dormir? ¿Tienes hambre?

—Tengo sed —dijo Francis con voz ronca.

—Es por la medicación que te dieron —repuso el auxiliar—. Te deja la lengua espesa, como si la tuvieras hinchada, ¿verdad?

Francis asintió. El auxiliar salió al pasillo y volvió con un vaso de agua. Se sentó al borde de la cama y sostuvo a Francis como si fuera un niño enfermo para que se la bebiera. Estaba tibia, casi salobre, con un ligero sabor metálico, pero en ese momento la mera sensación de que le bajara por la garganta y aquel brazo que lo sostenía tranquilizaron a Francis más de lo que habría esperado. El negro debió de darse cuenta, porque aseguró en voz baja:

—Todo irá bien. Pajarillo. Así es como te llamó el otro nuevo, y creo que es un buen apodo. Este sitio es un poco duro al principio, uno tarda en acostumbrarse, pero estarás bien. Estoy seguro. —Lo recostó en la cama y añadió—: El médico vendrá a verte enseguida.

Unos segundos después, Francis vio la forma rolliza del doctor Gulptilil en el umbral.

—¿Cómo se encuentra hoy, señor Petrel? —preguntó con una sonrisa y su ligero acento británico.

—Estoy bien —respondió Francis. No sabía qué otra cosa decir. Sus voces le advertían que tuviera mucho cuidado. De nuevo sonaban más tenues de lo habitual, casi como si le gritaran desde el otro lado de un ancho abismo.

—¿Recuerda dónde está? —preguntó el médico.

—En un hospital.

—Sí —corroboró el médico con una sonrisa—. Eso no es difícil de suponer. ¿Pero recuerda cuál? ¿Y cómo llegó aquí?

Francis se acordaba. El mero hecho de responder preguntas despejó parte de la niebla que le oscurecía la visión.

—Estoy en el Hospital Estatal Western —dijo—. Y llegué en una ambulancia después de una discusión con mis padres.

—Muy bien. ¿Y recuerda en qué mes estamos? ¿Y el año?

—Todavía estamos en marzo, creo. De 1979.

—Excelente. —El médico pareció satisfecho—. Diría que hoy está un poco más orientado. Creo que podremos ponerlo fuera de aislamiento y sujeción, y empezar a integrarlo en la unidad. Es lo que había esperado.

—Me gustaría irme a casa —dijo Francis.

—Lo siento, señor Petrel. Eso aún no es posible.

—No quiero quedarme aquí —insistió el joven. Parte del temblor que había marcado su voz el día anterior amenazaba con reaparecer.

—Es por su propio bien —contestó el médico.

Francis lo dudó. Sabía que no estaba tan loco como para no comprender que era por el bien de otras personas, no por el suyo, pero no lo dijo en voz alta.

—¿Por qué no puedo irme a casa? —quiso saber—. No he hecho nada malo.

—¿Recuerda el cuchillo de cocina? ¿Y sus amenazas?

—Fue un malentendido —explicó meneando la cabeza.

—Claro que sí —sonrió Gulptilil—. Pero estará con nosotros hasta que se dé cuenta de que no puede ir por ahí amenazando a la gente.

—Le prometo que no lo haré.

—Gracias, señor Petrel. Pero una promesa no es suficiente en sus actuales circunstancias. Tiene que convencerme. Convencerme por completo. La medicación que recibe le irá bien. A medida que siga tomándola, el efecto acumulativo aumentará su dominio de la situación y le servirá para readaptarse. Puede que entonces podamos hablar de su regreso a la sociedad y a algo más constructivo. —Dijo esa última frase despacio, y añadió—: ¿Qué opinan sus voces de su estancia aquí?

—No oigo ninguna voz —repuso Francis, y oyó un coro de aprobación en su interior.

—Ah, señor Petrel, ahora tampoco sé muy bien si creerlo —sonrió el médico otra vez, mostrando una dentadura ligeramente irregular—. Aun así —vaciló—, creo que le irá bien estar con el resto de los pacientes. El señor Moses le enseñará las instalaciones y le explicará las normas. Las normas son importantes, señor Petrel. No hay muchas pero son vitales. Obedecer las normas y convertirse en un miembro constructivo de nuestro pequeño mundo son signos de salud mental. Cuanto más me demuestre que sabe desenvolverse bien aquí, más cerca estará de volver a casa. ¿Comprende esta ecuación, señor Petrel?

Francis asintió con énfasis.

—Hay actividades. Hay sesiones en grupo. De vez en cuando tendrá algunas sesiones particulares conmigo. Y recuerde las normas. Todas estas cosas juntas crean posibilidades. Si no se adapta, me temo que su estancia aquí será larga, y a menudo desagradable... —Señaló la celda de aislamiento—. Esta habitación, por ejemplo —comentó, y señaló la camisa de fuerza—, estos recursos, y otros, son opciones. Siempre son opciones. Pero evitarlos es vital, señor Petrel. Vital para recuperar la salud mental. ¿Me expreso con suficiente claridad?

—Sí —afirmó Francis—. Integrarse. Sacar provecho. Obedecer las normas —repitió como un mantra o una oración.

—Exacto. Excelente. ¿Lo ve? Ya vamos progresando. Anímese, señor Petrel. Y saque provecho de lo que el hospital le ofrece. —Se levantó y asintió en dirección del auxiliar—. Muy bien, señor Moses, ya puede liberar al señor Petrel. Acompáñelo a la unidad, dele algo de ropa y muéstrele la sala de actividades.

—Sí, señor —contestó el auxiliar con vehemencia militar.

Gulptilil salió de la celda de aislamiento, y el auxiliar empezó a desabrocharle la camisa de fuerza y a descruzarle las mangas hasta dejarlo libre. Francis se estiró con torpeza y se frotó los brazos, como si quisiera devolver algo de energía y vida a las extremidades que habían estado sujetas con tanta firmeza. Puso los pies en el suelo y se levantó inseguro. Notó una sensación de mareo y el auxiliar lo agarró del hombro para impedir que se cayera. Se sintió un poco como un niño que da sus primeros pasos, sólo que sin la misma sensación de alegría y logro, provisto nada más que de duda y miedo.

Siguió a Moses por el pasillo de la tercera planta del edificio Amherst. Había media docena de celdas acolchadas, con un sistema de doble llave y ventanitas de observación. No sabía si estaban ocupadas o no, excepto una, pues al pasar oyó tras la puerta cerrada un torrente de palabrotas apagadas que desembocó en un grito largo y doloroso. Una mezcla de agonía y odio. Se apresuró a seguir el ritmo del corpulento auxiliar, que no pareció inmutarse al oír ese grito desgarrador y siguió bromeando sobre la distribución del edificio y su historia mientras cruzaban una serie de puertas dobles que daban a una amplia escalera central. Francis apenas recordaba haber subido esos peldaños dos días antes, en lo que le parecía un pasado distante y cada vez más fugaz, cuando todo lo que pensaba sobre su vida era totalmente diferente.

El diseño del edificio le pareció a Francis tan demencial como sus ocupantes. Los pisos superiores tenían oficinas que lindaban con trasteros y celdas de aislamiento. En la planta baja y en el primer piso, había dormitorios amplios, repletos de sencillas camas metálicas, con algún que otro arcón para guardar pertenencias. Dentro de los dormitorios había pequeños aseos y duchas, con compartimientos que, como vio de inmediato, no proporcionaban demasiada intimidad. Había otros baños en los pasillos, repartidos por la planta, con la palabra HOMBRES o MUJERES señalada en las puertas. En una concesión al pudor, las mujeres se alojaban en un extremo del pasillo y los hombres en el otro. Un amplio puesto de enfermería separaba las dos áreas. Estaba rodeado de rejilla metálica, con una puerta igualmente metálica y cerrada con llave. Todas las puertas tenían dos, a veces tres, cerrojos dobles que se abrían desde el exterior; una vez cerradas, era imposible que alguien las abriera desde dentro, a menos que tuviera llave.

La planta baja tenía una gran zona abierta, la principal sala de estar común, así como una cafetería y una cocina lo bastante grande para preparar y servir comidas a los ocupantes del edificio tres veces al día. También había varias habitaciones pequeñas, que se usaban para las sesiones de terapia de grupo. Por todas partes había ventanas que llenaban de luz el edificio, pero cada una de ellas tenía una contraventana de barrotes y tela metálica cerrada con llave por la parte exterior, de modo que la luz del día penetraba a través de un entramado y proyectaba unas extrañas sombras con forma de rejilla sobre el suelo pulido o las relucientes paredes blancas. Había puertas que parecían situadas al tuntún, en ocasiones cerradas con llave, de modo que Moses tenía que usar el grueso llavero que llevaba colgado del cinturón, pero otras veces estaban abiertas y sólo había que empujarlas. Francis no consiguió descifrar qué principio regía el cierre de las puertas con llave.

Pensó que era una prisión de lo más curioso.

Estaban recluidos pero no encarcelados. Sujetos pero no esposados.

Como Moses y su hermano pequeño, con quien se cruzaron en el pasillo, las enfermeras y los ayudantes vestían ropa blanca. También se cruzaron con algún que otro médico, asistente social o psicólogo. Éstos llevaban chaquetas y pantalones informales, o vaqueros. Francis observó que casi todos llevaban sobres, tablillas y carpetas marrones bajo el brazo, y que todos parecían andar por los pasillos con decisión y sentido de la orientación, como si al tener una tarea específica entre manos pudieran diferenciarse de los pacientes.

Éstos abarrotaban los pasillos. Había grupos apiñados, mientras que algunos permanecían hurañamente solos. Muchos lo miraron con recelo al pasar. Algunos lo ignoraron. Nadie le sonrió. Apenas tuvo tiempo de observarlos mientras seguía el paso rápido impuesto por Moses. Sólo vio una especie de reunión variopinta y desordenada de gente de todas las edades y condiciones. Pelos que parecían explotar del cráneo, barbas que colgaban alborotadas como las que se veían en fotografías descoloridas de un siglo atrás. Parecía un lugar de contradicciones. Había miradas alocadas que se fijaban en él y lo evaluaban al pasar, y también, en contraste, miradas apagadas y huidizas que se volvían hacia la pared y evitaban el contacto. Oía palabras y fragmentos de conversación mantenida con otros o con un yo interno. Algunos pacientes llevaban camisones y pijamas holgados del hospital y otros vestían prendas más de calle, unos lucían albornoces o batas y otros vaqueros y camisas de cachemir. Todo era un poco incongruente, desbaratado, como si los colores no estuvieran seguros de cuál combinaba con cuál, o las tallas no existieran: camisas demasiado holgadas, pantalones demasiado ajustados o demasiado cortos. Calcetines dispares. Rayas junto con cuadros. En casi todas partes se respiraba un olor acre a humo de cigarrillo.

—Hay demasiada gente —comentó Moses cuando se acercaban a un puesto de enfermería—. Tenemos unas doscientas camas, pero hay casi trescientas personas. Deberían haberse dado cuenta de eso, pero no, todavía no.

Francis no respondió.

—Pero tenemos una cama para ti —añadió Moses, y se detuvo al llegar al puesto—. Estarás bien. Buenos días, señoras —saludó. Dos enfermeras de blanco situadas en su interior se volvieron hacia él—. Estáis preciosas esta mañana.

Una era mayor, de cabello canoso y una cara demacrada y arrugada que aun así esbozó una sonrisa. La otra era una negra fornida, mucho más joven que su compañera, que resopló su respuesta como una mujer harta de oír palabras bonitas que se las lleva el viento.

—Tan adulador como siempre. A ver, ¿qué necesitas ahora? —dijo en un tono entre bronco y burlón que arrancó sonrisas socarronas a ambas mujeres.

—Sólo trato de imprimir algo de alegría y felicidad a nuestras vidas —replicó el auxiliar—. ¿Qué más puedo necesitar?

Las enfermeras soltaron una carcajada.

—No hay ningún hombre que no busque algo más —aseguró la enfermera negra.

—Acabas de decir una verdad como un templo, amiga mía —añadió la enfermera blanca.

Moses también rió, mientras Francis se sentía incómodo de repente, ya que no sabía qué hacer.

—Me gustaría presentaros al señor Francis Petrel, que estará con nosotros. Pajarillo, esta joven tan guapa es la señorita Wright; y su encantadora compañera, la señorita Winchell. —Les entregó el expediente—. El médico le ha recetado unos medicamentos, nada del otro mundo.

»¿Qué opinas, Pajarillo? —dijo a Francis—. ¿Crees que el médico puede haberte recetado una taza de café por la mañana y una cerveza y un plato de pollo frito y pan de maíz al acabar la jornada? ¿Crees que es eso lo que te recetó?

Francis se quedó sorprendido, y el auxiliar añadió:

—Sólo estoy bromeando. No hablo en serio.

Las enfermeras echaron un vistazo al expediente y lo dejaron junto a un montón que había en una esquina de la mesa. Winchell, la mayor, alargó la mano bajo el mostrador y sacó una pequeña maleta de tela escocesa, de las baratas.

—Su familia dejó esto para usted, señor Petrel —dijo, y la pasó por la ventanilla de la rejilla metálica. Se volvió hacia el auxiliar—. Ya la he registrado.

Francis tomó la maleta y contuvo el impulso de echarse a llorar. La había reconocido al instante. Se la habían regalado unas Navidades, cuando era pequeño, y como no había viajado nunca, la había usado siempre para guardar cosas especiales o inusuales. Una especie de lugar secreto portátil para los objetos que había coleccionado durante la niñez, porque cada uno de ellos era, a su propio modo, una especie de viaje en sí mismo. Una piña recogida un otoño, unos soldaditos de juguete, un libro de poesía infantil que no había devuelto a la biblioteca local. Las manos le temblaron al recorrer la tela hasta tocar el asa. La cremallera de la maleta estaba abierta, y vio que todo lo que había contenido en su día había desaparecido, sustituido por parte de su ropa. Supo de inmediato que habían vaciado todo lo que había guardado en esa maleta y lo habían tirado. Era como si sus padres hubieran puesto en ella la poca opinión que tenían de su vida y se la hubieran mandado para enviarlo lejos también a él. Le tembló el labio inferior y se sintió total y absolutamente solo.

Las enfermeras le pasaron un segundo montón de cosas: unas sábanas bastas y una almohada, una raída manta color aceituna, excedente del ejército, un albornoz y un pijama como los que llevaban algunos pacientes. Los dejó sobre la maleta y lo cargó todo en sus brazos.

—Muy bien, te enseñaré dónde está tu cama —dijo Moses—. Guardaremos tus cosas. ¿Qué actividades tenemos hoy para Pajarillo, señoras?

—Almuerzo a mediodía —indicó una enfermera tras echar otro vistazo al expediente—. Luego está libre hasta una sesión en grupo en la sala 101, a las tres, con el señor Evans. Vuelve aquí a las cuatro y media. Cena a las seis. Medicación a las siete. Eso es todo.

—¿Lo has oído, Pajarillo?

Francis asintió. No se fiaba de su voz. En lo más profundo de su ser oía retumbar órdenes de que guardara silencio y estuviera alerta, y debía obedecerlas. Siguió a Moses hasta un amplio dormitorio que contenía entre treinta y cuarenta camas alineadas. Todas estaban hechas, excepto una, cerca de la puerta. Había una media docena de hombres acostados, dormidos o mirando el techo, que apenas se volvieron hacia ellos cuando entraron.

Moses le ayudó a hacer la cama y a guardar sus cosas en un arcón. También cabía la maleta. Tardó menos de cinco minutos en instalarse.

—Bueno, ya está —comentó el auxiliar.

—¿Qué me pasará ahora?

—Ahora, Pajarillo —repuso el otro con un gesto nostálgico—, lo que tienes que hacer es mejorar.

—¿Cómo? —preguntó Francis.

—Ésa es la pregunta clave, Pajarillo. Tendrás que averiguarlo por tu cuenta.

—¿Qué debería hacer?

—Sé reservado —le aconsejó Moses—. Este sitio puede ser duro a veces. Tienes que conocer a los demás y darles el espacio que necesitan. No pretendas hacer amigos demasiado pronto. Mantén la boca cerrada y sigue las normas. Si necesitas ayuda, habla conmigo o con mi hermano, o con una enfermera, y procuraremos arreglar lo que sea.

—¿Pero cuáles son las normas?

El corpulento auxiliar se volvió y señaló un cartel colocado a cierta altura en la pared.

PROHIBIDO FUMAR EN EL DORMITORIO
PROHIBIDO HACER RUIDOS FUERTES
PROHIBIDO HABLAR DESPUÉS DE LAS 21 H
RESPETA A LOS DEMÁS
RESPETA LAS PERTENENCIAS DE LOS DEMÁS

Cuando terminó de leerlas por segunda vez, Francis se volvió. No estaba seguro de dónde ir ni de qué hacer. Se sentó en el borde de la cama.

Al otro lado de la habitación, uno de los hombres que estaba tumbado fingiendo dormir, se puso de pie de repente. Era muy alto, de casi dos metros, de pecho hundido, brazos delgados y huesudos que le sobresalían de una raída camiseta de los New England Patriots, y piernas como palillos que le salían de unos pantalones verde cirujano que le iban diez centímetros cortos. La camiseta tenía las mangas cortadas a la altura de los hombros. Era mucho mayor que Francis y llevaba el cabello greñudo, apelmazado y largo hasta los hombros. Había abierto mucho los ojos, como si estuviera medio aterrado y medio furioso. Alzó una mano cadavérica y señaló a Francis.

—¡Alto! —gritó—. ¡Para!

—¿Qué tengo que parar? —Francis retrocedió.

—¡Para! ¡Lo sé! ¡No me engañas! ¡Lo supe en cuanto entraste! ¡Para!

—No sé qué estoy haciendo —respondió Francis.

El hombre agitaba los brazos en el aire como si intentara apartar telarañas de su camino. Elevaba más la voz a cada paso que daba.

—¡Para! ¡Para! ¡Te tengo calado! ¡No me la pegarás!

Francis miró alrededor en busca de una escapatoria o de un sitio donde esconderse, pero estaba acorralado entre el hombre que avanzaba hacia él y la pared. Los demás pacientes seguían durmiendo o sin hacer caso de lo que pasaba.

El hombre parecía aumentar de tamaño y de ferocidad a cada paso.

—¡Estoy seguro! ¡Lo supe en cuanto entraste! ¡Para ya!

La confusión paralizaba a Francis. Sus voces interiores le gritaban un torrente de advertencias: *¡Corre! ¡Nos va a hacer daño! ¡Escóndete!* Movía la cabeza a uno y otro lado buscando una escapatoria. Trató de obligar a sus músculos a moverse, por lo menos para levantarse de la cama, pero, en lugar de eso, retrocedió encogido de miedo.

—¡Si no paras te detendré yo! —bramó el hombre. Parecía dispuesto a atacarlo.

Francis levantó los brazos para protegerse.

El larguirucho soltó una especie de grito de guerra, se enderezó, sacó el pecho hundido, agitó los brazos por encima de la cabeza y, cuando parecía a punto de abalanzarse sobre Francis, otra voz resonó en la habitación.

—¡Quieto ahí!

El hombre vaciló un instante y se volvió hacia la voz.

—¡No te muevas!

Francis seguía pegado a la pared y con los ojos cerrados.

—¿Qué estás haciendo?

—Pero es él —aseguró el hombre a quienquiera que hubiera entrado en el dormitorio, y pareció encogerse.

—¡No, no lo es! —fue la respuesta.

Y Francis vio que su salvador era el hombre que había conocido los primeros minutos que estuvo en el hospital.

—¡Déjalo en paz!

—¡Pero es él! ¡Lo supe en cuanto lo vi!

—Eso me dijiste a mí cuando llegué. Es lo que dices a todos los nuevos.

Eso hizo dudar al hombre alto.

—¿En serio? —preguntó.

—Sí.

—Todavía creo que es él —insistió pero, de modo extraño, la vehemencia había desaparecido de su voz, sustituida por la duda—. Estoy bastante seguro —añadió—. Podría serlo, no hay duda. —A pesar de la convicción que contenían esas palabras, su voz reflejaba incertidumbre.

—Pero ¿por qué? —preguntó el otro—. ¿Por qué estás tan seguro?

—Es que cuando entró me pareció tan claro... Lo estaba observando y... —Su voz se fue apagando—. Quizás esté confundido.

—Creo que estás equivocado.

—¿De veras?

—Sí.

El otro avanzó, sonriendo de oreja a oreja. Pasó junto al hombre alto.

—Bueno, Pajarillo, veo que ya te has instalado.

Francis asintió.

—Larguirucho, te presento a Pajarillo —dijo entonces—. Lo conocí el otro día en el edificio de administración. No es la persona que tú crees, como yo tampoco lo era cuando me viste por primera vez. Te lo aseguro.

—¿Cómo puedes estar tan seguro? —preguntó el hombre alto.

—Bueno, lo vi llegar y vi su tablilla, y te prometo que, si fuera el hijo de Satán y hubiera sido enviado a hacer el mal en el hospital, habría estado anotado ahí, porque estaban todos los demás detalles. Ciudad natal. Familia. Dirección. Edad. Todo. Pero no que fuera el anticristo.

—Satán es un gran impostor. Su hijo debe de ser igual de astuto. Tal vez se esconda. Incluso de Tomapastillas.

—Puede. Pero había un par de policías conmigo y seguro que ellos sabrían reconocer al hijo de Satán. Les entregan volantes y notas informativas, y esas fotografías que se ven en las oficinas de correos. Ni siquiera el hijo de Satán podría engañar a dos policías estatales.

El hombre alto escuchó atentamente esta explicación. Después, se volvió hacia Francis.

—Lo siento. Al parecer, me equivoqué. Ahora me doy cuenta de que no eres la persona que estoy buscando. Te ruego que aceptes mis más sinceras disculpas. La vigilancia es nuestra única defensa contra el mal. Hay que tener mucho cuidado, ¿sabes? Todos los días, a todas horas. Es agotador, pero del todo necesario...

—Sí —corroboró Francis, que por fin logró ponerse en pie—. Por supuesto. No pasa nada.

El hombre alto le estrechó la mano con entusiasmo.

—Encantado de conocerte, Pajarillo. Eres generoso. Y es evidente que educado. Siento de veras haberte asustado.

A Francis, aquel hombre le pareció de repente dócil y servicial. Sólo se veía viejo, andrajoso, un poco como una revista antigua que ha estado demasiado tiempo sobre una mesa.

—Me llaman Larguirucho. —Se encogió de hombros—. Me paso aquí la mayor parte del tiempo.

Francis asintió.

—Yo soy...

—Pajarillo —le interrumpió el otro—. Aquí nadie usa su auténtico nombre.

—El Bombero tiene razón, Pajarillo —aseguró Larguirucho, y asintió con la cabeza—. Apodos, abreviaturas y cosas así.

Se giró y cruzó de nuevo la habitación con rapidez para echarse en la cama y volver a mirar el techo.

—No es mala persona, y creo que es realmente, palabra que no puede usarse demasiado en este sitio, inofensivo —aseguró el Bombero—. A mí me hizo exactamente lo mismo el otro día. Gritó, me señaló y se comportó como si fuera a acabar conmigo para proteger a la sociedad de la llegada del anticristo, del hijo de Satán o de quien sea. Cualquier demonio extraño que pudiera venir a parar aquí por casualidad. Se lo hace a todos los novatos. Y no está del todo loco, si lo piensas bien. En este mundo hay mucha maldad, imagino que tendrá que salir de alguna parte. Quizá sea mejor estar atento, como él dice, incluso aquí.

—Gracias de todos modos —dijo Francis. Se estaba calmando, como un niño que cree haberse perdido pero ve una referencia que le permite ubicarse—. Pero no sé tu nombre...

—Ya no tengo nombre. —Lo dijo con un ligero tono de tristeza que concluyó con una medio sonrisa irónica teñida de pesar.

—¿Cómo es posible que no tengas nombre?

—Tuve que renunciar a él. Es lo que me trajo aquí.

Eso no tenía demasiado sentido para Francis.

—Perdona. —El hombre sacudió la cabeza, divertido—. La gente ha empezado a llamarme el Bombero porque es lo que era antes de llegar al hospital. Apagaba incendios.

—Pero...

—Bueno, tiempo atrás mis amigos me llamaban Peter. Así que soy Peter *el Bombero*. Con eso tendrá que bastarte, Pajarillo.

—De acuerdo.

—Creo que descubrirás que aquí el sistema de nombres facilita un poco las cosas. Ya has conocido a Larguirucho, que es un apodo evidente para alguien con un aspecto como el suyo. Y te han presentado a los hermanos Moses, aunque todo el mundo los llama Negro Grande y Negro Chico, lo que de nuevo parece una elección adecuada. Y Tomapastillas, que es más fácil de pronunciar que Gulptilil y más acorde con su forma de enfocar el tratamiento. ¿A quién más has visto?

—A las enfermeras, la señorita...

—Ah, ¿la señorita Caray y la señorita Pincha?

—Wright y Winchell.

—Exacto. Y también hay otras, como la enfermera Mitchell, que es la enfermera Bicha, y la enfermera Smith, que es la enfermera Huesos porque se parece un poco a Larguirucho, y Rubita, que es bastante bonita. Hay un psicólogo llamado Evans, apodado señor del Mal, al que conocerás pronto porque este dormitorio está más o menos a su cargo. Y el nombre de la repugnante secretaria de Tomapastillas es señorita Lewis, pero alguien la apodó señorita Deliciosa. Al parecer, ella no lo soporta, pero no puede hacer nada al respecto, porque se le ha aferrado tanto como esos jerséis que le gusta llevar. Se ve que es de cuidado. Puede resultarte un poco confuso, pero lo pillarás en un par de días.

Francis echó un vistazo alrededor.

—¿Está loca toda la gente que hay aquí? —susurró.

—Es un hospital para locos, Pajarillo, pero no todo el mundo lo está —respondió el Bombero a la vez que meneaba la cabeza—. Algunos son sólo viejos y seniles, lo que les hace parecer un poco extraños. Otros son retrasados, así que resultan lentos, pero qué los trajo aquí exactamente es un misterio para mí. Algunos parecen sólo deprimidos. Otros oyen voces. ¿Oyes tú voces, Pajarillo?

Francis no supo cómo responder, pues en su interior se inició un debate; oía discusiones cruzadas, como varias corrientes eléctricas entre polos.

—No quiero decirlo —contestó al fin.

—Hay cosas que es mejor guardarse para uno mismo —asintió el Bombero. Rodeó a Francis con el brazo y lo condujo hacia la puerta—. Ven, te enseñaré lo que hay que ver de nuestro nuevo hogar.

—¿Oyes tú voces, Peter?

—No. —Negó con la cabeza.

—¿No?

—No. Pero tal vez me iría bien oírlas —respondió. Sonreía al hablar, con una ligerísima curva en las comisuras de los labios, de un modo que Francis reconocería muy pronto y que parecía reflejar el carácter del Bombero, porque era la clase de persona que sabía ver tanto la tristeza como el humor en cosas que los demás considerarían carentes de significado.

—¿Estás loco? —preguntó Francis.

El Bombero sonrió de nuevo, y esta vez soltó incluso una breve carcajada.

—¿Lo estás tú, Pajarillo?

—Puede —dijo Francis tras inspirar hondo—. No lo sé.

—Yo diría que no —replicó el Bombero—. Tampoco me lo pareció cuando te conocí. Por lo menos, no demasiado loco. Tal vez un poco. Pero ¿qué hay de malo en eso?

Francis asintió. Eso lo tranquilizaba.

—¿Y tú? —prosiguió.

El Bombero titubeó antes de responder.

—Soy algo mucho peor —aseguró—. Por eso estoy aquí. Se supone que tienen que averiguar qué me pasa.

—¿Qué es peor que estar loco?

—Bueno —dijo el Bombero tras carraspear—, supongo que no pasa nada. Tarde o temprano te vas a enterar. Mato gente.

Y, tras esas palabras, condujo a Francis hacia el pasillo del hospital.

4

Y eso fue todo, supongo.

Negro Grande me dijo que no hiciera amigos, que tuviera cuidado, que fuera reservado y que obedeciera las normas, y yo hice lo posible por seguir todos sus consejos excepto el primero. Ahora me pregunto si no tenía también razón en eso. Pero la locura consiste también en la peor clase de soledad, y yo estaba a la vez loco y solo, así que cuando Peter el Bombero me llevó con él, agradecí su amistad en mi descenso al mundo del Hospital Estatal Western y no le pregunté qué querían decir esas palabras, aunque suponía que pronto lo averiguaría porque el hospital era un sitio donde todo el mundo tenía secretos, pero pocos de ellos se guardaban.

Mi hermana menor me preguntó una vez, mucho después de que me diesen de alta, qué era lo peor del hospital, y tras reflexionar mucho se lo dije: la rutina. El hospital consistía en un sistema de pequeños momentos inconexos que no llevaban a ninguna parte y que sólo existían para pasar del lunes al martes, del martes al miércoles y así sucesivamente, semana tras semana, mes a mes. Todos los pacientes habían sido ingresados por familiares supuestamente bienintencionados o por el sistema frío e ineficiente de los servicios sociales, después de una superficial vista judicial en la que no solían estar presentes y en la que se dictaban órdenes de reclusión por treinta o sesenta días. Pero pronto descubríamos que estos plazos eran tan ilusorios como las voces que oíamos, porque el hospital podía renovar las órdenes judiciales si decidían que seguías siendo una amenaza para ti mismo o para los demás, lo que, en nuestra situación, solía ser la decisión habitual. Así que una orden de reclusión de treinta días podía convertirse con facilidad en una estancia de veinte años. Un recorrido cuesta abajo, sin tregua, de la psicosis a la senilidad. Poco después de nuestra llegada averiguamos que éramos un poco como municiones decrépitas, almacenadas donde no se ven, que se van deteriorando, oxidando y volviendo cada vez más inestables.

Lo primero que uno comprendía en el Hospital Estatal Western era la mentira más grande: que nadie intentaba ayudarte para que mejoraras ni para que volvieras a casa. Se hablaba mucho, se hacía mucho, aparentemente para ayudarte a readaptarte a la sociedad, pero en su mayor parte era teatro, ficción, como las vistas de altas que se celebraban de vez en cuando. El hospital era como el alquitrán en la carretera: te mantenía aferrado en tu sitio. Un famoso poeta escribió una vez, de forma bastante elegante e ingenua, que el hogar es el sitio donde siempre te acogen. Quizá para los poetas, pero no para los locos. El hospital se dedicaba a mantenerte fuera de la mirada del mundo cuerdo. Nos tenían ligados con medicaciones que nos embotaban los sentidos y obstaculizaban nuestras voces interiores, pero jamás eliminaban por completo las alucinaciones, de modo que los delirios seguían resonando por los pasillos. Pero lo verdaderamente perverso era lo deprisa que aceptábamos esos delirios. Pasados unos días en el hospital, no me molestaba que el pequeño Napoleón se plantara junto a mi cama y empezara a hablar enfáticamente sobre movimientos de tropas en Waterloo, y sobre que si las plazas británicas hubieran sido derrotadas por su caballería, si Blücher se hubiera demorado en la carretera o la Vieja Guardia no hubiera sucumbido a la lluvia de metralla y los mosquetes, toda Europa habría cambiado para siempre. Nunca estuve seguro de si Napoleón se consideraba realmente el emperador de Francia, aunque hubiera momentos en que actuara como si así fuera, o si sólo estaba obsesionado con todas esas cosas porque era un hombre menudo, encerrado en un manicomio con el resto de nosotros, y lo que más deseaba era ser algo en la vida.

Nos pasaba a todos los locos, era nuestra mayor esperanza y nuestro mayor sueño: queríamos ser algo. Lo que nos afligía era lo difícil que resultaba lograr ese objetivo, así que lo sustituíamos por delirios. En mi planta había media docena de Jesucristos, o por lo menos personas que insistían en que se podían comunicar con Él directamente, un Mahoma que se arrodillaba tres veces al día para rezar de cara a La Meca, aunque solía orientarse en la dirección equivocada, un par de George Washington y otros presidentes, desde Lincoln y Jefferson hasta Johnson y Nixon, y varios pacientes, como el inofensivo pero a veces aterrador Larguirucho, que estaban pendientes de signos de Satán o de cualquiera de sus adláteres. Había personas obsesionadas con los gérmenes, gente a la que aterraban unas bacterias invisibles que flotaban en el aire, otras que creían que todos los rayos de una tormenta iban dirigidos a ellas, de modo que se encogían de miedo por los rincones. Otros pacientes no decían nada y se pasaban días enteros en un silencio absoluto, y otros soltaban palabrotas a diestro y siniestro. Unos se lavaban las manos veinte o treinta veces al día, y otros no se bañaban nunca. Había multitud de compulsiones y obsesiones, delirios y desesperaciones. Uno de los que acabó cayéndome bien era conocido como Noticiero. Recorría los pasillos como un pregonero actual, gritando titulares; era una enciclopedia de la actualidad. Por lo menos, a su manera, nos mantenía conectados con el mundo exterior y nos recordaba que al otro lado de los muros del hospital pasaban cosas. Y había incluso una mujer obesa que ocupaba las horas jugando estupendamente al ping-pong en la sala de estar, pero que se pasaba la mayoría del rato reflexionando sobre el hecho de ser la reencarnación de Cleopatra. Algunas veces, sin embargo, Cleo sólo creía ser Elizabeth Taylor en la película. Fuera como fuese, podía recitar casi todas las frases del film, incluso las de Richard Burton, o la totalidad del drama de Shakespeare, mientras daba otra paliza a quien se atreviera a jugar con ella.

Ahora, cuando lo recuerdo, me parece todo muy ridículo y pienso que debería reírme.

Pero no lo era. Era un sitio de un dolor indescriptible.

Eso es lo que la gente que nunca ha estado loca no puede entender. Lo mucho que hiere cada delirio. Lo lejos que parece la realidad del alcance de uno. Es un mundo de desesperación y frustración. Sísifo y su peñasco habrían encajado a la perfección en el Hospital Estatal Western.

Iba a mis sesiones diarias en grupo con el señor Evans, a quien llamábamos señor del Mal. Un psicólogo con el pecho hundido y una imperiosa actitud que parecía sugerir que era superior porque él se iba a casa al terminar el día y nosotros no, lo que nos molestaba, pero que, por desgracia, era la clase más auténtica de superioridad. En estas sesiones se nos animaba a hablar con franqueza sobre los motivos por los que estábamos en el hospital y sobre lo que haríamos cuando nos dieran de alta.

Todo el mundo mentía. Unas mentiras maravillosas, desenfrenadas, optimistas, desmedidas, entusiastas.

Excepto Peter el Bombero, que apenas intervenía. Se sentaba a mi lado y escuchaba educadamente cualquier fantasía que los demás se inventaran sobre encontrar un empleo, volver a estudiar o quizá colaborar con un programa de autoayuda para servir a otras personas tan aquejadas como nosotros. Todas estas conversaciones eran mentiras basadas en un deseo único e imposible: parecer normales. O, por lo menos, lo bastante normales como para que nos dejaran volver a casa.

Al principio me preguntaba si los dos habían llegado a algún acuerdo privado pero muy frágil, porque el señor del Mal nunca pedía a Peter el Bombero que aportara algo al debate, ni siquiera cuando se alejaba de nosotros y de nuestros problemas y trataba de algo interesante como la actualidad, con hechos como la crisis de los rehenes en Irán, los disturbios en las zonas urbanas deprimidas o las aspiraciones de los Red Sox para la temporada siguiente, temas de los que el Bombero sabía mucho. Ambos hombres compartían cierta malevolencia, pero uno era paciente y el otro administrador, y al principio no se veía.

De modo extraño, hace muy poco empecé a pensar como si hubiera participado en una expedición desesperada a las regiones más alejadas y devastadas de la Tierra, al margen de la civilización, y me hubiera distanciado de todo lo conocido para adentrarme en territorios ignotos. Territorios agrestes.

Y que pronto serían más agrestes aún.

La pared me atraía, y entonces el teléfono del rincón de la cocina empezó a sonar. Supe que sería una de mis hermanas que llamaba para saber cómo estaba, que era, por supuesto, como estoy siempre y como supongo que estaré siempre. Así que no contesté.

Al cabo de unas semanas, lo que quedaba de invierno parecía haberse batido en una triste retirada, y Francis avanzaba por un pasillo buscando algo que hacer. Una mujer a su derecha farfullaba algo lastimero sobre niños perdidos y se balanceaba atrás y adelante con los brazos cruzados como si acunasen algo precioso, cuando no era así. Delante de él, un hombre viejo en pijama, con la piel arrugada y una mata de pelo plateada y rebelde, contemplaba con tristeza una pared blanca hasta que Negro Chico llegó y le giró con suavidad por los hombros, de modo que lo dejó mirando por una ventana con barrotes. Esta nueva ubicación, con su nueva vista, llevó una sonrisa al rostro del anciano y Negro Chico le dio una palmadita en el brazo para tranquilizarlo. Luego se acercó a Francis.

—¿Cómo estás hoy, Pajarillo?

—Bien, señor Moses. Aunque un poco aburrido.

—En la sala de estar están viendo telenovelas.

—No me gustan demasiado esos programas.

—¿No te pican la curiosidad, Pajarillo? ¿No empiezas a preguntarte qué pasará a toda esa gente con una vida tan extraña? Hay muchos giros y misterios que enganchan a muchos espectadores. ¿No te interesan?

—Supongo que deberían, señor Moses, pero no lo sé. No me parecen reales.

—Bueno, también hay personas jugando a cartas. Y también a juegos de mesa.

Francis sacudió la cabeza.

—¿Y una partida de ping-pong con Cleo?

El joven sonrió y siguió sacudiendo la cabeza.

—¿Qué pasa, señor Moses? —dijo—. ¿Cree que estoy tan loco como para retarla?

—No, Pajarillo. —El comentario arrancó una carcajada al auxiliar—. Ni siquiera tú estás tan loco.

—¿Puedo obtener un pase para salir al aire libre? —preguntó Francis de golpe.

—Varios pacientes saldrán esta tarde —contestó Negro Chico tras echar un vistazo al reloj—. Hace un día tan bonito que podrían plantar algunas flores, dar un paseo y respirar un poco de aire fresco. Ve a ver al señor Evans y puede que te deje ir. A mí me parece bien.

Francis encontró al señor del Mal de pie en el pasillo, frente a su despacho, charlando con el doctor Tomapastillas. Los dos parecían agitados. Gesticulaban y discutían vehementemente, pero era una discusión curiosa, porque cuanto más intensa se volvía, más bajo hablaban, de modo que al final, cuando Francis estuvo a su lado, los dos se siseaban como un par de serpientes enfrentadas. Parecían ajenos al resto del mundo, y varios pacientes se unieron a Francis arrastrando los pies a izquierda y derecha. Francis oyó por fin cómo Tomapastillas decía enfadado:

—Bueno, no podemos permitirnos este tipo de fallo, ni por un momento. Espero por su bien que aparezcan pronto.

—Es evidente que se han perdido, o acaso las han robado —respondió el señor del Mal—. Eso no es culpa mía. Seguiremos buscando; es lo único que puedo hacer.

—Hágalo. —Tomapastillas asintió, pero su rostro reflejaba rabia—. Y espero que tarde o temprano aparezcan. No deje de informar a seguridad, y pídales que le den otro juego. Pero es una violación grave de las normas.

Y, acto seguido, el pequeño médico indio se volvió de golpe y se alejó sin prestar atención a nadie, excepto a un hombre que se situó ante él pero fue rechazado con un gesto. Evans se giró hacia los demás, igual de irritado.

—¿Qué? —espetó—. ¿Qué queréis?

Su tono provocó que una mujer sollozara al instante, y un anciano negó con la cabeza antes de alejarse hablando consigo mismo, más cómodo con la conversación que podía mantener él solo que con la que habría tenido con el enfadado psicólogo.

Francis, sin embargo, dudó. Sus voces le gritaban: *¡Vete! ¡Vete enseguida!* Pero no lo hizo y, pasado un instante, reunió el coraje suficiente para hablar.

—¿Podría darme un pase para salir al patio? El señor Moses va a llevar a unos cuantos pacientes al jardín esta tarde y me gustaría ir con ellos. Dijo que le parecía bien.

—¿Quieres salir?

—Sí. Por favor.

—¿Por qué quieres salir, Francis? ¿Qué hay en el exterior que te parece tan atractivo?

Francis no sabía si se estaba burlando o sólo bromeaba.

—Hace buen día. El primero desde hace mucho. Brilla el sol y hace calor. Aire fresco.

—¿Y crees que es mejor que lo que se te ofrece aquí dentro?

—Yo no he dicho eso, señor Evans. Es primavera y me gustaría salir.

—Creo que tienes intención de escaparte, Francis. —El señor del Mal sacudió la cabeza—. De huir. Creo que piensas que, cuando el señor Moses esté de espaldas, podrás encaramarte por la hiedra, salvar el muro, bajar corriendo la colina más allá de la universidad y tomar un autobús que te lleve lejos de aquí. Cualquier autobús, el que sea, porque cualquier sitio es mejor que éste; eso es lo que pienso que tienes intención de hacer —aseguró con tono tenso y agresivo.

—No, no, no —replicó Francis—. Sólo quiero salir al patio.

—Eso es lo que dices, pero ¿cómo sé que es la verdad? ¿Cómo puedo fiarme de ti, Pajarillo? ¿Qué harás para convencerme de que me estás diciendo la verdad?

Francis no sabía cómo responder. ¿Cómo podría demostrar nadie que una promesa hecha era sincera, a no ser que fuera cumpliéndola?

—Sólo quiero salir —insistió—. No he salido desde que llegué.

—¿Crees que mereces ese privilegio? ¿Qué has hecho para ganártelo, Francis?

—No sé. No sabía que había que ganárselo. Sólo quiero salir.

—¿Qué te dicen tus voces, Pajarillo?

Francis dio un pasito hacia atrás, porque sus voces le estaban gritando instrucciones y consejos, distantes pero claros, para que se alejara del psicólogo rápidamente y dejara la salida al patio para otro día, pero insistió un momento más, lo que suponía un desafío poco habitual al alboroto de su interior.

—No oigo ninguna voz, señor Evans. Sólo quiero salir. Eso es todo. No quiero escaparme. No quiero tomar ningún autobús a ninguna parte. Sólo quiero respirar un poco de aire fresco.

Evans asintió con una sonrisa desdeñosa.

—No te creo —sentenció, pero sacó un pequeño bloc del bolsillo superior y escribió unas palabras—. Dale esto al señor Moses —indicó—. Permiso para salir concedido. Pero no te retrases para nuestra sesión en grupo de la tarde.

Francis encontró a Negro Chico fumando un cigarrillo en el puesto de enfermería, donde coqueteaba con la enfermera Caray y una nueva enfermera en prácticas. La llamaban Rubita porque llevaba el cabello rubio muy corto, estilo paje, lo que contrastaba con los peinados ahuecados de las demás enfermeras, que eran mayores y estaban más sujetas a las flacideces y arrugas de la mediana edad. Rubita era joven, delgada y nervuda, con un físico juvenil bajo el uniforme blanco. Tenía la piel pálida, casi translúcida, y parecía brillar tenuemente bajo las luces del techo. Su voz era suave, difícil de oír, y se convertía en un susurro cuando estaba nerviosa, lo que, según veían los pacientes, pasaba a menudo. Los alborotos le provocaban ansiedad, en particular cuando el puesto de enfermería se llenaba a las horas en que se entregaban las medicaciones. Eran siempre momentos de tensión, con personas que se empujaban para acercarse a la ventanilla de la rejilla metálica, donde las pastillas se entregaban en vasitos de plástico con los nombres de los pacientes escritos. Le costaba conseguir que los pacientes hicieran cola, que se callaran y, sobre todo, tenía problemas cuando había empujones, lo que sucedía bastante a menudo. A Rubita se le daba mejor estar sola con un paciente, cuando su voz suave y aflautada no tenía que luchar con muchas. A Francis le caía bien porque, al menos, no era demasiado mayor que él, pero sobre todo porque su voz le resultaba tranquilizadora y le recordaba a la de su madre unos años atrás, cuando le leía por la noche. Por un momento, intentó recordar cuándo había dejado de hacerlo, porque la imagen le pareció de repente muy lejana, casi como si fuera historia en lugar de recuerdo.

—¿Tienes el pase, Pajarillo? —preguntó Negro Chico.

—Aquí. —Se lo entregó y, al alzar los ojos, vio a Peter *el Bombero* por el pasillo—. ¡Peter! —llamó—. Tengo permiso para salir. ¿Por qué no le pides uno al señor del Mal y vienes tú también?

—No puedo, Pajarillo —sonrió el Bombero, y se acercó sacudiendo la cabeza—. Va contra las normas. —Miró a Negro Chico, que asintió a modo de conformidad.

—Lo siento —dijo el auxiliar—. El Bombero tiene razón. No puede.

—¿Por qué no? —quiso saber Francis.

—Porque ésas son las condiciones de mi estancia. No puedo cruzar ninguna puerta cerrada con llave.

—No comprendo —comentó Francis.

—Forma parte de la orden judicial que me recluye aquí —explicó el Bombero con voz teñida de pesar—. Noventa días de observación. Evaluación. Diagnóstico psicológico. Pruebas en las que me muestran una mancha de tinta y yo tengo que decir que veo a dos personas haciendo el amor. Tomapastillas y el señor del Mal preguntan, yo contesto y ellos lo anotan, y un día de éstos el asunto vuelve al tribunal. Pero no puedo cruzar ninguna puerta cerrada con llave. Todo el mundo está en una especie de cárcel, Pajarillo. La mía es más restrictiva que la tuya.

—No es nada del otro mundo, Pajarillo —añadió Negro Chico—. Aquí hay muchas personas que no salen nunca. Depende de lo que hiciste para que te trajeran aquí. Por supuesto, también hay muchos que no quieren salir, aunque podrían si lo pidieran. Sólo que nunca lo piden.

Francis lo comprendió pero no lo entendió.

—No me parece justo —aseguró mirando al Bombero.

—No creo que nadie pensara en el concepto de justicia, Pajarillo. Pero yo lo acepté, de modo que las cosas son así. Me estoy quietecito. Me reúno con Tomapastillas un par de veces a la semana. Asisto a las sesiones con el señor del Mal. Dejo que me observen. Incluso ahora, mientras estamos hablando, el señor Moses, Rubita y la señorita Caray me están observando y escuchando lo que digo, y todo lo que adviertan puede terminar en el informe que Tomapastillas remitirá al tribunal. Así que he de ir con cuidado con lo que digo porque no se sabe qué podría convertirse en el elemento clave. ¿No es cierto, señor Moses?

Negro Chico asintió. Francis lo encontró todo muy impersonal, como si el Bombero estuviera hablando sobre otro hombre, no sobre él.

—Cuando hablas así —dijo—, no pareces estar loco.

Este comentario hizo sonreír irónicamente a Peter, que al punto adoptó una expresión de chiflado y exclamó:

—¡Oh, Dios mío! Eso es terrible. ¡Terrible! —Emitió un sonido gutural—. Entonces, debería tener más cuidado. Porque necesito estar loco.

Para un hombre que estaba siendo observado, Peter no parecía demasiado preocupado, lo que contrastaba con muchos de los paranoicos del hospital, que creían que eran observados sin cesar, cuando no era el caso. Claro que creían que los observaba el FBI, la CIA o incluso el KGB, o extraterrestres, de modo que sus circunstancias eran muy distintas. Francis vio cómo el Bombero se marchaba hacia la sala de estar, y pensó que incluso cuando silbaba o confería un garbo exagerado a su forma de andar, sólo hacía más patente lo que le entristecía.

El sol cálido acarició la cara de Francis. Negro Grande se había unido a su hermano para dirigir la expedición, uno delante y el otro detrás, con los doce pacientes que paseaban por los terrenos del hospital en fila india. Larguirucho iba con ellos, mascullando que estaba alerta, tan atento como siempre, y también Cleo, que iba mirando el suelo y escudriñando entre los arbustos y matojos, con la esperanza de encontrar una víbora. Francis imaginaba que una simple culebra de jaretas haría las veces de serpiente a la perfección, pero no serviría para el suicidio. También iban varias mujeres mayores que caminaban muy despacio, un par de hombres mayores y tres pacientes de mediana edad, todos de la categoría desaliñada e indiferente que distinguía a quienes estaban en el hospital desde hacía años. Llevaban chancletas o zapatos, camisetas o jerséis raídos que no parecían irles bien o corresponderse, lo que era la norma del hospital. Un par de hombres exhibían una expresión huraña y enojada, como si la luz del sol que les acariciaba la cara les enfureciera de algún modo. Francis pensó que eso era lo que hacía del hospital un sitio inquietante. Un día que debería haber provocado risas relajadas inspiraba en cambio una rabia silenciosa.

Los dos auxiliares andaban sin prisas hacia la parte posterior del complejo, donde había un pequeño jardín. En una mesa de *picnic* que había soportado un invierno crudo, con la superficie combada y marcada por las inclemencias del tiempo, había unas cuantas cajas de semillas y un cubo rojo de playa con unas palitas dentro. Había una regadora de aluminio y una manguera conectada a un único grifo que remataba una cañería solitaria que sobresalía del suelo. En unos segundos, Negro Grande y Negro Chico tenían al grupo rastrillando y labrando la tierra con las pequeñas herramientas para prepararla para plantar. Francis se dedicó a ello unos instantes y después alzó la mirada.

Más allá del jardín había otra franja de tierra, un rectángulo largo rodeado de una vieja cerca de madera, antaño blanca pero ahora de un gris apagado. Los hierbajos crecían en forma de matas en la árida tierra. Imaginó que sería alguna clase de cementerio, porque había dos lápidas de granito desvaídas, un poco ladeadas, de modo que recordaban dientes irregulares en la boca de un niño. Y tras la cerca posterior había una hilera de árboles plantados muy juntos para formar una barrera natural y tapar una alambrada.

Echó un vistazo al hospital en sí. A su izquierda, medio tapado por una unidad, se veía la central de calefacción y suministro eléctrico, con una chimenea que soltaba una delgada columna de humo blanco al cielo azul. Ocultos bajo el suelo, en dirección a todos los edificios, había túneles con conductos de calefacción. Vio algunos cobertizos, con equipo amontonado a los lados. Los edificios restantes eran muy parecidos, de ladrillo, con hiedra y el techo de pizarra gris. La mayoría estaban diseñados para recibir pacientes, pero uno había sido convertido en residencia para las enfermeras en prácticas, y varios rediseñados en dúplex donde se alojaban algunos psiquiatras residentes con sus familias. Se distinguían porque tenían juguetes esparcidos en el porche, y uno tenía un cajón de arena. Cerca del edificio de administración había asimismo una caseta de seguridad, donde los guardas del hospital fichaban al entrar y salir. El edificio de administración tenía un ala con un auditorio, donde supuso que el personal celebraba reuniones y charlas. Pero, en general, el complejo mostraba una similitud deprimente. Costaba entender qué había pretendido el arquitecto, porque los edificios seguían una disposición caprichosa que contravenía la urbanización racional. Dos estaban situados juntos, mientras que un tercero estaba orientado en otra dirección. Era casi como si los hubieran construido sin ton ni son.

La parte frontal del complejo hospitalario estaba rodeada por un alto muro de ladrillo rojo, con una elaborada verja de hierro negro en la entrada. No distinguió ningún cartel en ella, y dudaba que lo hubiera. Si uno se acercaba al hospital, ya sabía lo que era y para qué servía, de modo que un cartel habría sido una redundancia.

Contempló el muro y le pareció que debía de alcanzar entre tres y tres metros y medio de altura. A los lados y en la parte posterior del hospital, el muro se prolongaba en una alambrada oxidada en muchos puntos y coronada con alambre de espino. Además del jardín, había una zona de ejercicio y una franja pavimentada, que contenía una cesta de baloncesto en un extremo y una red de voleibol en el centro, pero ambas cosas estaban torcidas y rotas, oscurecidas debido al abandono y la falta de mantenimiento. Tampoco pudo imaginar que alguien las usara.

—¿Qué estás mirando, Pajarillo? —preguntó Negro Chico.

—El hospital. No sabía lo grande que era.

—Ahora hay muchos pacientes, demasiados —comentó el auxiliar en voz baja—. Las unidades están abarrotadas. Las camas, apretujadas entre sí. Gente sin nada que hacer, pasando el rato en los pasillos. No hay bastantes juegos. No hay terapia suficiente. El hacinamiento no es bueno.

Francis dirigió la vista más allá de la enorme verja que había cruzado a su llegada al hospital. Estaba abierta de par en par.

—La cierran por la noche —dijo Negro Chico antes de que se lo preguntara.

—El señor Evans pensaba que intentaría escaparme —comentó Francis.

—La gente siempre piensa que eso es lo que harán las personas que están aquí. —Sacudió la cabeza con una sonrisa—. Hasta el señor del Mal. Lleva aquí un par de años y ya debería saber que no es así.

—¿Por qué no? —preguntó Francis—. ¿Por qué no intenta huir la gente?

—Ya sabes la respuesta, Pajarillo —suspiró Negro Chico—. No es cuestión de vallas, ni de puertas cerradas con llave, aunque tenemos un montón. Hay muchas formas de tener a una persona encerrada. Piénsalo. Pero la mejor no tiene nada que ver con fármacos o cerrojos: aquí casi nadie tiene adónde ir. Si no tienes eso, no te vas. Es así de simple.

Dicho eso, se volvió para ayudar a Cleo con sus semillas. No había cavado los surcos lo bastante profundos ni lo bastante anchos. Su rostro reflejaba cierta frustración hasta que Negro Chico le recordó que cuando su tocaya entró en Roma, los sirvientes esparcieron pétalos de rosas a su paso. Eso la hizo reflexionar un momento, y luego se puso a cavar y rastrillar la tierra pedregosa con una resolución que parecía verdaderamente inquebrantable. Cleo era una mujer corpulenta, que llevaba vestidos holgados de colores vivos que ondeaban alrededor de su cuerpo y ocultaban su volumen enorme. Resollaba a menudo, fumaba demasiado y el cabello oscuro le caía despeinado sobre los hombros. Cuando caminaba, solía tambalearse de un lado a otro, como un barco a la deriva sacudido por los vientos y el mar agitado. Pero Francis sabía que se transformaba cuando cogía una pala de ping-pong: se liberaba de su tamaño entorpecedor como por arte de magia y se volvía esbelta, ágil y rápida.

Volvió a mirar la verja y a los demás pacientes, y empezó a comprender lo que Negro Chico le había dicho. Uno de los hombres mayores tenía problemas con su palita, que sacudía con fuerza con una mano temblorosa. Otro se había distraído y contemplaba un cuervo escandaloso que se había posado en un árbol cercano.

En su interior, una de sus voces repetía lo que había dicho Negro Chico, subrayando cada palabra: *Nadie huye porque nadie tiene adónde ir. Y tú tampoco, Francis.*

Y un coro de asentimiento.

Se sintió mareado un instante, porque allí, bajo el sol y la suave brisa primaveral, con las manos cubiertas de tierra del jardín, vio que ése podría ser su futuro. Y eso lo aterró más que cualquier otra cosa que le hubiera ocurrido hasta entonces. Comprendió que su vida era una cuerda fina y resbaladiza, y que tenía que agarrarse a ella. Era la peor sensación que hubiera tenido nunca. Sabía que estaba loco y sabía, con la misma seguridad, que no podía estarlo. Tenía que encontrar algo que lo mantuviera cuerdo. O que lo hiciera parecer cuerdo.

Inspiró con fuerza. No sería fácil.

Y, como para subrayar el problema, sus voces discutían acaloradamente en su interior. Intentó acallarlas, pero era difícil. Tardaron unos minutos en bajar el volumen, de modo que él pudiera entender lo que estaban diciendo. Francis miró a los demás pacientes y vio que dos lo observaban con atención. Debía de haber farfullado algo en voz alta al intentar imponer orden en la caótica asamblea de su interior. Pero los auxiliares no parecían haberse dado cuenta de la lucha repentina que había librado.

Sin embargo, Larguirucho sí. Trabajaba a poca distancia de Francis y se acercó a él.

—Vas a estar bien, Pajarillo —dijo, y una súbita emoción le quebró la voz—. Todos lo estaremos. Siempre y cuando estemos en guardia. Tenemos que estar alertas —prosiguió—. Y no te descuides ni un segundo. Está a nuestro alrededor y podría aparecer en cualquier momento. Tenemos que estar preparados. Como los *boy scouts*. Listos para cuando llegue. —Parecía más agitado y desesperado que de costumbre.

Francis creía saber de qué hablaba Larguirucho, pero entonces comprendió que podría tratarse de cualquier cosa, aunque lo más seguro era que se refiriera a una presencia satánica. Larguirucho tenía una forma de ser curiosa. Podía pasar de maníaca a casi dulce en unos segundos. En un momento dado era todo brazos y ángulos y se movía como una marioneta manejada por unas fuerzas invisibles, y acto seguido se amilanaba y su estatura lo hacía tan amenazador como una simple farola. Francis asintió, tomó un puñado de semillas de un paquete y las hundió en la tierra.

Negro Grande se incorporó y se sacudió la tierra de su uniforme blanco.

—Muy bien —dijo con alegría—. Regaremos la zona y nos iremos. —Miró a Francis y le preguntó—: ¿Qué has plantado, Pajarillo?

—Rosas —respondió el joven tras echar un vistazo al paquete de semillas—. Rojas. Muy bonitas pero difíciles de coger. Tienen espinas.

Luego, se levantó, se puso en la fila y todos regresaron al edificio. Intentó absorber y acumular todo el aire fresco que pudo porque supuso que pasaría bastante tiempo antes de volver a salir.

Fuera lo que fuese lo que había provocado que Larguirucho perdiera el poco control que tenía, persistió esa tarde en la sesión de grupo. Se reunieron, como de costumbre, en una de las salas de Amherst que recordaban a un aula, con unas veinte sillas plegables de metal gris dispuestas en círculo. A Francis le gustaba situarse donde pudiera mirar por los barrotes de la ventana si la conversación se volvía aburrida. El señor del Mal había llevado el periódico de la mañana para estimular una discusión sobre hechos de actualidad, pero sólo pareció agitar todavía más a Larguirucho. Estaba sentado frente al sitio que Francis ocupaba junto al Bombero y se le veía presa del desasosiego. El señor del Mal pidió a Noticiero que leyera los titulares del día. El paciente lo hizo de forma exagerada, subiendo y bajando la voz en cada lectura. Había pocas noticias alentadoras. La crisis de los rehenes en Irán seguía sin solución. Una protesta en San Francisco había derivado en violencia, con varias detenciones y uso de gas lacrimógeno por parte de la policía. En París y Roma, manifestantes antiamericanos habían quemado banderas y efigies del Tío Sam antes de provocar disturbios callejeros. En Londres, las autoridades habían usado cañones de agua contra manifestantes de similar cariz. El índice Dow Jones había bajado. En una cárcel de Arizona se había producido un motín que había arrojado heridos tanto entre reclusos como carceleros. En Boston, la policía seguía sin resolver varios homicidios cometidos el año anterior e informaba que carecía de nuevas pistas en los casos, que consistían en el secuestro y la violación de mujeres antes de asesinarlas. Un accidente en el que se habían visto implicados tres coches en la carretera 91, en las afueras de Greenfield, se había cobrado un par de vidas. Y un grupo ecologista había demandado a un importante empresario local por el vertido de residuos tóxicos en el río Connecticut.

Cada vez que Noticiero hacía una pausa y el señor del Mal intentaba comentar alguna de estas noticias, u otras, todas desalentadoras, Larguirucho asentía con energía y empezaba a farfullar.

—Fíjate. ¿Lo ves? ¡A eso me refiero!

Era un poco como estar en una peculiar iglesia evangelista. Evans no prestaba atención a Larguirucho y procuraba que los demás miembros del grupo participaran en una especie de conversación.

Pero el Bombero se volvió hacia Larguirucho y le preguntó:

—¿Qué pasa, hombre?

—¿No lo ves, Peter? —respondió Larguirucho con voz temblorosa—. ¡Hay señales por todas partes! Disturbios, odio, guerra, asesinatos... —Se dirigió a Evans—: ¿No dice nada el periódico sobre alguna hambruna?

El señor del Mal titubeó.

—Los sudaneses se enfrentan a una mala cosecha —informó Noticiero con regocijo—. La sequía y el hambre provocan una crisis de refugiados. *The New York Times.*

—¿Cientos de muertos? —quiso saber Larguirucho.

—Sí. Seguro —respondió Evans—. Puede que incluso más.

—He visto las fotografías antes. —Larguirucho asintió con énfasis—. Niños pequeños con las barrigas hinchadas, las piernas como palillos y los ojos hundidos, vacíos y desesperados. Y la enfermedad, eso está siempre entre nosotros, junto con la hambruna. Ni siquiera tengo que leer el Apocalipsis con demasiada atención para reconocer lo que está pasando. Son todas señales.

Se recostó bruscamente en la silla plegable y miró por la ventana con barrotes que daba a los terrenos del hospital como si evaluara la última luz del día.

—No hay duda de que la presencia de Satán está aquí —aseguró—. Mirad todo lo que está pasando en el mundo. Malas noticias por todas partes. ¿Quién más podría ser responsable?

Dicho eso, cruzó los brazos. Respiraba con dificultad, y gotitas de sudor le perlaban la frente, como si tuviera que esforzarse mucho en controlar cada pensamiento que retumbaba en su cabeza. El resto del grupo estaba clavado en la silla, sin moverse, con la mirada fija en Larguirucho mientras éste combatía los temores que lo zarandeaban interiormente.

El señor del Mal se percató de ello y cambió de tema.

—Pasemos a la sección de deportes —sugirió. La alegría de su voz era casi insultante.

—No —replicó el Bombero con una nota de rabia—. No quiero hablar sobre béisbol o baloncesto. Creo que deberíamos hablar sobre el mundo que nos rodea. Y creo que Larguirucho ha dado con algo. Todo lo que hay al otro lado de estas puertas es terrible. Odio, muertes y asesinatos. ¿De dónde procede? ¿Quién lo hace? ¿Quién sigue siendo bueno? Quizá no sea porque Satán está aquí, como cree Larguirucho. Quizá sea porque todos nos hemos vuelto peores y ni siquiera sea necesario que él esté aquí porque nosotros hacemos su trabajo por él.

Evans lo miró con dureza.

—Creo que tu opinión es interesante —afirmó despacio. Tenía los ojos entornados y había medido las palabras para imbuirlas de una sutil frialdad—, pero exageras las cosas. Además, no veo que tenga demasiada relación con el objetivo de este grupo. Estamos aquí para explorar formas de reincorporarse a la sociedad, no razones para esconderse de ella, a pesar de que el mundo no sea como nos gustaría. Ni creo que sirva de nada que consintamos nuestros delirios o les demos crédito.

Estas últimas palabras iban dirigidas tanto a Peter como a Larguirucho.

El Bombero tenía el rostro tenso. Empezó a replicar, pero se detuvo. Larguirucho llenó ese repentino vacío.

—Si nosotros tenemos la culpa de todo lo que está pasando, entonces no hay ninguna esperanza —aseguró con voz temblorosa, al borde de las lágrimas—. Ninguna.

Lo dijo con tanta desesperación que varios de los que habían guardado silencio hasta entonces soltaron un grito apagado. Un hombre mayor empezó a sollozar y una mujer que llevaba una bata rosa arrugada, demasiado rímel en los ojos y unas zapatillas con forma de conejito, rompió en llanto.

—¡Oh, qué triste! —exclamó—. Todo es muy triste.

Francis fijó la mirada en el psicólogo, que intentaba recuperar el control de la sesión.

—El mundo es como ha sido siempre —sentenció—. Lo que tratamos aquí es nuestra parte en él.

No fue el comentario adecuado. Larguirucho se puso de pie de un brinco y empezó a agitar los brazos sobre la cabeza, como había hecho la primera vez que Francis lo había visto.

—¡Es así! —gritó, sobresaltando a los miembros más tímidos del grupo—. ¡El mal está en todas partes! Tenemos que encontrar el modo de mantenerlo alejado. Tenemos que unirnos. Formar comités. Formar grupos de vigilantes. ¡Tenemos que organizarnos! ¡Coordinarnos! Idear un plan. Levantar defensas. Proteger los muros. ¡Tenemos que trabajar mucho para mantenerlo fuera del hospital! —Inspiró hondo y dirigió la mirada a todos los presentes.

Algunas cabezas asintieron. Tenía sentido.

—Podemos contener el mal —dijo Larguirucho—. Pero sólo si estamos alertas.

Y, con el cuerpo aún temblando debido al esfuerzo que le había costado expresar su opinión, se sentó de nuevo y volvió a cruzar los brazos para guardar silencio.

Evans fulminó con la mirada a Peter, como si él tuviera la culpa del arrebato de Larguirucho.

—A ver, Peter, cuéntanos —dijo despacio—. ¿Crees que para mantener a Satán fuera del hospital quizá deberíamos ir todos a la iglesia con regularidad?

El Bombero se puso tenso en su asiento.

—No —respondió—. No creo que...

—¿No deberíamos rezar? ¿Ir a misa? ¿Decir un avemaría y un padrenuestro? ¿Comulgar todos los domingos? ¿No deberíamos confesar nuestros pecados de forma casi constante?

—Puede que esas cosas te hagan sentir mejor. —La voz del Bombero bajó de tono y de intensidad—. Pero no creo que...

—Oh, perdona —lo interrumpió Evans por segunda vez con una nota de cinismo—. Ir a la iglesia y asistir a cualquier tipo de actividad religiosa sería impropio del Bombero, ¿verdad? Porque el Bombero tiene un problema con las iglesias, ¿no es así?

Peter se revolvió en la silla. Francis detectó en su mirada una furia desconocida.

—No son las iglesias. Es una iglesia. Y tuve un problema. Pero lo resolví, ¿recuerda, señor Evans?

Los dos hombres se miraron un instante.

—Sí —asintió Evans—. Supongo que sí. Y mira adónde te ha llevado.

Durante la cena, las cosas parecieron empeorar para Larguirucho.

Esa noche se servía pollo a la crema, que consistía en una espesa crema grisácea y poco pollo, con unos guisantes tan hervidos que cualquier posible reivindicación en el sentido de que eran una verdura se había evaporado en la olla, y unas patatas al horno que tenían la misma consistencia de las congeladas, salvo que estaban tan calientes como brasas extraídas de una hoguera. Larguirucho estaba sentado solo, en una mesa del rincón; los demás pacientes se habían apiñado en las otras mesas para dejarlo solo. Uno o dos habían intentando sentarse con él al principio de la cena, pero Larguirucho los había echado con gestos hoscos y gruñidos de perro viejo al que molestan mientras duerme.

El murmullo habitual parecía apagado, el ruido de los platos y las bandejas más tenue. Había varias mesas separadas para los pacientes de más edad, seniles que necesitaban ayuda, pero incluso la tarea de alimentarlos, o de atender a los catatónicos de mirada vacía, apenas conscientes de nada, parecía más silenciosa, más contenida. Desde donde estaba sentado, masticando con tristeza la insípida comida, Francis veía cómo todos los auxiliares del comedor lanzaban miradas a Larguirucho para vigilarlo mientras seguían atendiendo a los demás. En cierto momento apareció Tomapastillas, observó a Larguirucho unos instantes y luego habló brevemente con Evans. Antes de marcharse, escribió una receta y se la entregó a una enfermera.

Larguirucho parecía ajeno a la atención que suscitaba.

Hablaba consigo mismo y discutía mientras movía la comida por el plato y formaba con ella una masa compacta. Se bebió el vaso de agua. Hacía gestos alocados y en un par de ocasiones señaló al frente clavando el dedo índice en el aire como si acusara a alguien. Luego agachaba la cabeza, contemplaba la comida y volvía a farfullar para sí mismo.

Fue hacia los postres, unos cuadrados de gelatina de lima, cuando Larguirucho alzó por fin la vista, como si de repente fuera consciente de dónde estaba. Se volvió en la silla con una expresión de sorpresa y asombro. El pelo hirsuto, que solía caerle en delgados rizos grises sobre los hombros, parecía ahora cargado eléctricamente, como un personaje de dibujos animados que ha metido el dedo en un enchufe, salvo que en su caso no era de broma y nadie reía. Tenía los ojos muy abiertos y llenos de miedo, igual que cuando Francis lo había conocido pero multiplicado por cien, como si la pasión lo acelerara. Francis vio cómo se fijaban en Rubita, quien, cerca de donde Larguirucho estaba sentado, ayudaba a una anciana cortándole el pollo a trocitos y llevándoselos a la boca como si fuera una niña en su trona.

Larguirucho apartó hacia atrás la silla con un horrible chirrido. En el mismo movimiento, levantó un índice cadavérico y señaló a la joven enfermera en prácticas.

—¡Tú! —bramó con furia.

Rubita lo miró confundida. Se señaló a sí misma y con los labios formó la palabra «¿Yo?». No se movió de su sitio. Francis creyó que podía deberse a su escasa formación. Cualquier veterano del hospital habría reaccionado más deprisa.

—¡Tú! —gritó Larguirucho de nuevo—. ¡Tienes que ser tú!

Del otro lado del comedor, Negro Chico y su hermano intentaron acercarse deprisa. Pero las hileras de mesas y sillas y la cantidad de pacientes obstaculizaban su avance. Rubita se puso de pie mirando a Larguirucho, que se dirigía hacia ella con rapidez, con el índice acusador señalándola. La enfermera retrocedió un paso hacia la pared.

—¡Eres tú, lo sé! —gritó— ¡Tú eres nueva! ¡Eres la única que no ha sido comprobada! ¡Eres tú! ¡Tienes que serlo! ¡La encarnación del mal! Te dejamos entrar. ¡Vete! ¡Vete! ¡Tened todos cuidado! ¡No sabemos qué podría hacer!

Sus advertencias frenéticas daban a entender a los demás pacientes que Rubita estaba enferma o era peligrosa. Todos retrocedieron asustados.

Rubita reculó más y levantó una mano. Francis pudo ver pánico en sus ojos cuando el anciano se lanzaba hacia ella aleteando los brazos.

—¡No os preocupéis! —gritó con voz aguda y furiosa mientras hacía señas para que todo el mundo se alejara—. ¡Yo os protegeré!

Negro Grande apartaba mesas y sillas a su paso, y Negro Chico saltó por encima de un paciente que se había arrodillado, aterrado. Francis vio cómo el señor del Mal se dirigía hacia ellos, y la señorita Caray avanzaba también junto con otra enfermera entre los pacientes que se apiñaban sin saber si huir u observar.

—¡Eres tú! —bramó Larguirucho acorralando a la joven enfermera.

—¡No! —chilló Rubita con su voz aguda.

—¡Sí lo eres!

—¡Larguirucho! ¡Detente! —gritó Negro Chico. Su hermano se acercaba deprisa con una expresión resuelta.

—¡No soy yo, no soy yo! —dijo Rubita, que, encogida de miedo, se deslizó pared abajo.

Y entonces, con Negro Grande y el señor del Mal aún a metros de distancia, se produjo un súbito silencio. Larguirucho se estiró como si fuera a abalanzarse sobre Rubita. Francis oyó cómo el Bombero gritaba, aunque no estaba seguro desde dónde.

—¡No, Larguirucho! ¡Detente ahora mismo!

Y, para sorpresa de Francis, Larguirucho obedeció.

Miró a Rubita con ojos socarrones, casi como si inspeccionara el resultado de un experimento fallido. Su rostro adoptó una expresión de curiosidad. Contempló a Rubita ya más sereno y, casi con educación, le preguntó:

—¿Estás segura?

—Sí, sí, sí —dijo la enfermera—. Estoy segura.

—Me siento confundido —repuso él con abatimiento y sin dejar de mirarla atentamente. Era un desinflamiento instantáneo. Un segundo atrás era una fuerza vengadora, preparada para atacar, y un instante después era como un niño, empequeñecido, asaltado por un mar de dudas.

En ese momento, Negro Grande llegó por fin junto a Larguirucho. Le sujetó con rudeza los brazos y se los colocó a la espalda.

—¿Qué coño estás haciendo? —preguntó enfadado.

Negro Chico se situó entre el paciente y la enfermera en prácticas.

—¡Atrás! —ordenó, y su enorme hermano tiró de Larguirucho.

—Quizá me he equivocado —se excusó Larguirucho a la vez que sacudía la cabeza—. Parecía tan evidente al principio. Luego cambió. De repente cambió. Ahora no estoy seguro. —Volvió la cabeza hacia Negro Grande estirando su cuello largo como el de un avestruz. La duda y la tristeza teñían su voz—: Creí que era ella. Tenía que serlo. Es la más nueva. No lleva aquí demasiado tiempo. Seguro que es alguien recién llegado. Debemos tener mucho cuidado para no dejar que el mal entre en este hospital. Debemos estar atentos todo el rato. Alerta sin cesar. Lo siento —se disculpó mientras Rubita se ponía en pie y procuraba recobrar la calma—. Estaba tan seguro... Ahora ya no lo estoy tanto —añadió con frialdad y la miró con los ojos entornados—. Podría serlo. Podría estar mintiendo. Los esbirros de Satán son especialistas en mentir. Son unos impostores. Para ellos es fácil hacer que alguien parezca inocente cuando en realidad no lo es.

Rubita se alejó sin apartar unos ojos recelosos del sitio donde Negro Grande sujetaba a Larguirucho.

—Encárguese de que le administren un sedante esta noche —ordenó Evans a Negro Chico—. Cincuenta miligramos de Nembutal, por vía intravenosa, a la hora de la medicación. Quizá debería pasar la noche en aislamiento.

Larguirucho seguía observando a Rubita. Cuando oyó la palabra «aislamiento», se volvió hacia el señor del Mal y sacudió la cabeza vehementemente.

—No, no —soltó—. Estoy bien. De verdad. Sólo hacía mi trabajo. No causaré problemas, lo prometo... —Su voz se fue apagando.

—Ya veremos —dijo Evans—. A ver cómo responde al sedante.

—Estaré bien —insistió Larguirucho—. De verdad. No causaré ningún problema. Ninguno. No me pongan en aislamiento, por favor.

—Puede tomarse un descanso —indicó Evans a Rubita, pero la esbelta enfermera sacudió la cabeza.

—Estoy bien —respondió imprimiendo cierto valor a sus palabras, y prosiguió alimentando a la anciana en la silla de ruedas.

Francis observó que Larguirucho seguía con los ojos puestos en Rubita, y su mirada fija reflejaba lo que interpretó como incertidumbre. Más adelante comprendería que podría haber sido algo muy diferente.

La aglomeración habitual empujó y se quejó esa noche a la hora de la medicación. Rubita estaba en el puesto de enfermería y quiso ayudar a distribuir las pastillas, pero las otras enfermeras, mayores y más expertas, se encargaron de ello. Varias voces subieron de tono para quejarse y un hombre rompió a llorar cuando otro lo apartó de un empujón, pero Francis tuvo la impresión de que el incidente de la cena había dejado a casi todos si no mudos, por lo menos calmados. Pensó que el hospital era una cuestión de equilibrios. Los medicamentos equilibraban la locura; la edad y la reclusión equilibraban la energía y las ideas. Todos los pacientes aceptaban cierta rutina que limitaba, definía y reglamentaba el espacio y la acción. Incluso los esporádicos empujones y discusiones a la hora de la medicación formaban parte de un elaborado minué demencial, tan codificado como un baile barroco.

Larguirucho apareció acompañado de Negro Grande. Sacudía la cabeza y Francis lo oyó quejarse.

—Estoy bien. No necesito nada extra para tranquilizarme —decía—. Estoy bien.

Pero Negro Grande había perdido su habitual expresión complaciente.

—Tienes que facilitarnos las cosas, Larguirucho —le dijo—, o tendremos que ponerte una camisa de fuerza y encerrarte toda la noche en aislamiento. Así que inspira hondo, súbete la manga y no te resistas.

Larguirucho asintió aunque Francis vio que miraba con recelo a Rubita, que trabajaba en la parte posterior del puesto de enfermería. Fueran cuales fuesen las dudas que Larguirucho tenía sobre la identidad de Rubita, Francis supo que ni la medicación ni la persuasión las había disipado. Parecía temblar de ansiedad de pies a cabeza, pero no opuso resistencia a la enfermera Huesos, que se acercó a él con una hipodérmica que goteaba fármaco y le frotó el brazo con alcohol antes de clavarle la aguja. Francis pensó que debía de doler, pero Larguirucho no mostró signos de ello. Lanzó una última mirada a Rubita antes de que Negro Grande se lo llevara hacia el dormitorio.

5

El tráfico nocturno había aumentado frente a mi piso. Oía el ruido de los camiones diésel, algún que otro claxon de coche y el rumor constante de los neumáticos. La noche cae despacio en verano, cuando se insinúa como un mal pensamiento en una ocasión feliz. Unas sombras irregulares llegan primero a los callejones y empiezan a recorrer despacio patios y aceras, a subir por las paredes de los edificios y a deslizarse como una serpiente a través de las ventanas, o se aferran a las ramas de los árboles hasta que, por fin, se impone la oscuridad. A menudo he pensado que la locura es un poco como la noche, debido a las distintas formas en que se extendió durante varios años por mi corazón y mi mente, unas veces con dureza o rapidez, otras con lentitud y sutileza, de modo que apenas era consciente de que estaba dominándome.

¿Había conocido alguna vez una noche más oscura que aquella en el Hospital Estatal Western?, me pregunté. ¿O una noche más llena de locura?

Fui al fregadero, llené un vaso de agua, tomé un trago y pensé: He omitido el hedor. Era una combinación de excrementos luchando contra productos de limpieza sin diluir. La peste de la orina frente al olor del desinfectante. Como los niños pequeños, muchos pacientes ancianos y seniles no controlaban los intestinos, de modo que el hospital apestaba a percances. Para combatirlo, todos los pasillos tenían por lo menos dos trasteros provistos de trapos, fregonas, cubos y potentes agentes limpiadores químicos. A veces parecía haber siempre alguien fregando el suelo en algún sitio. Los productos con lejía eran muy potentes, te escocían los ojos cuando tocaban el suelo de linóleo y dificultaban la respiración, como si algo se te clavara en los pulmones.

Costaba prever cuándo se producirían esos percances. Supongo que en un mundo normal podrían identificarse las tensiones o los temores capaces de provocar una pérdida de control a una persona anciana, y adoptar medidas para reducirlos. Exigiría un poco de lógica, sensibilidad y cierta planificación y previsión. Nada extraordinario. Pero en el hospital, donde todas las tensiones y los temores eran tan imprevistos y surgían de pensamientos tan incoherentes, era prácticamente imposible anticiparlos e impedirlos.

Así que, en lugar de eso, teníamos cubos y limpiadores potentes.

Y, dada la frecuencia con que las enfermeras y los auxiliares tenían que usarlos, los trasteros no solían estar cerrados con llave. Se suponía que tenían que estarlo, claro, pero como muchas otras cosas en el Hospital Estatal Western, la realidad de las normas se doblegaba ante la práctica que imponía la locura.

¿Qué más recordaba de esa noche? ¿Llovía? ¿Soplaba el viento?

Sí recordaba los sonidos.

En el edificio Amherst había casi trescientos pacientes agrupados en un centro concebido en principio para una tercera parte de esa cantidad. Cualquier noche podían trasladar a varios a una de esas celdas de aislamiento de la cuarta planta con las que habían amenazado a Larguirucho. Las camas estaban pegadas unas a otras, de modo que sólo unos centímetros separaban a un paciente del siguiente. A lo largo de una pared del dormitorio había unas cuantas ventanas mugrientas. Tenían barrotes y proporcionaban poca ventilación, aunque los hombres en las camas situadas bajo ellas solían cerrarlas bien porque temían lo que pudiese haber al otro lado.

La noche era una sinfonía de aflicción.

Los ronquidos, las toses y los gorgoteos se mezclaban con las pesadillas. Los pacientes hablaban en sueños con familiares y amigos que no estaban ahí, con dioses que ignoraban sus oraciones, con demonios que los atormentaban. Gritaban sin cesar, y pasaban llorando las horas de mayor oscuridad. Todo el mundo dormía, pero nadie descansaba.

Estábamos encerrados con toda la soledad que trae la noche.

Quizá fuera la luz de la luna que se colaba entre los barrotes de las ventanas lo que me mantuvo esa noche entre el sueño y la vigilia. Quizá seguía estando nervioso por lo ocurrido durante el día. Quizá mis voces estaban inquietas. He pensado muchas veces en ello, porque todavía no estoy seguro de lo que me mantuvo en ese incómodo estadio *entre la vigilancia y la inconsciencia. Peter gemía en sueños y se revolvía en la cama, junto a la mía. La noche era difícil para él. De día podía mostrar una actitud razonable que parecía impropia del hospital, pero por la noche algo le roía por dentro. Y mientras yo iba y venía entre esos estados de ansiedad, recuerdo haber visto a Larguirucho, a unas camas de distancia, sentado en la posición del loto como un indio americano en un consejo tribal, mirando hacia el otro lado del dormitorio. Recuerdo haber pensado que el tranquilizante que le habían dado no le había hecho efecto, porque lo normal era que lo hubiera sumido en un sueño tranquilo. Pero los impulsos que antes lo habían desquiciado vencían con facilidad al tranquilizante y, en lugar de eso, estaba sentado farfullando y gesticulando con las manos como un director que no logra que la orquesta toque al compás adecuado.*

Así es como lo recordaba de esa noche, hasta el momento en que una mano en el hombro me sacudió para despertarme. Ése fue el momento, así que tenía que empezar ahí.

Por lo tanto, tomé el lápiz y escribí:

> *Francis dormía a trompicones hasta que lo despertó una sacudida insistente que pareció alejarlo de algún lugar agitado y le recordó al instante dónde estaba. Abrió los ojos, pero antes de que se le adaptaran a la oscuridad oyó la voz de Larguirucho que le susurraba con suavidad pero con energía, lleno de placer y entusiasmo infantil: «Estamos a salvo, Pajarillo. ¡Estamos a salvo!»*

Francis dormía a trompicones hasta que lo despertó una sacudida insistente que pareció alejarlo de algún lugar agitado y le recordó al instante dónde estaba. Abrió los ojos, pero antes de que se le adaptaran a la oscuridad oyó la voz de Larguirucho que le susurraba con suavidad pero con energía, lleno de placer y entusiasmo infantil:

—Estamos a salvo, Pajarillo. ¡Estamos a salvo!

Su figura le recordó a un dinosaurio alado posado al borde de la cama. A la luz de la luna que se filtraba por la ventana, Francis distinguió una extraña expresión de alegría y alivio en su rostro.

—¿De qué estamos a salvo? —quiso saber, aunque en cuanto hizo la pregunta se dio cuenta de que conocía la respuesta.

—Del mal —respondió Larguirucho, y se rodeó el cuerpo con los brazos. Luego hizo un segundo movimiento y levantó la mano izquierda para cubrirse la frente, como si la presión de la palma y los dedos pudiera contener los pensamientos y las ideas que le surgían con desenfreno.

Cuando se apartó la mano de la frente, Francis tuvo la impresión de que le había quedado una marca, casi como de hollín. No era fácil distinguir nada a la luz tenue que había en la habitación. Larguirucho también debió de notar algo, porque de repente se miró los dedos con gesto burlón.

—¡Larguirucho! —susurró Francis, que se había incorporado en la cama—. ¿Qué ha pasado?

Antes de que él pudiera responder, Francis oyó un siseo. Era Peter, que se había despertado y se inclinaba hacia ellos.

—¡Dínoslo, Larguirucho! ¿Qué ha pasado? —pidió Peter con la voz queda—. Pero no hagas ruido. No despiertes a nadie más.

Larguirucho asintió con la cabeza. Pero sus palabras se precipitaron de forma entusiasta, casi dichosa. Rezumaban alivio y liberación.

—Ha sido una visión, Peter. Tiene que haber sido un ángel que me ha sido enviado. Esta visión vino a mi lado, Pajarillo, para decirme...

—¿Para decirte qué? —susurró Francis.

—Para decirme que tenía razón. Desde el principio. El mal había intentado llegar hasta nosotros, Pajarillo. La encarnación del mal estaba aquí, en el hospital, a nuestro lado. Pero ha sido destruida y ahora estamos a salvo. —Exhaló despacio y añadió—: Gracias a Dios.

Francis no sabía cómo interpretar aquello pero el Bombero se sentó al lado del hombre alto.

—¿Esa visión estuvo aquí? ¿En esta habitación? —le preguntó.

—Junto a mi cama. Nos abrazamos como hermanos.

—¿La visión te tocó?

—Sí. Era tan real como tú o como yo, Peter. Notaba su vida junto a la mía. Como si nuestros corazones latieran al unísono. Excepto que también era mágica, Pajarillo.

El Bombero asintió. Luego, alargó la mano despacio y tocó la frente de Larguirucho, donde seguían las marcas de hollín. Peter se frotó los dedos.

—¿Viste que la visión entrara por la puerta, o cayó de arriba? —preguntó, y señaló hacia la puerta del dormitorio y luego hacia el techo.

—No. —Larguirucho sacudió la cabeza—. Llegó sin más. En un segundo estaba junto a mi cama. Parecía bañada de luz, como si procediera del cielo. Pero no pude verle la cara. Casi como si estuviera envuelta en un velo. Tiene que haber sido un ángel —comentó—. Imagina, Pajarillo, un ángel aquí. Aquí, en esta habitación. En nuestro hospital. Para protegernos.

Francis no dijo nada, pero Peter asintió con la cabeza. Se llevó los dedos a la nariz y se los olió. Francis tuvo la impresión de que se sorprendía. El Bombero hizo una pausa y echó un vistazo alrededor de la habitación. A continuación pronunció unas palabras autoritarias en voz baja, como órdenes de un mando militar cuando el enemigo está cerca y el peligro se esconde detrás de cada sombra.

—Larguirucho, vuelve a la cama y espera a que Pajarillo y yo regresemos. No digas nada a nadie. Silencio absoluto, ¿entendido?

Larguirucho fue a replicar pero vaciló.

—De acuerdo —dijo—. Pero estamos a salvo. Estamos todos a salvo. ¿No crees que los demás querrán saberlo?

—Vamos a asegurarnos antes de ilusionarlos —repuso Peter.

Eso pareció tener sentido para Larguirucho, porque asintió, se levantó y regresó a su cama. Cuando llegó, se volvió y se llevó el dedo índice a los labios haciendo la señal de silencio.

—Ven conmigo, Pajarillo —susurró Peter después de sonreír a Larguirucho—. ¡Y no hagas ruido! —Cada palabra parecía poseer una tensión indefinida que Francis no acababa de entender.

Sin mirar atrás, el Bombero avanzó con cautela entre las camas, moviéndose sigiloso por el reducido espacio que separaba a los hombres dormidos. Pasó junto al baño, donde un haz de luz sobresalía por debajo de la puerta. Algunos hombres se movieron y uno pareció querer levantarse cuando pasaron junto a su cama, pero Peter se limitó a pedirle que guardara silencio, y el hombre emitió un gemido, se giró y volvió a dormirse.

Cuando llegó a la puerta, miró atrás y vio a Larguirucho, sentado de nuevo en la cama en la posición del loto. Éste los vio y los saludó con la mano.

Peter alargó la mano hacia el pomo.

—Está cerrada con llave —indicó Francis—. Cierran todas las noches.

—Esta noche no —replicó Peter. Y, para probarlo, giró el pomo. La puerta se abrió con un ligero crujido—. Vamos, Pajarillo.

El pasillo estaba a oscuras durante la noche, con sólo alguna que otra lámpara tenue que lanzaba reducidos arcos de luz al suelo. El silencio desconcertó momentáneamente a Francis. Por lo general, los pasillos del edificio Amherst estaban abarrotados de gente sentada, de pie, caminando, fumando, hablando consigo misma, hablando con gente que no estaba ahí o incluso hablando entre sí. Los pasillos eran como las venas del hospital, sin cesar bombeaban sangre y energía a cada órgano importante. Nunca los había visto vacíos. La sensación de estar solo en el pasillo resultaba inquietante. El Bombero, sin embargo, no parecía preocupado. Miraba pasillo adelante, hacia donde una lámpara de escritorio emitía un tenue brillo amarillo en el puesto de enfermería. Desde donde estaban, el puesto parecía vacío.

Peter dio un paso y bajó la mirada al suelo. Hincó una rodilla y tocó con cuidado una mancha oscura, como había hecho con el hollín en la frente de Larguirucho. De nuevo, se llevó el dedo a la nariz. Entonces, sin decir palabra, indicó a Francis que se fijara.

El joven no estaba seguro de lo que se suponía que tenía que ver, pero prestó atención. Los dos siguieron avanzando hacia el puesto de enfermería, pero se detuvieron frente a uno de los trasteros.

Francis escudriñó el puesto y vio que estaba realmente vacío. Eso lo confundió porque daba por sentado que había por lo menos una enfermera de guardia las veinticuatro horas del día. El Bombero contemplaba el suelo delante de la puerta del trastero. Señaló una mancha grande en el linóleo.

—¿Qué es? —quiso saber Francis.

—El mayor problema que puedes encontrarte en tu vida —suspiró Peter—. Haya lo que haya detrás de esta puerta, no grites. Sobre todo, no grites. Muérdete la lengua y no digas una palabra. Y no toques nada. ¿Puedes hacerlo por mí, Pajarillo? ¿Puedo contar contigo?

Francis gruñó que sí, lo que le resultó difícil. Notaba cómo la sangre le bombeaba en el pecho, le retumbaba en los oídos, llena de adrenalina y ansiedad. En ese instante, se percató de que no había oído ni una palabra de sus voces interiores desde que Larguirucho lo había despertado.

Peter se acercó a la puerta del trastero. Se envolvió la mano con la camiseta para sujetar el pomo. Y entonces abrió despacio la puerta.

El cuarto estaba a oscuras. Peter entró con cautela y acercó la mano al interruptor de la pared.

La luz repentina fue como una estocada.

El brilló cegó a Francis un segundo, puede que menos. Oyó a Peter proferir un juramento.

Francis se inclinó para ver por encima del hombro de su amigo. Y soltó un grito ahogado a la vez que el miedo lo sacudía como un viento huracanado. Retrocedió un paso atrás, sintiendo que el aire que inspiraba le quemaba. Intentó decir algo, pero incluso «Oh, Dios mío» le salió como un gemido gutural.

En el suelo, en el centro del trastero, yacía Rubita.

O la persona que había sido Rubita.

Estaba casi desnuda. Le habían arrancado el uniforme de enfermera y lo habían arrojado en un rincón. Todavía llevaba puesta la ropa interior, pero estaba fuera de sitio, de modo que le quedaban al descubierto los pechos y el sexo. Estaba tumbada de costado, casi acurrucada en posición fetal, salvo que tenía una pierna doblada y la otra extendida, con un gran charco de sangre granate bajo la cabeza y el tórax. Unos hilos rojos le resbalaban por la pálida piel. Tenía un brazo metido debajo del cuerpo y el otro extendido, como una persona que saluda a alguien que está lejos. Tenía el cabello apelmazado, casi mojado, y gran parte de la piel le brillaba de modo extraño a la luz de la bombilla desnuda. Cerca, había un cubo con materiales de limpieza volcado, y el olor de líquido limpiador y desinfectante era abrumador. Peter se agachó sobre el cuerpo, pero no llegó a tomarle el pulso porque tanto él como Francis vieron que Rubita había sido degollada. La herida roja y negra, larga y abierta, debió de acabar con su vida en unos segundos.

Salieron de nuevo al pasillo. Peter inspiró despacio y exhaló del mismo modo, con un ligero silbido cuando el aire le pasó entre los dientes apretados.

—Mira con atención, Pajarillo —dijo—. Míralo todo con atención. Trata de recordar todo lo que veas esta noche. ¿Podrás hacer eso por mí, Pajarillo? ¿Ser el segundo par de ojos que lo capta y lo registra todo?

Francis asintió despacio. Peter volvió a entrar en el almacén y empezó a señalar cosas en silencio. Primero, el corte que marcaba cruelmente el cuello de Rubita, después el cubo volcado y las ropas arrancadas y tiradas al suelo. Señaló unas líneas de sangre en la frente de Rubita, eran paralelas y descendían hacia los ojos. Francis no pudo imaginar cómo se habrían producido. Tras indicar las marcas, Peter empezó a moverse con cuidado por el reducido espacio mientras señalaba con el índice cada cuadrante de la habitación, cada elemento del escenario, como un profesor que indica con un puntero una pizarra para captar la atención de unos alumnos cortos de entendederas.

Francis lo vio todo, y lo grabó en su memoria como un ayudante de fotógrafo.

Peter se detuvo al indicar la mano de Rubita. Francis vio de repente que a cuatro dedos le faltaban las falanges, como si se las hubieran cortado y llevado. Contempló la mutilación respirando de modo espasmódico.

—¿Qué ves, Pajarillo? —preguntó por fin el Bombero.

—Veo a Rubita —respondió sin apartar la mirada del cadáver—. Pobre Larguirucho. Pobre, pobre Larguirucho. Debió de estar absolutamente convencido de que mataba a la encarnación del mal.

—¿Crees que Larguirucho hizo esto? —replicó Peter a la vez que sacudía la cabeza—. Míralo mejor —pidió—. Y dime qué ves.

Francis observó de forma casi hipnótica el cadáver. Se fijó en el rostro de la joven y sintió una mezcla de terror y agitación. Se dio cuenta de que era la primera vez que veía a alguien muerto, por lo menos de cerca. Recordaba haber asistido al funeral de su tía abuela cuando era pequeño, y cómo su madre lo había tomado con fuerza de la mano y lo había hecho pasar junto a un ataúd abierto mientras le murmuraba todo el rato que no dijera ni hiciera nada y que se comportara, porque temía que él llamara la atención haciendo algo inadecuado. Pero no lo hizo, y tampoco vio a la tía abuela en el ataúd. Lo único que recordaba era un perfil de porcelana blanca, visto sólo un momento, como algo fugaz a través de la ventanilla de un coche en marcha. No creyó que fuera lo mismo. Lo que veía de Rubita era muy diferente. Comprendió que era la peor cara de la muerte.

—Veo muerte —susurró.

—Sí —asintió Peter—. Muerte. Y desagradable, además. Pero ¿sabes qué más veo yo? —Habló despacio, como si midiera cada palabra.

—¿Qué?

—Veo un mensaje —respondió el Bombero. Y, con una sensación casi apabullante de tristeza, añadió—: Y nadie ha matado a la encarnación del mal. Está aquí, entre nosotros, tan viva como tú o como yo. —Salió otra vez al pasillo y concluyó en voz baja—: Ahora tenemos que pedir ayuda.

6

A veces sueño con lo que vi.

A veces me doy cuenta de que ya no estoy soñando, sino despierto, y que es un recuerdo grabado como el contorno protuberante de un fósil en mi pasado, lo que es mucho peor. Todavía veo a Rubita en mi imaginación, con total perfección, como en una de las fotografías que la policía tomó esa noche. Pero sospecho que los fotógrafos policiales no eran tan artistas como mi memoria. Recuerdo su forma como la imagen vívida pero realistamente inexacta del martirio de un santo por un pintor renacentista menor.

Lo que recuerdo es esto... Su piel era blanca como la porcelana y perfectamente clara, su rostro exhibía una expresión de reposo beatífico. Lo único que le faltaba era un halo alrededor de la cabeza. La muerte apenas más que una molestia, un mero dolor momentáneo, algo desagradable e incómodo, en el camino inevitable, delicioso y glorioso hacia el cielo. Por supuesto, en realidad (que es una palabra que he aprendido a usar con la menor frecuencia posible) no era nada de eso. Tenía la piel manchada de sangre oscura, le habían arrancado la ropa, el corte en la garganta se abría como una sonrisa burlona, tenía los ojos desorbitados y la cara contorsionada de susto e incredulidad. Una gárgola de la muerte. El asesinato en su aspecto más espantoso. Esa noche, me alejé de la puerta del trastero presa de numerosos temores inquietantes. Estar tan cerca de la violencia es igual a que te pasen de golpe papel de lija por el corazón.

No sabía demasiado sobre su vida. La iba a conocer mucho mejor muerta.

Cuando Peter el Bombero se alejó del cuerpo y la sangre, y de to-

dos los indicios grandes y pequeños del asesinato, yo no tenía idea de lo que iba a pasar. Él debía de saberlo de forma mucho más precisa, porque enseguida me advirtió de nuevo que no tocara nada, que mantuviera las manos en los bolsillos y no dijera lo que pensaba.

—Pajarillo —me dijo—, de aquí a un rato empezarán a hacer preguntas. Preguntas muy desagradables. Pueden decir que sólo quieren información pero, hazme caso, sólo quieren ayudarse a sí mismos. Da respuestas cortas y concisas, y limítate a hablar de lo que has visto y oído esta noche. ¿Lo has entendido?

—Sí —contesté, aunque no sabía muy bien a qué estaba accediendo—. Pobre Larguirucho —repetí.

—Sí, pobre Larguirucho —asintió el Bombero—. Pero no por los motivos que crees. Al final verá a la encarnación del mal de cerca y en persona. Quizá todos lo hagamos.

Recorrimos el pasillo hacia el puesto de enfermería vacío. Nuestros pies desnudos apenas hacían ruido. La puerta metálica que debería haber estado cerrada, estaba abierta de par en par. Había papeles esparcidos por el suelo. Podían haber caído de la mesa simplemente porque alguien se movió demasiado deprisa, o podían haber ido a parar al suelo en medio de una breve pelea. Era difícil de adivinar. No había más indicios de que ahí hubiera ocurrido algo. El armario cerrado con llave que contenía los medicamentos estaba abierto, y en el suelo había unos cuantos recipientes de plástico para las pastillas. Además, el macizo teléfono negro de las enfermeras estaba descolgado. Peter señaló ambas cosas, como había hecho antes cuando examinaba el trastero. Después puso el auricular en su sitio. Acto seguido, volvió a levantarlo para obtener línea y pulsó el cero para hablar con la seguridad del hospital.

—¿Seguridad? Ha habido un incidente en Amherst —anunció—. Será mejor que vengan deprisa.

Colgó de golpe y esperó de nuevo el tono de línea. Esta vez marcó el número de la policía.

—Buenas noches —dijo con calma un momento después—. Llamo para informarles de que se ha cometido un homicidio en el edificio Amherst del Hospital Estatal Western, en la zona adyacente al puesto de enfermería de la planta baja. —Hizo una pausa y añadió—: No, no voy a darle mi nombre. Le he dicho todo lo que necesita saber en este momento: el tipo de incidente y la ubicación. El resto les resultará evidente cuando lleguen aquí. Necesitarán miembros de la policía científica,

detectives y el juez de instrucción del condado. Y creo que deberían dar-
se prisa.

Colgó, se volvió hacia mí y, con cierta ironía y quizás algo más que
interés, afirmó:

—Las cosas se van a poner muy emocionantes.

Eso es lo que recuerdo. En la pared, escribí:

Francis no tenía idea del alcance del caos que iba a desencade-
narse como un trueno al final de una calurosa tarde de verano...

Francis no tenía idea del alcance del caos que iba a desencadenarse
como un trueno al final de una calurosa tarde de verano. Lo más cerca
que había estado de un crimen hasta entonces había sido cuando todas
sus voces le habían gritado al unísono y su mundo se había vuelto patas arriba, y había estallado y amenazado a sus padres y hermanas, y finalmente a sí mismo, con el cuchillo de cocina, lo que lo había llevado
al hospital. Trató de pensar en lo que había visto y en su significado.
Fue consciente de que sus voces hablaban de un modo apagado pero
nervioso. Palabras, todas ellas, de miedo. Echó un vistazo a su alrededor con los ojos desorbitados y se preguntó si no debería regresar a
la cama y esperar, pero no podía moverse. Los músculos parecían
agarrotados y se sintió como alguien atrapado en una fuerte corriente,
arrastrado de modo inexorable. Peter y él esperaron en el puesto de enfermería y, a los pocos segundos, oyeron pasos apresurados y llaves
en la puerta principal. Pasado un instante, la puerta se abrió y dos guardias de seguridad irrumpieron en la planta. Ambos llevaban una linterna y una larga porra negra. Vestían uniformes de un gris niebla. Re-
cortados un instante contra el umbral, los dos hombres parecieron
fundirse con la tenue luz del pasillo. Se acercaron deprisa hacia ellos.

—¿Por qué estáis fuera del dormitorio? —preguntó el primer
guardia al tiempo que blandía la porra—. No deberíais estar aquí
—añadió de forma innecesaria, antes de preguntar—: ¿Dónde está la
enfermera?

El otro guardia se había situado en una posición de apoyo, preparado para intervenir si Francis y Peter *el Bombero* creaban problemas.

—¿Habéis llamado vosotros a seguridad? —preguntó con brusquedad. Y a continuación repitió la misma pregunta que su compañero—: ¿Dónde está la enfermera?

—Ahí —contestó Peter, y señaló el trastero con el pulgar.

El primer guardia, un hombre corpulento con la cabeza rapada como los marines y una papada que le colgaba en pliegues adiposos sobre un cuello de camisa demasiado ajustado, apuntó a Francis y Peter con la porra.

—No os mováis, ¿entendido? —Se volvió hacia su compañero y le instruyó—: Si intentan alguna jugarreta, dales caña.

Su compañero, un hombre enjuto y menudo con una sonrisa torcida, sacó del cinturón una lata de spray defensivo Mace. El fornido se marchó con rapidez pasillo adelante, resollando un poco. Llevaba una linterna en la mano izquierda y la porra en la derecha. El haz de luz dibujaba rodajas que se movían por el pasillo gris a medida que él avanzaba. Francis vio que abría la puerta del trastero con brusquedad.

Se quedó un instante inmóvil con la mandíbula desencajada. Luego, soltó un gruñido y retrocedió tambaleante unos segundos después de que la linterna iluminara el cadáver de la enfermera.

—¡Dios mío! —exclamó y, casi con la misma rapidez, entró en el trastero. Desde donde estaban, vieron cómo ponía la mano en el hombro de Rubita y la giraba para intentar buscarle el pulso.

—No haga eso —advirtió Peter en voz baja—. Está destruyendo pruebas.

El guardia menudo había palidecido, aunque todavía no había visto del todo el alcance de la tragedia.

—¡Callaos, pirados de mierda! —ordenó con voz chillona y llena de ansiedad—. ¡Callaos!

El corpulento retrocedió de nuevo y se volvió con los ojos desorbitados hacia Francis y Peter. Mascullaba juramentos.

—¡No os mováis! ¡Quietos los dos, joder! —ordenó con furia.

Al acercarse hacia ellos, resbaló en uno de los charcos de sangre que Peter había esquivado con tanto cuidado. Luego, agarró a Francis por el brazo y le dio la vuelta para estamparle la cara contra la rejilla metálica del puesto de enfermería. Casi en el mismo movimiento, le golpeó las corvas con la porra, lo que le hizo tambalearse y caer de rodillas. Un dolor parecido a una explosión de fósforo blanco le nubló la vista, y soltó un grito ahogado antes de inspirar un aire que parecía cargado de agujas. Vio borroso un momento y creyó que iba a perder el conocimiento. Pero cuando recuperó el aliento, el impacto del golpe se desvaneció y dejó un mero dolor sordo y punzante. El guardia menudo siguió el ejemplo de su compañero: giró a Peter y le atizó con la porra en los riñones, lo que tuvo el mismo efecto, de modo que cayó de rodillas y resollando. Los esposaron a ambos de inmediato y los tumbaron en el suelo. Francis notó el olor desagradable del desinfectante que se usaba para fregar el pasillo.

—Pirados de mierda —repitió el guardia menudo, y entró en el puesto de enfermería. Marcó un número, esperó un momento y dijo—: Doctor, soy Maxwell, de seguridad. Tenemos un problema grave en Amherst. Debería venir enseguida. —Dudó un instante y anunció, sin duda como respuesta a una pregunta—: Un par de pacientes ha matado a una enfermera.

—¡Oiga! —se quejó Francis—. Nosotros no hemos... —Pero su desmentido se vio interrumpido por una patada que el guardia corpulento le arreó en el muslo. Guardó silencio y se mordió el labio. Tal como estaba, no podía ver a Peter. Quería girarse en esa dirección, pero no deseaba recibir otra patada, así que no se movió.

Y entonces se oyó una sirena que rasgaba la noche y aumentaba de volumen a cada segundo. Era atronadora cuando se detuvo frente a Amherst y se desvaneció como un mal pensamiento.

—¿Quién ha llamado a la policía? —preguntó el guardia menudo.

—Nosotros —respondió Peter.

—Mierda —dijo el guardia, y dio un segundo puntapié a Francis. Se dispuso a atizarlo de nuevo, y Francis se preparó para el dolor, pero no terminó el movimiento.

—¡Oye! —exclamó en cambio—. ¡Se puede saber qué coño estáis haciendo!

Francis logró girar un poco la cabeza y vio que Napoleón y un par de hombres más del dormitorio habían abierto la puerta y permanecían vacilantes en el umbral, sin saber si podían salir al pasillo. La sirena debía de haber despertado a todo el mundo. En ese mismo momento, alguien accionó el interruptor principal y el pasillo se iluminó por completo. En el ala sur del edificio se oían gemidos agudos y golpes en la puerta del dormitorio de las mujeres, que resistía el embate, pero el ruido era como el toque de un bombo que retumbaba en el pasillo.

—¡Maldita sea! —gritó el guardia con el corte de pelo a lo marine—. ¡Tú! —Señaló con la porra a Napoleón y los demás hombres indecisos—. ¡Volved dentro! ¡Vamos!

Corrió hacia ellos con el brazo extendido como un guardia urbano que diera instrucciones a la vez que blandía la porra. Los hombres retrocedieron asustados y el guardia cerró la puerta con llave. A continuación, se volvió y volvió a resbalar en una de las manchas de sangre que había en el pasillo. Los golpes en la puerta del ala de las mujeres aumentaban de intensidad, y Francis oyó dos voces nuevas a sus espaldas.

—¿Qué demonios está pasando aquí?

—¿Qué ocurre?

Se giró, y vio, más allá de donde Peter estaba tumbado en el suelo, a dos policías de uniforme. Uno de ellos alargó la mano hacia su arma, aunque sólo para abrir el cierre de la pistolera.

—¿Nos han avisado de un homicidio? —preguntó uno de los policías. Pero no esperó respuesta, ya que debió de ver parte de la sangre del pasillo, y avanzó hacia el trastero.

Francis lo siguió con la mirada y vio cómo se paraba en seco ante la puerta. Pero, a diferencia de los guardias del hospital, el policía no dijo nada. Se limitó a observar la escena casi, en ese instante, como tantos pacientes del hospital que tenían la mirada perdida y sólo veían lo que querían o necesitaban ver, que no era lo que tenían delante.

A partir de ese momento, pareció que las cosas ocurrían deprisa y despacio a la vez. Para Francis fue como si el tiempo hubiera perdido el control y el transcurrir ordenado de las horas nocturnas se hubiera sumido en el caos. Poco después se encontraba en una sala de tratamiento en el mismo pasillo donde la policía científica se estaba instalando y los fotógrafos disparaban sus cámaras. Cada fogonazo de *flash* era como un rayo en algún horizonte lejano, y provocaba que los gritos y la agitación entre los pacientes de los dormitorios cerrados se agudizaran. Al principio, el guardia de seguridad menudo le obligó a sentarse y lo dejó solo. Luego, pasados unos minutos, entraron dos detectives acompañados del doctor Gulptilil. Francis seguía en pijama y esposado, sentado en una incómoda silla de madera. Supuso que Peter se encontraba en circunstancias similares en una sala contigua. Le aterrorizaba tener que enfrentarse solo a la policía.

Los dos detectives vestían trajes algo arrugados y mal entallados. Llevaban el cabello muy corto y tenían mandíbulas fuertes. Ninguno de los dos mostraba ninguna suavidad en la mirada ni en la forma de hablar. Eran de estatura y complexión parecidas, y Francis pensó que seguramente los confundiría si volvía a verlos. No oyó sus nombres cuando se presentaron porque miraba a Gulptilil en busca de tranquilidad. Pero el doctor se limitó a advertirle que contara a los detectives la verdad. Uno de éstos se situó junto al médico, ambos apoyados contra la pared, mientras que el otro aposentó su trasero en una mesa situada frente a Francis. Una pierna le colgaba en el aire casi airosamente, pero su postura era tal que la funda negra y la pistola que llevaba en el cinturón eran muy visibles. El hombre esbozaba una sonrisa algo torcida, que hacía que casi todo lo que decía pareciera deshonesto.

—A ver, señor Petrel —preguntó—, ¿por qué estaba en el pasillo después de que se apagarán las luces?

Francis dudó, recordó lo que Peter le había dicho e inició un breve recuento de cómo Larguirucho lo había despertado, de cómo había seguido a Peter al pasillo y habían encontrado después el cadáver de Rubita. El detective asintió y luego sacudió la cabeza.

—La puerta del dormitorio estaba cerrada con llave, señor Petrel. La cierran todas las noches. —Dirigió una mirada rápida al doctor Gulptilil, que asintió con la cabeza.

—Esta noche no lo estaba.

—No sé si creerlo.

Francis no supo qué contestar.

El policía hizo una pausa para que el silencio pusiera nervioso a Francis.

—Dígame, señor Petrel... ¿Te puedo llamar Francis?

El joven asintió.

—Muy bien. Eres joven, Franny. ¿Te habías acostado con alguna mujer antes de esta noche?

—¿Esta noche? —preguntó Francis, y dio un respingo.

—Sí. Me refiero a antes de esta noche, ya que esta noche tuviste relaciones sexuales con la enfermera. ¿Te habías acostado con alguna chica?

Francis estaba confundido. Las voces le bramaban en los oídos; le gritaban toda clase de mensajes contradictorios. Miró al doctor para intentar ver si se percataba del revuelo que tenía lugar en su interior. Pero Gulptilil se había situado en la sombra y no le distinguía bien la cara.

—No —contestó, pero la duda empañaba la palabra.

—¿No qué? ¿Nunca? ¿Un joven atractivo como tú? Debe de haber sido muy frustrante. Sobre todo, cuando te rechazaban. Y esa enfermera no era mucho mayor que tú, ¿verdad? Seguro que te enfadaste mucho cuando te rechazó.

—No —repitió Francis—. Eso no es cierto.

—¿No te rechazó?

—No, no, no.

—¿Tratas de decirnos que accedió a tener relaciones sexuales contigo y que después se suicidó?

—No —repitió—. Está equivocado.

—Ya. —Miró a su compañero—. ¿Así que no accedió a tener relaciones sexuales y entonces la mataste? ¿Es así como pasó?

—No. Vuelve a equivocarse.

—Me tienes confundido, Franny. Dices que estabas en el pasillo, al otro lado de la puerta cerrada con llave, donde no deberías estar, y hay una enfermera violada y asesinada, ¿y tú estabas ahí por casualidad? Venga ya, hombre. ¿No te parece que podrías ayudarnos un poco más?

—No sé —respondió Francis.

—¿Qué no sabes? ¿Cómo ayudarnos? Cuéntame qué pasó cuando la enfermera te rechazó. ¿Es muy difícil eso? Entonces todo tendrá sentido y podremos dejarlo todo resuelto esta noche.

—Sí. O no —dijo Francis.

—Te diré de qué otro modo tiene sentido: tu amigo y tú decidisteis hacer una visita nocturna a la enfermera, pero las cosas no salieron exactamente como habíais planeado. Vamos, Franny, sé sincero conmigo, ¿vale? Vamos a hacer una cosa, ¿de acuerdo?

—¿Qué cosa? —preguntó Francis, vacilante y con voz quebrada.

—Me vas a decir la verdad, ¿de acuerdo?

El joven asintió.

—Muy bien —afirmó el detective, que seguía empleando una voz baja y suave, como si sólo Francis pudiera oír cada palabra, como si estuvieran hablando un idioma que sólo ellos conocían. El otro policía y el doctor Tomapastillas parecieron evaporarse de la sala. El detective continuó con su tono persuasivo, sugerente de que la única interpretación verosímil era la suya—. Sólo puede haber ocurrido de una forma que tal vez fuese accidental. Tal vez ella te engatusó, y también a tu compañero. Tal vez pensaste que iba a ser más cariñosa de lo que resultó ser. Un pequeño malentendido. Nada más. Pensaste que quería decir una cosa y ella pensaba, bueno, quería decir otra. Y las cosas se desmadraron, ¿cierto? Así que en realidad fue un accidente. Escucha, Franny, nadie te va a culpar demasiado. Al fin y al cabo estás aquí, y ya te han diagnosticado que estás un poco tarumba, así que todo se incluye en la misma categoría, ¿no? ¿He acertado ahora, Franny?

—En absoluto —repuso con brusquedad tras inspirar hondo. Se preguntó si negar la perorata persuasiva del detective no sería la cosa más valiente que había hecho nunca.

El detective se incorporó, sacudió la cabeza y miró a su compañero. El otro pareció cruzar la sala con un solo paso, golpeó violentamente la mesa con el puño y acercó con brusquedad su cara a la de Francis, de modo que lo salpicó de saliva al gritarle:

—¡Maldita sea, maníaco de mierda! ¡Sabemos que tú la mataste! ¡Deja de jodernos y dinos la verdad o te la sacaremos a hostias!

Francis empujó la silla hacia atrás para aumentar la distancia entre ambos, pero el detective lo agarró por la camisa y tiró de él al tiempo que le daba un golpe en la cabeza que lo dejó aturdido. Cuando se incorporó tambaleante, Francis notó el sabor de la sangre en sus labios, y también cómo le salía por la nariz. Sacudió la cabeza para aclarársela, pero recibió un despiadado bofetón en la mejilla. El dolor le abrasó la cara y se le agudizó detrás de los ojos, y casi a la vez notó que perdía el equilibrio y caía al suelo. Estaba aturdido y desorientado, y quería que algo o alguien fuera a ayudarlo.

El detective lo levantó casi como si no pesara nada y lo sentó de nuevo en la silla.

—¡Dinos la verdad, cojones! —Hizo ademán de golpearlo de nuevo y se contuvo a la espera de una respuesta.

Los golpes parecían haber dispersado todas sus voces interiores. Le gritaban advertencias desde partes muy profundas de su ser, difíciles de oír y de comprender. Era un poco como estar en el fondo de una habitación llena de personas extrañas que hablan lenguas distintas.

—¡Habla! —insistió el detective.

Francis no lo hizo. Se sujetó con fuerza a la silla y se dispuso a recibir otro golpe. El policía levantó más la mano, pero se detuvo. Soltó un gruñido de resignación y retrocedió.

El primer detective avanzó hacia Francis.

—Venga, Franny —dijo con voz tranquilizadora—, ¿por qué haces enfadar tanto a mi amigo? ¿No puedes aclararlo todo esta noche para que podamos irnos a dormir a casa? ¿Devolver las cosas a la normalidad? —Y, con una sonrisa, puntualizó—: O lo que aquí se considere normalidad.

Se inclinó y bajó la voz con tono de complicidad.

—¿Sabes qué está pasando ahora mismo aquí al lado? —preguntó.

Francis sacudió la cabeza.

—Tu compañero, el otro hombre que estaba en la fiestecita de esta noche, te está delatando. Eso es lo que está pasando.

—¿Delatando?

—Te está culpando de todo lo ocurrido. Está contando a los otros detectives que fue idea tuya, y que fuiste tú quien la violó y la asesinó, y que él sólo miró. Les está explicando que intentó detenerte pero que no quisiste escucharlo. Te está culpando de todo este lamentable hecho.

Francis reflexionó un momento y sacudió la cabeza. Aquello parecía tan descabellado e imposible como todo lo que había pasado esa noche, y no lo creyó. Se pasó la lengua por el labio inferior y sintió cierta hinchazón además del sabor salado de la sangre.

—Se lo he dicho todo —dijo con voz débil—. Le he dicho lo que sé.

El detective hizo una mueca, como si esta respuesta no fuera de recibo. Hizo un pequeño gesto con la mano a su compañero. El segundo detective avanzó e inclinó la cabeza para mirar directamente a los ojos de Francis. Éste retrocedió, a la espera de otro golpe, incapaz de defenderse. Su vulnerabilidad era total. Cerró los ojos.

Pero antes de que llegara el mamporro, oyó abrirse la puerta.

A continuación todo pareció ocurrir a cámara lenta. Francis vio a un policía uniformado en el umbral y cómo los dos detectives se acercaban a él para mantener una conversación apagada que, tras un momento, pareció animarse, aunque siguió resultando indescifrable para él. Al cabo de uno o dos minutos, el primer detective sacudió la cabeza y suspiró, emitió un sonido de disgusto y se volvió hacia Francis.

—Franny, muchacho, dime algo: este hombre que te despertó antes de que salieras al pasillo, el hombre de quien nos hablaste al principio de nuestra pequeña charla, ¿es el mismo que había atacado antes a la enfermera durante la cena? ¿El que fue a por ella ante los ojos de todas las personas que hay en este edificio?

Francis asintió.

El detective puso los ojos en blanco y echó la cabeza hacia atrás, resignado.

—¡Mierda! —exclamó—. Aquí estamos perdiendo el tiempo. —Se volvió hacia el doctor Gulptilil y le preguntó, furioso—: ¿Por qué coño no nos lo dijo antes? ¿Están todos aquí como regaderas?

Tomapastillas no respondió.

—¿Ha olvidado contarnos algo más que sea de vital importancia, doctor?

Tomapastillas negó con la cabeza.

—Seguro —soltó el detective con sarcasmo. Señaló a Francis—. Traedlo —ordenó.

Un policía uniformado empujó al joven hacia el pasillo. Ahí, a su derecha, otro grupo de policías había salido de un despacho contiguo con Peter *el Bombero*, que lucía una contusión rojo intenso cerca del ojo derecho, junto con una expresión colérica y desafiante que parecía expresar desdén hacia todos los policías. Francis deseó poder mostrarse así de seguro. El primer detective lo agarró por el brazo y lo giró un poco para que viese a Larguirucho, esposado y flanqueado por dos policías más. Detrás de él, en el pasillo, varios guardias de seguridad del hospital retenían a todos los pacientes varones de la planta baja del edificio Amherst, lejos del trastero, en ese momento analizado por la policía científica. Dos paramédicos aparecieron con una bolsa negra para cadáveres y una camilla muy parecida a la que había llevado a Francis al Hospital Estatal Western.

Se elevó un gemido colectivo entre los pacientes cuando vieron la bolsa. Algunos se echaron a llorar y otros se volvieron, como si desviando la mirada pudieran evitar enterarse de lo ocurrido. Otros se pusieron tensos y unos cuantos se limitaron a seguir haciendo lo que estaban haciendo, que era tambalearse y agitar los brazos, bailar o contemplar la pared. El ala de las mujeres se había calmado, pero cuando el cadáver salió, a pesar de no verlo, debieron de notar algo, porque se volvieron a oír golpes en la puerta, como un repiqueteo de tambor en un funeral militar. Francis volvió a mirar a Larguirucho, cuyos ojos se clavaron en el cadáver de la enfermera cuando pasó ante él en la camilla. Bajo las luces brillantes del pasillo, Francis distinguió manchas profundas de sangre en la camisa de dormir de Larguirucho.

—¿Es ése el hombre que te despertó, Franny? —quiso saber el primer detective, y su pregunta contenía toda la autoridad de un hombre acostumbrado a mandar.

Francis asintió.

—Y después de que te despertara, salisteis al pasillo, donde encontrasteis a la enfermera ya muerta, ¿es así? Y llamasteis a seguridad, ¿no?

Francis asintió de nuevo. El detective miró a los policías que estaban junto a Peter, que asintieron con la cabeza.

—Es lo mismo que dijo él —contestó uno a la pregunta no formulada.

Larguirucho había palidecido y el labio inferior le temblaba de miedo. Bajó los ojos hacia las esposas que lo maniataban y juntó las manos como para rezar. Dirigió una mirada a Francis y Peter, al otro lado del pasillo.

—Pajarillo, háblales del ángel —dijo con voz temblorosa y las manos hacia delante como un suplicante en un servicio religioso—. Háblales del ángel que vino en medio de la noche y me contó que se había encargado de la encarnación del mal. Ahora estamos a salvo. Díselo, por favor, Pajarillo —suplicó con un tono lastimero, como si cada palabra que decía lo sumiera aún más en la desesperación.

En lugar de eso, el detective se acercó a Larguirucho, que retrocedió un paso, asustado.

—¿Cómo le llegó esa sangre a la camisa de dormir? —le espetó el policía— ¿Cómo llegó la sangre de la enfermera a sus manos?

Larguirucho se miró los dedos y sacudió la cabeza.

—No lo sé —contestó—. A lo mejor me la trajo el ángel.

Mientras contestaba, un agente uniformado se acercó por el pasillo con una pequeña bolsa de plástico. Al principio Francis no vio lo que contenía, pero luego, reconoció la cofia blanca de tres picos que solían llevar las enfermeras del hospital. Sólo que ésta parecía arrugada y tenía el borde manchado de sangre.

—Parece que quiso quedarse con un recuerdo —comentó el policía uniformado—. Lo encontré debajo de su colchón.

—¿Encontró el cuchillo? —quiso saber el detective.

El policía negó con la cabeza.

—¿Y la punta de los dedos?

El policía negó de nuevo.

El detective pareció reflexionar evaluando los datos. Después, se volvió con brusquedad hacia Larguirucho, que seguía encogido de miedo contra la pared, rodeado de policías más bajos que él pero que en ese momento parecían más corpulentos.

—¿Cómo consiguió esta cofia? —le preguntó.

—¡No lo sé! —gritó Larguirucho a la vez que sacudía la cabeza—. No lo sé. Yo no la cogí.

—Estaba bajo su colchón. ¿Por qué la puso ahí?

—Yo no la puse. No la puse.

—No importa —replicó el detective, y se encogió de hombros—. Tenemos más de lo que necesitamos. Que alguien le lea sus derechos. Nos vamos ahora mismo de este manicomio.

Los policías empujaron a Larguirucho pasillo adelante. Francis pudo ver cómo el pánico le sacudía como rayos caídos del cielo. Se retorcía como si una corriente eléctrica le recorriera el cuerpo, como si cada paso que le obligaban a dar fuera sobre brasas ardientes.

—No, por favor. Yo no he hecho nada. Por favor. El mal, el mal está entre nosotros. Por favor, no me lleven de aquí. Éste es mi hogar. Por favor.

Mientras Larguirucho gritaba lastimosamente y su desesperación resonaba por todo el pasillo, Francis notó que le quitaban las esposas.

—Pajarillo, Peter, ayudadme, por favor —pidió Larguirucho. Francis no recordaba haber oído nunca tanto dolor en tan pocas palabras—. Decidles que fue un ángel. Un ángel vino a verme en medio de la noche. Decídselo. Ayudadme, por favor.

Y entonces, con un empujón final de los policías, desapareció por la puerta principal del edificio Amherst, y lo que quedaba de noche se lo engulló.

7

Supongo que dormí algo esa noche, pero no recuerdo haber cerrado los ojos.

Ni siquiera recuerdo que respirara.

El labio hinchado me dolía, e incluso después de haberme lavado seguía notando el sabor a sangre donde el policía me había pegado. Tenía las piernas doloridas debido al porrazo que el guardia de seguridad me había atizado y me daba vueltas la cabeza por todo lo que había visto. Da igual los años que hayan pasado desde esa noche, la cantidad de días que forman décadas, todavía siento el dolor de mi encuentro con aquellas autoridades que creyeron, aunque sólo fuera por un momento, que yo era el asesino. Mientras yacía tenso en la cama, me costaba relacionar a Rubita, que había estado viva ese mismo día, con el cuerpo ensangrentado que se habían llevado en una bolsa de plástico para depositar después en alguna fría mesa de acero a la espera del escalpelo de un forense. Sigue siendo igual de difícil ahora. Era casi como si se tratara de dos entidades distintas, dos mundos aparte que guardaban poca relación entre sí, si es que guardaban alguna.

Mi recuerdo es claro: permanecí inmóvil en la oscuridad sintiendo la presión inquietante de cada segundo que pasaba, consciente de que todo el dormitorio estaba intranquilo; los habituales ruidos nocturnos del sueño agitado eran mayores, subrayados por un nerviosismo y una tensión que parecían recubrir el aire tenso de la habitación como una capa de pintura. A mi alrededor, la gente se giraba y revolvía en la cama, a pesar de la dosis adicional de medicación que nos habían dado antes de devolvernos al dormitorio. Calma química.

Eso era lo que Tomapastillas, el señor del Mal y el resto del personal querían, pero todos los miedos y las ansiedades provocados esa noche superaban la capacidad de los fármacos. Nos revolvíamos en la cama, inquietos, gimiendo y gruñendo, llorando y sollozando, nerviosos y consumidos. Todos teníamos miedo de lo que quedaba de noche, y también de lo que pudiera depararnos la mañana.

Faltaba uno, claro. Que hubieran arrancado con tanta brusquedad a Larguirucho de nuestra pequeña comunidad psiquiátrica parecía haber dejado huella. Desde mi llegada al edificio Amherst, dos de los pacientes más ancianos y enfermos habían fallecido debido a lo que llamaron causas naturales, aunque se definiría mejor con la palabra negligencia o la palabra abandono. De vez en cuando, de modo milagroso, daban de alta a alguien a quien le quedaba un poco de vida. Muy a menudo, los de seguridad se llevaban a alguien frenético y descontrolado a una de las celdas de aislamiento. Pero era probable que regresara en un par de días, con la medicación aumentada, los movimientos torpes más pronunciados y el temblor en su rostro acentuado. Así pues, las desapariciones eran habituales. Pero no lo era la forma en que se habían llevado a Larguirucho, y eso era lo que agitaba nuestras emociones mientras esperábamos que las primeras luces del día se filtraran entre los barrotes de las ventanas.

Preparé dos sándwiches de queso, llené un vaso con agua del grifo y me apoyé en el mostrador de la cocina para tomarlos. Un cigarrillo olvidado se consumía en un cenicero repleto, y el hilo de humo se elevaba por el aire viciado de mi casa.

Peter el Bombero fumaba.

Di otro mordisco al sándwich y bebí un trago de agua. Cuando me volví, él estaba ahí. Alargó la mano hacia la colilla de mi cigarrillo y se lo llevó a los labios.

—En el hospital se podía fumar sin sentirse culpable —dijo con cierta picardía—. Porque ¿qué era peor: arriesgarse al cáncer o estar loco?

—Peter —dije, sonriente—. Hacía años que no te veía.

—¿Me has echado de menos, Pajarillo?

Asentí con la cabeza. Él se encogió de hombros, como disculpándose.

—Tienes buen aspecto, Pajarillo. Un poco delgado, quizá, pero apenas has envejecido. —Exhaló un par de anillos de humo con indiferencia a la vez que echaba un vistazo a la habitación—. ¿Así que vives aquí? No está mal. Veo que las cosas te van bien.

—Yo no diría que me vayan bien exactamente. Tan bien como cabría esperar, supongo.

—Tienes razón. Eso era lo inusual de estar loco, ¿verdad, Pajarillo? Nuestras expectativas se torcieron y cambiaron. Cosas corrientes, como tener un empleo, formar una familia e ir a partidos de la liga de béisbol infantil las tardes bonitas de verano eran objetivos muy difíciles de conseguir. Así que los modificamos. Los revisamos, los redujimos y los reconsideramos.

—Sí, es cierto. —Sonreí—. Tener un sofá, por ejemplo, es todo un logro.

Peter echó la cabeza atrás para soltar una carcajada.

—Tener un sofá y recuperar la salud mental —comentó—. Suena a una de las tesis en las que el señor del Mal trabajaba siempre para su doctorado y que nunca publicó.

Peter siguió mirando en derredor.

—¿Tienes amigos?

—Pues no. —Sacudí la cabeza.

—¿Sigues oyendo voces?

—Un poco, a veces. Sólo ecos. Ecos o susurros. La medicación que me dan sofoca bastante el alboroto que solían organizar.

—La medicación no puede ser tan mala —indicó Peter y me guiñó el ojo—, porque yo estoy aquí.

Eso era cierto.

Peter se acercó al umbral de la cocina y miró hacia la pared de la escritura. Se movía con la misma gracia atlética, una especie de control muy definido de los movimientos, que recordaba de las horas que pasamos caminando por los pasillos del edificio Amherst. Peter el Bombero no arrastraba los pies ni se tambaleaba. Tenía el mismo aspecto que veinte años atrás, excepto que la gorra de los Red Sox que solía llevar encasquetada permanecía ahora en el bolsillo trasero de sus vaqueros. Pero todavía tenía el pelo tupido y largo, y su sonrisa era tal como la recordaba, dibujada en su rostro, como si alguien hubiera contado un chiste unos minutos antes y le siguiera haciendo gracia.

—¿Cómo va la historia? —preguntó.

—Estoy volviendo a recordar.

Peter fue a decir algo pero se detuvo, y miró de nuevo la columna de palabras garabateadas en la pared.

—¿Qué les has contado sobre mí? —quiso saber.

—No lo suficiente. Pero puede que ya hayan deducido que nunca estuviste loco. Nada de voces. Ni de delirios. Ni de creencias extrañas o pensamientos escabrosos. Por lo menos, no estabas loco como Larguirucho, Napoleón, Cleo o ninguno de los demás. Ni siquiera yo, puestos a decir.

Peter esbozó una sonrisita irónica.

—Un buen chico católico, de una gran familia irlandesa de segunda generación de Dorchester. Un padre que bebía demasiado los sábados por la noche y una madre que creía en los demócratas y en el poder de la plegaria. Funcionarios, maestros de escuela primaria, policías y soldados. Asistencia regular a misa los domingos, seguida de catequesis. Un montón de monaguillos. Las niñas aprendían a bailar y cantar en el coro. Los niños iban a Latin High y jugaban a fútbol americano. Cuando llegaba la hora del servicio militar, íbamos. Nada de prórrogas por cuestión de estudios. Y no éramos enfermos mentales, por lo menos no del todo. No de esa forma diagnosticable y definida que gustaba a Tomapastillas, que le permitía buscar tu alteración en el Manual diagnóstico y estadístico y leer con exactitud la clase de tratamiento que tenía que recetarte. No, en mi familia éramos peculiares. O excéntricos. O quizás un poco curiosos, o ligeramente despistados, alterados o descentrados.

—Tú ni siquiera eras demasiado peculiar, Peter.

—¿Un bombero que provoca un incendio en la iglesia donde lo bautizaron? —preguntó tras soltar una breve carcajada—. ¿Cómo llamarías tú a eso? Al menos, un poco extraño, ¿no? Algo más que curioso, ¿no te parece?

No contesté y me limité a observar cómo se movía por el piso. Aunque no estuviera realmente ahí, estaba bien tener compañía.

—¿Sabes qué me preocupaba a veces, Pajarillo?

—¿Qué?

—Hubo muchos momentos en mi vida que deberían haberme vuelto loco. Me refiero a momentos verdaderamente terribles que deberían haber contribuido a la locura. Momentos de crecimiento. Momentos de guerra. Momentos de muerte. Momentos de rabia. Y, aun así, el que pareció tener más sentido, el que resultó más claro, fue el que me llevó al hospital.

Hizo una pausa mientras seguía examinando la pared. Luego añadió en voz baja:

—Mi hermano murió cuando yo apenas tenía nueve años. Era el más próximo a mí en cuanto a edad, sólo un año mayor; gemelos irlandeses, como decía en broma la familia. Pero tenía el cabello más rubio que yo y su piel era casi pálida, como más fina que la mía. Y yo podía correr, saltar, practicar deportes, estar fuera todo el día, mientras que él apenas podía respirar. Asma, problemas cardíacos y unos riñones que casi no le funcionaban. Dios quería que fuera especial de ese modo, o eso me decían. Yo no alcanzaba a entender por qué Dios había decidido eso. Y ahí estábamos, con nueve y diez años, y ambos sabíamos que él se moría y nos daba lo mismo, seguíamos riendo y bromeando, y teniendo todos los pequeños secretos que tienen los hermanos. El día que lo llevaron por última vez al hospital, me dijo que yo tendría que existir por ambos. Deseaba con todas mis fuerzas ayudarlo. Dije a mi madre que los médicos podían ponerle a Billy mi pulmón derecho y mi corazón, y darme a mí los suyos para tenerlos intercambiados un tiempo. Pero no lo hicieron, claro.

Escuché a Peter sin interrumpirlo. Mientras hablaba, se acercaba a la pared donde yo había empezado a escribir nuestra historia, pero no leía las palabras garabateadas sino que contaba la suya. Dio una calada al cigarrillo y siguió hablando despacio.

—¿Te había contado lo del explorador al que mataron en Vietnam?

—Sí, Peter.

—Deberías incluirlo en lo que escribes. Lo del explorador y lo de mi hermano que murió de niño. Creo que forman parte de la misma historia.

—Tendré que contarles también lo de tu sobrino y lo del incendio.

—Sabía que lo harías —asintió—. Pero aún no. Háblales sobre el explorador. ¿Sabes qué recuerdo más de ese día? Que hacía muchísimo calor. No un calor como el que tú, yo o cualquiera que haya crecido en Nueva Inglaterra conocemos. Nosotros conocemos el calor de agosto, cuando es abrasador y bajamos a bañarnos al puerto. Aquél era un calor terrible, enfermizo, que parecía venenoso. Serpenteábamos entre los arbustos en fila india y el sol brillaba con fuerza. Era como si la mochila que llevaba a la espalda contuviera todo lo que necesitaba y además todas mis preocupaciones. Los francotiradores de los malos seguían una norma sencilla, ¿sabes? Disparar al explorador, que iba delante, y derribarlo. Herirlo, si se podía. Apuntar a las piernas, no a la cabeza. Al oír el disparo, todos los demás se pondrían a cubierto, excepto el sanitario, y ése era yo. El sanitario iría hacia el hombre herido. Siempre. Al entrenarnos, nos decían que no arriesgáramos la vida a lo loco, ¿sabes? Pero siempre íbamos. Y entonces el francotirador intentaba derribar al sanitario, porque de él dependían todos los hombres de la sección, y eso los haría salir a todos al descubierto para intentar acercarse a él. Un proceso de lo más elemental. Cómo un solo disparo te da la oportunidad de matar a muchos. Y eso es lo que pasó aquel día: dispararon al explorador, y oí que me llamaba. Pero el oficial al mando y dos hombres más me retuvieron. Me quedaban menos de dos semanas de servicio. Así que escuchamos cómo el explorador moría desangrado. Y así fue como se informó después al cuartel general, para que pareciera inevitable. Pero no era cierto. Me retuvieron y yo forcejeé, me quejé y supliqué, pero todo el rato sabía que si quería podría soltarme y acercarme a él. Sólo tenía que forcejear un poco más. Y eso era lo que no iba a hacer. Dar ese tirón de más. De modo que interpretamos esa pequeña farsa en la selva mientras un hombre moría. Era el tipo de situación en que lo correcto es mortal. No fui, y nadie me culpó, y viví y volví a mi casa en Dorchester, y el explorador murió. Ni siquiera lo conocía demasiado. Llevaba menos de un mes en nuestra sección. Quiero decir que no fue como escuchar morir a un amigo. Sólo era alguien que estaba ahí y gritó pidiendo ayuda, y lo siguió haciendo hasta que ya no pudo hacerlo porque estaba muerto.

—Podría no haber sobrevivido aunque hubieras llegado a su lado.

—Sí, claro —asintió Peter, sonriente—. Yo también me he dicho eso. —Suspiró—. Toda la vida he tenido pesadillas sobre personas que gritaban pidiendo ayuda. Y yo no acudía.

—Pero te hiciste bombero...

—La mejor forma de hacer penitencia, Pajarillo. Todo el mundo quiere a los bomberos.

Y a continuación desapareció despacio de mi lado. Me acordé de que no tuvimos ocasión de hablar hasta media mañana. El edificio Amherst estaba lleno de una luz solar que rasgaba el denso olor que había dejado la muerte violenta. Las paredes blancas parecían brillar con intensidad. Los pacientes deambulaban de un lado a otro, arrastrando los pies y tambaleándose como de costumbre, sólo que con más cautela. Nos movíamos con precaución porque todos nosotros, incluso en nuestra locura, sabíamos que había ocurrido algo y presentíamos que aún iba a ocurrir algo más. Eché un vistazo alrededor y encontré el lápiz.

Francis no tuvo ocasión de hablar con Peter hasta media mañana. Un engañoso y deslumbrante sol de primavera entraba por las ventanas y enviaba explosiones de luz por los pasillos, reflejadas en un suelo del que se habían limpiado todos los signos externos del crimen. Pero un residuo de la muerte permanecía en el aire viciado del hospital; los pacientes se movían a solas o en grupos reducidos, y evitaban en silencio los sitios donde la muerte había dejado sus huellas. Nadie pisaba los sitios donde se había encharcado la sangre de la enfermera. Todo el mundo evitaba el trastero, como si acercarse al escenario del crimen pudiera contagiarles de algún modo parte su maldad. Las voces sonaban apagadas, la conversación amortiguada. Los pacientes se movían más despacio, como si el hospital se hubiera convertido en una iglesia. Hasta los delirios que aquejaban a tantos de ellos parecían aplacados, como si, por una vez, cedieran el protagonismo a una locura más real y aterradora.

Peter, sin embargo, había tomado posiciones en el pasillo, donde estaba apoyado contra la pared con la mirada fija en el trastero. De vez en cuando, medía con los ojos la distancia entre el punto donde se había encontrado el cadáver y el sitio donde Rubita había sido atacada primero, junto a la tela metálica que cercaba el puesto de enfermería en medio del pasillo.

Francis se acercó despacio a él.

—¿Qué pasa? —le preguntó en voz baja.

El Bombero apretó la boca con gesto de concentración.

—Dime, Pajarillo, ¿te parece lógico todo esto?

Francis fue a contestar, pero dudó. Se apoyó contra la pared al lado del Bombero y empezó a mirar en la misma dirección.

—Es como leer primero el último capítulo de un libro —aseguró pasado un momento.

—¿Y eso? —repuso Peter con una sonrisa.

—Está todo invertido —explicó Francis—. No como en un espejo, sino como si nos contaran la conclusión pero no cómo llegamos a ella.

—Sigue.

Francis notó una especie de energía mientras le daba vueltas a lo que había visto la noche anterior. Podía oír un coro de asentimiento y de ánimo en su interior.

—Algunas cosas me preocupan de verdad —afirmó—. Cosas que no entiendo.

—Cuéntame algunas de esas cosas —pidió Peter.

—Bueno, Larguirucho, para empezar. ¿Por qué querría matar a Rubita?

—Creía que era la encarnación del mal. Intentó atacarla en el comedor.

—Sí, y le pusieron una inyección, lo que debería haberlo calmado.

—Pero no fue así.

—Yo creo que sí —rebatió Francis meneando la cabeza—. No del todo, pero sí. Cuando me pusieron una inyección así fue como tener todos los músculos paralizados, de modo que apenas tenía energía para abrir los ojos y ver el mundo que me rodeaba. Aunque no le hubieran dado una dosis suficiente a Larguirucho, creo que habría bastado. Porque matar a Rubita requería fuerza. Y energía. Y supongo que también más cosas.

—¿Más cosas?

—Propósito —sugirió Francis.

—Continúa —dijo Peter, asintiendo.

—Bueno, ¿cómo salió Larguirucho del dormitorio? Siempre está cerrado con llave. Y si logró abrir la puerta del dormitorio, ¿dónde están las llaves? Y si salió, ¿por qué llevaría a Rubita al almacén? Quiero decir, ¿cómo lo hizo? ¿Y por qué la agrediría sexualmente? ¿Y luego dejarla así?

—Tenía sangre en la ropa. La cofia apareció bajo su colchón —le recordó Peter con la contundencia impasible de un policía.

—Eso no lo entiendo. —Francis sacudió la cabeza—. La cofia, ¿pero no el cuchillo que usó para matarla?

—¿Qué nos dijo Larguirucho cuando nos despertó? —Peter bajó la voz.

—Dijo que un ángel había ido a su lado para abrazarlo.

Guardaron silencio. Francis procuró imaginar la sensación de que el ángel sacara a Larguirucho de su sueño nervioso.

—Creí que se lo había inventado. Creí que era algo que había imaginado.

—Yo también —aseguró Peter—. Ahora ya no estoy tan seguro.

Empezó a observar otra vez el trastero. Francis hizo lo mismo. Cuanto más miraba, más se acercaba al momento. Era casi como si pudiera ver los últimos segundos de Rubita. Peter debió de darse cuenta porque él también palideció.

—No quiero creer que Larguirucho hiciese eso —dijo—. No es nada propio de él. Ni siquiera en sus peores momentos, y ayer se mostró de lo más terrorífico, muy propio de él. Larguirucho señalaba, gritaba y hacía mucho ruido. No creo que fuera capaz de matar. Sin duda, no de asesinar de un modo solapado y premeditado.

—Dijo que había que destruir a la encarnación del mal. Lo dijo muy fuerte, delante de todo el mundo.

—¿Crees que él podría matar a alguien, Pajarillo? —repuso Peter.

—No lo sé. En cierto sentido, creo que, en las circunstancias adecuadas, cualquiera puede matar. Pero sólo son conjeturas por mi parte. Nunca he conocido a un asesino.

Esta respuesta hizo sonreír a Peter.

—Bueno, me conoces a mí —dijo—. Pero creo que conoceremos a otro.

—¿A otro asesino?

—A un ángel —concluyó Peter.

Poco antes de la sesión de terapia de la tarde siguiente, Napoleón se acercó a Francis. Tenía un aspecto vacilante, de indecisión y duda. Tartamudeaba un poco y las palabras parecían aferrársele a la punta de la lengua, reacias a abandonar la boca por miedo a cómo iban a ser recibidas. Tenía un defecto del habla de lo más curioso, porque cuando se sumergía en la historia, como conectado a su tocayo, era más claro y preciso. El problema, para quien le escuchara, era separar los dos elementos dispares: los pensamientos de ese día de las especulaciones sobre hechos acontecidos más de ciento cincuenta años atrás.

—¿Pajarillo? —llamó Napoleón con su nerviosismo habitual.

—¿Qué quieres, Nappy? —Estaban en un extremo de la sala de estar, sin hacer otra cosa que evaluar sus pensamientos, como solían hacer los pacientes del edificio Amherst.

—Hay algo que me preocupa.

—Hay muchas cosas que nos preocupan a todos —replicó Francis.

Napoleón se pasó las manos por sus mejillas regordetas.

—¿Sabías que no hay ningún general que esté considerado más brillante que Bonaparte? Como Alejandro Magno, Julio César o George Washington. Quiero decir que fue alguien que forjó el mundo con su brillantez.

—Sí, ya lo sé.

—Pero lo que no entiendo es por qué, si se le considera de modo tan rotundo un hombre genial, sólo es recordado por sus derrotas.

—No entiendo —dijo Francis.

—Las derrotas. Moscú, Trafalgar, Waterloo.

—Me parece que no puedo responder esa pregunta... —empezó Francis.

—Me preocupa de veras —le interrumpió Napoleón—. Lo que quiero decir es: ¿Por qué nos recuerdan por nuestros fracasos? ¿Por qué los fracasos y las retiradas valen más que las victorias? ¿Crees que Tomapastillas y el señor del Mal hablan alguna vez de los progresos que hacemos, en la terapia o con las medicaciones? Creo que no. Creo que sólo hablan de los reveses y los errores, y de los pequeños signos que indican que debemos seguir aquí, en lugar de los indicios de que mejoramos y de que tal vez tendríamos que irnos a casa.

Francis asintió. Eso tenía cierto sentido.

—Napoleón rehizo el mapa de Europa con sus victorias —prosiguió Napoleón, superando su balbuceo dubitativo—. Deberían ser recordadas. Me da tanta rabia...

—No creo que puedas hacer gran cosa al respecto... —empezó Francis, pero su compañero se inclinó hacia delante y bajó la voz.

—Me da mucha rabia ver cómo Tomapastillas y el señor del Mal tratan con ligereza todos estos aspectos históricos. Son asuntos tan importantes que ayer apenas pude pegar ojo.

Francis lo miró.

—¿Estabas despierto?

—Estaba despierto y oí que alguien metía la llave en la cerradura.

—¿Viste...?

—Oí abrirse la puerta. Ya sabes que mi cama no está lejos de ella, y cerré los ojos porque se supone que tenemos que estar dormidos y no quería que alguien viera que yo no lo estaba y me aumentaran la medicación. Así que fingí.

—Continúa.

Napoleón inclinó la cabeza y trató de reconstruir lo que recordaba.

—Noté que alguien pasaba junto a mi cama. Y entonces, unos minutos después, volvió a pasar, sólo que esta vez fue para salir. Y esperé oír cómo giraba la llave, pero no ocurrió. Luego, pasado un rato, eché una miradita y vi cómo tú y el Bombero os marchabais. No tenemos que salir de noche. Tenemos que estar en la cama y dormir, así que me asusté cuando os vi. Traté de dormirme pero oía a Larguirucho hablar consigo mismo y eso me mantuvo despierto hasta que llegó la policía y se encendieron las luces y pudimos ver las cosas terribles que habían pasado.

—Pero ¿no viste a la otra persona?

—No. Creo que no. Estaba oscuro. Pero pude mirar un poco.

—¿Y qué viste?

—Un hombre de blanco. Nada más.

—¿Era alto? ¿Le viste la cara?

—A mí todo el mundo me parece alto, Pajarillo —respondió Napoleón, y negó de nuevo con la cabeza—. Incluso tú. Y no le vi la cara. Cuando pasó junto a mi cama, cerré bien los ojos y escondí la cabeza. Pero recuerdo una cosa: parecía flotar. Iba de blanco y flotaba. —Inspiró hondo—. Durante la retirada de Moscú, algunos cadáveres se congelaron tanto que la piel adquirió el color del hielo en una laguna. Gris y blanco, y translúcido a la vez. Como la niebla. Eso es lo que recuerdo.

Francis retuvo lo que había oído, y vio que el señor del Mal recorría la sala de estar para indicar el inicio de la sesión de la tarde. También vio a Negro Grande y Negro Chico entre los pacientes. De repente, se sobresaltó al observar que ambos hermanos vestían sus uniformes blancos de auxiliar.

«Ángeles», pensó.

Francis tuvo otra breve conversación cuando se dirigía a la sesión en grupo. Cleo se le acercó por el pasillo antes de que entrase en una de las salas de terapia. Se balanceó a uno y otro lado, un poco como un transbordador al amarrar, y dijo:

—Pajarillo, ¿crees que Larguirucho hizo eso a Rubita?

Francis meneó la cabeza para expresar duda.

—No parece la clase de cosas que haría Larguirucho —comentó.

—Me parecía un buen hombre —repuso Cleo tras soltar un resoplido que hizo estremecer su voluminoso cuerpo—. Un poco chalado, como todos nosotros, confundido a veces, pero un buen hombre. No puedo creer que hiciera una cosa tan mala.

—Tenía sangre en la camisa de dormir. Y creía que Rubita era la encarnación del mal. Eso lo asustaba. Cuando nos asustamos, hacemos cosas inesperadas. Nos pasa a todos. De hecho, estoy seguro de que casi todo el mundo hizo algo estando asustado y por eso está aquí.

Cleo asintió.

—Pero Larguirucho parecía distinto —dijo, y sacudió la cabeza—. No. No es cierto. Parecía igual. Y todos somos diferentes, a eso me refiero. Era distinto fuera, pero aquí dentro era igual. En cambio, lo que ocurrió parece una cosa de fuera que hubiese pasado aquí dentro.

—¿De fuera?

—Ya me entiendes, tonto. De fuera. Del otro lado. —Hizo un gesto con el brazo para indicar el mundo que había más allá de los muros del hospital.

Francis le vio cierta lógica y esbozó una sonrisa.

—Creo que te entiendo —comentó.

—Ayer por la noche pasó algo en el dormitorio de las mujeres —dijo Cleo bajando la voz—. No se lo he contado a nadie.

—¿Qué pasó?

—Estaba despierta. No podía dormir e intenté repasar todas las frases de la obra, pero esta vez no funcionó. Imagínate. Normalmente, antes del parlamento de Antonio en el segundo acto estoy roncando como un bebé, aunque no sé si los bebés roncan. Las madres nunca me han dejado acercarme a ninguno, las muy zorras... Pero eso es otra historia.

—Así que tú tampoco podías dormir.

—Todas las demás estaban dormidas.

—¿Y?

—Vi abrirse la puerta y alguien que entraba. No había oído la llave en la cerradura, pero mi cama está lejos, junto a las ventanas, y la luz de la luna me daba en la cabeza. ¿Sabías que antiguamente la gente creía que si te dormías con la luz de la luna en la frente, despertabas loco? De ahí procede la palabra lunático. Puede que sea cierto, Pajarillo. Siempre duermo a la luz de la luna y cada vez estoy más loca, y ya nadie me quiere. No hay nadie que hable conmigo y por eso me tienen aquí. Sola. Nadie viene a visitarme. Eso no es justo, ¿no crees? Alguien podría venir a visitarme. Tampoco costaría tanto, ¿no? Cabrones. Son todos unos cabrones.

—¿Alguien entró en el dormitorio? ¿Estás segura?

—Sí. —Cleo se estremeció—. Nadie entra de noche. Pero anoche vino alguien. Se quedó unos segundos y luego salió. Y esta vez, como escuchaba con atención, oí girar la llave en la cerradura.

—¿Crees que alguien cerca de la puerta vio a esa persona?

Cleo hizo una mueca y sacudió la cabeza.

—Ya lo pregunté. Con discreción, ¿sabes? No. Mucha gente dormía. Son los medicamentos. Todo el mundo se queda frito enseguida. —Se ruborizó y Francis vio que le afloraban unas lágrimas—. Rubita me caía bien. Siempre fue muy amable conmigo. A veces recitábamos juntas la obra y ella hacía el papel de Marco Antonio o algún otro. Y también me caía bien Larguirucho. Era un caballero. Te abría la puerta y te dejaba pasar antes a la hora de la cena. Bendecía la mesa. Siempre me llamaba señorita Cleo y era muy educado y simpático. Y se preocupaba por todos nosotros. Alejar el mal. Tiene sentido. —Se llevó un pañuelo a los ojos y se sorbió la nariz—. Pobre Lárguirucho —prosiguió—. Tenía razón todo el tiempo y nadie lo escuchó. Y ahora mira. Tenemos que encontrar la forma de ayudarlo, el sólo intentaba ayudarnos a nosotros. Cabrones. Son todos unos cabrones.

Tomó a Francis del brazo e hizo que la acompañara hasta la sesión en grupo.

El señor del Mal estaba disponiendo las sillas plegables en círculo en la sala de terapia. Indicó a Francis que tomara un par del montón situado bajo una ventana, así que el joven cruzó la sala mientras Cleo se dejaba caer en uno de los asientos. Se inclinó para coger un par de sillas y antes de volverse para llevarlas al centro de la sala, donde el grupo se estaba reuniendo, un movimiento en el exterior captó su atención. Desde allí, podía ver la entrada principal, la verja de hierro y el camino que conducía al edificio de administración. Un gran coche negro llegaba a la parte delantera. Eso no tenía nada de inusual, todo el día llegaban y se marchaban coches y ambulancias, pero éste tenía algo que despertó su curiosidad. Parecía impregnado de urgencia.

Francis observó cómo el coche se detenía. Pasado un intante, una mujer alta y morena salió de él. Llevaba un impermeable largo color habano y una cartera negra que hacía juego con su largo cabello. La mujer se detuvo y pareció examinar todo el complejo hospitalario, luego subió la escalinata con una determinación que le recordó a una flecha disparada a un blanco.

8

La organización les llegaba despacio e impuesta. Francis observó que no era como si de repente fueran alborotadores, ni siquiera revoltosos o escolares a los que se pide que presten atención en el aula. Era más bien que estaban inquietos y nerviosos. Todos habían dormido muy poco y recibido demasiados fármacos y demasiada agitación, además de una cantidad importante de incertidumbre. Una mujer mayor con su largo cabello gris muy alborotado se echaba a llorar, se enjugaba las lágrimas con una manga, sacudía la cabeza con una sonrisa, decía que estaba bien y al cabo de unos segundos estallaba de nuevo en sollozos. Uno de los hombres de mediana edad y mirada dura, que había sido marino en un pesquero y llevaba el tatuaje de una mujer desnuda en el antebrazo, lucía una expresión furtiva e inquieta, y no dejaba de revolverse en la silla para comprobar la puerta situada tras él, como si esperara que alguien se colara sigilosamente en la sala. Los tartamudos, tartamudeaban más. Los irascibles estaba sentados en el borde de la silla. Los que solían llorar parecían más dispuestos a derramar lágrimas. Los que permanecían mudos se habían sumido más en el silencio.

Incluso Peter *el Bombero*, cuya tranquilidad solía dominar las sesiones, tenía problemas para mantenerse quieto, y más de una vez encendió un cigarrillo y se paseó alrededor del grupo. A Francis le recordó a un boxeador que momentos antes del combate se relaja en el cuadrilátero lanzando derechazos e izquierdazos a mandíbulas imaginarias mientras su contrincante real espera en el otro rincón.

Si Francis hubiera sido un veterano del hospital psiquiátrico, habría reconocido un aumento considerable de los niveles de paranoia en muchos pacientes. Era algo todavía no expresado; como una tetera que se va calentando para hervir el agua, todavía no había empezado a silbar. Pero aun así era perceptible, como un mal olor una tarde calurosa. Sus propias voces interiores pedían atención a gritos, y necesitó la fuerza de voluntad habitual para acallarlas. Los músculos de los brazos y del estómago se le tensaban, como si quisieran prestar ayuda a los tendones mentales que él estaba utilizando para controlar la cacofonía de voces.

—Creo que deberíamos abordar los hechos de la otra noche —sugirió Evans. Llevaba puestas las gafas de lectura, que dejaba resbalar por la nariz para mirar por encima a los pacientes. Francis pensó que Evans era una de esas personas que hace una afirmación que parece sencilla, como la necesidad de abordar precisamente lo que dominaba los pensamientos de todo el mundo, pero da la impresión de querer decir algo completamente distinto—. Parece que todos estáis pensando en ello.

Un hombre se cubrió la cabeza con la camisa y se tapó los oídos con las manos. Los demás se removieron en los asientos. Nadie contestó enseguida, y el silencio que se abatió sobre la sala dio a Francis la impresión de ser consistente e invisible como el viento que hincha las velas de un barco. Pasado un momento lo rompió al preguntar:

—¿Dónde está Larguirucho? ¿Adónde lo han llevado? ¿Qué han hecho con él?

Evans se recostó en la silla, aliviado, al parecer, de que las primeras preguntas fueran tan fáciles de responder.

—Larguirucho fue transportado a la cárcel del condado. Estará veinticuatro horas en observación en una celda de aislamiento. El doctor Gulptilil fue a verlo esta mañana para asegurarse de que recibía la medicación adecuada en su dosis correcta. Está bien. Está un poco más tranquilo que antes del... incidente.

El grupo tardó un momento en asimilar esta afirmación. Fue Cleo quien planteó la siguiente pregunta.

—¿Por qué no lo traen de vuelta aquí? Es aquí donde debe estar y no encerrado en una cárcel sin sol y puede que con un puñado de criminales. Cabrones. Violadores y ladrones, seguro. Pobre Larguirucho, en manos de la policía. Cabrones fascistas.

—Porque lo acusan de un delito —respondió el psicólogo con rapidez. A Francis le pareció extraño que evitara la palabra *asesinato*.

—Pero hay algo que no entiendo —terció Peter en una voz tan

queda que todo el mundo se volvió hacia él—. Larguirucho está loco, y ayer estaba más loco aún. ¿Cuál es la palabra que a usted le gusta usar?

—Descompensado —respondió el señor del Mal con frialdad.

—Una palabra de lo más tonta —espetó Cleo, enfadada—. Una palabra tonta, idiota y totalmente inútil.

—Bien —prosiguió Peter—. Larguirucho atravesaba una crisis. Todos nos dimos cuenta. A lo largo del día fue empeorando y nadie hizo nada por ayudarlo. Hasta que explotó. Ahora bien, si estaba aquí, en el hospital, por ese motivo, ¿cómo le pueden acusar? ¿Un loco no es precisamente alguien que no sabe lo que hace?

Evans asintió, pero se mordió el labio antes de contestar.

—Ésa es una decisión que deberá tomar el fiscal del condado. Hasta entonces, Larguirucho se quedará donde está...

—Bueno, creo que deberían traerlo aquí, donde están sus amigos —insistió Cleo, enojada aún—. Ahora sólo nos tiene a nosotros. Somos su única familia.

Hubo un murmullo general de asentimiento.

—¿No podemos hacer algo? —preguntó la mujer del pelo alborotado.

Ese comentario provocó también asentimientos farfullados.

—Bueno —dijo el señor del Mal—, creo que deberíamos seguir abordando los problemas que nos trajeron aquí. Si nos esforzamos por mejorar, quizás encontremos una forma de ayudar a Larguirucho.

—Malditos ineptos —gruñó Cleo con indignación—. Cabrones descerebrados.

Francis no sabía muy bien a quién se refería Cleo, pero estuvo de acuerdo con las palabras que había elegido. Cleo tenía la habilidad de una emperatriz de llegar al quid de la cuestión de una forma imperiosa. Empezaron a oírse improperios y juramentos.

—Estas palabras coléricas no ayudan a Larguirucho, ni a ninguno de nosotros. —El señor del Mal levantó la mano, exasperado—. Así que vamos a parar.

Hizo un gesto cortante con la mano. Era la clase de movimiento que Francis se había acostumbrado a ver en el psicólogo y que subrayaba una vez más quién estaba cuerdo y, por lo tanto, quién estaba al mando. Y, como de costumbre, tuvo un efecto intimidador; el grupo, refunfuñando, se recostó en las sillas y el breve instante que podía haber acabado en una abierta rebelión se disolvió en el aire viciado de la sala. Francis vio que Peter se mantenía firme, con los brazos cruzados y el entrecejo fruncido.

—Pues yo creo que no hemos usado las suficientes palabras coléricas —soltó por fin, no en voz alta, pero con determinación—. Y no entiendo por qué eso no va a ayudar a Larguirucho. ¿Cómo saber qué podría ayudarlo o no en este momento? Creo que deberíamos protestar aún más.

—Seguramente tú lo harías —replicó el señor del Mal, girándose en su asiento.

Ambos hombres se observaron un momento y Francis vio que estaban al borde de un enfrentamiento físico. Pero, casi con la misma rapidez, todo cambió porque el señor del Mal se volvió y dijo:

—Deberías reservarte tus opiniones. Estás mejor callado.

Era una afirmación desdeñosa, y dejó helado al grupo.

Francis vio que el Bombero buscaba una réplica, pero en ese momento se oyó un ruido en la puerta de la sala.

Todas las cabezas se volvieron cuando se abrió. Negro Grande entró lánguidamente y por un instante llenó el umbral con su corpulencia, ocultando a quien le seguía. Se trataba de la mujer que Francis había visto por la ventana al principio de la sesión. Tras ella, a su vez, iba Tomapastillas y, por último, Negro Chico. Los auxiliares adoptaron posiciones de centinela junto a la puerta.

—Señor Evans —dijo Gulptilil—, lamento interrumpir la sesión.

—No se preocupe —respondió el señor del Mal—. Ya estábamos a punto de terminar.

Francis tenía la certeza de que estaban más al principio que al final de algo. Pero, de hecho, no escuchó el intercambio entre los dos terapeutas. En lugar de eso, observó a la mujer, que, ofreciéndole su perfil derecho, esperaba flanqueada por los hermanos Moses.

Tuvo la impresión de ver muchas cosas, todas a la vez. Era esbelta y muy alta, de casi metro ochenta, y rondaba los treinta años. Tenía la piel de color cacao, de una tonalidad parecida a las hojas de roble que caen en otoño, y sus ojos presentaban un aspecto ligeramente oriental. El cabello, de un negro azabache, le llegaba más abajo de los hombros. Debajo del impermeable color habano, llevaba un traje chaqueta azul. Sujetaba la cartera de piel con unos dedos largos y delicados, y contemplaba la sala con una determinación que habría calmado hasta al paciente más descompensado. Era casi como si su presencia silenciara los delirios y los temores que ocupaban cada asiento.

Al principio, Francis la consideró la mujer más hermosa del mundo, pero entonces ella se volvió un poco y él vio que tenía el lado izquierdo del rostro desfigurado por una larga cicatriz blanca que le partía la ceja y le recorría la mejilla en zigzag para terminar en la mandíbula. La cicatriz le causó el mismo efecto que el péndulo de un hipnotizador: no podía apartar los ojos de esa línea irregular que le bisecaba la cara. Se preguntó por un momento si no sería como mirar la obra de un artista desquiciado, que, abrumado ante una perfección inesperada, hubiera decidido tratar su propio arte con absoluta crueldad.

—¿Quiénes son los dos hombres que encontraron el cadáver de la enfermera? —preguntó dando un paso al frente, y su ronca voz pareció atravesar a Francis.

—Peter, Francis —llamó el doctor Gulptilil—, esta señorita ha conducido desde Boston para haceros algunas preguntas. ¿Podríais acompañarnos a mi despacho para que pueda hablar con vosotros como es debido?

Francis se puso en pie y, en ese instante, fue consciente de que Peter observaba con la misma intensidad a la joven.

—Yo te conozco —musitó Peter como para sí.

Francis se percató de que la mujer se fijaba en su amigo y, por un segundo, arrugaba la frente en un gesto de reconocimiento. Luego, casi con la misma rapidez, volvió a su impasible belleza marcada.

Los dos hombres salieron del círculo de sillas.

—Cuidado —soltó Cleo de golpe. Y citó de su obra favorita—: «El claro día se apaga y nos dirigimos a las sombras.» —Se produjo un momento de silencio antes de que añadiera con voz ronca—: Cuidado con los cabrones. Sólo buscan perjudicarlo a uno.

Me alejé de la pared del salón y de todas las palabras que contenía, y pensé: Eso es. Ya estamos todos. A veces la muerte es como una ecuación algebraica, una larga serie de factores X y valores Y, multiplicados y divididos, sumados y restados hasta que se obtiene una solución simple pero espantosa: cero. Y en aquel momento la fórmula estaba escrita.

Cuando llegué al hospital, tenía veintiún años y nunca me había enamorado. Aún no había besado a una chica, ni sentido la suavidad de su piel. Eran un misterio para mí, cumbres tan inalcanzables e inaccesibles como la cordura. Aun así, llenaban mi imaginación. Había tantos secretos: la curva del pecho, el esbozo de una sonrisa, la base de la espalda al arquearse con un movimiento sensual. No sabía nada, lo imaginaba todo.

En mi loca vida había muchas cosas fuera de mi alcance. Supongo que debería haber sabido que me enamoraría de la mujer más exótica que conocería en mi vida. Y supongo que también debería haber sabido, en el momento en que se produjo esa mirada centelleante entre Peter el Bombero *y* Lucy Kyoto Jones, *que había mucho más que decir y una relación mucho más profunda que saldría a la superficie. Pero era joven, y lo único que vi fue la presencia repentina de la persona más extraordinaria que había visto en mi vida. Parecía brillar como las lámparas de lava que tanto éxito tenían entre los hippies y los estudiantes, una forma en movimiento y fusión constante que fluía de una forma a otra.*

Lucy Kyoto Jones era fruto de la unión entre un militar estadounidense negro y una mujer estadounidense de origen japonés. Su segundo nombre correspondía a la ciudad natal de su madre. De ahí los ojos en forma de almendra y la piel color cacao. De lo referente a la licenciatura de Derecho por Stanford y Harvard me enteraría más adelante.

También me enteraría más delante de lo de la cicatriz en la cara, porque la persona que le dejó esa marca y la otra, más profunda y menos evidente, le hizo seguir el camino que la condujo hasta el Hospital Estatal Western con preguntas que pronto gustarían muy poco.

Una de las cosas que aprendí en mis años de mayor locura fue que uno podía estar en una habitación, con paredes, ventanas con barrotes y puertas cerradas con llave, rodeado de otras personas locas, o incluso metido en una celda de aislamiento a solas, sin que esa fuera, de hecho, la habitación en que uno estaba. La habitación que uno ocupaba de verdad la componían la memoria, las relaciones y los acontecimientos, toda clase de fuerzas invisibles. A veces delirios. A veces alucinaciones. A veces deseos. A veces sueños y esperanzas, o ambición. A veces rabia. Eso era lo importante: reconocer siempre dónde estaban las paredes reales.

Y ése fue el caso entonces, cuando estábamos sentados en el despacho de Tomapastillas.

Miré por la ventana de mi casa y vi que era tarde. La luz del día ha-

bía desaparecido y, en su lugar, reinaba la espesura de la noche urbana. En el piso tengo varios relojes, todos regalo de mis hermanas, que, por algún motivo que todavía no he podido determinar, parecen pensar que tengo una necesidad casi constante y muy apremiante de saber siempre qué hora es. Pensé que las palabras eran la única hora que necesitaba en este momento, así que me tomé un respiro para fumarme un cigarrillo mientras reunía todos los relojes y los desenchufaba de la pared o les quitaba las pilas para que dejaran de funcionar. Todos se habían detenido más o menos en el mismo momento: las diez y diez, las diez y once, las diez y trece. Tomé cada reloj y moví las manecillas para eliminar cualquier apariencia de congruencia. Cada uno de ellos estaba parado en un momento distinto. Una vez logrado eso, reí en voz alta. Era como si me hubiera apoderado del tiempo y liberado de sus limitaciones.

Recordé cómo Lucy se había inclinado hacia delante y había fijado una mirada seria, fulminante, primero en Peter, después en mí y, a continuación, de nuevo en él. Supongo que al principio quería impresionarnos con su determinación. Quizás había creído que así se trataba con los dementes: con decisión, más o menos como uno haría con un cachorro díscolo.

—Quiero saber todo lo que vieron ayer por la noche —exigió.

Peter *el Bombero* vaciló antes de responder.

—¿Tal vez podría decirnos antes, señorita Jones, por qué le interesa lo que recordamos? Al fin y al cabo, los dos prestamos declaración ante la policía local.

—¿Por qué estoy interesada en el caso? —repuso—. Me informaron de algunos detalles poco después de que se encontrara el cadáver, y tras un par de llamadas a las autoridades locales, me pareció importante comprobarlos personalmente.

—Pero eso no explica nada —replicó Peter con un gesto de desdén. Se inclinó hacia la joven—. Quiere saber lo que vimos, pero Pajarillo y yo ya tenemos heridas de nuestro primer encuentro con la seguridad del hospital y los detectives de la policía local. Sospecho que tenemos suerte de no estar metidos en una celda de aislamiento de la cárcel del condado, acusados por error de un delito grave. De modo que antes de que aceptemos ayudarla, ¿por qué no vuelve a explicarnos por qué está tan interesada... con un poquito más de detalle, por favor?

El doctor Gulptilil tenía una ligera expresión de asombro, como si la idea de que un paciente pudiera cuestionar a alguien cuerdo fuera algo contrario a las normas.

—Peter —dijo con frialdad—, la señorita Jones es fiscal del condado de Suffolk. Y creo que es ella quien debería hacer las preguntas.

—Sabía que la había visto antes —dijo el Bombero en voz baja, y asintió—. Puede que en un tribunal.

—Estuve sentada frente a usted una vez, durante un par de sesiones —respondió ella tras mirarlo un momento—. Lo vi testificar en el caso del incendio de Anderson, hará unos dos años. Yo todavía era una ayudante que manejaba delitos menores. Querían que algunos de nosotros viéramos cómo le repreguntaban.

—Recuerdo que serví de bastante ayuda —sonrió Peter—. Fui yo quien descubrió dónde se había provocado el incendio. Fue bastante inteligente poner una toma de corriente al lado del lugar del almacén donde se guardaba el material inflamable, de modo que su propio producto avivara el fuego. Fue necesaria cierta planificación. Pero eso es fundamental para un pirómano: planear. La consecución del fuego forma parte de la emoción. Es como se logra uno bueno.

—Por eso nos pidieron que fuéramos a verlo —explicó Lucy—. Porque creían que iba a convertirse en el mejor investigador de incendios provocados de la policía de Boston. Pero las cosas no salieron bien, ¿no es así?

—Oh —exclamó Peter con una sonrisa más ancha, como si lo que Lucy Jones acababa de decir contuviera algún chiste que Francis no había captado—. Podría decirse que sí. Depende de cómo se miren las cosas. Como la justicia, lo que está bien y todo eso. Pero no ha venido aquí por mí, ¿verdad, señorita Jones?

—No. He venido por el asesinato de la enfermera en prácticas.

Peter observó a Lucy Jones. Luego dirigió una mirada a Francis y después a Negro Grande y a Negro Chico, que estaban en la parte posterior de la habitación, y por último a Tomapastillas, que estaba sentado algo intranquilo tras su escritorio.

—Dime, Pajarillo —pidió Peter tras volverse de nuevo hacia Francis—, ¿por qué dejaría una fiscal de Boston todo lo que está haciendo y vendría al Hospital Estatal Western a hacer preguntas a un par de locos sobre una muerte ocurrida fuera de su jurisdicción y por la que ya se ha detenido y acusado a un hombre? Esa muerte tiene algo que ha despertado su interés, Pajarillo. ¿Pero qué? ¿Qué puede haber motivado que la señorita Jones viniera aquí con tanta prisa para hablar con un par de chiflados?

Francis miró a Lucy Jones, cuyos ojos se habían fijado en Peter con una mezcla de curiosidad y reconocimiento que Francis no sabía muy bien cómo llamar.

—Bueno, señor Petrel —preguntó pasado un momento con una sonrisita que se inclinaba un poco hacia la cicatriz—, ¿puede responder a esa pregunta?

Francis pensó un momento. Se imaginó a Rubita tal como la habían encontrado.

—El cadáver —aseguró.

—Sí, señor Petrel —sonrió Lucy—. ¿Puedo llamarte Francis?

El joven asintió.

—¿Qué pasa con el cadáver? —preguntó ella.

—Tenía algo especial.

—Podría haber tenido algo especial —corrigió Lucy Jones. Miró a Peter—. ¿Quiere intervenir?

—No —rehusó Peter, y cruzó los brazos—. Pajarillo lo está haciendo muy bien. Que siga él.

—¿Entonces...? —lo animó ella.

Francis se recostó un instante y, con la misma rapidez, volvió a inclinarse hacia delante mientras pensaba qué querría dar a entender la fiscal. Se le agolparon en la cabeza imágenes de Rubita, el modo en que su cadáver estaba contorsionado, la forma en que sus ropas estaban dispuestas. Se percató de que todo era un rompecabezas y la hermosa mujer que tenía sentada enfrente formaba parte de él.

—Las falanges que le faltaban en la mano —dijo por fin.

—Háblame de esa mano —pidió Lucy tras asentir—. ¿Qué te pareció?

—La policía tomó fotografías, señorita Jones —intervino el doctor Gulptilil—. Estoy seguro de que puede examinarlas. No entiendo por qué... —Pero su objeción se desvaneció cuando la mujer hizo un gesto a Francis para que continuara.

—Parecía como si alguien, el asesino, se las hubiera llevado —concluyó éste.

—Bien —asintió Lucy—. ¿Podrías decirme por qué el hombre acusado...? ¿Cómo se llama?

—Larguirucho —respondió el Bombero. Su voz había adquirido un tono más grave, más firme.

—Sí. ¿Por qué Larguirucho, a quien ambos conocíais, podría haber hecho eso?

—No hay ninguna razón.

—¿No se te ocurre alguna por la que podría haber marcado a la joven de ese modo? ¿Nada que hubiera dicho antes? ¿O el modo en que había actuado? Tengo entendido que había estado bastante nervioso...

—No —aseguró Francis—. Nada de la manera en que murió Rubita encaja con lo que sabemos de Larguirucho.

—Ya veo —asintió Lucy—. ¿Estaría de acuerdo con esa afirmación, doctor?

—¡En absoluto! —dijo Gulptilil con energía—. Su conducta antes del asesinato fue exagerada, muy nerviosa. Intentó atacarla ese mismo día. Ha tenido una marcada propensión a amenazar con violencia en varias ocasiones en el pasado, y al final, rebasó el límite, como el personal se temía.

—Así pues, ¿no está de acuerdo con la valoración de estos señores?

—No. La policía encontró pruebas en su cama. Y la sangre en su camisa de dormir correspondía a la víctima.

—Conozco esos detalles —dijo Lucy Jones con frialdad. Y se dirigió de nuevo a Francis—. ¿Podrías volver a las falanges que faltaban, por favor? —pidió con delicadeza—. ¿Podrías describir qué viste exactamente, por favor?

—Había cuatro falanges probablemente cortadas. Tenía la mano en un charco de sangre. —Francis levantó una mano ante su cara, como si quisiera ver cómo sería que le cercenaran la punta de los dedos.

—Si Larguirucho, vuestro amigo, lo hubiera hecho...

—Podría haber hecho ciertas cosas —la interrumpió Peter—. Pero no eso. Y sin duda tampoco la agresión sexual.

—¡Eso no lo sabes! —replicó el doctor Gulptilil—. Es una mera suposición. He visto la misma clase de mutilaciones, y le aseguro que pueden producirse de varias formas. Incluso por accidente. La idea de que Larguirucho fuera incapaz de cortarle la mano, o que todo ocurrió de algún otro modo sospechoso es una mera conjetura. Veo adónde quiere llegar con esto, señorita Jones, y creo que la implicación es errónea, además de poder ser perjudicial para el hospital.

—¿De veras? —se sorprendió Lucy, y se volvió de nuevo hacia el psiquiatra. Esa pregunta no pedía ninguna ampliación. Hizo una pausa y dirigió la mirada a los dos pacientes. Fue a hablar, pero Peter la interrumpió antes de que pudiera hacerlo.

—¿Sabes qué, Pajarillo? —Se dirigió a Francis pero tenía los ojos puestos en Lucy Jones—. Sospecho que esta joven fiscal ha visto otros tres cadáveres muy parecidos al de Rubita. Y que a cada uno de esos cadáveres le faltaba una falange, o más, de la mano, como a Rubita. Eso es lo que yo supongo ahora mismo.

Lucy Jones sonrió sin la menor nota de humor. A Francis le pareció una de esas sonrisas que se usaban para ocultar toda clase de sentimientos.

—Es una buena suposición, Peter —dijo.

El Bombero entornó los ojos y se recostó, como si reflexionara, antes de seguir hablando despacio.

—También creo, Pajarillo, que esta señorita es responsable de encontrar al hombre que extirpó esas falanges a esas otras mujeres. Y que por eso vino aquí corriendo y tiene tantas ganas de hablar con nosotros. ¿Y sabes qué más, Pajarillo?

—¿Qué Peter? —preguntó Francis, aunque ya intuía la respuesta.

—Apostaría que, bien entrada la noche, en la oscuridad de su habitación en Boston, sola en la cama, con las sábanas enredadas y sudadas, la señorita Jones tiene pesadillas sobre cada una de esas mutilaciones y lo que podrían significar.

Francis miró a Lucy Jones, que asintió despacio con la cabeza.

9

Me alejé de la pared y dejé caer el lápiz al suelo.

La tensión del recuerdo me revolvía el estómago. Tenía la garganta seca y el corazón acelerado. Aparté la mirada de las palabras que se leían en la deslucida pared blanca y me dirigí al pequeño cuarto de baño. Abrí el grifo del agua caliente y también la ducha para llenar el cubículo de una calidez pegajosa, húmeda. El calor me recorrió el cuerpo y el mundo empezó a nublarse a mi alrededor. Era como recordaba esos momentos en el despacho de Tomapastillas, cuando la naturaleza real de nuestra situación empezó a cobrar forma. La habitación se caldeó y noté una falta de aliento asmática, como aquel día. Miré mi reflejo en el espejo. El calor lo empañaba, lo desdibujaba, como si le faltaran contornos. Cada vez me costaba más ver si estaba como era ahora, algo envejecido, medio calvo y con las primeras arrugas, o como era entonces, cuando tenía mi juventud y mis problemas, y la piel y los músculos tan firmes como mi imaginación. Detrás de esa imagen de mí mismo en el espejo estaban los estantes de mis medicamentos. Me temblaban las manos y, peor aún, algo se sacudía en mi interior, como un gran movimiento sísmico en mi corazón. Sabía que debía tomar algún fármaco. Tranquilizarme. Recuperar el control de las emociones. Calmar las fuerzas que acechaban bajo mi piel. Noté cómo la locura intentaba apoderarse de mi pensamiento. Y me sentí como un escalador que de repente pierde el equilibrio y se tambalea, sabiendo que un resbalón se convertirá en una caída y que si no logra aferrarse a algo se desplomará hacia la inconsciencia.

Exhalé aire sobrecalentado. Tenía las ideas chamuscadas.

Aún podía oír la voz de Lucy Jones cuando se inclinó hacia Peter y hacia mí.

«Una pesadilla es algo de lo que puedes despertar, Peter —había dicho—. Pero los pensamientos y las ideas que permanecen después de que tus terrores hayan desaparecido son algo bastante peor.»

—Conozco muy bien esa clase de despertar —dijo Peter con un tono formal que, curiosamente, parecía tender un puente entre ellos.

Gulptilil interrumpió las ideas que se estaban barajando en su despacho.

—Escuche —dijo con una oficiosidad enérgica—. No me gusta nada la dirección que está tomando esta conversación, señorita Jones. Está sugiriendo algo que es bastante difícil de considerar.

—¿Qué cree que estoy sugiriendo? —repuso Lucy Jones, volviéndose hacia él.

Francis pensó que había obrado como la fiscal que era. En lugar de negar, objetar o tener alguna otra reacción contraria, devolvía la pregunta al médico. Tomapastillas, que no era tonto aunque a menudo lo pareciera, también debió de darse cuenta, ya que no se trataba de una técnica que los psiquiatras desconocieran; se movió incómodo antes de responder. La cautela lo llevó a eliminar la agudeza que la tensión imprimía a su voz, de modo que recuperó su acento empalagoso y algo británico.

—Lo que creo, señorita Jones, es que no está dispuesta a ver circunstancias que contradigan lo que usted desea encontrar. Se ha producido una muerte desafortunada. Se avisó de inmediato a las autoridades competentes. Se examinó el escenario del crimen. Se interrogó a los testigos. Se obtuvieron pruebas. Se practicó una detención. Todo eso se hizo conforme al procedimiento y a la forma. Parece que sería el momento de dejar que tuviera lugar el proceso judicial y ver qué se decide.

Lucy asintió y consideró su respuesta.

—¿Le suenan los nombres de Frederick Abberline y sir Robert Anderson, doctor?

Tomapastillas arrugó el entrecejo. Francis vio cómo hojeaba el índice de su memoria sin obtener resultado. Era la clase de fallo que Gulptilil detestaba. Era un hombre que se negaba a mostrar cualquier carencia, por nimia o insignificante que fuera. Se revolvió en el asiento, carraspeó una o dos veces y respondió meneando la cabeza.

—No; lo siento. Esos nombres no me dicen nada. ¿Cuál es su relación con esta discusión, si puede saberse?

—Quizá, doctor, le resulte más familiar un coetáneo de ellos —repuso Lucy en lugar de contestar directamente—. Un caballero conocido como Jack *el Destripador*.

—Por supuesto. —Gulptilil entornó los ojos—. Se lo menciona en notas a pie de página en varios textos médicos y psiquiátricos, sobre todo debido a la ferocidad y notoriedad de sus crímenes. Pero los otros dos...

—Abberline era el inspector encargado de investigar los asesinatos de Whitechapel en 1888. Anderson era su supervisor. ¿Está familiarizado con esos hechos?

—Hasta los niños conocen a Jack *el Destripador* —replicó el médico, y se encogió de hombros—. Incluso ha dado lugar a novelas y películas.

—Sus crímenes dominaban las noticias —prosiguió Lucy—. Atemorizaban a la población. Se convirtió en una especie de referencia contra la que muchos crímenes parecidos se siguen comparando hoy en día, aunque en realidad se limitaron a un área bien definida y a una clase muy concreta de víctimas. El pánico que provocaron era desproporcionado con respecto a su impacto real, lo mismo que su impacto en la historia. En el Londres actual se puede hacer una visita guiada en autobús por los lugares de los asesinatos. Y existen grupos de debate que siguen investigando los crímenes. Casi cien años después, la gente sigue morbosamente fascinada. Todavía quiere saber quién era Jack.

—¿Cuál es el propósito de esta lección de historia, señorita Jones? Quiere decirnos algo, pero creo que no sabemos muy bien qué.

A Lucy no pareció importarle esta reacción negativa.

—¿Sabe qué ha intrigado siempre a los criminólogos de los crímenes de Jack *el Destripador*, doctor?

—No.

—Que terminaron tan de repente como empezaron.

—¿Sí?

—Como un grifo de terror abierto y, después, cerrado. Clic. Así, sin más.

—Interesante, pero...

—Dígame, doctor, según su experiencia, ¿las personas dominadas por su compulsión sexual, sobre todo para cometer crímenes espantosos, cada vez más brutales, y que encuentran plena satisfacción en sus actos, paran espontáneamente?

—No soy psiquiatra forense, señorita Jones.

—Pero según su experiencia, doctor...

—Sospecho, señorita Jones —respondió con tono de superioridad a la vez que sacudía la cabeza—, que usted sabe tan bien como yo que la respuesta a esa pregunta es que no. Un psicópata homicida no puede poner término a sus crímenes. Por lo menos no voluntariamente, aunque a algunos de ellos la excesiva culpa les lleva a suicidarse. Éstos, por desgracia, son minoría. Por lo general, los asesinos reincidentes sólo se detienen debido a alguna circunstancia externa.

—Sí, cierto. Anderson y Abberline barajaron tres posibilidades para el cese de los crímenes de Jack *el Destripador* en Londres. La primera, que hubiera emigrado a América (poco probable pero posible), aunque no hay constancia de asesinatos de ese tipo en Estados Unidos. La segunda, que hubiese muerto, bien por suicidio o a manos de alguien, lo que tampoco era demasiado probable. En la era victoriana, el suicidio no era muy frecuente, y tendríamos que suponer que a Jack *el Destripador* lo atormentaba su propia maldad, algo de lo que no existe ningún indicio. La tercera era una posibilidad más realista.

—¿Cuál?

—Que Jack hubiese sido recluido en un hospital psiquiátrico e, incapaz de salir de allí, permaneció para siempre tras sus gruesas paredes. —Hizo una pausa antes de preguntar—: ¿Son muy gruesas aquí las paredes, doctor?

Tomapastillas reaccionó poniéndose de pie.

—¡Lo que está sugiriendo, señorita Jones, es espantoso! —Tenía el rostro crispado—. ¡Imposible! ¡Que algún Destripador actual esté aquí, en este hospital!

—¿Dónde podría esconderse mejor? —preguntó la fiscal en voz baja.

Tomapastillas se esforzaba por recobrar la compostura.

—¡La idea de que un asesino, aunque sea inteligente, pudiera ocultar sus verdaderas pulsiones a todo el personal del hospital es ridícula! Puede que eso fuera posible en el siglo XIX, cuando la psicología estaba aún en mantillas. ¡Pero no en la actualidad! Exigiría una fuerza de voluntad constante, una sofisticación y un conocimiento de la naturaleza humana muy superiores a los que puedan tener nuestros pacientes. Su sugerencia es simplemente imposible. —Pronunció estas palabras con una contundencia que ocultaba sus temores.

Lucy fue a responder pero se detuvo. En lugar de eso, se inclinó para recoger la cartera de piel. Rebuscó en su interior y se volvió hacia Francis.

—¿Cómo llamabais a la enfermera asesinada? —preguntó.

—Rubita —dijo Francis.

Lucy Jones asintió.

—Sí. Parece acertado. Y llevaba el pelo corto... —Mientras hablaba, casi consigo misma, sacó un sobre de la cartera, del que extrajo una serie de fotografías en color de veinte por veinticinco. Se las puso en el regazo y las fue pasando hasta elegir una, que lanzó por la mesa hacia Tomapastillas—. Hace dieciocho meses —anunció mientras la fotografía se deslizaba por la superficie de madera.

Otra fotografía surgió del montón.

—Hace catorce meses.

Y una tercera.

—Hace diez meses.

Francis estiró el cuello y vio que en cada fotografía aparecía una mujer joven. Observó las marcas de sangre en la garganta de cada una de ellas. Observó las ropas arrancadas y cambiadas de sitio. Observó sus ojos abiertos al horror. Todas eran Rubita, y Rubita era cada una de ellas. Eran diferentes pero iguales. Francis se acercó más cuando otras tres fotografías resbalaron por la mesa. Eran primeros planos de la mano derecha de cada víctima. A la primera le faltaba una falange de un dedo; a la segunda, dos; y a la tercera, tres.

Desvió la mirada hacia a Lucy Jones, que había entrecerrado los ojos y exhibía una expresión tensa. Francis pensó que resplandecía un momento con una intensidad a la vez incandescente y gélida.

La joven inspiró despacio y habló con voz dura, baja:

—Voy a encontrar a este hombre, doctor.

Tomapastillas contempló con impotencia las fotografías. Francis se dio cuenta de que estaba evaluando la gravedad de la situación. Pasado un momento, reunió todas las fotografías, como un tahúr hace con las cartas después de barajadas pero sabiendo muy bien dónde está el as de picas. Dio golpecitos con el mazo en la mesa para igualar todos los bordes. A continuación, las devolvió a Lucy.

—Sí —admitió—, creo que lo hará. O al menos lo intentará.

Francis no pensó que Tomapastillas quisiera decir realmente lo que decía. Pero después recapacitó: quizá sí quería decir realmente algunas de las cosas que decía, mientras que otras no. Decidir cuáles era muy difícil.

El médico volvió a su asiento. Tamborileó con los dedos sobre la mesa. Miró a la joven fiscal y arqueó sus pobladas cejas negras, como si previera otra pregunta.

—Necesitaré su ayuda —dijo por fin Lucy.

—Por supuesto. —Gulptilil se encogió de hombros—. Es evidente. Mi ayuda, y la de otros, claro. Pero creo que, a pesar de la increíble similitud entre la muerte que se produjo aquí y las que usted nos ha mostrado de modo tan melodramático, está usted equivocada. Creo que, por desgracia, nuestra enfermera fue atacada por el paciente que está ahora detenido y acusado del crimen. Sin embargo, en aras de la justicia, la ayudaré con todos los medios a mi alcance, aunque sólo sea para que se quede tranquila, señorita Jones.

Francis pensó de nuevo que cada palabra decía una cosa pero quería decir otra.

—Voy a quedarme aquí hasta obtener algunas respuestas —aseguró Lucy.

Gulptilil asintió despacio. Esbozó una sonrisa forzada.

—Puede que aquí no seamos especialmente buenos en proporcionar respuestas —comentó—. Las preguntas abundan, pero lograr soluciones es más difícil. Y, por supuesto, no con la clase de precisión legal que yo diría que usted desea, señorita Jones. Aun así —prosiguió—, nos pondremos a su entera disposición, en la medida de lo posible.

—Para llevar a cabo una investigación como es debido —repuso Lucy—, como usted muy bien indicaba, necesitaré algo de ayuda. Y acceso a todo y a todos.

—Permítame que se lo recuerde otra vez: esto es un hospital psiquiátrico —replicó el médico—. Nuestra tarea es muy diferente a la suya. E imagino que podrían entrar en conflicto. O, por lo menos, esa posibilidad existe. Su presencia no puede perturbar el funcionamiento del centro, ni ser tan abrumadora que altere la frágil situación de muchos pacientes. —Hizo una pausa y la miró con una mueca—. Pondremos las historias clínicas a su disposición, si lo desea —prosiguió—. Pero en cuanto a las salas y a interrogar a posibles testigos o sospechosos... bueno, no estamos preparados para ayudarla en eso. Después de todo, nuestra función consiste en ayudar a personas aquejadas de una enfermedad grave y a menudo limitadora de sus capacidades. Nuestro enfoque es terapéutico, no policial. No tenemos a nadie con la clase de experiencia que, en mi opinión, se necesita...

—Eso no es cierto —masculló Peter *el Bombero*. Sus palabras paralizaron a todo el mundo y provocaron un silencio tenso. Entonces añadió con voz firme y segura —: Yo la tengo.

SEGUNDA PARTE

UN MUNDO DE HISTORIAS

10

Tenía la mano acalambrada y dolorida, como mi existencia. Sujeté con fuerza el lápiz, como si fuera una especie de cuerda de salvamento que me amarraba a la cordura. O acaso a la locura. Cada vez me costaba más distinguirlas. Las palabras que había escrito en las paredes que me rodeaban temblaban, como las reverberaciones del calor sobre el asfalto de una carretera un mediodía de verano. A veces veía el hospital como un universo completo en sí mismo, en que todos éramos pequeños planetas mantenidos en su sitio por fuerzas gravitacionales invisibles, y que nos movíamos por el espacio trazando nuestra propia órbita, aunque interdependientes; relacionados unos con otros, aunque separados. Si se reúnen personas por cualquier motivo, en una cárcel, en un cuartel, en un partido de baloncesto, en una reunión del Lions' Club, en un estreno de Hollywood, en un mitin sindical o en una sesión del consejo escolar, hay un objetivo común, un vínculo compartido. Pero eso no era tan cierto para nosotros, porque el único lazo real que nos unía era un singular deseo de ser distintos a lo que éramos, y para muchos de nosotros ése era un sueño que parecía inalcanzable. Y supongo que para los que el hospital se había tragado hacía años, ni siquiera era una preferencia. A muchos de nosotros nos asustaba el mundo exterior y los misterios que contenía, tanto que estábamos dispuestos a correr el riesgo de cualquier peligro que acechara entre las paredes del hospital. Todos éramos islas, con nuestras propias historias, juntas en un sitio que se volvía con rapidez cada vez más inseguro.

Negro Grande me dijo una vez, mientras estábamos tranquilamente en un pasillo durante uno de los muchos momentos en que no había nada que hacer salvo esperar a que pasara algo, aunque rara vez pasaba, que los hijos adolescentes de las personas que trabajaban en el hospital y vivían en sus terrenos tenían un método para sus citas del sábado por la noche: bajaban a pie al campus de la universidad cercana para que los recogieran o los dejaran. Y cuando les preguntaban, decían que sus padres trabajaban ahí, pero señalaban la universidad, no colina arriba, donde todos pasábamos nuestros días y nuestras noches. Nuestra locura era su estigma. Era como si temieran contagiarse de nuestras enfermedades. Eso me parecía razonable. ¿Quién querría ser como nosotros? ¿Quién querría estar asociado con nuestro mundo?

La respuesta a eso era escalofriante: una persona.

El ángel.

Inspiré hondo y, exhalé, dejando que el aire me silbara entre los dientes. No me había permitido pensar en él desde hacía años. Miré lo que había escrito y comprendí que no podría contar todas esas historias sin explicar también la suya, y eso me puso muy nervioso. Un viejo desasosiego y un antiguo temor se apoderaron de mí.

Y entonces él entró en la habitación.

No como un vecino o un amigo, ni siquiera como un convidado de piedra, sino como un fantasma. No se abrió la puerta, no se ofreció ningún asiento, no hubo presentaciones. Pero, aun así, estaba ahí. Me volví, primero a un lado y después a otro, para intentar distinguirlo del aire que me rodeaba, pero no pude. Era del color del viento. Unas voces que no había oído en muchos meses, voces que se habían acallado en mi interior, empezaron de pronto a gritar advertencias que me resonaban en la cabeza. Pero era como si su mensaje estuviera en un idioma extranjero; ya no sabía cómo escuchar. Tuve la sensación horrible de que algo inaprensible pero crucial se había descompuesto de repente, y que el peligro estaba muy cerca. Tan cerca que podía notar su aliento en la nuca.

Se produjo un silencio momentáneo en el despacho. El sonido de un teclado llegó de repente a través de la puerta cerrada. En algún sitio del edificio de administración, un paciente angustiado soltó un alarido largo y lastimero, pero se desvaneció como el ladrido de un perro lejano. Peter *el Bombero* se situó en el borde de la silla, del mismo modo que un niño ansioso que sabe la respuesta a una pregunta del profesor.

—Correcto —asintió Lucy Jones en voz baja.

Esas palabras sólo parecieron infundir vigor al silencio.

Siendo un hombre con formación psiquiátrica, Gulptilil poseía sagacidad política, quizás incluso más allá de su actividad profesional. Dedicó un momento a valorar el aspecto del extraño grupo reunido en su despacho.

Como muchos médicos de la psique, tenía una habilidad asombrosa para examinar el momento con distanciamiento emocional, casi como si estuviera en una torre de vigilancia observando un patio. A su lado vio a una mujer joven con una sólida convicción y unas prioridades muy distintas a las suyas. Tenía unas cicatrices que parecían refulgir de acaloramiento. Frente a él vio al paciente que estaba mucho menos loco que los demás y, no obstante, más condenado, con la posible excepción del hombre que la joven buscaba con tanto ahínco, si realmente existía, cosa que el doctor Gulptilil dudaba. También observó a Francis, y pensó que era probable que se viera arrastrado por la fuerza de los otros dos, lo que no le parecía necesariamente positivo.

Gulptilil se aclaró la garganta y se revolvió en el asiento. Podía detectar los posibles problemas que debería afrontar. Los problemas poseían una cualidad explosiva a la que él dedicaba gran parte de su tiempo y energía a combatir. No era que disfrutara especialmente de su trabajo de director psiquiátrico del hospital, pero procedía de una tradición de deber, unida a un compromiso casi religioso con el trabajo constante, y trabajar para el Estado reunía muchas virtudes que él consideraba primordiales, como una paga semanal regular y las prestaciones que la acompañaban, y carecía del riesgo que suponía abrir su propia consulta y esperar que una cantidad suficiente de neuróticos locales empezaran a pedirle hora.

Su mirada recayó en la fotografía situada en una esquina de la mesa. Era un retrato de estudio de su mujer y sus dos hijos, un niño en edad escolar y una chica que acababa de cumplir los catorce. Tomada hacía menos de un año, mostraba el cabello de su hija cayendo en grandes ondas negras sobre los hombros hasta llegarle a la cintura. Se trataba de un signo tradicional de belleza para su gente, por muy lejos que viviera de su país natal. Cuando era pequeña, a menudo se sentaba para que su madre le pasara el cepillo por la reluciente cabellera negra. Esos momentos habían desaparecido. Una semana atrás, en un arranque de rebelión, su hija fue a escondidas a la peluquería y se cortó el pelo a lo paje, con lo que desafiaba a la vez la tradición familiar y el estilo predominante ese año. Su mujer había llorado sin parar dos días, y él se había visto obligado a soltarle un severo sermón, ignorado en su mayor parte, e imponerle un castigo que consistió en prohibirle todas las actividades extraescolares durante dos meses y en limitarle el uso del teléfono, lo que provocó un airado estallido de lágrimas y un juramento que le sorprendió que conociera. Sobresaltado, se percató de que las cuatro víctimas de las fotografías que Lucy Jones le había enseñado llevaban el pelo corto. A lo paje. Y que eran muy delgadas, casi como si asumieran su feminidad de mala gana. Su hija era así, llena de ángulos y líneas huesudas, mientras que las curvas sólo se insinuaban. Apretó los labios al considerar ese detalle. También sabía que su hija se oponía a sus intentos de limitarle los movimientos por los terrenos del hospital. Eso le llevó a morderse el labio inferior. El miedo, se reprendió al punto, no era cosa de los psiquiatras sino de los pacientes. El miedo era irracional y se instalaba como un parásito en lo desconocido. Su profesión se basaba en el conocimiento y en el estudio, y en su aplicación constante a toda clase de situaciones. Intentó tranquilizarse, pero le costó lo suyo.

—Señorita Jones —dijo al cabo—, ¿qué propone exactamente?

Lucy inspiró hondo antes de contestar, de modo que pudo ordenar sus pensamientos con la rapidez de una ametralladora.

—Lo que propongo es descubrir al hombre que creo ha cometido estos crímenes. Se trata de asesinatos en tres jurisdicciones distintas del este del Estado, seguidos del que tuvo lugar aquí. Creo que el asesino sigue libre, a pesar de la detención que se efectuó. Lo que necesitaré, para demostrarlo, es acceso a los expedientes de sus pacientes y libertad para efectuar interrogatorios. Además —prosiguió, y fue entonces cuando la primera duda le asomó a la voz—, necesitaré que alguien intente descubrirlo desde dentro. —Dirigió la mirada a Francis—. Porque creo que ha previsto mi llegada. Y también creo que su conducta, cuando sepa que estoy tras su rastro, cambiará. Necesitaré a alguien que pueda detectar eso.

—¿A qué se refiere con que la ha previsto? —quiso saber Tomapastillas.

—Creo que la persona que mató a la joven enfermera lo hizo de ese modo porque sabía dos cosas: que podrían culpar con facilidad a otra persona, en este caso ese tal Larguirucho, y que, aun así, alguien como yo vendría a buscarlo.

—¿Perdón?

—Tenía que saber que quienes investigamos sus crímenes vendríamos aquí.

Esta revelación provocó otro breve silencio en la habitación.

Lucy fijó los ojos en Francis y Peter para examinarlos con una mirada distante. Pensó que podría haber encontrado ayudantes mucho peores, aunque le preocupaba la volatilidad de uno y la fragilidad del otro. También miró a los hermanos Moses, apostados al otro lado de la habitación. Supuso que también podría incorporarlos a su plan, aunque no estaba segura de poder controlarlos tan bien como a los pacientes.

Gulptilil meneó la cabeza y habló.

—Creo que atribuye a este individuo, del que todavía no estoy seguro de su existencia, una sofisticación criminal que supera lo que razonablemente cabría esperar. Si quieres cometer un crimen que quede impune, ¿por qué invitas a alguien a buscarte? Con eso sólo aumentas las posibilidades de ser capturado.

—Porque para él matar es sólo una pequeña parte de la aventura. Por lo menos, eso creo yo. —No añadió nada más porque no quería que le preguntaran sobre los demás elementos de lo que había llamado *la aventura*.

Francis fue consciente de que se había producido un momento de cierta profundidad. Notaba unas fuertes vibraciones en la habitación y, por un instante, tuvo la sensación de que le tiraban al agua donde no hacía pie. Movió los pies sin darse cuenta, como un nadador entre las olas buscando el fondo.

Sabía que Tomapastillas deseaba la presencia de la fiscal tanto como la del asesino. Por muy locos que estuvieran todos, el hospital seguía siendo una burocracia, y dependía de chupatintas de la administración estatal. Nadie que deba su medio de vida a la chirriante maquinaria oficial desea algo que, de un modo u otro, acabará agitando el avispero. Francis vio cómo el médico se removía en su silla mientras intentaba imaginarse lo que podía convertirse en un espinoso matorral político. Si Lucy Jones tenía razón y Gulptilil le negaba el acceso a las historias clínicas, se expondría a todo tipo de desastres en caso de que el asesino volviese a matar y llegase a oídos de la prensa.

Francis sonrió. Le alegraba no estar en la piel del director. Mientras Gulptilil consideraba la difícil encrucijada en que se encontraba, Francis miró a Peter *el Bombero*. Parecía nervioso, electrizado, como si lo hubieran enchufado a algo. Habló con absoluta convicción:

—Doctor Gulptilil, si hace lo que sugiere la señorita Jones y ella consigue atrapar al asesino, será usted quien se lleve prácticamente todo el mérito. Si ella y quienes la ayudemos fracasamos, la responsabilidad será de la fiscal. Recaerá en sus hombros y en los de los chiflados que intentaron ayudarla.

Tras valorar esas palabras, el médico asintió.

—Puede que así sea, Peter. —Tosió un par de veces mientras hablaba—. Quizá no sea del todo justo, pero creo que tienes razón. —Echó un vistazo a los reunidos—. Esto es lo que voy a permitir —dijo por fin—. Señorita Jones, tendrá acceso a las historias que necesite, siempre que se respete la confidencialidad de los pacientes. También podrá interrogar a las personas que considere sospechas. Yo mismo, o el señor Evans, estaremos presentes en los interrogatorios. Es cuestión de justicia. Los pacientes, incluso aquellos sospechosos de cometer delitos, tienen sus derechos. Y si alguno de ellos pone objeciones a que usted le interrogue, no le obligaré. O, a la inversa, le aconsejaré la presencia de un abogado. Cualquier decisión médica que pueda plantearse a raíz de esas conversaciones deberá proceder del personal competente. ¿Le parece bien?

—Por supuesto, doctor —respondió Lucy, un poco deprisa.

—Y le suplico que proceda con rapidez —añadió el médico—. Aunque muchos pacientes, de hecho la mayoría, son crónicos, con pocas probabilidades de abandonar el hospital sin años de atención, una parte considerable de los demás llega a estabilizarse, se medica y se le autoriza a volver a su casa con su familia. No sé en cuál de estas categorías se encuentra su sospechoso, aunque tengo mis sospechas.

De nuevo, Lucy asintió.

—Dicho de otro modo —dijo el médico—, no hay forma de saber si seguirá aquí ahora que ha llegado usted. Pero no voy a impedir que se dé de alta a pacientes cualificados para ello sólo porque usted esté buscando a su hombre. ¿Lo comprende? Las decisiones diarias del centro no se verán afectadas.

Lucy asintió otra vez.

—Y en cuanto a contar con la ayuda de otros pacientes en sus... indagaciones —dijo tras dirigir una ceñuda mirada a Peter y Francis—. Bueno, no puedo aprobarlo de modo oficial, incluso aunque le viese alguna utilidad. Pero puede hacer lo que quiera, informalmente, por supuesto. No se lo impediré. Sin embargo, no puedo conceder a estos pacientes ningún estatus especial ni ninguna autoridad, ¿comprende? Tampoco pueden alterar su tratamiento de ningún modo. —Miró al Bombero, hizo una pausa, y observó a Francis—. Estos dos señores tienen diferentes estatus como pacientes —explicó—. Y las circunstancias que los trajeron aquí y los parámetros de su estancia también son distintos. Eso podría provocarle algunos problemas, si espera contar con su ayuda.

Lucy hizo un gesto con la mano, como para preceder a un comentario, pero se detuvo. Cuando por fin habló, lo hizo con una solemnidad que pareció cerrar el acuerdo.

—Por supuesto. Lo comprendo totalmente.

Se produjo entonces otro breve silencio, antes de que Lucy Jones prosiguiera.

—Huelga decir que el motivo de mi presencia aquí, y lo que espero conseguir y cómo, han de ser confidenciales.

—Desde luego. ¿Cree que me gustaría anunciar que un asesino anda suelto por el hospital? —replicó Gulptilil—. Eso provocaría el pánico y, en algunos casos, podría frustrar años de tratamiento. Debe llevar su investigación con la mayor discreción, aunque me temo que habrá rumores y especulaciones. Su sola presencia los suscitará. Hacer preguntas generará incertidumbre. Es inevitable. Además, parte del personal tendrá que estar informado, en mayor o menor medida. Me temo que también eso es inevitable, y no sé cómo pueda afectar a sus indagaciones. Aun así, le deseo suerte. Y pondré también a su disposición una de las salas de terapia, cercana al escenario del crimen, para que efectúe los interrogatorios que considere necesarios. Sólo tiene que avisarnos al señor Evans o a mí desde el puesto de enfermería antes de interrogar a nadie. ¿Le parece bien?

—Sí —asintió Lucy—. Gracias, doctor. Comprendo su preocupación y me esforzaré por ser discreta. —Hizo una pausa porque sabía que no pasaría demasiado tiempo antes de que todo el hospital, o por lo menos aquellos que mantuvieran cierto contacto con la realidad, supiera por qué estaba ahí. Y eso imprimía más urgencia a su trabajo—. Aunque sólo sea por comodidad —añadió—, considero necesario instalarme en el hospital durante mis investigaciones.

El médico lo consideró un momento y esbozó una fugaz sonrisita desagradable. Francis tuvo la impresión de que sólo él la había visto.

—Claro —respondió—. Hay una habitación libre en la residencia de enfermeras en prácticas.

Francis se dio cuenta de que no era necesario que el médico mencionara quién había sido su anterior ocupante.

Noticiero estaba en el pasillo del edificio Amherst cuando regresaron. Sonrió al verlos.

—Nuevo acuerdo sindical del profesorado de Holyoke —anunció—. *Springfield Union-News*, página B-1. Hola, Pajarillo, ¿qué estás haciendo? Los Sox jugarán contra los Yankees con dudas sobre el lanzador, *Boston Globe*, página D-1. ¿Vas a ver al señor del Mal? Te estaba buscando y no parecía muy contento. ¿Quién es tu amiga? Es muy bonita y me gustaría conocerla.

Noticiero saludó con la mano y dirigió una sonrisa tímida a Lucy. A continuación, abrió el periódico que llevaba bajo el brazo y se marchó por el pasillo haciendo eses, con los ojos puestos en las palabras impresas, concentrado en memorizarlas. Pasó junto a un par de hombres, uno anciano y otro de mediana edad, vestidos con pijamas holgados del hospital, que no parecían haberse peinado en la última década. Ambos ocupaban la parte central del pasillo, a poca distancia entre sí, y hablaban en voz baja. Daba la impresión de que conversaban, hasta que se les miraba a los ojos y se veía que cada uno de ellos hablaba solo, ajeno a la presencia del otro. Francis pensó que las personas como ellos formaban parte del hospital tanto como los muebles, las paredes o las puertas. A Cleo le gustaba llamar *catos* a los catatónicos, palabra que, para Francis, era tan buena como cualquier otra. Vio a una mujer avanzar con brío por el pasillo y detenerse de golpe. Reiniciaba la marcha. Paraba. Caminaba. Paraba. Luego reía y seguía su camino arrastrando una larga bata rosa.

—No es precisamente un mundo perfecto —oyó decir a Peter.

Lucy tenía los ojos algo desorbitados.

—¿Sabe algo sobre la locura? —preguntó Peter.

La fiscal negó con la cabeza.

—¿No hay ninguna tía Martha o tío Fred locos en su familia? ¿Ningún extraño primo Timmy al que le guste torturar animalitos? ¿Vecinos, tal vez, que hablen solos o que crean que el presidente es un extraterrestre?

Las preguntas de Peter parecieron relajar a Lucy, que sacudió la cabeza.

—Debo de tener suerte —comentó.

—Bueno, Pajarillo puede enseñarle todo lo que necesite saber sobre estar loco —respondió Peter con una risita—. Es un experto, ¿no es así, Pajarillo?

Francis no supo qué decir, así que se limitó a asentir. Observó cómo algunas emociones encontradas cruzaban el semblante de la fiscal, y pensó que una cosa era meterse en un sitio como el Hospital Estatal Western con ideas, suposiciones y sospechas, y otra muy distinta obrar conforme a ellas. Tenía el aspecto de alguien que examina un objeto raro con una mezcla de duda y confianza.

—Bueno —prosiguió Peter—, ¿por dónde empezamos, señorita Jones?

—Por aquí mismo. Por el escenario del crimen. Necesito familiarizarme con el sitio donde se produjo el asesinato. Y después necesito familiarizarme con el hospital en su conjunto.

—¿Una visita guiada? —propuso Francis.

—Dos visitas guiadas —corrigió Peter—. Una para inspeccionar todo esto. —Señaló el edificio—. Y una segunda para examinar esto. —Se dio unos golpecitos en la sien.

Negro Chico y su hermano los habían acompañado de vuelta a Amherst desde el edificio de administración, pero los habían dejado solos para hablar en el puesto de enfermería. Negro Grande había entrado después en una de las salas de tratamiento adyacentes. Negro Chico se acercó sonriendo.

—Esta situación es de lo más inusual —comentó afablemente. Lucy no contestó y Francis procuró descifrar en la expresión del auxiliar qué pensaba realmente sobre lo que estaba pasando—. Mi hermano ha ido a prepararle su nuevo despacho, señorita Jones. Y yo he informado debidamente a las enfermeras de guardia de que va a estar aquí un par de días como mínimo. Una de ellas le enseñará dónde está su habitación. Y supongo que en este momento el señor Evans debe de estar manteniendo una larga, aunque desagradable, conversación con el director médico, y que muy pronto también querrá hablar con usted.

—¿El señor Evans es el psicólogo encargado?

—De esta unidad. Sí, señorita.

—¿Y cree que no le gustará mi presencia aquí? —Lo dijo con una sonrisita irónica.

—No exactamente, señorita. Tiene que entender algo sobre cómo funcionan aquí las cosas.

—¿Qué?

—Bueno, Peter y Pajarillo pueden ponerla al corriente tan bien como yo, pero, en resumen, el objetivo del hospital es hacer que las cosas vayan como una seda. Las cosas que son diferentes, que se salen de lo corriente, bueno, alteran a la gente.

—¿A los pacientes?

—Claro. Y si los pacientes se alteran, el personal se altera. Y si el personal se altera, los administradores se alteran. ¿Comprende? A la gente le gusta que las cosas vayan como una seda. A todo el mundo. A los locos, a los ancianos, a los jóvenes, a los cuerdos. Y no creo que usted vaya a propiciar que las cosas vayan como una seda, señorita Jones. Supongo que usted va a provocar justo lo contrario.

Negro Chico había hablado esbozando una ancha sonrisa, como si todo eso le resultara divertido. Lucy lo observó, se encogió de hombros y le preguntó:

—¿Y usted y su corpulento hermano? ¿Qué opinan?

—Que él sea corpulento y yo menudo no significa que no tengamos las mismas grandes ideas —dijo, y soltó una carcajada—. No, señorita. Lo que piensas no tiene nada que ver con tu aspecto. —Señaló los grupos de pacientes que recorrían el pasillo, como buscando corroborar sus palabras. A continuación, inspiró hondo y observó a la fiscal. Luego, bajando la voz, añadió—: Puede que ambos creamos que aquí pasó algo malo, y que eso no nos guste, porque, de ser así, en cierto sentido, nosotros tenemos la culpa. Y eso no nos gusta nada, en absoluto, señorita Jones. Así que, si se hiere alguna susceptibilidad, no nos parece que sea algo tan grave.

—Gracias —dijo Lucy.

—No me dé las gracias todavía —replicó Negro Chico—. Recuerde que cuando todo acabe, mi hermano, las enfermeras, los médicos, la mayoría de los pacientes, aunque no todos, y yo mismo seguiremos aquí, mientras que usted no. De modo que no dé todavía las gracias a nadie. Y todo depende de quién sea la susceptibilidad que se hiera, ya me entiende.

—Le he entendido —asintió Lucy. Alzó la mirada y añadió—: Y supongo que ése es el señor Evans.

Francis se volvió y vio al señor del Mal avanzando con rapidez en su dirección. Su lenguaje corporal expresaba una actitud de bienvenida y exhibía una ancha sonrisa. Francis no se fió ni un instante.

—Señorita Jones —dijo Evans con rapidez—, permítame que me presente. —Le dio un mecánico apretón de manos.

—¿Le ha informado el doctor Gulptilil del motivo de mi presencia? —quiso saber Lucy.

—Me dijo que usted sospecha que tal vez se detuvo a la persona equivocada en el caso de la joven enfermera, sospecha a la que no le veo demasiado fundamento. Pero el hecho es que está aquí. Según me dijo el director, se trata de una investigación ya en curso.

Lucy observó al psicólogo, consciente de que su respuesta no contenía toda la verdad pero que, a grandes rasgos, era exacta.

—¿Puedo contar con su ayuda, pues? —preguntó.

—Por supuesto.

—Gracias —dijo Lucy.

—De hecho, ¿quizá le gustaría empezar con una valoración de las historias clínicas de los pacientes del edificio Amherst? Podríamos empezar ahora mismo. Disponemos de tiempo antes de la cena y las actividades nocturnas.

—Primero me gustaría una visita guiada —repuso la fiscal.

—Pues adelante. Vamos allá.

—Esperaba que estos pacientes me acompañaran.

—No creo que sea una buena idea. —El señor del Mal sacudió la cabeza.

Lucy no dijo nada.

—Bueno —prosiguió el psicólogo—, por desgracia, Peter y Francis están actualmente limitados a esta planta. Y el acceso al exterior de todos los pacientes, con independencia de su estatus, está restringido hasta que la ansiedad que ha provocado el crimen y la posterior detención de Larguirucho se haya disipado. Y su presencia en la unidad... bueno, detesto decirlo, pero prolonga la minicrisis que estamos viviendo. De modo que en el futuro inmediato, adoptaremos las medidas de máxima seguridad. Un poco como pasaría en una cárcel, señorita Jones, pero en versión hospitalaria. Se ha restringido el movimiento alrededor del hospital. Hasta que tengamos de nuevo a los pacientes estabilizados por completo.

Lucy se pensó su réplica.

—Bueno —dijo por fin—, sin duda pueden enseñarme el escenario del crimen y esta planta, e informarme de lo que vieron e hicieron, como a la policía. Eso no iría contra las normas, ¿verdad? Y luego, tal vez usted, o uno de los hermanos Moses, pueda acompañarme por el resto del edificio y las demás unidades.

—Muy bien —respondió el señor del Mal—. Una visita guiada corta, seguida de otra más larga. Lo dispondré todo.

—Repasemos otra vez lo que pasó esa noche —dijo Lucy a Peter y Francis.

—Pajarillo —dijo Peter plantándose delante del señor del Mal—, adelante.

El escenario del crimen había sido limpiado a conciencia y, cuando Lucy abrió la puerta, se apreció el olor a desinfectante recién aplicado. A Francis ya no le pareció que contuviera nada de la maldad que recordaba. Era como si un sitio infernal hubiera vuelto a la normalidad, de repente totalmente benigno. Los líquidos limpiadores, las fregonas, los cubos, las bombillas de recambio, las escobas, las sábanas dobladas y la manguera enrollada estaban muy bien ordenados en los estantes. La lámpara del techo hacía brillar el suelo, que no contenía la menor señal de la sangre de Rubita. A Francis lo desconcertó un poco el aspecto limpio y rutinario que ofrecía todo, y pensó que devolver el trastero a su condición de trastero era casi tan espantoso como el acto que había ocurrido en él. Echó un vistazo alrededor y comprobó que era imposible saber que algo terrible había ocurrido hacía poco en ese reducido espacio.

Lucy se agachó y recorrió con el dedo el sitio donde había yacido el cadáver, como si el tacto del frío linóleo pudiera conectar de algún modo con la vida que se había perdido allí.

—Así que murió aquí —comentó mirando a Peter.

Éste se agachó a su lado y respondió con voz baja y confidencial.

—Sí. Pero creo que ya estaba inconsciente.

—¿Por qué?

—Porque todo lo que rodeaba al cadáver no parecía indicar que aquí hubiera tenido lugar una pelea. Creo que desparramaron los líquidos limpiadores para contaminar el escenario del crimen, para que la gente creyera que había pasado algo distinto.

—¿Por qué iba a empaparla de líquido limpiador?

—Para contaminar las pruebas que pudiera haber dejado.

—Tiene sentido —asintió Lucy.

Peter se frotó el mentón con la mano, se levantó y sacudió la cabeza.

—En los demás casos que investiga —dijo— ¿cómo era el escenario del crimen?

—Buena pregunta —comentó Lucy con una sonrisa forzada—. Lluvia torrencial —explicó—. Aparato eléctrico. Cada asesinato se produjo a cielo descubierto durante una tormenta. Los crímenes se cometieron en un sitio y después el cadáver fue trasladado a un lugar oculto, pero a la intemperie. Muy difícil para la policía científica. El mal tiempo contaminó casi todas las pruebas físicas. O eso me han dicho.

Peter echó un vistazo al trastero y salió.

—Aquí creó su propia lluvia.

Lucy lo siguió. Dirigió la mirada hacia el puesto de enfermería.

—De modo que si hubo una pelea...

—Tuvo lugar ahí.

—Pero ¿y el ruido? —objetó Lucy tras volver la cabeza a uno y otro lado.

Francis había guardado silencio hasta ese momento, Peter lo interpeló.

—Explícaselo tú, Pajarillo —pidió.

Francis se ruborizó al verse de repente en un apuro, y lo primero que pensó fue que no tenía ni idea. Así que abrió la boca para decirlo, pero se detuvo. Pensó en la pregunta un instante, dedujo una respuesta y habló.

—Dos cosas, señorita Jones. La primera, todas las paredes están insonorizadas y todas las puertas son de acero, así que es difícil que el sonido pueda traspasarlas. Aquí, en el hospital, hay mucho ruido, pero suele ser apagado. Y más importante, ¿de qué serviría gritar pidiendo ayuda? —En su cabeza, oía un estruendo provocado por sus voces interiores, que le gritaban: *¡Díselo! ¡Cuéntale cómo es!*—. La gente chilla sin cesar —prosiguió—. Tiene pesadillas. Tiene miedos. Ve cosas u oye cosas, o se limita a sentir cosas. Supongo que aquí todo el mundo está acostumbrado a los ruidos surgidos del nerviosismo. Así que si alguien gritara «¡Socorro!»... —hizo una pausa— no sería distinto a las veces en que alguien chilla algo parecido. Si gritara «¡Asesino!» o se limitara a chillar, no sería nada del otro mundo. Y nadie acude nunca, señorita Jones. Da igual el miedo que tengas y lo difícil que sea. Aquí, tus pesadillas son cosa tuya.

La fiscal lo observó y supo que el chico hablaba por experiencia. Le sonrió y vio que él se frotaba las manos, algo nervioso pero con ganas de ayudar. Pensó que en aquel hospital debía de haber toda clase de miedos. Se preguntó si los llegaría a conocer todos.

—Pareces tener una vena poética, Francis —dijo—. Aun así, debe de ser difícil.

Las voces, que habían permanecido tan calladas los últimos días, habían elevado el volumen hasta convertirse en un griterío que resonaba en la cabeza de Francis.

—Iría bien —comentó para acallarlas—, señorita Jones, que comprendiera que, aunque estamos juntos, estamos realmente solos. Más solos que en ningún otro sitio, supongo. —Lo que de verdad quería decir era más solos que en ningún otro sitio del mundo.

Lucy lo miró con atención y pensó que en el mundo exterior, cuando alguien pide ayuda, la persona que oye esa petición tiene el deber moral de actuar. Pero en aquel hospital todo el mundo gritaba todo el tiempo, todo el mundo necesitaba ayuda todo el tiempo, y sin embargo ignoran estas llamadas, por muy desesperadas y sentidas que fueran, formaba parte de la rutina diaria del hospital.

Se sobrepuso un poco a la claustrofobia que la invadió en ese instante. Se volvió hacia Peter, que tenía los brazos cruzados y una sonrisa en los labios.

—Creo que debería ver la habitación donde dormíamos cuando pasó todo esto —sugirió el Bombero, y la guió por el pasillo, deteniéndose sólo para señalarle los sitios donde se había encharcado la sangre—. La policía supuso que las manchas de sangre eran el rastro que había dejado Larguirucho —explicó en voz baja—. Pero eran un caos, porque el idiota del guardia de seguridad las había pisado. Hasta resbaló en una y la extendió por todas partes.

—¿Qué supuso usted? —preguntó Lucy.

—Que eran un rastro, desde luego. Pero que conducía a él. No que lo hubiera dejado él.

—Tenía sangre en el pijama.

—El ángel lo había abrazado.

—¿El ángel?

—Así es como lo llamó. El ángel que se acercó a su cama y le dijo que la encarnación del mal había sido destruida.

—¿Cree que...?

—Lo que creo está bastante claro, señorita Jones.

La fiscal estuvo de acuerdo. Observó la seguridad con que Peter la conducía por el pasillo.

Peter abrió la puerta del dormitorio y entraron. Francis señaló dónde estaba su cama, lo mismo que el Bombero. También le enseñaron la cama de Larguirucho, a la que le habían quitado todo, incluido el colchón, de modo que sólo quedaba el bastidor y el somier. También se habían llevado el arcón donde guardaba sus pocas ropas y objetos personales, de modo que el modesto espacio de Larguirucho en el dormitorio parecía un mero armazón. Francis vio cómo Lucy observaba las distancias, medía el espacio entre las camas, la ruta hacia la puerta, la puerta que daba al lavabo contiguo. Por un momento, le dio un poco de vergüenza mostrarle dónde vivían. En ese instante fue muy consciente de la poca intimidad que tenían y cuánta humanidad les habían arrebatado en esa abarrotada habitación, y se sintió bastante molesto al contemplar cómo la fiscal examinaba la habitación.

Como siempre, varios hombres yacían en la cama mirando el techo. Uno mascullaba entre dientes, discutiendo consigo mismo. Otro se volvió para mirar a Lucy. Otros la ignoraron, perdidos en sus pensamientos. Pero Francis vio que Napoleón se levantaba y se dirigía hacia ellos presuroso.

Se acercó a Lucy y, con una especie de floritura imperfecta, le hizo una reverencia.

—Tenemos muy pocas visitas del mundo exterior —afirmó—. Sobre todo, tan bonitas. Bienvenida.

—Gracias —contestó Lucy.

—¿La están poniendo bien al corriente estos dos señores?

—Sí. Hasta ahora han sido muy amables.

—Bueno —dijo Napoleón, que pareció algo decepcionado—. Eso está bien. Pero si necesita cualquier cosa, por favor, no dude en pedírmela. —Se palpó el atuendo hospitalario un momento—. No sé dónde he puesto las tarjetas de visita. ¿Es usted estudiante de historia?

—No exactamente —respondió Lucy encogiéndose de hombros—. Aunque seguí algunos cursos de historia europea en la universidad.

—¿Y dónde fue eso? —Napoleón arqueó las cejas.

—En Stanford.

—Entonces debería comprenderlo —repuso Napoleón y agitó un

brazo con el otro pegado a un costado—. Hay grandes fuerzas en juego. El mundo está en equilibrio. Los momentos se paralizan en el tiempo ante las inmensas convulsiones sísmicas que sacuden la humanidad. La historia contiene el aliento; los dioses se enfrentan en el campo. Vivimos una época de cambios. Me estremezco al pensar en su importancia.

—Cada uno de nosotros hace lo que puede —dijo Lucy.

—Por supuesto —corroboró Napoleón—. Hacemos lo que se nos pide. Todos intervenimos en el gran escenario de la historia. Un hombrecillo puede convertirse en un gran hombre. El momento secundario se vislumbra importante. La pequeña decisión puede afectar a las grandes corrientes de la época. ¿Caerá la noche? —susurró, inclinándose hacia ella—. ¿O llegarán a tiempo los prusianos para rescatar al Duque de Hierro?

—Creo que Blücher llega a tiempo —respondió Lucy.

—Sí —dijo Napoleón, y casi guiñó un ojo—. En Waterloo fue así. Pero ¿y hoy?

Sonrió de modo enigmático, saludó con la mano a Peter y Francis y se alejó.

Peter enderezó los hombros, a modo de alivio, con su habitual sonrisa irónica en los labios.

—Seguro que el señor del Mal lo ha oído todo y que esta noche Nappy recibirá más medicación de lo normal —susurró a Francis, aunque lo bastante alto para que Lucy lo oyera, y el joven reparó en que Evans los había seguido hasta el dormitorio.

—Parece bastante simpático —comentó Lucy—. Así como inofensivo.

—Su valoración es correcta, señorita Jones —intervino el señor del Mal dando un paso adelante—. Así es la mayoría de los pacientes del hospital. Sólo se lastiman a sí mismos. El problema para el personal es saber cuál puede ser violento. Cuál tiene esa capacidad latente en su interior. A veces, es lo que buscamos.

—También es el motivo por el cual yo me encuentro aquí —contestó Lucy.

—Por supuesto —dijo Evans, y miró a Peter y Francis—, en algunos casos ya tenemos la respuesta.

Los dos pacientes se miraron entre sí, como hacían siempre. El señor del Mal alargó la mano y tomó con suavidad el brazo de Lucy Jones, un gesto de galantería que, dadas las circunstancias, parecía significar algo muy distinto.

—Por favor, señorita Jones —pidió—, permítame que la acompañe por el resto del hospital, aunque es muy parecido a lo que ve aquí. Por la tarde hay programadas sesiones en grupo y actividades, además de la cena, y mucho que hacer.

Por un instante pareció que Lucy iba a rehusar, pero finalmente contestó:

—Eso estaría bien. —Antes de salir, se volvió hacia Francis y Peter para decir—: Me gustaría hacerles más preguntas después. O quizá mañana por la mañana. ¿Les parece bien?

Ambos asintieron con la cabeza.

—No estoy seguro de que este par pueda ayudarla demasiado —soltó Evans meneando la cabeza.

—Puede que sí y puede que no —contestó Lucy—. Eso está por ver. Pero hay algo seguro, señor Evans.

—¿Qué?

—En este momento, son las únicas personas de las que no sospecho.

A Francis le costó dormirse esa noche. Los ronquidos y gimoteos habituales que constituían los acordes nocturnos del dormitorio lo ponían nervioso. O, por lo menos, eso pensaba hasta que se tumbó en la cama con los ojos puestos en el techo y se dio cuenta de que no era lo corriente de la noche lo que lo perturbaba, sino lo que había ocurrido durante el día. Sus voces interiores estaban tranquilas pero llenas de preguntas, y no sabía si sería capaz de cumplir con su cometido. Nunca se había considerado la clase de persona que observa detalles, que capta el significado de palabras y acciones, como hacía Peter y también Lucy Jones. Tenía la impresión de que ambos controlaban sus ideas, algo a lo que él sólo podía aspirar. Sus pensamientos eran incoherentes y, como una ardilla, cambiaban sin cesar de dirección, salían disparados en un sentido o en otro, iban primero hacia un lado y después hacia otro, impulsados por fuerzas interiores que no acababa de comprender.

Suspiró y se volvió. Entonces vio que no era el único que estaba despierto. A unos metros de distancia, el Bombero estaba sentado en la cama, con la espalda apoyada contra la pared y las rodillas dobladas para rodearlas con los brazos, mirando al frente. Francis vio que tenía la mirada puesta en las ventanas, más allá de los barrotes y del cristal blanquecino, para contemplar los tenues rayos de la luna y la penumbra de la noche. Quiso decir algo, pero se contuvo, porque imaginó que lo que impedía a Peter dormir esa noche era alguna corriente demasiado poderosa para interrumpirla.

11

Notaba cómo el ángel leía todas las palabras, pero la calma se mantenía intacta. Cuando estás loco, a veces la tranquilidad es como una niebla que oscurece las cosas cotidianas y corrientes, las imágenes y los sonidos familiares, de modo que todo se ve un poco desencajado, misterioso. Como una carretera conocida que, debido a la extraña forma en que la niebla refracta los faros por la noche, de repente parece girar a la derecha cuando el cerebro le grita a uno que sigue recta. La demencia es como ese momento de duda en que no sabría si debo confiar en los ojos o en la memoria porque ambas cosas parecen capaces de cometer los mismos errores insidiosos. Me noté unas gotas de sudor en la frente y sacudí todo el cuerpo, como un perro mojado, para librarme de la sensación húmeda y desesperada que el ángel había traído a mi casa.

—Déjame en paz —pedí al ver que la fuerza o seguridad que pudiera tener me había abandonado de golpe—. ¡Déjame solo! ¡Ya te combatí una vez! —grité—. ¡No debería tener que combatirte de nuevo!

Me temblaban las manos y quería llamar a Peter el Bombero. Pero sabía que estaba demasiado lejos, y que yo estaba solo, así que apreté los puños para contener el temblor de las manos.

Mientras inspiraba hondo, llamaron de repente a la puerta. Los golpes, como balazos, irrumpieron en mi ensueño y me levanté. La cabeza me dio vueltas un instante. Crucé la habitación con pasos rápidos.

Se oyeron más golpes en la puerta.

—¡Señor Petrel! —llamó una voz—. ¿Señor Petrel? ¿Está bien?

Apoyé la frente contra la jamba. La noté fría al tacto, como si yo tuviera fiebre y la frente fuese de hielo. Repasé despacio el catálogo de voces que conocía. Habría reconocido al instante a una de mis dos hermanas. Sabía que no eran mis padres porque nunca habían venido a visitarme.

—¡Señor Petrel! ¡Conteste, por favor! ¿Está bien?

Reconocí un acento familiar y sonreí.

Mi vecino de enfrente se llama Ramón Santiago y trabaja para el departamento de limpieza y recogida de basuras de la ciudad. Él y su mujer Rosalita tienen una niña muy bonita, Esperanza, que parece muy inteligente, porque, desde su posición en los brazos de su madre, contempla el mundo que la rodea con la mirada atenta de un profesor universitario.

—¿Señor Petrel?

—Estoy bien, señor Santiago. Gracias.

—¿Está seguro? —Estábamos hablando a través de la puerta cerrada, a pocos centímetros de distancia—. Abra, por favor. Sólo quiero asegurarme de que todo va bien.

Santiago llamó otra vez a la puerta, y en esta ocasión giré el pomo para abrir sólo un poco. Nuestros ojos se encontraron y él me miró atentamente.

—Oímos gritos —dijo—. Era como si alguien fuera a pelear.

—No. Estoy solo.

—Le he oído hablar. Como si discutiera con alguien. ¿Seguro que está bien?

Era un hombre menudo, pero un par de años levantando pesados contenedores de madrugada le había fortalecido los brazos y los hombros. Sería un contrincante temible para cualquiera, y yo sospechaba que pocas veces tendría que recurrir a la confrontación para que sus opiniones fueran escuchadas.

—Estoy bien, gracias —repetí.

—No tiene muy buen aspecto, señor Petrel. ¿Se encuentra mal?

—He estado sometido a mucha tensión últimamente. Me he saltado unas cuantas comidas.

—¿Quiere que llame a alguien? ¿A una de sus hermanas?

—Por favor, señor Santiago —pedí mientras sacudía la cabeza—, son las últimas personas que querría ver.

—Le entiendo —aseguró sonriente—. La familia a veces te vuelve loco. —En cuanto esa palabra salió de sus labios pareció arrepentirse, como si me hubiera insultado.

—Tiene razón. —Sonreí—. Puede hacerlo. Y en mi caso lo hizo sin duda. Supongo que puede volver a hacerlo algún día. Pero de momento estoy bien.

Me siguió mirando con recelo.

—Aun así, me tiene algo preocupado, hombre. ¿Se está tomando las pastillas?

—Sí —mentí, y me encogí de hombros.

No me creyó. Me siguió observando atentamente, con los ojos fijos en mi cara, como si me examinara todas las arrugas, todas las líneas, en busca de algo que pudiera detectar, como si mi enfermedad pudiera identificarse mediante una erupción o ictericia. Sin desviar la mirada, le dijo algo en español a su mujer, que estaba, con la niña, en la puerta de su piso. Rosalita, un poco asustada, levantó la mano para saludarme. La pequeña me devolvió la sonrisa. Santiago volvió a usar el inglés.

—Rosie —dijo—, prepara al señor Petrel un plato con un poco del arroz con pollo que tenemos para cenar. Creo que le iría bien comer algo consistente.

Rosalita asintió y me dirigió una sonrisa tímida antes de meterse en su casa.

—Es usted muy amable, señor Santiago, pero no es necesario.

—No es ningún problema. En mi pueblo, señor Petrel, el arroz con pollo lo soluciona casi todo. ¿Estás enfermo?, arroz con pollo. ¿Te despiden?, arroz con pollo. ¿Te han roto el corazón?...

—... arroz con pollo —terminé su frase.

—Exacto. —Ambos sonreímos.

Rosie volvió un momento después con un plato de pollo humeante y un montón de arroz. Cruzó el pasillo para traérmelo. Cuando le rocé la mano para tomarlo, pensé que hacía bastante tiempo que no sentía el contacto de otra persona.

—No es necesario —insistí, pero el matrimonio Santiago sacudió la cabeza.

—¿Seguro que no quiere que llame a nadie? Si no quiere que sea a su familia, ¿qué le parece a los servicios sociales? O tal vez a un amigo.

—Ya no tengo demasiados amigos, señor Santiago.

—Señor Petrel, usted le importa a más personas de las que imagina —aseguró.

Volví a negar con la cabeza.

—¿Otra persona, pues?

—No. De verdad.

—¿Seguro que no le ha molestado nadie? Oí voces altas. Era como si fuera a empezar una pelea...

Sonreí, porque lo cierto era que sí me había molestado alguien. Pero no estaba ahí. Abrí más la puerta y le dejé echar un vistazo dentro.

—Estoy solo, se lo aseguro —dije.

Él recorrió la habitación con los ojos y se fijó en las palabras escritas en las paredes. En ese momento creí que diría algo, pero no lo hizo. Me puso una mano en el hombro.

—Si necesita ayuda, señor Petrel, llame a nuestra puerta. A cualquier hora. De día o de noche. ¿Entendido?

—Se lo agradezco, señor Santiago. —Asentí con la cabeza—. Y gracias por la cena.

Cerré la puerta e inspiré hondo. Al notar el olor de la comida, me pareció que llevaba días sin comer. Quizá fuera así, aunque recordaba haber tomado algo de queso. Pero ¿cuándo había sido? Encontré un tenedor en un cajón y lo hundí en la especialidad de Rosalita. Me pregunté si el arroz con pollo, que iba bien para tantas dolencias del espíritu, serviría para las mías. Para mi sorpresa, cada mordisco pareció vigorizarme y, mientras masticaba, vi mis progresos en la pared. Columnas de historia.

Y me di cuenta de que volvía a estar solo.

Él regresaría. No me cabía la menor duda. Acechaba incorpóreo en algún sitio fuera de mi alcance, y eludía mi conciencia. Me evitaba. Evitaba a la familia Santiago. Evitaba el arroz con pollo. Se escondía de mi memoria. Pero, de momento, para mi alivio, sólo me acompañaba el arroz con pollo, y las palabras. Pensé que todo aquello que se habló en el despacho de Tomapastillas sobre que el asunto debía ser confidencial sólo habían sido palabras vacías.

No llevó demasiado tiempo a todos los pacientes y miembros del personal darse cuenta de la presencia de Lucy Jones. No era sólo cómo iba vestida, con un jersey y unos holgados pantalones negros, ni cómo llevaba la cartera de piel con una pulcritud que contrastaba con el carácter descuidado del hospital. Ni tampoco su estatura y su porte, o la cicatriz de la cara, que la distinguían nítidamente. Era más bien cómo caminaba por los pasillos, taconeando en el suelo de linóleo, con una expresión alerta que daba la impresión de inspeccionarlo todo y a todos, y que buscaba algún signo revelador que pudiera encaminarla en la dirección adecuada. Era una actitud que no estaba marcada por la paranoia, las visiones o las voces interiores. Incluso los *catos*, de pie en los rincones o apoyados contra la pared, los ancianos seniles confinados en sillas de ruedas, perdidos al parecer en sus propios ensueños, o los retrasados mentales, que contemplaban sin ánimo casi todo lo que pasaba a su alrededor, parecían notar de alguna forma extraña que Lucy seguía los impulsos de unas fuerzas tan potentes como las que ellos combatían, aunque, en su caso, más normales. Más vinculadas con el mundo. Así que, cuando pasaba junto a ellos, las pacientes la seguían con la mirada sin dejar de murmurar y farfullar, o sin interrumpir el temblor de las manos, pero aun así con una atención que parecía desdecir sus enfermedades. Lucy se distinguía incluso en las comidas, que tomaba en la cafetería con los pacientes y el personal, tras hacer cola como todos para recibir las bandejas de comida sosa e institucionalizada. Solía sentarse en una mesa del rincón, desde donde podía ver a los demás comensales, dando la espalda a una pared de color verde lima. A veces, alguien se sentaba a su mesa, ya fuera el señor del Mal, que parecía muy interesado en todo lo que ella hacía, o Negro Grande o Negro Chico, que enseguida dirigían la conversación hacia temas deportivos. En ocasiones se le unía alguna enfermera, con su uniforme blanco y su cofia puntiaguda. Cuando charlaba con alguno de sus acompañantes, no dejaba de pasear la mirada por el comedor, de un modo que a Francis le recordaba a un halcón sobrevolando la pradera en busca de su presa.

Ninguno de los pacientes se sentaba con ella, al principio ni siquiera Francis o el Bombero. Había sido una sugerencia de Peter. Había dicho a Lucy que no convenía dejar que demasiada gente supiera que trabajaban con ella, aunque no tardarían demasiado en deducirlo. Así que, los primeros días, Francis y Peter la ignoraban en el comedor.

No fue el caso de Cleo, cuando Lucy llevaba la bandeja a la zona de recogida.

—¡Sé por qué está aquí! —le espetó en voz alta y acusadora, y de no haber sido por el habitual ruido de platos, bandejas y cubiertos, habría llamado la atención de todo el mundo.

—¿De veras? —respondió Lucy con calma. Siguió adelante y empezó a tirar las sobras de su plato al contenedor de la basura.

—Ya lo creo —afirmó Cleo con naturalidad—. Es evidente.

—Vaya.

—Sí —insistió Cleo, con la peculiar bravuconería que imprime a veces la locura, cuando desinhibe la conducta.

—Entonces quizá podría decirme lo que piensa.

—Por supuesto. ¡Quiere apoderarse de Egipto!

—¿Egipto?

—Sí, Egipto —repitió Cleo, y agitó la mano para señalar todo el comedor, con cierta exasperación ante lo evidente que era ese hecho—. Mi Egipto. Y seducirá a Marco Antonio, y al césar también, sin duda. —Carraspeó, cruzó los brazos, cerró el paso a Lucy y añadió su muletilla preferida—: Cabrones. Son todos unos cabrones.

Lucy la observó divertida y meneó la cabeza.

—Se equivoca —dijo—. Egipto está a salvo en sus manos. Jamás me atrevería a rivalizar con nadie por esa corona, ni por los amores de su vida.

—¿Por qué debería creerla? —repuso Cleo con los brazos en jarras.

—Tendrá que confiar en mi palabra.

La corpulenta mujer vaciló y se rascó la cabeza.

—¿Es usted una persona íntegra y sincera? —le preguntó.

—Eso dicen.

—Tomapastillas y el señor del Mal dirían lo mismo, pero no confío en ellos.

—Yo tampoco —aseguró Lucy en voz baja, inclinándose hacia ella—. En eso estamos de acuerdo.

—Pero si no quiere conquistar Egipto, ¿por qué está aquí? —quiso saber Cleo, de nuevo recelosa.

—Creo que hay un traidor en su reino.

—¿Qué clase de traidor?

—De los peores.

—Tiene que ver con la detención de Larguirucho y con el asesinato de Rubita, ¿verdad? —preguntó Cleo.

—Sí.

—Yo lo vi. No muy bien, pero lo vi. Esa noche.

—¿A quién? ¿A quién vio? —preguntó Lucy, alerta de repente.

Cleo esbozó una sonrisa de complicidad, antes de encogerse de hombros.

—Si necesita mi ayuda —dijo con una repentina altivez regia—, debería solicitarla de la forma oportuna, en el momento y el sitio adecuados.

Dicho esto y tras encender un cigarrillo con una floritura, se volvió para marcharse muy ufana. Lucy pareció algo confundida y dio un paso tras ella, pero Peter, que llevaba su bandeja a la zona de recogida en ese momento aunque apenas había tocado la comida, la detuvo. Mientras limpiaba el plato y lanzaba los cubiertos a través de una abertura hacia la cuba de lavado, le dijo a Lucy:

—Es verdad. Esa noche vio al ángel. Nos contó que el ángel entró en el dormitorio de las mujeres, se quedó allí un momento y luego se marchó, cerrando con llave al salir.

—Un hecho curioso —comentó Lucy, aun sabiendo que su comentario resultaba bastante superfluo en un hospital psiquiátrico, donde todo era más que curioso y a veces espantoso. Miró a Francis, que se había acercado a ellos—. Pajarillo —le dijo—, ¿por qué alguien que acaba de cometer un asesinato se esforzaría tanto para que otra persona sea culpada del crimen, y en lugar de huir o esconderse entra en un dormitorio lleno de mujeres que podrían reconocerlo?

Francis sacudió la cabeza. Se preguntó si esas mujeres podrían reconocerlo. Varias de sus voces lo retaron a que respondiera la pregunta, pero las ignoró y fijó la mirada en Lucy. Ésta se encogió de hombros.

—Un enigma —dijo—. Pero es una respuesta que tarde o temprano conseguiré. ¿Crees que podrías ayudarme a averiguarlo, Francis?

El joven asintió.

—Pajarillo se ve seguro de sí mismo —sonrió ella—. Eso está bien.

Y a continuación los llevó hacia el pasillo. Iba a decir otra cosa, pero Peter terció.

—Pajarillo, nadie más debe saber lo que Cleo vio. —Se volvió hacia Lucy—. Cuando Cleo le contó a Francis que el hombre al que estamos buscando había entrado en el dormitorio de las mujeres, no supo aportar ninguna descripción coherente del ángel. Todo el mundo estaba bastante alterado. Quizás ahora que ha tenido más tiempo para reflexionar sobre esa noche, se haya percatado de algo importante. Francis le cae bien. Creo que sería bueno que él volviera a hablar con ella. Eso también tendría la ventaja de no atraer la atención hacia ella, porque si usted la interroga, la gente pensará que está relacionada con esto.

—Tiene sentido —admitió Lucy tras considerar las palabras de Peter—. ¿Podrás encargarte tú solo y contármelo después, Francis?

—Sí —afirmó Francis, nada seguro de sí mismo a pesar de lo que ella había dicho antes. No recordaba haber interrogado a nadie para sonsacarle información.

Noticiero pasó junto a ellos en ese instante y se detuvo haciendo una pirueta de *ballet*, de modo que los zapatos le chirriaron contra el suelo pulido al girar.

—*Union-News*: El mercado se hunde ante las malas noticias económicas.

Y dio otro giro con una floritura antes de marcharse por el pasillo con un periódico abierto delante de él como si fuera una vela.

—Si yo vuelvo a hablar con Cleo —preguntó Francis—, ¿qué harás tú, Peter?

—¿Qué haré? Más bien di qué me gustaría hacer. Me gustaría que la señorita Jones fuera más explícita sobre los expedientes que ha traído.

Lucy no respondió y Peter insistió.

—Nos iría bien conocer algo mejor los detalles que la trajeron aquí, si es que vamos a ayudarla en su investigación.

—¿Por qué cree...? —empezó vacilante, pero Peter la interrumpió, sonriendo de ese modo despreocupado tan suyo que, por lo menos para Francis, significaba que algo le había resultado divertido y curioso.

—Trajo los expedientes por la misma razón que lo habría hecho yo. O cualquier otra persona que investigara un caso que apenas es algo más que una suposición. Para comprobar las similitudes. Y porque en alguna parte tiene un jefe que pronto le exigirá progresos. Quizás un jefe, como todos, con poca paciencia o con un sentido muy exagerado sobre cómo deberían pasar el tiempo de modo rentable sus jóvenes ayudantes. De modo que nuestra prioridad es encontrar características comunes entre lo que pasó en los anteriores asesinatos y lo que pasó aquí. Por eso me gustaría ver esos expedientes.

—Muy interesante —repuso Lucy tras inspirar hondo—. El señor Evans me pidió lo mismo esta mañana aduciendo las mismas razones.

—Las grandes mentes piensan de modo parecido —comentó Peter con sarcasmo.

—Me negué a su petición —dijo Lucy.

—Eso es porque todavía no sabe si puede confiar en él —repuso Peter, divertido.

—Se lo he dicho a Cleo —sonrió Lucy.

—Pero Pajarillo y yo, bueno, estamos en otra categoría, ¿no?

—Sí. Un par de inocentes. Pero si le enseño a usted...

—El señor Evans se enfadará. Lo sé y no me importa.

Lucy hizo una pausa antes de preguntar:

—Peter, ¿tan poco le importa a quién cabrea? ¿Ni siquiera si se trata de alguien cuya opinión sobre su salud mental actual podría ser crucial para su futuro?

Peter pareció a punto de soltar una carcajada, y se mesó el cabello antes de encogerse de hombros y sacudir la cabeza con la misma sonrisa socarrona.

—La respuesta es sí. Me importa muy poco a quién cabreo. Evans me detesta. Y da igual lo que yo haga o diga, me seguirá detestando, y no por lo que soy sino por lo que hice. Así que no tengo ninguna esperanza de que cambie su opinión. Quizá tampoco sería justo que le pidiera que lo hiciera. Y puede que no sea el único que no me soporta, sólo es el más evidente y, podría añadir, el más detestable. Nada de lo que yo haga va a cambiar eso. Así que, ¿por qué debería preocuparme por él?

Lucy esbozó una sonrisa que curvó la cicatriz de su rostro y Francis pensó que lo más curioso sobre una imperfección tan marcada era que resaltaba el resto de su belleza.

—¿Soy demasiado protestón? —preguntó Peter, aún sonriente.

—¿Cómo era aquello que se dice de los irlandeses?

—Dicen muchas cosas. En particular, que nos gusta mucho oírnos hablar a nosotros mismos. Es un tópico de lo más trillado. Pero, por desgracia, basado en siglos de evidencia.

—Muy bien —repuso Lucy—. Francis, ¿por qué no vas a ver a la señorita Cleo mientras Peter me acompaña a mi despacho?

Francis dudó.

—Si te parece bien —insistió Lucy.

Asintió con la cabeza. Y notó una sensación extraña: quería ayudarla porque cada vez que la miraba la encontraba más bonita que antes. Pero se sintió un poco celoso de que Peter la acompañara mientras él tenía que ir en busca de Cleo. Sus voces interiores sonaban en su cabeza, pero las ignoró y, tras una leve vacilación, se marchó por el pasillo hacia la sala de estar, donde Cleo estaría en la mesa de ping-pong, en su sitio acostumbrado, tratando de conseguir una víctima para una partida.

Francis tenía razón. Cleo estaba al fondo de la sala de estar, tras la mesa de ping-pong. Había dispuesto a tres pacientes al otro lado, los había provisto de sendas palas y a cada uno le había designado una zona para devolver sus golpes. Estaba enseñándoles cómo tenían que agacharse, sujetar la pala y cambiar el peso de un pie a otro para anticiparse a la acción. Se trataba de una clase práctica, Francis supuso que estaba destinada al fracaso. Todos eran hombres mayores, de pelo canoso y greñudo y piel flácida salpicada de manchas de la edad. Observó cómo intentaban con aire bobalicón concentrarse en lo que Cleo les decía y esforzarse en hacerlo bien.

—¿Preparados? —preguntó Cleo tres veces, mirando a cada uno a los ojos, dispuesta a sacar.

Los tres asintieron a su pesar.

Con un hábil giro de muñeca, Cleo sacó con un sonoro *clic* y la pelota botó en el otro lado de la mesa pasando directamente entre dos de sus adversarios, sin que ninguno de los dos se moviera lo más mínimo.

Cleo se enfureció y esbozó una fiera mueca. Pero entonces, con la misma rapidez, el torbellino de furia se desvaneció. Uno de los contrincantes recogió la pelota blanca y la lanzó por encima de la red hacia ella. Cleo la retuvo sobre la superficie verde en su pala.

—Gracias por la partida —suspiró con una resignación que sustituía la rabia anterior—. Después practicaremos un poco más el movimiento de pies.

Los tres contrincantes parecieron aliviados y se marcharon arrastrando los pies.

La sala estaba tan llena como de costumbre, con una extraña mezcla de actividades. Era una pieza bien iluminada, con una hilera de ventanas con barrotes en una pared que dejaban entrar el sol y alguna que otra brisa suave. Las paredes blancas parecían reflejar la luz y la energía contenida. Los pacientes exhibían diversos atuendos, desde las omnipresentes batas holgadas y zapatillas hasta vaqueros y gruesos abrigos. Diseminados por la habitación había sofás baratos de piel roja y verde y sillones raídos, ocupados por hombres o mujeres que leían o pensaban tranquilamente a pesar del murmullo circundante. Los que leían al menos lo aparentaban, pero rara vez pasaban las páginas. En unas mesitas de centro de madera había revistas viejas y sobadas novelas en rústica. En dos rincones había televisores, cada uno de ellos con un grupo de habituales a su alrededor absortos en las telenovelas. Los dos televisores mantenían un diálogo conflictivo, sintonizados en canales distintos, como si los personajes de cada serie estuvieran ajustando las cuentas a los de la otra. Se trataba de una concesión a las peleas casi diarias que habían estallado entre los partidarios de un programa y los que preferían otro.

Francis siguió mirando y vio algunos pacientes enfrascados en juegos de mesa, como el Monopoly o el Risk, y en partidas de ajedrez, de damas y de cartas. Corazones era el favorito de la sala. Tomapastillas había prohibido el póquer cuando se usaban cigarrillos a modo de fichas y algunos pacientes empezaron a acapararlos. Eran los menos locos o, en opinión de Francis, los que no habían roto todos los vínculos con el mundo exterior. Él se habría incluido en esa misma categoría, distinción con la que estaban de acuerdo todas sus voces interiores. Y después, claro, estaban los *catos*, que se limitaban a deambular por la sala, hablando con nadie y con todo el mundo a la vez. Algunos bailaban. Otros arrastraban los pies. Otros caminaban con nervio de un lado a otro. Pero todos seguían su propio ritmo, impulsados por visiones tan remotas que Francis no podía imaginarlas. Lo entristecían y lo asustaban un poco porque temía volverse como ellos. A veces creía que, en la barra de equilibrios que era su vida, estaba más cerca de ellos que de la normalidad. Los consideraba condenados.

El humo de cigarrillo envolvía a los presentes. Francis detestaba la sala y procuraba evitarla todo lo que podía. Era un sitio donde se daba rienda suelta a los pensamientos descontrolados de todo el mundo.

Cleo, por supuesto, dominaba la mesa de ping-pong y sus alrededores.

Sus modales bruscos y su aspecto intimidador acobardaban a la mayoría de los pacientes, incluso a Francis, pero éste creía que Cleo poseía una vivacidad de la que los demás carecían, y eso le gustaba. Sabía que podía ser divertida y que, con frecuencia, lograba hacer reír a los demás, una cualidad valiosa y escasa en el hospital. Cleo lo vio de pie, al borde de su zona y le sonrió de oreja a oreja.

—¡Pajarillo! ¿Quieres jugar un poco?

—Sólo si me obligas.

—Pues insisto. Te obligo. Por favor...

Francis se acercó y cogió una pala.

—Tengo que hablar contigo sobre lo que viste la otra noche.

—¿La noche del asesinato? ¿Te envió esa fiscal a hablar conmigo?

Francis asintió.

—¿Tiene algo que ver con el asesino que está buscando?

—Exacto.

Cleo pareció reflexionar un momento. Luego levantó la pelota de ping-pong y la observó.

—¿Sabes qué? —soltó—. Puedes hacerme preguntas mientras jugamos. Mientras me devuelvas la pelota, seguiré contestándote. Será un juego dentro de otro.

—No sé... —empezó Francis, pero ella desechó su protesta con un movimiento de la mano.

—Será un reto —aseguró, lanzó la pelota hacia arriba y sacó.

Francis se estiró y devolvió el golpe. Cleo replicó con facilidad y, de repente, un repiqueteo rítmico puntuó el ambiente mientras la pelota iba de un lado a otro.

—¿Has pensado en lo que viste esa noche? —preguntó Francis, mientras se inclinaba para devolver un golpe.

—Por supuesto —respondió Cleo, y replicó sin problemas—. Y cuanto más lo pienso, más intrigada estoy. Se están tramando muchas cosas aquí en Egipto. Y Roma también tiene sus intereses, ¿no?

—¿Cómo es eso? —jadeó Francis, y consiguió mantener la pelota en juego.

—Lo que vi duró sólo unos segundos, pero creo que fue muy revelador.

—Continúa.

Cleo devolvió el golpe siguiente con más brío y más ángulo, lo que exigía un golpe de revés que Francis, sorprendentemente, logró. Cleo sonreía al ver su empeño y superarlo con facilidad.

—Que entrara en la habitación y la examinara después de lo que había hecho me indica que no tiene miedo de nada, ¿no crees? —comentó.

—No te entiendo —dijo Francis.

—Ya lo creo que sí. —Esta vez le lanzó una pelota fácil hacia el centro de su lado de la mesa—. Aquí todos tenemos miedo, Pajarillo. Miedo de lo que hay en nuestro interior, miedo de lo que hay en el interior de los demás, miedo de lo que hay fuera. Nos asustan los cambios. Nos asusta quedarnos igual. Nos aterroriza cualquier cosa fuera de lo corriente, o un cambio en la rutina. Todo el mundo quiere ser distinto, pero ésa es la mayor amenaza. ¿Qué somos, pues? Vivimos en un mundo muy peligroso. ¿Me sigues?

Francis pensó que era cierto.

—¿Estás diciendo que todos somos cautivos?

—Prisioneros. Por supuesto. Limitados por todo: las paredes, las medicaciones, nuestros pensamientos. —Golpeó la pelota con más fuerza, pero dejándola a su alcance—. Pero el hombre que vi, bueno, no estaba cautivo. O, si lo estaba, no piensa como los demás.

Francis falló un golpe y la red le devolvió la pelota.

—Punto para mí —anunció Cleo—. Saca tú.

Él lo hizo y de nuevo el repiqueteo llenó la sala.

—Cuando abrió la puerta de vuestro dormitorio no tenía miedo —dedujo Francis.

Cleo atrapó la pelota en el aire para interrumpir el punto en juego.

—Tiene llaves —sentenció inclinándose sobre la mesa—. ¿Qué abren esas llaves? ¿Las puertas del edificio Amherst? ¿O las puertas de las demás unidades? ¿Los almacenes? ¿Las oficinas del edificio de administración? ¿Los alojamientos del personal? ¿Abrirán sus llaves todas esas puertas? ¿La verja de entrada, quizá? ¿Puede abrir la verja de entrada y salir cuando quiera?

Puso otra vez la pelota en juego.

—Las llaves son poder —comentó Francis tras pensar un instante. *Clic, clic.* La pelota resonaba contra la mesa.

—El acceso es siempre poder —sentenció Cleo—. Esas llaves son muy reveladoras —añadió—. Me gustaría saber cómo las obtuvo.

—¿Por qué entró en vuestro dormitorio y se arriesgó a que alguien lo viera?

Cleo no contestó durante varios golpes.

—Quizá porque podía —dijo al cabo.

—¿Estás segura de que no podrías reconocerlo si volvieras a verlo? —preguntó Francis tras reflexionar un momento—. ¿Recuerdas si era alto, o fornido? Cualquier cosa que pudiera distinguirlo. Algo que nos diese una pista...

Cleo sacudió la cabeza, inspiró hondo y pareció concentrarse en el juego, al que imprimió cada vez más velocidad. La pelota volaba de un lado a otro de la mesa. Le sorprendió poder seguirle el ritmo y devolverle los golpes, a izquierda y derecha, de derecho y de revés. Cleo sonreía, bailando de un lado a otro, moviendo el cuerpo con la gracia de una bailarina a pesar de su corpulencia.

—Pero tú y yo, Francis, no tenemos que verle la cara para reconocerlo —dijo tras un momento—. Sólo tenemos que ver esa actitud. Aquí dentro sería inconfundible. En este sitio, en nuestro hogar, nadie más tiene ese aspecto. ¿No crees, Pajarillo? En cuanto lo veamos, lo sabremos con exactitud, ¿verdad?

Francis golpeó la pelota demasiado fuerte, que cayó más allá de la mesa. Cleo la atrapó, antes de que saliera rebotada por la sala.

—Un golpe largo —comentó—, pero ambicioso.

«En un lugar lleno de temores, buscamos al hombre que no tiene ninguno», pensó Francis.

En un rincón de la sala varias voces empezaron a gritar. Un sollozo agudo, seguido de un chillido, rasgó el aire. Francis dejó la pala sobre la mesa y retrocedió unos pasos.

—Estás mejorando, Pajarillo —bromeó Cleo, y su risa se sobrepuso al alboroto de la pelea que aumentaba de intensidad—. Deberíamos volver a jugar algún día.

Cuando Francis llegó al despacho de Lucy, había tenido tiempo para pensar en lo que había averiguado. La encontró apoyada contra la pared, detrás de una sencilla mesa de metal gris. Estaba cruzada de brazos y observaba a Peter, que estaba sentado al escritorio con tres expedientes abiertos. Había esparcido una serie de fotografías en color de veinte por veinticinco, bocetos del escenario del crimen en blanco y negro, con flechas, círculos y anotaciones, y formularios escritos. Había informes de autopsias y fotografías de las ubicaciones. Peter levantó los ojos con brusquedad.

—Hola, Francis —dijo—. ¿Has tenido suerte?

—Puede que un poco. Hablé con Cleo.

—¿Te dio una descripción mejor?

Francis meneó la cabeza y señaló el montón de documentos y fotografías.

—Parece mucho —comentó. Nunca había visto el volumen del papeleo asociado normalmente a la investigación de un homicidio, y estaba impresionado.

—Mucho que dice poco —replicó Peter. Lucy asintió—. Pero, bien mirado, también dice mucho —añadió Peter. Lucy hizo una mueca de escepticismo.

—No entiendo —dijo Francis.

—Bueno —empezó a explicar Peter—, tenemos tres crímenes, todos cometidos en jurisdicciones policiales distintas, quizá, porque los cadáveres fueron trasladados post mórtem, de modo que nadie está exactamente al cargo del caso, lo que es siempre un jaleo burocrático, incluso cuando interviene la policía estatal. Y tenemos tres víctimas encontradas en diversos grados de descomposición, cuyos cuerpos habían estado expuestos a los elementos, lo que dificulta o casi imposibilita el análisis forense. Y estos crímenes, por lo que se deduce de los informes policiales, fueron elegidos al azar, me refiero a sus víctimas, porque hay pocas similitudes entre las mujeres asesinadas, aparte del tipo de cuerpo, el tipo de peinado y la edad. Cabellos cortos y figura esbelta. Una era camarera, otra estudiante universitaria y la tercera secretaria. No se conocían entre sí. No vivían cerca una de otra. No había nada que las relacionara entre sí, salvo el desafortunado hecho de que volvían solas a casa en medios de transporte público, como el metro o el autobús, y que todas tenían que caminar varias manzanas mal iluminadas para llegar a su casa. Lo que las hacía sumamente vulnerables.

—Fáciles de elegir y acechar para un hombre paciente —concluyó Lucy.

Peter vaciló como si algo en las palabras de Lucy le suscitase una pregunta. A Francis le rondó una idea por la cabeza y vaciló en decirla en voz alta.

—Jurisdicciones distintas —dijo por fin—. Escenarios distintos. Organismos distintos. Todos reunidos aquí...

—Exacto —coincidió Lucy con cautela, como si de repente midiera sus palabras.

—Interesante —contestó Peter, y se inclinó para observar mejor los documentos depositados sobre la mesa. Cogió las tres fotografías de la mano derecha de las víctimas. Se fijó en los dedos mutilados—. *Souvenirs* —aseguró—. Es bastante clásico.

—¿A qué te refieres? —preguntó Francis.

—En los estudios efectuados sobre asesinos en serie —explicó Lucy en voz baja—, un rasgo común es la necesidad del asesino de quitar algo a la víctima para poder revivir después la experiencia.

—¿Quitar?

—Un mechón de pelo. Una prenda de vestir. Una parte del cuerpo.

Francis se estremeció. En ese momento se sintió infantil y se preguntó cómo sabía tan poco del mundo y cómo Peter y Lucy, que no le llevaban más de ocho o diez años, sabían tanto.

—Has mencionado que todos esos papeles también te decían mucho —comentó—. ¿Como qué?

Peter miró a Lucy y sus ojos se encontraron un segundo. Francis observó a la joven fiscal, y pensó que su pregunta había cruzado de algún modo una especie de línea divisoria. Sabía que hay momentos en que las palabras establecen de repente puentes y conexiones, e intuyó que ése era uno.

—Lo que todo esto me dice, Francis —contestó Peter pero con los ojos puestos en la joven—, es que el ángel de Larguirucho sabe cometer crímenes de una forma que dificulta la investigación en grado sumo. Eso significa que posee cierta inteligencia. Y bastante educación, al menos sobre las formas de asesinar. Si lo piensas, sólo hay dos maneras de resolver un crimen, Pajarillo. La primera, y la mejor, es cuando se obtienen pruebas en el escenario del crimen que apuntan inexorablemente en una dirección. Huellas dactilares, fibras de ropa, sangre y armas cuya procedencia puede rastrearse, o puede que incluso un testigo ocular. Esas cosas se pueden unir a un móvil claro, como el dinero de un seguro, el robo o una discusión violenta entre una pareja.

—¿Y la otra manera? —quiso saber Francis.

—Cuando tienes a un sospechoso y puedes vincularlo a los hechos.

—Es como ir al revés.

—Lo es —corroboró Lucy.

—¿Es más difícil?

—¿Difícil? —suspiró Peter—. Sí, lo es. ¿Imposible? No.

—Eso está bien —dijo Francis, y miró a Lucy—. Me preocuparía que lo que tenemos que hacer fuera imposible.

—De hecho, Pajarillo —prosiguió Peter tras soltar una risita—, es simplemente cuestión de usar otros medios para averiguar quién es el ángel. Prepararemos una lista de posibles sospechosos y la iremos reduciendo hasta que estemos más o menos seguros de su identidad. O, por lo menos, algunos nombres de posibles culpables. Después aplicaremos lo que sabemos sobre cada crimen a estos sospechosos. Confío que uno se destacará. Y, cuando lo tengamos, no será difícil relacionarlo con las víctimas. Las cosas encajarán entre sí, aunque todavía no sabemos cómo o por qué. Pero habrá algo en este embrollo de papeles, informes y pruebas que permitirá atraparlo.

Francis inspiró hondo.

—¿De qué medios estás hablando? —preguntó.

—Bueno, amigo mío —sonrió Peter—, ahí está la pega. Eso es lo que tenemos que averiguar. Aquí hay alguien que no es lo que parece ser. Tiene una clase totalmente distinta de locura, Pajarillo. Y la oculta muy bien. Sólo tenemos que averiguar quién finge.

Francis miró a Lucy, que asentía con la cabeza.

—Eso es más fácil de decir que de hacer, claro —indicó ésta.

12

A veces la demarcación entre los sueños y la realidad se vuelve borrosa. Me cuesta saber qué es qué. Supongo que por eso tengo que tomar tantos medicamentos, como si la realidad pudiera favorecerse químicamente. Ingiere los miligramos suficientes de esta o aquella pastilla y el mundo vuelve a estar enfocado. Eso es tristemente cierto y, en su mayoría, todos esos fármacos cumplen con su cometido, aparte de sus desagradables efectos secundarios. Y supongo que, en general, es positivo. Sólo depende del valor que concedas a tener las cosas enfocadas.

Actualmente, yo no le concedía demasiado.

Dormí no sé cuántas horas en el suelo del salón. Había cogido una almohada y una manta y me había acostado junto a todas mis palabras, reacio a separarme de ellas, casi como un padre, temeroso de dejar solo a un niño enfermo. El suelo era duro, y mis articulaciones protestaron al despertarme. La luz del alba se colaba en el piso, como un heraldo anunciando algo nuevo. Me levanté para seguir con mi tarea sin haberme refrescado pero, por lo menos, un poco menos grogui.

Miré un momento alrededor para convencerme de que estaba solo.

Sabía que el ángel no estaba lejos. No se había ido. No era su estilo. Tampoco se había vuelto a esconder tras mi hombro. Tenía los nervios de punta, a pesar de las horas de sueño. Él estaba cerca, observando, esperando. En algún sitio próximo. Pero la habitación estaba vacía, por lo menos de momento. Los únicos ecos eran los míos.

Tenía que ser muy cuidadoso. En el Hospital Estatal Western habíamos sido tres quienes lo habíamos enfrentado. Y, aun así, había sido una lucha igualada. Ahora, solo en mi casa, temía no ser capaz de vencerlo.

Me volví hacia la pared. Recordé una pregunta que hice a Peter y también su respuesta: «El trabajo policial consiste en un examen constante y cuidadoso de los hechos. El pensamiento creativo está bien, pero sólo ciñéndose a los detalles conocidos.»

Reí en voz alta. Esta vez la ironía pudo más que yo y solté: «Pero no fue eso lo que funcionó, ¿verdad?» Quizás en el mundo real, sobre todo hoy, con las pruebas de ADN, los microscopios electrónicos y las actuales técnicas forenses, la tecnología y las capacidades modernas, no habría sido tan difícil. Puede que en absoluto. Pon las sustancias adecuadas en un tubo de ensayo, un poco de esto y un poco de aquello, pásalo por un cronómetro de gas, aplícale algo de tecnología espacial, obtén una lectura informática y tendrás a tu hombre. Pero por aquel entonces, en el Hospital Estatal Western, no teníamos ninguna de estas cosas.

Sólo nos teníamos a nosotros mismos.

Sólo en el edificio Amherst había casi trescientos pacientes varones. Esa cifra se multiplicaba por dos en las demás unidades, y el total del hospital ascendía a unos dos mil cien. La población femenina era ligeramente menor, con ciento veinticinco pacientes en Amherst, y poco más de novecientas en todo el hospital. Las enfermeras, las enfermeras en prácticas, los auxiliares, el personal de seguridad, los psicólogos y los psiquiatras aumentaban la cifra de personas a más de tres mil. Francis pensó que el mundo era más grande, pero aun así, éste era considerable.

Los días posteriores a la llegada de Lucy Jones, Francis empezó a observar a los hombres que transitaban por los pasillos con una clase distinta de interés. La idea de que uno de ellos fuera un asesino lo inquietaba, y se daba la vuelta cada vez que alguien se le acercaba por detrás. Sabía que eso era irracional, y también que sus temores eran infundados. Pero le costaba reprimir una sensación de temor constante.

Trataba de mirar a los ojos en un lugar que disuadía de hacerlo. Estaba rodeado de toda clase de enfermedades mentales, con diversos grados de intensidad, y no tenía idea de cómo mirar ese padecimiento para detectar otro muy distinto. El clamor que sentía en su interior, procedente de todas sus voces, aumentaba su nerviosismo. Se sentía cargado de impulsos eléctricos que se disparaban al azar. Sus esfuerzos por tranquilizarse fracasaban y se sentía exhausto.

Peter el Bombero no parecía tan frustrado. De hecho, Francis observó que, cuanto peor se sentía él, mejor parecía estar Peter. Su voz reflejaba más decisión y su paso, más rapidez por los pasillos. Parte de la tristeza esquiva que mostraba cuando llegó al Hospital Estatal Western había desaparecido. Peter tenía energía, algo que Francis envidiaba, porque él sólo tenía miedo.

Pero el tiempo que pasaba con Lucy y Peter en el despacho de ésta conseguía sosegarlo un poco. En ese espacio reducido, hasta sus voces interiores callaban y podía escuchar lo que ellos le decían en relativa tranquilidad.

La prioridad, como le explicó Lucy, era establecer una forma de reducir la lista de posibles sospechosos. Dijo que podía consultar las historias clínicas de cada paciente y decidir quién había estado en condiciones de matar a las demás víctimas que ella creía relacionadas con el asesinato de Rubita. Tenía otras tres fechas, además de la de Rubita. Cada asesinato había tenido lugar unos días antes de que se encontrara el cadáver. Era evidente que la gran mayoría de los pacientes no estaba en la calle durante la época en que se cometieron. Era fácil desechar a los pacientes de larga estancia, en especial los ancianos.

No informó de esta primera investigación ni a Gulptilil ni a Evans, aunque Peter y Francis sabían lo que estaba haciendo. Eso creó cierta tensión cuando pidió al señor del Mal las historias clínicas del edificio Amherst.

—Por supuesto —dijo Evans—. Guardo los expedientes principales en mi despacho, en unos archivadores. Puede ir y revisarlos siempre que quiera.

Estaban frente al despacho de Lucy. Era primera hora de la tarde y el señor del Mal ya había ido dos veces esa mañana a preguntarle si podía ayudarla en algo, y para recordar a Francis y Peter que la sesión en grupo iba a celebrarse como siempre y que tenían que asistir.

—Ahora me iría bien —respondió Lucy y se dispuso a entrar, pero el señor del Mal la detuvo.

—Sólo usted —dijo con frialdad—. Los otros dos no.

—Me están ayudando —replicó Lucy—. Ya lo sabe.

El señor del Mal asintió, pero a continuación negó con la cabeza.

—Puede que sí —dijo—. Eso está por verse y, como usted sabe, tengo mis dudas. Pero eso no les da derecho a ver las historias de otros pacientes. En esos expedientes hay información personal y confidencial, obtenida en sesiones terapéuticas, y no puedo permitir que otros pacientes la examinen. Eso no sería ético por mi parte y supondría una violación de las normas sobre la confidencialidad. Debería saberlo, señorita Jones.

—Disculpe —contestó ella—. Tiene razón, por supuesto. Es sólo que supuse que, dadas las circunstancias, podría ser un poco más flexible.

—Por supuesto —sonrió él—. Y deseo ofrecerle la máxima colaboración en su búsqueda inútil. Pero no puedo violar la ley, ni es justo que me lo pida, ni a mí ni a cualquier otro supervisor del hospital.

El señor del Mal llevaba el cabello largo y gafas de montura metálica, lo que le confería un aspecto desaliñado. Para compensarlo solía ponerse corbata y camisa blanca, aunque siempre tenía los zapatos raspados y deslustrados. Francis pensaba que era como si no quisiera que lo relacionaran con el cambio ni con el statu quo. No desear pertenecer a ninguna de esas cosas ponía al señor del Mal en una situación difícil.

—Claro —dijo Lucy—. Yo no haría eso.

—Sobre todo porque sigo esperando que me enseñe algún indicio real de que la persona que busca está aquí.

La fiscal sonrió.

—Y ¿exactamente qué clase de prueba le gustaría que le enseñara? —preguntó.

Evans también sonrió, como si le gustara esa especie de esgrima. Estocada. Parada. Ataque.

—Algo que no sean suposiciones. Quizás un testigo creíble, aunque dónde podría encontrar uno en un hospital psiquiátrico se me escapa... —Soltó una risita, como si bromease—. O quizás el arma del crimen, que hasta ahora no se ha encontrado. Algo concreto. Algo consistente. —Parecía como si todo eso le resultase muy divertido—. Claro que, como ya habrá averiguado, señorita Jones, «concreto» y «consistente» no son conceptos apropiados para este lugar. Además, sabe tan bien como yo que, estadísticamente, es más probable que los enfermos mentales se lastimen a sí mismos que a los demás.

—Quizás el hombre que estoy buscando no sea exactamente lo que usted llamaría un enfermo mental —replicó Lucy—. Puede que pertenezca a una categoría muy distinta.

—Bueno —respondió Evans—, puede que sí. De hecho, es probable. Pero lo que tenemos aquí en abundancia es lo primero, no lo segundo. —Hizo una pequeña reverencia y señaló con el brazo su despacho—. ¿Todavía quiere examinar los expedientes? —preguntó.

—Tengo que hacerlo —dijo Lucy a Peter y Francis—. Empezar, por lo menos. Nos veremos después.

Peter observó con ceño a Evans, que no le devolvió la mirada y se llevó a Lucy Jones por el pasillo, apartando a los pacientes que se le acercaban con movimientos bruscos. A Francis le recordó a un hombre que se abre paso por la selva con un machete.

—Estaría bien que resultara que ese hijoputa es el hombre que andamos buscando —dijo Peter entre dientes—. Haría que todo el tiempo pasado aquí valiera la pena. —Soltó una carcajada—. Bueno, Pajarillo, el mundo no es nunca así de generoso. Y ya sabes el proverbio: «Cuidado con lograr lo que deseas.» —Pero, incluso mientras hablaba, siguió observando cómo Evans se alejaba por el pasillo—. Voy a hablar con Napoleón —añadió—. Por lo menos, él tendrá una perspectiva del siglo XVIII sobre todo esto.

Y se alejó deprisa hacia la sala de estar. Mientras dudaba si acompañarlo, Francis vio a Negro Grande apoyado contra la pared del pasillo, fumando un cigarrillo, con el uniforme blanco bañado en la luz que se filtraba por las ventanas, de modo que relucía. Por el mismo motivo, su piel parecía aún más oscura, Francis reparó en que el auxiliar los había estado observando. Se acercó a él, y el hombre corpulento se separó de la pared y dejó caer el cigarrillo al suelo.

—Un mal hábito —aseguró—. Y con tantas probabilidades de matarte como cualquier otra cosa en este hospital. No se puede estar del todo seguro con todo lo que ha pasado. Pero no empieces a fumar como los demás, Pajarillo. Aquí hay muchos malos hábitos. Intenta no adquirirlos, Pajarillo, y tarde o temprano saldrás de aquí.

Francis no respondió y observó cómo el auxiliar contemplaba el pasillo y fijaba los ojos en un paciente y luego en otro, aunque era evidente que su atención estaba en otra parte.

—¿Por qué se odian, señor Moses? —preguntó Francis.

Negro Grande no respondió directamente sino que dijo:

—¿Sabes qué? A veces, en el Sur, donde yo nací, había ancianas que presentían cuándo iba a cambiar el tiempo. Sabían cuándo iban a estallar tormentas y, en especial durante la época de los huracanes, iban de un lado a otro husmeando el aire, diciendo en ocasiones cánticos y hechizos, o lanzando huesos y valvas en un trozo de tela. Una especie de brujería, ya sabes. Ahora que tengo estudios y vivo en un mundo moderno, sé que no hay que creer en esos hechizos y conjuros. Pero el problema es que siempre tenían razón. Llegaba una tormenta y ellas lo sabían mucho antes que nadie. Avisaban a la gente que reuniera el ganado, arreglara el techo de la casa o se avituallara para una emergencia que nadie más preveía pero que se acercaba de todos modos. No tiene sentido, si lo piensas; lo tiene todo, si no lo piensas. —Sonrió, y le apoyó la mano en un hombro—. ¿Tú qué opinas, Pajarillo? Cuando miras a esos dos y ves cómo se comportan, ¿presientes también que la tormenta se acerca?

—Sigo sin entender, señor Moses.

—Te diré una cosa: Evans tiene un hermano. Y puede que lo que hizo Peter afectara a ese hermano. Y cuando Peter vino aquí, Evans se aseguró de ser él quien se encargara de su evaluación. Se aseguró de que Peter supiera que, fuera lo que fuese lo que quisiera, él le impediría conseguirlo.

—Pero eso no es justo.

—Yo no he dicho que sea justo, Pajarillo. No he dicho en absoluto que las cosas sean justas, en un sentido o en otro. Sólo he dicho que puede que eso sea parte del problema, y no tiene aspecto de mejorar, ¿no crees? —Se metió una mano en el bolsillo y el juego de llaves que llevaba colgado del cinturón tintineó.

—Señor Moses, ¿puede ir a todas partes con esas llaves?

—Aquí y en los demás edificios. Abren las puertas de seguridad y las puertas de los dormitorios. Incluso las celdas de aislamiento. ¿Quieres cruzar la verja de entrada, Francis? Estas llaves te allanarían el camino.

—¿Quién tiene unas llaves como ésas?

—Los supervisores de enfermería. Seguridad. Auxiliares como mi hermano y yo. El personal principal.

—¿Saben dónde están todos los juegos en todo momento?

—Deberíamos. Pero, como con todo lo demás, lo que debería ser no es lo que pasa en realidad. Pero bueno —sonrió—, empiezas a hacer preguntas como la señorita Jones y como Peter. Él sabe cómo preguntar cosas. Tú estás aprendiendo.

Francis sonrió en respuesta al cumplido.

—Me gustaría saber si alguien controla dónde están los juegos de llaves en todo momento —insistió.

—No formulas bien tu pregunta, Pajarillo. —Negro Grande sacudió la cabeza—. Inténtalo otra vez.

—¿Faltan llaves?

—Sí. Ésa es la pregunta adecuada. Sí. Faltan unas llaves.

—¿Las ha buscado alguien?

—Sí. Pero quizá «buscar» no sea la palabra adecuada. Miraron en todos los sitios probables y lo dejaron por inútil.

—¿Quién las perdió?

—Bueno —repuso Negro Grande con una ancha sonrisa—, esa persona es nuestro buen amigo el señor Evans.

El corpulento auxiliar soltó otra carcajada y vio que su hermano se acercaba.

—Oye —lo llamó—, Pajarillo está empezando a averiguar cosas.

Francis vio que las enfermeras del puesto situado en mitad del pasillo sonreían, como si se tratara de una broma. Negro Chico también lo hizo cuando llegó a su lado, y preguntó:

—¿Sabes qué, Francis?

—¿Qué, señor Moses?

—Si aprendes a manejarte en este mundo —hizo un gesto con el brazo para indicar el hospital— y controlas bien todo esto, no te resultará difícil entender el mundo exterior. Si tienes la oportunidad, claro.

—¿Cómo puedo tener esa oportunidad, señor Moses?

—Ésa es la pregunta del millón ¿Cómo alguien consigue esa oportunidad? Hay formas, Pajarillo. Hay más de una, por lo menos. Pero no hay simples pautas de sí o no. Haz esto o haz lo otro y conseguirás una oportunidad. No, no funciona así. Tienes que encontrar tu propio camino. Lo encontrarás, Pajarillo. Sólo tienes que reconocerlo cuando se presente. Ése es el problema.

Francis pensó que Negro Chico sin duda se equivocaba. Y no creía poder entender ningún mundo. Varias voces resonaron en su interior y trató de escuchar lo que decían, porque supuso que tenían alguna opinión. Pero, cuando se concentraba, vio que ambos auxiliares lo observaban y tomaban nota de lo que su rostro expresaba. Por un instante se sintió desnudo, como si le hubieran arrancado la ropa. Así que sonrió del modo más agradable que pudo y se alejó por el pasillo, deprisa y hecho un mar de dudas.

Lucy estaba sentada tras la mesa del despacho de Evans mientras éste revolvía uno de los cuatro archivadores alineados contra una pared. En una esquina había un retrato de bodas. Se veía a Evans, con el pelo más corto y peinado, vestido con un traje diplomático azul que parecía subrayar su complexión delgada. Estaba de pie junto a una mujer joven que llevaba un vestido blanco que apenas ocultaba un embarazo prominente y lucía una guirnalda de flores en un ensortijado cabello castaño. Los rodeaba un grupo que incluía personas de todas las edades, desde muy mayores hasta muy jóvenes, con unas sonrisas similares que Lucy calificó de forzadas. En medio del grupo había un hombre con alba y casulla, cuyo bordado dorado destellaba. Tenía una mano en el hombro de Evans y, al fijarse en él, Lucy observó un notable parecido con el psicólogo.

—¿Tiene un hermano gemelo? —preguntó.

Evans vio que la fiscal observaba la fotografía y se volvió, con los brazos llenos de carpetas amarillas.

—Es cosa de familia —respondió—. Mis hijas también son gemelas.

Lucy miró alrededor, pero no vio ningún retrato más. Evans notó su curiosidad y aclaró:

—Viven con su madre. Baste decir que estamos pasando un mal momento.

—Lo lamento —dijo Lucy, sin comentar que eso no explicaba que no tuviera su foto en el despacho.

Evans se encogió de hombros, y dejó las carpetas en la mesa con un ruido sordo.

—Cuando creces con un hermano gemelo, te acostumbras a todas las bromas. Siempre son las mismas, ¿sabe? Los gemelos son como dos gotas de agua. ¿Cómo distinguirlos? ¿Tienen los mismos pensamientos e ideas? Cuando creces sabiendo que hay alguien idéntico a ti durmiendo en la litera de arriba, ves el mundo de otra forma. Para bien y para mal, señorita Jones.

—¿Son gemelos monocigóticos? —quiso saber, aunque con sólo mirar la fotografía ya sabía la respuesta.

Evans vaciló antes de responder, entrecerró los ojos y su voz sonó gélida:

—Lo fuimos. Ya no.

Ella lo miró sin entender.

—¿Por qué no le pide a su nuevo amigo y ayudante que se lo explique? —añadió Evans después de aclararse la garganta—. Él sabe la respuesta mucho mejor que yo. Pregunte al Bombero, la clase de hombre que empieza extinguiendo incendios pero termina provocándolos.

Ella no contestó y se acercó los expedientes. Evans se sentó frente a ella, se recostó y cruzó las piernas de un modo relajado para observar qué hacía. A Lucy la incomodó la intensidad de su mirada.

—¿Querría ayudarme? —preguntó—. Lo que quiero hacer no es nada difícil. Para empezar, me gustaría desechar a los hombres que estaban en el hospital cuando tuvieron lugar los otros tres asesinatos. Si estaban aquí...

—No podían estar fuera, por supuesto —asintió él—. Hay que cotejar las fechas.

—Exacto.

—Sólo que hay algunos elementos que lo complican un poco.

—¿Qué clase de elementos?

—Hay muchos pacientes que están en el hospital de forma voluntaria —respondió Evans tras frotarse el mentón—. Pueden entrar o salir, un fin de semana, por ejemplo, a petición de algún familiar responsable. De hecho, eso se alienta. Así que puede que alguien cuya historia parezca indicar que se trata de un paciente internado a tiempo completo, pasara en realidad cierto tiempo fuera del hospital. Bajo supervisión, claro. O, por lo menos, bajo una supuesta supervisión. Ése no es el caso de las personas internadas por orden judicial. Ni tampoco el de los pacientes a quienes se considera un peligro para ellos mismos o para los demás. Si estás aquí debido a un acto violento, no puedes salir, ni siquiera para una visita a casa. Salvo que un miembro del personal considere que eso puede ayudar al tratamiento terapéutico. Pero eso también dependerá de la medicación que recibe el paciente. Se puede enviar a alguien a casa a pasar la noche con una pastilla, pero no si necesita una inyección. ¿Comprende?

—Creo que sí.

—Y tenemos las vistas —prosiguió Evans, que se iba animando a medida que hablaba—. Periódicamente presentamos los casos en un trámite cuasijudicial, para justificar por qué alguien debe permanecer aquí o ser dado de alta. Viene un defensor de oficio de Springfield y tenemos un abogado para los pacientes, que integra un tribunal con el doctor Gulptilil y alguien de los servicios de salud mental estatales.

Algo parecido a una junta de la libertad condicional. Su utilidad es irregular.

—¿A qué se refiere con «irregular»?

—La gente recibe el alta porque está estabilizada pero vuelve al cabo de un par de meses, después de descompensarse. Tratar una enfermedad mental tiene algo de puerta giratoria.

—Pero los pacientes que hay en el edificio Amherst...

—No sé si tenemos en la actualidad algún paciente con capacidad, tanto social como mental, para que se le conceda un permiso. Puede que un par, como mucho. No tenemos programada ninguna vista, que yo sepa. Tendría que comprobarlo. Además, no tengo idea sobre los demás edificios. Tendrá que preguntárselo a mis colegas.

—Creo que podemos descartar los demás edificios —aseguró Lucy—. El asesinato de Rubita ocurrió aquí, y es probable que el asesino esté aquí.

—¿Por qué supone eso? —Evans sonrió de un modo desagradable, como si lo que acababa de decir fuera una broma que ella no captaba.

—Simplemente pensaba...

Evans la interrumpió.

—Si su hombre es tan inteligente como usted cree, imagino que ir de un edificio a otro por la noche no le resultaría un problema insuperable.

—Pero los de seguridad patrullan los terrenos del hospital. ¿No detectarían a alguien que fuera de un edificio a otro?

—Por desgracia, como tantos organismos estatales, estamos faltos de personal. Y seguridad efectúa unas rondas establecidas a horas regulares, fáciles de burlar si uno quiere. Y hay otras formas de desplazarse sin ser visto.

Lucy dudó de nuevo, y Evans añadió su opinión durante esa pausa.

—Larguirucho tenía un móvil, la oportunidad y el deseo, y su ropa tenía manchas de la sangre de la enfermera —dijo con tono monocorde—. No alcanzo a entender por qué se esfuerza tanto por encontrar a otro culpable. Estoy de acuerdo en que Larguirucho es, en muchos sentidos, un hombre simpático, pero también es un esquizofrénico paranoico y tiene antecedentes de actos violentos. En particular contra mujeres, a las que veía a menudo como adláteres de Satán. Y los días anteriores al crimen se había observado que su medicación era insuficiente. Si revisara su historia clínica, que la policía se llevó con él, vería una anotación mía en la que sugiero que tal vez no recibía las dosis adecuadas en la distribución diaria. De hecho, había ordenado que empezaran a administrarle inyecciones intravenosas en los próximos días, porque creía que las dosis orales no le hacían efecto.

De nuevo, Lucy no respondió. Quería decirle que, para ella, sólo la mutilación de la mano de la enfermera absolvía a Larguirucho, pero se abstuvo.

—Aun así —prosiguió Evans a la vez que empujaba los expedientes hacia ella—, si revisa éstos y los otros mil de los demás edificios, podrá descartar a algunas personas. Yo no me fijaría tanto en las fechas y me concentraría en los diagnósticos. Descartaría a los retrasados mentales. Y a los catatónicos que no reaccionan ni a la medicación ni a los tratamientos de electroshock, porque no tienen la capacidad física para realizar un acto tan horrendo. Y a las demás alteraciones de la personalidad que excluyen lo que usted está buscando. Estaré encantado de responder cualquier pregunta que quiera hacer. Pero la parte más difícil, bueno, eso es cosa suya...

Y se reclinó para observar cómo ella abría el primer expediente y empezaba a revisarlo.

Francis se apoyó contra la pared enfrente del despacho del señor del Mal, sin saber muy bien qué hacer. No pasó mucho rato antes de que Peter apareciera y se apoyase a su lado, con la mirada fija en la puerta del despacho donde Lucy estaba estudiando los expedientes. Exhaló despacio, con un sonido sibilante.

—¿Has hablado con Napoleón? —preguntó Francis.

—Quería jugar al ajedrez. Así que hicimos una partida y me pegó una paliza. Aunque es un buen juego para un investigador.

—¿Por qué?

—Porque existen infinitas variaciones de una estrategia ganadora y, sin embargo, uno tiene los movimientos restringidos por las limitaciones de cada pieza del tablero. Un caballo puede hacer esto... —Con la mano trazó un ángulo recto—. Mientras que un alfil puede hacer esto... —Trazó una diagonal—. ¿Sabes jugar, Pajarillo?

Francis negó con la cabeza.

—Deberías aprender.

Mientras hablaban, un hombre fornido que pertenecía al dormitorio de la tercera planta se acercó a ellos. Lucía una expresión que Francis había empezado a reconocer en los retrasados del hospital. Mezclaba el desconcierto con la curiosidad, como si quisiera una respuesta a algo que no podría comprender, lo que le provocaba una frustración casi constante. En el Hospital Estatal Western había varios hombres como él, y asustaban a Francis porque si bien en general eran muy mansos, también eran capaces de una repentina agresividad, inmotivada. Francis había aprendido a alejarse de los retrasados mentales. Éste, abrió mucho los ojos y pareció gruñir, como enfadado de que en el mundo hubiera tantas cosas fuera de su alcance. Emitió un sonido gutural y siguió observando a Peter y Francis con mirada penetrante.

Peter le sostuvo la mirada.

—¿Qué estás mirando? —preguntó.

El hombre se limitó a emitir otro sonido gutural.

—¿Qué quieres? —dijo Peter.

El retrasado soltó un gruñido largo, como un animal plantando cara a un rival. Encorvó los hombros y se le desencajó el rostro. Francis tuvo la impresión de que a ojos de aquel hombre él resultaba un ser aterrador, porque la única vara de medir que ese retrasado poseía era la rabia. Una rabia que estalló en ese momento. Apretó los puños y los agitó delante de Francis y Peter, como si golpeara a una visión.

—No lo hagas —le dijo Peter.

El hombre pareció disponerse a atacarlo.

—No vale la pena —repitió Peter, pero se puso en guardia.

El retrasado dio un paso hacia ellos y se detuvo. Sin dejar de gruñir con una furia que parecía inmensa, de repente se dio un puñetazo en un lado de su propia cabeza. El golpe resonó en el pasillo. Lo siguió un segundo puñetazo, y un tercero, que se oyeron con fuerza. Empezó a sangrarle la oreja.

Ni Peter ni Francis se movieron.

El hombre soltó un grito, mezcla de triunfo y de angustia. Francis no supo si era un desafío o una rendición.

Luego se detuvo, resopló y se enderezó. Miró a Francis y Peter, y sacudió la cabeza como para aclararse la visión. Arrugó la frente de un modo socarrón, como si se le hubiese ocurrido una pregunta importante y en el mismo instante hubiera visto la respuesta. Entonces, con otro gruñido y una media sonrisa se marchó por el pasillo, farfullando para sí.

Francis y Peter lo observaron alejarse vacilante.

—¿Qué ha sido eso? —preguntó Francis.

—Ésa es la cuestión —respondió Peter a la vez que meneaba la cabeza—. Aquí nunca se sabe. Es imposible saber qué provoca que alguien estalle así. O no. Dios mío, Pajarillo. Espero que sea el sitio más extraño en el que tengamos la desgracia de estar.

Volvieron a apoyarse contra la pared. Peter parecía preocupado por el reciente conato de pelea, como si le hubiera indicado algo.

—¿Sabes qué, Pajarillo? En Vietnam sabíamos que era probable que pasaran cosas extrañas en cualquier momento. Cosas extrañas y mortíferas. Pero, por lo menos, tenían algún sentido y alguna razón. Al fin y al cabo, estábamos ahí para matarlos, y ellos para matarnos a nosotros. Tenía cierta lógica perversa. Y, cuando volví a casa y me incorporé al departamento de bomberos, a veces en un incendio las cosas podían ponerse bastante peligrosas. Paredes que se desmoronan, suelos que ceden, calor y humo por todas partes. Pero, aun así, existía cierta lógica. El fuego arde siguiendo patrones definidos, y tú puedes tomar las precauciones adecuadas. Sin embargo, este sitio es otra cosa. Es como si todo estuviera en llamas todo el rato, como si todo estuviera oculto y hubiera bombas trampa.

—¿Habrías peleado con él?

—¿Habría tenido elección?

Echó un vistazo a los pacientes que se movían por el pasillo.

—¿Cómo puede sobrevivir alguien aquí? —preguntó.

Francis no tenía la respuesta.

—No estoy seguro de que se suponga que debamos hacerlo —susurró.

Peter asintió y esbozó su sonrisa irónica.

—Puede que eso, mi joven y loco amigo, sea la cosa más atinada que hayas dicho en tu vida.

13

Cuando Lucy salió del despacho de Evans, llevaba un bloc en la mano derecha y una expresión de desagrado en la cara. Una larga lista de nombres garabateados aprisa llenaba un lado de la primera página del bloc. Se movía con rapidez, como si una sensación de consternación la llevara a apretar el paso. Alzó los ojos y vio que Francis y Peter la esperaban, y sacudió atribulada la cabeza mientras se acercaba.

—Había pensado, de modo bastante tonto, que sería una mera cuestión de comprobar las fechas en los expedientes hospitalarios. Pero no es tan sencillo, sobre todo porque los expedientes hospitalarios son bastante caóticos y no están centralizados. Será muy trabajoso. Mierda.

—¿El señor del Mal no ha sido tan servicial como había prometido? —comentó Peter maliciosamente.

—No —respondió Lucy.

—Vaya —dijo Peter impostando un ligero acento británico en imitación de Tomapastillas—. Estoy anonadado. Totalmente anonadado...

Lucy siguió avanzando por el pasillo a un paso tan rápido como sus pensamientos.

—¿Qué pudo averiguar? —preguntó Peter.

—Que tendré que comprobar los demás edificios. Y, encima, encontrar los datos de todos los pacientes que hayan podido tener un permiso de fin de semana que coincida con los asesinatos. Y, para complicar más las cosas, no estoy segura de que exista ninguna lista concreta que facilite el trabajo. Lo que tengo es una lista de nombres de este edificio que, más o menos, encajan en el perfil buscado. Cuarenta y tres nombres.

—¿Ha eliminado a alguien por la edad? —preguntó Peter, y la jocosidad había desaparecido de su voz.

—Sí. Es lo primero que hice. A los abuelos no es necesario interrogarlos.

—Creo que podríamos considerar otro elemento importante —sugirió Peter, y se frotó la mejilla con la mano como si eso le permitiera liberar algunas ideas encalladas en su interior.

Lucy lo miró.

—La fuerza física —aclaró Peter.

—¿Qué quieres decir? —quiso saber Francis.

—Que se necesita fuerza para cometer el crimen que estamos investigando. Tuvo que dominar a Rubita, arrastrarla hasta el trastero. Había signos de lucha en el puesto de enfermería, de modo que sabemos que no se le acercó con sigilo por detrás y la dejó inconsciente de un puñetazo. De hecho, sospecho que le apetecía pelear.

—Cierto —suspiró Lucy—. Cuanto más la golpeaba, más se excitaba. Eso encajaría con lo que sabemos sobre esta clase de personalidad.

Francis se estremeció, y esperó que los demás no se diesen cuenta. Le costaba comentar con tanta frialdad y tranquilidad esos hechos horrorosos.

—De modo que buscamos a alguien con cierta musculatura —prosiguió Peter—. Eso descarta a muchos, porque aunque es probable que Gulptilil lo niegue, este sitio no atrae a gente lo que se dice en forma. No hay demasiados corredores de maratón ni culturistas. Y también deberíamos reducir la lista de posibles sospechosos a un límite de edad. Y hay otra área que nos permitiría afinar más la lista: el diagnóstico. Quienes tengan antecedentes de comportamiento violento. Quienes sufran trastornos mentales que podrían incluir el asesinato. Ésos son los verdaderos sospechosos.

—Exacto —corroboró Lucy—. Si obtenemos un perfil del hombre que estamos buscando, veremos las cosas con claridad. —Se volvió hacia Francis—: Pajarillo, necesitaré tu ayuda.

—¿Qué necesita? —preguntó Francis, ansioso.

—Creo que no conozco la locura.

Francis pareció confundido y Lucy sonrió.

—No me malinterpretes —aclaró—. Conozco el lenguaje psiquiátrico, los criterios de diagnóstico, los tratamientos y el material bibliográfico. Pero no sé cómo se ve desde dentro, al mirar hacia fuera. Tú podrías ayudarme en eso. Necesito saber quién podría haber cometido estos crímenes y será difícil encontrar pruebas consistentes.

—De acuerdo... —dijo Francis, a pesar de no estar seguro.

Peter asentía con la cabeza, como si viese algo que fuera evidente para él y tuviera que serlo para Lucy, pero que Francis no captaba.

—Estoy seguro de que puede hacerlo. Posee un talento innato. ¿Verdad que podrás, Pajarillo?

—Lo intentaré.

En una parte muy profunda de su ser oía un murmullo, como si hubiera estallado una discusión entre su población interior hasta que, por fin, distinguió a una de las voces: *Cuéntaselo. No pasa nada. Diles lo que sabes.* Dudó un instante y habló con la sensación de ser una marioneta:

—Hay algo que deberían tener en cuenta.

Lucy y Peter lo miraron como si les sorprendiera que aportara algo a la conversación.

—¿Qué? —preguntó la fiscal.

—Peter tiene razón en eso de que el asesino tiene que ser fuerte —asintió en dirección a su amigo—. Y también en que no hay muchas personas así en el hospital. Imagino que eso es lógico, pero no del todo. Si el ángel oía voces que le ordenaban atacar a Rubita y a esas otras mujeres... bueno, no es imprescindible que sea tan fuerte como sugiere Peter. Cuando las voces te dicen que hagas algo, te lo gritan con insistencia machacona, el dolor, la dificultad, la fuerza, todo es secundario. Simplemente haces lo que te exigen. Te superas. Si una voz te ordena que levantes un coche o una roca, lo haces, o te matas intentándolo. El asesino podría ser casi cualquiera, porque encontraría la fuerza necesaria. Las voces le ayudarían a encontrarla. —Se detuvo y oyó un eco profundo en su interior: *Eso es. Muy bien, Francis.*

Peter lo contempló y esbozó una sonrisa. Le dio un golpecito amistoso en el brazo. Lucy también sonrió, y soltó un largo suspiro.

—Lo tendré en cuenta, Francis. Gracias. Tal vez tengas razón. Eso demuestra que no se trata de una investigación corriente. Las pautas son distintas aquí dentro, ¿verdad?

Francis se sintió satisfecho de haber aportado algo.

—Y también aquí dentro —concluyó señalándose la frente.

—Lo tendré en cuenta —aseguró Lucy, y le tocó el brazo—. Bueno, necesito que hagáis otra cosa por mí —añadió.

—Lo que sea —dijo Peter.

—Evans sugirió que hay formas de ir de un edificio a otro por la noche sin que los de seguridad te vean. Podría preguntarle a qué se refiere exactamente, pero me gustaría implicarlo lo menos posible...

—Comprendo —aseguró Peter con rapidez, quizá demasiada, porque Lucy le lanzó una mirada intensa.

—Tal vez podríais investigarlo entre los pacientes. Quién conoce la forma de ir de aquí para allá. Cómo se hace. Qué riesgos hay. Y quién querría hacerlo.

—¿Cree que el ángel vino de otro edificio?

—Quiero averiguar si pudo hacerlo.

—Comprendo —repitió Peter—. Averiguaremos lo que podamos —añadió tras una breve pausa.

—Perfecto —dijo Lucy—. Voy a ver al doctor Gulptilil para comprobar las fechas con más detalle. Le pediré que me acompañe a las demás unidades para obtener una lista de nombres probables en cada una de ellas.

—Podría eliminar también a los que padecen retraso mental profundo —sugirió Peter—. Eso reducirá el campo.

—Tienes razón —asintió Lucy—. Nos reuniremos en mi despacho antes de cenar y compararemos notas.

Se volvió y se alejó con brío por el pasillo. Francis observó cómo los pacientes que deambulaban se apartaban a su paso. Tal vez la temiesen, porque ella estaba cuerda y ellos no. Además, ella representaba algo extraño, una persona con una existencia más allá de esas paredes. Pensó que lo más paradójico de ver a alguien como ella en el hospital era que introducía una sensación de inseguridad en el mundo alucinado en que los pacientes vivían. Había muy pocos en ese edificio a los que les gustara la alteración que Lucy provocaba en su mundo. En el Hospital Estatal Western, los pacientes y el personal se aferraban a la rutina, porque era la única forma de mantener a raya las terribles fuerzas interiores latentes. Por eso había tantos que se pasaban ahí años. Sacudió la cabeza. Allí todo estaba del revés. El hospital era un sitio lleno de riesgos, una fuente de conflicto, rabia y locura en constante ebullición; sin embargo, los pacientes lo consideraban menos aterrador que el mundo exterior. Lucy era el exterior.

Francis advirtió que Peter también observaba la marcha de la fiscal. Notó cierta frustración en su rostro, una frustración debida a su encierro. Francis pensó que ella y el Bombero eran iguales en algo: ése no era su sitio. No estaba seguro de que fuera también su caso.

—Será peliagudo, Pajarillo —comentó Peter, y meneó la cabeza.

—¿Qué quieres decir?

—Bueno, Lucy cree que no es nada difícil, sólo algo para mantenernos ocupados y concentrados. Pero es un poco más que eso.

Francis lo miró esperando que se lo explicase.

—En cuanto empecemos a hacer la pregunta de Lucy, alguien se enterará de nuestra curiosidad. Se correrá la voz y, tarde o temprano, lo oirá alguien que sabe cómo ir de un edificio a otro al anochecer, cuando se supone que todo el mundo está encerrado, medicado y dormido. Ésa es la persona que buscamos. Es inevitable. Y eso nos volverá vulnerables. —Peter inspiró hondo y soltó el aire despacio—. Piénsalo un segundo —comentó entre dientes—. Vivimos en unidades independientes repartidas por los terrenos del hospital. En ellas comemos, vamos a las sesiones, nos distraemos, dormimos. Y todas las unidades son iguales. Pequeños mundos contenidos en un mundo más grande. Con muy poco contacto entre cada unidad. Tu hermano podría estar en el edificio de al lado sin que tú lo supieras, coño. Así pues, ¿por qué querría alguien acceder a otro sitio que es exactamente igual al suyo? No puede decirse que seamos un puñado de gánsteres del tres al cuarto cumpliendo cadena perpetua e intentado averiguar cómo escapar. Aquí nadie piensa en huir, por lo menos que yo sepa. Así que la única razón que alguien podría tener para querer ir a otro edificio es la que estamos investigando. Y cada vez que hagamos una pregunta que pueda indicar al ángel que tenemos una pista que podría conducir hasta él... —Peter dudó—. No sé si ha matado a algún hombre. Puede que sólo a esas mujeres... —Su voz se fue apagando.

Esa tarde, Negro Grande y la enfermera Caray organizaron un ejercicio de pintura en sustitución de la habitual sesión en grupo del señor del Mal. No explicaron dónde estaba Evans, y Lucy tampoco se encontraba allí. Los doce miembros del grupo recibieron unas grandes hojas blancas de papel grueso y rugoso. A continuación los situaron alrededor de la mesa y les dieron a elegir entre acuarelas y lápices de colores.

Peter se mostró receloso, pero a Francis le gustó hacer eso en lugar de participar en una sesión concebida para recalcar su locura y contrastarla con la cordura de Evans, como si ése fuese el único objetivo de las sesiones del grupo. La mayoría parecía coincidir con Francis y estar acostumbrados a esta clase de modificación favorable de la rutina. Era probable que no fuera la primera vez que los reunían de ese modo. Pusieron las hojas delante de ellos, tomaron los lápices o un pincel, y aguardaron como conductores de carreras a la espera de la orden de salida. Cleo tenía una expresión ansiosa, como si ya supiese qué quería dibujar, y Napoleón tarareaba una tonadilla marcial mientras contemplaba su hoja y frotaba el borde con los dedos.

La enfermera Caray, a la que Francis consideraba una mujer demasiado autoritaria, se situó en el centro del grupo. Trataba a los pacientes como si fueran niños, algo que Francis no soportaba.

—Al señor Evans le gustaría que dibujaseis vuestro autorretrato —anunció—. Algo que muestre cómo os veis a vosotros mismos.

—¿No puedo dibujar un árbol? —preguntó Cleo, y señaló las ventanas. Al otro lado del cristal y de los barrotes se veía un árbol del patio interior mecido por una ligera brisa y el leve movimiento de sus hojas verdes.

—No, salvo que te pienses a ti misma como un árbol —respondió la enfermera Caray, tajante.

—¿Un árbol yo? —reflexionó Cleo. Levantó un brazo regordete y lo flexionó como un culturista—. Un árbol muy fuerte.

—Tal vez —sonrió la enfermera y se encogió de hombros.

Peter levantó la mano.

—¿Quieres hacer alguna pregunta? —dijo la enfermera.

—Sí —afirmó Peter, y sonrió—. Pero, pensándolo mejor, no. No, gracias. Estoy bien. —Cogió un lápiz negro de un montón en el centro de la mesa y lo blandió con una floritura. Noticiero, sentado a su lado, hizo exactamente lo mismo. Un único lápiz negro.

Francis eligió una bandejita de acuarelas. Azul. Rojo. Negro. Verde. Naranja. Marrón. Tenía un vaso de plástico lleno de agua. Tras una última mirada a Peter, que se había inclinado sobre su hoja y puesto manos a la obra, se centró en su dibujo. Sumergió el pincel en el agua y luego lo hundió en la pintura negra. Dibujó una larga forma oval y empezó a añadirle los rasgos.

Al fondo de la sala, un hombre farfullaba de cara a la pared, como un orante, y sólo se interrumpía cada pocos minutos para lanzar una mirada al grupo y reanudar después su farfulleo. Francis vio que el mismo retrasado que los había amenazado antes se tambaleaba por la sala gruñendo, los miraba de vez en cuando y se golpeaba repetidamente la palma con el puño. Francis volvió a su dibujo y siguió deslizando con suavidad el pincel por la hoja, viendo con cierta satisfacción cómo se iba formando una figura.

Trabajó con ahínco. Intentó dibujar una sonrisa, pero le salió torcida, de modo que la mitad de la cara parecía disfrutar de algo, mientras que la otra se veía apesadumbrada. Los ojos le observaban con intensidad, y le pareció que podía ver más allá de ellos. Pintó el cabello castaño, un poco más oscuro que su tono rubio rojizo, pero sus voces, dispuestas como una especie de grupo de críticos de arte en su interior, opinaron que, dado los limitados colores de la acuarela, era aceptable. Francis pensó que el Francis pintado tenía los hombros demasiado caídos y una pose demasiado resignada. Pero eso era menos importante que intentar plasmar en el Francis pintado sentimientos, sueños, deseos, todas las emociones que él relacionaba con el mundo exterior. Se esforzó en imprimir a la figura un poco de esperanza.

No alzó los ojos hasta que la enfermera Caray anunció que sólo quedaban unos minutos para terminar la sesión.

Echó un vistazo a su lado y vio que Peter estaba dando los toques finales a su dibujo. No había dejado de usar el lápiz negro, y lo que había creado era muy revelador: un par de manos agarradas a unos barrotes que cruzaban de arriba abajo la hoja. No había cara ni cuerpo. Sólo dedos aferrados a gruesos barrotes negros.

Peter firmó su dibujo con una floritura exagerada cuando la enfermera Caray empezó a recoger las hojas. Francis hizo lo propio con letras mucho más pequeñas. Echó una mirada al trabajo de los demás. Cleo había pintado un árbol, un grueso roble, con ramas muy extendidas y llenas de hojas verdes, y una cara perdida entre el follaje que, a su parecer, reflejaba el carácter de aquella mujer aspirante a reina. Noticiero, por su parte, había dibujado simplemente la primera página de un periódico. Francis no pudo leer el titular, pero supuso que tenía algo que ver con el hospital.

La enfermera le tomó el dibujo de las manos y lo examinó un momento.

—Caray, Francis —sonrió aprobadoramente—, esto está muy bien. Sabes dibujar. —Levantó el retrato y lo admiró—. Buen trabajo. Estoy sorprendida.

Negro Grande se acercó y miró el dibujo de Francis por encima del hombro de la enfermera. Él también sonrió.

—¡Vaya, Pajarillo! —exclamó—. Está muy bien hecho. El chico tiene un talento que no había contado a nadie.

La enfermera y el auxiliar siguieron recogiendo los demás dibujos y Francis se encontró junto a Napoleón.

—Nappy —le dijo en voz baja—, ¿cuánto tiempo llevas aquí?

—¿En el hospital?

—Sí. Y aquí, en Amherst.

Napoleón reflexionó un momento antes de contestar.

—Ya hace dos años, Pajarillo. Aunque puede que sean tres. No estoy seguro. Hace mucho tiempo —añadió con tristeza—. Muchísimo. Pierdes la cuenta. O quizás es que quieren que la pierdas. No estoy seguro.

—Tienes bastante experiencia de cómo funcionan aquí las cosas, ¿verdad?

—Una experiencia que, por desgracia, preferiría no poseer, Pajarillo.

—Si quisiera ir de este edificio a alguno de los otros, ¿cómo podría hacerlo?

La pregunta pareció asustar un poco a Napoleón, que dio un paso hacia atrás y sacudió la cabeza.

—¿No te gusta estar con nosotros? —balbuceó aturullado.

Francis negó con la cabeza.

—No. Quiero decir por la noche. Después de la medicación, después de que apaguen las luces. Supón que quisiera ir a otro edificio sin que me vieran. ¿Podría hacerlo?

—Creo que no —respondió Napoleón tras pensárselo—. Siempre estamos encerrados con llave.

—Pero sólo supón que no estuviera encerrado con llave...

—Siempre lo estamos.

—Pero supón... —insistió Francis.

—Esto tiene algo que ver con Rubita, ¿verdad? Y con Larguirucho. Pero Larguirucho no podía salir del dormitorio, salvo la noche en que murió Rubita, cuando no estaba cerrado con llave. Que yo sepa, la puerta nunca se había quedado abierta. No, no puedes salir. Nadie puede. No sé de nadie que quisiera hacerlo.

—Alguien pudo. Alguien lo hizo. Y ese alguien tiene un juego de llaves.

—Un paciente con llaves —susurró Napoleón, que parecía aterrado—. No lo había oído nunca.

—Es lo que creo.

—Eso estaría mal, Pajarillo. No debemos tener llaves. —Cambió el peso de un pie al otro, como si el suelo empezara a quemarle—. Creo que, si sales del edificio, evitar a los de seguridad debe de ser bastante fácil. No parecen muy listos precisamente. Y creo que fichan en el mismo sitio a la misma hora todas las noches, de modo que hasta alguien tan loco como nosotros podría eludirlos con un poco de astucia... —Soltó una risita histérica al pensar que los guardias eran unos incompetentes. Pero de pronto frunció el entrecejo—. Aunque ése no sería el problema, Pajarillo —añadió.

—¿Cuál sería el problema?

—Volver a entrar. Aunque tuvieras una llave, la puerta principal está delante del puesto de enfermería. Es igual en todos los edificios, ¿no? Y aunque la enfermera o el auxiliar de guardia estuvieran dormidos en ese momento, lo más seguro es que el ruido de la puerta los despertara.

—¿Y las salidas de emergencia en el lateral del edificio?

—Creo que están atrancadas a cal y canto. —Sacudió la cabeza y añadió—: Quizá sea una violación de las normas antiincendios. Deberíamos preguntar a Peter. Seguro que él lo sabe.

—Es probable. Pero si quisieras entrar, ¿no crees que hay otra manera?

—Puede que sí, pero nunca he oído que nadie quisiera ir de un sitio a otro. Jamás. Ni una sola vez. ¿Por qué iba a quererlo alguien, cuando todo lo que queremos, todo lo que necesitamos y todo lo que podemos usar está aquí, en este edificio?

Era una pregunta deprimente. Y también falsa, porque había alguien cuyas necesidades eran distintas a las enumeradas por Napoleón. Francis se planteó, quizá por primera vez, qué necesitaría el ángel.

Fue Peter quien vio al encargado de mantenimiento cuando salíamos de la sala de estar. Más adelante me pregunté si las cosas habrían sido distintas si hubiéramos visto qué estaba haciendo exactamente, pero íbamos a hablar con Lucy, y eso siempre parecía tener prioridad. Más adelante me pasé horas, quizá días, meditando sobre la congruencia de las cosas, como si el resultado pudiera haber cambiado en caso de que alguno de los tres hubiera alcanzado a ver la conexión que era tan importante. A veces la locura consiste en la fijación, en pensar en una sola cosa. La obsesión de Larguirucho era el mal. La de Peter, la necesidad de absolución. La de Lucy, la necesidad de justicia. Ellos dos no estaban locos, claro. Por lo menos, no tal como yo conocía la locura, o como Tomapastillas o incluso el señor del Mal la conocían. Pero, curiosamente, las necesidades imperiosas pueden convertirse en sí mismas en una especie de locura. La diferencia es que no se pueden diagnosticar con la misma facilidad que mi locura. Aun así, ver al encargado de mantenimiento, un hombre de mediana edad con ojeras, vestido con camisa y pantalones grises y botas de trabajo marrones, con el cabello lleno de polvo y la ropa manchada de grasa, debería habernos advertido de algún modo extraño, secreto. Agarraba la caja de herramientas de madera con una mano mugrienta, y un trapo sucio le colgaba del cinturón. Las llaves le tintineaban contra una linterna de plástico amarillo que llevaba sujeta a la cintura. Exhibía una expresión satisfecha, la de quien de repente vislumbra el final de una jornada larga y pesada: «Ya no tardaré mucho. Casi he terminado. Joder, qué cabrona», le dijo a los hermanos Moses. Y tras encender un cigarrillo se dirigió hacia un almacén, al otro extremo del pasillo.

Cuando lo pienso, veo muchos detalles que deberían haber significado algo. Pequeños momentos que deberían haber sido grandes momentos. Un encargado de mantenimiento. Un hombre retrasado. Un administrador ausente. Un hombre que hablaba consigo mismo. Otro hombre al parecer dormido en una silla. Una mujer que creía ser la reencarnación de una antigua princesa egipcia. Yo era joven y no sabía que el crimen es como el mecanismo de una transmisión. Tuercas y tornillos, ejes y piñones que se engranan entre sí para crear un impulso independiente hacia delante, controlado por unas fuerzas similares al viento: invisibles pero detectables a través de un papel que de repente sale volando por la acera, de la rama de un árbol inclinado hacia un lado, o de unas agoreras nubes de tormenta que cruzan el cielo a lo lejos. Tardé mucho tiempo en darme cuenta de eso.

Peter lo sabía, y Lucy también. Quizás eso era lo que los relaciona-
ba, por lo menos al principio. Estaban alerta y siempre atentos a los me-
canismos que les indicaran dónde buscar al ángel. Más adelante pensé
que lo que los vinculaba era algo más complejo. Era que ambos habían
llegado al Hospital Estatal Western sin saber qué era lo que necesita-
ban. Ambos tenían un gran vacío en su interior, y el ángel estaba ahí
para llenárselo.

Me senté en la posición del loto en el centro de la sala.

El mundo a mi alrededor parecía silencioso y tranquilo. Ni siquie-
ra se oía el llanto lejano de algún niño en el piso de los Santiago. Al otro
lado de la ventana estaba muy oscuro. Una noche tan densa como un
telón. Intenté captar el ruido del tráfico, pero hasta eso se oía apagado.
Ningún motor potente de algún camión al pasar. Me miré las manos y
pensé que faltarían un par de horas para el alba. Peter me dijo una vez
que la última oscuridad de la noche antes del amanecer es la hora en que
muere más gente.

La hora del ángel.

Me levanté, cogí el lápiz y empecé a dibujar. En unos minutos tenía
a Peter tal como lo recordaba. Después, me dispuse a dibujar a Lucy a su
lado. Quería plasmar una belleza pura, así que hice un poco de trampa
con la cicatriz de su cara. La dibujé un poco más pequeña de lo que era.
Pasados unos cuantos instantes, los tenía conmigo, tal como los recor-
daba de esos primeros días. No como acabamos siendo después.

Lucy Jones no encontraba un atajo que la acercara al hombre que
buscaba. Por lo menos, ninguno sencillo y evidente, como una lista de
pacientes que hubieran tenido claramente la ocasión de cometer los
cuatro asesinatos. Así que permitió que el doctor Gulptilil la acompañara de un edificio a otro, y en cada uno de ellos repasó la relación de
pacientes. Eliminó a todos los que sufrían demencia senil y examinó
con criterio la lista de retardados mentales. También suprimió de su
creciente lista a los que llevaban más de cinco años en el hospital. Admi-
tía que eso era una mera suposición por su parte, pero creía que quienes
hubieran pasado tanto tiempo en el centro estarían tan atiborrados de
fármacos antipsicóticos y tan constreñidos por la locura que les sería
difícil manejarse fuera del hospital. Estaba convencida de que el ángel
era una persona con capacidad para desenvolverse en ambos mundos.

Se percató de que no podía eliminar a los miembros del personal. El problema en ese aspecto sería conseguir que el director médico le entregara los expedientes de los empleados, para lo que necesitaría alguna prueba que sugiriera que un médico, una enfermera o un auxiliar estaba relacionado con el crimen. Mientras caminaba junto al pequeño médico indio, no escuchaba la perorata de éste sobre las virtudes de los centros como el Western, sino que se preguntaba cómo proceder.

En Nueva Inglaterra, a finales de primavera, las tardes están envueltas en penumbra, como si el mundo dudara sobre sustituir el frío y húmedo invierno por el verano. Unas brisas cálidas del sur empujadas por corrientes de aire más altas se mezclan con otras frías procedentes de Canadá. Ambas sensaciones son como inmigrantes inoportunos en busca de un nuevo hogar. Lucy adquirió conciencia de las sombras que cubrían los terrenos del hospital y avanzaban inexorablemente hacia los edificios. Tenía frío y calor a la vez, una sensación parecida a la fiebre.

Tenía más de doscientos cincuenta posibles sospechosos en la serie de listas que había elaborado en cada edificio, y le preocupaba haber descartado unos cien nombres quizá demasiado deprisa. Además, habría unos veinticinco o treinta posibles sospechosos entre el personal, pero aún no podía abordar ese tema, porque sabía que perdería el apoyo del director médico, cuya ayuda todavía necesitaba.

Mientras se dirigían al edificio Amherst, se percató de que no había oído ningún ruido ni ningún grito en las unidades por las que habían pasado. O tal vez sí pero no los había registrado. Tomó nota mental de ello, y pensó lo rápido que el mundo del hospital convertía lo extraño en rutina.

—He leído un poco sobre la clase de hombre que está buscando —dijo Gulptilil mientras cruzaban el patio interior. Sus pasos resonaban contra el pavimento. Lucy vio que un guardia de seguridad estaba cerrando la verja de hierro de la entrada—. Es interesante comprobar la escasa bibliografía médica dedicada a este tipo de asesino. Hay muy pocos estudios serios. Las autoridades policiales están intentando elaborar perfiles pero, en general, no se han tenido en cuenta las ramificaciones psicológicas, los diagnósticos y los tratamientos indicados para esa clase de personas. Tiene que comprender, señorita Jones, que a la comunidad psiquiátrica no le gusta perder el tiempo con psicópatas.

—¿Y eso por qué, doctor?

—Porque no pueden tratarse.

—¿En absoluto?

—En absoluto. Por lo menos, no el psicópata clásico. No responde a la medicación antipsicótica como un esquizofrénico, ni como un bipolar, un obsesivo-compulsivo, un depresivo clínico u otro. Eso no significa que el psicópata no tenga una enfermedad identificable médicamente, al contrario. Pero su falta de humanidad, supongo que ésta es la mejor manera de expresarlo, lo sitúa en una categoría escurridiza. Los psicópatas no responden a los tratamientos, señorita Jones. Son deshonestos, manipuladores, a menudo muy presuntuosos y extremadamente seductores. Siguen impulsos propios, ajenos a las convenciones de la vida y la moralidad. Debo añadir que son aterradores. Unos individuos muy inquietantes cuando se entra en contacto clínico con ellos. El astuto psiquiatra Hervey Cleckley ha publicado un interesante libro sobre esa clase de casos. Estaría encantado de prestárselo, puede que sea la mejor obra sobre estos psicópatas, pero le resultará una lectura de lo más angustiante, porque las conclusiones sugieren que no podemos hacer gran cosa. Desde el punto de vista clínico, me refiero.

Se detuvieron frente al edificio Amherst y el médico ladeó la cabeza como para escuchar mejor. Un grito agudo rasgó el aire, procedente de uno de los edificios contiguos.

—¿Cuántos de sus pacientes han sido diagnosticados como psicópatas? —preguntó ella.

—Ah, una pregunta que había previsto —dijo el médico a la vez que meneaba la cabeza.

—¿Y la respuesta es?

—Los tratamientos que ofrecemos aquí no serían adecuados para una persona con ese diagnóstico. Ni tampoco la atención residencial de larga duración, la prolongada medicación psicotrópica, ni siquiera los programas más radicales que, de vez en cuando, administramos, como la terapia electroconvulsiva. Tampoco resultan útiles formas tradicionales de tratamiento como la psicoterapia —añadió con esa risita suya algo arrogante que Lucy ya encontraba irritante—. Ni siquiera el psicoanálisis clásico. No, señorita Jones, el Hospital Estatal Western no es lugar para un psicópata. Su lugar es la cárcel, que es donde suelen estar.

—Pero eso no significa que aquí no pueda haber alguno, ¿verdad? —repuso Lucy tras dudar un momento.

Gulptilil sonrió de oreja a oreja antes de responder.

—Aquí no tenemos a nadie con ese diagnóstico en su hoja de ingreso, señorita Jones. Se observan leves tendencias psicopatológicas en algunos pacientes, pero son derivaciones de enfermedades mentales más profundas.

Lucy se sentía decepcionada ante las evasivas del médico, que tras toser añadió:

—Pero si lo que sospecha es cierto y su visita no se basa en un error, como muchos parecen pensar, es evidente que hay un paciente cuyo diagnóstico no es correcto.

Abrió la puerta principal del edificio Amherst con una llave y, con una galantería trasnochada, la mantuvo abierta para que ella entrara.

14

Esa noche, Lucy se dirigió a su pequeña habitación del primer piso de la residencia de las enfermeras en prácticas. Era uno de los edificios más sombríos del hospital, aislado en un rincón, cerca de la central de calefacción y suministro eléctrico con su zumbido constante y su columna de humo, y con vistas al reducido cementerio del hospital. Se trataba de un bloque cuadrado de tres plantas, cubierto de hiedra, con unas gruesas columnas dóricas blancas en el pórtico delantero. Había sido reformado a finales de los cuarenta y principios de los sesenta, de modo que su concepción original como mansión suntuosa y elegante en la colina era cosa del pasado. Lucy cargaba con una caja de cartón que contenía unas tres docenas de historias clínicas seleccionadas entre la lista de nombres que estaba reuniendo. Incluía las historias tanto de Peter como de Francis, que había tomado en un descuido de Evans para satisfacer cierta curiosidad personal sobre lo que había llevado a sus dos compañeros al hospital psiquiátrico.

Su idea era familiarizarse con la información incluida en los expedientes para luego interrogar a los pacientes. De momento, no se le ocurría otro enfoque. No disponía de pruebas físicas, aunque era consciente de que las había en algún sitio. Un cuchillo, u otra arma afilada, como una navaja o un cúter. Tenía que haber más prendas ensangrentadas y quizás un zapato con la suela aún manchada con la sangre de la enfermera. Y en algún sitio estaban las cuatro falanges cercenadas.

Había llamado a los detectives que detuvieron a Larguirucho por si habían averiguado algo al respecto. Pero no era el caso. Uno creía que las falanges habían sido lanzadas al retrete. El otro sugirió que a lo mejor Larguirucho se las había tragado.

—Después de todo, ese tío está como una cabra —sentenció el detective.

Lucy tuvo la impresión de que no estaban demasiado interesados en plantearse alternativas.

—Vamos, señorita Jones —había comentado el otro detective—. Tenemos al culpable. Y un caso para el fiscal, salvo por el hecho de que está loco.

La caja pesaba lo suyo, y se la apoyó en la rodilla para abrir la puerta. Todavía tenía que descubrir algún indicio de alguna clase de conducta reveladora. Dentro del hospital, todos eran extraños. Era un mundo ajeno a la razón. En el mundo normal siempre había algún vecino que observaba un comportamiento extraño. O un compañero de trabajo que veía esto o aquello. Quizás un familiar que sospechaba ciertas cosas. Pero ahí era distinto. Tenía que descubrir nuevas vías. Se trataba de ser más lista que el asesino que ella creía oculto en el hospital. En ese juego, estaba segura de salir victoriosa. No le parecía demasiado difícil superar tácticamente a un demente. O a un hombre que se hacía pasar por demente. En definitiva, el problema era saber cómo definir los parámetros del juego.

Mientras subía la empinada escalera despacio, peldaño a peldaño, sintiendo la misma clase de agotamiento que tras una enfermedad larga y debilitante, pensó que, cuando estuvieran establecidas las normas, vencería. Le habían enseñado que todas las investigaciones eran, en el fondo, iguales: una escena previsible interpretada en un escenario definido. Era así cuando se trataba de alguna empresa evasora de impuestos o de buscar a un atracador de bancos, un pornógrafo infantil o un estafador. Una cosa enlazaba con otra, y eso conducía a una tercera, hasta que todo el rompecabezas, o por lo menos el suficiente, resultaba visible. Las investigaciones infructuosas, que todavía le eran ajenas a Lucy, eran la consecuencia de que uno de esos enlaces estuviera oculto, y de que ese vacío fuera aprovechado por el delincuente. Resopló y se encogió de hombros. Se dijo que era fundamental crear la presión necesaria para que el hombre al que llamaban «el ángel» cometiera algún error.

Seguro que cometería alguno.

Lo primero era buscar pequeños actos violentos en los expedientes. No creía que un hombre capaz de aquellos asesinatos pudiera esconder del todo una propensión a la ira, ni siquiera en aquel hospital.

Se dijo que habría algún indicio. Un arrebato. Una amenaza. Un estallido. Sólo necesitaba reconocerlo al verlo. En el mundo peculiar de aquel hospital psiquiátrico, alguien tenía que haber visto algo que no encajara en ninguno de los modelos de conducta aceptables.

También estaba segura de que, cuando empezara a hacer preguntas, encontraría respuestas. Lucy tenía gran confianza en su habilidad para repreguntar hasta alcanzar la verdad. En ese momento no se planteaba la diferencia entre hacer la misma pregunta a una persona cuerda y a una demente.

La escalera le recordó a algunas residencias de Harvard. Sus pasos resonaban en los peldaños, y de pronto fue consciente de que estaba sola en un espacio confinado y solitario. Un recuerdo espantoso se apoderó de ella y contuvo el aliento. Exhaló despacio, como si de esa manera pudiese expulsar el mal recuerdo. Miró un instante alrededor pensando que ya había vivido antes esa situación. No había ventanas y no llegaba ningún sonido del exterior. En el hospital se había habituado a una cacofonía constante. Gemidos, gritos y murmullos.

Se dijo que el silencio era tan inquietante como un grito.

Se detuvo en seco y el eco de sus pasos se desvaneció. Escuchó el sonido áspero de su propia respiración. Esperó hasta que un silencio total la envolvió. Se inclinó sobre la barandilla de hierro y miró arriba y abajo para asegurarse de que estaba sola. No vio a nadie. La escalera estaba bien iluminada y no había sombras donde esconderse. Esperó un momento más para superar la sensación claustrofóbica que la invadía. Era como si las paredes se hubieran acercado. Hacía un frío que le hizo pensar que la calefacción no llegaba a esa zona, y se estremeció. Pero de repente notó sudor bajo los brazos.

Sacudió la cabeza, como si un movimiento enérgico pudiese acabar con aquella sensación desagradable. Atribuyó el sudor de la palma de las manos al nerviosismo. Se tranquilizó pensando que ser una de las pocas personas cuerdas en aquel lugar probablemente la hiciera sentirse nerviosa y que sólo había revivido la acumulación de todo lo que había visto y sentido los primeros días.

De nuevo, exhaló despacio. Movió el pie por el suelo provocando un chirrido, como si quisiera oír algo corriente y rutinario.

Pero el ruido que hizo le erizó la piel.

El recuerdo la abrasaba, como el ácido.

Tragó con fuerza y se recordó que tenía por norma no pensar en lo que le había pasado hacía tantos años. No ganaba nada con recordar el dolor, evocar el miedo o revivir una herida tan profunda. Recordó el mantra que había adoptado después de ser atacada: Sólo sigues siendo una víctima si lo permites. Sin darse cuenta, intentó llevarse la mano a la cicatriz de la mejilla, pero el bulto de la caja la detuvo. Notaba dónde había sido lastimada, como si la cicatriz le pulsara, y recordó la sensación tensa de los puntos en la sala de urgencias, cuando el cirujano le cosía la piel rasgada. Una enfermera la había tranquilizado mientras dos detectives, un hombre y una mujer, esperaban al otro lado de una cortina blanca a que los médicos le atendiesen las heridas evidentes, las que sangraban, después vendarían las más difíciles, que eran internas. Había sido la primera vez que había oído la expresión «kit de violación», pero no la última, y en los años siguientes las conocería tanto a nivel profesional como personal. Exhaló otra vez, despacio. La peor noche de su vida había empezado en una escalera muy parecida a ésa, pero al punto descartó ese espantoso pensamiento.

«Estoy sola —se recordó—. Totalmente sola.»

Apretó los dientes atenta a cualquier sonido, y siguió hasta la puerta de su habitación, la antigua habitación de Rubita, que estaba junto a esa escalera. Gulptilil le había dado una llave, y dejó la caja en el suelo para sacársela del bolsillo.

Fue a introducirla en la cerradura pero se detuvo.

La puerta estaba abierta, y se deslizó unos centímetros.

Lucy retrocedió de golpe, como si la puerta estuviera electrificada.

Volvió la cabeza a derecha e izquierda y se inclinó un poco para intentar ver u oír algo revelador de que allí había alguien. Pero de repente sus ojos parecían ciegos y sus oídos sordos. Sopesó con rapidez la información de todos sus sentidos, que le enviaban mensajes de advertencia.

Vaciló.

Los tres años que había pasado en la sección de delitos sexuales de la oficina del fiscal del condado de Suffolk le habían enseñado mucho. Durante su rápido ascenso hasta ocupar el cargo de ayudante jefe de la sección, se había sumergido en un caso tras otro y seguido todos los detalles de los delitos atroces. La persistencia del delito había creado en su interior una especie de mecanismo diario de comprobación, en que hasta el último acto de su existencia tenía que contrastarse con ciertas partes: «¿Será éste el pequeño error que dará una oportunidad a alguien?» En un sentido más concreto, eso significaba que era consciente de que no debía caminar sola por un estacionamiento a oscuras ni abrir la puerta a un desconocido. Significaba mantener las ventanas cerradas, estar alerta y siempre en guardia, y a veces empuñar la pistola que la oficina del fiscal le autorizaba a tener. También significaba no repetir los inocentes errores cometidos una terrible noche cuando aún era estudiante de derecho.

Se mordió el labio inferior. Tenía el arma enfundada dentro del bolso, en la habitación.

Escuchó de nuevo y se dijo que todo estaba bien, aunque el irracional terror que sentía lo negaba. Volvió a dejar la caja con los expedientes en el suelo y la empujó con suavidad hacia un lado. Su instinto le gritaba advertencias.

Las ignoró y alargó la mano hacia el pomo, pero se detuvo al tocar el metal.

Retrocedió respirando despacio.

Habló consigo misma, como si eso fuera a imprimir más consistencia a su pensamiento: «La puerta estaba cerrada y ahora está abierta. ¿Qué vas a hacer?»

Retrocedió otro paso. De pronto, se volvió y echó a andar deprisa por el pasillo. Lanzaba miradas a derecha e izquierda, con los oídos atentos. Apretó el paso, casi corriendo, y sus zapatos resonaban quedamente en la moqueta. Las demás habitaciones de ese piso estaban cerradas y silenciosas. Llegó al final del pasillo y empezó a bajar a toda velocidad la escalera, respirando con fuerza mientras sus pies tamborileaban sobre los peldaños. La escalera era idéntica a la que había subido unos minutos antes por el otro extremo del pasillo. Abrió una pesada puerta y oyó voces. Avanzó hacia ellas y se encontró con tres mujeres jóvenes, junto a la entrada de la planta baja. Llevaban el uniforme blanco de enfermera debajo de rebecas de distintos tonos, y alzaron los ojos sorprendidas.

—Perdonen... —dijo Lucy con ademanes algo exagerados tras recuperar el aliento.

Las tres enfermeras la miraron.

—Lamento interrumpirlas —se disculpó—. Soy Lucy Jones, la fiscal que está aquí para...

—Sabemos quién es, señorita Jones, y por qué está aquí —la interrumpió una de las enfermeras. Era una mujer alta, de raza negra, con los hombros atléticos y pelo oscuro—. ¿Se encuentra bien?

Lucy asintió, e inspiró para serenarse.

—No estoy segura —dijo—. Me he encontrado con la puerta de mi habitación abierta, pero estoy segura de que esta mañana, cuando salí para el edificio Amherst, la cerré con llave...

—Eso no es normal —dijo otra enfermera—. Aunque el encargado de mantenimiento o el servicio de limpieza hubieran entrado, tienen que cerrar al salir. Es la norma.

—Lo siento —comentó Lucy—, pero estaba sola allá arriba y...

—Todos estamos un poco nerviosos, señorita Jones —asintió la primera enfermera, comprensiva—, a pesar de la detención de Larguirucho. Esta clase de cosas no pasan en el hospital. ¿Qué le parece si la acompañamos a la habitación y echamos un vistazo?

—Gracias —dijo Lucy tras suspirar—. Son muy amables. Se lo agradecería mucho.

Las cuatro mujeres subieron las escaleras, un poco como un grupo de zancudas chapoteando en un lago a primera hora de la mañana. Las enfermeras seguían hablando, cotilleando en realidad, sobre un par de médicos que trabajaban en el hospital, y bromeando sobre el aspecto de comadrejas de los abogados que habían llegado esa semana para una ronda de vistas cuasijudiciales. Lucy iba a la cabeza, y se dirigió con rapidez hacia la puerta.

—Se lo agradezco mucho —repitió, y guió el pomo.

La puerta tembló un poco pero no se abrió.

Volvió a empujar.

Las enfermeras la miraron con cierta extrañeza.

—Estaba abierta —dijo Lucy—. Se lo aseguro.

—Ahora parece cerrada —comentó la enfermera negra.

—Estoy segura de que estaba abierta. Sujeté el pomo con la mano, y al ir a meter la llave la puerta se abrió unos centímetros —explicó Lucy. A su voz, sin embargo, le faltó convicción. De repente dudaba.

Se produjo una pausa incómoda hasta que Lucy sacó la llave del bolsillo, la metió en la cerradura y abrió la puerta. Las tres enfermeras seguían detrás de ella.

—¿Entramos y echamos un vistazo? —sugirió una.

Lucy empujó la puerta y entró en la habitación. Accionó el interruptor de la lámpara del techo y el reducido espacio se iluminó. Era un dormitorio estrecho, tan austero como el de un convento, con las paredes desnudas, una cómoda robusta, una cama individual y un pequeño escritorio con una silla. Su maleta seguía abierta en medio de la cama, sobre una colcha de pana roja, la única salpicadura de color vivo en la habitación. Todo lo demás era marrón o blanco, como las paredes. Ante las tres enfermeras, Lucy abrió el pequeño armario de la pared y observó su interior, vacío. Comprobó después el pequeño cuarto de baño. Incluso miró bajo la cama. Luego se levantó, se sacudió la falda y se volvió hacia las tres enfermeras.

—Lo siento —dijo—. Estoy segura de que la puerta estaba abierta, y tuve la sensación de que había alguien dentro. Les he ocasionado molestias y...

Las tres mujeres menearon la cabeza.

—No tiene por qué disculparse —dijo la enfermera negra.

—No me estoy disculpando —replicó Lucy—. La puerta estaba abierta y ahora está cerrada. —Pero en el fondo no estaba segura de que fuera cierto.

Las enfermeras guardaron silencio hasta que una se encogió de hombros y dijo:

—Como comenté antes, todos estamos nerviosos. Es mejor asegurarse que lamentarse. —Las otras dos asintieron—. ¿Está bien?

—Sí. Muy bien. Gracias por su interés —dijo Lucy con cierta frialdad.

—Bueno, si vuelve a necesitar ayuda, pídala a quien sea. No dude en hacerlo. En momentos como éste lo mejor es fiarse de la intuición. —No explicó a qué se refería con «momentos como éste».

Lucy cerró la puerta cuando se marcharon. Se volvió y se apoyó contra ella un poco avergonzada. Miró alrededor y pensó: «No te equivocaste. Aquí había alguien. Alguien te estaba esperando.»

Miró su maleta y su bolso. «O alguien estaba simplemente echando un vistazo.» Se acercó a la escasa ropa y los artículos de tocador que había llevado consigo e intuyó que faltaba algo. No sabía qué, pero sabía que se habían llevado algo de su habitación.

Fuiste tú, ¿verdad?

Ahí, en ese momento, intentaste decirle a Lucy algo importante sobre ti, pero ella no lo captó. Era algo fundamental y algo aterrador, mucho más aterrador que lo que pudo sentir al cerrar la puerta de su habitación. Todavía pensaba como una persona normal, y eso era perjudicial para ella.

Peter *el Bombero* contemplaba el otro lado de la habitación, cavilando sobre la tarea que tenía entre manos. La incertidumbre erosionaba sus pensamientos, y sentía la amargura que la indecisión puede alimentar. Se consideraba un hombre decidido y las dudas lo incomodaban. Había sido un impulso lo que lo animó a ofrecer sus servicios y los de Pajarillo a Lucy Jones, pero estaba seguro de que había sido lo correcto. Sin embargo, su entusiasmo no había contemplado el fracaso, y ahora se esforzaba por encontrar una forma de lograr su objetivo. En todo lo referente a la inventigación veía restricciones y limitaciones, y no sabía cómo podrían superarlas.

En el mundo de aquel hospital psiquiátrico se consideraba el único pragmatista.

Suspiró. Era bien entrada la noche y estaba apoyado contra la pared con las piernas extendidas en la cama, escuchando los sonidos nocturnos. Pensó que ni siquiera la noche concedía una tregua al dolor. Los pacientes eran incapaces de liberarse de sus problemas por muchos narcóticos que Tomapastillas les recetara. Eso era lo insidioso de la enfermedad mental; se necesitaba tanta fuerza de voluntad e intensidad de tratamiento para conseguir una mejoría que la tarea era casi titánica para la mayoría y prácticamente imposible para algunos. Oyó un largo gemido de Francis. Le entristecía que su amigo se agitase en su sueño, porque aquel joven no se merecía el dolor que le acechaba en la oscuridad.

Trató de relajarse, pero no pudo. Se preguntó si, cuando cerraba los ojos, la misma agitación se apoderaba de su sueño. Pero la diferencia entre él y los demás, incluido su joven amigo, era que él era culpable, mientras que ellos probablemente no.

De pronto, notó el olor denso y dulce de algún producto inflamable. La primera vaharada fue de gasolina; la segunda, de un líquido más ligero con base de bencina.

Sorprendido, se levantó de la cama. La sensación era tan fuerte que su primera reacción fue la de dar la alarma, organizar a los hombres y sacarlos de allí antes de que se produjera el inevitable incendio. Imaginó lenguas rojas y amarillas de fuego engullendo la ropa de cama, las paredes, el suelo. Imaginó la horrible asfixia que provocaría el humo. La puerta estaba cerrada con llave, como todas las noches, y oyó gritos de socorro y golpes en las paredes. Se le tensaron todos los músculos y, con la misma rapidez, se le relajaron al inspirar y darse cuenta de que aquel olor era una alucinación similar a las que asediaban a Francis o Nappy, o incluso a las particularmente espantosas que aquejaban a Larguirucho.

A veces creía que toda su vida estaba definida por olores. El tufo de cerveza y whisky que acompañaba a su padre, mezclado con el olor a sudor rancio y a veces el fuerte olor a diésel de la maquinaria pesada que arreglaba. Hundir la cabeza en su pecho significaba aspirar la peste de los cigarrillos que terminaron matándolo. Su madre, en cambio, siempre olía a manzanilla, en su intento de contrarrestar la aspereza de los detergentes que usaba para lavar la ropa que le encargaban. A veces, bajo el intenso aroma de los jabones que ella usaba, podía captar un tufillo a lejía. Olía mucho mejor los domingos, cuando se bañaba y luego pasaba un rato horneando en la cocina, temprano, de modo que, con sus mejores galas para ir a misa, combinaba el aroma a pan recién hecho con la fragancia del champú, como si eso fuera lo que Dios quería. En la iglesia, con atuendo de monaguillo, el incienso a veces lo hacía estornudar. Recordaba todos esos aromas como si estuvieran con él en el hospital.

La guerra le había aportado un mundo de olores totalmente nuevo. Las emanaciones de la vegetación y el calor de la selva, la cordita y el fósforo blanco de los tiroteos. El hedor pegajoso del humo y el napalm a lo lejos, que se mezclaba con las esencias embriagadoras de los arbustos que lo rodeaban. Se acostumbró a la pestilencia de la sangre, los vómitos y los excrementos que tan a menudo se mezclaban con la muerte. También había los exóticos aromas culinarios de los pueblos por los que pasaban y los olores peligrosos de los pantanos y los campos inundados por los que avanzaban dificultosamente. Además, estaba el conocido olor acre de la marihuana en los campamentos y el olor irritante de los líquidos con que se limpiaban las armas. Era un lugar de emanaciones desconocidas e inquietantes.

Al volver a casa había aprendido que el fuego tiene decenas de olores diferentes en sus distintas fases y formas. El fuego de madera se diferenciaba del fuego químico, que guardaba pocas similitudes con el fuego que devoraba el hormigón. La primera llama vacilante olía diferente cuando se elevaba y cobraba fuerza, y distinto era el olor chisporroteante de un incendio en su plenitud. Y todos ellos diferían de los olores de las maderas carbonizadas y los metales retorcidos cuando el incendio era extinguido. También había conocido entonces el inconfundible olor del agotamiento, como si la fatiga poseyera un aroma propio. Cuando se había inscrito en la academia de investigadores de incendios provocados, una de las primeras cosas que le enseñaron fue a usar el olfato, porque la gasolina con que se provoca un incendio huele diferente al queroseno, que a su vez huele diferente a las demás formas en que la gente enciende fuegos. Algunas eran sutiles, con olores distantes, esquivos. Otras eran evidentes e inexpertas, y él las detectaba desde el primer momento en que pisaba los escombros.

Cuando llegó el momento de provocar su propio incendio, había utilizado gasolina corriente adquirida en una estación de servicio situada a apenas kilómetro y medio de la iglesia. Comprada con una tarjeta de crédito a su nombre. No quería que nadie tuviera ninguna duda sobre la autoría de ese incendio concreto.

En la semioscuridad del dormitorio, Peter *el Bombero* sacudió la cabeza, aunque no sabía muy bien qué quería negar. Aquella noche había controlado su rabia asesina y pensado en todo lo que había aprendido sobre cómo ocultar el origen de un incendio, todo lo referente a la precaución y la sutileza, y lo había ignorado. Había dejado un rastro tan obvio que incluso el investigador más inexperto lo habría encontrado. Había provocado el incendio y cruzado la nave hacia la sacristía dando voces de alarma, aunque creía que estaba solo. Se había detenido al oír cómo el fuego empezaba a crepitar con avidez detrás de él, y alzado los ojos hacia un vitral que de repente parecía imbuido de vida propia al reflejar las llamas. Se había santiguado, como había hecho miles de veces, y salido al jardín delantero, donde había esperado hasta verlo cobrar toda su fuerza, y después se había ido a esperar en la oscuridad del porche de la casa de su madre a que llegara la policía. Sabía que había hecho un buen trabajo y que ni siquiera la brigada más dedicada conseguiría extinguir el incendio hasta que fuera demasiado tarde.

Lo que no sabía era que el sacerdote al que había llegado a odiar estaba dentro. En un sofá de la oficina de la sacristía, en lugar de estar en su casa, donde debería haber estado. Dormido por un fuerte narcótico que le habría recetado, sin duda, un feligrés médico, preocupado porque al buen cura se le veía pálido y demacrado y sus sermones parecían salpicados de ansiedad, como era lógico. Porque sabía muy bien que el Bombero estaba al corriente de lo que le había hecho a su sobrinito, y sabía también que, de todos sus feligreses, Peter era el único que seguramente haría algo al respecto. Peter nunca lo había entendido: había muchos niños de los que el sacerdote podía haber abusado y que no estaban emparentados con nadie que pudiera montar en cólera. Peter se preguntaba también si el fármaco que había mantenido dormido al sacerdote en su cama mientras la muerte lo envolvía era el mismo que Tomapastillas solía administrar a sus pacientes. Sospechaba que sí, en una simetría que le parecía de lo más irónico.

—Lo hecho, hecho está —susurró.

Acto seguido, echó un vistazo alrededor para ver si sus palabras habían despertado a alguien.

Intentó cerrar los ojos. Sabía que necesitaba dormir, pero no esperaba que eso le supusiera ningún descanso.

Resopló lleno de frustración y puso los pies en el suelo, dispuesto a ir al cuarto de baño a beber un poco de agua. Se frotó la cara como si quisiera desprenderse de algunos de sus recuerdos. Y al hacerlo tuvo la repentina sensación de que alguien lo observaba.

Se enderezó de golpe, alerta al instante, y recorrió la habitación con los ojos.

La mayoría de los hombres estaban envueltos en sombras. Una luz tenue se colaba por las ventanas e iluminaba un rincón. Observó las hileras de camas, pero no vio a nadie despierto. Trató de desechar la sensación, pero no pudo. Todos sus sentidos, la vista, el oído, el olfato, el gusto y el tacto, parecían gritarle advertencias. Procuró tranquilizarse, no quería volverse tan paranoico como los demás pacientes, pero mientras se calmaba atisbó cierto movimiento con el rabillo del ojo.

Se volvió y durante una fracción de segundo vio una cara en la ventanita de observación de la puerta. Sus ojos se encontraron y, entonces, el rostro desapareció.

Se puso de pie de un brinco y avanzó deprisa hacia la puerta. Acercó la cara al cristal y se asomó al pasillo. Sólo podía ver un par de metros en ambas direcciones, y lo único que vio fue una penumbra vacía.

Tiró del pomo. La puerta estaba cerrada con llave.

Lo invadió la rabia y la frustración. Apretó los dientes y pensó que sus deseos siempre serían inalcanzables, situados tras una puerta cerrada.

La luz tenue, la penumbra y el cristal grueso habían conspirado para impedirle captar los detalles de aquella cara. Lo único que pudo notar fue la ferocidad de los ojos puestos en él. La mirada había sido inflexible y maligna, y quizá por primera vez pensó que Larguirucho tenía razón al protestar y suplicar tanto. Algo malvado se había introducido en el hospital, y Peter intuyó que esta encarnación del mal lo sabía todo sobre él. Intentó convencerse de que saber eso indicaba fortaleza. Pero sospechaba que eso podía ser falso.

15

A mediodía me sentía exhausto. Demasiada falta de sueño. Demasiados pensamientos electrizantes recorriendo mi imaginación. Estaba sentado en el suelo con las piernas cruzadas haciendo una breve pausa para fumarme un cigarrillo. Creía que los rayos de luz que penetraban por las ventanas, cargados de la ración diurna del calor opresivo del valle, habían echado al ángel. Como una creación de un novelista gótico, era un personaje de la noche. Todos los sonidos del día, los del comercio, los de la gente que se desplazaba por la ciudad, el ruido de un camión o un autobús, la sirena distante de un coche patrulla, el golpe sordo del paquete de periódicos que el repartidor dejaba caer a la acera, los escolares que hablaban en voz alta al pasar por la calle, conspiraban entre sí para ahuyentarlo. Los dos sabíamos que yo era más vulnerable durante las silenciosas horas nocturnas. La noche genera duda. La oscuridad siembra temores. Esperaba que volviera en cuanto se pusiera el sol. Todavía no se ha inventado la pastilla que pueda aliviar los síntomas de la soledad y el aislamiento que produce el final del día. Pero, mientras tanto, estaba a salvo, o por lo menos todo lo a salvo que podía esperar. Daba igual la cantidad de cerrojos que tuviera en la puerta, no impedirían la entrada a mis peores miedos. Esta observación me hizo reír.

Revisé el texto que había fluido de mi lápiz y pensé que me había tomado demasiadas libertades. Peter el Bombero me había llevado aparte poco después del desayuno y me había susurrado:

—Vi a alguien. En la ventanita de observación de la puerta. Miraba como si nos buscara a uno de los dos. No podía dormir y tuve la sensación de que alguien me observaba. Cuando alcé los ojos, lo vi.

—¿Lo reconociste? —pregunté.

—Imposible. —Peter meneó la cabeza despacio—. Sólo estuvo ahí un segundo. Cuando me levanté de la cama ya se había ido. Me acerqué a la ventanita y miré fuera, pero no vi a nadie.

—¿Y la enfermera de guardia?

—Tampoco la vi.

—¿Dónde estaba?

—No lo sé. ¿En el lavabo? ¿Dando un paseo? ¿Quizás arriba, hablando con la enfermera de esa planta? ¿Dormida en una silla?

—¿Tú qué crees? —pregunté, y el nerviosismo asomó a mi voz.

—Me gustaría pensar que fue una alucinación. Aquí tenemos muchas.

—¿Lo fue?

—Qué va —sonrió Peter el Bombero, y negó con la cabeza.

—¿Quién crees que era?

—Sabes muy bien quién creo que era, Pajarillo —sonrió, pero sin humor ya que no se trataba de ninguna broma.

Esperé un instante, inspiré hondo y sofoqué todos los ecos en mi interior.

—¿Por qué crees que fue a la puerta?

—Quería vernos.

Eso era lo que recordaba con claridad. Recordaba dónde estábamos, cómo íbamos vestidos. Peter llevaba la gorra de los Red Sox. Recordaba lo que comimos esa mañana: creps que sabían a cartón anegadas de un espeso jarabe dulce que tenía más relación con algún mejunje químico, obra de un científico, que con un arce de Nueva Inglaterra. Aplasté el cigarrillo contra el suelo desnudo del piso y le di vueltas a mis recuerdos en lugar de tomar la comida que, sin duda, necesitaba. Eso fue lo que me dijo. Yo había imaginado todo lo demás. No estaba seguro al cien por cien de que la noche anterior él estuviera atrapado en las redes del insomnio debido a lo que había hecho tantos meses atrás. No me contó que eso fuera lo que lo mantenía despierto en la cama, de modo que, cuando tuvo la sensación de ser observado, estaba alerta. Ni siquiera sé si lo pensé entonces. Pero ahora, años después, supongo que tuvo que haber sido eso. Tenía sentido, por supuesto, porque Peter estaba atrapado en el espinoso territorio de la memoria. Y, poco después, todas estas cosas se combinaron, de modo que, para contar su historia, la de Lucy y también la mía, tengo que tomarme algunas libertades. La verdad es escurridiza, y no estoy a gusto con ella. Ningún loco lo está. Así que, aunque lo escriba bien, quizás esté mal. Quizás esté exagerado. Quizá no pasó exactamente como yo lo recuerdo, o quizá tenga la memoria tan forzada y torturada debido a tantos años de fármacos que la verdad me elude siempre.

Creo que sólo los poetas idealizan que la demencia es de algún modo liberadora; es justo lo contrario. Ninguna de mis voces internas, ningún miedo, ningún delirio, ninguna compulsión, nada de lo que sirvió para crear al personaje triste que me desterró de la casa donde crecí y me mandó atado al Hospital Estatal Western, tenía nada en común con la libertad o la liberación, ni siquiera con ser único de una forma positiva. En lugar de eso, todas esas fuerzas eran como normas y regulaciones, exigencias y restricciones escritas en algún letrero que ocupaba un lugar muy destacado en mi mente. Supongo que estar loco es un poco como estar encarcelado. El hospital era el sitio donde nos tenían mientras nos dedicábamos a consolidar nuestra propia clase de detención interna.

Eso no era tan cierto para Peter, porque él nunca estuvo tan loco como el resto de nosotros.

Tampoco lo era para el ángel.

Y, de un modo curioso, Lucy era el puente entre ambos.

Todavía estábamos junto al comedor esperando que apareciera Lucy. Peter parecía muy concentrado, reviviendo lo que había visto y experimentado la noche anterior. Lo observé mientras parecía tomar cada trozo de esos instantes, ponerlo a contraluz y girarlo despacio, como haría un arqueólogo con una reliquia tras soplarla para quitarle el polvo del tiempo. Peter actuaba de forma muy parecida con las observaciones; parecía creer que si ponía mentalmente lo que fuera en el ángulo adecuado y lo sujetaba contra un foco de luz, lo vería como era en realidad. Y, en aquel momento, estaba enfrascado en ese proceso, con la cara tensa y los ojos fijos sin ver lo que tenía delante, sino otra cosa. Supongo que, en otro paciente, habría sido la mirada que precedía a una alucinación o un delirio. Pero, en el caso de Peter, era el análisis de un detalle.

Mientras lo observaba, se volvió hacia mí.

—Ahora sabemos algo: el ángel no está en nuestro dormitorio. Podría estar arriba, en el otro. Podría venir de otro edificio, aunque aún no he descubierto cómo. Pero de momento, podemos excluir a nuestros compañeros de habitación. Y sabemos algo más: ha averiguado de algún modo que estamos metidos en esto, pero no nos conoce, no lo suficiente, y por eso observa.

Eché un vistazo a ambos lados del pasillo. Había un cato apoyado contra una pared, con la mirada puesta en el techo. Podría haber estado escuchando a Peter, o a alguna voz oculta en su interior. Imposible saberlo. Un anciano senil que llevaba los pantalones del pijama pasó junto a nosotros con la baba colgándole en una mandíbula sin afeitar, farfullando y tambaleándose, como si no comprendiera que su dificultad para andar se debía a los pantalones a la altura de los tobillos. El retrasado que nos había amenazado el otro día pasó tras el anciano, con los ojos llenos de miedo, desaparecida toda su rabia y agresividad anterior. Supuse que le habían cambiado la medicación.

—¿Cómo podemos saber quién está observándonos? —pregunté. Giré la cabeza a derecha e izquierda y un escalofrío me recorrió el cuerpo al pensar que cualquiera de aquellos hombres que me miraban como absortos podría estar, de hecho, evaluándome, formándose un juicio sobre mí.

—Bueno —respondió Peter encogiéndose de hombros—, ésa es la cuestión. Nosotros investigamos y el ángel observa. Mantente alerta. Algo surgirá.

Vi que Lucy Jones entraba en Amherst. Se detuvo para hablar con una enfermera, y Negro Grande se acercó a ella. Lucy le entregó un par de expedientes de una caja llena a rebosar que dejó en el suelo. Peter y yo dimos un paso hacia ella, pero Noticiero, que nos vio, nos cerró el paso. Llevaba las gafas un poco ladeadas y una mata de pelo le salía disparada de la cabeza. Su sonrisa era tan torcida como su pose.

—Malas noticias, Peter —dijo, aunque sonreía, tal vez para suavizar la información—. Siempre son malas noticias.

Peter no respondió y Noticiero pareció un poco decepcionado.

—Vale —dijo con la cabeza ladeada. A continuación miró a Lucy Jones y pareció concentrarse mucho. Era casi como si recordar le costara un esfuerzo físico. Pasados unos instantes, esbozó una sonrisa—. Boston Globe. 20 de septiembre de 1977. Sección de noticias locales, página 2B: Negarse a ser una víctima; licenciada en Derecho por Harvard es nombrada jefa de la sección de delitos sexuales.

Peter se volvió hacia él.

—¿Recuerdas algo del resto? —preguntó.

Noticiero dudó de nuevo mientras rebuscaba en su memoria.

—Lucy K. Jones —dijo al fin—, veintiocho años, con tres años de experiencia en las secciones de tráfico y delitos graves, ha sido nombrada jefa de la recién creada sección de delitos sexuales de la fiscalía del condado de Suffolk, según anunció hoy un portavoz. La señorita Jones, licenciada en Derecho por Harvard en 1974, será responsable de los casos de agresiones sexuales y colaborará con la división de homicidios en los asesinatos que se deriven de violaciones. —Inspiró hondo y prosiguió—: En una entrevista, la señorita Jones afirmó estar plenamente capacitada para este cargo, porque había sido víctima de una agresión sexual durante su primer año en Harvard. Explicó que se había incorporado a la oficina del fiscal tras desechar numerosas ofertas de bufetes de abogados, porque su agresor había escapado a la acción de la justicia. Su perspectiva sobre los delitos sexuales proviene de un conocimiento íntimo del daño emocional que provocan estas agresiones y de la frustración por un sistema judicial mal preparado para tratar esta clase de delitos. Indicó que esperaba consolidar una sección modélica que otros fiscales pudieran imitar...

»También había una fotografía —añadió Noticiero tras dudar un momento—. Y algo más. Estoy intentando recordar.

—¿No hubo ningún artículo que lo desarrollara en la sección de sociales el día siguiente o después? —preguntó Peter.

De nuevo, Noticiero repasó su memoria.

—No... —respondió. El hombrecillo sonrió y, como hacía siempre, se marchó en busca de un ejemplar del periódico del día.

Peter se volvió hacia mí.

—Bueno, eso explica una cosa y empieza a explicar otras, ¿verdad, Pajarillo?

—¿Qué? —pregunté.

—Para empezar, la cicatriz de la mejilla.

La cicatriz, por supuesto.

Debería haber prestado más atención a la cicatriz.

Sentado en mi piso, imaginando la pálida línea que recorría el rostro de Lucy Jones, cometí el mismo error que en aquel momento. Vi el defecto en su piel perfecta y me pregunté cuánto habría cambiado su vida. Pensé que me hubiera gustado haberla tocado.

Encendí otro cigarrillo. Unas volutas de humo acre se elevaron por el aire viciado. Podría haberme quedado así, perdido en mis recuerdos, si no hubieran llamado a mi puerta.

Me puse de pie, alarmado. Perdí el hilo de las ideas, sustituido por una sensación de nerviosismo. Me acerqué a la entrada y oí cómo me llamaban por mi nombre.

—¡Francis! —Más golpes en la gruesa puerta de madera—. ¡Francis! ¡Abre! ¿Estás ahí?

Reflexioné un instante sobre la curiosa yuxtaposición de la petición «¡Abre!», seguida de la pregunta «¿Estás ahí?». En el mejor de los casos, el orden estaba invertido.

Reconocí la voz, claro. Esperé un momento, porque sospechaba que, en uno o dos segundos, oiría otra voz familiar.

—Francis, por favor. Abre para que podamos verte...

La hermana número uno y la hermana número dos. Megan, que era exigente como un niño pero con el tamaño y el temperamento de un defensa de fútbol americano, y Colleen, que hacía la mitad de bulto y tenía una timidez que combinaba la vergüenza con una incompetencia para las cosas más simples de la vida. «¿Podrías hacerlo tú porque yo no sabría por dónde empezar?» No tenía paciencia para ninguna de las dos.

—Francis, sabemos que estás ahí, y queremos que abras la puerta ahora mismo.

Seguido de otro toc, toc, toc en la puerta.

Apoyé la frente contra la madera y, acto seguido, me giré y apoyé la espalda, como para impedir su entrada. Pasado un momento, me volví de nuevo y dije:

—¿Qué queréis?

—¡Queremos que abras la puerta! —Hermana número uno.

—Queremos asegurarnos de que estás bien. —Hermana número dos. Previsible.

—Estoy bien —mentí—. Pero ahora estoy ocupado. Volved en otro momento.

—¿Estás tomando los medicamentos, Francis? ¡Abre ahora mismo! —La voz de Megan poseía toda la autoridad, y más o menos la misma paciencia, de un sargento de instrucción del cuerpo de marines.

—¡Estamos preocupadas por ti, Francis! —Era probable que Colleen se preocupara por todo el mundo. Se preocupaba sin cesar por mí, por su familia, por sus padres y por su hermana, por la gente que aparecía en el periódico o en las noticias televisivas de la noche, por el alcalde, por el gobernador y puede que incluso por el presidente, por los vecinos o por la familia que vivía al otro lado de su calle y que parecía atravesar un

mal momento. Preocuparse era su estilo. Era la hermana más cercana a mis mayores y poco afectuosos padres, ya desde que éramos pequeños. Siempre buscaba su aprobación para todo lo que hacía y era probable que incluso para todo lo que pensaba.

—Ya os lo he dicho —insistí sin levantar la voz pero sin abrir la puerta tampoco—. Estoy bien. Es sólo que estoy ocupado.

—¿Ocupado en qué? —preguntó Megan.

—Ocupado en un proyecto propio —expliqué. Me mordí el labio inferior. Pensé que eso no resultaría; al contrario, picaría su curiosidad.

—¿Proyecto? ¿Qué clase de proyecto? ¿Te dijo el asistente social que podías trabajar en un proyecto? ¡Francis, abre ahora mismo! Hemos venido porque estamos preocupadas por ti, y si no abres...

No tuvo que terminar la amenaza. No estaba seguro de lo que ella haría, pero me temía que, fuera lo que fuese, sería peor que abrir la puerta. Dejé una abertura de unos quince centímetros y no aparté la mano de la puerta, preparado para cerrarla de golpe.

—¿Lo veis? Aquí estoy, en persona. Tan bien como siempre. Estoy igual que ayer e igual que mañana.

Las dos me examinaron con atención. Deseé haberme lavado y puesto presentable. Las mejillas sin afeitar, el pelo alborotado y sucio, y las uñas manchadas de nicotina debían de dar la impresión equivocada. Intenté remeterme la camisa por dentro de los pantalones, pero eso sólo subrayó mi aspecto desaliñado. Colleen soltó un gritito ahogado. Eso era mala señal. Mientras tanto, Megan intentó asomarse al apartamento, y supuse que vio la escritura en las paredes del salón. Empezó a abrir la boca, pero se detuvo, pensó lo que quería decir y volvió a empezar.

—¿Estás tomando los medicamentos?

—Por supuesto.

—¿Estás tomando todos los medicamentos? —recalcó cada palabra, como si hablara con un niño particularmente lento.

—Sí. —Era la clase de mujer a la que era fácil mentir. Ni siquiera me sentí culpable.

—No sé si creerte, Francis.

—Cree lo que quieras. —Mala respuesta.

—¿Vuelves a oír voces?

—No. En absoluto. ¿Cómo se te ha ocurrido semejante tontería?

—¿Comes bien? ¿Duermes bien? —Ésa era Colleen. Menos agresiva, pero más perspicaz.

—Tres comidas decentes al día y ocho horas de sueño por la noche. De hecho, la señora Santiago me preparó un plato estupendo de arroz con pollo el otro día —aseguré.

—¿Qué es eso? —quiso saber Megan señalando la pared escrita.

—Un inventario de mi vida. Nada especial.

Megan sacudió la cabeza. No me creía, y seguía estirando el cuello para husmear.

—Déjanos entrar —pidió Colleen.

—Necesito intimidad.

—Estás volviendo a oír voces —aseguró Megan—. Lo sé.

—¿Cómo? —dije tras dudar un instante—. ¿Tú también las oyes? Esto la enfadó aún más, claro.

—¡Déjanos entrar ahora mismo!

—Quiero estar solo. —Negué con la cabeza. Colleen parecía al borde de las lágrimas—. Quiero que me dejéis solo. ¿Por qué habéis venido?

—Ya te lo hemos dicho. Estamos preocupadas por ti —respondió Colleen.

—¿Por qué? ¿Os dijo alguien que os preocuparais por mí?

Ambas intercambiaron una mirada antes de contestar.

—No —contestó Megan, intentando modular la premura de su tono—. Es sólo que hacía tanto tiempo que no sabíamos nada de ti...

Sonreí. Era agradable que todos mintiéramos.

—He estado ocupado. Si queréis una cita, llamad a mi secretaria y trataré de recibiros antes del día del Trabajo.

La broma no les hizo gracia. Empecé a cerrar la puerta, pero Megan plantó una mano para detenerla.

—¿Qué son esas palabras? —me preguntó a la vez que las señalaba—. ¿Qué estás escribiendo?

—Eso es cosa mía, no vuestra —repliqué.

—¿Estás escribiendo sobre mamá y papá? ¿Sobre nosotros? ¡Eso no sería justo!

Me quedé estupefacto. Mi diagnóstico instantáneo fue que estaba más paranoica que yo.

—¿Qué te hace pensar que sois lo bastante interesantes como para escribir sobre vosotros? —dije despacio.

Y cerré la puerta, puede que con demasiada fuerza, porque el ruido resonó en el pequeño edificio como un disparo.

Volvieron a llamar, pero no hice caso. Cuando me alejé de la puerta, un murmullo generalizado de voces en mi interior me felicitó por mi actuación. Les gustaban mis pequeñas exhibiciones de rebeldía e independencia. Pero lo siguió una distante y resonante risa burlona, que se elevaba y apagaba las demás voces. Se parecía un poco al grito de un cuervo que, arrastrado por un viento fuerte, pasara invisible por encima de mi cabeza. Me estremecí y me agaché un poco, casi como para esquivar un ruido.

Sabía quién era.

—¡Ríete si quieres! —grité al ángel—. Pero ¿quién más sabe qué pasó?

Francis se sentó frente a la mesa de Lucy, mientras Peter se paseaba por el despacho.

—¿Qué hacemos, señorita fiscal? —preguntó el Bombero con cierta impaciencia.

—Creo que ha llegado el momento de empezar a hablar con algunos pacientes —respondió Lucy, y señaló unos expedientes—. Los que tienen antecedentes de violencia.

Peter asintió.

—Imagino que, cuando empezó a leer los expedientes, sabía que eso abarca a casi todos los pacientes, salvo los seniles y los retrasados mentales, y que ellos también pueden tener episodios violentos —comentó—. Creo que tenemos que encontrar características eliminadoras, señorita Jones...

La joven levantó la mano.

—Llámame Lucy, Peter —pidió—. Así no tendré que llamarte por tu apellido, porque sé por tu expediente que, aunque no hay que esconder exactamente tu identidad, sí hay que recalcarla lo menos posible, ¿correcto? Debido a tu reputación en ciertas zonas de Massachusetts. Y también sé que, al llegar aquí, indicaste a Gulptilil que ya no tenías nombre, un acto de desvinculación que él interpretó como que no deseabas avergonzar más a tu familia.

Peter dejó de caminar y Francis pensó que se iba a enfadar. Una de sus voces interiores le gritó que tuviera cuidado y él mantuvo la boca cerrada mientras los observaba. Lucy sonreía, como si supiera que había desconcertado a Peter, y éste parecía buscar una réplica adecuada. Se apoyó contra la pared y sonrió, con una expresión no del todo distinta a la de Lucy.

—De acuerdo, Lucy —dijo—. Usaremos los nombres de pila. Pero dime algo, por favor: ¿No crees que interrogar a cualquier paciente con un pasado violento, o incluso con uno o dos actos violentos desde que llegó aquí, será inútil a la larga? Y, aún más importante, ¿de cuánto tiempo dispones, Lucy? ¿Cuánto crees que puede llevarnos encontrar una respuesta?

—¿Por qué preguntas eso? —La sonrisa de Lucy se desvaneció de golpe.

—Porque no sé si tu jefe, en Boston, es consciente de lo que estás haciendo.

El silencio invadió la pequeña habitación. Francis estaba atento a cualquier movimiento —las miradas, y también las posturas de brazos y hombros— que pudiera indicar sutiles significados a las palabras pronunciadas.

—¿Por que crees que no cuento con una cooperación total de mi oficina?

—¿Es así? —repuso Peter.

Francis vio que Lucy iba a responder de una forma, luego de otra, y por último lo hizo de una tercera:

—Sí y no —dijo.

—Eso me suena a dos explicaciones distintas.

Ella asintió.

—Mi presencia aquí todavía no forma parte de un caso oficial. Creo que debería abrirse uno. Los demás están indecisos. O, más bien, dudan que esté dentro de nuestra jurisdicción. De modo que cuando quise venir aquí, en cuanto supe lo del asesinato de Rubita, hubo un debate encendido en mi oficina. El resultado fue que se me permitió venir, pero sólo de modo oficioso.

—Supongo que Gulptilil no conoce exactamente esas circunstancias.

—En eso tienes razón, Peter.

—¿Cuánto tiempo tienes antes de que la administración del hospital se harte, o de que tu oficina pida que regreses? —preguntó Peter, y empezó a caminar de nuevo por la habitación, como si el movimiento añadiese impulso a sus pensamientos.

—No mucho.

Peter pareció vacilar de nuevo mientras revisaba sus observaciones.

Francis pensó que Peter veía los hechos y los detalles del mismo modo que un guía de montaña: consideraba que los obstáculos eran oportunidades y, a veces, valoraba cada paso como un logro.

—Así pues —concluyó Peter, como si de repente hablara consigo mismo—, Lucy está aquí, convencida de que hay un criminal en el hospital y decidida a encontrarlo. Porque tiene un... interés especial. ¿Correcto?

—Correcto —asintió Lucy, y de su rostro había desaparecido toda diversión—. Los días que has pasado en el Western no han mermado tus dotes de investigación.

—Pues yo creo que sí —replicó Peter a la vez que sacudía la cabeza—. ¿Y cuál sería ese interés especial?

Tras una pausa, Lucy agachó un poco la cabeza.

—No creo que nos conozcamos lo suficiente, Peter. Pero te diré algo: el individuo que cometió los anteriores asesinatos logró llamar mi atención al provocar a mi oficina.

—¿Al provocarla?

—Sí. Al estilo de «no podéis atraparme».

—¿No puedes ser más específica?

—En este momento no. Son detalles que esperamos utilizar en un proceso posterior. Así que...

—No quieres compartir los detalles con un par de chiflados —la interrumpió Peter.

—Lo mismo que tú si te preguntara cómo esparciste la gasolina en aquella iglesia —replicó Lucy—. Y por qué.

Ambos guardaron otra vez silencio. Peter se volvió hacia Francis.

—Pajarillo, ¿qué conecta todos estos crímenes entre sí? —preguntó—. ¿Por qué estos asesinatos?

—Para empezar, el aspecto de la víctima —respondió Francis, dándose cuenta de que lo ponían a prueba—. Edad y aislamiento; todas acostumbraban desplazarse solas de modo regular. Eran jóvenes y tenían el pelo corto y un físico esbelto. Las encontraron a la intemperie en un sitio distinto de aquel donde las habían matado, lo que complica las cosas a la policía. Eso me lo dijo usted. Y en jurisdicciones diferentes además, lo que es otro problema. Eso también me lo dijo usted. Y estaban todas mutiladas de la misma forma, progresivamente. Les faltan falanges, como en el caso de Rubita. —Francis inspiró hondo—. ¿Tengo razón?

Lucy asintió y Peter sonrió.

—Exacto —afirmó éste—. Tenemos que estar atentos, Lucy, porque Pajarillo tiene una memoria para los detalles y las observaciones mucho mejor de lo que nadie cree. —Reflexionó un momento. Una vez más, empezó a decir una cosa pero cambió de dirección en el último momento—. Muy bien, Lucy. Debes mantener en secreto una información que podría ayudarnos. De momento. ¿Qué hacemos entonces?

—Tenemos que encontrar la forma de localizar a este hombre —respondió con rigidez, pero algo aliviada, como si hubiera comprendido que Peter había querido preguntar una o dos cosas más que habrían llevado la conversación en otra dirección.

Francis no supo si había gratitud en sus palabras, pero vio que los dos se miraban fijamente, hablando sin necesidad de palabras, como si ambos supieran algo que se había escapado a Francis. Pensó que tal vez era así, pero también observó que Peter y Lucy habían establecido unas pautas que los situaban en un mismo plano. Peter no era tanto el paciente mental y Lucy no era tanto la fiscal, y de repente ambos parecían colegas.

—El problema es que él ya nos ha localizado —anunció Peter.

16

Si Lucy se sorprendió por la revelación de Peter, no lo mostró de inmediato.

—¿A qué te refieres exactamente? —preguntó.

—Sospecho que el ángel ya sabe que estás aquí y también por qué. Creo que en el hospital no hay tantos secretos como a uno le gustaría. Mejor dicho, existe una definición distinta de «secreto». Así que imagino que sabe que estás aquí para desenmascararlo, a pesar de las promesas de confidencialidad de Gulptilil y Evans. ¿Cuánto tiempo crees que duraron esas promesas? ¿Un día? ¿Acaso dos? Apostaría que casi todo el mundo que puede saberlo, lo sabe. Y sospecho que nuestro amigo el ángel sabe también que Pajarillo y yo te estamos ayudando.

—¿Y cómo has llegado a esta conclusión? —quiso saber Lucy. Su voz contenía un matiz de recelo mordaz que Peter pareció ignorar.

—Bueno, es una suposición, claro —respondió Peter—. Pero una cosa lleva a la otra...

—¿Cuál es la primera cosa?

Peter le contó brevemente lo que había visto en la ventanita de la puerta del dormitorio la noche anterior. Mientras se lo describía, la observaba con atención, como valorando su reacción.

—Por lo tanto —terminó—, si está informado sobre nosotros, también lo está sobre ti. Vete a saber, pero... Bueno, ahí lo tienes. —Se encogió de hombros, pero sus ojos expresaban una convicción que contradecía su lenguaje corporal.

—¿A qué hora de la noche ocurrió? —preguntó Lucy.

—Tarde. Pasada la medianoche. —Peter observó su vacilación—. ¿Quieres comentarnos algún detalle?

—Creo que yo también tuve una visita ayer por la noche —admitió Lucy después de vacilar otra vez.

—¿Y eso? —soltó Peter, de repente alarmado.

Lucy inspiró y describió cómo había encontrado abierta la puerta de su habitación, y después cerrada con llave. Aunque no sabía quién, o por qué, seguía convencida de que el intruso se había llevado algo, a pesar de que había repasado sus pertenencias y no había encontrado que faltara nada.

—Quizá deberías volverlo a comprobar —dijo Peter—. Algo obvio sería una prenda de vestir. Algo más sutil sería algún pelo de tu cepillo —aventuró tras reflexionar un instante—. O quizá se pasó tu lápiz de labios por el pecho. O se puso un poco de perfume en el dorso de la mano. Algo así.

Esta sugerencia pareció desconcertar un poco a Lucy, que se revolvió en el asiento como si ardiera, pero antes de que respondiera Francis meneó la cabeza.

—¿Qué pasa, Pajarillo? —preguntó Peter.

—No creo que sea eso, Peter —dijo Francis, que tartamudeó un poco al hablar—. No le hace falta llevarse nada. Ni ropa, ni un cepillo, ni un pelo, ni perfume, ni nada de lo que Lucy ha traído, porque ya se ha llevado algo mucho más grande e importante. Lo que pasa es que ella todavía no lo ha visto. Quizá porque no quiere verlo.

—¿Y qué sería eso, Francis? —preguntó Peter sonriente. Su voz era un poco grave, pero denotaba un regocijo extraño.

La voz de Francis tembló un poco al contestar:

—Se llevó su intimidad.

Los tres guardaron silencio mientras asimilaban esas palabras.

—Y otra cosa más —añadió Francis.

—¿Qué? —quiso saber Lucy. Se había ruborizado un poco y tamborileaba la mesa con un lápiz.

—Quizá también su seguridad.

El peso del silencio aumentó en la pequeña habitación. Francis se sentía como si hubiera rebasado algún límite. Peter y Lucy eran profesionales de la investigación y él no, de modo que le sorprendió haber tenido la osadía de decir algo tan inquietante. Una de sus voces le gritó en su interior: *¡Cállate! ¡Cierra el pico! ¡No te ofrezcas! ¡Mantente en segundo plano! ¡Mantente a salvo!* No supo si hacerle caso o no. Pasado un momento, sacudió la cabeza.

—Puede que esté equivocado —admitió—. Se me ocurrió de repente y no lo pensé demasiado...

Lucy levantó una mano para interrumpirlo.

—Creo que es una observación de lo más pertinente, Pajarillo. —dijo con el tono ligeramente académico que adoptaba a veces—. Y la tendré en cuenta. Pero ¿y la segunda visita de la noche para espiaros a ti y a Peter? ¿Qué piensas al respecto?

Francis lanzó una rápida mirada a Peter, que asintió y le dijo:

—Podría vernos en cualquier momento, Francis. En la sala de estar, durante una comida o incluso en una sesión en grupo. Demonios, pero si siempre estamos por los pasillos. Podría echarnos un buen vistazo entonces. De hecho, puede que ya lo haya hecho. Así pues, ¿por qué iba a arriesgarse a salir de noche?

—Tienes razón en eso —respondió Francis—. Pero observarnos por el día no significa lo mismo para él.

—¿Y eso?

—Porque de día es un paciente más.

—¿Sí? Claro. Pero...

—Pero de noche puede ser él mismo.

Peter fue el primero en hablar, y su voz denotaba una especie de admiración.

—Bueno —dijo con una sonrisa—, es lo que sospechaba: Pajarillo ve las cosas.

Francis se encogió de hombros y sonrió ante el halago. Y, en algún lugar recóndito de su ser, se percató de que muy pocas veces lo habían halagado en sus veintiún años de vida. Críticas, quejas y menciones de su clamorosa ineptitud era lo que había conocido de forma bastante regular hasta entonces. Peter le dio un golpecito afectuoso en el brazo.

—Serás un policía espléndido, Francis —aseguró—. Con una pinta un poco extraña, quizá, pero excelente de todos modos. Tendremos que darte un poco más de acento irlandés, una tripa más prominente, unas mejillas coloradas, una porra que balancear y una inclinación por los dónuts. No, una adicción a los dónuts. Pero tarde o temprano lo conseguiremos. —Se volvió hacia Lucy y añadió—: Esto me da una idea.

Ella también sonreía, sin duda porque, como pensó Francis, le resultaba divertido el retrato absurdo de alguien tan frágil como él convertido en un fornido policía.

—Una idea estaría bien, Peter —respondió la fiscal—. Una idea sería excelente.

Peter guardó silencio, pero movió un instante la mano, como un director de orquesta o un matemático garabateando una fórmula en el aire al carecer de una pizarra. Tomó una silla y la giró para sentarse del revés, lo que confirió a su postura cierta urgencia.

—No tenemos pruebas físicas, ¿cierto? Y no contamos con ayuda, sobre todo de la policía local que analizó la escena del crimen, investigó el asesinato y detuvo a Larguirucho, ¿cierto?

—Cierto —corroboró Lucy.

—Y no creemos que Tomapastillas y el señor del Mal vayan a ayudar demasiado, ¿cierto?

—Cierto. Sólo están tratando de decidir qué planteamiento les crearía menos problemas.

—No es difícil imaginárselos a los dos en el despacho de Tomapastillas, mientras la señorita Deliciosa toma notas, ideando lo mínimo que pueden hacer para guardarse las espaldas. Así que, de hecho, no tenemos demasiado a nuestro favor en este momento. En concreto, sólo un punto de partida evidente. —Peter rebosaba ideas. Francis podía verlo—. ¿Qué es una investigación? —preguntó retóricamente mirando a Lucy—. Hechos. Tomar esta prueba y añadirla a ésa. Formar una imagen del crimen como si fuese un puzle. Todos los detalles de un crimen, desde el comienzo hasta la conclusión, han de encajar en un marco racional para proporcionar una respuesta. ¿No es eso lo que te enseñaron en la oficina del fiscal? ¿De modo que la acumulación de elementos demostrables elimina a todo el mundo salvo al sospechoso? Ésas son las pautas, ¿no?

—Ambos lo sabemos. Pero ¿qué quieres sugerir?

—Que el ángel también lo sabe.

—Vale. Sí. Quizás. ¿Y?

—Lo que tenemos que hacer es ponerlo todo patas arriba.

Lucy pareció desconcertada. Pero Francis comprendió a qué se refería Peter.

—Lo que está diciendo es que no deberíamos seguir ninguna pauta —explicó.

—Estamos aquí —asintió Peter—, en este sitio de locos, ¿y sabes qué será imposible, Lucy?

La fiscal no respondió.

—Pues intentar imponerle la racionabilidad y la organización del mundo exterior. Este sitio es demencial, así que tenemos que hacer una investigación acorde con este mundo. Adaptarla al lugar donde estamos.

—¿Te refieres a usar el entorno de alguna forma que se me escapa?

—Sí —asintió Peter—. No deberíamos actuar de una forma previsible —miró a Francis—, sino conforme al mundo en que estamos. En un sitio demencial, tenemos que efectuar una investigación demencial. Desenvolvernos con toda la locura que este sitio exige. Donde fueres, haz lo que vieres.

—¿Y cuál sería el primer paso? —preguntó Lucy. Parecía dispuesta a escuchar pero no a acceder de inmediato.

—Los interrogatorios. Empiezas muy bien, de modo oficial y ciñéndote a las pautas. Y, después, aumentas la presión. Acusas a los interrogados de forma irracional. Tergiversas sus palabras. Les devuelves la paranoia. Actúa del modo más terrible, irresponsable e indignante que puedas. Desconcierta a todo el mundo. Eso causará desconcierto. Y cuanto más perturbemos el discurrir cotidiano del hospital, menos seguro se sentirá el ángel.

—Es un plan —asintió Lucy—. Puede que no demasiado estructurado, pero es un plan. Aunque no creo que Gulptilil lo acepte.

—Al cuerno —soltó Peter—. Por supuesto que no lo hará. Y tampoco el señor del Mal. Pero no dejes que eso sea un obstáculo.

Lucy reflexionó un momento.

—¿Por qué no? —Sonrió y se volvió hacia Francis—. No dejarán que Peter esté presente en los interrogatorios, su pasado pesa demasiado. Pero tu caso es diferente, Francis. Creo que deberías asistir. Estaréis tú y Evans o el director médico, porque éste quiere que haya alguien; son las normas que estableció. Creemos bastante humo y quizá veamos algo de fuego.

Por supuesto, ellos no veían lo que Francis, es decir, los peligros de este método. Pero guardó silencio, acallado por sus voces interiores, que estaban nerviosas y recelosas, de modo que se limitó a agachar la cabeza ante el rumbo fijado.

A veces, durante la primavera, desde que me dieron de alta del Western y tras instalarme en mi ciudad, cuando iba a la escalera para peces para contar los salmones que regresaban para el Wildlife Service, detectaba las sombras plateadas y relucientes de los peces y me preguntaba si sabían que el hecho de volver al lugar donde habían nacido para renovar el ciclo de la naturaleza les iba a costar la vida. Con la libreta en la mano, contaba los peces y solía combatir el impulso de advertirles de algún modo. Me preguntaba si tendrían alguna pulsión profunda, genética, que les informara de que volver a casa los mataría, o si todo era un engaño que aceptaban con gusto ya que el deseo de aparearse era tan fuerte que ocultaba la inevitabilidad de la muerte. ¿O eran como soldados, a los que se daba una orden imposible y evidentemente mortal, y decidían que el sacrificio era más importante que la vida?

A veces la mano me temblaba cuando hacía las anotaciones en la hoja de cómputo, tanta muerte latente pasaba frente a mí. En ocasiones lo entendemos todo mal. Así, algo que parece peligroso, como el inmenso océano, es en realidad seguro. Lo que es conocido, como el hogar, es de hecho más amenazador.

La luz parecía desvanecerse a mi alrededor, y me alejé de la pared para dirigirme a la ventana del salón. Noté que la habitación se llenaba de recuerdos. Soplaba una brisa vespertina, una suave ráfaga de calidez. Pensé que la oscuridad nos definía a todos. Cualquiera puede representar cualquier cosa a la luz del día. Pero sólo por la noche, después de que el mundo se ha oscurecido, aparece nuestro yo real.

Ya no sabía si estaba o no agotado. Levanté los ojos y examiné la habitación. Era interesante verme solo y saber que no duraría. Tarde o temprano me invadirían. Y el ángel volvería. Sacudí la cabeza.

De pronto, recordé que Lucy había preparado una lista de casi setenta y cinco nombres. Eran los hombres a los que ella quería ver.

Lucy preparó una lista con unos setenta y cinco pacientes de todo el hospital que parecían poseer el potencial para asesinar. Eran hombres que habían mostrado hostilidad hacia las mujeres, ya fuera mediante golpes durante riñas domésticas, lenguaje amenazador o conducta obsesiva, que habían concentrado en una vecina o una familiar a la que culpaban de su locura. Ella aún creía que los asesinatos habían sido, en el fondo, delitos sexuales. La justicia penal consideraba que los delitos sexuales eran primero actos violentos y después catarsis sexual. Además, ella había sido una víctima y en decenas de salas de justicia había visto en el banquillo de los acusados a hombres que le recordaban en mayor o menor medida al que la había agredido. Su índice de condenas era ejemplar y, a pesar de los obstáculos que encontraba en el hospital Western, esperaba volver a triunfar. La confianza era su principal baza.

Mientras cruzaba los terrenos del hospital hacia el edificio de administración, empezó a dibujar mentalmente un retrato del hombre que estaba buscando. Detalles, como la fuerza física necesaria para dominar a Rubita, la juventud suficiente para ser presa de un arrebato homicida, la edad adecuada para no cometer errores precipitados. Estaba convencida de que su hombre poseía los conocimientos prácticos así como la inteligencia innata que hacen que ciertos criminales sean difíciles de acorralar. Todos los elementos de esos crímenes se le arremolinaban en la cabeza, y se decía que cuando se encontrara frente a frente con el culpable, lo reconocería de inmediato.

La razón de su optimismo era la creencia de que el ángel deseaba ser conocido. Imaginaba que sería engreído y arrogante, y que querría vencerla en este duelo intelectual dentro de aquel hospital psiquiátrico.

Lo sabía de una forma más profunda que Peter o Francis, o de lo que nadie era consciente en el Western. Unas cuantas semanas después del segundo homicidio, su oficina había conseguido las dos falanges seccionadas del modo más normal: a través del correo. El autor las había colocado en una bolsa de plástico, que había metido en un sobre acolchado marrón, del tipo que se vendía en casi todas las tiendas de material de oficina de Nueva Inglaterra. La dirección del destinatario estaba mecanografiada en una etiqueta: JEFA DE LA UNIDAD DE DELITOS SEXUALES.

Se adjuntaba un folio con una pregunta también mecanografiada: «¿Los buscabais?» Nada más.

Lucy entregó los macabros *souvenirs* al equipo forense. No se tardó en confirmar que pertenecían a la segunda víctima y que se los habían extirpado post mórtem. La escritura de la nota y la etiqueta correspondía a una máquina de escribir eléctrica Sears modelo 1.132 de 1975. El matasellos del paquete correspondía a la oficina principal de Boston Sur. Lucy y dos investigadores más de su oficina habían localizado todas las máquinas de escribir de ese modelo vendidas en Massachusetts, New Hampshire, Rhode Island y Vermont durante los seis meses anteriores al asesinato. También habían interrogado a todos los empleados de la oficina de correos para comprobar si alguno recordaba haber manejado ese paquete en concreto. Ninguna de las dos líneas de investigación había arrojado una pista razonable.

Los empleados de correos no habían ayudado nada. Si una máquina de escribir se había comprado con un cheque o con una tarjeta de crédito, Sears tenía constancia. Pero se trataba de un modelo barato, y más de una cuarta parte de las máquinas similares que se vendieron en ese lapso de tiempo se pagaron en efectivo. Además, los investigadores averiguaron que casi todos los más de cincuenta puntos de venta de Nueva Inglaterra tenían expuesto un modelo 1.132 nuevo que podía probarse. Habría sido relativamente sencillo ir un concurrido domingo por la tarde, poner una hoja de papel en el rodillo y escribir lo que se quisiera sin llamar la atención, ni siquiera de un vendedor.

Lucy había esperado que el remitente de las falanges lo volvería a hacer con las correspondientes a la primera o la tercera víctima, pero no fue así.

Era, en su opinión, la peor forma de provocación: el mensaje no estaba en las palabras, ni siquiera en los apéndices mutilados, sino en una entrega cuyo rastro no podía seguirse.

También había la inquietante referencia a la bibliografía sobre Jack el Destripador, que había extirpado un trozo de riñón a una víctima, una prostituta llamada Catharine Eddowes, alias Kate Kelly, y lo había enviado a la Policía Metropolitana en 1888 con una burlona nota, rubricada. Que su presa conociera este caso tan famoso la ponía nerviosa. Era muy revelador, pero también la afectaba. No le gustaba estar buscando a alguien con nociones de la historia, porque eso implicaba cierta inteligencia. La mayoría de los criminales que había enviado a la cárcel destacaban por su estupidez absoluta. En la sección de delitos sexuales era un dato bastante conocido que las fuerzas que impulsaban a un hombre a ese acto concreto también harían que fuera descuidado y olvidadizo. Los que atacaban con determinada planificación y previsión eran más difíciles de descubrir.

De modo extraño, pensaba que estos homicidios eran imposibles de caracterizar. Francis había acertado cuando Peter le había pedido que los relacionara entre sí. Pero Lucy no podía evitar la sensación de que había algo más que el pelo y el físico de las víctimas y la singular crueldad del asesino.

Avanzaba por uno de los senderos entre los edificios hospitalarios pensando en el hombre que Peter y Francis llamaban *el ángel*. No se fijó en el buen día que hacía a su alrededor, en los rayos de sol que iluminaban los nuevos brotes de las ramas de los árboles y calentaban el mundo con el augurio de un tiempo mejor. Lucy Jones tenía la clase de mente a la que le gustaba clasificar y compartimentar, que disfrutaba de la búsqueda rigurosa del detalle, y en ese momento excluía la temperatura, el sol y los nuevos brotes, ocupada en el repaso mental de los obstáculos a que se enfrentaba. La lógica y una aplicación metódica de las normas, las regulaciones y las leyes la habían sostenido a lo largo de su vida adulta. Lo que Peter había sugerido la asustaba, aunque había tenido cuidado de no demostrarlo. En su interior, reconocía que tenía cierto sentido, porque no se le ocurría otro modo de proceder. Creía que era un plan que reflejaba la agudeza de Peter y que no seguía ningún método racional.

Pero Lucy, que se consideraba una jugadora de ajedrez, creía que era el mejor gambito inicial que podía imaginar. Se recordó que debía mantenerse fría, ya que imaginaba que así podría controlar la situación.

Mientras caminaba cabizbaja, sumida en sus pensamientos, le pareció oír de repente su nombre.

—Luuuuuuucccyyyy. —Fue un gemido largo que le llegó con la suave brisa primaveral y reverberó entre los árboles que salpicaban los terrenos del hospital.

Se detuvo en seco y se volvió. Nadie. Miró a derecha e izquierda, a la escucha, pero el sonido había desaparecido.

Pensó que se había confundido. El gemido podría haber correspondido a muchos otros sonidos. La tensión la había puesto nerviosa y había oído mal lo que era un grito de dolor o angustia, igual a los centenares que el viento transportaba por el hospital todos los días.

Y a continuación pensó que se estaba mintiendo a sí misma.

Había oído su nombre.

Alzó los ojos hacia las ventanas del edificio más cercano. Vio las caras de algunos pacientes ociosos que miraban en su dirección. Se giró despacio hacia otras unidades. Amherst quedaba lejos. Williams, Princeton y Yale estaban más cerca. Examinó los edificios de ladrillo en busca de algún indicio revelador. Pero todos permanecieron silenciosos, como si la observación de Lucy hubiera cerrado la llave de la ansiedad y la alucinación que tan a menudo definían los sonidos que se oían en ellos.

Se quedó inmóvil. Pasado un momento, oyó un torrente de obscenidades en un edificio. Lo siguieron voces enfadadas y chillidos. Eso era lo que esperaba oír y, con cada sonido, se dijo que antes había oído algo inexistente, lo que, según se percató con ironía, la equipararía con la mayoría de los pacientes del hospital. Así pues, reanudó su camino, dando la espalda a las ventanas y a todos los ojos que podían estar observándola o contemplando absortos el bonito cielo azul. Era imposible saber cuál de las dos cosas.

17

Peter *el Bombero* estaba en medio del comedor con una bandeja observando la actividad frenética que lo rodeaba. Las comidas en el hospital eran una serie interminable de pequeñas escaramuzas que reflejaban las terribles batallas interiores que cada paciente libraba. Ningún desayuno, almuerzo o cena terminaba sin que hubiera estallado algún incidente. La angustia se servía con tanta regularidad como los huevos revueltos poco hechos o la ensalada de atún insípida.

A su derecha vio a un anciano senil que sonreía grotescamente mientras la leche le resbalaba por el mentón y el pecho, a pesar de los esfuerzos de una enfermera en prácticas por impedir que se ahogara; a su izquierda, dos mujeres se disputaban un cuenco de gelatina de limón. Por qué había un solo cuenco y dos personas que lo reclamaban era el dilema que Negro Chico intentaba resolver con paciencia, aunque ambas mujeres, de aspecto casi idéntico, con trenzas despeinadas de pelo gris, piel rosácea y bata azul, parecían ansiosas por llegar a las manos. Ninguna de ellas tenía la menor intención de recorrer los pocos pasos que las separaban de la cocina para obtener un segundo cuenco de gelatina. Sus voces altas, agudas, se mezclaban con el ruido de platos y cubiertos y con el calor húmedo procedente de la cocina. Pasado un segundo, una de las dos mujeres cogió el cuenco de gelatina y lo lanzó al suelo, donde se hizo añicos con el estrépito de un disparo.

Peter se dirigió a su habitual mesa del rincón, donde daría la espalda a la pared. Napoleón ya la ocupaba, y Peter suponía que Francis se les uniría pronto, aunque no sabía dónde estaba el joven en ese momento. Se sentó y observó con recelo su plato de fideos. Tenía dudas sobre su procedencia.

—Dime algo, Nappy —pidió—. ¿Qué habría comido un soldado del gran ejército napoleónico un día como éste?

Napoleón estaba atacando el plato con avidez, llevándose aquella bazofia a la boca como una máquina de émbolos. La pregunta de Peter lo hizo detener para plantearse la cuestión.

—Carne enlatada —respondió al cabo de un instante—, lo que, dadas las condiciones sanitarias de la época, era una comida bastante peligrosa. O cerdo salado. Pan, por supuesto. Ése era un ingrediente básico, lo mismo que el queso duro que podía llevarse en una mochila. Vino tinto, creo, o agua del pozo o río que hubiera cerca. Si hacían incursiones, algo frecuente entre los soldados, quizá cogerían un pollo o una oca de alguna granja vecina y lo asarían o hervirían.

—¿Y si pensaban entrar en combate? ¿Una comida especial, quizá?

—No. No es probable. Solían estar hambrientos y a menudo, como en Rusia, se morían de hambre. Aprovisionar al ejército era siempre un problema.

Peter sostuvo un trozo irreconocible de lo que le habían dicho era pollo y se preguntó si podría entrar en combate con este plato a modo de inspiración.

—Dime, Nappy, ¿crees que estás loco? —preguntó de repente.

El hombre hizo una pausa, y un tenedor cargado de fideos rezumantes se quedó a mitad de camino de su boca, donde permaneció mientras se planteaba la pregunta. Al cabo de un momento, dejó el tenedor en el plato.

—Supongo que sí, Peter —suspiró con tristeza—. Unos días más que otros.

—Háblame un poco de ello.

Napoleón sacudió la cabeza, y el resto de su entusiasmo habitual se desvaneció.

—Los medicamentos controlan bastante los delirios. Como hoy, por ejemplo. Sé que no soy el emperador. Simplemente sé mucho sobre el hombre que lo fue. Y sobre cómo dirigir un ejército. Y lo que pasó en 1812. Hoy sólo soy un historiador de tercera categoría. Pero mañana, no sé. Quizá fingiré tomarme la medicación que me den esta noche. Ya sabes, ponérmela bajo la lengua y escupirla después. Hay algunos trucos que casi todo el mundo aprende en el hospital. O puede que la dosis se quede un poco corta. Eso también pasa, porque las enfermeras tienen que distribuir muchas pastillas y a veces no prestan tanta atención como deberían a quién recibe qué. Y ya está: un delirio muy potente no necesita demasiado terreno para arraigar y florecer.

—¿Los echas de menos? —preguntó Peter tras pensar un momento.

—¿El qué?

—Los delirios. Cuando no los tienes. ¿Te hacen sentir especial cuando los tienes y corriente cuando desaparecen?

—Sí —sonrió Napoleón—. A veces. Pero a veces también duelen, y no sólo porque puedes ver lo terribles que son para quienes te rodean. La obsesión se vuelve tan grande que te abruma. Es como una goma elástica cada vez más tensa en tu interior. Sabes que al final se tiene que romper pero, cuando crees que lo hará y que todo tu interior se soltará, se estira un poco más. Deberías preguntarle a Pajarillo, creo que él lo entiende mejor.

—Lo haré.

En ese momento Peter vio que Francis avanzaba con cautela por el comedor para reunirse con ellos. Se movía de una forma muy parecida a la que él recordaba de sus días de patrulla en Vietnam, receloso del suelo que pisaba por si había bombas trampa. Francis daba bordadas entre las discusiones y los enfados que habían estallado a la derecha, y la rabia y la alucinación de la izquierda, esquivando los escollos de la senilidad o del retraso mental. Cuando llegó a la mesa, se dejó caer en una silla con un suave suspiro de satisfacción. Peter pensó que el comedor era una peligrosa travesía plagada de problemas.

Francis ojeó el revoltijo que se solidificaba con rapidez en su plato.

—No quieren que nos engordemos —bromeó.

—Alguien me comentó que rocían la comida con Thorazine —susurró Napoleón con aire de complicidad—. Así saben que nos pueden tener tranquilos y bajo control.

Francis miró a las dos mujeres que seguían gritándose por la gelatina.

—Pues no parece ir demasiado bien —comentó.

—Pajarillo —preguntó Peter, y señaló de modo discreto a las dos mujeres—, ¿por qué crees que están discutiendo?

Francis dudó y enderezó los hombros antes de contestar.

—¿Por la gelatina?

Peter sonrió pero negó con la cabeza.

—No, eso ya lo veo —dijo—. Pero ¿crees que vale la pena pegarse por un bol de gelatina de limón? ¿Por qué gelatina? ¿Por qué ahora?

Francis lo comprendió. Peter tenía una forma de incluir preguntas importantes en otras insignificantes, una cualidad que Francis admiraba porque mostraba la capacidad de pensar más allá de las paredes de Amherst.

—Es por tener algo, Peter —respondió despacio—. Es por poseer algo tangible en este sitio en que no tenemos casi nada. No es por la gelatina. Es por poseerla. No vale la pena pegarse por un bol de gelatina, pero sí por algo que te recuerda quién eres y lo que podrías ser, y el mundo que nos espera si podemos reunir suficientes cosas pequeñas que vuelvan a convertirnos en seres humanos.

Peter reflexionó sobre la respuesta de Francis, y los tres hombres vieron cómo las dos mujeres rompían a llorar.

Los ojos de Peter se fijaron en ellas, y Francis pensó que cada incidente como ése debía herirlo profundamente, porque ese sitio no era para él. Francis miró de reojo a Napoleón, que se encogió de hombros y volvió a concentrarse en la comida. Ése era su sitio, y también el suyo propio. Era donde todos debían estar, pero Peter no. Debía de asustarlo, pues cuanto más tiempo estuviera en el hospital, más cerca estaría de convertirse en uno de ellos. Francis oyó un murmullo de voces que asentían en su interior.

Gulptilil examinó con recelo la lista de nombres que Lucy puso encima de su mesa.

—Parece un número importante de pacientes, señorita Jones. ¿Podría preguntarle cuáles han sido sus criterios de selección? —dijo en un tono frío y nada afable que, dada su voz cantarina, sonaba un poco ridículo.

—Por supuesto. Como no encontré un factor psicológico determinante, como una enfermedad definida, tomé en consideración incidentes violentos contra mujeres. Estos setenta y cinco hombres han cometido diversas agresiones. Unos más que otros, claro, pero todos tienen un factor en común. —Lucy hablaba con la misma pomposidad que el director médico, una dote interpretativa que había afinado en la oficina del fiscal y que a menudo le servía en situaciones oficiales. Hay muy pocos burócratas a los que no intimide alguien capaz de hablar su propio idioma.

Gulptilil se volvió a fijar en la lista y examinó los nombres mientras Lucy se preguntaba si el médico podría asignar una cara y un expediente a cada uno de ellos. Actuaba como si fuera así, pero la fiscal dudaba de que le interesaran demasiado las intimidades de los pacientes. Pasado un instante, suspiró.

—Su afirmación puede aplicarse igualmente al detenido por el asesinato, claro —manifestó—. Aun así, señorita Jones, accederé a lo que pide. Pero debo indicarle que me parece una pérdida de tiempo.

—Es una forma de arrancar, doctor.

—Es también una forma de parar —replicó él—. Lo que, me temo, es lo que pasará en sus interrogatorios cuando quiera obtener información de estos hombres. Imagino que le resultarán frustrantes. —Sonrió, no de forma demasiado simpática, y añadió—: Bueno, supongo que tendrá que averiguarlo por sí misma. Supongo que querrá efectuar estos interrogatorios de inmediato. Hablaré con el señor Evans, y quizá con los hermanos Moses, que pueden empezar a llevar a los pacientes a su despacho. De este modo, por lo menos, podrá empezar a trabajar y comprender los obstáculos a que va a enfrentarse.

Lucy sabía que Gulptilil hablaba sobre los caprichos de la enfermedad mental, pero lo que dijo podía interpretarse de distintas formas. Le sonrió y asintió para mostrarle su conformidad.

Cuando volvió a Amherst, los Moses la estaban esperando en el pasillo junto al puesto de enfermería de la planta baja. Peter y Francis estaban con ellos, apoyados contra la pared como un par de adolescentes aburridos que pasan el rato en una esquina a la espera de problemas, aunque el modo en que los ojos de Peter escrutaban el pasillo para observar todos los movimientos y valorar a todos los pacientes que pasaban por allí contradecía su aspecto lánguido. No divisó a Evans, lo que podía ser positivo si se tenía en cuenta lo que iba a pedirles. Pero ésa fue la primera pregunta que hizo a los dos auxiliares.

—¿Dónde está Evans?

—En otro edificio —respondió Negro Grande—. En una reunión de personal de apoyo. Debería llegar en cualquier momento. El gran jefe llamó para decirnos que tenemos que empezar a llevar gente a su despacho. Tiene una lista.

—Exacto.

—Suponga que no tienen ganas de verla —comentó Negro Chico—. ¿Qué hacemos entonces?

—No les den esa opción. Pero si se ponen frenéticos, o empiezan a perder el control, puedo ir a verlos yo.

—¿Y si aun así no quieren hablar?

—No planteemos los problemas antes de tenerlos, ¿vale?

Negro Grande entornó los ojos pero no dijo nada, para Francis era obvio que la función del auxiliar consistía precisamente en eso, en plantearse los problemas antes de que surgieran.

—Lo intentaremos —dijo su hermano tras soltar un suspiro—. No le prometo cómo van a reaccionar. Nunca he hecho nada así. Quizá no haya ningún problema.

—Si se niegan ya pensaremos otra cosa —dijo Lucy—. Tengo una idea. Me gustaría saber si pueden ayudarme y guardar el secreto.

Los dos hermanos se miraron un instante. Negro Chico habló por los dos.

—Me huelo que nos va a pedir un favor que podría meternos en un lío.

—No demasiado grande, espero —repuso Lucy sonriendo.

Negro Chico sonrió de oreja a oreja, como si le hiciera gracia la respuesta de Lucy.

—La persona que lo pide siempre piensa que no es gran cosa. Pero adelante, señorita Jones, no decimos ni que sí ni que no. La escuchamos.

—En lugar de ir los dos a buscar a cada paciente para traerlo aquí, quiero que vaya sólo uno.

—Por lo general, seguridad aconseja que haya dos hombres en cada desplazamiento como éste. Uno a cada lado del paciente. Son las normas.

—Permitan que me explique —replicó ella a la vez que daba un paso hacia los hemanos, de modo que sólo el reducido grupo pudiera oírla, un gesto apropiado a la pequeña conspiración que Lucy tenía en mente—. No soy muy optimista sobre el resultado de estos interrogatorios, y voy a confiar en Francis más de lo que él imagina —explicó. Los demás miraron al joven, que se ruborizó, como si lo hubiera destacado en clase una profesora de la que estuviera medio enamorado—. Pero, como Peter indicó el otro día, nos faltan pruebas contundentes. Me gustaría intentar algo al respecto.

Los Moses la escuchaban con atención. También Peter se acercó, lo que estrechó más el grupo.

—Quiero que mientras hablo con estos pacientes, se registre a conciencia sus cosas —prosiguió Lucy—. ¿Han registrado alguna vez una cama y un arcón?

—Por supuesto —asintió Negro Chico—. De vez en cuando. Eso forma parte de este excelente trabajo.

Lucy lanzó una rápida mirada a Peter, que parecía deseoso de dar su opinión.

—Y me gustaría que Peter interviniera en esos registros —añadió—. Que estuviera al mando.

Los dos auxiliares se miraron y Negro Chico replicó:

—Peter no puede salir del edificio Amherst, señorita Jones. Me refiero a que sólo puede hacerlo en circunstancias especiales. Y es el doctor Gulptilil o el señor Evans quienes dicen cuáles son esas circunstancias especiales. Evans no le ha dejado cruzar estas puertas ni una sola vez.

—¿Se supone que hay riesgo de que se escape? —preguntó Lucy, un poco como si estuviera ante un juez en una solicitud de libertad bajo fianza.

—Evans lo puso en el expediente —respondió Negro Chico a la vez que sacudía la cabeza—. Es más bien un castigo porque tiene pendiente cargos graves. Peter está aquí por orden judicial para ser evaluado, y supongo que la prohibición de salir es normal en casos así.

—¿Hay alguna forma de saltarse eso?

—Hay formas de saltárselo todo si es lo bastante importante, señorita Jones.

Peter guardaba silencio. Francis vio de nuevo que se moría de ganas de hablar pero tenía la sensatez de mantener la boca cerrada. Los auxiliares no se habían negado aún a la petición de Lucy.

—¿Por qué cree que Peter tiene que hacer esto, señorita Jones? ¿Por qué no mi hermano o yo? —quiso saber Negro Chico.

—Por un par de razones —respondió Lucy—. Primero, como saben, Peter era un investigador muy bueno, y sabe cómo, dónde y qué buscar, y cómo tratar cualquier prueba. Y, como ha recibido formación en la obtención de pruebas forenses, espero que pueda detectar algo que quizá podría escapársele a usted o a su hermano...

Negro Chico apretó los labios, reconociendo tácitamente que aquello era cierto. Lucy lo tomó como un asentimiento y prosiguió.

—Y la otra razón es que no estoy segura de querer comprometerlos en todo esto. Imaginemos que encuentran algo en un registro. Estarán obligados a contárselo a Gulptilil, que técnicamente es el responsable máximo, y probablemente esa prueba se perderá o se estropeará. Si Peter encuentra algo, bueno, es otro loco del hospital. Puede dejarla, mencionármela y luego obtener una orden de registro legítima. Recuerden que al final tendrá que venir la policía a detener a alguien. Tengo que conservar cierta rectitud en la investigación, sea lo que eso signifique. ¿Me explico, señores?

Negro Grande soltó una carcajada, aunque no se había dicho nada gracioso, salvo el concepto de «rectitud en la investigación» en un hospital de chalados. Su hermano se rascó la cabeza.

—Por Dios, señorita Jones, me parece que nos va a meter en un buen lío antes de que todo esto termine.

Lucy se limitó a sonreír a los dos hermanos. Una sonrisa franca y acompañada de una mirada traviesa, que reflejaba la aceptación de una conspiración necesaria e inofensiva. Francis lo observó y, por primera vez en su vida, pensó lo difícil que era negar algo a una mujer bonita, lo que tal vez no fuera justo, pero aun así era cierto.

Los dos auxiliares se miraron. Luego, Negro Chico se encogió de hombros.

—¿Sabe qué, señorita Jones? —dijo—. Mi hermano y yo haremos lo que podamos. Que Evans y Tomapastillas no se enteren. —Hizo una breve pausa—. Peter, ven a hablar con nosotros en privado. Tengo una idea...

El Bombero asintió.

—¿Qué se supone que buscamos? —preguntó Negro Grande.

—Ropas o zapatos manchados de sangre —contestó Peter—. En algún sitio hay un cuchillo u otra clase de arma blanca. Sea lo que sea, tendrá que ser muy afilada porque sirvió para cercenar dedos. Y el juego de llaves que falta, porque para nuestro ángel las puertas cerradas no son un obstáculo. Y cualquier otra cosa que nos permita conocer más detalles sobre el crimen por el que el pobre Larguirucho está en la cárcel. Y cualquier cosa relacionada con los demás crímenes que investiga Lucy, como recortes de periódicos o una prenda femenina. No lo sé. Y desde luego lo más importante —aseguró.

—¿Qué? —preguntó Negro Grande.

—Cuatro falanges cortadas —contestó Peter con frialdad.

Oía las mismas voces que de joven, clamando de nuevo para que les prestara atención, y me preguntaban repetidamente: ¿Qué tenemos de malo, Francis? Estábamos ahí para ayudar.

Francis se sentía incómodo en el despacho de Lucy mientras intentaba evitar la mirada de Evans. La habitación estaba sumida en el silencio. Había un calor pegajoso y enfermizo, como si la calefacción se hubiera quedado en marcha a la vez que la temperatura exterior se disparaba. Lucy estaba atareada con un expediente, hojeando páginas con anotaciones y tomando de vez en cuando alguna nota en un bloc.

—Él no debería estar aquí, señorita Jones. A pesar de la ayuda que crea que le puede brindar y a pesar de la autorización del doctor Gulptilil, creo que es muy inadecuado involucrar a un paciente en esta investigación. Sin duda, cualquier aportación que pueda hacer carece de la base que tendría la de un miembro del personal o la mía propia.

Evans logró sonar pomposo, lo que, en opinión de Francis, no era habitual en él. Por lo general, el señor del Mal tenía un tono sarcástico e irritante que subrayaba las diferencias entre ellos. Francis sospechaba que Evans solía adoptar ese tono clínico en las reuniones del personal. Desde luego, hacerse el importante no era lo mismo que serlo. Un coro de conformidad se agitó en su interior.

—Veamos cómo lo hace —se limitó a decir Lucy tras alzar los ojos—. Si crea algún problema, siempre estamos a tiempo de cambiar las cosas. —Y se centró de nuevo en el expediente.

—Y ¿dónde está el otro? —insistió Evans.

—¿Peter? —preguntó Francis.

—Le he encargado las tareas más aburridas y menos importantes —dijo Lucy levantando una vez más la cabeza—. Siempre hay algo farragoso pero necesario que hacer. Dados sus antecedentes, creí que él era el más adecuado.

Eso pareció apaciguar a Evans, y Francis pensó que era una respuesta muy inteligente. Cuando fuera mayor, él también aprendería a decir cosas que no eran del todo ciertas sin estar mintiendo.

Hubo un silencio hasta que llamaron a la puerta y ésta se abrió. Negro Grande entró en el despacho acompañado de un hombre al que Francis reconoció del dormitorio de arriba.

—Éste es el señor Griggs —anunció el auxiliar con una sonrisa—.

De los primeros de la lista. —Con su manaza, dio un empujoncito al hombre y luego retrocedió hacia la pared para situarse allí con los brazos cruzados.

Griggs avanzó hasta el centro de la habitación y vaciló. Lucy le señaló una silla, desde donde Francis y el señor del Mal podrían observar sus reacciones a las preguntas. Era un individuo enjuto y musculoso de mediana edad, medio calvo y con el pecho hundido. Respiraba con un resuello asmático. Recorrió la habitación con mirada precavida, como una ardilla que levantara la cabeza ante un peligro lejano. Una ardilla con unos dientes irregulares y amarillentos, y un carácter inquieto. Tras dirigir a Lucy una penetrante mirada, extendió las piernas con expresión irritada.

—¿Por qué estoy aquí? —preguntó.

—Como sabrá —respondió Lucy—, en las últimas semanas se han suscitado algunas preguntas sobre la muerte de una enfermera en este edificio. Esperaba que usted pudiera arrojar algo de luz sobre ese incidente. —Su voz sonaba natural, pero Francis detectó en su actitud y en la forma en que miraba al paciente que algo la había llevado a seleccionar a ese hombre primero. Algo en su expediente le había dado que sospechar.

—Yo no sé nada —contestó el hombre, y se revolvió en el asiento agitando una mano en el aire—. ¿Puedo irme?

En el expediente, Lucy leyó palabras como «bipolar» y «depresión», «tendencias antisociales» y «gestión del enfado». Griggs tenía un popurrí de problemas. También había herido a una mujer con una navaja de afeitar en un bar tras invitarla a unas copas y haber sido rechazado cuando se le insinuó. También, había ofrecido resistencia cuando la policía lo detuvo y, a los pocos días de haber llegado al hospital, había amenazado a Rubita y otras enfermeras con vengarse espantosamente, cuando intentaban obligarlo a tomar la medicación por la noche, cambiaban el canal del televisor en la sala de estar o le impedían molestar a otros pacientes, lo que hacía casi a diario. Cada uno de estos incidentes estaba debidamente documentado. También había una anotación de que había informado a su abogado defensor de que unas voces indeterminadas le habían ordenado que atacara a la mujer en cuestión, afirmación que lo había conducido al Western en lugar de a la cárcel local. Una anotación adicional, con la letra de Gulptilil, cuestionaba la veracidad de tal afirmación. Era, en resumen, un hombre lleno de rabia y mentiras, lo que, según Lucy, lo convertía en un candidato excelente.

—Por supuesto —afirmó Lucy, sonriente—. Así que la noche del homicidio...

—Estaba durmiendo en el piso de arriba —gruñó Griggs—. En la cama. Colocado con la mierda esa que nos dan.

Lucy observó su bloc antes de levantar los ojos y fijarlos en el paciente.

—Esa noche no quiso la medicación. Hay una nota en su expediente.

Griggs abrió la boca para replicar pero se detuvo.

—Decir que no la tomarás no significa que no la tomes —explicó—. Sólo significa que algún tío como éste te obligará a tomarla. —Señaló a Negro Grande, y Francis tuvo la impresión de que hubiese usado otro epíteto si no lo asustara el corpulento auxiliar—. Así que lo hice. Unos minutos después, estaba en brazos de Morfeo.

—No le caía bien la enfermera en prácticas, ¿verdad?

—No me cae bien ninguna —sonrió Griggs—. Eso no es ningún secreto.

—¿Y por qué?

—Les gusta mandarnos. Ordenarnos hacer cosas. Como si no fuéramos nadie.

Griggs hablaba en plural, pero Francis creyó que sólo pensaba en sí mismo.

—Pelear con mujeres es más fácil, ¿no? —preguntó Lucy.

El paciente se encogió de hombros.

—¿Cree que podría pelear con él? —Señaló de nuevo a Negro Grande.

Lucy se inclinó hacia delante y prosiguió:

—No le caen bien las mujeres, ¿verdad?

Griggs respondió con voz grave.

—Usted no me cae demasiado bien.

—Le gusta lastimar a las mujeres, ¿no? —preguntó Lucy.

El hombre soltó una carcajada sibilante, pero no contestó.

Lucy, con voz monótona, cambió de dirección.

—¿Dónde estaba en noviembre de hace dos años?

—¿Cómo?

—Ya me ha oído.

—¿Y quiere que me acuerde?

—¿Es eso un problema para usted? Porque le aseguro que puedo averiguarlo.

Griggs se revolvió en la silla para ganar tiempo. Francis observó que se esforzaba en pensar, como si intentara ver algún peligro entre la niebla.

—Trabajaba en unas obras en Springfield —afirmó—. En la carretera. En la reparación de un puente. Un trabajo asqueroso.

—¿Ha estado alguna vez en Concord?

—¿Concord?

—Ya me ha oído.

—No, nunca. Cae al otro lado del Estado.

—Y su jefe en esas obras, cuando lo llame, no me dirá que tenía acceso al camión de la empresa, ¿verdad? ¿Ni que lo mandó a hacer recados a la zona de Boston?

Griggs parecía un poco confundido.

—No —negó tras un momento de duda—. Esos trabajos fáciles se los daban a otros. Yo trabajaba en los pilares.

Lucy cogió una fotografía de los anteriores crímenes. Francis vio que correspondía al cadáver de la segunda víctima. Se inclinó sobre la mesa y la puso delante de Griggs.

—¿Recuerda esto? —preguntó—. ¿Recuerda haberlo hecho?

—No. —La voz de Griggs perdía algo de su bravuconería—. ¿Quién es?

—Dígamelo usted.

—Nunca la había visto.

—Yo creo que sí.

—No.

—En esas obras en las que trabajó existen registros de las actividades de los obreros. Así que me resultará fácil demostrar que estuvo en Concord. Pasa lo mismo con la anotación de que no recibió ningún medicamento la noche en que la enfermera fue asesinada aquí. Es sólo cuestión de papeleo. A ver, probemos de nuevo: ¿Hizo usted esto?

Griggs sacudió la cabeza.

—Si pudiera, lo haría, ¿cierto?

Negó otra vez.

—Me está mintiendo.

Griggs inspiró despacio, resollando, para llenarse los pulmones. Cuando habló, lo hizo con una rabia apenas contenida.

—Yo no hice eso a ninguna chica que haya visto nunca, y está equivocada si cree que lo hice.

—¿Qué hace a las mujeres que no le caen bien?

—Las rajo. —Esbozó una sonrisa maliciosa.

—¿Como a la enfermera en prácticas? —repuso Lucy.

Griggs negó otra vez con la cabeza. Echó un vistazo alrededor de la habitación, primero en dirección a Evans y después a Francis.

—No contestaré más preguntas —anunció—. Si quiere acusarme de algo, adelante, hágalo.

—De acuerdo —dijo Lucy—. Ya se puede ir. Pero quizá volvamos a hablar.

Griggs se levantó sin responder. Preparó algo de saliva y Francis creyó que iba a escupir a la fiscal. Negro Grande debió de pensar lo mismo, porque cuando Griggs dio un paso adelante, la mano del corpulento auxiliar le aferró el hombro como un torno de banco.

—Ya has terminado —le advirtió con calma—. No hagas nada que me enfade más de lo que ya estoy.

Griggs se zafó de la presa y se volvió. Francis vio que quería decir algo más pero, en cambio, empujó la silla para que chirriara contra el suelo y luego se marchó. Una pequeña muestra de desafío.

Lucy lo ignoró y empezó a anotar cosas en su bloc. Evans también escribía algo en una libreta.

—Bueno —le dijo Lucy—, no es que se haya descartado, ¿no cree? ¿Qué está escribiendo?

Francis guardó silencio cuando Evans alzó los ojos con una expresión algo ufana.

—¿Qué estoy escribiendo? Pues, para empezar, una nota para recordarme que debo ajustar la medicación de Griggs. Parecía muy agitado con sus preguntas, y diría que es probable que se muestre agresivo, quizá con los pacientes más vulnerables. Una anciana, por ejemplo. O acaso alguien del personal. Eso también es posible. Le aumentaré la dosis para impedir que esa cólera se manifieste.

—¿Qué va a hacer?

—Voy a tranquilizarlo una semana. Puede que más. —El señor del Mal vaciló y, a continuación, añadió sin abandonar el tono petulante—: ¿Sabe qué? Podría haberle ahorrado algo de tiempo. Tiene razón en que Griggs rehusó la medicación la noche del homicidio, pero su negativa conllevó que más tarde se le administrara una inyección intravenosa. ¿Ve la segunda anotación en la hoja? Yo estuve presente y supervisé el procedimiento. Así que es verdad que estaba durmiendo cuando se produjo el asesinato. Estaba sedado. —Evans hizo una pausa—. ¿Quizás haya otros casos en que yo pueda ayudarla de antemano?

Lucy levantó la mirada, frustrada. A Francis le pareció que no sólo detestaba perder el tiempo, sino también manejar la situación. Pensó que le resultaba difícil porque nunca había estado en un sitio así. Y se percató de que muy poca gente normal había estado nunca en un lugar como aquél.

Se mordió el labio inferior para no hablar. Le hervía la cabeza, llena de imágenes del reciente interrogatorio. Hasta sus voces interiores guardaban silencio porque, mientras escuchaba al interrogado, Francis había visto cosas. No alucinaciones o delirios, sino cosas sobre aquel hombre. Había visto picos de furia y de odio, y un placer desdeñoso en sus ojos al contemplar la imagen de la muerte. Había visto a un hombre capaz de mucha depravación. Pero, al mismo tiempo, había visto a un hombre de una terrible debilidad. Un hombre que siempre querría pero rara vez haría. No era el hombre que buscaban porque la rabia de Griggs había sido demasiado explícita. Y Francis sabía que el ángel era muy poco explícito.

En el mismo momento del interrogatorio, Peter y Negro Chico estaban efectuando el registro de las cosas de Griggs. Peter había cambiado su atuendo habitual, incluso la gorra de los Red Sox, por el uniforme blanco de un auxiliar del hospital. Había sido idea de Negro Chico. Era, de algún modo, un camuflaje perfecto en el hospital; habría sido necesario mirar dos veces para ver que quien lo llevaba no era un auxiliar sino Peter. En un mundo lleno de alucinaciones y delirios, generaría dudas. Esperaba que le proporcionara la cobertura suficiente para hacer lo que Lucy le había asignado, aunque sabía que si lo veía Tomapastillas, el señor del Mal o cualquiera de los otros que lo conocían bien, lo encerrarían de inmediato en una celda de aislamiento y que Negro Chico sería reprendido severamente. Eso no había preocupado al enjuto auxiliar, cuyo comentario «Circunstancias especiales exigen soluciones especiales» fue más ingenioso de lo que Peter le habría creído capaz. Negro Chico también había indicado que era enlace sindical y que su hermano era el secretario del sindicato, lo que les daría cierta protección si les pillaban.

El registro fue del todo infructuoso.

No había tardado mucho en revolver los objetos personales del paciente, guardados en una maleta bajo la cama. Tampoco le había costado examinar la cama en busca de algo que relacionara a Griggs con el crimen. También se había movido con rapidez por la zona adyacente en busca de cualquier sitio donde pudiera esconderse algo como un cuchillo. Era fácil ser eficiente; no había demasiados sitios donde poder ocultar algo.

Se incorporó y sacudió la cabeza. Negro Chico le indicó con un gesto que deberían volver al lugar donde habían acordado reunirse con su hermano.

Peter asintió y lanzó una mirada en derredor del dormitorio. Como siempre, había algunos hombres tumbados en la cama mirando el techo, absortos en sus inextricables ensoñaciones. Un anciano se balanceaba atrás y adelante, llorando. Otro parecía haber oído un chiste porque, rodeándose el cuerpo con los brazos, reía incontrolablemente. El retrasado que había visto antes en los pasillos estaba en el rincón opuesto del dormitorio, sentado cabizbajo en el borde de la cama, con los ojos fijos en el suelo. Los alzó un momento y se volvió. Peter no supo si se había percatado de que estaban registrando una zona del dormitorio. No había forma de descifrar lo que aquel retrasado entendía. Era posible, claro, que no prestara atención a sus actos, sumido en su casi total impasibilidad. Pero también cabía que en el fondo, a pesar de lo embotado que lo dejaban los fármacos psicotrópicos, hubiera establecido la conexión entre el paciente que habían llevado para interrogar y el posterior registro de la zona. No sabía si el rumor se extendería, pero temía que si el asesino llegaba a saberlo, su tarea sería mucho más difícil. Que los pacientes supieran que se estaban efectuando registros, causaría algún impacto. No estaba seguro de cuánto. No hizo una observación crucial: si el ángel se enteraba, podría querer hacer algo al respecto.

Observó de nuevo el grupo variopinto de hombres de la habitación y de nuevo se preguntó si pronto correría la voz por el hospital.

—Venga, Peter —le urgió Negro Chico—. Vámonos.

Asintió y se marcharon deprisa del dormitorio.

18

Aquel día, más tarde, o puede que después, pero seguro que en algún momento durante el desfile constante de enfermos mentales conducidos al despacho de Lucy Jones, se me ocurrió que hasta entonces nunca había formado parte de nada.

Creía que había sido curioso crecer sabiendo que, de una forma extraña, secundaria o acaso subterránea, existía toda una serie de conexiones a mi alrededor y que, aun así, yo estaba destinado a permanecer siempre excluido de ellas. Cuando eres pequeño, quedar al margen es una cosa terrible. Puede que la peor.

Una vez viví en una típica calle de las afueras, con muchos edificios blancos de una o dos plantas que servían de hogar a la clase media, con jardines delanteros bien cuidados con una o dos hileras de plantas perennes de colores vivos bajo las ventanas y una piscina en la parte de atrás. El autocar escolar paraba dos veces en nuestra manzana para recoger a los niños. Por la tarde había un movimiento constante en la calle, una marea ruidosa de jóvenes. Chicos y chicas con vaqueros deshilachados en las rodillas, salvo los domingos, cuando los chicos salían de sus casas con chaqueta azul, camisa blanca almidonada y corbata de poliéster, y las chicas llevaban vestidos con volantes. Nos reuníamos todos, junto con nuestros padres, en los bancos de las iglesias cercanas. Era una mezcla típica de habitantes del Massachusetts occidental, en su mayoría católicos, que se dedicaban a discutir si comer carne los viernes era pecado, incluidos algunos episcopalianos y baptistas. En la manzana había algunas familias judías, pero tenían que cruzar la ciudad para ir a la sinagoga.

Era increíble y abrumadoramente típico. La calle típica de una manzana típica poblada por familias típicas que votaban a los demócratas, les encantaban los Kennedy e iban a los partidos de la liga de béisbol infantil las tardes cálidas de primavera, no tanto para mirar como para hablar. Sueños típicos. Aspiraciones típicas. Típicos en todos los sentidos, desde primera hora de la mañana hasta última hora de la noche. Miedos típicos, preocupaciones típicas. Conversaciones que parecían revestidas de normalidad. Incluso típicos secretos ocultos bajo fachadas típicas. Un alcohólico. Un maltratador. Un homosexual no declarado. Todo típico, todo el tiempo.

Excepto yo, claro.

Se hablaba de mí en tono quedo, el mismo de los susurros que solían reservarse para la noticia espeluznante de que una familia negra se había instalado dos calles más abajo o que habían visto al alcalde salir de un hotel con una mujer que no era la suya.

En todos esos años jamás me invitaron a una fiesta de cumpleaños. Jamás me preguntaron si quería quedarme a dormir en casa de un amigo. Ni una vez subí al asiento trasero de un coche para ir a tomar un helado en Friendly. Jamás recibí una llamada por la noche para cotillear sobre el colegio, sobre deportes o sobre quién había besado a quién en el baile de séptimo curso. Nunca jugué en ningún equipo, ni canté en ningún coro ni desfilé en ninguna banda. Ningún viernes por la noche animé en un partido de fútbol americano, ni me puse nunca con timidez un esmoquin mal entallado para ir a un baile. Mi vida era única debido a la ausencia de todas esas pequeñas cosas que constituyen la normalidad de cualquier persona.

Nunca supe qué detestaba más, si el mundo esquivo del que procedía y al que jamás podría incorporarme o el mundo solitario en que estaba obligado a vivir. Solitario si exceptuamos las voces.

Durante años las oí llamarme por mi nombre: ¡Francis! ¡Francis! ¡Francis! ¡Sal! Era un poco como imaginaba que los niños de mi manzana me llamarían una tarde cálida de julio, cuando la luz se desvanecía despacio y el calor del día seguía vivo mucho después de cenar, si lo hubieran hecho alguna vez, lo que nunca ocurrió. Supongo, en cierto modo, que es difícil culparlos. No sé si yo habría querido salir a jugar con ellos. Y, a medida que crecí, también lo hicieron las voces, y sus tonos cambiaron, como si siguieran el ritmo de los años que pasaban por mi vida.

Todos estos pensamientos debieron de salir de algún punto del mundo vaporoso entre el sueño y la vigilia, porque de repente abrí los ojos en mi casa. Debía de haberme quedado dormido un momento, con la espalda apoyada contra la pared. Eran pensamientos que los medicamentos solían sofocar. Tenía tortícolis y me levanté vacilante. Una vez más, el día se había desvanecido a mi alrededor, y volvía a estar solo, salvo por los recuerdos, los fantasmas y los murmullos familiares de esas voces tanto tiempo reprimidas. Parecían todas bastante entusiasmadas con volver a apoderarse de mi mente. En cierto sentido, era como si despertaran a mi lado, como imaginaba que haría una amante de verdad si alguna vez la tenía. Reclamaban atención, como un grupo feliz que pujara por diversos objetos en una subasta concurrida.

Me desperecé nervioso y me acerqué a la ventana. Contemplé cómo la oscuridad de la noche avanzaba por la ciudad como tantas veces antes, sólo que esta vez me fijé en una sombra tras una tienda de recambios de automóvil al final de la calle. Observé cómo se extendía y pensé que era algo inquietante, que cada sombra tenía sólo un leve parecido al edificio, al árbol o a la persona que la proyectaba. Adoptaba una forma propia que evocaba su origen pero se mantenía independiente. Igual pero distinta. Pensé que las sombras podían revelarme mucho sobre mi mundo. Quizás estaba más cerca de ser una de ellas que de estar vivo. De punto vi un coche patrulla que recorría despacio mi calle.

Tuve la impresión de que venía a vigilarme. Noté que los dos pares de ojos del interior oscuro del vehículo se alzaban y recorrían la fachada del edificio de pisos como unos focos hasta que localizaban mi ventana. Me aparté a un lado para que no me vieran.

Retrocedí y me acurruqué contra la pared.

Habían venido a buscarme. Lo sabía, igual que sabía que el día sigue a la noche y que la noche sigue al día. Recorrí el piso con la mirada en busca de un sitio donde esconderme. Contuve el aliento. Cada latido de mi corazón resonaba como una sirena de niebla. Me apreté más contra la pared, como si pudiera fundirme con ella. Notaba a los agentes al otro lado de la puerta.

Pero no ocurrió nada.

No aporrearon la puerta.

No sonaron voces fuertes con esa sola palabra, ¡Policía!, que lo dice todo de una vez.

El silencio me envolvía y, pasado un segundo, me incliné para espiar por la ventana. La calle estaba vacía.

Ningún coche. Ningún policía. Sólo más sombras.

Esperé un instante. ¿Había estado el coche ahí?

Exhalé despacio. Me dije que nada iba mal y que no tenía por qué preocuparme, lo que me recordó que eso era precisamente lo que había procurado decirme en todos aquellos años en el hospital.

Seguía recordando las caras, aunque a veces no los nombres. En el transcurso de ese día y del siguiente, Lucy había interrogado en su despacho, uno tras otro, a los hombres que, en su opinión, poseían algunos de los elementos del perfil que estaba elaborando en su cabeza. Hombres con rabia. Era, en cierto sentido, un curso intensivo sobre una parte de la humanidad que poblaba el hospital, una parte de la marginalidad. Toda clase de enfermedades mentales visitó ese despacho y se sentó en la silla frente a ella, unas veces con un leve empujoncito de Negro Grande y otras con sólo un gesto de Lucy o de Evans.

En cuanto a mí, guardaba silencio y escuchaba.

Era un desfile de imposibilidades. Algunos hombres eran solapados y miraban a uno y otro lado, esquivos en todas sus respuestas. Algunos parecían aterrados, se encogían en la silla con la frente sudorosa y la voz temblorosa como si cada pregunta de Lucy, por muy rutinaria, benévola o insignificante que fuera, los golpeara. Otros eran agresivos, levantaban la voz enseguida, gritaban con rabia y, en más de una ocasión, daban puñetazos en la mesa, llenos de una indignación justificada. Unos cuantos se mantuvieron mudos, con la mirada en blanco, como si cada frase que salía de los labios de Lucy, cada pregunta que quedaba suspendida en el aire, ocurriera en un plano totalmente distinto al suyo, algo que no significaba nada en ningún lenguaje que ellos conocieran y que, por tanto, les era imposible responder. Algunos hombres contestaron con sandeces, algunos con fantasías, otros con rabia y unos cuantos con miedo. Dos hombres se quedaron mirando al techo, y otros dos hicieron gestos de estrangulamiento con las manos. Algunos observaron las fotografías del escenario del crimen con temor, otros con una fascinación inquietante. Un hombre confesó al instante, lloriqueando, «Yo lo hice, yo lo hice» una y otra vez, sin dejar que Lucy le hiciera ninguna pregunta. Un hombre no dijo nada, pero sonrió y se llevó la mano a los pantalones para excitarse hasta que la mano de Negro Grande en el hombro lo obligó a parar. A lo largo de los interrogatorios, el señor del Mal se sentaba junto a Lucy, y cuando Negro Grande se llevaba al paciente se apresuraba a explicar por qué uno u otro debía descartarse por este o aquel motivo. Su actitud era irritante: se suponía que prestaba ayuda e informaba cuando, en realidad, ponía trabas y confundía. El señor del *Mal* no era tan inteligente como él creía, ni tan estúpido como alguno de nosotros opinaba, lo que desde luego era una combinación de lo más peligrosa.

A mí me ocurrió algo muy curioso: empecé a ver cosas. Era como si pudiera deducir de dónde procedía cada dolor. Y cómo todos esos dolores acumulados habían evolucionado con los años hacia la locura.

Sentí que una oscuridad me invadía el corazón.

Hasta la última fibra de mi ser me gritó que me levantara y saliera corriendo, que me marchara de esa habitación, que todo lo que veía, oía y averiguaba era terrible, era información que no tenía ningún derecho a poseer, que no necesitaba tener, que no deseaba reunir. Pero me quedé paralizado, incapaz de moverme, tan asustado de mí mismo como de los hombres que entraban en el despacho y que habían hecho algo terrible.

Yo no era como ellos. Y, sin embargo, lo era.

La primera vez que Peter *el Bombero* salió del edificio Amherst se sintió abrumado y tuvo que agarrarse a la barandilla para no tropezar. La brillante luz del sol pareció inundarlo, una brisa cálida de finales de primavera le alborotó el pelo, la fragancia del hibisco en flor que bordeaba los caminos le inundó el olfato. Vaciló tambaleante en lo alto de la escalinata un poco como un borracho, mareado, como si hubiera girado sobre sí mismo durante semanas en el interior del edificio y ése fuera el primer momento en que su cabeza no daba vueltas. Oyó el tráfico de la calzada en el exterior del hospital y a algunos niños jugando delante de una de las viviendas del personal. Escuchó con atención y, más allá de las voces felices, captó una radio. Creyó reconocer el sonido Motown. Algo con un ritmo muy pegadizo y unas armonías melodiosas en el estribillo.

Negro Chico y su hermano flanqueaban a Peter, pero fue el más pequeño de los dos quien le susurró, apremiante:

—Agacha la cabeza, Peter. No dejes que nadie te vea bien.

El Bombero iba vestido con el uniforme blanco, como los dos auxiliares, aunque ellos llevaban los gruesos zapatos negros reglamentarios, mientras que él calzaba unas zapatillas de deporte, y cualquier persona atenta se habría percatado de esa diferencia. Asintió y se encorvó un poco, pero le costaba mantener la mirada en el suelo. Hacía semanas que no salía, y más aún sin que las limitaciones de las esposas y de su pasado le obstaculizaran los pasos.

A su derecha, vio un reducido y variopinto grupo de pacientes trabajando en el jardín, y sobre el decrépito asfalto que había sido una pista de baloncesto, media docena de pacientes deambulando alrededor de los restos de una red de voleibol, mientras dos auxiliares fumaban un cigarrillo y observaban algo distraídos al grupo, cuya mayoría tenía la cara levantada hacia el sol de la tarde. Una mujer enjuta de mediana edad bailaba describiendo amplios giros con los brazos en un vals sin ritmo ni propósito, pero tan refinado como en un salón vienés.

Habían preparado el sistema de registro con antelación. Negro Chico llamaría a las diversas instalaciones por el sistema de intercomunicación y los pacientes entrarían por la puerta lateral. Mientras Negro Grande y el individuo estuviesen en Amherst, Peter y Negro Chico registrarían sus cosas. Negro Chico vigilaba que no se acercara ningún auxiliar o enfermera que pudiera sentir curiosidad, mientras Peter registraba deprisa las escasas pertenencias del hombre en cuestión. Lo hacía muy bien, y podía revisar con gran rapidez las prendas, los documentos y la ropa de cama sin apenas desbaratarlos. Durante los primeros registros en su propio edificio, había averiguado que era imposible mantener lo que hacía en secreto; siempre había algún que otro paciente acechando en un rincón, acostado en la cama o simplemente pegado a la pared, desde donde podía mirar por la ventana y vigilar que nadie se le acercara a hurtadillas. Más de una vez, Peter pensó que la paranoia no tenía límite en aquel hospital. El problema era que un hombre que actuaba de modo sospechoso en aquel contexto no significaba lo mismo que en el mundo real. En el Western, la paranoia era la norma y se aceptaba como parte de la rutina diaria, tan regular y esperada como las comidas, las peleas y las lágrimas.

Negro Grande vio que Peter alzaba los ojos hacia el sol y sonrió.

—Un día tan bonito como hoy te hace olvidar, ¿verdad? —comentó.

Peter asintió.

—Un día como hoy no parece justo estar enfermo —prosiguió el hombre corpulento.

—¿Sabes qué, Peter? —intervino Negro Chico—. De hecho, un día como hoy empeora las cosas en el hospital. Hace que todo el mundo saboree un poco de lo que no tiene. Se puede oler el mundo de fuera.

En los días fríos, lluviosos, ventosos o nevosos todo el mundo se levanta y hace su vida. Nadie se fija. Pero un día bonito como hoy es duro para casi todo el mundo.

Peter no respondió.

—Muy duro para tu joven amigo —añadió Negro Grande—. Pajarillo todavía tiene esperanzas y sueños. Y en un día así ves lo lejos de ti que están todas esas cosas.

—Saldrá de aquí —aseguró Peter—. Y pronto, además. No puede haber nada serio que lo retenga en el hospital.

—Ojalá fuera así —suspiró Negro Grande—. Pajarillo tiene muchos problemas.

—¿Francis? —preguntó Peter, incrédulo—. Pero si es inofensivo. Cualquier idiota lo sabría. Es probable que ni siquiera debiera estar aquí.

Negro Chico sacudió la cabeza, como para indicar que Peter no veía lo que ellos veían, pero no dijo nada. Peter dirigió una mirada a la entrada principal del hospital, con su alta verja de hierro forjado y su muro de ladrillo. Pensó que, en la cárcel, la reclusión era siempre una cuestión de tiempo. El delito determinaba el encierro. Podían ser uno o dos años, veinte o treinta, pero siempre era una cantidad finita, incluso para quienes cumplían cadena perpetua porque se seguía midiendo en días, semanas y meses, y al final, inevitablemente, había una vista en la que se estudiaba la concesión de la libertad condicional. Eso no era así en un hospital psiquiátrico, porque allí algo mucho más esquivo y más difícil de controlar determinaba la estancia de uno.

Negro Grande pareció leerle el pensamiento, porque dijo con tristeza:

—Aunque consiga una vista de altas, le falta mucho para que le dejen salir de aquí.

—No tiene ningún sentido —insistió Peter—. Francis es listo y no le haría daño a una mosca...

—Sí —replicó Negro Chico—, pero todavía oye voces, incluso con la medicación, y el gran jefe no consigue que entienda por qué está aquí. Y al señor del Mal no le gusta nada, aunque no comprendo por qué. Todo eso implica que tu amigo se quedará aquí y que no le solicitarán ninguna vista. No como a algunos. Y, desde luego, no como a ti.

Peter fue a contestar pero cerró la boca. Siguieron andando en silencio y dejó que el calor del día lo reconfortara de las palabras con que los dos auxiliares lo habían dejado helado.

—Estáis equivocados —dijo por fin—. Saldrá y volverá a casa. Lo sé.

—Nadie lo quiere —aseguró Negro Grande.

—No como a ti —comentó Negro Chico—. Todo el mundo quiere echarte el guante. Acabarás en algún sitio, pero no será aquí.

—Ya —corroboró Peter con amargura—. De vuelta a la cárcel. Allí debo estar. Cumpliendo entre veinte años y cadena perpetua.

Negro Chico se encogió de hombros, dando a entender que Peter había logrado comprender algo.

Siguieron hacia el edificio Williams.

—Agacha la cabeza —ordenó Negro Chico cuando se acercaban a la entrada lateral del edificio.

Peter lo hizo y bajó los ojos, de modo que observaba el camino de tierra por donde caminaban. Le resultaba difícil, porque cada rayo de sol en la espalda le recordaba estar en otro sitio y cada caricia del viento cálido le sugería tiempos mejores. Siguió adelante mientras se decía que no servía de nada recordar lo que había sido y lo que era, sólo debía pensar en lo que se convertiría. Sabía que eso era difícil porque cada vez que miraba a Lucy veía una vida que podría haber sido suya, pero que lo había eludido, y pensaba, no por primera vez, que cada paso que daba sólo lo acercaba un poco más a un precipicio aterrador, donde se tambalearía y donde sólo lograría mantener un equilibrio muy precario, sujeto por unas delgadas cuerdas que se desgastarían con gran rapidez.

El hombre les sonrió sin comprender y no dijo nada.

—¿Recuerda a la enfermera en prácticas a la que apodaban Rubita? —preguntó Lucy por segunda vez.

El hombre se balanceó en el asiento y gimió un poco. No era un *sí* ni un *no*, sólo un gemido de reconocimiento. Francis describió el sonido como un gemido debido a la ausencia de una palabra mejor, porque el hombre no parecía desconcertado, ni por la pregunta, ni por la silla ni por la fiscal sentada frente a él. Era un hombre enorme, ancho de espaldas, con el cabello corto y una expresión inocente. Un hilito de baba le corría por la comisura de los labios y se balanceaba a un ritmo que sólo sonaba en sus oídos.

—¿Responderá alguna pregunta? —le espetó Lucy Jones con una nota de frustración.

El hombre guardó silencio, sólo se oía el leve crujido de la silla meciéndose adelante y atrás. Francis observó las manos del hombre, grandes y nudosas, casi tan curtidas como las de un viejo, lo que no era nada normal porque aquel hombre silencioso no parecía mucho mayor que él. Francis pensaba a veces que en el hospital las pautas corrientes del envejecimiento estaban algo alteradas. Los jóvenes parecían ancianos. Los ancianos parecían vejestorios. Hombres y mujeres que deberían estar llenos de vitalidad arrastraban los pies como si el peso de los años les dificultara cada paso, mientras quienes estaban casi al final de la vida tenían la simplicidad y las necesidades de un niño. Se miró las manos como para comprobar que seguían siendo más o menos congruentes con su edad. Luego volvió a contemplar las del hombre. Estaban unidas a unos brazos enormes y musculosos. Cada vena que le sobresalía indicaba una fuerza apenas contenida.

—¿Pasa algo? —preguntó Lucy.

El hombre soltó otro de los gemidos guturales que Francis se había acostumbrado a oír en la sala de estar común. Era un ruido animal que expresaba algo simple, como hambre o sed, y carecía del tono que podría haber tenido si se basara en la rabia.

Evans alargó la mano y arrebató el expediente a Lucy Jones para ojearlo.

—No creo que interrogar a este individuo vaya a dar frutos —dijo con soberbia.

—¿Y eso por qué? —Lucy, un poco enfadada, lo miró.

—Tiene un diagnóstico de retraso profundo —aclaró Evans a la vez que señalaba una página del expediente—. ¿No lo ha visto?

—Lo que he visto es un historial de actos violentos contra mujeres —respondió Lucy con frialdad—. Incluido un incidente en que lo sorprendieron a mitad de una agresión sexual a una niña pequeña, y un segundo caso en que golpeó a alguien que tuvo que ser hospitalizado.

Evans volvió a mirar el expediente.

—Sí, sí —asintió con rapidez—. Ya lo veo. Pero, a menudo, lo que se consigna en un expediente no es una relación exacta de los hechos. En el caso de este hombre, la niña era la hija de un vecino que había jugado con él de forma provocativa y que, sin duda, tiene sus propios problemas. Su familia prefirió no presentar cargos. Y el otro caso era su propia madre, a la que empujó en una riña originada en que él se negó a efectuar una tarea doméstica. La mujer se golpeó la cabeza contra el borde de una mesa y tuvo que ir al hospital. Fue un momento en que no fue consciente de su fuerza. Creo también que carece de la clase de inteligencia criminal que usted está buscando, porque, y corríjame si me equivoco, según su teoría, el asesino es un hombre bastante astuto.

Lucy recuperó la carpeta de manos de Evans y miró a Negro Grande.

—Ya puede devolverlo a su dormitorio —le dijo—. El señor Evans tiene razón.

El auxiliar tomó por el codo al hombre para ayudarlo a levantarse.

—Muchas gracias —dijo Lucy al paciente, que no pareció entender ni una palabra, aunque saludó con una mano y esbozó una sonrisa de oreja a oreja antes de marcharse diligentemente detrás de Negro Grande. Su sonrisa no flaqueó ni un instante.

»Vamos demasiado lento —suspiró Lucy, y se recostó en su silla.

—Siempre tuve mis dudas sobre su método —replicó Evans.

Francis notó que Lucy iba a decir algo y, entonces, oyó dos o tres voces que le gritaban a la vez: *¡Díselo! ¡Adelante, díselo!* Así que se inclinó hacia delante y habló por primera vez desde hacía horas:

—No pasa nada, Lucy —aseguró despacio. Y añadió—: No se trata de eso.

Evans lo miró, molesto por su intervención, como si lo hubiera interrumpido.

—¿Qué quieres decir? —le preguntó Lucy.

—No se trata de lo que los pacientes dicen —aclaró Francis—. En realidad, no tienen sentido las preguntas que puedas hacerles sobre la noche del asesinato, dónde estaban, si conocían a Rubita o si tienen un pasado violento. No importa lo que les preguntes sobre esa noche, ni sobre quiénes son. Eso no es lo importante. Digan lo que digan, oigan lo que oigan, respondan lo que respondan, no son las palabras lo que deberías escuchar.

Evans movió la mano con desdén.

—¿Crees que nada de lo que dicen es importante, Pajarillo? Entonces, ¿para qué estamos aquí?

Francis se encogió en la silla, temeroso de contradecir al señor del Mal. Sabía que había algunos hombres que acumulaban los desaires y las afrentas, y se las cobraban al cabo de un tiempo, y Evans era uno de ellos.

—Las palabras no significan nada —dijo en voz baja—. Tendremos que hablar otro lenguaje para encontrar al ángel. Una forma distinta de comunicación. Y una de las personas que crucen por esta puerta lo hablará. Sólo tenemos que reconocerlo cuando llegue. Pero no será exactamente lo que esperamos.

Evans resopló y tomó su libreta para efectuar una anotación breve. Lucy Jones iba a responder a Francis, pero vio al psicólogo y le dijo:

—¿Qué ha escrito?

—Nada importante.

—Hombre —insistió ella—, tiene que haber sido algo. Un recordatorio de comprar leche al volver a casa. La decisión de buscar un nuevo empleo. Una máxima, un juego de palabras, unos ripios o unos versos. Pero era algo. ¿Qué?

—Una observación sobre su amigo —respondió Evans, inexpresivo—. Una nota que indica que Francis sigue teniendo delirios. Como lo demuestra lo que ha dicho sobre crear alguna especie de lenguaje nuevo.

Lucy iba a replicar que ella había comprendido todo lo que Francis había dicho, pero se detuvo. Dirigió una mirada rápida al joven y pudo ver que cada palabra de Evans se había filtrado en sus miedos. Se dijo que era mejor no decir nada porque eso sólo empeoraría las cosas.

Aunque no podía imaginar cómo las cosas podrían ser peor para Francis.

—Veamos, ¿a quién le toca ahora? —dijo.

—¡Oye, Bombero! —exclamó Negro Chico con voz baja pero apremiante—. Date prisa. —Consultó el reloj y le dio unos golpecitos con el índice—. Tenemos que irnos.

Peter estaba registrando la ropa de cama de uno de los posibles sospechosos.

—¿Qué prisa hay? —preguntó.

—Tomapastillas. Suele hacer las rondas de mediodía muy pronto, y tienes que estar de vuelta en Amherst, sin esa ropa, antes de que empiece a recorrer el hospital y te vea en algún sitio donde no deberías estar vestido como no deberías.

Peter asintió. Deslizó las manos bajo la cama para palpar el colchón. Uno de sus temores era que el ángel hubiera abierto el colchón para esconder el arma y sus *souvenirs* en su interior. Eso era lo que él habría hecho si tuviera objetos que quisiera ocultar a los auxiliares, las enfermeras o a cualquier otro curioso.

No encontró nada y sacudió la cabeza.

—¿Has terminado? —preguntó Negro Chico.

Peter siguió repasando el colchón, palpando cada forma y cada bulto. Los pacientes lo contemplaban desde el otro lado de la habitación. Negro Chico los intimidaba y algunos se habían encogido en el rincón, apretados contra la pared. Otros estaban sentados en el borde de la cama con expresión ausente, mirando al vacío, como si el mundo que habitaban estuviera en otra parte.

—Casi —farfulló Peter, y el auxiliar volvió a dar golpecitos a su reloj.

La cama estaba limpia. Nada sospechoso. Sólo faltaba un rápido registro de las pertenencias del hombre, que estaban en un arcón bajo la cama. Lo sacó y revolvió su interior, sin encontrar nada más sospechoso que unos calcetines necesitados de un lavado urgente. Estaba a punto de dejarlo cuando algo le llamó la atención.

Era una camiseta blanca, doblada y puesta cerca del fondo del arcón. Una de esas baratas que se venden en las tiendas de saldos y que muchos pacientes llevaban bajo una camisa de invierno gruesa durante los meses más fríos. Pero no fue eso lo que llamó su atención.

La camiseta tenía una mancha rojo oscuro en la parte delantera.

Había visto antes manchas como ésa. En su formación como investigador de incendios provocados y en la selva de Vietnam.

Peter sostuvo unos segundos la camiseta y palpó la tela como si tocándola pudiera averiguar algo más. Negro Chico lo urgió:

—Tenemos que irnos ya, Peter. No quiero tener que dar explicaciones, y mucho menos al gran jefe, si no es necesario.

—Señor Moses —dijo Peter—. Mire esto.

El auxiliar se acercó para echar un vistazo por encima del hombro de Peter. Éste no dijo nada, pero oyó cómo el negro silbaba bajo.

—Parece sangre, Peter —comentó—. Tiene toda la pinta de serlo.

—Es lo que pensé.

—¿No es una de las cosas que estamos buscando?

—Sí —asintió Peter.

Dobló con cuidado la camiseta tal como estaba y la dejó en el mismo sitio. Metió el arcón bajo la cama, con la esperanza de que no se notara que alguien lo había tocado.

—Vamos —dijo luego. Observó el reducido grupo de hombres al otro lado de la habitación, pero le resultó imposible deducir de sus miradas vacías si sospechaban algo.

19

Peter se quitó el uniforme de auxiliar antes de entrar en el edificio Amherst. Negro Chico dobló los pantalones y la chaqueta y se los puso bajo el brazo, mientras Peter se ponía unos vaqueros arrugados.

—Los esconderé hasta que Gulptilil haya terminado las rondas y podamos volver a lo nuestro —dijo el enjuto auxiliar, y añadió—: ¿Vas a contar a la señorita Jones lo que vimos y dónde lo vimos?

—En cuanto el señor del Mal se separe de ella.

—Se enterará —auguró Negro Chico con una mueca—. De un modo u otro. Siempre lo hace. Antes o después parece saber todo lo que pasa en el hospital.

Peter consideró interesante esa información pero no comentó nada. Negro Chico pareció indeciso un instante.

—¿Qué vamos a hacer con un hombre que tiene escondida una camiseta manchada de sangre que no creemos que sea suya?

—De momento, guardar silencio y mantenerlo en secreto —respondió Peter—. Por lo menos hasta que la señorita Jones decida cómo proceder. Tenemos que tener mucho cuidado. Al fin y al cabo, el hombre en cuya cama estaba la camiseta está hablando con ella en este momento.

—¿Crees que ella averiguará algo al hablar con él?

—No lo sé.

Ambos eran conscientes de lo que acababan de descubrir. Una camiseta manchada de sangre podía causar muchas dificultades. Peter se mesó el cabello mientras consideraba la situación. Tenía que ser precavido y agresivo a la vez. Su primera idea fue técnica: cómo aislar a aquel hombre y cómo desenmascararlo. Se percató de que había mucho que hacer ahora que tenían un verdadero sospechoso. Pero toda su formación le sugería un enfoque cauto, aunque eso contradecía su propio carácter. Sonrió al reconocer el familiar dilema al que se había enfrentado toda su vida, el equilibrio entre los pequeños pasos y las zambullidas de cabeza. Sabía que estaba donde estaba, por lo menos en parte, por haber sido incapaz de dudar.

En el pasillo frente al despacho donde Lucy efectuaba los interrogatorios, el más corpulento de los Moses vigilaba a un paciente que rivalizaba con él en cuanto a tamaño, y quizá también en cuanto a fuerza, aunque si este detalle le preocupaba, no lo demostraba. El hombre se balanceaba atrás y adelante, un poco como un coche encallado en el barro que va cambiando de marcha hasta encontrar la que le permita salir. Cuando divisó a Peter y a su hermano, dio un empujoncito al hombre.

—Tenemos que acompañar a este caballero de vuelta a Williams —dijo cuando se acercaron. Miró a su hermano y añadió—: Tomapastillas está haciendo rondas en el tercer piso.

Peter no esperó a que los auxiliares le dijeran qué hacer.

—Esperaré aquí a la señorita Jones —anunció. Se apoyó contra la pared y, al hacerlo, intentó analizar al hombre que estaba con Negro Grande. Procuró mirarlo a los ojos, juzgar su pose, su aspecto, como si pudiera ver su interior. Un hombre que podía ser un asesino.

Mientras adoptaba un aire despreocupado y el de paciente y los auxiliares se disponían a marcharse, susurró entre dientes:

—Hola, ángel. Sé quién eres.

Ninguno de los hermanos Moses pareció oírlo.

Ni tampoco el paciente. Se fue arrastrando los pies detrás de los Moses, como si no se hubiera enterado de nada. Se movía como un hombre con las manos y las piernas sujetas, con pasos cortos e irregulares, aunque no había nada que le limitara el movimiento.

Peter los observó desaparecer por la puerta principal antes de dirigirse al despacho de Lucy. No sabía muy bien cómo interpretar lo que acababa de pasar.

En ese momento Lucy salió, seguida por el señor del Mal, que le hablaba con énfasis, y por Francis, rezagado como para distanciarse del psicólogo. Peter vio que su amigo tenía una expresión preocupada. Parecía más ligero, pero cuando el joven vio a Peter, pareció recuperarse y se acercó a él. Al mismo tiempo, Peter vio que Gulptilil accedía al pasillo desde la escalera del otro lado, a la cabeza de varios miembros del personal con blocs y lápices para hacer anotaciones. Cleo, con un cigarrillo colgando del labio inferior, se levantó de una silla desvencijada, y salió al encuentro del director médico.

—¡Ah, doctor! —Su voz sonó casi como un grito—. ¿Qué piensa hacer sobre las raciones insuficientes que se sirven en las comidas? No creo que las autoridades planearan matarnos de hambre cuando nos enviaron aquí. Tengo amigos que tienen amigos que conocen a personas influyentes, y podrían hablar al gobernador sobre cuestiones de salud mental...

Tomapastillas se detuvo. El grupo de médicos internos y residentes le imitó como el coro de un espectáculo de Broadway.

—Ah, Cleo —respondió el médico con afectación—. No sabía que hubiera algún problema, ni que te hubieras quejado. Pero no creo que sea necesario involucrar al gobernador en esta cuestión. Hablaré con el personal de la cocina y me aseguraré de que todo el mundo reciba todo lo que necesite en las comidas.

Cleo, sin embargo, sólo estaba empezando.

—Las palas de ping-pong están viejas —prosiguió, tomando impulso con cada palabra—. Habría que cambiarlas. Las pelotas suelen estar resquebrajadas, de modo que no sirven para nada, y las redes están deshilachadas y remendadas con cordel. La mesa está combada e inestable. Dígame, doctor, ¿cómo va a mejorar uno su juego con un equipamiento que ni siquiera reúne los requisitos mínimos de la Asociación de Tenis de Mesa de Estados Unidos?

—Pues, no era consciente de que existiera ese problema. Revisaré el presupuesto de ocio para ver si hay fondos para solucionarlo.

Aunque eso habría apaciguado a algunos, Cleo no había terminado.

—Por la noche hay demasiado ruido en los dormitorios para poder descansar bien. Demasiado. Dormir es fundamental para el bienestar y el progreso general hacia la salud. Las autoridades sanitarias recomiendan ocho horas de sueño ininterrumpido al día como mínimo. Y además necesitamos más espacio. Mucho más espacio. Hay presos en el corredor de la muerte con más espacio que nosotros. La masificación está descontrolada. Y necesitamos más papel higiénico en los lavabos. Mucho más papel higiénico. —Ya era un torrente de quejas—. ¿Y por qué no hay más auxiliares para ayudar a la gente de noche, cuando tenemos pesadillas? Cada noche, alguien grita pidiendo ayuda. Pesadillas, pesadillas, pesadillas. Llamas y llamas, gritas y nadie viene. Eso está mal. Es una putada.

—Como muchas instituciones estatales, tenemos problemas de personal, Cleo —respondió el médico con tono condescendiente—. Tendré en cuenta tus quejas y sugerencias, y veré si podemos hacer algo. Pero si el reducido personal que trabaja en el turno de noche tuviera que responder a todos los gritos que oye, acabaría extenuado en una o dos noches, Cleo. Me temo que las pesadillas son algo con lo que tenemos que aprender a vivir de vez en cuando.

—Eso no es justo. Con todos los medicamentos que nos meten en el cuerpo, deberían encontrar algo para que la gente duerma sin demasiada agitación. —Cleo parecía hincharse a medida que hablaba con una altivez majestuosa, una María Antonieta del edifico Amherst.

—Consultaré la guía médica para buscar algún fármaco adicional —mintió el médico—. ¿Alguna otra cuestión?

Cleo pareció un poco frustrada, pero, casi con la misma rapidez, su expresión se volvió bastante maliciosa.

—Sí —dijo—. Quiero saber qué le está pasando al pobre Larguirucho. —Y señaló a Lucy, que esperaba pacientemente a un lado del pasillo—. Y quiero saber si ha encontrado al verdadero asesino.

Las palabras resonaron en el pasillo.

—Larguirucho sigue incomunicado, acusado de homicidio en primer grado —respondió Gulptilil con una sonrisa lánguida—. Ya te lo había explicado antes. Su abogado solicitó la libertad bajo fianza, pero, como era de esperar, fue denegada. Se le ha asignado un abogado de oficio, y sigue recibiendo su medicación. Está retenido en la cárcel del condado, a la espera de una vista. Según me han dicho, está animado...

—Eso es mentira —replicó Cleo—. Lo más seguro es que Larguirucho esté triste. Éste es su hogar, si se le puede llamar hogar, y nosotros somos sus amigos, si se nos puede llamar amigos. ¡Debería regresar aquí de inmediato! —Inspiró hondo e imitó con sarcasmo las palabras del médico—: Ya se lo había explicado antes. ¿Por qué no me escucha?

—En cuanto a tu otra pregunta —prosiguió Gulptilil, sin hacer caso de la burla de Cleo—, deberías hacérsela a la señorita Jones. Pero no está obligada a informar a nadie de los avances que haya hecho. O no hecho. —Su voz ácida subrayó las últimas palabras.

Cleo pareció confundida. Gulptilil se alejó de ella y, como un jefe de los *scouts* en una excursión por el bosque, hizo un gesto al grupo de residentes para que lo siguiera pasillo adelante. Pero sólo había dado unos pasos cuando Cleo les espetó en voz alta y acusadora:

—¡Le estoy observando, Gulptilil! ¡Sé qué está ocurriendo! ¡Podrá engañar a muchos, pero a mí no! —Y entre dientes, pero no lo suficiente para que los médicos no la oyeran, añadió—: Son todos unos cabrones.

El director médico empezó a darse la vuelta, pero se lo pensó mejor. Francis vio que tenía la cara tensa, intentando sin éxito ocultar la incomodidad del momento.

—¡Estamos todos en peligro y no están haciendo nada al respecto, hijos de puta! —gritó Cleo.

Soltó una risita, dio una larga calada al cigarrillo, se carcajeó socarrona y se desplomó en su asiento, donde continuó observando con una sonrisa satisfecha cómo el director se alejaba por el pasillo. Sostenía el cigarrillo con la mano como una batuta y lo agitó en el aire. Un director satisfecho con los acordes finales del concierto.

Extrañamente, la grandilocuencia de Cleo animó a Francis. Le pareció que su arrebato había captado la atención de todos los pacientes que paseaban por la sala. No sabía si había significado algo para ellos, pero se sonrió ante su pequeña muestra de rebeldía y deseó tener la misma seguridad para ser igual de exigente. Por su parte, Cleo debió de captar los pensamientos de Francis, ya que soltó un elaborado anillo de humo hacia el pasillo, observó cómo se disipaba y le guiñó el ojo a Francis.

Peter se acercó a Francis y le susurró:

—Cuando estalle la revolución, ella estará en las barricadas. Qué digo, es probable que dirija la rebelión, coño. Y es lo bastante grande como para ser ella misma una barricada.

—¿Qué revolución? —preguntó Francis.

—No seas tan literal, Pajarillo —repuso Peter y soltó una pequeña carcajada—. Piensa simbólicamente.

—Eso puede ser fácil para la reina de Egipto. Pero en mi caso, no sé.

Ambos sonrieron.

Gulptilil, nada divertido, se acercó a ellos.

—Ah, Peter y Francis —exclamó, recuperando su tono cantarín—. Mi pareja de investigadores. ¿Cómo van esos progresos?

—Lentos y constantes —contestó Peter—. Así es como yo los describiría. Pero es la señorita Jones quien tiene que determinarlo.

—Por supuesto. Ella determina cierta clase de progresos. Pero los médicos estamos más preocupados por otra clase de progresos.

Peter vaciló antes de asentir.

—Sí, así es —insistió Gulptilil—. Y, a esos efectos, los dos vendréis a mi despacho esta tarde. Francis, tenemos que hablar sobre tu adaptación. Y tú, Peter, recibirás una visita importante. Los hermanos Moses serán informados cuando llegue y te acompañarán a administración.

El director médico arqueó una ceja, como si sintiera curiosidad por las reacciones de los dos hombres. Se les quedó mirando a los ojos un inquietante momento y luego se acercó a Lucy.

—Buenos días, señorita Jones. ¿Ha conseguido algún avance en su dilema?

—He logrado eliminar unos cuantos nombres.

—Imagino que eso le parece útil.

Lucy no respondió.

—Bueno —prosiguió Gulptilil—, continúe. Cuanto antes extraiga conclusiones, mejor para todos los implicados. ¿Le ha resultado de ayuda el señor Evans en sus investigaciones?

—Por supuesto —aseguró Lucy.

Gulptilil se giró hacia el señor del Mal.

—¿Me mantendrá al día de las evoluciones y del avance de las circunstancias? —le pidió.

—Por supuesto —dijo Evans.

Francis pensó que todo sonaba a representación burocrática. Estaba seguro de que Evans informaba a Tomapastillas de todo a cada instante. Suponía que Lucy Jones también lo sabía.

El director médico suspiró y echó a andar hacia la puerta principal. Pasado un momento, Evans le dijo a Lucy Jones.

—Bueno, deduzco que nos merecemos un descanso. Tengo papeleo pendiente. —Y también se marchó deprisa.

Francis oyó una risa fuerte en la sala de estar. La carcajada, aguda y burlona, reverberó por el edificio. Pero cuando se volvió para ver quién era, la risa se interrumpió y se desvaneció entre los rayos del sol de mediodía que se filtraban a través de los barrotes de las ventanas.

—Vamos —le susurró Peter, y ambos se acercaron a Lucy.

El Bombero se concentró en algo que no tenía nada que ver con Cleo y su numerito ni con el regocijo de ver a Gulptilil desconcertado.

Francis vio que estaba tenso. Tomó a Lucy Jones por el codo y los hizo volver.

—He encontrado algo —les dijo.

Lucy asintió con un gesto. Los tres volvieron a su despacho.

—¿Qué impresión te dejó el último interrogado? —preguntó Peter mientras se sentaban.

—Para ser breve, ninguna —respondió Lucy con una ceja arqueada, y se volvió hacia Francis—: ¿No es así? —Cuando éste asintió, añadió—: Aunque posee la fuerza física y la edad necesarias, sufre un retraso profundo. Fue incapaz de comunicar nada importante; se mostró lo más obtuso ante mis preguntas, y Evans opinó que debemos descartarlo. Nuestro hombre posee cierta inteligencia. Por lo menos, la suficiente para planear sus crímenes y evitar ser descubierto.

—¿Evans opinó que debe eliminarse como sospechoso? —dijo Peter, algo sorprendido.

—Así es —respondió Lucy.

—Pues es curioso, porque descubrí una camiseta blanca manchada de sangre entre sus pertenencias.

Lucy se recostó en el asiento sin decir nada. Francis observó cómo asimilaba esta información y lo cauta que se volvía. Él, en cambio, vio vigorizada su imaginación y, pasado un instante, preguntó:

—Peter, ¿podrías describir lo que encontraste?

Peter sólo tardó un momento o dos en explicárselo.

—¿Estás totalmente seguro de que era sangre? —preguntó Lucy por fin.

—Todo lo seguro que puedo estar sin un análisis de laboratorio.

—La otra noche sirvieron espaguetis para cenar. Quizás este hombre tenga problemas para usar los cubiertos. Podría haberse salpicado el pecho de salsa...

—No es ese tipo de mancha. Es espesa, entre marrón y granate, y está extendida. No como si alguien la hubiera frotado con un trapo húmedo para limpiarla. No, es algo que alguien quiere conservar intacto.

—¿Como un *souvenir*? —repuso Lucy—. Estamos buscando a alguien a quien le gusta quedarse con *souvenirs*.

—Sospecho que tiene más o menos el mismo valor que una instantánea —comentó Peter—. Para el asesino, me refiero. Ya sabes, una familia va de vacaciones y después revela las fotografías y se sienta en casa para verlas y revivir los recuerdos. Pienso que a nuestro ángel esta camiseta le proporciona la misma emoción y satisfacción. Podría tocarla y recordar. Evocar el momento es casi tan fuerte como el momento en sí —concluyó.

Francis oyó sus voces interiores. Opiniones contrarias, consejos y sensaciones de miedo e inquietud. Pasado un segundo, asintió a lo que Peter estaba diciendo y preguntó a Lucy:

—¿Hubo algún indicio en los otros asesinatos de que se llevara algo de las víctimas, aparte de los dedos?

—No que sepamos —respondió a la vez que sacudía la cabeza—. No faltaba ninguna prenda de vestir. Pero eso no lo descarta por completo.

Había algo que preocupaba a Francis, pero no sabía qué, y ninguna de sus voces era clara y contundente. Emitían opiniones contradictorias, e hizo todo lo posible por acallarlas y concentrarse.

—¿Encontraste algo más que sea incriminatorio? —preguntó Lucy a Peter, mientras tamborileaba la mesa con un lápiz.

—No.

—¿Las falanges?

—No. Ni ningún cuchillo. Ni las llaves del edificio.

Lucy se reclinó.

—Lo que dije antes es cierto —dijo Francis, un poco sorprendido de mostrarse tan contundente—. Antes de que volviera Peter. Cuando Evans estaba aquí. —Su voz parecía proceder de otro Francis, no del Francis que él sabía que era, sino de uno distinto, el Francis que esperaba ser algún día—. Cuando dije que tenemos que descubrir el lenguaje del ángel.

Peter lo miró intrigado, y Lucy reflexionó. Francis vaciló un instante e ignoró sus repentinas dudas.

—Me pregunto si no será la primera lección de comunicación —sentenció mientras los otros dos permanecían callados—. Sólo tenemos que averiguar qué está diciendo y por qué.

Lucy se preguntó si la búsqueda del asesino en aquel hospital podría volverla también loca. Pero consideraba que la locura era consecuencia de la frustración, no una enfermedad orgánica. Esa idea era peligrosa y, con un poco de esfuerzo, la desechó. Había mandado a Peter y Francis a almorzar mientras intentaba elaborar un plan de acción.

Sola en su despacho, estudió el expediente de aquel hombre, algo que lo relacionase con los crímenes. Algunas conexiones deberían ser obvias.

Sacudió la cabeza para disipar la sensación de contradicción que la invadía. Ahora tenía un nombre. Una prueba. Había iniciado procesos con éxito con mucho menos. Y, aun así, estaba intranquila. Aquel expediente debería mostrarle algo convincente, y sin embargo no era así. Un hombre profundamente retrasado, incapaz de contestar siquiera a la pregunta más simple, que la había mirado como si no comprendiese nada de lo que le decía, tenía en su poder un objeto que correspondía al asesino. No cuadraba.

Su primer impulso había sido enviar a Peter a buscar la camiseta. Cualquier laboratorio podría comparar la mancha con la sangre de Rubita. También era posible que en la camiseta hubiera pelos o fibras, y que un examen microscópico estableciese más conexiones entre la víctima y el agresor. El problema de llevarse la camiseta sin más era que sería una incautación ilegal y probablemente un juez no la admitiría como prueba. Y había la curiosa cuestión de la ausencia de los demás objetos que buscaban. Eso tampoco parecía lógico.

Lucy tenía una capacidad considerable de concentración. En su corta pero meteórica carrera en la oficina del fiscal, se había distinguido por lograr ver los crímenes que investigaba más o menos como una película. En la pantalla de su imaginación reunía detalles, de modo que tarde o temprano visualizaba todo el acto. Eso le permitía obtener excelentes resultados. Cuando Lucy llegaba al tribunal, sabía quizá mejor incluso que el acusado, por qué y cómo éste había hecho lo que había hecho. Era esta cualidad lo que la hacía tan eficaz. Pero ahora, estaba desorientada. El hospital no era como el mundo criminal al que estaba acostumbrada.

Gimió, frustrada. Miró el expediente por enésima vez y se dispuso a cerrarlo, cuando llamaron a la puerta. Alzó los ojos.

Francis asomó la cabeza.

—Hola, Lucy —dijo—, ¿puedo pasar?

—Adelante, Pajarillo. Creía que te habías ido a comer.

—Sí pero se me ocurrió algo de camino y Peter me dijo que viniera a decírtelo.

—¿De qué se trata? —preguntó Lucy, e hizo un gesto para que el joven se sentara. Francis lo hizo con movimientos que indicaban que se sentía ansioso y reticente a la vez.

—El retrasado no parece la clase de persona que buscamos —contestó Francis—. Varios de los hombres que han venido y han sido descartados parecían mejores sospechosos. O, por lo menos, más acordes con el perfil del sospechoso.

—Ya —asintió Lucy—. Pero ¿cómo es que este hombre tiene la camiseta?

—Porque alguien quería que la encontráramos —respondió Francis después de estremecerse—. Y que inculpáramos a este hombre. Alguien se enteró de que estamos interrogando y registrando, y estableció la relación entre ambas cosas, de modo que se nos adelantó y puso ahí la camiseta.

Lucy inspiró hondo. Eso sonaba lógico.

—Y ¿por qué querría conducirnos hasta esta persona en particular?

—No lo sé —dijo Francis.

—Porque si quieres inculpar a alguien de un crimen que tú has cometido —se contestó Lucy—, lo lógico es hacerlo con alguien cuya conducta sea sospechosa.

—Pero este hombre es distinto. Es el sospechoso menos probable que se me ocurre. Un muro de piedra. De modo que tiene que haber sido elegido por otra razón. —Se levantó de golpe, como asustado por algún sonido inquietante—. Lucy —añadió—, hay algo en este hombre. Tenemos que averiguar qué es.

—¿Crees que esto podrá ayudarnos? —preguntó Lucy señalando el expediente.

—Tal vez —asintió Francis—. Pero no sé qué hay en un expediente.

—A ver si tú encuentras algo, porque yo no lo consigo. —Se lo tendió.

Francis lo tomó. Nunca había visto un expediente hospitalario y, por un momento, se sintió como si estuviera haciendo algo ilícito, como si curioseara en la vida de otro paciente. La existencia que los pacientes conocían unos de otros estaba tan enmarcada en el hospital y su rutina diaria que, tras una breve reclusión, uno se olvidaba de que los demás tenían vidas más allá de aquellas paredes. El hospital te arrebataba el pasado, la familia, el futuro. Pensó que en alguna parte había un expediente sobre él, y otro sobre Peter, y que contenían toda clase de información que, en ese momento, parecía muy lejana, como si todo hubiera pasado en otra existencia, en otro tiempo, a otro Francis.

Estudió minuciosamente el expediente.

Estaba escrito en jerga hospitalaria abreviada y anodina, y dividido en cuatro partes. La primera trataba de las circunstancias de su hogar y su familia; la segunda contenía la historia clínica, que incluía estatura, peso, tensión arterial y demás; la tercera especificaba el tratamiento con la indicación de diversos fármacos, y la cuarta consistía en el pronóstico. Esta última constaba sólo de seis palabras: «Reservado. Probable atención de larga duración.»

Un gráfico mostraba que el hombre había obtenido, en más de una ocasión, permiso para pasar el fin de semana con su familia, fuera del hospital.

Francis leyó sobre un hombre que había crecido en una pequeña ciudad cercana a Boston y que se había trasladado a Massachusetts occidental el año anterior a su hospitalización. Tenía treinta y pocos años, una hermana y dos hermanos, todos ellos con un coeficiente normal y, al parecer, una vida normal. Le habían diagnosticado el retraso mental en la escuela primaria, y había participado en varios programas de desarrollo toda su vida. Ningún plan había resultado.

Francis se reclinó en la silla y fue leyendo una situación tan de manual como funesta. Una madre y un padre que envejecían. Un hijo de carácter infantil, más grande y más difícil de controlar a medida que pasaban los años. Un hijo que no podía entender o controlar sus impulsos y su rabia. Ni su pulsión sexual. Ni su fuerza. Unos hermanos que querían alejarse de él, y no estaban dispuestos a ayudar.

Francis se podía ver reflejado en cada frase. Diferente pero, aun así, igual.

Leyó el expediente una vez, y luego otra, consciente todo el tiempo de que Lucy observaba su rostro para valorar sus reacciones a lo que leía.

Se mordió el labio inferior. Notó que las manos le temblaban un poco. Las cosas giraban a su alrededor, como si las palabras de las páginas se sumaran a los pensamientos que ocupaban su cabeza para marearlo. Le invadió una sensación de peligro e inspiró hondo antes de dejar el expediente en la mesa y deslizarlo hacia Lucy.

—¿Y bien, Francis? —le preguntó ella.

—Nada.

—¿No ves nada?

Sacudió la cabeza. Pero Lucy supo que mentía. Francis había visto algo. Sólo que no quería revelarlo.

Intenté recordar qué me asustó más.

Aquél fue uno de los momentos, en el despacho de Lucy. Empezaba a ver cosas. No alucinaciones acústicas como las que me sonaban en los oídos y me resonaban en la cabeza. Éstas me resultaban conocidas y, aunque podían ser irritantes y difíciles, y haber contribuido a mi locura, estaba acostumbrado a ellas y a sus exigencias y temores. Al fin y al cabo, me habían acompañado desde que era pequeño. Pero lo que me asustó entonces fue ver cosas sobre el ángel. Quién era. Cómo pensaba. Para Peter y Lucy no era lo mismo. Sabían que el ángel era un adversario. Un criminal. Un objetivo. Alguien que se escondía de ellos, a quien intentaban atrapar. Ya habían perseguido personas antes, les habían seguido los pasos y las habían llevado ante la justicia, de modo que su búsqueda tenía un contexto distinto a lo que de repente me rodeaba a mí. Había empezado a ver al ángel como alguien como yo. Sólo que mucho peor. Por primera vez, creía que podía seguir sus huellas. Todo en mi interior me gritaba que seguir su trillado camino estaba mal. Pero era posible.

Quería huir. Un coro interno me advertía con fuerza que aquello no era nada bueno. Mis voces eran una ópera de supervivencia que me gritaba que me alejara, que corriera y me escondiera para salvarme.

Pero ¿cómo? El hospital estaba cerrado con llave. Los muros eran altos. Las puertas eran sólidas. Y mi propia enfermedad me impedía escapar.

¿Cómo podía dar la espalda a las únicas dos personas que habían creído que yo valía algo?

—Es verdad, Francis. No podías hacer eso.

Me había acurrucado en un rincón del salón para contemplar mis palabras cuando oí a Peter. Me sentí aliviado y miré a uno y otro lado en busca de su presencia.

—¿Peter? —dije—. ¿Has vuelto?

—No me había ido. He estado aquí todo el rato.

—El ángel estuvo aquí. Lo noté.

—Volverá. Está cerca, Francis. Todavía se acercará más.

—Está haciendo lo que hizo antes.

—Lo sé, Pajarillo. Pero esta vez estás preparado. Sé que lo estás.

—Ayúdame, Peter —susurré. Se me hizo un nudo en la garganta.

—Esta vez es tu lucha, Pajarillo.

—Tengo miedo, Peter.

—Es natural —dijo en el tono despreocupado que usaba a veces y que tenía la cualidad de no ser crítico—. Pero eso no significa que sea inútil. Sólo significa que debes tener cuidado. Igual que antes. Eso no ha cambiado. Lo fundamental la primera vez fue tu cautela, ¿recuerdas?

Seguí en el rincón y recorrí la habitación con la mirada. Lo descubrí apoyado contra la pared frente a mí. Me saludó con la mano y esbozó una sonrisa familiar. Llevaba un mono naranja brillante decolorado por el uso, y estaba rasgado y manchado de tierra. Sostenía un reluciente casco plateado en las manos y tenía la cara surcada de hollín, cenizas y líneas de sudor. Sacudió la cabeza y sonrió.

—Perdona mi aspecto, Pajarillo.

Parecía un poco mayor de lo que yo recordaba y, tras su sonrisa, pude ver los duros efectos del dolor y los problemas.

—¿Estás bien, Peter? —pregunté.

—Por supuesto, Francis. Es que me han pasado muchas cosas. Y a ti también. Siempre llevamos la ropa que nos pone el destino, ¿verdad, Pajarillo? No es ninguna novedad.

Repasó con los ojos las columnas de palabras escritas en la pared.

—Estás haciendo progresos —dijo tras asentir con la cabeza.

—No sé. Cada palabra que escribo parece oscurecer más la habitación.

Peter suspiró dando a entender que se lo esperaba.

—Hemos visto mucha oscuridad, ¿verdad, Francis? Y alguna juntos. Eso es lo que estás escribiendo. Recuerda que entonces estábamos ahí contigo y ahora estamos aquí contigo. ¿Lo tendrás presente, Pajarillo?

—Lo intentaré.

—Las cosas se complicaron un poco aquel día, ¿verdad?

—Sí. Para los dos. Y también para Lucy debido a ello.

—Cuéntalo todo, Francis.

Miré la pared y vi dónde me había quedado. Cuando me volví hacia Peter, éste había desaparecido.

20

Fue Peter quien sugirió que Lucy procediera en dos direcciones distintas. La primera era no dejar de interrogar a los pacientes. Dijo que era fundamental que nadie, ni los pacientes ni el personal, supieran que habían encontrado una prueba, porque todavía no tenían claro qué significaba ni hacia dónde señalaba. Pero si se sabía la noticia, perderían el control de la situación. Comentó a Lucy que era una consecuencia del mundo inestable del hospital psiquiátrico. Era imposible prever qué intranquilidad, incluso pánico, provocaría en las frágiles personalidades de los pacientes. Eso significaba, entre otras cosas, que había que dejar la camiseta ensangrentada donde estaba, que no debía involucrarse a ningún organismo externo, en especial la policía local que había detenido a Larguirucho, aunque se arriesgaran a perder la prueba. Y añadió que la gente del edificio Amherst estaba empezando a acostumbrarse al flujo regular de pacientes que llegaban de los demás edificios acompañados de Negro Grande para que Lucy los interrogara, y podría aprovechar esa rutina a su favor. La segunda sugerencia de Peter era más difícil de llevar a la práctica.

—Tenemos que lograr que ese hombre y sus cosas sean trasladados a Amherst —indicó a Lucy—. Y hacerlo de un modo que el cambio no llame mucho la atención.

Lucy estuvo de acuerdo. Estaban en el pasillo, en medio del ir y venir de pacientes durante la tarde, cuando había los grupos de terapia y las clases de arte. La neblina habitual de humo de cigarrillo flotaba en el aire y el repiqueteo de los pies se mezclaba con el murmullo de las voces. Peter, Lucy y Francis parecían las únicas personas que no se movían, como piedras en los rápidos de un río, mientras la actividad rebosaba a su alrededor.

—Muy bien —dijo Lucy—, tiene sentido. Pero ¿y qué mas?

—No sé —respondió Peter—. Es el único sospechoso que tenemos y Pajarillo no cree que sea el verdadero, una observación que yo suscribo. Pero tendremos que averiguar qué relación tiene con todo lo demás. Y la única forma de conseguirlo...

—... es tenerlo lo bastante cerca para observarlo. Sí. Eso también tiene sentido —concluyó Lucy, y arqueó una ceja como si se le hubiera ocurrido algo—. Haré algunos preparativos.

—Pero con discreción —aconsejó Peter—. Que nadie lo sepa.

—Descuida —sonrió Lucy—. Ser fiscal consiste en hacer que las cosas ocurran de la forma que tú quieres. —Y, añadió—: Bueno, más o menos.

Vio que los hermanos Moses se acercaban por el pasillo. Los llamó con un gesto.

—Señores, creo que tenemos que volver a encarrilar la investigación. ¿Podría hablar con ustedes antes de que el señor Evans vuelva?

—Está hablando con el gran jefe —dijo Negro Chico. Se volvió hacia Peter y le hizo un gesto inquisitivo.

Peter asintió.

—Se lo he contado —le informó—. ¿Sabe alguien más...?

—Se lo dije a mi hermano —respondió Negro Chico—. Pero nada más.

—No me parece que sea el hombre que estamos buscando —intervino Negro Grande, impasible—. Ése apenas puede comer solo. Le gusta sentarse y jugar con muñecas, ver la televisión. No me parece un asesino, a no ser que lo irrites tanto que se descontrole del todo. El chico es fuerte. Y no sabe cuánto.

—Francis opina más o menos lo mismo —comentó Peter.

—Pajarillo tiene intuición —sonrió Negro Grande.

—Bien, no se dice nada a nadie, ¿vale? —terció Lucy—. Intentemos mantenerlo así.

Negro Chico se encogió de hombros.

—Lo intentaremos —aseguró—. Otra cosa. Pajarillo, Tomapastillas quiere verte ahora. —El auxiliar se volvió hacia Peter—. A ti vendré a buscarte de aquí a un rato.

—¿Tú crees que...? —empezó Peter un poco intrigado, pero los auxiliares sacudieron la cabeza.

—No especulemos —pidió Negro Chico—. Todavía no.

Mientras su hermano acompañaba a Francis al despacho del doctor Gulptilil, Negro Chico siguió a Peter y Lucy al despacho de ésta. La fiscal se dirigió a la caja con los expedientes y tomó de lo alto del montón el del hombretón retrasado. Luego repasó con rapidez su lista de posibles sospechosos hasta encontrar el que creía que serviría para sus propósitos.

—Éste es el hombre con el que quiero hablar a continuación —dijo a Negro Chico enseñándole otro expediente.

—Lo conozco —asintió el auxiliar al ver quién era—. Un cabrón con el genio muy vivo. Perdone, señorita Jones, pero he tenido algún que otro roce con él. Es un alborotador.

—Tanto mejor para lo que tengo en mente.

Negro Chico la miró socarronamente y Peter se dejó caer en la silla, sonriente.

—Parece que la señorita Jones tiene una idea —dijo.

Lucy tomó un lápiz y lo hizo rodar entre las palmas mientras examinaba el expediente del paciente. El hombre en cuestión era un habitual y había pasado gran parte de su vida en la cárcel por agresiones, robos y violaciones de domicilio, y en varios centros psiquiátricos, dado que se quejaba de alucinaciones auditivas y rabias maníacas. Lucy sospechó que algunas de ellas eran inventadas. Lo más real quizás era que poseía cualidades manipuladoras psicopáticas y una rabia explosiva, y eso era perfecto para lo que ella tenía en mente.

—¿Qué clase de problemas ha creado? —le preguntó a Negro Chico.

—Siempre quiere extralimitarse, ¿sabe a qué me refiero? Le pides que vaya hacia un lado y va hacia el otro. Le dices que se quede aquí y aparece allí. Intentas empujarlo un poco, grita que lo estás golpeando y presenta una queja formal al gran jefe. También le gusta molestar a los demás pacientes. Siempre está fastidiando a alguien. Creo que roba cosas a los demás. No merece llamarse hombre, si quiere saber mi opinión.

—Bueno, veamos si podemos lograr que haga lo que quiero —comentó Lucy.

No estaba dispuesta a explicar nada más, aunque observó que Peter se relajaba en la silla, como si percibiera algo de lo que ella había planeado. Lucy pensó que era una cualidad suya que seguramente acabaría admirando. Entonces se dio cuenta de que había observado en

Peter varias cualidades que estaba empezando a admirar, lo que aumentaba aún más su curiosidad por saber por qué estaba allí y por qué había hecho lo que había hecho.

La señorita Deliciosa se encargó de Francis en cuanto Negro Grande lo condujo al despacho del director médico. Como siempre, la secretaria fruncía el entrecejo con antipatía, como para señalar que cualquier alteración de la rutina diaria establecida gracias a su férrea organización era algo que la molestaba personalmente. Dijo a Negro Grande que se reuniera con su hermano en el edificio Williams.

—Llegas tarde. Date prisa —ordenó a Francis mientras medio lo empujaba hacia la puerta del despacho.

Tomapastillas estaba de pie junto a la ventana, contemplando uno de los patios interiores. Francis se acercó a una silla delante de la mesa del médico y miró por la misma ventana para intentar averiguar qué le resultaba tan interesante. Se percató de que las únicas veces que miraba por una ventana sin barrotes o sin rejilla eran en el despacho del director médico. Allí el mundo parecía mucho más benévolo de lo que era.

—Un bonito día, Francis, ¿no crees? —El médico se volvió de golpe—. La primavera parece haber llegado con fuerza.

—A nosotros a veces nos cuesta notar el cambio de estación —comentó Francis—. Las ventanas están muy sucias. Si las limpiaran, seguro que mejoraría el humor de la gente.

—Buena sugerencia, Francis —asintió Gulptilil—. Y demuestra cierta perspicacia. Lo mencionaré a los encargados del edificio y los terrenos para ver si pueden añadir la limpieza de las ventanas a sus tareas, aunque ya deben de tener exceso de trabajo.

Se sentó tras el escritorio y se inclinó con los codos apoyados en la mesa y los antebrazos formando una *V* invertida para descansar el mentón en sus manos unidas.

—A ver, Francis, ¿sabes qué día es hoy? —preguntó.

—Viernes.

—¿Y cómo estás tan seguro?

—Hay macarrones y atún en el menú del almuerzo. Es el de los viernes.

—Sí, ¿y eso por qué?

—Supongo que como deferencia a los pacientes católicos —contestó Francis—. Algunos todavía creen que los viernes hay que comer pescado. Mi familia, por ejemplo. Misa los domingos. Pescado los viernes. Es el orden natural de las cosas.

—¿Y tú?

—Me parece que no soy tan religioso —dijo Francis.

Gulptilil pensó que eso era interesante.

—¿Sabes la fecha? —preguntó.

—Creo que cinco o seis de mayo —respondió Francis meneando la cabeza—. Lo siento. Los días se confunden en el hospital. Por lo general, cuento con Noticiero para que me informe sobre la actualidad del día, pero hoy aún no lo he visto.

—Estamos a cinco. ¿Podrías recordarlo, por favor?

—Sí.

—¿Y sabrías decirme quién es el presidente de Estados Unidos?

—Carter.

Gulptilil sonrió sin apartar el mentón de sus manos entrelazadas.

—Bueno —prosiguió como si lo que iba a decir fuera una prolongación de lo anterior—, he estado con el señor Evans y, aunque has hecho progresos en cuanto a socialización y comprensión de tu enfermedad, así como del impacto que causa sobre ti mismo y quienes te rodean, cree que, a pesar de tu medicación actual, sigues oyendo voces de personas que no están presentes, voces que te instan a actuar de determinada forma, y que todavía tienes delirios sobre los hechos.

Francis no respondió, porque no oyó ninguna pregunta. En su interior, oía susurros por todas partes, muy quedos, como si tuvieran miedo de que el director médico pudiera oírlos si levantaban la voz.

—Dime, Francis —continuó Gulptilil—, ¿crees que la valoración del señor Evans es correcta?

—Es difícil saberlo. —Se movió un poco incómodo en el asiento, consciente de que cualquier cosa que hiciera, cualquier palabra que dijera, cualquier inflexión, cualquier gesto, podría servir para formar la opinión del médico—. Creo que el señor Evans considera delirio cualquier cosa que diga uno de sus pacientes y con la que él no esté de acuerdo, de modo que es difícil saber qué responder.

El director médico sonrió y se reclinó en su silla.

—Ha sido una afirmación convincente y coherente, Francis. Muy bien.

Francis empezó a relajarse, pero entonces recordó que no debía fiarse del médico y, sobre todo, de un cumplido dirigido a él. En su interior se produjo un murmullo de conformidad. Cuando sus voces estaban de acuerdo con él, Francis se sentía seguro de sí mismo.

—Pero el señor Evans también es un profesional, Francis, así que no deberíamos descartar su opinión. Dime, ¿cómo te va la vida en Amherst? ¿Te llevas bien con los demás pacientes? ¿Con el personal? ¿Te gustan las sesiones de terapia del señor Evans? Y, dime, ¿crees que estás más cerca de poder volver a casa? ¿Ha sido el tiempo pasado aquí hasta ahora, digamos, provechoso?

El médico se inclinó hacia delante con un movimiento algo depredador que Francis reconoció. Sus preguntas constituían un campo de minas y tenía que ser precavido con las respuestas.

—El edificio está bien, doctor, aunque abarrotado, y creo que me llevo bien con todo el mundo, más o menos. A veces cuesta reconocer el valor de las sesiones de terapia del señor Evans, aunque siempre resulta útil cuando el debate se desvía hacia cuestiones de actualidad, porque a veces temo que estamos demasiado aislados en el hospital y que el mundo sigue su curso sin nosotros. Y me gustaría mucho volver a casa, doctor, pero no sé qué tengo que demostrarles a usted y a mi familia para que me permitan hacerlo.

—Creo que nadie de ella ha considerado necesario o que mereciera la pena visitarte —soltó el médico con frialdad.

—Todavía no, doctor. —Francis trató de controlar las emociones que amenazaban con estallar.

—¿Una llamada telefónica, quizás? ¿Alguna carta?

—No.

—Eso debe de afligirte un poco, ¿no, Francis?

—Sí —afirmó tras inspirar hondo.

—¿Te sientes abandonado?

—Estoy bien —dijo Francis, dudando de cuál era la respuesta correcta.

Gulptilil esbozó una sonrisa, no la aturdida, sino la viperina.

—Y estás bien porque todavía oyes las voces que te han acompañado durante tantos años.

—No —mintió Francis—. La medicación las ha eliminado.

—Pero admites que estaban ahí en el pasado.

Oyó ecos en su interior que le gritaban: *¡No, no! ¡No digas nada! ¡Escóndenos, Francis!*

—No entiendo a qué se refiere, doctor —contestó. Eso no disuadiría al médico.

Gulptilil esperó unos segundos, en que dejó que el silencio se apoderara de la habitación, como si esperara que Francis añadiera algo, lo que no ocurrió.

—Dime, Francis, ¿crees que hay un asesino suelto en el hospital?

Francis inspiró con fuerza. No había esperado esa pregunta, aunque tampoco las anteriores. Recorrió la habitación con la mirada, como buscando una salida. El corazón le latía con fuerza y todas sus voces estaban calladas, porque sabían que, ocultas en la pregunta del médico, había cosas importantes, y no tenía idea de cuál sería la respuesta adecuada. Vio que el médico arqueaba una ceja, socarronamente, y se percató de que la dilación era peligrosa.

—Sí —dijo despacio.

—¿No crees que eso sea un delirio, paranoico, por lo demás?

—No —respondió, procurando sin éxito no sonar inseguro.

—¿Por qué? —preguntó el médico tras asentir con la cabeza.

—La señorita Jones parece convencida. Y también Peter. Y no creo que Larguirucho...

—Ya hemos comentado antes esos detalles. —Gulptilil levantó una mano—. Dime, ¿qué ha cambiado en la investigación que sugiera que vais por buen camino?

Francis quiso retorcerse en la silla.

—La señorita Jones todavía está interrogando a posibles sospechosos —contestó—. Creo que no ha extraído aún ninguna conclusión sobre nadie, salvo haber descartado a algunos. El señor Evans la ha ayudado a hacerlo.

Gulptilil dedicó un instante a valorar la respuesta.

—Me lo dirías, ¿verdad, Francis?

—¿Qué, doctor?

—Si hubiera tomado alguna decisión.

—No entiendo...

—Sería un indicio, por lo menos para mí, de que estás mucho más en contacto con la realidad. Creo que demostraría ciertos progresos por tu parte que pudieras expresarte al respecto. Y quién sabe adónde podría conducirnos eso, Francis. Hacerse cargo de la realidad es un paso importante para la recuperación. Un paso muy importante. Un paso que conllevaría cambios significativos. Quizás una visita de tu familia. Quizás un permiso para un fin de semana en casa. Y, después, quizá más libertades aún. Un paso que te abriría posibilidades importantes, Francis.

Francis guardó silencio.

—¿Me explico? —preguntó el médico.

Francis asintió.

—Muy bien. Así pues, volveremos a hablar de estas cuestiones en los próximos días, Francis. Y, por supuesto, si consideras importante comentarme cualquier detalle u observación que puedas tener en cualquier momento, mi puerta siempre estará abierta para ti. Siempre estaré disponible. A cualquier hora, ¿comprendes?

—Sí. Creo que sí.

—Estoy contento con tus progresos, Francis. Y también de que hayamos mantenido esta conversación.

Francis volvió a guardar silencio.

—Eso es todo de momento, Francis. Ahora tengo que prepararme para una visita importante —comentó a la vez que señalaba la puerta—. Puedes irte. Mi secretaria se encargará de que te acompañen de vuelta a Amherst.

Francis se levantó y dio unos pasos vacilantes hacia la puerta. La voz de Gulptilil lo detuvo.

—Por cierto, Francis, casi se me olvida. Antes de irte, ¿podrías decirme qué día es?

—Viernes.

—¿Y la fecha?

—Cinco de mayo.

—Excelente. ¿Y el nombre de nuestro distinguido presidente?

—Carter.

—Muy bien, Francis. Espero que pronto tengamos la oportunidad de hablar un poco más.

Francis se marchó. No se atrevió a mirar atrás para ver si el médico lo observaba. Pero notaba sus ojos clavados en la nuca, justo en el sitio donde el cuello se unía al cráneo.

¡Sal pitando!, oyó en su cabeza, y lo hizo encantado.

El hombre sentado frente a Lucy era enjuto y menudo, con una complexión similar a la de un jockey profesional. Esbozaba una sonrisa torcida y tenía los hombros encorvados, lo que le confería un aspecto asimétrico. El pelo, greñudo y grasiento, le enmarcaba el rostro, y sus ojos azules brillaban con una intensidad inquietante. Cada poco emitía un resuello asmático al respirar, lo que no le impedía encender un cigarrillo tras otro, de modo que una nube de humo le envolvía la cabeza. Evans tosió una o dos veces, y Negro Grande retrocedió lo justo hacia un rincón del despacho. Lucy pensó que el auxiliar parecía tener un conocimiento instintivo de las distancias, y se adaptaba de forma casi automática a la adecuada para cada paciente.

—Señor Harris —dijo mientras observaba su expediente—, ¿podría decirme si reconoce a alguna de estas personas? —Deslizó por la mesa las fotografías de los crímenes anteriores hacia el hombre.

Éste las examinó con atención, quizá demasiado. Sacudió la cabeza.

—Gente asesinada —anunció con énfasis en la segunda palabra—. Muerta y abandonada en el bosque, al parecer. Eso no me va.

—Eso no es ninguna respuesta.

—No. No las conozco. —Su sonrisa ladeada se marcó más—. Y si las conociera, ¿cree que lo admitiría?

—Tiene antecedentes de violencia —replicó Lucy sin prestarle atención.

—Una pelea en un bar no es un asesinato.

Lucy lo miró con atención.

—Tampoco conducir borracho —prosiguió—. Ni atizar a un tío que me estaba insultando.

—Mire con atención la tercera fotografía —pidió Lucy—. ¿Ve la fecha en la parte inferior?

—Sí.

—¿Podría decirme dónde estaba usted entonces?

—Aquí.

—No me mienta, por favor.

Harris se revolvió en la silla.

—Entonces estaría en la prisión de Walpole, por alguna de esas acusaciones falsas que me endilgan.

—No es verdad. Se lo diré otra vez: no me mienta.

—Estaba en el cabo. —Se movió, inquieto—. Trabajaba ahí para un techador.

—Un período curioso, ¿verdad? —soltó Lucy tras observar el expediente—. Está en algún techo afirmando oír voces y, al mismo tiempo, por la noche roban en las casas de las manzanas donde usted está trabajando.

—Nadie presentó cargos.

—Porque consiguió que lo mandaran aquí.

Sonrió de nuevo y dejó al descubierto unos dientes irregulares. Lucy pensó que era un hombre escurridizo y horrible. Pero no el que estaba buscando. Evans empezaba a inquietarse a su lado.

—Así pues —dijo—, ¿no tuvo nada que ver con esto?

—Exacto —respondió Harris—. ¿Puedo irme ya?

—Sí —asintió Lucy. Y cuando Harris empezó a levantarse añadió—: En cuanto me explique por qué otro paciente quería decirnos que usted alardea de estos asesinatos.

—¿Qué? —Harris elevó la voz una octava—. ¿Alguien dijo que yo qué?

—Ya me ha oído. Así que explíquemelo. Dígame por qué dijo eso.

—¡Yo no he dicho nada así! ¡Está loca!

—Dígame por qué ha alardeado de estos crímenes.

—No lo he hecho. ¿Quién le ha dicho eso?

—Eso es confidencial. Le han oído hacer afirmaciones en el edificio donde vive. Ha sido indiscreto. Me gustaría que se explicara.

—¿Cuándo...?

—Hace poco —sonrió Lucy—. Recibimos esta información hace poco. ¿Niega por tanto haber dicho nada?

—Sí. ¡Está loca! ¿Por qué iba a alardear de algo así? No sé qué quiere, señora, pero yo no he matado a nadie. No tiene sentido...

—¿Cree que aquí lo tiene algo?

—Le han mentido. Y alguien quiere meterme en un lío.

—Lo tendré en cuenta —asintió Lucy—. Bien, puede irse. Pero puede que volvamos a hablar.

Harris casi brincó de la silla, lo que provocó que Negro Grande se le acercara con aire amenazador.

—Hijo de puta —exclamó el hombre, conteniéndose. Y se volvió y salió tras aplastar el cigarrillo en el suelo con el pie.

Evans estaba furioso.

—¿Tiene idea de los problemas que pueden causar estas preguntas? —preguntó, y señaló con el dedo el diagnóstico de Harris en el expediente—. Mire lo que pone, aquí. Explosivo. Cuestiones de gestión del enfado. Y usted lo provoca con preguntas disparatadas que sabe que sólo conseguirán una reacción agresiva. Seguro que Harris termina en una celda de aislamiento antes de que acabe el día, y tendré que sedarlo. ¡Maldita sea! Eso ha sido una irresponsabilidad, señorita Jones. Y si piensa empeñarse en hacer preguntas que sólo sirvan para alterar la vida en el hospital, me veré obligado a hablar con el doctor Gulptilil.

—Lo siento —se disculpó Lucy—. Intentaré ser más circunspecta en los próximos interrogatorios.

—Necesito un descanso —dijo Evans, que se levantó enfadado y se marchó.

Pero Lucy se sentía satisfecha.

Ella también se puso de pie y salió al pasillo. Peter estaba esperando con una sonrisita, como si comprendiera todo lo ocurrido en el despacho. Le hizo una pequeña reverencia para darle a entender que había visto y oído lo suficiente, y que admiraba el plan que había ideado. Pero no tuvo oportunidad de decirle nada porque, en ese momento, Negro Grande salió del puesto de enfermería llevando unas esposas y unos grilletes. Los pacientes que paseaban por allí lo vieron y se apartaron de su camino como pájaros asustados que alzan el vuelo.

Peter, sin embargo, permaneció inmóvil, a la espera.

A unos metros de distancia, Cleo se levantó y su enorme cuerpo se balanceó como zarandeado por un viento huracanado.

Lucy observó cómo Negro Grande se acercaba a Peter, le susurraba una disculpa y le ponía las esposas y los grilletes. No abrió la boca.

—¡Cabrones! —gritó una colorada y furiosa Cleo al oír cómo se cerraba la última sujeción—. ¡Cabrones! ¡No dejes que te lleven, Peter! ¡Te necesitamos!

El silencio inundó el pasillo.

—¡Maldita sea! —bramó Cleo—. ¡Te necesitamos!

Peter exhibía una expresión tensa y toda su indiferencia socarrona había desaparecido. Levantó las manos como para comprobar el límite de las sujeciones y, antes de permitir que el auxiliar lo condujera por el pasillo maniatado como una bestia salvaje, Lucy vio que lo invadía un enorme pesar.

21

Peter arrastraba los pies con cuidado por el sendero junto a Negro Grande. El auxiliar guardaba silencio, como si la tarea de acompañarlo lo incomodara. Se había disculpado por segunda vez al salir del edificio Amherst y luego se había callado. Pero caminaba deprisa, lo que obligaba a Peter prácticamente a correr para seguirle el paso y a mantener los ojos puestos en el suelo para no tropezar y caerse.

Peter notaba el sol de última hora de la tarde en el cuello y consiguió levantar la cabeza un par de veces para contemplar los edificios iluminados por la puesta de sol. El aire estaba un poco frío, un recordatorio de la primavera en Nueva Inglaterra, una advertencia de que no hay que fiarse demasiado del advenimiento del verano. Parte de los marcos blancos de las ventanas relucía, de modo que los cristales con barrotes recordaban unos ojos que observaban su avance por el patio interior. Las esposas se le hincaban en las muñecas. Toda la euforia que había sentido la primera vez que salió a escondidas del edificio Amherst en compañía de los hermanos Moses para empezar a buscar al ángel, la agitación que lo había inundado al recordar cada olor y sensación, habían desaparecido sustituidos por la melancolía del encarcelamiento. No sabía a qué reunión lo llevaban, pero sospechaba que era importante.

Esa idea se reforzó al ver dos limusinas negras aparcadas frente al edificio de administración. Estaban tan limpias que podía verse reflejado en ellas.

—¿Qué está pasando? —preguntó.

—Sólo me han dicho que te llevara de inmediato esposado. —El auxiliar sacudió la cabeza—. Así que sé tanto como tú.

—Es decir, nada —concluyó Peter, y el otro asintió.

Subió tambaleante las escaleras tras Negro Grande y se apresuró por el pasillo en dirección al despacho de Gulptilil. La señorita Deliciosa estaba esperando detrás de su mesa, y Peter observó que parecía incómoda y se había cubierto la habitual blusa ceñida con una rebeca holgada.

—Date prisa —dijo—. Te están esperando.

Las cadenas tintinearon mientras avanzaba con rapidez. Negro Grande le sostuvo la puerta abierta. Peter entró arrastrando los pies.

Tomapastillas, sentado tras su escritorio, se levantó al vuelo. Había, como de costumbre, una silla vacía delante de la mesa. Y tres hombres más en la habitación. Todos llevaban traje negro con alzacuello blanco. Peter no reconoció a dos de ellos, pero el rostro del tercero era conocido para cualquier católico de Boston. El cardenal estaba sentado a un lado del despacho, en un sofá situado a lo largo de la pared. Tenía las piernas cruzadas y parecía relajado. Uno de los otros sacerdotes estaba sentado a su lado y sujetaba un portafolios de piel marrón, un bloc y un gran bolígrafo negro con el que jugueteaba nervioso. El tercer sacerdote estaba detrás de la mesa de Gulptilil, en una silla situada junto a éste. Tenía un fajo de papeles delante de él.

—Gracias, señor Moses. Por favor, quite las sujeciones a Peter, si es tan amable.

El auxiliar tardó unos instantes en hacerlo. Después, retrocedió mirando al director médico, quien le hizo un gesto.

—Espere fuera hasta que lo llamemos, señor Moses. Estoy seguro de que no será necesaria ninguna seguridad adicional durante esta reunión. —Dirigió la mirada a Peter y añadió—: Todos somos caballeros, ¿no?

Peter no respondió. No se sentía como un caballero en ese momento.

Sin decir palabra, Negro Grande se marchó. Gulptilil señaló la silla.

—Siéntate, Peter —ordenó—. Estos señores quieren hacerte algunas preguntas.

Peter asintió, se sentó pesadamente pero se deslizó hacia el borde de la silla, preparado. Trató de aparentar seguridad, pero sabía que eso era difícil. Sentía emociones encontradas, desde un odio ciego hasta curiosidad, y se advirtió que debía ser breve y directo al hablar.

—Reconozco al cardenal —afirmó Peter mirando al director médico—. He visto muchas veces su fotografía. Pero me temo que no conozco a los otros dos caballeros. ¿Tienen nombre?

—El padre Callahan es el asistente personal del cardenal —indicó Gulptilil, y señaló al hombre sentado junto al prelado. Era un hombre algo calvo, de mediana edad, con unas gafas gruesas y unos dedos regordetes que sostenían el bolígrafo mientras tamborileaba sobre el bloc. Asintió hacia Peter, aunque no se levantó para estrecharle la mano—. Y el otro caballero es el padre Grozdik, que quiere hacerte algunas preguntas.

Peter asintió. El sacerdote del apellido polaco era bastante más joven, de una edad parecida a la suya. Era delgado, atlético, de más de metro ochenta. Su traje negro parecía hecho a medida para ajustarse a una cintura estrecha y tenía un aspecto lánguido, felino. Llevaba el cabello castaño largo y peinado hacia atrás, y tenía unos penetrantes ojos azules que no se habían apartado de Peter desde que había entrado en la habitación. Él tampoco se levantó, ni le ofreció la mano ni lo saludó de ningún modo, pero se inclinó hacia delante como un depredador.

—Supongo que el padre Grozdik también tiene algún cargo —dijo Peter, que lo miró a los ojos—. Tal vez le gustaría decirme cuál.

—Trabajo en la oficina jurídica de la archidiócesis —aclaró con una insulsa voz.

—Si las preguntas son de cariz legal, ¿no debería estar presente mi abogado? —sugirió Peter. Formuló la frase como una pregunta con la esperanza de deducir algo de la respuesta del sacerdote.

—Esperamos que acceda a reunirse con nosotros de modo informal —respondió éste.

—Eso dependerá, por supuesto, de lo que deseen saber —replicó Peter—. Sobre todo, porque veo que el padre Callahan ya ha empezado a tomar notas.

El sacerdote mayor dejó de escribir a medio trazo. Alzó los ojos hacia el sacerdote más joven, que asintió en su dirección. El cardenal se mantuvo inmóvil en el sofá observando a Peter con prudencia.

—¿Se opone? —preguntó el padre Grozdik—. Tener constancia escrita de esta reunión podría ser importante más adelante. Tanto para su protección como para la nuestra. Y, si todo esto queda en nada, bueno, siempre podemos destruir el documento. Pero si se opone...

—Todavía no. Quizá después —dijo Peter.

—Bien. Entonces, podemos empezar.

—Adelante —soltó Peter con frialdad.

El padre Grozdik consultó sus papeles y tardó en continuar. Peter se percató de que el hombre había recibido formación sobre técnicas de interrogatorio. Lo supo por su actitud paciente y reposada, que ordenaba las ideas antes de preguntar. Supuso que habría estado en el ejército e imaginó una sencilla sucesión: secundaria en el Saint Ignatius, estudios universitarios en el Boston College, instrucción en el cuerpo de oficiales en la reserva, un período de servicio en el extranjero con la policía militar, una vuelta a la facultad de Derecho del Boston College y más formación jesuita, seguido de un ascenso rápido en la archidiócesis. De joven, había conocido a unos cuantos como el padre Grozdik, que en virtud de su intelecto y su ambición eran importantes para la Iglesia. Lo único que estaba fuera de lugar era el apellido polaco y no irlandés, lo que le pareció interesante. Él era de origen católico irlandés, como el cardenal y su asistente, de modo que llevar a alguien de un origen étnico distinto indicaba algo. No sabía muy bien qué ventaja daba eso a los tres sacerdotes. Pronto lo averiguaría.

—Mire, Peter... —empezó el sacerdote—, ¿puedo llamarlo Peter? Me gustaría que la sesión fuera distendida.

—Por supuesto, padre —asintió Peter. Pensó que era inteligente. Todos los demás poseían la autoridad de un adulto y un estatus. Pero él, Peter, sólo tenía un nombre de pila. Había usado el mismo enfoque al interrogar a más de un pirómano.

—Muy bien, Peter —empezó de nuevo el sacerdote—. Está en el hospital para someterse a una evaluación psicológica ordenada por un juez antes de seguir con las acusaciones en su contra, ¿cierto?

—Sí. Intentan averiguar si estoy loco. Demasiado loco para ser juzgado.

—Eso es porque muchas personas que lo conocen creen que sus acciones son... ¿podríamos llamarlas «atípicas»? ¿Le parece una buena descripción?

—Un bombero que provoca un incendio. Un buen chico católico que reduce a cenizas una iglesia. Desde luego. Atípico me parece bien.

—¿Y está loco, Peter?

—No. Pero eso es lo que la mayoría le dirá en el hospital si lo pregunta, así que no estoy seguro de que mi opinión cuente demasiado.

—¿A qué conclusiones cree que ha llegado el personal hasta ahora?

—Yo diría que todavía están acumulando impresiones, padre, pero han llegado más o menos a la misma conclusión que yo. Lo expresarán de un modo más clínico, claro. Dirán que estoy lleno de conflictos no resueltos. Que soy neurótico. Compulsivo. Puede que incluso antisocial. Pero que era consciente de lo que hacía y sabía que estaba mal. Ése es más o menos el estándar legal, ¿verdad? Seguro que le enseñaron eso en la facultad de Derecho del Boston College.

Grozdik sonrió y se movió un poco en la silla.

—Muy hábil, Peter. ¿O acaso vio el anillo de la promoción? —Levantó la mano y mostró un gran anillo de oro que captó parte de la luz que entraba por la ventana.

Peter se dio cuenta de que el sacerdote se había situado de modo que el cardenal pudiera observar sus reacciones sin que él pudiera volverse para ver las del cardenal.

—Es curioso, ¿verdad, Peter? —dijo el padre Grozdik, cuya voz seguía siendo monótona y fría.

—¿Curioso, padre?

—Tal vez *curioso* no sea la palabra adecuada. Puede que fuera mejor calificar este dilema de intelectualmente interesante. Existencial, casi. ¿Ha estudiado mucha psicología, Peter? ¿O filosofía, acaso?

—No. Estudié el asesinato. Cuando estaba en el ejército. Cómo matar y cómo evitar que te mataran. Y cuando volví a casa estudié el fuego. Cómo se apaga y cómo se provoca. Sorprendentemente, los dos tipos de estudio no me parecieron demasiado diferentes.

—Sí —asintió el padre Grozdik con una sonrisa—. Tengo entendido que lo llaman Peter *el Bombero*. No obstante, algunos aspectos de su situación transcienden las interpretaciones simples.

—Sí —respondió Peter—. Soy consciente de ello.

—¿Piensa mucho en el mal, Peter?

—¿En el mal, padre?

—Sí. La presencia en esta tierra de fuerzas que sólo pueden explicarse con el mal.

—Sí —asintió Peter tras vacilar—. He pasado mucho tiempo reflexionando sobre ello. No puedes haber viajado a los sitios donde yo he estado sin darte cuenta de que el mal ocupa un lugar en el mundo.

—La guerra y la destrucción. Sin duda son ámbitos en los que el mal tiene carta blanca. ¿Le interesa? ¿Intelectualmente, quizá?

Peter se encogió de hombros con indiferencia pero por dentro estaba reuniendo toda su capacidad de concentración. No sabía en qué dirección iba a orientar el sacerdote la conversación, pero no se fiaba.

—Dígame, Peter —prosiguió Grozdik tras dudar—, lo que ha hecho, ¿cree que está mal?

Peter esperó un momento antes de responder.

—¿Me está pidiendo una confesión, padre? Me refiero a la clase de confesión que exige que antes se lean los derechos del acusado. No a la del confesionario, porque estoy seguro de que no hay padrenuestros ni avemarías suficientes, y tampoco acto de contrición alguno por mi parte, para obtener la absolución.

Grozdik no sonrió, ni pareció inquietarlo la respuesta de Peter. Era un hombre comedido, muy frío y directo, que contrastaba con el cariz indirecto de las preguntas que hacía. Peter lo consideró un hombre peligroso y un adversario difícil. El problema era que no sabía con certeza si era un adversario. Era muy probable. Pero eso no explicaba por qué estaba ahí.

—No, Peter —dijo el sacerdote cansinamente—. Ninguna de esas dos confesiones. Permítame que lo tranquilice sobre algo... —Habló de un modo que Peter sabía que servía para hacer lo contrario—. Nada de lo que diga hoy será usado en su contra ante un tribunal de justicia.

—¿Ante otro tribunal, entonces? —replicó Peter con una pizca de ironía. El sacerdote no mordió el anzuelo.

—A todos nos juzgan al final.

—Eso está por ver, ¿no?

—Como todas las respuestas a los grandes misterios. Pero el mal, Peter...

—Muy bien, padre. Entonces la respuesta a su pregunta es que sí. Creo que mucho de lo que he hecho está mal. Si lo examina desde el punto de vista de la Iglesia, resulta bastante evidente. Por eso estoy aquí, y por eso iré pronto a la cárcel. Puede que lo que me queda de vida. O casi.

Grozdik pareció considerar esta afirmación.

—Pero sospecho que no me está diciendo la verdad —repuso—. Que, en el fondo, no cree que lo que hizo estuviera realmente mal. O tal vez cree que cuando provocó ese incendio pretendía usar un mal para eliminar otro. Puede que eso esté más cerca de la verdad.

Peter no quiso contestar. Dejó que el silencio envolviera la habitación.

—¿Sería más exacto decir que cree que sus acciones estuvieron mal en un plano moral, pero bien en otro? —El sacerdote se había inclinado un poco hacia delante.

Peter notó que empezaban a sudarle las axilas y la nuca.

—No me apetece hablar sobre esto —dijo.

El sacerdote bajó la mirada y hojeó unos documentos hasta que encontró lo que buscaba, lo examinó y volvió a alzar los ojos hacia Peter.

—¿Recuerda lo primero que dijo a la policía cuando llegaron a casa de su madre? —preguntó—. Y, podría añadir, lo encontraron sentado en un peldaño con la lata de gasolina y las cerillas en las manos.

—De hecho, usé un mechero.

—Por supuesto. Reconozco mi error. ¿Y qué les dijo?

—Parece tener el informe policial delante de usted.

—¿Recuerda haber dicho «Con eso estamos en paz» antes de que le detuvieran?

—Sí.

—Tal vez podría explicármelo.

—Padre Grozdik —soltó Peter sin rodeos—, sospecho que no estaría aquí si no supiera ya la respuesta a esa pregunta.

El sacerdote miró de reojo al cardenal, pero Peter no pudo ver qué hizo éste. Supuso que algún leve movimiento con la mano o la cabeza. Fue sólo un breve instante, pero algo cambió.

—Sí, Peter. Por lo menos, eso creo. Dígame, ¿conocía al sacerdote que murió en el incendio?

—¿Al padre Connolly? No. No lo había visto nunca. De hecho no sabía nada sobre él. Excepto un detalle destacado, por supuesto. Me temo que, desde que volví de Vietnam, mis idas a la iglesia eran, por decirlo de algún modo, limitadas. Ya sabe, padre, ves mucha crueldad, muchas muertes y mucha falta de sentido, y empiezas a preguntarte dónde está Dios. Es difícil no tener una crisis de fe, o como quiera llamarlo.

—Así que incendió una iglesia y, con ella, a un sacerdote...

—No sabía que él estaba ahí —aseguró Peter—. Y tampoco que había otros. Creí que la iglesia estaba vacía. Grité, llamé a algunas puertas. Supongo que fue mala suerte. Como digo, creí que estaba vacía.

—No lo estaba. Y, para serle franco, no acabo de creerlo en este punto. ¿Con qué fuerza llamó a las puertas? ¿Gritó muy alto sus advertencias? Un hombre murió y tres resultaron heridos.

—Sí. Y yo iré a la cárcel en cuanto finalice mi breve estancia en este hospital.

—Y afirma que no conocía al sacerdote...

—Había oído hablar de él.

—¿Qué quiere decir?

—¿Cuánto quiere saber, padre? Quizá no debería estar hablando conmigo, sino con mi sobrino. El monaguillo. Y puede que con algunos amigos suyos...

Grozdik levantó una mano para interrumpir a Peter.

—Hemos hablado con varios feligreses. Hemos recabado mucha información con posterioridad al incendio.

—Bueno, entonces ya sabe que las lágrimas que se derramaron por la desafortunada muerte del padre Connolly son bastante menos que las que han derramado, y todavía derramarán, mi sobrino y algunos de sus amigos.

—De modo que se encargó personalmente...

Peter sintió que lo invadía la rabia, una rabia familiar, olvidada, pero parecida a la que había sentido cuando oyó a su sobrino describir con voz temblorosa lo que le había pasado. Se inclinó hacia delante y dirigió una mirada dura a Grozdik.

—Nadie iba a hacer nada —explicó—. Yo lo sabía, padre, lo mismo que sé que la primavera sigue al invierno y el verano antecede al otoño. Con total certeza. Así que hice lo que hice porque nadie más haría nada. Seguro que usted no, y el cardenal tampoco. ¿Y la policía? Ni hablar. Se pregunta por el mal, padre. Bueno, pues ahora hay un poco menos de mal en el mundo porque yo provoqué ese incendio. Y puede que haya estado mal. Pero puede que no. Así que váyase a hacer puñetas, padre, porque me da igual. Cuando los médicos averigüen que no estoy loco, podrán enviarme a la cárcel y tirar la llave, y todo el mundo estará en paz. Un equilibrio perfecto, padre. Un hombre muere. El hombre que lo mata va a la cárcel. Que baje el telón. Todos los demás pueden seguir con sus vidas.

—Puede que no tenga que ir a la cárcel, Peter —indicó el padre Grozdik.

A menudo me he preguntado qué debió de pensar y sentir Peter al oír esas palabras. ¿Esperanza? ¿Euforia? ¿O quizá miedo? No me lo dijo, aunque aquella noche me comentó todos los detalles de la conversación con los tres religiosos. Creo que quiso dejar que yo lo imaginara, porque ése era el estilo de Peter. Si no sacabas las conclusiones tú mismo no valía la pena sacarlas. Así que, cuando se lo pregunté, sacudió la cabeza y dijo: «¿Tú qué crees, Pajarillo?»

Peter había ido al hospital para que lo evaluaran, a sabiendas de que la única evaluación que significaba algo era la que llevaba en su interior. El asesinato de Rubita y la llegada de Lucy Jones le habían alimentado la sensación de que podía compensar las cosas. Peter vivía un vaivén de conflictos y emociones sobre lo que había sabido y lo que había hecho, y toda su vida se había basado en conseguir resarcirlo todo. Resuelve un mal con el bien. Era la única forma en que podía dormirse por la noche, y al día siguiente despertaba carcomido por la tarea de arreglarlo todo. Se sentía impulsado a encontrar una ecuanimidad que siempre le era esquiva. Pero más adelante, cuando pensé en ello, creí que ni su vigilia ni su sueño podían estar nunca exentos de pesadillas.

Para mí era más sencillo. Yo sólo quería volver a casa. El problema al que me enfrentaba no dependía tanto de las voces que oía como de lo que podía ver. El ángel no era ninguna alucinación, como ellas. Era de carne y hueso, sangre y rabia, y yo empezaba a ver todo eso. Era un poco como un arrecife surgido entre la niebla, y yo navegaba directamente hacia él. Intenté contárselo a Peter, pero no pude. No sé por qué. Era como revelar algo sobre mí mismo que no quería revelar, de modo que me lo callé. Por lo menos, de momento.

—Creo que no lo entiendo, padre —soltó Peter, conteniendo sus emociones.

—Este incidente preocupa mucho a la archidiócesis, Peter.

Peter no contestó enseguida, aunque tenía una respuesta sarcástica en la punta de la lengua. Grozdik lo observó para intentar deducir su respuesta a partir de su postura en la silla, la inclinación de su cuerpo, la expresión de sus ojos. Peter creyó que de repente jugaba la partida de póquer más dura que había visto.

—¿Preocupa, padre?

—Sí, exacto. Queremos hacer lo correcto, Peter.

El sacerdote siguió valorando las reacciones de Peter.

—Lo correcto... —repitió Peter despacio.

—Es una situación complicada, con muchos aspectos contradictorios.

—No estoy totalmente de acuerdo, padre. Un hombre cometía actos... depravados. Lo más probable era que nunca le llamaran la atención por eso. De modo que yo, exaltado y lleno de rabia y fervor justificados, me encargué de poner las cosas en su sitio. Yo solo. Un grupo parapolicial de una persona, podríamos decir. Se cometieron delitos, padre. Y se saldaron cuentas. Y ahora estoy dispuesto a aceptar mi castigo.

—Creo que es más sutil que eso, Peter.

—Puede creer lo que quiera.

—Deje que le pregunte algo: ¿le pidió alguien que hiciera lo que hizo?

—No. Lo hice por mi cuenta. Ni siquiera lo sugirió mi sobrino, y es él quien carga con las secuelas.

—¿Cree que su acto logrará de algún modo reparar lo que le ocurrió a su sobrino?

—No. —Peter sacudió la cabeza—. Y eso me entristece.

—Por supuesto —asintió el padre Grozdik—. ¿Contó después a alguien por qué lo había hecho?

—¿A los policías que me detuvieron?

—Exacto.

—No.

—¿Y aquí, en el hospital?

—No —respondió Peter tras reflexionar un instante—. Pero yo diría que hay bastantes personas que conocen el motivo. No del todo, pero aun así lo saben. Los locos ven a veces las cosas con exactitud, padre. Una exactitud que se nos escapa en la calle.

Grozdik se inclinó más en la silla. Peter tuvo la sensación de estar delante de un ave rapaz que describía círculos sobre un animal muerto en la carretera.

—Participó en muchos combates en el extranjero, ¿verdad?

—En algunos.

—Su expediente militar indica que pasó casi todo su período de servicio en zonas de combate. Y que fue condecorado en más de una ocasión por sus acciones. Y también recibió el Corazón Púrpura por heridas de guerra.

—Eso es cierto.

—¿Y vio morir gente?

—Era sanitario. Claro que sí.

—¿Y cómo murieron? Apostaría a que en sus brazos más de una vez.

—Ganaría esa apuesta, padre.

—¿Acaso creyó que eso no iba a tener ningún impacto emocional sobre usted?

—Yo no he dicho eso.

—¿Conoce una enfermedad llamada neurosis traumática, Peter?

—No.

—El doctor Gulptilil podría explicársela. Antes se le llamaba fatiga de combate, pero ahora recibe un nombre que suena más clínico.

—¿Intenta decirme algo?

—Puede provocar que una persona actúe de una forma que podríamos calificar de atípica. Sobre todo si está sometida a un estrés repentino y considerable.

—Hice lo que hice. Se acabó.

—No, Peter —replicó Grozdik—. Empezó.

Ambos guardaron silencio un momento. Peter pensó que seguramente el sacerdote esperaba que dijera algo, pero no estaba dispuesto a hacerlo.

—Peter, ¿le ha informado alguien de lo que ha pasado desde que lo detuvieron?

—¿En qué sentido?

—La iglesia que incendió ha sido derruida. El solar, limpiado y preparado. Se ha donado dinero. Mucho dinero. Con una generosidad extraordinaria. Ha supuesto una verdadera unión de la comunidad. Se han dibujado planos. Se ha proyectado, en el mismo solar, una iglesia más grande y más bonita que expresará verdaderamente la gloria y la virtud. Se ha instituido una beca con el nombre del padre Connolly. Incluso se habla de añadir un centro para jóvenes, en su memoria, claro.

Peter se quedó estupefacto.

—Las muestras de amor y cariño han sido realmente memorables.

—No sé qué decir.

—Los designios del Señor son inescrutables, ¿no, Peter?

—No estoy seguro de que Dios tenga que ver en esto, padre. Me sentiría mejor si no lo sacara a colación. A ver, ¿qué me está diciendo?

—Estoy diciendo que están a punto de hacerse muchas cosas buenas, Peter. A partir de las cenizas, por así decirlo. Las cenizas que usted creó.

Por supuesto. Por eso estaba el cardenal allí observando todos los movimientos de Peter. La verdad sobre el padre Connolly y su predilección por los monaguillos era menos importante que la reacción que se había producido a favor de la Iglesia. Peter se volvió y miró al cardenal.

Éste asintió y habló por primera vez:

—Muchas cosas buenas, Peter. Pero que podrían estar en peligro.

Peter lo entendió al instante. Ningún centro para jóvenes podía recibir el nombre de un abusador de menores. Y él era la persona que amenazaba con desbaratarlo todo. Se volvió de nuevo hacia Grozdik.

—Van a pedirme algo, ¿verdad, padre?

—No exactamente, Peter.

—Entonces ¿qué quieren?

Grozdik apretó los labios, y Peter comprendió que había hecho la pregunta equivocada de modo incorrecto, porque había dado a entender que haría lo que el sacerdote quería.

—Verá, Peter —dijo Grozdik despacio, pero con una frialdad que sorprendió incluso al Bombero—. Lo que queremos... lo que todos queremos, el hospital, su familia, la Iglesia, es que se mejore.

—¿Que me mejore?

—Y nos gustaría ayudarle a conseguirlo.

—¿Ayudarme?

—Sí. Hay una clínica, un centro puntero en la investigación y tratamiento de la neurosis traumática. Creemos, la Iglesia cree, incluso su familia cree, que sería más adecuado para usted estar ahí que aquí, en el Western.

—¿Mi familia?

—Sí. Parece ansiosa de que reciba esta ayuda.

Peter se preguntó qué les habrían prometido. O cómo los habrían amenazado. Molesto, se revolvió en la silla y se entristeció de golpe al darse cuenta de que probablemente no había solucionado nada, en especial a su sobrino. Quiso decirlo, pero se contuvo.

—¿Y dónde está ese centro? —preguntó.

—En Oregón.

—¿Oregón?

—Sí. En una parte bastante bonita del Estado, o eso tengo entendido.

—¿Y las acusaciones en mi contra?

—Una finalización satisfactoria del tratamiento conllevaría que se retiraran los cargos.

—¿Y qué hago yo a cambio? —quiso saber tras reflexionar.

Grozdik se inclinó hacia delante otra vez. Peter tuvo la impresión de que el sacerdote sabía de antemano la respuesta a esa pregunta.

—Esperaríamos que no hiciera ni dijera nada que pudiese impedir la consecución de un proyecto maravilloso y tan entusiasta —explicó Grozdik, despacio y con voz baja y clara.

Su primera reacción fue de rabia. Sentía una mezcla de hielo y fuego en su interior. La furia fundida con la frialdad. Hizo un esfuerzo por controlarse.

—¿Me está diciendo que ha hablado de esto con mi familia? —preguntó.

—¿Cree que su presencia aquí no les causa una gran angustia, al recordarles momentos tan difíciles? ¿No cree que sería mejor que Peter *el Bombero* empezara de nuevo lejos de aquí? ¿No cree que les debe la oportunidad de seguir adelante con sus vidas y de dejar que los acosen los terribles recuerdos de hechos tan espantosos?

Peter no respondió.

—Puede tener una vida mejor, Peter —dijo el padre Grozdik, y cogió los papeles que tenía sobre la mesa—. Pero necesitamos que acepte. Y pronto, porque esta oferta no será válida demasiado tiempo. En muchos sitios, muchas personas han hecho sacrificios importantes y han llegado a acuerdos difíciles para conseguir esta oferta, Peter.

Peter tenía la garganta seca. Cuando habló, las palabras parecieron rasparle los labios.

—Pronto, dice. ¿Se refiere a minutos? ¿A días? ¿A una semana, un mes, un año?

—Nos gustaría que empezara a recibir el tratamiento adecuado en los próximos días —sonrió Grozdik—. ¿Para qué prolongar lo que obstaculiza su bienestar emocional? Tendrá que comunicar su decisión al doctor Gulptilil, Peter. —Se levantó—. No le pediremos que la tome ahora mismo. Estoy seguro de que tendrá que pensárselo. Pero es una buena oferta, muy ventajosa en sus actuales circunstancias.

Peter también se puso de pie. Dirigió una mirada al doctor Gulptilil. El rollizo médico indio había guardado silencio a lo largo de toda la conversación.

—Peter —dijo por fin, señalando la puerta—, pide al señor Moses que te acompañe de vuelta a Amherst. Quizá pueda hacerlo sin las sujeciones esta vez. —Cuando Peter dio el primer paso, añadió—: Cuando tomes la que, por supuesto, es la única decisión posible, di al señor

Evans que quieres hablar conmigo. Prepararemos el papeleo necesario para tu traslado.

El padre Grozdik pareció ponerse algo tenso y se acercó al médico.

—Tal vez sería mejor que Peter tratara esta cuestión sólo con usted —comentó—. En particular, creo que el señor Evans, su colega, no debería estar involucrado en ningún sentido.

Tomapastillas miró con curiosidad al sacerdote, que se explicó.

—Su hermano resultó herido al entrar en la iglesia para intentar, en vano, rescatar al padre Connolly. Actualmente sigue recibiendo un tratamiento de larga duración y bastante doloroso para las quemaduras sufridas esa trágica noche. Me temo que su colega podría guardar cierta animadversión hacia Peter.

Peter vaciló, pensó una, dos, tal vez doce respuestas, pero no pronunció ninguna. Asintió hacia el cardenal, que le devolvió el gesto, aunque sin sonreír y con una expresión que sugería que estaba caminando por el borde de un profundo precipicio.

El pasillo de la planta baja del edificio Amherst estaba abarrotado de pacientes. De él se elevaba el rumor de la gente que hablaba entre sí o consigo misma. Sólo cuando ocurría algo inusual, la gente se callaba o pronunciaba palabras inteligibles. Francis pensó que cualquier cambio era siempre peligroso. Ese pensamiento implicaba que se estaba acostumbrando a la vida en el Western. Y no quería que fuese así. Se dijo que una persona cuerda debía adaptarse al cambio y agradecer la originalidad. Se prometió que aceptaría todas las cosas diferentes que pudiera, que combatiría la dependencia de la rutina. Sus voces asintieron a coro en su interior, como si ellas también vieran los peligros de convertirse en una cara más del pasillo.

Pero mientras reflexionaba de este modo, se produjo un silencio repentino. El ruido se desvaneció de golpe, como una ola que se alejara de la playa. Francis levantó los ojos y comprendió el motivo: Negro Chico acompañaba a tres hombres por el centro del pasillo hacia el dormitorio de la planta baja. Francis reconoció al hombretón retrasado, que cargaba sin problemas con un arcón y llevaba un muñeco bajo la axila. Tenía una contusión en la frente y un labio algo hinchado, pero esbozaba una sonrisa torcida que dirigía a todos los que lo miraban. Mientras seguía al auxiliar, gruñía a modo de saludo.

El segundo hombre era menudo y bastante mayor, con gafas y un cabello blanco, fino y ralo. Parecía andar ligero, como un bailarín, y Francis observó que iba haciendo piruetas, como si todo fuese parte de un *ballet*. El tercer hombre era fornido, entre la juventud y la mediana edad, ancho de espaldas, pelo oscuro y párpados caídos. Avanzaba con dificultad, como si le costara seguir el ritmo del hombre retrasado y el bailarín. Francis pensó que era un *cato*, o algo parecido. Pero cuando lo miró mejor, notó que los ojos negros del hombre se movían con disimulo de un lado a otro para examinar a los pacientes que se apartaban para dejarles paso. Francis lo vio entrecerrar los ojos, como si lo que veía lo disgustara, y torcer la boca. Francis se percató de que era alguien a quien convenía evitar. Llevaba una caja de cartón marrón con sus escasas pertenencias.

Lucy salió del despacho y observó cómo el grupo se dirigía hacia el dormitorio. Captó el leve gesto de Negro Chico, dándole a entender que la alteración que ella había incitado había dado resultado. Una alteración que había requerido el traslado de varios hombres de un dormitorio a otro.

Lucy se acercó a Francis.

—Pajarillo —le susurró—, acompáñalos y asegúrate de que nuestro hombre se instale en una cama donde Peter y tú podáis vigilarlo.

Francis asintió, sin mencionar que el retrasado no era el que deberían vigilar. Se apartó de la pared y se marchó por el pasillo, que volvía a estar lleno de murmullos y voces apagadas.

Cleo, cerca del puesto de enfermería, se fijó en cada uno de los hombres cuando pasaban ante ella. Luego, con ceño y una mano señalando a los tres pacientes que se alejaban por el pasillo, les espetó:

—¡No sois bienvenidos! ¡Ninguno de los tres!

Pero ninguno de los hombres se giró, cambió el paso o dio muestras de haber oído o comprendido lo que Cleo había dicho.

Ésta carraspeó con fuerza e hizo un gesto de desdén con la mano. Francis pasó veloz junto a ella para intentar seguir el ritmo rápido de Negro Chico.

Cuando entró en el dormitorio, el hombre retrasado estaba situado en la antigua cama de Larguirucho, mientras que a los otros dos se les habían asignado camas cercanas a la pared. Negro Chico los supervisó mientras guardaban sus pertenencias, luego les enseñó el lavabo, el póster con las normas del hospital, que Francis supuso iguales a las del dormitorio del que procedían, y les informó de que la cena se serviría en unos minutos. A continuación, se encogió de hombros y se marchó, no sin detenerse junto a Francis.

—Di a la señorita Jones que hubo una buena pelea en Williams —le dijo—. El hombre al que ella cabreó fue directo hacia este grandullón. Fueron necesarios un par de auxiliares para separarlo; los otros dos también se vieron involucrados. El otro cabrón estará un par de días en una celda de observación. Es probable que también lo inyecten para tranquilizarlo. Dile que salió como había planeado, salvo que en Williams todo el mundo está alterado y que puede que lleve un par de días que las cosas se calmen.

Dicho esto, Negro Chico cruzó la puerta y lo dejó solo con los tres nuevos.

Francis vio cómo el retrasado se sentaba en el borde de la cama y abrazaba al muñeco. Empezó a balancearse atrás y adelante, con una media sonrisa en los labios, como si estuviera valorando su nuevo entorno. Bailarín hizo un pequeño giro y se acercó a la ventana para contemplar lo que quedaba de tarde.

Pero el tercer hombre, el fornido, miró a Francis y pareció ponerse tenso. Lo señaló de modo acusador y cruzó el dormitorio con rapidez, esquivando las camas.

—Tienes que ser tú —le espetó con rabia, pegado a la cara de Francis, y escupió. Su voz apenas era un susurro, pero reflejaba una cólera terrible—. Tienes que ser tú. Eres el que me está buscando, ¿verdad?

Francis no respondió, sino que lo apartó de un empellón. El hombre blandió un puño delante del joven. Los ojos le destellaban con una furia que contradecía su voz siseante. Sus palabras sonaron como la advertencia de una serpiente de cascabel:

—Porque yo soy quien estás buscando.

Luego, con una sonrisa indiferente, salió al pasillo.

22

Pero yo lo sabía, ¿no?

Quizá no en aquel instante, pero sí poco después. Al principio me sentí sorprendido por la vehemencia de lo que me habían dicho. Sentí un temblor interior, y todas mis voces gritaban advertencias contradictorias: que me escondiera, que le plantase cara, que me guiara por la sensatez. Y esta última indicaba que aquélla no tenía sentido. ¿Por qué iba el ángel a acercarse a mí para confesar, cuando había hecho tanto para ocultar su identidad? Pero si el hombre fornido no era el ángel, ¿por qué había dicho eso?

Lleno de recelo, con un torbellino de preguntas y conflictos en mi interior, inspiré hondo, me calmé y dejé solos a Bailarín y al retrasado en el dormitorio para seguir al hombre fornido por el pasillo. Observé cómo se detenía para encender un cigarrillo y examinar el nuevo mundo al que había sido trasladado. El paisaje de cada edificio era diferente. Puede que la estructura fuera parecida, que los pasillos y las oficinas, la sala de estar común, la cafetería, los dormitorios, los trasteros, las escaleras y las celdas de aislamiento siguieran más o menos la misma disposición, acaso con pequeñas diferencias. Pero ése no era el terreno real de cada unidad. Sus contornos y su topografía venían definidos por las diversas locuras que contenían. Y eso era lo que el hombre fornido estaba examinando. Parecía un hombre que soliese estar a punto de explotar, un hombre que controlaba poco las rabias que le recorrían la sangre enfrentadas al Haldol o al Prolixin que le administraban a diario. Nuestros cuerpos eran campos de batalla entre ejércitos de psicosis y narcóticos que luchaban por el control puerta a puerta, y aquel hombre fornido parecía tan atrapado como cualquiera de nosotros en esa guerra.

No creía que ése fuera el caso del ángel.

El hombre fornido apartó de un empujón a un anciano senil, delgado y enfermizo, que se tambaleó y casi se cayó al suelo a punto de echarse a llorar. El otro siguió pasillo adelante y sólo se detuvo para poner mala cara a dos mujeres que se balanceaban en un rincón mientras canturreaban nanas a muñecas que acunaban en brazos. Cuando un cato con un pijama holgado y una larga bata suelta se cruzó de modo inofensivo en su camino, le gritó que se apartara y continuó adelante, más deprisa, como si sus pasos siguiesen el ritmo que marcaba su rabia. Y pensé que cada paso lo distanciaba más del hombre que estábamos buscando. No podría haber dicho exactamente por qué, pero lo sabía con una certeza que fue aumentando a medida que lo seguía por el pasillo. Comprendí por qué cuando estalló en Williams la pelea que Lucy había organizado, el hombre fornido se había enzarzado de inmediato en el intercambio de golpes, y por eso lo habían trasladado a Amherst. No era la clase de hombre que se cruza de brazos ante un conflicto, que retrocede hacia un rincón o se refugia contra la pared. Reaccionaría eléctricamente, saltaría de inmediato, con independencia de cuál fuera la causa o de quién luchara con quién, o del porqué de todo ello. Le gustaba pelear porque así daba salida a los impulsos que lo atormentaban y se perdía en la cólera confusa del intercambio de golpes. Y entonces, cuando se levantaba, ensangrentado, su locura no le dejaba preguntarse por qué había obrado de esa manera.

Comprendí que parte de su enfermedad consistía en llamar siempre la atención.

Pero ¿por qué había sido tan preciso acercando su cara a la mía? «Yo soy el hombre que estás buscando.»

En mi piso, apoyé la frente contra la pared, sobre las palabras que había escrito, para hacer una pausa, sumido en los recuerdos. La presión me recordaba un poco una compresa fría aplicada en la frente para bajar la fiebre a un niño. Cerré los ojos con la esperanza de descansar un poco.

Pero un susurro rasgó el silencio. Siseó justo detrás de mí.

—¿Creíste que te lo iba a poner fácil?

No me volví. Sabía que el ángel estaba ahí y, a la vez, no estaba ahí.

—No —respondí—. No creí que me lo pondrías fácil. Pero tardé cierto tiempo en averiguar la verdad.

Lucy vio a Francis salir del dormitorio para seguir a un hombre que no era el que ella le había indicado. El chico estaba pálido y le pareció que absorto en lo que estaba haciendo, casi ajeno al ajetreo que se producía antes de la cena en el concurrido pasillo. Empezó a acercarse a él, pero se detuvo. Sin duda Pajarillo tendría alguna razón para hacer eso.

Los vio entrar en la sala de estar y se dirigió hacia allí, cuando vio que Evans avanzaba a toda velocidad por el pasillo hacia ella. Tenía la expresión enfurecida de un perro al que acaban de quitarle un buen hueso.

—Bueno —soltó enfadado—, supongo que estará contenta. Tengo a un auxiliar en urgencias con una muñeca fracturada, y he tenido que trasladar a tres pacientes de Williams y poner a un cuarto en aislamiento por lo menos veinticuatro horas. Tengo una unidad alborotada y agitada, y es probable que uno de los trasladados corra mucho riesgo porque ha tenido que cambiar de ubicación después de varios años, y no por culpa suya. Se vio atrapado en medio de la pelea por casualidad, pero terminó siendo amenazado. ¡Maldita sea! Espero que comprenda el contratiempo que esto supone, y lo peligroso que es, sobre todo para los pacientes que están estabilizados y los mandan de repente a otra unidad.

—¿Usted piensa que yo hice todo eso? —Lucy lo miró con frialdad.

—Sí —respondió Evans.

—Debo de ser mucho más lista de lo que me pensaba —comentó Lucy con sarcasmo.

El señor del Mal resopló con la cara colorada. Lucy pensó que tenía el aspecto de un hombre al que no le gusta nada que el mundo que controla rígidamente se altere. Fue a contestar con enfado, pero de pronto logró controlarse y hablar de modo comedido.

—El acuerdo para que trabajara en este centro ponía como condición que eso no supusiera ninguna alteración. Creo recordar que usted aceptó tratar de pasar inadvertida y no obstaculizar los tratamientos en curso.

Lucy no respondió, pero entendió lo que estaba insinuando.

—Es lo que yo tenía entendido —prosiguió el señor del Mal—. Pero corríjame si me equivoco.

—No, no se equivoca. Lo siento. No volverá a pasar. —Sabía que eso era falso.

—Me lo creeré cuando lo vea —replicó Evans—. Y supongo que piensa seguir interrogando pacientes por la mañana.

—Sí.

—Pues eso ya lo veremos —repuso. Y con esa amenaza velada suspendida en el aire, el señor del Mal se volvió y se dirigió hacia la puerta principal. Se detuvo cuando vio a Negro Grande acompañando al Bombero. El psicólogo observó que Peter no llevaba sujeciones como antes.

—¡Un momento! —gritó—. ¡Quietos ahí!

El corpulento auxiliar se detuvo y se volvió hacia él. Peter vaciló.

—¿Por qué no lleva sujeciones? —aulló Evans, colérico—. Este hombre no tiene permiso para salir de estas instalaciones sin esposas ni grilletes. ¡Son las normas!

—El doctor Gulptilil dijo que no había problema. —Negro Grande arqueó las cejas.

—¿Cómo?

—El doctor Gulptilil... —repitió el auxiliar, pero fue interrumpido.

—No me lo creo. Este hombre está aquí por orden judicial. Se enfrenta a graves acusaciones por incendio y homicidio involuntario. Tenemos una responsabilidad...

—Eso es lo que el jefe dijo.

—Voy a comprobarlo ahora mismo. —Evans se giró y dejó a los dos hombres en medio del pasillo.

Se dirigió hacia la puerta principal, revolvió sus llaves, soltó un juramento cuando encajó en la cerradura una equivocada, volvió a hacerlo con más fuerza cuando la segunda también falló y, por fin, se rindió y se dirigió hacia su despacho apartando a los pacientes que se encontraban a su paso.

Francis siguió al hombre fornido, que se abría paso por Amherst. El modo en que ladeaba la cabeza, levantaba el labio enseñando los dientes, encorvaba los hombros y balanceaba unos antebrazos tatuadísimos advertía con claridad a los demás pacientes que se hicieran a un lado. Un recorrido depredador y desafiante. El hombre fornido echó un buen vistazo alrededor de la sala de estar, como un topógrafo que examinara un terreno. Los pocos pacientes que quedaban allí retrocedieron hacia los rincones o se ocultaron detrás de revistas antiguas para evitar verle los ojos. Al hombre fornido pareció gustarle, satisfecho de que su estatus de bravucón fuera a establecerse fácilmente, y avanzó hasta el centro de la sala. No pareció darse cuenta de que Francis lo seguía hasta que se detuvo.

—Bueno —dijo en voz alta—, ahora estoy aquí. Que nadie intente tocarme las pelotas.

A Francis le pareció una estupidez, y puede que también una cobardía. Los únicos pacientes que había en la sala eran viejos seniles, o absortos en algún mundo distante y privado. No había nadie que pudiera desafiar al hombre fornido.

A pesar de las voces que le gritaban que tuviera cuidado, Francis avanzó unos pasos hacia él, y éste, por fin, se percató de su presencia.

—¡Tú! —exclamó—. Creía que ya me había ocupado de ti.

—Quiero saber qué pretendiste decir —comentó Francis.

—¿Qué pretendí decir? —El hombre imitó la voz cantarina de Francis—. ¿Qué pretendí decir? Pretendí decir lo que dije y dije lo que pretendía decir. Nada más.

—No lo entiendo —insistió Francis—. Al decir que eras el hombre que estoy buscando, ¿qué quisiste decir?

—Parece bastante obvio, ¿no?

—No —replicó Francis—. En absoluto. ¿A quién crees que estoy buscando?

—Estás buscando a alguien mezquino —sonrió el hombre fornido—. Y lo has encontrado. ¿Qué? ¿No crees que pueda ser lo bastante mezquino para ti? —Avanzó hacia Francis con los puños cerrados y un poco agazapado.

—¿Cómo supiste que te estaba buscando? —preguntó Francis, y se mantuvo firme a pesar de todos los ruegos de que huyera emitidos en su interior.

—Todo el mundo lo sabe. Tú y el otro tío, y la mujer del exterior. Todo el mundo lo sabe —afirmó el otro de modo enigmático.

Francis pensó que en el hospital no había secretos. Pero eso no era cierto.

—¿Quién te lo dijo? —insistió.

—¿Cómo?

—¿Quién te lo dijo?

—¿Qué coño quieres decir?

—¿Quién te dijo que yo estaba buscando a alguien? —aclaró Francis con la voz más aguda. Había ganado impulso, guiado por algo totalmente distinto a sus voces interiores y que hacía que las preguntas le salieran de la boca a pesar de que cada palabra aumentaba el peligro al que se enfrentaba—. ¿Quién te dijo que me buscaras? ¿Quién te dijo cómo era yo? ¿Quién te dijo quién era yo, quién te dio mi nombre? ¿Quién?

El otro adelantó una mano para tocarle la mandíbula con los nudillos, como si lo amenazara.

—Eso es asunto mío —afirmó—. No tuyo. Con quién hablo y qué hago es asunto mío.

Francis observó que abría un poco más los ojos, como si captara alguna idea fugaz. Varios elementos volátiles se mezclaban en la imaginación del hombre fornido, y en algún lugar de esa mezcla explosiva estaba la información que quería.

—Por supuesto que es asunto tuyo —admitió Francis suavizando su tono—. Pero puede que también sea asunto mío. Sólo quiero saber quién te dijo que me buscaras y me dijeras eso.

—Nadie —mintió el hombre fornido.

—Fue alguien —lo rebatió Francis.

La mano del hombre se apartó de la cara de Francis, que vio un miedo eléctrico en sus ojos, oculto bajo la rabia. En ese instante le recordó a Larguirucho cuando se obsesionó con Rubita, o antes, cuando lo había hecho con él. Una fijación total con una única idea, una oleada abrumadora de una sola sensación en su interior, en alguna gruta difícil de penetrar hasta para la medicación más potente.

—Es asunto mío —repitió el hombre fornido.

—El hombre que te lo dijo podría ser el que estoy buscando.

—Vete a la mierda —soltó el hombre a la vez que sacudía la cabeza—. No te voy a ayudar en nada.

Francis sólo podía pensar que estaba cerca de algo y que necesitaba averiguarlo porque sería algo concreto que proporcionar a Lucy Jones. Entonces vio cómo el hombre fornido se agitaba, y la rabia, la frustración y todos los terrores habituales de la locura se unían. En ese instante de peligro, Francis se percató de que había ido demasiado lejos. Retrocedió un paso, pero el hombre fornido lo siguió.

—No me gustan tus preguntas —le espetó.

—Vale, ya no te haré más —respondió Francis, retrocediendo.

—No me gustan tus preguntas y tampoco me gustas tú. ¿Por qué me has seguido hasta aquí? ¿Qué quieres que te diga? ¿Qué me vas a hacer?

Lanzó cada una de estas preguntas como golpes. Francis miró a derecha y a izquierda buscando un sitio donde esconderse, pero no encontró ninguno. Las pocas personas que había en la sala se habían acurrucado en los rincones o bien observaban las paredes o el techo, cualquier cosa que las llevara mentalmente a otra parte. El hombre le empujó el pecho con el puño y le hizo dar otro paso atrás de modo que casi perdió el equilibrio.

—No me gusta que te metas en mis cosas —exclamó—. Creo que no me gusta nada que tenga que ver contigo. —Le empujó otra vez, más fuerte.

—Muy bien —dijo Francis levantando una mano—. Te dejaré en paz.

El otro pareció ponerse tenso, con todo el cuerpo tirante.

—Sí, eso está bien —gruñó—. Y me aseguraré de ello.

Francis vio venir el puño y logró levantar el antebrazo lo suficiente para evitar que le diera en la mejilla. Por un momento vio estrellitas, y el impulso le hizo girarse hacia atrás, tambaleante, y tropezar con una silla. De hecho eso le fue bien, porque hizo que el hombre fornido fallara su segundo puñetazo, un gancho de izquierda que pasó silbando cerca de la nariz de Francis, lo bastante como para que notara su calor. Francis se volvió a echar hacia atrás y la silla cayó al suelo, mientras el otro se abalanzaba para asestarle otro golpe, que esta vez le dio en el hombro. El hombre tenía la cara colorada de furia, y su rabia impedía que su ataque fuera acertado. Francis cayó de espaldas con tal fuerza que, al chocar contra el suelo, perdió el aliento. El hombre fornido se situó a horcajadas sobre su pecho, amenazante, mientras Francis daba patadas inútiles y con los brazos se protegía de la lluvia de golpes furiosos y alocados que le caían encima.

—¡Te mataré! —bramaba—. ¡Te mataré!

Francis se retorcía e interponía sucesivamente el brazo derecho y el izquierdo para paliar el aluvión de puñetazos, consciente sólo en parte de que no le había golpeado fuerte y a sabiendas de que si el hombre dedicara siquiera un microsegundo a considerar las ventajas de su ataque, sería el doble de mortífero.

—¡Déjame en paz! —gritó Francis en vano.

A través del estrecho espacio entre sus brazos vio cómo el hombre se incorporaba un poco para dominarse, como si de repente se diera cuenta de que tenía que organizar el ataque. Seguía colorado pero, de golpe, su rostro expresó un propósito y una lógica, como si toda la furia acumulada en su interior se canalizase hacia un solo torrente.

—¡Para! —chilló una vez más Francis, indefenso, con los ojos cerrados.

Comprendió que iba a hacerle mucho daño y retrocedió. Ya no sabía qué palabras gritaba para que aquel bruto se detuviera, consciente sólo de que no significaban nada ante la rabia que sentía por él.

—¡Te mataré! —repitió el hombre. Francis no dudaba que quería hacerlo.

El hombre soltó un grito gutural y Francis procuró apartar la cabeza pero, en ese segundo, todo cambió. Una fuerza como un potente viento los sacudió a ambos y se formó un lío frenético de puños, golpes y gritos. Francis se desplazó hacia un lado, consciente de que ya no tenía el peso de su atacante sobre el pecho y que estaba libre. Rodó por el suelo y gateó hacia la pared, desde donde vio que el hombre fornido y Peter estaban enzarzados en un cuerpo a cuerpo. Peter lo rodeaba con las piernas y había conseguido sujetarle una muñeca con la mano. Sus palabras se habían convertido en una cacofonía de gritos, y rodaron juntos por el suelo. La cara de Peter reflejaba una feroz rabia mientras retorcía el brazo del hombre. Y, en el mismo instante, otro par de misiles cruzó de repente la visión de Francis: los hermanos Moses se precipitaban a la refriega. Se produjo un momentáneo coro de gritos hasta que Negro Grande logró agarrar el otro brazo del hombre fornido a la vez que le cruzaba la tráquea con un grueso antebrazo y lo retenía mientras Negro Chico separaba a Peter a empellones.

El hombre fornido soltaba palabrotas y epítetos medio asfixiándose y lanzando salpicaduras de baba.

—¡Negratas de mierda! ¡Soltadme! ¡Yo no he hecho nada!

Peter resbaló hasta el suelo y quedó con la espalda apoyada contra un sofá y las piernas extendidas. Negro Chico lo soltó y se reunió con su hermano. Ambos dominaron con pericia al hombre, quien, con las manos a la espalda, pataleó un momento antes de rendirse.

—¡Sujétenlo fuerte! —oyó Francis procedente de un lado. Evans blandía una jeringa hipodérmica en la puerta—. ¡No lo suelten! —insistió mientras tomaba un poco de algodón impregnado de alcohol y se acercaba a los dos auxiliares y al hombre histérico, que volvió a retorcerse y forcejear.

—¡Iros a la mierda! —gritó colérico—. ¡Iros a la mierda! ¡Iros a la mierda!

El señor del Mal le limpió un trocito de piel y le clavó la aguja en el brazo con un único movimiento que denotaba mucha práctica.

—¡Iros a la mierda! —bramó el hombre de nuevo, por última vez.

El sedante causó efecto con rapidez. Francis no estaba seguro de cuántos minutos, porque la adrenalina y el miedo le habían hecho perder la noción del tiempo. Pero en unos momentos el hombre se relajó. Entornó los ojos y una especie de inconsciencia fue apoderándose de él. Los hermanos Moses también se relajaron, lo soltaron y se levantaron dejándolo en el suelo.

—Traed una camilla para transportarlo a aislamiento —indicó el señor del Mal—. En un minuto, estará fuera de combate.

El hombre gruñó, se retorció y movió los pies como un perro que soñara que corría. Evans sacudió la cabeza.

—Menudo desastre. —Alzó los ojos y vio a Peter en el suelo, recobrando el aliento y frotándose la mano, que tenía la marca roja de un mordisco—. Tú también —ordenó con frialdad.

—¿Yo también qué?

—Asilamiento. Veinticuatro horas.

—¿Qué? Yo no hice nada salvo separar a ese cabrón de Pajarillo.

Negro Chico había vuelto con una camilla plegable y una enfermera. Sujetó al hombre y empezó a ponerle una camisa de fuerza. Mientras lo hacía, dirigió una mirada hacia Peter y sacudió la cabeza.

—¿Qué tenía que hacer? ¿Dejar que ese tío diera una paliza a Pajarillo?

—Aislamiento. Veinticuatro horas —repitió Evans.

—No voy a... —empezó Peter.

—¿Qué? ¿Me desobedeces? —Evans arqueó las cejas.

—No. Sólo protesto —aclaró Peter tras inspirar hondo.

—Ya conoces las normas sobre las peleas.

—Él estaba peleando. Yo sólo intentaba sujetarlo.

Evans se acercó a Peter y meneó la cabeza.

—Una distinción exquisita. Aislamiento. Veinticuatro horas. ¿Quieres ir por las buenas o por las malas? —Levantó la jeringa. Francis supo que quería que Peter tomara la decisión incorrecta.

Peter controló su rabia a duras penas y apretó los dientes.

—Muy bien —dijo—. Lo que usted diga. Aislamiento. Vamos allá.

Se puso de pie con dificultad y siguió diligentemente a Negro Grande, quien había cargado al hombre fornido en la camilla con la ayuda de su hermano y se lo llevaban de la sala de estar.

Evans se volvió hacia Francis.

—Tienes un cardenal en la mejilla —comentó—. Pídele a una enfermera que te cure.

Y se marchó sin mirar siquiera a Lucy, que se había situado en la puerta y en ese instante dirigió a Francis una mirada inquisitiva.

Esa noche, en su reducida habitación de la residencia de enfermeras en prácticas, Lucy estaba sentada a oscuras tratando de analizar los progresos de su investigación. El sueño le era esquivo, y se había incorporado en la cama, con la espalda apoyada contra la pared, mirando al frente e intentado distinguir formas familiares en la penumbra. Sus ojos se adaptaron despacio a la ausencia de luz pero, pasado un momento, pudo distinguir las siluetas del escritorio, la cómoda, la mesilla de noche y la lámpara. Siguió concentrándose y reconoció las prendas que había dejado al azar en la silla cuando se había desvestido para acostarse.

Pensó que era un reflejo de lo que le estaba pasando. Había cosas conocidas que aun así permanecían ocultas en la oscuridad del hospital. Tenía que encontrar un modo de iluminar las pruebas y los sospechosos. Pero no se le ocurría cómo.

Echó la cabeza atrás y pensó que había embrollado mucho las cosas. Al mismo tiempo, a pesar de no tener nada concreto, estaba convencida de que se hallaba peligrosamente cerca de alcanzar su meta.

Trató de imaginar al hombre que estaba buscando, pero, como las formas de la habitación, se mantuvo indefinido y esquivo. Pensó que el mundo del hospital no se prestaba a suposiciones fáciles. Recordó decenas de momentos, sentada frente a un sospechoso en una sala de interrogatorios de una comisaría o, después, en una sala de justicia, en que había observado todos los detalles, las arrugas de las manos, la mirada escurridiza, la forma en que ladeaba la cabeza, para obtener el retrato de alguien caracterizado por la culpa y el crimen. Cuando estaban sentados frente a ella siempre resultaban muy evidentes. Los hombres que interrogaba tras la detención y durante el juicio lucían la verdad de sus acciones como un traje barato: de modo inconfundible.

Mientras seguía absorta en la oscuridad, se dijo que tenía que pensar de una forma más creativa. Más indirecta. Más sutil. En el mundo de donde procedía, tenía pocas dudas cuando se encontraba frente a frente con su presa. Este mundo era todo lo contrario. Sólo había dudas. Y, con un escalofrío que no se debía a la ventana abierta, se preguntó si habría estado ya frente a frente con el asesino. Pero aquí, él formaba parte del contexto.

Se tocó la cicatriz con una mano. El hombre que la había atacado era el tópico del anonimato. Llevaba un pasamontañas, de modo que sólo le vio los ojos oscuros, guantes de cuero negro, vaqueros y parka corriente, de las que pueden comprarse en cualquier tienda de excursionismo. Calzaba unas zapatillas de deporte Nike. Las pocas palabras que dijo fueron guturales, bruscas, pensadas para ocultar cualquier acento. En realidad, no le había hecho falta decir nada. Dejó que el reluciente cuchillo que le había rajado la cara hablara por él.

Eso era algo en lo que Lucy había pensado mucho. Posteriormente se había concentrado en ese detalle, porque le revelaba algo de un modo extraño, y la había llevado a preguntarse si el objetivo del criminal no habría sido tanto violarla como desfigurarle la cara.

Se echó hacia atrás y golpeó la pared con la cabeza un par de veces, como si los discretos golpes pudiesen liberar alguna idea en su mente. A veces se preguntaba por qué había cambiado tanto su vida desde que la habían agredido en las escaleras de aquella residencia. ¿Cuánto tiempo había sido? ¿Tres minutos? ¿Cinco minutos de principio a fin, desde la primera sensación aterradora, cuando la había agarrado, hasta el sonido de sus pasos al alejarse?

Pero a partir de ese momento todo había cambiado.

Se tocó los bordes de la cicatriz con los dedos. Con el paso de los años habían retrocedido para casi fundirse con su cutis.

Se preguntó si volvería a amar alguna vez. Lo dudaba.

No era algo tan simple como odiar a todos los hombres por lo que había hecho uno. Ni de ser incapaz de ver las diferencias entre los hombres que había conocido y el que le había hecho daño. Más bien era como si su corazón se hubiera oscurecido y congelado. Sabía que su agresor había determinado su futuro y que cada vez que señalaba de modo acusador a algún encausado cetrino ante un tribunal estaba cobrándose una venganza. Pero dudaba que nunca fueran las suficientes.

Pensó entonces en Peter. Era muy parecido a ella. Eso la entristecía y la perturbaba, incapaz de valorar que ambos estaban heridos del mismo modo y que eso debería haberlos unido. Intentó imaginárselo en la sala de aislamiento. Era lo más parecido a una celda que había en el hospital y, en ciertos sentidos, era peor. Su único propósito era eliminar cualquier idea externa que pudiera inmiscuirse en el mundo del paciente. Paredes acolchadas de color gris. Una cama atornillada al suelo. Un colchón delgado y una manta raída. Sin almohada. Sin cordones de los zapatos. Sin cinturón. Un retrete con escasa agua para impedir que alguien intentara ahogarse. No sabía si le habían puesto una camisa de fuerza. Ése era el procedimiento, y sospechaba que el señor del Mal querría que se siguiera. Se preguntó cómo podía Peter mantenerse cuerdo, cuando casi todo lo que lo rodeaba estaba loco. Recordarse sin cesar que ése no era su sitio le exigiría una notable fuerza de voluntad.

Debía de resultar doloroso.

En ese sentido, eran incluso más parecidos aún.

Inspiró hondo y se dijo que debía dormir. Tenía que estar despejada por la mañana. Algo había impulsado a Francis a enfrentarse a aquel hombre fornido. No sabía qué, pero sospechaba que era importante. Sonrió. Francis estaba resultando más útil de lo que había imaginado.

Cerró los ojos y, al cubrir una oscuridad con otra, fue consciente de que oía un sonido extraño, conocido pero inquietante. Abrió los ojos. Eran pasos suaves en el pasillo enmoquetado. Notó que el corazón se le aceleraba. Pero unos pasos no eran algo inusual en la residencia de enfermeras en prácticas. Después de todo, había distintos turnos que cubrían las veinticuatro horas, y eso provocaba que las horas de sueño fueran irregulares.

Al escuchar, le pareció que los pasos se detenían frente a su puerta.

Se puso tensa y estiró el cuello hacia el tenue sonido.

Se dijo que estaba equivocada, y entonces le pareció que el pomo de la puerta giraba despacio.

Se volvió hacia la mesilla de noche y logró encender a tientas la lámpara haciendo mucho ruido. La luz inundó la habitación. Parpadeó un par de veces y bajó de la cama. Cruzó la habitación, pero golpeó una papelera de metal, que se deslizó con estrépito por el suelo. La puerta tenía un cerrojo y seguía cerrado. Con rapidez, se apoyó contra la hoja de madera maciza y puso la oreja en ella.

No oyó nada.

Esperó algún sonido. Algo que le indicase que había alguien fuera, que alguien huía, que estaba sola, que no lo estaba.

El silencio le resultaba tan terrible como el sonido que la había llevado hasta la puerta.

Esperó.

Dejó que los segundos pasaran, alerta.

Un minuto. Tal vez dos.

Oyó voces de personas que pasaban por debajo de la ventana abierta. Sonó una carcajada, y otra se le unió.

Volvió a concentrarse en la puerta. Descorrió el cerrojo y, con un movimiento repentino y rápido, la abrió.

El pasillo estaba vacío.

Salió y miró a derecha e izquierda.

Nada.

Inspiró hondo y dejó que su corazón se apaciguara. Sacudió la cabeza. Se dijo que había estado sola todo el rato, que estaba dejando que las cosas la afectaran. El hospital era un sitio de desconocidos, y estar rodeada de tanta conducta extraña y de tanta enfermedad mental la había puesto nerviosa. Pero si tenía algo que temer, más tenía que temer el hombre que buscaba. Esta bravuconada la tranquilizó.

Volvió a entrar en la habitación. Cerró la puerta con llave y, antes de regresar a la cama, apalancó la silla de madera contra el pomo. No como un obstáculo adicional, porque dudaba que funcionara, sino para que cayese al suelo si la puerta se abría. Tomó la papelera de metal y la colocó encima. Luego le añadió la maleta. El ruido de todo eso al caer al suelo bastaría para despertarla, por muy dormida que estuviera.

23

—¿*Fuiste tú?*

—*Nunca fui yo. Siempre fui yo.*

—*Te arriesgaste* —dije con frialdad, obstinado—. *Podrías haber ido a lo seguro, pero no lo hiciste, lo que fue un error. Al principio no lo vi, pero al final sí.*

—*Hubo muchas cosas que no viste, Pajarillo.*

—*Vi lo suficiente.* —*Sacudí la cabeza y añadí despacio, aunque mi tono delataba mi falta de confianza—: No estás aquí. Sólo eres un recuerdo.*

—*No sólo estoy aquí* —siseó el ángel—, *sino que esta vez he venido por ti.*

Me volví para enfrentarme a la voz que me acosaba. Pero era como una sombra que iba de un rincón oscuro a otro de la habitación, siempre esquiva, fuera de mi alcance. Cogí un cenicero lleno de colillas retorcidas y lo lancé contra la forma. Su risa se mezcló con un estallido de cristal cuando el cenicero se hizo añicos contra la pared. Me volví a derecha e izquierda intentando ubicarlo, pero el ángel se movía deprisa. Le grité que se estuviera quieto, que no le tenía miedo, que entablara una lucha justa, y tuve la impresión de ser el niño lloroso que pretende enfrentarse al bravucón de la clase. Cada momento era peor, cada segundo que pasaba me sentía más insignificante, menos capaz. Furioso, agarré una silla y la arrojé al otro lado de la habitación. Golpeó el marco de la puerta y dejó una muesca en la madera.

Me sentía cada vez más desesperado. Abrí bien los ojos y busqué a Peter, que podría ayudarme, pero no estaba en la habitación. Traté de imaginar a Lucy, los hermanos Moses o cualquier otra persona del hos-

pital con la esperanza de incorporar a mi memoria a alguien que pudiera ayudarme a luchar.

Estaba solo, y mi soledad era como un golpe al corazón.

Pensé que estaba perdido pero, entonces, a través del barullo de voces de mi locura pasada y mi locura futura, oí un sonido incongruente. Un golpeteo que no parecía correcto. No exactamente mal, sino diferente. Tardé unos instantes en serenarme y comprender lo que era. Alguien llamaba a la puerta.

Noté otra vez el aliento gélido del ángel en la nuca.

La llamada persistió, más fuerte.

Me acerqué con precaución.

—¿Quién es? —pregunté. Ya no estaba seguro de que el ruido del mundo exterior fuera más real que la voz siseante del ángel, o siquiera que la presencia tranquilizadora de Peter en una de sus visitas esporádicas. Todo se fundía entre sí en un mar de confusión.

—¿Francis Petrel?

—¿Quién es? —repetí.

—Soy el señor Klein del Wellness Center.

El nombre me resultaba vagamente conocido, como si perteneciera a los recuerdos de la niñez, no a algo actual. Incliné la cabeza hacia la puerta mientras trataba de asignar una cara al nombre, y poco a poco unos rasgos tomaron forma en mi imaginación. Un hombre delgado, medio calvo, con gafas gruesas y un ligero ceceo, que se frotaba nervioso el mentón hacia última hora de la tarde, cuando se cansaba o cuando algunos de sus pacientes no hacían progresos. No estaba seguro de que estuviera realmente ahí. No estaba seguro de oírlo realmente. Pero sabía que, en algún sitio, existía un señor Klein, que había hablado con él muchas veces en su pequeño despacho demasiado iluminado y que cabía una posibilidad remota de que fuera él.

—¿Qué quiere? —pregunté.

—No ha asistido a dos sesiones de terapia. Estamos preocupados por usted.

—¿No he asistido?

—No. Y la medicación que recibe debe controlarse. Habrá recetas que probablemente precisen renovarse. ¿Me abre la puerta, por favor?

—¿Por qué ha venido?

—Ya se lo he dicho —respondió el señor Klein—. Tenía horas concertadas en el consultorio. Se las ha saltado. Antes nunca lo había hecho. No desde que le dieron de alta del Western. Estamos preocupados.

Sacudí la cabeza. Sabía que no tenía que abrir la puerta.

—Estoy bien —mentí—. Váyase, por favor.

—No lo creo, Francis. Parece estresado. He oído gritos en su piso cuando subía las escaleras, como si hubiese una pelea. ¿Hay alguien con usted?

—No —respondí. No era del todo cierto, ni del todo falso.

—¿Por qué no abre la puerta para que podamos hablar?

—No.

—Francis, no tiene nada que temer.

—Váyase —pedí, porque tenía mucho que temer—. No quiero su ayuda.

—Si me voy, ¿promete ir al consultorio?

—¿Cuándo?

—Hoy. Mañana como mucho.

—Quizá.

—Eso no es ninguna promesa, Francis.

—Lo intentaré.

—Necesito que me dé su palabra de que irá hoy o mañana y se someterá a una revisión completa.

—¿O si no?

—Francis —comentó con paciencia—, ¿de verdad necesita preguntarme eso?

Apoyé la cabeza contra la puerta y la golpeé con la frente una vez, y otra, como si así pudiera expulsar mis pensamientos y miedos.

—Me mandará de vuelta al hospital —dije con cautela, en voz muy baja.

—¿Qué? No lo oigo.

—No quiero regresar. No lo soportaba. Casi me morí. No quiero regresar al hospital.

—Francis, el hospital está cerrado. Para siempre. No tendrá que regresar a él. Nadie lo hará.

—No puedo volver.

—Francis, ¡abra la puerta!

—Usted no está realmente aquí —aseguré—. Sólo es otro sueño.

—Francis —dijo el señor Klein tras vacilar—, sus hermanas están preocupadas por usted. Mucha gente lo está. ¿Por qué no me deja que lo lleve al consultorio?

—La clínica no es real.

—Lo es. Usted lo sabe. Ha estado en ella muchas veces.

—Váyase.

—Prométame que irá.

—Muy bien. Lo prometo. —Inspiré hondo.

—Dígalo —insistió el señor Klein.

—Le prometo que iré al consultorio.

—¿Cuándo?

—Hoy. O mañana.

—¿Me da su palabra?

—Sí.

Noté cómo dudaba de nuevo al otro lado de la puerta, como si no acabara de fiarse de mi palabra.

—De acuerdo —concedió por fin—. Lo acepto. Pero no me falle, Francis.

—No lo haré.

—Si me falla, volveré.

Eso me sonó a amenaza.

—Iré —aseguré tras suspirar.

Lo oí alejarse por el pasillo.

Eso me satisfizo, y me dirigí hacia la pared de la escritura. Deseché al señor Klein de mi mente, junto con el hambre, la sed, el sueño y todo lo demás que podría haberse inmiscuido en la narración de mi historia.

Bien entrada la medianoche, Francis se sentía solo en medio de los sonidos nocturnos del dormitorio del edificio Amherst. Estaba sumido en ese inquieto estado entre la vigilia y el sueño en que el mundo se difumina, las amarras a la realidad se sueltan y uno se ve arrastrado por mareas y corrientes invisibles.

Le preocupaba Peter, que se encontraba en una celda de aislamiento por orden del señor del Mal y que seguramente estaría debatiéndose con toda clase de miedos enfundado en una camisa de fuerza. Francis recordó sus horas de aislamiento y se estremeció. Sujeto y solo, lo habían llenado de terror. Supuso que sería igual de difícil para Peter, quien ni siquiera tendría las cuestionables ventajas de estar sedado. Peter le había dicho muchas veces que no tenía miedo de ir a la cárcel, pero de algún modo Francis no creía que el mundo de la cárcel, por duro que fuera, se equiparara a una celda de aislamiento del Western. En las celdas de aislamiento uno se pasaba cada segundo con fantasmas de un dolor indescriptible.

Pensó que era una suerte que estuvieran todos locos. Porque, de no estarlo, ese sitio les haría perder la razón en muy poco tiempo.

Una flecha de desesperación se le clavó en el cuerpo al entender, en ese instante, que el contacto de Peter con la realidad le abriría de una u otra forma la puerta de salida del hospital. Al mismo tiempo, supo lo mucho que le costaría a él agarrarse lo suficiente a la pendiente resbaladiza de su imaginación para llegar a convencer a Gulptilil o Evans, o a cualquiera del Western, para que le dieran de alta. Dudaba que, aunque empezara a informar sobre Lucy Jones y los avances de su investigación a Tomapastillas, como éste quería, llegara a conseguir nada que no fuera pasar más noches oyendo los gemidos atormentados de unos hombres que soñaban cosas terribles.

Inquieto por todo lo que lo acechaba en su sueño y por todo lo que lo rodeaba cuando estaba despierto, cerró los ojos para aislarse de los sonidos del dormitorio con la esperanza de tener unas horas de descanso antes de la mañana.

A su derecha, a varias camas de distancia, un paciente se revolvió en la cama en medio de una pesadilla. Francis mantuvo los ojos cerrados, como si eso pudiera aislarlo de las agonías que importunaban los sueños de otros pacientes. Pasado un momento, el ruido se desvaneció.

Apretó los párpados mientras se murmuraba, o tal vez escuchaba una voz que decía *duérmete*.

Pero el siguiente ruido que oyó fue distinto: un chirrido.

Seguido de un siseo.

Y después una voz, y una mano repentina que le cubría los ojos.

—Mantén los ojos cerrados, Francis. Escucha, pero mantén los ojos cerrados.

Francis inspiró con fuerza. Una rápida inhalación de aire caliente. Su primera reacción fue gritar, pero se contuvo. Intentó incorporarse, pero una fuerza considerable lo tumbó en el colchón. Levantó una mano para agarrar la muñeca del ángel, pero la voz del hombre lo detuvo.

—No te muevas, Francis. No abras los ojos hasta que yo te lo diga. Sé que oyes todo lo que digo, pero espera mi orden.

Francis se quedó rígido en la cama. En la oscuridad, notó que había una persona de pie junto a él. Con la amenaza del terror y las tinieblas.

—Sabes quién soy, ¿verdad, Francis?

Asintió despacio.

—Si te mueves morirás. Si abres los ojos morirás. Si tratas de gritar morirás. ¿Comprendes el esquema de nuestra charla de hoy? —La voz del ángel era apenas un susurro, pero le golpeaba como un puñetazo. No se atrevió a moverse, ni siquiera cuando sus voces le gritaron que saliera huyendo, y permaneció inmóvil, en un tumulto de confusión y duda. La mano que le tapaba los ojos se apartó de repente y algo peor la sustituyó.

—¿Lo notas, Francis? —preguntó el ángel.

La sensación en la mejilla era fría. Una presión gélida. No se movió.

—¿Sabes qué es, Francis?

—Un cuchillo —susurró.

Se produjo una pausa antes de que la voz prosiguiera:

—¿Sabes algo de este cuchillo, Francis?

Asintió pero no entendió realmente la pregunta.

—¿Qué sabes, Francis?

El joven tragó con fuerza. Tenía la garganta seca. La hoja le seguía presionando la cara y él no se atrevía a moverse. Mantuvo los ojos cerrados pero intentó hacerse una idea del hombre situado junto a él.

—Sé que está afilado —dijo con voz débil.

—¿Pero cuánto?

Francis no logró responder porque su garganta se había resecado por completo. Así que soltó un leve gemido.

—Permite que responda mi propia pregunta —prosiguió el ángel, que seguía hablando en susurros que retumbaban en el interior de Francis con más fuerza que gritos—. Está muy pero que muy afilado. Como una navaja, así que si te mueves, aunque sea un poquito, te cortarás. Y también es fuerte, Francis, lo bastante para atravesar la piel, el músculo y el hueso. Pero eso ya lo sabes, ¿verdad? Porque ya conoces algunos de los sitios donde ha estado este cuchillo, ¿no?

—Sí.

—¿Crees que Rubita supo de verdad qué significaba este cuchillo cuando se le hundió en el cuello?

Francis no supo a qué se refería, así que guardó silencio.

Se oyó una risita suave.

—Piensa en esta pregunta, Francis. Quiero que me contestes.

Francis cerró los ojos con fuerza. Por un instante, esperó que la voz fuera sólo una pesadilla y que eso no le estuviera pasando de verdad pero, mientras lo deseaba, la presión de la hoja sobre su mejilla pareció aumentar. En un mundo lleno de alucinaciones, era afilada y real.

—No lo sé —soltó por fin.

—No estás usando la imaginación, Francis. Y es lo único que tenemos, ¿recuerdas? Imaginación. Puede arrastrarnos de maneras extrañas y terribles, conducirnos en direcciones horrendas y criminales, pero es lo único que aquí poseemos de verdad, ¿no?

Francis pensó que era cierto. Habría asentido, pero tuvo miedo de que cualquier movimiento le marcase la cara para siempre con una cicatriz como la de Lucy, así que se quedó lo más rígido que pudo, sin apenas respirar, conteniendo unos músculos que querían reaccionar al terror.

—Sí —susurró sin apenas mover los labios.

—¿Puedes entender cuánta imaginación tengo, Francis?

Una vez más, las palabras que trató de articular no salieron de su garganta.

—¿Qué supo Rubita, Francis? ¿Percibió sólo el dolor? ¿O acaso algo más profundo, mucho más aterrador? ¿Relacionó la sensación del cuchillo que se le hundía en la carne con la sangre que le manaba? ¿Fue capaz de valorarlo todo y darse cuenta de que se le estaba escapando la vida de un modo tan patético por culpa de su propia indefensión?

—No lo sé...

—¿Y tú, Francis? ¿Notas lo cerca que estás de la muerte?

Francis no pudo contestar. Tras sus párpados, sólo veía una cortina roja de terror.

—¿Notas cómo tu vida pende de un hilo, Francis?

Sabía que no tenía que responder esa pregunta.

—¿Comprendes que puedo acabar con tu vida en este instante, Francis?

—Sí —afirmó Francis, aunque no supo de dónde sacó fuerzas para hacerlo.

—¿Te das cuenta de que puedo acabar con tu vida en diez segundos? ¿O en treinta segundos? O tal vez me esperaré todo un minuto, según lo que quiera saborear el momento. O tal vez no vaya a ser esta noche. Tal vez mañana se ajuste mejor a mis planes. O la semana que viene. O el año que viene. Cuando yo quiera, Francis. Estás aquí, en esta cama, todas las noches, y nunca sabrás cuándo puedo volver. O tal vez debería hacerlo ahora y ahorrarme problemas...

El canto del cuchillo giró y el filo le tocó la piel brevemente.

—Tu vida me pertenece —prosiguió el ángel—. Te la puedo quitar cuando me plazca.

—¿Qué quieres? —preguntó Francis, y los ojos se le llenaron de lágrimas mientras el miedo se apoderaba por fin de él, haciéndolo temblar de terror.

—¿Que qué quiero? —El hombre rió siseante, sin dejar de susurrar—. Tengo lo que quiero por esta noche, y estoy más cerca de conseguir todo lo que quiero. Mucho más cerca.

El ángel acercó la cara, de modo que los labios de ambos quedaron a pocos centímetros, como amantes.

—Estoy cerca de todo lo que me importa, Francis. Tan cerca que soy como una sombra que os pisa los talones. Soy como una fragancia que se te pega y que sólo un perro percibe. Soy como la respuesta a una adivinanza demasiado complicada para la gente como tú.

—¿Qué quieres que haga? —suplicó Francis, como si anhelara alguna clase de tarea o trabajo que lo liberase de aquella presencia maligna.

—Nada, Francis. Salvo que recuerdes esta pequeña charla cuando te dediques a lo tuyo —respondió el ángel. Y, tras una breve pausa, prosiguió—: Cuenta hasta diez antes de abrir los ojos. Recuerda lo que te dije. Y, por cierto —parecía alegre y terrible a la vez—, he dejado un regalito para tu amigo el Bombero y para esa puta de la fiscal.

—¿Qué?

El ángel acercó más la cara a Francis, que notó su aliento.

—Un mensaje —indicó el ángel—. A veces está en lo que me llevo. Pero esta vez está en lo que dejo.

Dicho esto, la presión en la mejilla desapareció de golpe y Francis notó que el hombre se alejaba. Siguió conteniendo al aliento y contó despacio del uno al diez antes de abrir los ojos.

Sus ojos tardaron unos segundos en adaptarse a la oscuridad. Cuando lo hicieron, levantó la cabeza y se volvió hacia la puerta. Por un instante, el ángel se destacó brillante, casi luminiscente. Estaba girado de cara hacia Francis, pero éste no pudo captar ninguno de sus rasgos excepto un par de ojos abrasadores y un aura blanca que lo rodeaba sobrenaturalmente. Entonces, la visión desapareció, la puerta se cerró con un golpe apagado y, a continuación, se oyó la llave al girar, lo que para Francis fue como si se cerrara la puerta a toda esperanza y posibilidad. Se estremeció. Le temblaba todo el cuerpo como si se hubiera sumergido en unas aguas gélidas. Se quedó en la cama, sumido en el terror y la ansiedad que habían arraigado en él y que parecían propagarse por todo su cuerpo como una infección. Se preguntó si podría moverse cuando la luz de la mañana inundara el dormitorio. Sus voces interiores estaban calladas, como si ellas también temieran que Francis, situado de repente al borde de un precipicio de terror, fuera a resbalar y caer para siempre.

Se quedó quieto, sin dormir, sin moverse, toda la noche.

Respiraba con espasmos breves y superficiales. Y los dedos le temblaban.

No hizo nada salvo escuchar los sonidos que lo rodeaban y los latidos de su corazón. Al llegar la mañana, no estuvo seguro de poder mover las extremidades, ni siquiera de poder desviar la mirada del punto donde estaba clavada, en el techo del dormitorio, aunque sólo veía el temor que lo había visitado en la cama. Las emociones se le agolpaban en la cabeza y se atropellaban sin orden ni concierto, deslizándose a toda velocidad, desenfrenadas, fuera de control. Ya no estaba seguro de poder refrenarlas y dominarlas, y pensó que, de hecho, tal vez había muerto esa noche, que el ángel lo había degollado como a Rubita y que todo lo que pensaba, oía y veía era sólo un sueño, algún ensueño que ocupaba los últimos segundos de su vida, que el mundo que lo rodeaba estaba a oscuras y la noche se seguía cerniendo sobre él, y que su sangre abandonaba su cuerpo con cada latido de su corazón.

—Arriba, holgazanes —oyó en la puerta—. Hora de levantarse. El desayuno os espera. —Era Negro Grande, que despertaba a los ocupantes del dormitorio del modo acostumbrado.

Los hombres empezaron a quejarse mientras se despertaban de los sueños turbulentos y pesadillas que los atormentaban, sin ser conscientes de que una pesadilla real, viva, había estado entre ellos.

Francis permaneció rígido, como pegado a la cama. Sus extremidades se negaban a obedecerlo.

Varios hombres lo miraron al pasar a trompicones por su lado.

—Venga, Francis, vamos a desayunar —oyó a Napoleón, cuya voz se desvaneció cuando vio la expresión de Francis—. ¿Francis? —No contestó—. Pajarillo, ¿estás bien?

Una vez más forcejeó interiormente. Sus voces habían empezado a hablar. Le suplicaban, lo apremiaban, le insistían una y otra vez: *¡Levántate, Francis! ¡Vamos, Francis! ¡Arriba! ¡Pon los pies en el suelo y levántate! ¡Por favor, Francis, levántate!*

No sabía si tendría la fuerza suficiente. No sabía si volvería a tenerla alguna vez.

—¿Pajarillo? ¿Qué pasa? —La voz de Napoleón sonó más agitada, casi lastimera.

No respondió. Siguió mirando el techo, cada vez más convencido de que se estaba muriendo. O quizá ya lo estaba, y cada palabra que oía formaba parte de las últimas resonancias de la vida que acompañaban los postreros latidos de su corazón.

—¡Señor Moses! ¡Venga! ¡Necesitamos ayuda! —Napoleón parecía al borde de las lágrimas.

Francis se sintió tironeado en dos direcciones opuestas. Una fuerza interior parecía empujarlo hacia abajo y otra insistía en que se levantase.

Negro Grande se situó a su lado. Francis lo oyó ordenar a los demás pacientes que salieran al pasillo. Se inclinó hacia Francis para mirarlo a los ojos.

—Vamos, Francis. Levántate, maldita sea. ¿Qué tienes?

—Ayúdele —rogó Napoleón.

—Lo estoy intentando. Dime, Francis, ¿qué pasa? —Dio una palmada con fuerza delante de la cara del joven para obtener alguna reacción. Luego lo cogió por un hombro y lo sacudió, pero él siguió rígido en la cama.

Francis creía que ya no le quedaban palabras. Dudaba de su capacidad de hablar. Las cosas se estaban congelando en su interior, como el hielo que se forma en una laguna.

Las voces, confusas, redoblaron sus órdenes para instarle a reaccionar.

Lo único que superó el miedo de Francis fue la idea de que, si no se movía, seguro que se moriría. Que la pesadilla se volvería realidad. Era como si ambas cosas se hubieran fundido entre sí. Lo mismo que el día y la noche ya no eran diferentes, tampoco lo eran el sueño y la vigilia. Se tambaleó de nuevo, al borde de la conciencia. Una parte de él le instaba a aislarse de todo, a retroceder y encontrar la seguridad negándose a vivir, mientras que otra parte le suplicaba que se alejara de los cantos de sirena del mundo vacío y mortal que lo atraía.

¡No te mueras, Francis!

Al principio, creyó que era una de sus voces que le hablaba. Luego, se dio cuenta de que era él mismo.

Así que reunió hasta el último ápice de fuerza para pronunciar con voz ronca unas palabras, algo que un instante antes había temido no poder volver a hacer nunca.

—Estuvo aquí... —musitó, como el último suspiro de un agonizante, sólo que, contradictoriamente, el sonido de su voz pareció vigorizarlo.

—¿Quién? —preguntó Negro Grande.

—El ángel. Habló conmigo.

El auxiliar dio un respingo.

—¿Te hizo daño?

—No. Sí. No estoy seguro. —Cada palabra parecía fortalecerlo. Se sentía como un hombre a quien la fiebre baja de repente.

—¿Puedes levantarte? —quiso saber Negro Grande.

—Lo intentaré —respondió Francis.

Apoyado en Negro Grande y con Napoleón delante con los brazos extendidos como para impedir cualquier caída, Francis se incorporó y puso los pies en el suelo. Se sintió mareado un segundo y por fin se levantó.

—Muy bien —susurró Negro Grande—. Te has llevado un buen susto, ¿eh?

Francis no contestó. Era obvio.

—¿Estarás bien, Pajarillo?

—Eso espero.

—Será mejor que guardemos el secreto, ¿vale? Habla con la señorita Jones y con Peter cuando salga de aislamiento.

Francis asintió tembloroso. El corpulento auxiliar intuía lo cerca que había estado de no poder salir de esa cama nunca más. O de caer en los agujeros negros de los catatónicos, encerrados en un mundo que sólo existía para ellos. Dio un paso vacilante, y otro. Notó que la sangre le recorría el cuerpo y que el riesgo de sumirse en una locura peor que la que ya tenía se disipaba. Los músculos y el corazón le funcionaban bien. Sus voces interiores vitorearon y luego se callaron, como si disfrutaran de todos sus movimientos. Exhaló despacio, como un hombre al que acaba de golpear una piedra, y por fin, logró esbozar su sonrisa habitual.

—Ya estoy bien —dijo a Napoleón, sin soltarse aún del antebrazo de Negro Grande para conservar el equilibrio—. Creo que me iría bien comer algo.

El auxiliar asintió, pero Napoleón vaciló.

—¿Quién es ése? —preguntó.

Francis y Negro Grande se volvieron y vieron a un hombre que no había logrado levantarse. Había pasado inadvertido debido a la atención que Francis había concentrado. Yacía inmóvil: un bulto contrahecho en una cama de metal.

—Qué coño... —exclamó el auxiliar, irritado.

Francis vio quién era.

—Oye —lo llamó Negro Grande, pero no obtuvo respuesta.

Francis inspiró hondo y cruzó el dormitorio hasta llegar junto al hombre.

Era Bailarín, el hombre mayor que habían trasladado a Amherst el día antes. El compañero de litera del retrasado mental.

Francis observó sus extremidades rígidas. Ya nunca volvería a moverse con gracia y elegancia al compás de una música que sólo él oía.

Su rostro estaba tenso y pálido, como si lo hubieran maquillado para salir a escena. Tenía los ojos muy abiertos, y también la boca. Parecía sorprendido, incluso impresionado, o tal vez aterrado ante la muerte que había ido a buscarlo esa noche.

24

Peter *el Bombero* estaba sentado en la posición del loto en el camastro de la celda de aislamiento, como un joven e impaciente Buda esperando ansioso la iluminación. La noche anterior había dormido poco, aunque el acolchado de las paredes y el techo había amortiguado la mayoría de los sonidos de la unidad, salvo los esporádicos gritos agudos o los improperios coléricos que procedían de las otras celdas de aislamiento. Esos alaridos aleatorios eran para él como los ruidos animales que resonaban en la selva al anochecer; no seguían ningún propósito ni lógica evidente salvo para quien los emitía. A mitad de la larga noche, Peter se preguntó si los gritos que oía eran reales o eran sonidos del pasado que correspondían a pacientes que llevaban largo tiempo muertos y, como ondas de radiofaro lanzadas al espacio, estaban destinados a resonar eternamente en medio de la penumbra, sin cesar nunca y sin encontrar nunca su lugar. Se sintió angustiado.

A medida que la luz del día se filtraba vacilante en la celda a través de la ventanita de observación de la puerta, Peter reflexionó sobre el apuro en que estaba. No tenía duda de que la oferta del cardenal era sincera, aunque quizás ésa no fuera la palabra correcta, porque la sinceridad no parecía tener relación con aquella situación. La oferta se limitaba a exigirle que desapareciera, que se esfumara para iniciar una nueva existencia. Su memoria era el único sitio donde su hogar, su familia y su pasado seguirían vivos. Una vez que hubiera aceptado la oferta no habría vuelta atrás. La archidiócesis de Boston borraría todo lo ocurrido y lo sustituiría por una iglesia nueva y reluciente con unas agujas refulgentes que se elevarían hacia el cielo. En su propia familia, se constituiría en el hermano muerto en extrañas circunstancias o en el tío que se marcha para no volver nunca. A medida que pasaran los años, su familia acabaría creyendo el mito que la Iglesia contribuyera a crear, y su identidad se desintegraría.

Valoró sus alternativas: una cárcel de máxima seguridad con celdas de castigo y palizas, probablemente durante gran parte del resto de su vida, porque la considerable influencia de la archidiócesis, que en ese momento estaba presionando a la fiscalía para que le permitieran desaparecer en Oregón, cambiaría radicalmente si él rechazaba el plan. Sabía que no habría más tratos.

Peter se imaginó las puertas de la cárcel y el resoplido de los cerrojos hidráulicos al cerrarse. Eso le hizo sonreír, porque pensó en ello de modo muy parecido a como su amigo Pajarillo tenía sus alucinaciones, sólo que ésta era sólo suya.

Recordó cómo el pobre Larguirucho, lleno de miedo y delirio al ver que su reducida vida en el hospital se terminaba, se había vuelto hacia él y Francis para suplicarles que lo ayudaran. Deseó que Lucy hubiera oído esos gritos. Le parecía que toda su vida la gente le había gritado pidiendo ayuda y que cada vez que había intentado acudir a su llamada, por muy buenas que hubieran sido sus intenciones, siempre había salido algo mal.

Oyó sonidos en el pasillo, al otro lado de la puerta de la celda, y el ruido sordo de otra puerta que se abría y cerraba de golpe. No podía rechazar la oferta del cardenal. Pero tampoco podía dejar que Francis y Lucy se enfrentaran solos al ángel.

Comprendió que tenía que impulsar la investigación como fuera, y lo más rápido posible. El tiempo ya no era su aliado.

Alzó los ojos hacia la puerta, como si esperara que alguien la abriera en ese mismo instante. Pero no ocurrió nada. Permaneció sentado intentando dominar su impaciencia, pensando que en cierto sentido la situación en que se encontraba se parecía a toda su vida. En todos los sitios donde había estado, era como si hubiera una puerta cerrada que le impidiera moverse con libertad.

Así que esperó a que alguien fuera a buscarlo y descendió todavía más por un precipicio plagado de contradicciones, inseguro de poder volver a escalarlo.

—No veo indicios de que no fuera una muerte natural —aseguró el director médico con frialdad, casi con formalidad.

Gulptilil estaba junto al cadáver de Bailarín, que yacía rígido en la cama. El señor del Mal estaba a su lado, lo mismo que otros dos psiquiatras y un psicólogo de otras unidades. Francis se había enterado de que uno de ellos cumplía también las funciones de forense del hospital, y estaba examinando a Bailarín con atención. Era un hombre alto y delgado, de nariz aguileña, y usaba gafas gruesas. Tenía el hábito nervioso de carraspear y asentir con la cabeza antes de decir algo, de modo que su mata de pelo negro cabeceaba tanto si estaba de acuerdo como si disentía. Llevaba una tablilla con un formulario y tomaba notas con rapidez mientras Tomapastillas hablaba.

—No hay signos de golpes —indicó Gulptilil—, ni de traumatismos. Ninguna herida evidente.

—Insuficiencia cardíaca repentina —diagnosticó el forense asintiendo con la cabeza—. Veo en su historia clínica que fue tratado de su cardiopatía durante los dos últimos meses.

—Mírenle las manos —intervino Lucy Jones, que estaba detrás de los médicos—. Tiene las uñas partidas y ensangrentadas. Podrían ser heridas defensivas.

Todos se volvieron hacia ella, pero fue el señor del Mal quien se encargó de contestar.

—Ayer se metió en una pelea, como ya sabe. En realidad, estaba allí y se vio envuelto en ella cuando dos hombres le cayeron encima. No participó voluntariamente, pero forcejeó para salir de la refriega. Imagino que así se dañó las uñas.

—Supongo que dirá lo mismo de esos rasguños en los antebrazos.

—Sí.

—¿Y de la sabana y la manta enredadas entre las piernas?

—Un ataque cardíaco puede ser muy doloroso y tal vez se retorció antes de sucumbir.

Los demás médicos murmuraron su consentimiento.

—Señorita Jones —dijo Tomapastillas, con paciencia, lo que ponía de relieve lo impaciente que estaba en realidad—. La muerte no es inusual en un hospital. Este desdichado era un hombre mayor y llevaba recluido aquí muchos años. Ya había sufrido un ataque al corazón, y no tengo duda de que el estrés emocional que le provocó el traslado de Williams a Amherst, junto con la pelea en la que se vio envuelto y el efecto debilitante de los fármacos a lo largo de los años desgastaron todavía más su sistema cardiovascular. Una muerte de lo más normal, por cierto, y nada extraordinaria aquí, en el Western. De todos modos, gracias por su observación... —Hizo una pausa que demostraba que, de hecho, no le agradecía nada, y prosiguió—: ¿Pero no está buscando usted a alguien que utiliza un cuchillo, que desfigura las manos de sus víctimas en una especie de ritual y que, por lo que sabe, limita sus ataques a mujeres jóvenes?

—Sí —respondió Lucy—. Exacto.

—De modo que esta muerte no se ajustaría al patrón que le interesa.

—Exacto otra vez, doctor.

—Entonces, permítanos que nos ocupemos de esto del modo rutinario, por favor.

—¿No va a llamar a la policía?

Gulptilil suspiró sin ocultar su irritación.

—Cuando un paciente muere en una intervención quirúrgica, ¿llama el neurocirujano a la policía? Esta situación es análoga, señorita Jones. Presentamos un informe a las autoridades. Nos ponemos en contacto con la familia, si disponemos de sus datos. En algunos casos, cuando existen dudas razonables, solicitamos la autopsia del cadáver. Y a menudo, señorita Jones, como este hospital es el único hogar y la única familia que tienen algunos pacientes, nos encargamos directamente de su entierro.

Se encogió de hombros, pero ese movimiento ocultaba lo que Lucy Jones consideró enojo.

En la puerta se había reunido un grupo de pacientes que quería ver qué pasaba en el dormitorio. Gulptilil dirigió una mirada al señor del Mal.

—Creo que esto está rozando la morbosidad, señor Evans. Dispersemos a esos hombres y traslademos el cadáver al depósito.

—Doctor... —empezó Lucy, pero éste la interrumpió.

—Dígame, señor Evans, ¿Vio alguien una pelea en este dormitorio ayer por la noche? ¿Hubo gritos y puñetazos, maldiciones e imprecaciones?

—No, doctor —respondió Evans—. Nada de eso.

—¿Una lucha a muerte, quizá?

—Tampoco.

—Ya lo ve, señorita Jones —dijo Gulptilil, volviéndose hacia ella—, si se hubiera cometido un asesinato, sin duda alguien se habría despertado y habría visto u oído algo. Sin embargo...

Francis fue a decir algo, pero se detuvo. Dirigió una mirada a Negro Grande, que meneó la cabeza. Francis comprendió que el corpulento auxiliar le estaba dando un buen consejo. Si contaba lo que había oído y la presencia que lo había amenazado, lo más probable era que lo considerasen otra alucinación. Aquellos médicos estaban predispuestos a llegar a esa conclusión. «Oí algo, pero nadie más lo oyó. Sentí algo, pero nadie más lo observó. Sé que se cometió un asesinato, pero nadie más lo sabe.» Su situación era ciertamente complicada. Su relato habría sido anotado en su expediente como una indicación más de lo lejos que estaba de la recuperación y de la posibilidad de salir del hospital.

Contuvo el aliento. La presencia del ángel no era real ni imaginada. Y el ángel lo sabía. No era extraño que se sintiera seguro. «Puede hacer cualquier cosa —pensó—, pero ¿qué quiere hacer?»

Se mordió el labio inferior y observó a Bailarín. Se preguntó cómo lo habría matado. No había sangre, ni marcas en el cuello. Sólo la máscara de la muerte grabada en sus rasgos. Quizá lo había asfixiado con una almohada. Una muerte silenciosa. Un breve forcejeo y luego la inconsciencia. ¿Era eso lo que había oído la noche anterior? Llegó a la dolorosa conclusión de que sí. Pero mientras concluía él, Francis, no había abierto los ojos.

En esa ocasión, el cuchillo que había matado a Rubita había estado reservado para él. Pero el macabro mensaje dejado en aquella cama era para todos. Francis se estremeció. Todavía se estaba recuperando del espanto de la noche anterior, cuando había estado a punto de morir o de sumirse en una locura más profunda. Ambas alternativas eran igual de horribles.

—Esta clase de muertes son un engorro —dijo Gulptilil con displicencia a Evans—. Alteran a todo el mundo. Asegúrese de ajustar la medicación de cualquiera que parezca obsesionado con este hecho. —Dirigió una mirada a Francis—. No quiero que los pacientes piensen demasiado en esta muerte, sobre todo los que tienen una vista de alta esta semana.

—Entendido —respondió Evans.

Francis reflexionó sobre las palabras del médico. No creía que la muerte de Bailarín obsesionase a ningún paciente pero la noticia de que esa semana iba a haber vistas de altas causaría un gran impacto en muchos de ellos. Alguien podría irse, y en el Western, la esperanza era medio hermana del delirio.

Echó un último vistazo al cadáver y sintió una tristeza extraña en su interior. Pensó que a Bailarín lo habían dado de alta de improviso.

Pero entre las oleadas de miedo y tristeza que sentía, Francis percibió algo más: una yuxtaposición de hechos que le despertaban una sospecha inquietante.

Llegó una camilla para llevarse el cadáver. Gulptilil y el señor del Mal supervisaron el procedimiento. Lucy meneó la cabeza al observar cómo se eliminaba con displicencia lo que ella consideraba la escena de un posible crimen.

Gulptilil se giró para seguir al cadáver y miró a Francis.

—Ah, señor Petrel —dijo—. Me preguntaba si podríamos tener pronto otra sesión.

Francis asintió, porque no sabía qué otra cosa hacer. Pero entonces, en un arranque que dejó boquiabierto al director médico, levantó los brazos y empezó a girar despacio, moviéndose con la gracia de Bailarín.

—Señor Petrel, ¿está usted bien? —preguntó Gulptilil a la vez que intentaba detenerlo.

Y a Francis, que se limitó a alejarse bailando, le pareció una pregunta de lo más idiota.

En la sesión en grupo de ese día, la conversación se desvió hacia el programa espacial. Noticiero llevaba varios días anunciando titulares, pero había una incredulidad generalizada entre los pacientes del Western respecto a la verdad de los paseos lunares. Cleo, con una risita nerviosa, se había mostrado desafiante y había hablado de encubrimientos del gobierno y de peligros desconocidos de otro mundo, para ponerse taciturna y guardar silencio al cabo de un instante. Sus cambios de humor parecían evidentes a todo el mundo menos al señor del Mal, que ignoraba la mayoría de los signos externos de la locura cuando aparecían. Era su enfoque habitual. Le gustaba escuchar y anotar, y más tarde el paciente, cuando hacía cola para la medicación de la noche, descubría que le habían modificado la dosis. Eso producía un efecto opresivo en las sesiones, porque todos los pacientes consideraban que la medicación diaria era la amarra que los mantenía unidos al hospital.

No se mencionó la muerte de Bailarín, aunque estaba en el pensamiento de todos. El asesinato de Rubita los había fascinado y asustado, pero la muerte de Bailarín les recordaba a todos la suya propia, lo que constituía un temor muy diferente. Más de una vez, alguno de los sentados en círculo soltó una carcajada o sofocó un sollozo, sin que ninguna de las dos cosas guardara relación con la conversación, sino con sus pensamientos internos.

Francis pensó que el señor del Mal lo observaba con especial atención. Lo atribuyó a su extraña conducta de esa mañana.

—¿Y tú, Francis? —le preguntó Evans.

—Perdone, ¿yo qué?

—¿Qué piensas sobre los astronautas?

—Es difícil de imaginar —respondió tras pensar un momento.

—¿Qué es difícil?

—Estar tan lejos, conectado sólo por ordenadores y radios. Nadie ha viajado nunca tan lejos. Eso es interesante. No es el hecho de depender de todo el equipo, sino que no ha habido ninguna aventura parecida.

—¿Qué me dices de los exploradores de África o del Polo Norte? —repuso el señor del Mal.

—Se enfrentaban a los elementos. A lo desconocido. Pero los astronautas se enfrentan a algo distinto.

—¿A qué?

—A los mitos —dijo Francis. Echó un vistazo alrededor y preguntó—: ¿Dónde está Peter?

—Aún en aislamiento —aclaró el señor del Mal a la vez que cambiaba de postura—. Pero debería salir pronto. Volvamos a los astronautas.

—No existen —intervino Cleo—. Pero Peter sí. —Sacudió la cabeza—. Aunque puede que no. Puede que todo sea un sueño y que nos despertemos en cualquier momento.

Eso provocó una discusión entre Cleo, Napoleón y unos cuantos más sobre lo que existía de verdad y lo que no, y sobre si algo que ocurría donde no podías verlo, ocurría de verdad. Todo ello hizo que el grupo se agitase para contradecirse y discutir, lo que Evans permitió sin rechistar. Francis escuchó un momento, porque, en cierto sentido, encontró ciertas similitudes entre su situación en el hospital y la de los hombres que se dirigían al espacio. Estaban tan desorientados como él.

Se había recuperado del susto de la noche anterior, pero no confiaba demasiado en su capacidad de afrontar la noche que se avecinaba.

Rebuscó en su memoria todas las palabras que había dicho el ángel, pero le costaba recordarlas con precisión. El miedo sesgaba las cosas. Era como intentar ver con precisión en un espejo de feria. La imagen aparecía ondulada, vaga, distorsionada.

Se dijo que tenía que dejar de intentar ver al ángel y empezar a intentar ver lo que el ángel veía. En lo más profundo de su ser, las voces le gritaron una advertencia: *¡No! ¡No lo hagas!*

Francis se revolvió con incomodidad en el asiento. Las voces no le habrían advertido si no hubieran percibido algo peligroso. Sacudió la cabeza para centrarse en el grupo que seguía discutiendo.

—¿Por qué tenemos que ir al espacio? —comentaba Napoleón en ese momento.

Cleo lo miraba desde el otro lado del círculo con una expresión algo desconcertada, casi impresionada.

—Pajarillo vio algo, ¿verdad? —le dijo la mujer en voz baja, y soltó una carcajada socarrona en el mismo instante en que Peter entraba en la habitación.

De inmediato saludó al grupo e hizo una reverencia formal a los demás pacientes, como un miembro de alguna corte del siglo XVII. Tomó una silla plegable y se situó en el círculo.

—Estoy como nunca —aseguró como si previera la pregunta.

—A Peter parece gustarle el aislamiento —comentó Cleo.

—Allí nadie ronca —respondió Peter, lo que hizo reír a todo el mundo.

—Estábamos hablando de los astronautas —explicó el señor del Mal—. Me gustaría terminar este debate en el tiempo que queda.

—Por supuesto —dijo Peter—. No quería interrumpir nada.

—Muy bien, perfecto. ¿Quiere alguien añadir algo? —preguntó el señor del Mal observando a los pacientes reunidos. Nadie habló—. ¿Alguien? —insistió pasados unos segundos.

De nuevo, el grupo, tan vociferante unos minutos antes, guardó silencio. Francis pensó que era típico de ellos: a veces las palabras les fluían casi sin control y, al momento siguiente desaparecían, y eran sustituidas por una especie de introspección mística. Los cambios de humor eran habituales.

—Vamos —dijo Evans, con una nota de exasperación—. Estábamos haciendo progresos antes de que nos interrumpieran. ¿Cleo?

La mujer sacudió la cabeza.

—¿Noticiero?

Por una vez, no tenía ningún titular que anunciar.

—¿Francis?

Éste no contestó.

—Di algo —pidió Evans con frialdad.

Francis no sabía cómo reaccionar y observó que Evans parecía enfadado. Le pareció que era una cuestión de control. Al señor del Mal le gustaba controlarlo todo, y Peter había perturbado de nuevo su poder. Ningún paciente, por muy aguda que fuera su locura, podía equipararse con la necesidad que tenía Evans de dominar todos los momentos del día y la noche en el edificio Amherst.

—Habla —insistió Evans, con más frialdad aún. Era una orden.

Francis se preguntó qué sería lo que el señor del Mal quería escuchar.

—Yo nunca iré al espacio —fue lo único que se le ocurrió.

—Claro que no, hombre... —gruñó Evans, como si Francis hubiese dicho la tontería más grande del mundo.

Pero Peter, que había estado observando, se inclinó hacia delante.

—¿Por qué no? —preguntó.

Francis lo miró. El Bombero sonreía de oreja a oreja.

—¿Por qué no? —repitió.

—Aquí no fomentamos los delirios, Peter —le espetó Evans.

Pero Peter no le hizo caso.

—¿Por qué no, Francis? —preguntó por tercera vez.

Francis movió la mano indicando el hospital.

—Pero, Pajarillo —prosiguió Peter—, ¿por qué no podrías ser astronauta? Eres joven, estás en buena forma, eres listo. Ves cosas que otros no logran captar. No eres vanidoso y eres valiente. Creo que serías un astronauta perfecto.

—Pero Peter... —dijo Francis.

—Nada de peros. ¿Quién te dice que la NASA no decida enviar a alguien loco al espacio? Y en ese caso, ¿quién mejor que uno de nosotros? Porque seguro que a la gente le caería mejor un astronauta loco que uno de esos de estilo militar, ¿no? ¿Quién te dice que no decidan enviar a toda clase de gente al espacio, y por qué no, a uno de nosotros? Podrían enviar políticos, científicos o incluso turistas. Quizá cuando manden a un loco averigüen que flotar en el espacio sin la gravedad que nos une a la Tierra nos va bien. Como un experimento científico. Quizá...

Se detuvo para respirar. Evans fue a hablar, pero antes de que pudiera hacerlo, Napoleón intervino:

—Puede que Peter tenga razón. A lo mejor es la gravedad lo que nos vuelve locos.

—Nos aplasta... —comentó Cleo.

—Todo ese peso sobre nuestros hombros...

—Impide que nuestros pensamientos se muevan arriba y abajo...

Un paciente tras otro asintió con la cabeza. De repente, parecían haber recuperado el habla. Los murmullos de asentimiento se convirtieron en comentarios entusiastas.

—Podríamos volar. Podríamos flotar.

—Nadie podría detenernos.

—¿Quién exploraría mejor que nosotros?

Todos los hombres y mujeres del grupo sonreían, conformes. Era como si en ese momento se viesen como astronautas que surcaban el espacio y sus preocupaciones quedaban olvidadas, evaporadas, al deslizarse sin esfuerzo por el vacío estrellado. Era muy tentador y, por unos instantes, el grupo pareció elevarse mientras cada miembro imaginaba que la fuerza de la gravedad dejaba de afectarle y vivía una extraña clase de libertad imaginaria.

Evans estaba furioso. Dirigió una mirada enojada a Peter y, sin decir palabra, se marchó de la sala.

Todos observaron cómo se iba. Al cabo de unos segundos, la niebla de problemas volvió a cubrirlos.

Cleo, sin embargo, suspiró y sacudió la cabeza.

—Supongo que sólo serás tú, Pajarillo —sentenció con brío—. Tendrás que ir al espacio por todos nosotros.

El grupo se levantó diligentemente, plegó las sillas y las dejó en su sitio, apoyadas contra la pared una junto a otra. Después, cada paciente, absorto, salió de la sala de terapia al pasillo principal para mezclarse con la oleada de pacientes que lo recorría arriba y abajo.

Francis agarró a Peter por el brazo.

—Ayer por la noche estuvo aquí.

—¿Quién?

—El ángel.

—¿Volvió?

—Sí. Mató a Bailarín, pero nadie quiere creerlo, y después me amenazó con un cuchillo y me dijo que nos mataría a mí, a ti o a quien quisiera, cuando quisiera.

—¡Dios mío! —exclamó Peter. La satisfacción por haber superado al señor del Mal desapareció. Meditó sobre lo que había dicho Francis—. ¿Qué más ocurrió?

Francis procuró recordarlo todo y, al hacerlo, notó parte del miedo que todavía merodeaba en su interior. Contar a Peter lo del cuchillo en su cara fue duro. Al principio pensó que se sentiría mejor, pero no fue así. Sólo redobló su ansiedad.

—¿Cómo lo sujetaba? —quiso saber Peter.

Francis se lo mostró.

—Maldición. Debiste de asustarte mucho, Pajarillo.

Francis asintió, pero no quiso precisar lo mucho que se había asustado. Entonces se le ocurrió algo y frunció el entrecejo mientras intentaba aclarar una cosa que era opaca y oscura.

—¿Qué pasa? —preguntó Peter.

—Peter... —empezó el joven— tú fuiste investigador. ¿Por qué me pondría el cuchillo así en la cara?

Peter reflexionó.

—¿No debería habérmelo puesto en el cuello? —añadió Francis.

—Sí.

—De esa forma, si gritaba...

—El cuello, la yugular y la laringe son puntos vulnerables. Así es como matas a alguien con un cuchillo.

—Pero no lo hizo. Me lo puso en la cara.

—Es muy revelador. No pensó que gritarías...

—Aquí la gente grita todo el rato. No significa nada.

—Cierto. Pero quería aterrarte.

—Lo logró —aseguró Francis.

—¿Pudiste ver...?

—Tenía los ojos cerrados.

—¿Y su voz?

—Podría reconocerla si volviera a oírlo. Sobre todo, de cerca. Siseaba, como una serpiente.

—¿Crees que intentaba disimularla?

—No, no lo creo. Era como si no le importara.

—¿Qué más?

—Se sentía... seguro —respondió Francis con cautela.

Ambos hombres salieron de la sala. Lucy los esperaba en medio del pasillo, cerca del puesto de enfermería. Se dirigieron hacia ella y Peter divisó a Negro Chico, a unos metros de Lucy, y vio cómo anotaba algo en una libreta negra unida a la rejilla del puesto con una cadenilla plateada. Hizo ademán de dirigirse hacia el auxiliar, pero Francis lo retuvo por el brazo.

—¿Qué pasa? —preguntó Peter.

Francis había palidecido de repente.

—Peter —dijo despacio—, se me ha ocurrido algo.

—¿Qué?

—Si no tenía miedo de hablarme, significa que no le preocupaba que pudiera oír su voz en otro sitio. No le preocupaba que lo reconociera porque sabe que es imposible que lo oiga.

Peter asintió.

—Eso es interesante, Francis —aseguró—. Muy interesante.

Francis pensó que «interesante» no era lo que Peter quería realmente decir. «Encuentra el silencio», se ordenó. Notó que le temblaba un poco la mano y se percató de que la garganta se le había secado de repente. Sintió un sabor desagradable en la boca y trató de reunir saliva, pero no tenía. Miró a Lucy, que exhibía una expresión ceñuda; pensó que no era por ellos sino por cómo el mundo al que había llegado tan confiada le resultaba más esquivo de lo que había imaginado.

Cuando la fiscal se reunió con ellos, Peter le dijo a Negro Chico:

—Señor Moses, ¿qué está haciendo?

—Algo rutinario.

—¿Qué quiere decir?

—Rutina burocrática. Anoto algunas cosas en el registro diario.

—¿Qué se incluye en ese registro?

—Cualquier cambio que ordene el gran jefe o el señor del Mal. Cualquier cosa fuera de lo corriente, como una pelea, unas llaves perdidas o una muerte como la de Bailarín. Cualquier cambio en la rutina. Y también muchas estupideces, Peter: cuándo vas al lavabo por la noche, cuándo compruebas las puertas o cuándo supervisas los dormitorios, las llamadas telefónicas recibidas o cualquier cosa que alguien que trabaje aquí pueda considerar fuera de lo corriente. También se anota si observas que un paciente hace progresos por alguna que otra razón. Cuando llegas al puesto al principio de tu turno, tienes que comprobar las indicaciones para la noche. Y, antes de irte, tienes que anotar algo y firmar. Aunque sólo sea un par de palabras. Así cada día. Se supone que tus anotaciones tienen que poner al corriente al siguiente que llega y facilitarle las cosas.

—¿Hay un registro como éste...?

—En todos los pisos —asintió Negro Chico—, en cada puesto de enfermería. Seguridad también tiene uno.

—De modo que si lo tuvieras, sabrías más o menos cuándo pasan las cosas. Me refiero a cosas rutinarias.

—El registro diario es importante —corroboró el otro—. Deja constancia de toda clase de cosas. Todo lo que pasa en el hospital tiene que estar registrado. Es como un libro de historia.

—¿Quién guarda estos registros cuando están llenos?

Negro Chico se encogió de hombros.

—Se conservan en el sótano, en cajas —respondió.

—Si echara un vistazo a uno de estos registros me enteraría de muchas cosas, ¿verdad?

—Los pacientes no pueden verlos. No es que estén escondidos ni nada parecido. Pero son para el personal.

—Pero si viera uno... incluso uno que estuviera almacenado, sabría con exactitud cuándo pasan las cosas y en qué clase de orden, ¿no?

Negro Chico asintió con la cabeza.

—Podría, por ejemplo —prosiguió Peter—, saber con exactitud cuándo desplazarme por el hospital sin que me detectaran. Y la mejor hora para encontrar sola a Rubita en el puesto de enfermería en plena noche, y adormilada, porque solía hacer un doble turno un día a la semana, ¿verdad? Y también sabría que los de seguridad habían pasado hacía un buen rato a comprobar las puertas y tal vez charlar un poco, y que nadie más estaría cerca, excepto los pacientes sedados y dormidos, ¿verdad?

Negro Chico no necesitaba responder esta pregunta, ni los demás.

—Es así como lo sabe —aseguró Peter—. No con toda certeza, con precisión militar, pero sabe lo suficiente para planificar sus pasos con bastante seguridad y elegir los momentos oportunos.

A Francis le pareció posible. Sintió un frío interior porque pensó que se habían acercado un paso más al ángel, y que él ya había estado demasiado cerca de ese hombre y no estaba seguro de querer volver a estarlo.

Lucy sacudió la cabeza.

—No sabría decir exactamente qué, pero algo anda mal. No, no es eso. Es más bien que algo anda bien y mal a la vez —precisó.

—Ah, Lucy —dijo Peter con una sonrisa, imitando la forma en que a Gulptilil le gustaba empezar las frases con una pausa alargada y afectando el cantarín acento inglés del médico indio—. Ah, Lucy —repitió—, hablas con la lógica que corresponde al manicomio. Continúa, por favor.

—Este sitio me está afectando. Creo que alguien me sigue por la noche hasta la residencia. Oigo ruidos al otro lado de la puerta que cesan cuando me levanto. Noto que alguien ha curioseado mis cosas, aunque no me falta nada. No dejo de pensar que hacemos progresos y, aun así, no puedo indicar cuáles. Me temo que en cualquier momento empezaré a oír voces.

Miró a Francis un momento, pero éste no parecía escuchar, sino estar absorto. Echó un vistazo pasillo adelante y vio cómo Cleo pontificaba sobre alguna cuestión increíblemente importante agitando los brazos y bramando, aunque nada de lo que decía tenía demasiado sentido.

—O que me imaginaré que soy la reencarnación de alguna princesa egipcia —añadió Lucy meneando la cabeza.

—Eso podría provocar un importante conflicto —respondió Peter con una sonrisa.

—Tú sobrevivirás —dijo Lucy—. No estás loco como los demás. Estarás bien en cuanto salgas. Pero Pajarillo... ¿Qué le pasará?

—Es más difícil para Francis —contestó Peter—. Tiene que demostrar que no está loco. Pero ¿cómo logras eso aquí? Este sitio está destinado a volver más loca a la gente, no menos. Convierte todas las enfermedades en, no sé, contagiosas... —comentó con tono amargo—. Es como si llegaras aquí con un resfriado que se convierte en una faringitis o una bronquitis, y después en una neumonía, y finalmente en una insuficiencia respiratoria terminal, y dicen: «Bueno, hicimos todo lo que pudimos...»

—Tengo que salir de aquí —dijo Lucy—. Y tú también.

—Correcto. Pero la persona que tiene que salir de aquí más que nadie es Pajarillo porque, de otro modo, estará perdido para siempre. —Sonrió para ocultar su tristeza—. Es como si tú y yo hubiéramos elegido nuestros problemas. Los escogimos de una forma perversa, neurótica. Pero Francis se los encontró. No son culpa suya, no como en tu caso y el mío. Él es inocente, lo que es mucho más de lo que puede decirse de mí.

Lucy apoyó la mano en el antebrazo de Peter, como para corroborar la verdad de sus palabras. Peter permaneció inmóvil un instante, como un perro de caza que acecha a su presa, con el brazo casi abrasado por la sensación del contacto. Luego retrocedió un paso, como si no pudiera soportarlo. Sonrió y suspiró, aunque volvió la cara, incapaz de obligarse a ver lo que podía ver.

—Tenemos que encontrar al ángel —dijo—. Y tenemos que hacerlo enseguida.

—Estoy de acuerdo —corroboró Lucy y lo miró con curiosidad, porque vio que no se trataba de una simple manera de darle ánimos.

—¿Qué pasa?

Antes de que Peter pudiera contestar, Francis, que había estado reflexionando en silencio sin prestar atención a los demás, alzó los ojos y se acercó a los dos.

—He tenido una idea —anunció—. No sé, pero...

—Pajarillo, tengo que decirte algo... —repuso Peter, pero se interrumpió—. ¿Qué idea?

—¿Qué tienes que decirme?

—Eso puede esperar —dijo Peter—. ¿Y tu idea?

—Estaba muy asustado —explicó Francis—. Tú no estabas allí y estaba muy oscuro, y tenía el cuchillo en la mejilla. El miedo te desordena tanto las ideas que no te deja ver nada más. Estoy seguro de que Lucy lo sabe, pero yo no lo sabía y eso acaba de darme una idea...

—Francis, procura ser más coherente —pidió Peter como haría con un alumno de primaria: con cariño, pero interesado.

—Un miedo así te lleva a pensar sólo en una cosa: en lo asustado que estás, en qué pasará, en si volverá y en las cosas terribles que el ángel ha hecho y que podría hacer. Sabía que podía matarme y yo sólo quería huir a esconderme en algún sitio seguro.

Lucy atisbó lo que estaba dando a entender.

—Adelante —lo animó.

—Pero todo ese miedo ocultó algo que debería haber visto.

—¿Qué? —asintió Peter.

—El ángel sabía que tú no estarías ahí esa noche.

—El registro. O lo vio en persona u oyó que me habían llevado a aislamiento...

—De modo que la situación era ideal para él ayer por la noche, porque no quería tratar con los dos a la vez, creo. Es sólo una suposición, pero me parece lógica. En cualquier caso, tenía que hacerlo ayer por la noche porque la situación era perfecta para darme un susto de muerte...

—Sí —coincidió Lucy—, tienes razón.

—Pero mató a Bailarín. ¿Por qué? —preguntó Peter.

—Para demostrarnos que puede hacer cualquier cosa. Para subrayar el mensaje: corremos peligro. —La idea de que Bailarín hubiera muerto simplemente para recalcar algo lo inquietaba de verdad, pero se refugió en la luz brillante del pasillo y en la compañía de Peter y Lucy. Ellos eran competentes y fuertes, y el ángel era cauteloso con ellos porque no estaban locos ni eran débiles como él. Exhaló despacio y prosiguió—: Pero son riesgos. ¿Suponéis que tenía otra razón para estar en el dormitorio ayer por la noche?

—¿Qué clase de razón?

Cada pensamiento de Francis parecía resonar en su interior, más profundo y más lejano, como si estuviera al borde de un abismo que sólo auguraba la inconsciencia. Cerró los ojos y vio una luz roja cegadora. Formó con calma cada palabra porque de pronto comprendió lo que el ángel necesitaba del dormitorio.

—El hombre retrasado... Él tenía algo que le pertenecía...

—La camiseta ensangrentada.

—Eso quiere decir que... —Francis se interrumpió y miró a Peter, que se volvió hacia Lucy Jones.

No tuvieron que expresar su conformidad en voz alta. En unos segundos, los tres habían cruzado el pasillo y entrado en el dormitorio.

Tuvieron la suerte de que el hombretón retrasado estaba sentado en el borde de la cama, cantando en voz baja a su muñeco. Al fondo del dormitorio había varios pacientes más, la mayoría acostados, mirando por la ventana o al techo, desconectados de todo. El retrasado alzó los ojos hacia los tres y sonrió. Lucy se acercó.

—Hola —dijo—. ¿Te acuerdas de mí?

El hombre asintió.

—¿Es tu amigo? —preguntó.

Asintió de nuevo.

—¿Y es aquí donde dormís los dos?

El hombre dio unas palmaditas en el colchón, y Lucy se sentó a su lado. A pesar de lo alta que era la fiscal, parecía pequeña junto al hombre retrasado, que se corrió un poco para dejarle más sitio.

—Bien, aquí vivís los dos...

El hombre volvió a sonreír.

—Vivo en el gran hospital —afirmó con voz titubeante.

Las palabras se desprendieron como rocas de sus labios. Cada una era deforme y dura, y Lucy imaginó que el esfuerzo para articularlas era colosal.

—¿Y es aquí donde guardas tus cosas? —preguntó.

El hombre asintió con la cabeza.

—¿Ha intentado alguien hacerte daño?

—Sí —respondió despacio el retrasado, como si esa sola palabra pudiera alargarse para significar algo más que una mera confirmación—. Tuve una pelea.

Lucy inspiró hondo y antes de hacerle otra pregunta vio que los ojos del hombre se habían llenado de lágrimas.

—Tuve una pelea —repitió, y añadió—: No me gusta pelear. Mi mamá me dijo que no me peleara. Nunca.

—Un sabio consejo —afirmó Lucy. No tenía ninguna duda de que aquel hombre podía hacer mucho daño si se lo permitía a sí mismo.

—Soy demasiado grande. No debo pelear.

—¿Tiene nombre tu amigo? —preguntó Lucy señalando el muñeco.

—Andy.

—Yo soy Lucy. ¿Puedo ser amiga tuya también?

Él asintió y sonrió.

—¿Me podrías ayudar? —Lucy vio que fruncía el entrecejo, como si le costaba entender eso—. He perdido algo —aclaró.

Con un gruñido, el hombre pareció indicar que él también había perdido algo alguna vez y que no le había gustado.

—¿Podrías buscarlo entre tus cosas?

Él dudó y se encogió de hombros. Se inclinó y, con una sola mano, extrajo de debajo de la cama un arcón verde estilo militar.

—¿Qué he de buscar? —preguntó.

—Una camiseta.

Entregó el muñeco a Lucy con cuidado y abrió el arcón. Lucy observó que no estaba cerrado con llave. Encima de todo, había calzoncillos y calcetines doblados, así como una fotografía suya junto a su madre. Tenía los bordes gastados de tanto manirla. Debajo había unos vaqueros y un par de zapatos, unas camisetas y un jersey de lana verde oscuro un poco raído.

La camisa ensangrentada no estaba. Lucy miró a Peter, que meneó la cabeza.

—Desaparecida en combate —comentó éste en voz baja.

—Gracias —dijo Lucy al hombre—. Ya puedes volver a guardar tus cosas.

Esperó a que cerrara el arcón y volviera a empujarlo bajo la cama, y luego le devolvió el muñeco.

—¿Tienes más amigos aquí? —le preguntó señalando el dormitorio.

—Estoy solo —respondió él a la vez que sacudía la cabeza.

—Yo seré amiga tuya —dijo Lucy, lo que provocó una sonrisa en el hombre. Eso la hizo sentir culpable porque sabía que era mentira, debido en parte a la situación desesperada de aquel retrasado, y en parte a ella misma, porque le gustaba engañar a un hombre que era poco más que un niño y que envejecería pero no maduraría nunca.

De nuevo en su despacho, Lucy suspiró.

—Bueno —dijo—. Supongo que la esperanza de encontrar alguna prueba era demasiado.

Parecía desanimada, pero Peter era más optimista.

—No, no —replicó—. Hemos averiguado algo. Que el ángel ponga algo en un sitio y se tome después la molestia de llevárselo nos revela algo sobre su personalidad.

A Francis le daba vueltas la cabeza. Notaba que le temblaban las manos porque su interior, que solía ser una confusión de turbias contracorrientes, le ofrecía ahora una punta de claridad.

—Cercanía —anunció.

—¿A qué te refieres?

—Eligió al retrasado por varias razones: porque sabía que Lucy lo interrogaría, porque era fácil endilgarle una prueba en su contra, porque no era alguien que pudiera amenazarlo. Todo lo que el ángel hace tiene una finalidad.

—Creo que tienes razón —dijo Lucy—. Y ¿qué nos indica eso?

—Nos indica que no se está precisamente escondiendo. —La voz de Peter sonó fría.

Francis gimió, porque esta idea le dolió como un golpe en el pecho. Se balanceó atrás y adelante. Por primera vez, Peter comprendió que lo que para él y Lucy era un ejercicio de inteligencia consistente en superar a un asesino listo y dedicado, para Francis podía ser algo mucho más difícil y peligroso.

—Quiere que lo busquemos —dijo, y las palabras le dolieron—. Disfruta con todo esto.

—Bueno, pues tenemos que ganar la partida —dijo Peter.

—No tenemos que hacer lo que él espera, porque lo sabe —apuntó Francis—. No sé cómo ni por qué, pero lo sabe.

Peter inspiró hondo y los tres guardaron silencio para asimilar lo que Francis había dicho. Peter no creía que el momento fuera el adecuado, pero no se le ocurría ninguno mejor y cualquier demora podría empeorar las cosas.

—No me queda mucho tiempo —anunció despacio—. En los próximos días me llevarán de aquí. Para siempre.

25

Rodé por el suelo y noté la madera noble contra la mejilla mientras combatía los sollozos que me sacudían el cuerpo entero. Toda mi vida había pasado de una soledad a otra, y el mero recuerdo del instante en que oí decir a Peter que me dejaría solo en el hospital me sumió en una profunda desesperación, igual a la que había sentido en el edificio Amherst años atrás. Supongo que desde el momento en que nos conocimos supe que yo estaba destinado a quedarme atrás, pero aun así oírlo de primera mano fue como un puñetazo en el pecho. Existen ciertas tristezas que no abandonan nunca el corazón de uno por mucho tiempo que pase, y ésta era una de ellas. Escribir las palabras que Peter dijo esa tarde volvió a despertar toda la desesperación que los fármacos, los tratamientos y las sesiones terapéuticas habían ocultado tantos años. Mi dolor estalló y me destrozó por dentro.

Gemí como un niño hambriento abandonado en la oscuridad. Mi cuerpo se convulsionó con el impacto del recuerdo. Echado en el suelo frío como un náufrago arrojado a una playa desconocida, cedí a la total futilidad de mi historia y dejé que todos los fracasos y errores encontraran su voz en un sollozo incontrolable, hasta que, exhausto, me callé por fin.

Cuando el terrible silencio de la fatiga llenó el aire, distinguí una distante risa burlona que se desvanecía entre las sombras. El ángel seguía cerca, gozando con cada filigrana de dolor que yo sentía.

Levanté la cabeza y gruñí. Seguía cerca. Lo bastante cerca para tocarme, lo bastante lejos para que no pudiera agarrarlo. Notaba cómo la distancia se reducía milímetro a milímetro a cada segundo. Era su estilo. Esconderse. Evadirse. Manipular. Controlar. Entonces, en el momento propicio atacaba. La diferencia era que, esta vez, el blanco era yo.

Me recobré, me puse de pie y me sequé las lágrimas con la manga. Me giré a uno y otro lado para buscar por la habitación.

—*Aquí, Pajarillo. Junto a la pared.*

Pero no era la voz siseante, asesina, del ángel, sino la de Peter.

Me volví. Estaba sentado en el suelo, apoyado contra la pared de la escritura.

Parecía cansado. No, eso no es del todo correcto. Había superado el agotamiento para llegar a un ámbito distinto. Llevaba el mono manchado de hollín y polvo, y la cara sucia, surcada de sudor. Su ropa estaba desgarrada, y tenía las botas de trabajo cubiertas de barro y hojarasca. Jugueteaba con el casco plateado, que hacía girar entre las manos como si fuera una peonza. Pasado un instante, con el casco dio unos golpecitos en la pared.

—*Te estás acercando —comentó—. Supongo que no comprendí lo aterrado que tenías que estar del ángel. No vi venir lo que hiciste. Menos mal que uno de nosotros estaba loco. O lo bastante loco.*

Incluso con toda la suciedad que lo cubría, la tranquilidad de Peter seguía presente. No pude evitar sentir alivio. Aun así, me puse de cuclillas frente a él, lo bastante cerca para poder tocarlo, pero no lo hice.

—*Está aquí —susurré—. Nos está escuchando.*

—*Ya lo sé. Que se vaya a la mierda.*

—*Esta vez viene por mí. Como prometió entonces.*

—*Ya lo sé —repitió.*

—*Necesito tu ayuda, Peter. No sé cómo combatirlo.*

—*Tampoco lo sabías antes, pero lo dedujiste —respondió mi amigo.*

Esbozó una ligera sonrisa por encima de su agotamiento, por encima de toda la suciedad acumulada.

—*Ahora es diferente —indiqué—. Antes era...*

—*¿Real?*

Asentí.

—*¿Y esto no lo es?*

No supe qué contestar.

—*¿Me ayudarás? —insistí.*

—*No sé qué necesitas, pero haré lo que pueda. —Peter se levantó despacio. Por primera vez, observé que tenía el dorso de las manos carbonizado, ensangrentado y en carne viva. La piel suelta le colgaba de los huesos y tendones. Él bajó los ojos y se encogió de hombros.*

»*No puedo impedirlo —comentó—. Cada vez es peor.*

No le pedí que entrara en detalles porque creí comprenderlo. En el silencio que se produjo, se volvió y echó un vistazo a la pared. Sacudió la cabeza.

—Lo siento, Pajarillo —musitó—. Sabía que te haría daño, pero no lo difícil que sería.

—Estaba solo —comenté—. A veces me pregunto si hay algo peor en el mundo.

—Hay cosas peores —aseguró con una sonrisa—. Pero entiendo lo que dices. Sin embargo, no tenía elección, ¿no?

—Ya. —Meneé la cabeza—. Tenías que hacer lo que querían. Y era tu única posibilidad. Lo entiendo.

—No se puede decir que me saliera espléndido —comentó Peter. Rió como si fuera una broma y sacudió la cabeza—. Lo siento, Pajarillo. No quería dejarte, pero si me hubiera quedado...

—Habrías terminado como yo. Lo entiendo, Peter.

—Pero estuve ahí en el momento crucial.

Asentí.

—Y también Lucy.

Asentí de nuevo.

—Todos lo pagamos caro, ¿verdad? —observó.

En ese instante, oí un alarido, como un aullido de lobo. Un sonido sobrenatural, lleno de rabia y de ansia de venganza. El ángel.

Peter también lo oyó, pero no lo asustó como a mí.

—Viene por mí, Peter —susurré—. No sé si podré encargarme de él yo solo.

—Normal. Nunca se puede estar seguro de nada. Pero lo conoces, Pajarillo. Conoces sus puntos fuertes y sus puntos flacos. Tú sabías todo, y fue lo que necesitamos entonces, ¿no es así? —Dirigió la mirada a la pared de la escritura—. Escríbelo, Pajarillo. Todas las preguntas. Y todas las respuestas.

Se apartó, como dejándome espacio para que llenara el siguiente vacío. Inspiré hondo y avancé. Cuando tomé el lápiz, no noté que Peter desapareciera de mi lado, pero sí que el frío aliento del ángel helaba la habitación a mi alrededor, de modo que tirité al escribir:

Al acabar el día, la sensación de que las cosas que ocurrían eran lógicas invadió a Francis, pero no lograba ver su disposición general...

Al acabar el día, la sensación de que las cosas que ocurrían eran lógicas invadió a Francis, pero no lograba ver su disposición general. El revoltijo de ideas que le cruzaban la mente lo seguía desconcertado, y el resurgimiento de sus voces, que parecían más ambivalentes que nunca, lo complicaba todo. Armaban un lío en su cabeza, donde gritaban sugerencias y exigencias contradictorias, le instaban a huir, a esconderse y a defenderse con tanta frecuencia y premura que apenas podía oír otras conversaciones. Todavía creía que todo sería evidente si lo miraba a través de la lente adecuada.

—Peter, Tomapastillas dijo que esta semana habría algunas vistas de altas...

—Eso pondrá nerviosa a la gente —advirtió Peter con las cejas arqueadas.

—¿Por qué? —se extrañó Lucy.

—Esperanza —respondió Peter, como si esa sola palabra lo explicase todo. Miró a Francis—. ¿Qué pasa, Pajarillo?

—Me parece que, de algún modo, existe una conexión entre todo esto y el dormitorio en Williams —dijo—. El ángel eligió al hombre retrasado, de modo que tenía que conocer su rutina para ponerle la camiseta en el arcón. Y saber que sería uno de los que Lucy interrogaría.

—Proximidad —concluyó Peter—. Oportunidad de observar. Bien dicho, Francis.

Lucy también asintió.

—Pediré la lista de los pacientes de ese dormitorio —comentó.

—Lucy —dijo Francis tras pensar un instante—, ¿puedes obtener también la lista de los pacientes que tendrán una vista de altas?

—¿Para qué?

—No lo sé. —Se encogió de hombros—. Pero están pasando muchas cosas y quisiera ver cómo podrían estar relacionadas.

Lucy asintió, pero Francis no estuvo seguro de que lo creyera.

—Está bien —dijo, pero Francis tuvo la impresión de que sólo lo decía para complacerlo y que no veía ninguna posible relación. Miró a Peter—. Podríamos registrar el dormitorio en Williams. No se tardaría mucho y podríamos encontrar algo valioso.

Lucy creía que era fundamental mantener los aspectos más concretos de la investigación. Las listas y las suposiciones eran interesantes, pero se sentía más cómoda con la clase de detalles que la gente puede declarar en los juicios. La pérdida de la camiseta ensangrentada la preocupaba más de lo que había dejado entrever, y tenía ganas de encontrar otra prueba que pudiera servirle de base para un caso.

Lucy siguió pensando: cuchillo, falanges cercenadas, ropas y zapatos ensangrentados. Tenía que haber algo en alguna parte.

—De acuerdo —dijo Peter—. Tiene sentido.

Francis, sin embargo, no estaba tan seguro. Pensaba que el ángel habría previsto esa estratagema. Lo que tenían que planear era algo que desconcertara al ángel. Algo sesgado y distinto, más en la línea del lugar donde estaban que de donde querían estar. Los tres se dirigieron hacia el despacho de Lucy, pero Francis vio a Negro Grande junto al puesto de enfermería y se separó de ellos para hablar con el corpulento auxiliar. Los otros dos siguieron adelante, al parecer sin reparar en que Francis se rezagaba.

—Es pronto para la medicación, Pajarillo —dijo Negro Grande al verlo—. Aunque supongo que no es eso lo que quieres, ¿verdad?

Francis meneó la cabeza.

—Me creyó, ¿verdad? —preguntó.

—Claro que sí —respondió el auxiliar después de echar un vistazo alrededor—. El problema es que aquí no te favorece nada estar de acuerdo con un paciente cuando el mandamás piensa otra cosa. Lo entiendes, ¿verdad? No se trataba de si era verdad o no. Se trataba de mi empleo.

—Podría volver esta noche.

—Podría, pero lo dudo. Si quisiera matarte, Pajarillo, ya lo habría hecho.

Francis estuvo de acuerdo, aunque era una de esas observaciones que son tranquilizadoras y aterradoras a la vez.

—Señor Moses —repuso con voz ronca—, ¿por qué nadie quiere ayudar a la señorita Jones a atrapar a ese hombre?

Negro Grande se puso tenso y cambió de postura.

—Yo estoy ayudando, ¿no? Y mi hermano también.

—Ya sabe a qué me refiero.

—Sí, Pajarillo. Lo sé. —Miró alrededor para asegurarse de que no había nadie lo bastante cerca o que prestara la atención suficiente para oírlo. Aun así, añadió con cautela, en voz muy baja—: Tienes que entender algo, Pajarillo. Encontrar al hombre que busca la señorita Jones, con toda la publicidad y atención que eso conllevaría, y acaso una investigación oficial, titulares de periódicos, programas de televisión y toda esa parafernalia, acabaría con la carrera de algunas personas. Se harían demasiadas preguntas. Puede que preguntas difíciles como: «¿Por qué no hizo esto o aquello?» Quizás habría que dar explicaciones ante las autoridades estatales. Se produciría mucho revuelo, y aquí nadie que trabaje para el Estado, en especial un médico o un psicólogo, quiere tener que contestar preguntas sobre cómo se dejó que un asesino viviera en el hospital sin que nadie lo advirtiese. Estamos hablando de un escándalo, Pajarillo. Es más fácil taparlo, encontrar una explicación convincente para uno o dos cadáveres. Eso es fácil. No se culpa a nadie, todo el mundo cobra, nadie pierde su empleo y las cosas continúan como antes. Es igual en cualquier hospital. O cárcel, bien mirado. Se trata de conseguir que las cosas sigan adelante. ¿Todavía no lo habías pensado?

Francis sí lo había pensado, pero ocurría que no le gustaba.

—Recuerda que a nadie le importan demasiado los locos —añadió Negro Grande meneando la cabeza.

La señorita Deliciosa alzó los ojos y frunció el ceño cuando Lucy entró en la sala de espera del doctor Gulptilil. Se mostró muy atareada con unos formularios y se volvió hacia la máquina de escribir cuando la fiscal se acercó a su mesa.

—El doctor está ocupado —dijo mientras sus dedos volaban por el teclado y la bola metálica de la vieja Selectric golpeaba sin piedad un folio—. Creo que no tenía cita concertada —añadió.

—Sólo será un minuto —comentó Lucy.

—Bueno, veré si la puede atender. Siéntese. —Pero no hizo ningún esfuerzo por cambiar de postura ni siquiera por coger el teléfono hasta que Lucy se alejó de la mesa y se sentó en un raído sofá.

Fijó la mirada en la secretaria con una intensidad que la traspasaba hasta que ésta se cansó por fin del escrutinio, cogió el auricular y se volvió de espaldas para hablar. Tras un breve intercambio, se giró de nuevo hacia la fiscal.

—Puede pasar —anunció.

Gulptilil estaba de pie tras su mesa, observando por la ventana el árbol que crecía en el patio. Carraspeó cuando ella entró, pero no se volvió. Lucy esperó pacientemente. Pasado un instante, el doctor se volvió y se dejó caer en su asiento.

—Señorita Jones —dijo—. Su llegada es providencial porque me ahorra el trabajo de mandarla llamar.

—¿Mandarme llamar?

—Sí. Porque hace poco he estado hablando con su jefe, el fiscal del condado de Suffolk. Y está muy interesado por sus progresos. —Se recostó con una sonrisa falsa—. Pero, dígame, ¿qué la ha traído a mi despacho?

—Me gustaría tener los nombres y los expedientes de los pacientes del dormitorio de la primera planta de Williams y, si es posible, la ubicación de sus camas, de modo que pueda relacionar nombres, diagnósticos y ubicación.

—Ya —asintió Gulptilil, aún sonriente—. Se refiere al dormitorio que está ahora tan agitado gracias a sus anteriores interrogatorios, ¿verdad?

—Sí.

—La agitación que ha generado tardará algún tiempo en calmarse. Si le doy esta información, ¿me promete que me avisará antes de iniciar cualquier otra actividad en esa zona del hospital?

—Sí. —Lucy apretó los dientes—. De hecho, me gustaría registrar todo el dormitorio.

—¿Registrar? ¿Se refiere a que quiere revisar e inspeccionar las pocas pertenencias de esos pacientes?

—Sí. Creo que se conservan pruebas sólidas y tengo motivos para creer que algunas podrían encontrarse en ese dormitorio, así que me gustaría que me autorizara a registrarlo.

—¿Pruebas? ¿Y en qué basa su suposición?

—Uno de los pacientes de ese dormitorio estaba en posesión de una camiseta manchada de sangre —explicó Lucy tras vacilar—. El tipo de herida de Rubita sugiere que quien cometió el crimen tuvo que mancharse la ropa de sangre.

—Sí, parece lógico. ¿Pero no encontró la policía algo ensangrentado al pobre Larguirucho cuando lo detuvo?

—Creo que alguien lo arregló para inculparlo.

—Ah —exclamó el doctor Gulptilil con una sonrisa—. Por supuesto, el Jack *el Destripador* actual. Un genio criminal. No, disculpe, ésa no es la palabra. Un cerebro criminal. Aquí, en nuestro hospital psiquiátrico. Una explicación rocambolesca e inverosímil, pero que le permitiría proseguir con sus investigaciones. Y en cuanto a esta supuesta camiseta ensangrentada, ¿podría verla?

—No la tengo en mi poder.

—No sé por qué, señorita Jones —repuso el médico—, pero preveía esa respuesta. Así que, si le permito el registro que solicita, ¿no habría ciertos problemas legales?

—No. Es un hospital estatal, y usted tiene derecho a registrar cualquier zona en busca de contrabando o de sustancias u objetos prohibidos.

—¿De modo que, de repente, cree que mi personal y yo podemos servirle de ayuda? —Gulptilil se balanceó en la silla.

—No entiendo qué insinúa —respondió Lucy, aunque lo entendía a la perfección.

Gulptilil se dio cuenta y suspiró.

—Ah, señorita Jones, su falta de confianza en el personal del hospital es ciertamente desalentadora. Sin embargo, dispondré el registro que solicita, aunque sólo sea para convencerla de lo absurdas que son sus investigaciones. Y también le proporcionaré los nombres y la distribución de las camas de Williams. Y después tal vez pueda finalizar su estancia aquí.

—Otra cosa —añadió Lucy al recordar lo que Francis le había pedido—. ¿Podría darme la lista de pacientes que tendrán vistas de altas esta semana? Si no es demasiada molestia...

—Está bien —asintió el director médico con cierto recelo—. Pediré a mi secretaria que le proporcione estos documentos para apoyar sus investigaciones. —Tenía la capacidad de lograr sin esfuerzo que una mentira pareciera cierta, cualidad que Lucy encontraba inquietante—. Aunque no veo qué relación pueda tener con nuestras vistas de altas regulares. ¿Sería tan amable de aclarármelo, señorita Jones?

—Preferiría no hacerlo, de momento.

—Su respuesta no me sorprende —aseguró Gulptilil con frialdad—. Aun así, le daré la lista que me solicita.

—Gracias —dijo Lucy, y se dispuso a irse.

—Antes de que se marche tengo que pedirle algo, señorita Jones —la detuvo Gulptilil.

—¿Qué, doctor?

—Debe llamar a su supervisor. Él y yo tuvimos una conversación muy agradable hace un rato. Estoy seguro de que ahora es un buen momento para hacer esa llamada. Permítame. —Giró hacia ella el teléfono que había sobre la mesa, y no hizo el menor gesto de marcharse.

En los oídos de Lucy todavía resonaban los reproches de su jefe. «Pérdida de tiempo y de esfuerzos» había sido la queja más suave. Lo más insistente fue: «Quiero ver pronto algún progreso» y «Vuelve aquí lo antes posible». Había oído una letanía enojada de los casos que se le amontonaban en la mesa, cuestiones que exigían una atención urgente. Ella había intentado explicarle que un hospital psiquiátrico era un sitio poco corriente a la hora de llevar a cabo una investigación mediante las técnicas habituales, pero a él no le interesaron sus excusas. «Encuentra algo los próximos días o se acabó», fue lo último que dijo. Se preguntaba cuánto habría predispuesto a su jefe su conversación previa con Gulptilil, pero eso era irrelevante. Era un irlandés temperamental y resuelto de Boston, y cuando estaba convencido de que había algo que buscar, lo hacía con una abnegación inquebrantable, cualidad que le permitía ser reelegido una y otra vez. Pero podía abandonar de plano una investigación si le provocaba frustración, cosa que a Lucy no la favorecía.

Y tenía que admitir que la clase de progreso que pudiera satisfacer a su jefe era difícil de lograr. Ni siquiera podía demostrar la relación entre los casos, aparte del estilo de los asesinatos. No obstante, estaba convencida de que el asesino de Rubita, el ángel que había aterrado a Francis y el hombre que había cometido los asesinatos de su distrito eran la misma persona. Y que estaba ahí, delante de sus narices, burlándose de ella.

La muerte de Bailarín era, sin duda, obra suya. Él lo sabía, ella lo sabía. Todo tenía sentido.

Y, a la vez, no lo tenía. Las detenciones y los juicios no se basan en lo que sabes, sino en lo que puedes probar y, hasta entonces, ella no podía probar nada.

Absorta en sus pensamientos, volvió al edificio Amherst. El aire de primera hora de la tarde era bastante fresco, y algunos gritos perdidos y vacíos resonaban por los terrenos del hospital. La agonía que los impregnaba se evaporaba en el frío que la envolvía. Si no hubiera ido tan concentrada en lo imposible de sus convicciones, podría haber reparado en que ya no la afectaban los sonidos que tanto la sobrecogían cuando llegó al Western. Se estaba convirtiendo en una parte más del hospital, una mera tangente de toda la locura que tan tristemente habitaba en él.

Peter se percató de que había algo fuera de sitio, pero no sabía qué. Ése era el problema del hospital: todo aparecía tergiversado, del revés, deformado o contrahecho. Ver con precisión era casi imposible. Echó de menos la simplicidad de un incendio. Existía cierta libertad al caminar entre los restos carbonizados, húmedos y apestosos de un incendio, imaginando despacio cómo se había iniciado el fuego y cómo había avanzado, desde el suelo hasta las paredes y el techo, acelerado por algún combustible. Analizar un incendio requería cierta precisión matemática, y siempre había obtenido satisfacción al sopesar madera o acero quemados con la certeza de que podría imaginar cómo habían sido unos segundos antes de que el fuego los abrasara. Era como investigar el pasado, sólo que sin las nieblas de la emoción y la tensión. Todo estaba señalado en el mapa de un incendio, y a él le gustaba seguir cada ruta hacia un destino preciso. Siempre se había considerado una especie de artista cuya tarea consistía en restaurar los grandes cuadros dañados por el tiempo o los elementos, como si recrease los colores y las pinceladas de los grandes maestros, siguiendo los pasos de Rembrandt o Da Vinci; un artista menor pero cuya tarea era vital.

A su derecha, un hombre con un pijama holgado, despeinado y desaliñado, soltó una carcajada estridente al comprobar que se había mojado los pantalones. Los pacientes hacían cola para recibir su medicación vespertina, y los hermanos Moses trataban de mantener el orden durante ese proceso. Era un poco como intentar organizar las olas tormentosas que golpean una playa: todo terminaba más o menos en el mismo sitio, pero los pacientes seguían unas fuerzas tan escurridizas como los vientos y las corrientes.

Peter se estremeció y pensó que tenía que marcharse de ese sitio. Todavía no se consideraba loco, pero sabía que muchas de sus acciones podrían pasar por locuras y, cuanto más tiempo estuviera en el hospital, más dominarían su existencia. Eso lo hizo sudar, y se dio cuenta de que había personas, el señor del Mal entre ellas, que estarían encantadas de ver cómo se desintegraba en el hospital. Tenía suerte; todavía se aferraba a toda clase de vestigios de la cordura. Los demás pacientes le tenían cierto respeto, porque sabían que no estaba tan loco como ellos. Pero eso podría acabarse. Podría empezar a oír las mismas voces que ellos. Empezar a arrastrar los pies, a farfullar, a mojarse los pantalones y a hacer cola para recibir medicación. Si no escapaba de allí, todo eso acabaría arrastrándolo.

Tenía que aceptar lo que le ofrecía la Iglesia, no tenía opción.

Observó cómo la cola se apiñaba en dirección al puesto de enfermería y a las hileras de medicamentos alineadas detrás de la rejilla metálica.

Uno de esos pacientes era un asesino. Lo sabía.

O quizás era alguien que hacía cola en ese momento en Williams, Princeton o Harvard, pero que seguía el mismo programa.

Pero ¿cómo encontrarlo?

Trató de pensar en el caso como si fuese un incendio provocado. Apoyado contra la pared, intentó ver dónde había empezado, porque eso le indicaría cómo había ganado impulso, cobrado fuerza y finalmente estallado. Así era como procesaba los escenarios de los incendios a los que acudía: iba hacia atrás, hasta la primera chispa o llama, y eso no sólo le indicaba cómo se había producido el incendio, sino quién estaba ahí para provocarlo. Suponía que era un curioso don. En la Antigüedad, los reyes y los príncipes se rodeaban de personas que supuestamente podían ver el futuro y les hacían perder el tiempo y el dinero, cuando puede que conocer el pasado fuera una forma mucho mejor de anticipar el futuro.

Peter exhaló despacio. El hospital hacía que uno reflexionara sobre todos los pensamientos que resonaban en su interior. Se detuvo a media idea al percatarse de que estaba moviendo los labios como si hablara solo.

Meneó la cabeza. Ya casi hablaba solo.

Se miró las manos para comprobar que no le temblaban. Se repitió que tenía que marcharse sin importar lo que tuviera que hacer.

En ese momento, vio a Lucy Jones. Iba cabizbaja y parecía absorta y disgustada. Y en ese instante vio un futuro sombrío, lo que le provocó una sensación de vacío e impotencia. Sí, se iría, desaparecería para siempre en Oregón. Y ella también se iría, volvería a su oficina y se dedicaría a acusar criminales. Francis se quedaría allí, con Napoleón, Cleo y los hermanos Moses.

Larguirucho cumpliría condena.

Y el ángel encontraría otros dedos que cortar.

26

Francis pasó una noche agitada, a veces tenso en la cama intentando escuchar cualquier sonido en el dormitorio que delatase la presencia del ángel. Oyó decenas de esos ruidos, que resonaban con la misma fuerza que los latidos de su corazón. Mil veces le pareció notar el aliento del ángel en la frente, y no olvidó ni por un instante la sensación del cuchillo frío. Incluso en los pocos momentos en que se alejó de esos temores que le provocaban sudor y ansiedad para sumirse en algo parecido al sueño, su descanso se vio perturbado por imágenes aterradoras. Veía que Lucy le enseñaba una mano mutilada como la de Rubita y a continuación se veía a sí mismo degollado y luchando con desespero por mantener unida la herida sangrante.

Agradeció la primera luz de la mañana que se filtró por las ventanas, aunque sólo fuera para indicar que las horas en que el ángel parecía reinar en el hospital habían terminado. Permaneció un rato más en la cama, aferrado a un pensamiento extrañísimo: que no estaba bien que los pacientes del hospital tuvieran el mismo miedo a morir que la gente normal en el exterior. Dentro de esas paredes, la vida parecía mucho más frágil, no tenía la misma importancia que fuera. Era como si ellos contaran menos, y, por tanto, su vida no debiera valorarse demasiado. Recordó haber leído en un periódico que el valor total de las partes del cuerpo humano sólo ascendía a un par de dólares. Los pacientes del Western probablemente sólo valían unos centavos. O ni siquiera eso.

Fue al baño, se aseó y luego se vistió. Los signos cotidianos del hospital lo reconfortaron un poco; Negro Chico y su corpulento hermano estaban en el pasillo e intentaban que los pacientes se dirigieran hacia el comedor para desayunar, como un par de mecánicos que intentan que un motor se ponga en marcha. El señor del Mal recorría el pasillo sin hacer caso de las súplicas de varias personas sobre algún que otro problema. Francis quería seguir la rutina.

Y entonces, con la misma rapidez con que se le ocurrió este pensamiento, lo temió.

El hospital, con su obsesión por limitarse a encadenar un día tras otro, era como un fármaco, más potente incluso que los que se presentaban en pastillas o hipodérmicas. Y con la adicción, llegaba la inconsciencia.

Sacudió la cabeza; porque para él había algo claro: el ángel estaba mucho más cerca del mundo exterior, y sospechaba que, si quería regresar a él, ésa era la dificultad que tendría que superar. Encontrar al asesino de Rubita era el único acto cuerdo que le quedaba en el mundo.

En su cabeza, sus voces sonaban agitadas y confusas. Era evidente que trataban de decirle algo, pero no se ponían de acuerdo en qué.

Sin embargo, todas las voces coincidían en que, si se quedaba solo para enfrentarse al ángel, sin Peter ni Lucy, no era probable que sobreviviera. No sabía cómo moriría, ni exactamente cuándo. Cuando quisiera el ángel. Asesinado en la cama. Asfixiado como Bailarín o degollado como Rubita, o quizá de otra forma, pero ocurriría.

No tendría dónde esconderse, salvo sumirse en una locura más profunda, lo que obligaría al hospital a encerrarlo en una celda de aislamiento.

Miró alrededor en busca de sus dos compañeros de investigación y, por primera vez, pensó que era el momento de responder a las preguntas del ángel.

Se apoyó contra la pared del pasillo. *Está aquí. ¡Lo tienes delante!* Levantó los ojos y vio a Cleo, que avanzaba agitando los brazos como un imponente acorazado abriéndose paso entre una regata de tímidos veleros. Lo que la inquietaba esa mañana quedaba oculto bajo una avalancha de palabrotas refunfuñadas al ritmo del amplio balanceo de sus brazos, de modo que cada «¡Mierda!», «¡Cabrones!» e «¡Hijos de puta!» era emitido como un golpe de batuta de un director. Los pacientes se hacían a un lado a su paso. Entonces Francis comprendió algo: no era que el ángel supiera cómo ser diferente, sino que sabía cómo ser igual.

Cuando siguió con la mirada a Cleo, vio a Peter. El Bombero parecía enfrascado en una acalorada conversación con el señor del Mal, que sacudía la cabeza mientras Peter le hablaba. Pasado un instante, el señor del Mal pareció desechar lo que Peter decía, dio media vuelta y se marchó por el pasillo. Peter alzó la voz para gritarle:

—¡Tiene que decírselo a Gulptilil! ¡Hoy!

El señor del Mal no se volvió, como negándose a aceptar lo que Peter había gritado. Francis se acercó deprisa al Bombero.

—¿Peter?

—Hola, Pajarillo —respondió Peter, sin dejar de mirar a Evans—. ¿Qué quieres?

—Cuando miras al resto de los pacientes —susurró—, ¿qué ves?

—No lo sé —respondió tras vacilar un instante—. Es un poco como *Alicia en el país de las maravillas*. Todo es de lo más curioso.

—Pero has visto todas las clases de locos que hay aquí, ¿verdad?

Peter dudó y vio a Lucy acercarse por el pasillo. Esperó a que llegase a su lado y dijo:

—Pajarillo ha visto algo. ¿De qué se trata?

—El hombre que buscamos no está más loco que tú —susurró Francis—. Pero finge ser otra cosa.

—Continúa —lo animó Peter.

—Toda su locura, al menos la locura asesina y la locura de cortar dedos, no es como las locuras habituales que tenemos en el hospital. Planifica. Piensa. Se trata de la encarnación del mal, como insistía Larguirucho. No es que oiga voces, tenga delirios ni nada de eso. Pero sabe aparentarlo para que todos vean en él a un loco más, en lugar de ver un ser malvado...

Francis sacudió la cabeza.

—¿Qué estás diciendo, Pajarillo? —Peter bajó la voz—. Explícate.

—Lo que estoy diciendo es que examinamos todos esos formularios de ingreso e hicimos todos esos interrogatorios en busca de algo que relacione a alguien de aquí con el mundo exterior. ¿Qué buscabais Lucy y tú? Hombres con antecedentes de violencia. Psicópatas. Hombres con una rabia latente. Hombres fichados por la policía. Hombres que oyen voces que les ordenan hacer cosas malas a las mujeres. Queréis encontrar un criminal loco, ¿verdad?

—Es el único enfoque lógico... —Lucy habló por fin.

—Pero aquí todo el mundo tiene algún impulso demente. Y muchos podrían ser asesinos, ¿verdad? Aquí la línea que separa ambas cosas es muy sutil.

—Sí, pero... —Lucy estaba asimilando lo que Francis decía.

—¿No crees que el ángel también sabe eso? —repuso el joven.

La fiscal no respondió.

—El ángel es alguien que carece de antecedentes que puedan llamar la atención de nadie —afirmó Francis tras inspirar hondo—. En el exterior, es una persona. Aquí, es otra. Como un camaleón que cambia de color según su entorno. Y es alguien al que nunca se nos ocurriría investigar. De esa manera, está a salvo y puede hacer lo que quiere.

Peter parecía escéptico, y Lucy parecía necesitar que la convencieran más. Ella fue la primera en hablar.

—¿De modo que crees que el ángel finge su enfermedad mental? —dijo con lentitud, como si con la palabra «fingir» hubiera sugerido que eso era imposible.

Francis sacudió la cabeza y asintió. Las contradicciones que a él le resultaban tan claras no lo eran para los otros dos.

—No puede fingir voces. No puede fingir delirios. No puede fingir ser... —Inspiró antes de continuar—: No puede fingir ser como yo. Los médicos se darían cuenta. Hasta el señor del Mal lo detectaría enseguida.

—¿Entonces? —preguntó Peter.

—Mirad alrededor —contestó Francis. Señaló al otro lado del pasillo, donde el hombretón retrasado que había llegado de Williams estaba apoyado contra la pared, acunando a su muñeco y canturreándole suavemente. Vio a un *cato* inmóvil en el centro del pasillo con los ojos clavados en el techo, como si su visión pudiera penetrar el aislamiento acústico, las vigas, el suelo y los muebles del primer piso, cruzarlo todo, incluido el tejado, y llegar hasta el cielo azul de la mañana—. ¿Cuánto cuesta ser simple? —preguntó Francis—. ¿O silencioso? Y si fueras como uno de ellos, ¿quién te iba a prestar ninguna atención?

A todas las terminaciones nerviosas de mi cuerpo llegaban gritos y aullidos como de cien gatos enloquecidos. El sudor me resbalaba entre los ojos, me cegaba y escocía. Me faltaba el aliento y resollaba como un enfermo, con las manos temblorosas. No me fiaba de que mi voz lograra emitir algún sonido que no fuera un gemido grave e indefenso.

El ángel, cerca de mí, escupía de rabia.

No tenía que decir por qué, porque cada palabra que yo había escrito lo explicaba.

Me retorcí en el suelo como si una corriente eléctrica me recorriera el cuerpo. Jamás me aplicaron electroshocks en el Western. Puede que fuera la única crueldad enmascarada de cura que no tuve que soportar. Pero sospecho que el dolor que sentía ahora no era muy distinto.

Podía ver.

Eso era lo que me dolía.

Cuando en el pasillo del hospital dije aquellas palabras a Peter y Lucy, fue como si abriera una puerta en mi interior que no había querido abrir nunca. Una puerta cerrada a cal y canto. Cuando estás loco no eres capaz de nada. Pero también eres capaz de todo. Estar atrapado entre los dos extremos es una agonía.

Toda mi vida, lo único que quise fue ser normal. Aun atormentado como Peter y Lucy, pero normal. Capaz de manejarme modestamente en el mundo exterior, de disfrutar de las cosas sencillas. Una mañana estupenda. El saludo de un amigo. Una comida apetitosa. Una conversación distendida. Una sensación de pertenencia. Pero no podía, porque, como supe en ese momento, estaba destinado a estar siempre más cerca del hombre al que detestaba y que me asustaba. El ángel disfrutaba con todos los pensamientos asesinos que acechaban en mi interior y se deleitaba con ellos. Era un reflejo distorsionado de mí mismo. Yo tenía la misma rabia, el mismo deseo, la misma maldad. Pero yo los había escondido, los había relegado y lanzado al agujero más profundo que pude encontrar en mi interior para cubrirlos con todos mis pensamientos locos, como si fueran piedras y tierra, de modo que quedaron enterrados para siempre.

En el hospital, el ángel cometió un único error.

Debería haberme matado cuando pudo.

—De modo que ahora estoy aquí para rectificar ese error de cálculo —me susurró al oído.

—No tenemos tiempo —dijo Lucy. Examinaba los expedientes que tenía esparcidos por la mesa de su despacho provisional, donde se centraba su investigación provisional.

Peter se paseaba intentando ordenar toda clase de ideas contradictorias. Cuando la fiscal habló, la miró con la cabeza ladeada.

—¿Por qué? —preguntó.

—Tendré que marcharme. Puede que en los próximos días. He hablado con mi jefe y cree que sólo estoy perdiendo el tiempo. Mi idea nunca le gustó, pero como insistí, cedió. Eso está a punto de acabarse...

—Yo tampoco estaré aquí mucho más —repuso Peter—. Por lo menos, no lo creo así. —No dio detalles, pero añadió—: Pero Francis se quedará aquí.

—No sólo Francis —le recordó Lucy.

—Exacto. No sólo Francis. —Peter vaciló—. ¿Crees que tiene razón? Sobre el ángel, quiero decir. Sobre eso de que es alguien al que no investigaríamos...

Lucy inspiró hondo. Se apretaba las manos y se las soltaba casi al ritmo de su respiración, como alguien a punto de explotar que intenta controlar sus emociones. Ésa era una actitud extraña en el hospital, donde la gente daba rienda suelta a sus emociones de una forma casi constante. La contención, más allá de la que provocaban los medicamentos antipsicóticos, era casi imposible. Pero Lucy parecía ocultar algo en sus ojos, y cuando los dirigió hacia Peter, éste pudo detectar una gran inquietud.

—No lo soporto —musitó.

Peter no respondió, porque sabía que se explicaría en unos instantes.

Lucy se dejó caer en la silla y, con la misma rapidez, volvió a levantarse. Se inclinó para sujetar con las manos los bordes del escritorio como si eso le sirviera para soportar el azote de los vientos de su agitación. Cuando miró a Peter, éste no estuvo seguro de si sus ojos reflejaban una dureza asesina u otra cosa.

—La idea de dejar a un violador y un asesino aquí me resulta inaceptable. Aunque el ángel y el hombre que asesinó a las otras mujeres no sean la misma persona, dejarlo aquí impune me pone los pelos de punta.

De nuevo, Peter no dijo nada.

—No lo haré —soltó Lucy—. No puedo hacerlo.

—¿Y si te obligan a irte? —preguntó Peter. Podría haberse hecho esa pregunta a sí mismo.

—No les resultará fácil —replicó ella a la vez que lo miraba con dureza.

Se produjo un silencio y, de repente, Lucy bajó los ojos hacia el montón de expedientes en la mesa. Con un movimiento brusco, deslizó el brazo por el tablero y lanzó las carpetas al suelo.

—¡Maldita sea! —exclamó.

Peter siguió callado y Lucy soltó un buen puntapié a una papelera de metal, que rodó con estrépito.

—No lo haré —repitió—. Dime, ¿qué es peor? ¿Ser un asesino o dejar que un asesino vuelva a matar?

Esa pregunta tenía respuesta, pero Peter no estaba seguro de querer decirla.

Lucy inspiró hondo varias veces antes de fijar los ojos en los de Peter.

—Tú lo entiendes —susurró—. Si me voy con las manos vacías, alguien más morirá. No sé cuánto tiempo pasará, pero llegará el día, al cabo de un mes, seis meses o un año, en que estaré frente a otro cadáver y observaré una mano derecha a la que le faltan cinco falanges. Y aunque atrape al hombre y lo vea sentado en el banquillo de los acusados y me levante para leer las acusaciones ante un juez y un jurado, seguiré sabiendo que alguien murió por mi fracaso aquí y ahora.

Peter se dejó caer por fin en una silla y agachó la cabeza para restregarse la cara con las manos, como si se la estuviera lavando. Cuando miró a Lucy, no comentó lo que ella decía, aunque a su modo lo hizo.

—¿Sabes qué, Lucy? —preguntó en voz baja—. Antes de convertirme en investigador de incendios provocados, pasé cierto tiempo como bombero. Me gustaba. Combatir un fuego no es algo equívoco. Apagas el incendio o éste destruye algo. Sencillo, ¿no? A veces, en un caso difícil, notas el calor en el rostro y oyes el sonido que el fuego produce cuando está realmente fuera de control. Es un sonido terrible, embravecido. Salido del infierno. Y existe un instante en que todo el cuerpo te suplica que no entres, pero lo haces de todos modos. Sigues adelante, porque el fuego es malo y porque los demás miembros de tu dotación ya están dentro, y sabes que tienes que hacerlo. Es la decisión que más cuesta tomar.

Lucy pareció reflexionar sobre eso.

—¿Y ahora qué? —preguntó.

—Tendremos que correr algunos riesgos —dijo Peter.

—¿Riesgos?

—Sí.

—¿Qué opinas de lo que dijo Francis? —quiso saber Lucy—. ¿Crees que aquí todo está al revés? Si efectuara esta investigación fuera de aquí y un detective se fijara en el sospechoso menos probable, no en el más probable, relevaría a ese hombre del caso, claro. No tendría ningún sentido, y se supone que las investigaciones deben tenerlo.

—Aquí nada tiene sentido —comentó Peter.

—Así pues, Francis tal vez tenga razón. La ha tenido en muchas cosas.

—¿Qué hacemos, entonces? ¿Repasar todos los expedientes en busca de...? ¿En busca de qué?

—¿Qué otra cosa podemos hacer?

Peter dudó otra vez. Pensó en lo que había pasado y se encogió de hombros.

—No lo sé —dijo a la vez que sacudía la cabeza—. Soy reacio...

—¿Reacio a qué?

—Bueno, cuando alteramos el dormitorio de Williams, ¿qué ocurrió?

—Un hombre murió asesinado. Sólo que ellos no lo creen así...

—No, aparte de eso, ¿qué ocurrió? El ángel apareció, quizá para matar a Bailarín. No lo sabemos con certeza. Pero sí sabemos que se presentó en el dormitorio para amenazar a Francis.

—Ya veo por dónde vas —dijo Lucy tras inspirar hondo.

—Tenemos que hacerlo salir de nuevo.

—Una trampa —asintió Lucy.

—Una trampa —corroboró Peter—. Pero ¿qué podríamos usar como anzuelo?

Lucy sonrió, sin alegría, la clase de expresión de alguien que sabe que para lograr mucho hay que arriesgar mucho.

A primera hora de la tarde, Negro Grande reunió a un pequeño grupo de pacientes del edificio Amherst para una salida al jardín. Francis aún no había visto los brotes de las semillas plantadas en esa zona antes de la muerte de Rubita y la detención de Larguirucho.

Hacía una tarde espléndida. Cálida, con rayos de sol que iluminaban las paredes blancas del hospital. Una ligera brisa desplazaba a las esporádicas nubes bulbosas por el cielo azul. Francis levantó la cara hacia el sol y dejó que el calor lo reconfortase. Oyó un murmullo de satisfacción en su cabeza que podría corresponder a sus voces pero también podría deberse a la pequeña sensación de esperanza que experimentó. Por unos instantes consiguió olvidar todo lo que estaba pasando y disfrutar del sol. Era la clase de tarde que disipa las tinieblas de la locura.

En esta salida participaban diez pacientes. Cleo iba a la cabeza de la fila, posición que ocupó en cuanto cruzaron las puertas de Amherst, sin dejar de farfullar pero con una determinación que parecía contradecir la despreocupación a que invitaba el día. Al principio, Napoleón procuró seguirle el ritmo, pero luego se quejó a Negro Grande de que Cleo los obligaba a caminar demasiado deprisa, lo que hizo que todos se detuvieran y estallara una pequeña discusión.

—¡Yo debo ir en cabeza! —gritó Cleo, enfadada. Se enderezó con altivez y miró por encima del hombro a los demás con una actitud majestuosa—. Es mi posición. Por derecho y por deber —añadió.

—Pues no vayas tan deprisa —replicó Napoleón, que resollaba un poco.

—Iremos a mi ritmo —respondió Cleo.

—Cleo, por favor... —empezó Negro Grande.

—No habrá cambios —lo atajó Cleo.

El auxiliar se encogió de hombros y se volvió hacia Francis.

—Ve tú delante —pidió.

Cleo le salió al paso, pero Francis la miró con tal abatimiento que, pasado un segundo, resopló con desdén imperial y se hizo a un lado. Cuando el joven la adelantó, vio que los ojos le echaban chispas, como si un fuego la abrasara por dentro. Esperaba que Negro Grande también lo viera, pero no estaba seguro de ello, ya que el auxiliar intentaba mantener la calma en el grupo. Un hombre ya estaba llorando y otra mujer se alejaba del camino.

—Vamos —ordenó Francis con la esperanza de que los demás lo siguieran.

Pasado un momento, el grupo pareció aceptar que él fuera a la cabeza, quizá porque eso evitó una posible discusión a gritos que nadie deseaba. Cleo se situó detrás de él y, tras pedirle un par de veces que apretase el paso, se distrajo con los gemidos y los gritos inconexos que se oían en los edificios.

Se detuvieron al borde del jardín, y la tensión que parecía acumularse en la cabeza de Cleo, se calmó un instante.

—¡Flores! —exclamó asombrada—. ¡Hemos cultivado flores!

Flores rojas, blancas, amarillas y azules enroscadas entre sí al azar ocupaban los parterres situados en un extremo de los terrenos del hospital. De la tierra oscura habían crecido peonías, rosas, violetas y tulipanes. El jardín era tan caótico como sus mentes, con capas y franjas de colores vibrantes que se extendían en todas direcciones, plantados sin orden ni concierto, pero aun así florecían con fuerza. Francis lo observó con asombro y recordó lo monótona que era su vida en realidad. Pero incluso este pensamiento deprimente desapareció ante aquella visión exuberante.

Negro Grande distribuyó unas modestas herramientas de jardinería. Eran utensilios para niños, de plástico, y no iban demasiado bien para la tarea que tenían entre manos, pero Francis pensó que eran mejor que nada. Se agachó junto a Cleo, que apenas parecía consciente de su presencia, y empezó a trabajar para organizar las flores en hileras y procurar ordenar un poco aquella explosión de color.

Francis no supo cuánto trabajaron. Hasta Cleo, que seguía farfullando palabrotas para sí misma, pareció contener parte de su tensión, aunque de vez en cuando sollozaba mientras cavaba y rastrillaba la marga húmeda del jardín, y en más de una ocasión Francis vio que alargaba la mano para tocar los pétalos de una flor con lágrimas en los ojos. Casi todos los pacientes se detuvieron en algún momento para dejar que la tierra rica y húmeda les resbalara entre los dedos. Se captaba un olor a renacimiento y vitalidad, y Francis pensó que esa fragancia les imbuía más optimismo que ninguno de los fármacos que ingerían sin cesar.

Cuando se incorporó, después de que Negro Grande anunciara por fin que la salida había concluido, examinó el jardín y hubo de admitir que tenía mejor aspecto. Habían arrancado casi todas las malas hierbas que amenazaban los parterres y habían impuesto cierta definición a las hileras. Era un poco como ver un cuadro inconcluso. Mostraba formas y posibilidades.

Se sacudió por encima la tierra de las manos y la ropa. No le importaba la sensación de suciedad, por lo menos esa tarde.

Negro Grande dispuso el grupo en fila india y guardó los utensilios de jardinería en una caja de madera verde y, al hacerlo, los contó por lo menos tres veces. Luego, antes de dar la señal para regresar a Amherst, observó a un grupo reducido que se estaba reuniendo a unos cincuenta metros, en el otro extremo de los terrenos, tras una valla.

—Es el cementerio —susurró Napoleón. Nadie comentó nada.

Francis vio a Gulptilil y a Evans, junto con otros dos miembros del personal. También había un sacerdote con alzacuello, y un par de empleados con el uniforme gris de mantenimiento que sujetaban palas a la espera de una orden. Luego oyó el sonido de un motor y vio acercarse una excavadora, seguida de un Cadillac negro, que, como comprendió horrorizado, era un coche fúnebre. Éste se detuvo y la excavadora avanzó temblorosa.

—Quizá deberíamos irnos —farfulló Negro Grande, pero no se movió. Los pacientes siguieron mirando.

La excavadora, con todos sus gruñidos mecánicos, no tardó más de un par de minutos en abrir un agujero en el suelo y amontonar la tierra excavada junto a él. Los encargados de mantenimiento usaron las palas para prepararlo. Tomapastillas examinó el trabajo e indicó a los hombres que pararan. Luego indicó al coche fúnebre que se acercara. Dos hombres con traje negro salieron del Cadillac y se dirigieron a la parte posterior. Se les unieron los encargados de mantenimiento, y los cuatro improvisados portadores de féretro sacaron del coche un sencillo ataúd de metal, en cuya tapa relució pálidamente el sol.

—Es Bailarín —susurró Napoleón.

—Cabrones. Fascistas asesinos —masculló Cleo, y añadió con vehemencia—: Enterrémoslo al estilo egipcio.

Los cuatro hombres avanzaron dificultosamente con el féretro, lo que resultó extraño a Francis, porque Bailarín apenas pesaba nada. Observó cómo lo bajaban a la fosa y luego se retiraban mientras el sacerdote decía unas palabras rápidas. Ninguno de los hombres se molestó siquiera en agachar la cabeza para una fingida plegaria.

El sacerdote retrocedió, los médicos se volvieron y se alejaron, y los de la funeraria pidieron a Gulptilil que firmara un documento antes de volver al coche fúnebre y marcharse despacio. La excavadora siguió soltando resoplidos. Los encargados de mantenimiento empezaron a lanzar paladas de tierra sobre el ataúd. Francis oyó el ruido sordo de la tierra al caer sobre el metal, pero incluso eso se desvaneció en un instante.

—Vamos —ordenó Negro Grande—. ¿Francis?

Comprendió que tenía que ponerse a la cabeza, y lo hizo despacio, aunque Cleo lo apremiaba a caminar más deprisa.

El desaliñado grupo había recorrido sólo parte del camino de vuelta cuando de repente, soltando una maldición ahogada, Cleo adelantó a Francis. Su voluminoso cuerpo se balanceaba y sacudía mientras se apresuraba por el camino hacia la parte posterior del edificio Williams. Se detuvo en una zona de hierba y se asomó a las ventanas.

La luz de la tarde había descendido deprisa, de modo que Francis no pudo ver las caras reunidas detrás del cristal. Las ventanas parecían los ojos de un rostro inexpresivo e impenetrable. El edificio era como muchos pacientes: tenía un aspecto apagado y natural que escondía toda la agitación eléctrica de su interior.

—¡Te veo! —gritó Cleo con los brazos en jarras, pero era imposible ya que la luz reflejada la deslumbraba, lo mismo que a Francis—. ¡Sé quién eres! ¡Tú lo mataste! ¡Yo te vi y lo sé todo sobre ti!

—¡Cleo! —Negro Grande la llamó—. ¡Cállate! ¿Qué estás diciendo?

Ella no le hizo caso. Levantó un dedo acusador y señaló la primera planta del edificio Williams.

—¡Asesinos! —bramó—. ¡Asesinos!

—¡Maldita sea, Cleo! —Negro Grande llegó a su lado—. ¡Cállate!

—¡Animales! ¡Desalmados! ¡Cabrones! ¡Fascistas asesinos!

El auxiliar la agarró por el brazo y la hizo girar hacia él. Fue a reprenderla, pero Francis vio cómo se detenía en seco, recobraba un poco la calma y le susurraba:

—Por favor, Cleo, ¿qué pretendes?

—Ellos lo mataron —refunfuñó ella.

—¿Quién mató a quién? ¿A qué te refieres?

Cleo rió socarrona.

—A Marco Antonio —anunció con una sonrisa exagerada—. Acto IV, escena XVI.

Volvió a reír y dejó que Negro Grande la apartase de allí. Francis miró el edificio Williams. No sabía quién podría haber oído aquel arrebato. O qué habría interpretado de él.

Francis no vio a Lucy Jones, que estaba cerca, bajo un árbol, en el camino que llevaba del edificio de administración hasta la verja de entrada. Ella también había presenciado el estallido de acusaciones de Cleo, pero no le prestó atención porque estaba concentrada en el recado que iba a hacer y que, por primera vez desde hacía días, la llevaría fuera del hospital, a la cercana ciudad. Observó cómo la fila india de pacientes regresaba al edifico Amherst, se volvió y salió deprisa, convencida de que no tardaría demasiado en encontrar lo que necesitaba.

27

Lucy se sentó en el borde de su cama en la residencia de enfermeras en prácticas y dejó que la noche la envolviera despacio. Había extendido sobre la colcha los objetos que había comprado esa tarde pero, en lugar de examinarlos con atención, tenía la mirada ausente. Reflexionaba sobre qué iba a hacer. Finalmente, se dirigió al pequeño cuarto de baño para mirarse la cara en el espejo.

Se apartó el pelo de la frente con una mano y, con la otra, repasó la cicatriz que le recorría la cara, desde el mismo nacimiento del pelo, le dividía la ceja, se desviaba hacia el lado, donde la hoja le había rozado el ojo, y le descendía por la mejilla hasta el mentón. La piel se veía más pálida que el resto de su cutis. En un par de puntos, la raja apenas era visible. En otros, totalmente perceptible. Se había acostumbrado a la cicatriz, y la aceptaba por lo que representaba. Una vez, varios años atrás, en una cita que había empezado de modo prometedor, un médico joven y demasiado seguro de sí mismo se había ofrecido a ponerla en contacto con un destacado cirujano plástico que, según insistía, podría arreglarle la cara de modo que nadie advertiría que se la habían cortado. No habló nunca con el cirujano plástico ni volvió a verse con ese o con ningún otro médico.

Lucy se consideraba la clase de persona que redefine su existencia todos los días. El hombre que le había marcado la cara y robado su intimidad había creído que le hacía daño, cuando en realidad lo único que había hecho era proporcionarle un objetivo. Había muchos criminales entre rejas debido a lo que un hombre le había hecho una lejana noche, cuando ella estudiaba Derecho. Pasaría cierto tiempo antes de que la deuda, ese resarcimiento que se le debía a su corazón y su cuerpo, estuviera pagada del todo. Pensó que había momentos individuales e importantes que lo guiaban a uno por la vida. Lo que la incomodaba del hospital era que no se recluyera en él a los pacientes por un solo acto, sino por la acumulación de incidentes nimios que los arrastraban inexorablemente hacia la depresión, la esquizofrenia, la psicosis, el trastorno afectivo bipolar y la conducta obsesiva-compulsiva. Sabía que Peter era parecido a ella en cuanto a espíritu y temperamento. Él también había permitido que un solo acto determinara toda su vida. El suyo, por supuesto, había sido un impulso precipitado. Aunque justificable a cierto nivel, había sido fruto de una momentánea falta de control. El de ella era más frío, más calculado, y obedecía, a falta de una palabra mejor, a la venganza.

Le vino un recuerdo repentino a la cabeza, de la clase que se produce espontáneamente y te quita el aliento: en el hospital de Massachusetts adonde la habían llevado después de que un par de estudiantes de Física la hubieran encontrado sollozando, sangrando y caminando a trompicones por el campus, la policía la había interrogado a fondo mientras una enfermera y un médico la habían examinado. Los detectives habían estado de pie, junto a su cabeza, mientras los sanitarios trabajaban en un ámbito totalmente distinto por debajo de su cintura. «¿Pudo ver al hombre?» No. Realmente no. Llevaba un pasamontañas y sólo pude verle los ojos. «¿Podría reconocerlo si volviera a verlo?» No. «¿Por qué cruzaba el campus sola de noche?» No lo sé. Había estado estudiando en la biblioteca y volvía a casa. «¿Podría decirnos algo que nos sirva para atraparlo?» Silencio.

De todos los terrores vividos aquella noche, el que siempre había permanecido con ella era la cicatriz de su cara. La impresión la había dejado casi comatosa, pero él, de cualquier modo, la había rajado. No la había matado, y podría haberlo hecho sin problemas. Tampoco había ningún motivo que lo justificase. Ella estaba casi inconsciente, absorta, y su agresor podía huir tranquilamente. Pero aun así se había agachado y la había marcado para siempre, y a través de la niebla del dolor y el insulto, le había susurrado una única palabra al oído: «Recuérdalo.»

La palabra la había lastimado más que el corte que desfiguraba su belleza.

Y lo recordó, aunque, en su opinión, no del modo en que aquel malnacido esperaba.

Si no podía llevar a la cárcel al hombre que la había marcado, encerraría a decenas de hombres parecidos. Si lamentaba algo, era que la agresión le hubiera robado lo que le quedaba de inocencia y jovialidad. Después de eso, la risa le resultaba más difícil y el amor le parecía imposible de lograr. Pero, como se decía a menudo, era probable que pronto hubiera perdido esas cualidades de todos modos. En su persecución del mal se había convertido en algo parecido a una monja de clausura.

Se miró en el espejo y devolvió despacio todos sus recuerdos a los compartimientos donde los guardaba archivados de un modo ordenado y aceptable. Lo pasado, pasado estaba. Sabía que el hombre que buscaba en el hospital era tan parecido a su agresor como cualquiera de los que había mirado fijamente en un tribunal. Atrapar al ángel significaría mucho más que evitar que un asesino en serie volviera a atacar.

Se sintió como un atleta que se concentra en el objetivo inmediato.

—Una trampa —dijo en voz alta—. Una trampa necesita un anzuelo.

Se acarició el cabello negro que le enmarcaba la cara y lo dejó caer entre los dedos como gotas de lluvia.

Cabello corto.

Cabello rubio.

Las cuatro víctimas llevaban un peinado muy corto. Todas tenían más o menos las mismas características físicas. Todas habían muerto de la misma forma. En cada caso se había usado la misma arma homicida, que las había degollado de izquierda a derecha del mismo modo. Las mutilaciones post mórtem de las manos habían sido las mismas. Los cadáveres habían sido abandonados en lugares parecidos. Incluso en el caso de la última víctima, en el hospital, si analizaba el trastero donde se había cometido el crimen, podía ver cómo el asesino había reproducido las ubicaciones de los demás asesinatos. Y recordaba que había contaminado las pruebas físicas con agua y líquido de limpieza del mismo modo que la naturaleza había hecho con sus tres primeros homicidios.

· El asesino estaba en el hospital. Sospechaba que incluso lo había mirado directamente a los ojos en algún momento sin reconocerlo. Esa idea le daba escalofríos, pero también parecía avivar la furia que crecía en su interior.

Se miró los cabellos negros que sujetaba como delicadas telarañas entre los dedos.

Le pareció que el sacrificio valía la pena.

Se volvió y regresó a la habitación. Lo primero que hizo fue sacar una maleta negra de debajo de la cama. Marcó la combinación del cerrojo para abrirla. Dentro había un bolsillo cerrado con cremallera, que abrió para extraer una funda de cuero marrón oscuro que contenía un revólver corto del calibre 38. Sopesó el arma en la mano un momento. Lo había disparado menos de media docena de veces en los años que hacía que la tenía, y le resultaba extraña pero incisiva. Luego, con decisión, recogió el resto de los objetos esparcidos en la cama: un cepillo, unas tijeras, una caja de tinte para el pelo.

Se dijo que el cabello volvería a crecerle. Y que pronto tendría de nuevo la brillante cabellera negra que había lucido toda su vida.

Cortarse el pelo no era irreversible en absoluto, pero no hacer lo suficiente para encontrar al ángel podría serlo. Se llevó todos los objetos al cuarto de baño y los dispuso delante en el estante del espejo. Cogió las tijeras y, casi esperando ver sangre, empezó a cortarse el pelo.

Uno de los trucos que Francis había aprendido a lo largo de los años desde el primer día de su niñez en que había oído voces era cómo discernir la que tenía más sentido entre aquella cacofonía. Su locura se caracterizaba por su capacidad de revisar todo lo que le sugería en su interior y avanzar lo mejor que podía. No era del todo lógico, pero resultaba práctico.

Se dijo que la situación en el hospital no era demasiado diferente. Un detective reúne muchas pistas y pruebas dispares en un todo consistente. Todo lo que necesitaba saber para pintar el retrato del ángel ya había ocurrido, pero, de algún modo, en el mundo oscilante y errático del hospital psiquiátrico, el contexto había quedado oculto.

Francis miró a Peter, que se estaba mojando la cara en un lavabo. Se dijo que jamás vería lo que él podía ver. Hubo un coro de asentimiento en su interior.

Su amigo se incorporó, se miró en el espejo y sacudió la cabeza como si le disgustara lo que veía. Al mismo tiempo vio a Francis detrás de él y le sonrió.

—Buenos días, Pajarillo. Hemos sobrevivido otra noche, lo que, bien mirado, no es moco de pavo y constituye un logro que tendremos que celebrar con un desayuno nada sabroso. ¿Qué crees que nos deparará este espléndido día?

Francis sacudió la cabeza para indicar que no lo sabía.

—¿Quizá ciertos progresos?

—Quizá.

—¿Quizás algo bueno?

—Lo dudo.

—Francis, tío, no hay ninguna pastilla ni ninguna inyección que puedan darte aquí que reduzca o suprima el cinismo —bromeó Peter.

—Tampoco ninguna que te dé optimismo —asintió Francis.

—Tienes razón —admitió Peter. Su sonrisa se había desvanecido—. Hoy haremos progresos, te lo prometo. —Sonrió de nuevo, y añadió—: Progresos.

—¿Cómo puedes prometer eso?

—Porque Lucy cree que hay otro enfoque que podría funcionar.

—¿Otro enfoque?

Peter echó un vistazo alrededor antes de susurrar:

—Si no puedes llegar al hombre que buscas, tal vez puedas lograr que el hombre llegue a ti.

Francis retrocedió un paso, como golpeado por las voces interiores que le advertían a gritos del peligro.

Peter no reparó en ello mientras el joven asimilaba lo que acababa de decirle.

—Venga —añadió de buen humor y le dio unas palmaditas en la espalda—. Vamos a comer creps pasados y huevos medio crudos, y veamos qué pasa. Imagino que hoy será un gran día, Pajarillo. Mantén los oídos y los ojos abiertos.

Salieron del lavabo hacia el dormitorio, donde los hombres empezaban a dar trompicones y a arrastrar los pies para dirigirse al pasillo. El inicio de la rutina diaria. Francis no estaba seguro de lo que tenía que observar, pero en ese momento un grito agudo y desesperado resonó con furia en el pasillo, haciendo estremecer a todos quienes lo oyeron.

Era fácil recordar ese grito.

Había pensado en él muchas veces, durante muchos años. Hay gritos de miedo, gritos de espanto, gritos que revelan ansiedad, tensión o, incluso, desesperación. Éste parecía mezclar todas esas cualidades para sonar tan desesperado y aterrador que desafiaba la razón, amplificado por todos los terrores del hospital psiquiátrico juntos. El grito de una madre al ver que su hijo corre peligro. El grito de un soldado cuando ve su herida y sabe que es mortal. Algo ancestral y animal que sólo surge en los momentos más excepcionales y temibles. Era como si algo fijado en el centro de las cosas hubiera desaparecido de repente, con brusquedad, y eso fuera insoportable.

Nunca supe quién profirió ese grito, pero pasó a formar parte de todos quienes lo oímos. Y permaneció en nosotros por mucho tiempo.

Salí al pasillo detrás de Peter, que avanzaba deprisa hacia el sonido. Sólo era consciente en parte de los demás, que se apartaban a un lado y se acurrucaban contra la pared. Napoleón se situaba en un rincón y Noticiero, de repente nada curioso, se agachó como para esquivar el vibrante sonido. Los pasos de Peter, que se dirigió veloz hacia el origen del grito, resonaban en el pasillo. Pude vislumbrar un instante su rostro, que estaba tenso con una dureza repentina que no era habitual en el hospital. Era como si el grito hubiera desencadenado en él una preocupación inmensa y tratara de superar todos los temores que la acompañaban.

El grito había procedido del otro lado del pasillo, más allá de la puerta del dormitorio de las mujeres. Pero hoy el recuerdo del grito había sido tan real en mi mente como aquella mañana en el edificio Amherst. Se enroscó alrededor de mí, como el humo de un incendio, y tomé el lápiz y escribí con furia en la pared, temiendo a cada segundo que la risa burlona del ángel lo suplantara en mi recuerdo. Tenía que escribirlo antes de que eso sucediera. Recordé a Peter corriendo a toda velocidad, como si quisiera ir más deprisa que el eco.

Peter corrió pasillo abajo, porque sabía que sólo una cosa en el mundo podía generar esa clase de desesperación, incluso en un demente: la muerte. Esquivó a los demás pacientes, que habían retrocedido horrorizados, llenos de ansiedad y miedo, intentando escapar de aquel sonido. Incluso los *catos* y los retrasados mentales, que tan a menudo parecían ajenos al mundo que los rodeaba, se apretujaban contra las paredes para protegerse. Un hombre se balanceaba de cuclillas mientras se tapaba los oídos con las manos. Peter oía el repiqueteo de sus propios pasos y comprendió que en su interior había algo que siempre lo atraía hacia la muerte.

Francis iba detrás de él, combatiendo el impulso de huir en dirección contraria, arrastrado por la carrera de Peter. Negro Grande gritaba órdenes mientras ambos hermanos corrían por el pasillo: «¡Paso! ¡Paso! ¡Dejadnos pasar!» Una enfermera con uniforme blanco salió del puesto de enfermería. Se trataba de la enfermera Richard, a la que llamaban Bonita, pero su apodo quedaba desmerecido por su expresión de angustia y su mirada de terror.

En la entrada del dormitorio de mujeres, una paciente despeinada con el cabello gris se balanceaba atrás y adelante lamentándose. Otra giraba describiendo círculos. Una tercera, con la frente apoyada en la pared, farfullaba algo en lo que Francis creyó un idioma extranjero, pero que también podían ser incongruencias; imposible saberlo. Dos más gemían, sollozaban y se habían tumbando en el suelo, donde se retorcían y aullaban como poseídas por el diablo. No sabía si quien había gritado era alguna de esas mujeres. Podría haber sido cualquiera de ellas, u otra a la que no había visto. La desesperación seguía suspendida en el aire, como el canto implacable de una sirena que los atraía inexorablemente. Sus voces interiores le gritaban advertencias para que se detuviera, que retrocediera, que se alejara del peligro. Le costó un gran esfuerzo ignorarlas y seguir los pasos de Peter, como si la razón y el entendimiento de su amigo pudieran guiarlo también a él.

Peter vaciló un momento en el umbral y se volvió con rapidez hacia la mujer despeinada.

—¿Dónde? —preguntó con una voz que reflejaba autoridad.

La mujer señaló hacia el final del pasillo, hacia una puerta cerrada que daba acceso a una escalera. Acto seguido, soltó una carcajada y casi con la misma rapidez prorrumpió en sollozos incontrolables.

Peter avanzó con Francis pisándole los talones y alargó la mano hacia el pomo de la gran puerta metálica. La abrió de un empujón y se detuvo.

—¡Ave María Purísima! —exclamó con un grito ahogado, y susurró la segunda parte—: Sin pecado concebida. —Fue a santiguarse. Al parecer, su formación católica le había vuelto en un instante, pero se detuvo a mitad del movimiento.

Francis estiró el cuello para ver y retrocedió de golpe, con la sensación de quedarse sin aire. Se hizo a un lado, mareado de repente. Tuvo miedo de desmayarse.

—No te acerques, Pajarillo —susurró Peter. Puede que no quisiera decir eso, pero sus palabras parecieron plumas atrapadas en una ráfaga de viento.

Los Moses detuvieron su carrera justo detrás de los dos pacientes y abrieron los ojos como platos.

—¡Joder! ¡Joder! —exclamó Negro Chico en voz baja pasado un segundo. Su hermano se volvió hacia la pared.

Francis se obligó a mirar.

De una horca improvisada, hecha con una sábana gris retorcida y atada a la barandilla de la escalera, colgaba Cleo.

Tenía su regordeta cara hinchada, distorsionada como una gárgola de la muerte. La soga que le rodeaba el cuello le había arrugado la piel de modo que recordaba al nudo del globo de un niño. El cabello le caía sobre los hombros, despeinado y enredado, y tenía los ojos abiertos, con la mirada vacía. Su boca, abierta y algo torcida, reflejaba una expresión de espanto. Llevaba una simple enagua gris, que le colgaba como una bolsa, y una chancleta rosa chillón le había caído del pie al suelo. Tenía las uñas de los pies pintadas de rojo.

Francis quiso desviar la mirada, pero aquel retrato de la muerte poseía una urgencia enfermiza, imperiosa, y siguió clavado en su sitio, con los ojos puestos en la mujer colgada del hueco de la escalera, intentando conciliar a Cleo, con su torrente de palabrotas y su habilidad devastadora en la mesa de ping-pong, con la figura grotesca, llena de bultos, que tenía delante. La escalera se encontraba en una media penumbra, como si las bombillas desnudas que iluminaban cada rellano fueran insuficientes para contener los zarcillos de oscuridad que penetraban en esa zona. El aire parecía húmedo y caluroso, como si apenas hubiera circulado, como en el interior de un desván cerrado.

Dejó que sus ojos recorrieran de nuevo la figura y, entonces, vio algo.

—Peter —susurró—, mírale la mano.

La mirada de Peter descendió del rostro de Cleo a su mano.

—Mierda —soltó tras un momento de silencio.

A Cleo le habían cortado el pulgar derecho. Un hilo rojo le bajaba por el costado de la enagua y por la pierna desnuda para encharcarse en el suelo. Francis observó el círculo de sangre y sintió náuseas.

—Mierda —repitió Peter.

El pulgar seccionado estaba en el suelo, a medio metro del pequeño charco granate de sangre pegajosa, dejado ahí casi como si lo hubieran desechado tras pensárselo mejor.

A Francis se le ocurrió algo y examinó la escena rápidamente, en busca de una sola cosa. Dirigió los ojos a derecha e izquierda, pero no vio lo que buscaba. Quiso decir algo, pero se abstuvo. Peter también guardaba silencio.

Fue Negro Chico quien habló por fin:

—Se pagará un precio muy alto por esto —dijo con tristeza.

Francis esperó junto a la pared, sentado en el suelo, mientras varias cosas ocurrían delante de él. Tenía la extraña sensación de que todo era una simple alucinación, o tal vez un sueño del que fuera a despertarse en cualquier momento y que, entonces, el día habitual del hospital Western volviera a empezar.

Negro Grande había dejado a Peter, Francis y su hermano en la escalera, contemplando el cadáver de Cleo, y había regresado diligentemente al puesto de enfermería para llamar a seguridad, al despacho del doctor Gulptilil y, por último, a casa del señor del Mal. Se había producido una breve calma tras las llamadas telefónicas, durante la cual Peter había rodeado despacio el cadáver para valorar, memorizar y grabárselo todo en la cabeza. Francis admiraba la diligencia y el profesionalismo de Peter, aunque, en el fondo, dudaba de que él pudiera ser capaz de olvidar ningún detalle de aquella muerte atroz. Aun así, Francis y Peter repitieron lo que habían hecho cuando encontraron el cadáver de Rubita. Estudiaron toda la escena, midieron y fotografiaron mentalmente como especialistas de la policía científica, salvo que no tenían ni cinta métrica ni cámara.

En el pasillo, los Moses procuraban restablecer algo de calma en un escenario que desafiaba toda calma. Los pacientes estaban consternados, lloraban, reían, sollozaban, otros trataban de actuar como si nada hubiese pasado y los había que se encogían en los rincones. En algún sitio, una radio emitía los 40 Principales de los años sesenta, y Francis oyó los compases inconfundibles de *In the Midgnight Hour*, seguida de *Don't Walk Away, Renee*. La música hacía que toda la situación fuera aún más demencial de lo que ya era, con las guitarras y las voces mez cladas con aquel caos. Un paciente exigía en voz alta que se sirviera de inmediato el desayuno, mientras otro preguntaba si podía salir a recoger flores para una tumba.

Los de seguridad no tardaron en llegar, seguidos en rápida sucesión por Tomapastillas y el señor del Mal. Ambos médicos llegaron a un paso rápido que les hizo parecer algo descontrolados. Evans iba apartando a empellones a los pacientes, mientras que Gulptilil se limitó a recorrer el pasillo sin prestar atención a sus ruegos y súplicas.

—¿Dónde está? —preguntó Gulptilil a Negro Grande.

Había tres guardias de seguridad de pie en el umbral de la puerta a la espera de que alguien les dijera qué hacer. Ninguno de ellos había hecho nada desde su llegada excepto contemplar el cadáver de Cleo, y se apartaron para dejar que Gulptilil y Evans accedieran al lugar de la tragedia.

El director del hospital soltó un grito ahogado.

—¡Dios mío! —exclamó—. ¡Pero esto es terrible! —Sacudió la cabeza.

Evans estiró el cuello y vio también la escena. Su reacción, por lo menos al principio, fue limitarse a exclamar:

—¡Mierda!

Los dos administradores siguieron examinando la escena. Ambos vieron el pulgar mutilado y la horca atada a la barandilla del hueco de la escalera. Pero Francis tuvo la curiosa sensación de que los dos hombres veían algo distinto a lo que él veía. No era que no vieran a Cleo ahorcada, sino que reaccionaban de otra forma. Era un poco como estar delante de un cuadro famoso en un museo y que la persona a tu lado tuviera la impresión contraria, de modo que soltara una carcajada en lugar de un suspiro, o un gemido en lugar de una sonrisa.

—Qué mala suerte —dijo Gulptilil en voz baja. Se volvió hacia Evans—. ¿Presentó algún indicio...? —empezó a decirle pero no tuvo que terminar la pregunta.

Evans ya estaba asintiendo con la cabeza.

—Ayer hice una anotación en el registro diario porque su angustia parecía aumentar. La semana pasada hubo otros indicios de que se estaba descompensando. Le envié un memorando sobre varios pacientes que necesitaban una nueva evaluación médica, y ella figuraba la primera en la lista. Quizá debería haber procedido con más decisión, pero no parecía sufrir una crisis tan aguda como para actuar de inmediato. Evidentemente, fue un error.

—Recuerdo el memorando —asintió Gulptilil—. Lamentablemente, a veces hasta las mejores intenciones... —dijo. Y añadió—: Bueno, es difícil prever estas cosas, ¿no? —No esperaba una respuesta y se encogió de hombros—. ¿Podrá encargarse de todo?

—Por supuesto —respondió Evans.

Tomapastillas se volvió hacia los tres guardias de seguridad.

—Muy bien, señores. El señor Evans les indicará cómo descolgar a Cleo. Traigan una bolsa para cadáveres y una camilla. Llevémosla enseguida al depósito...

—¡Espere un segundo!

La objeción llegó desde detrás, y todos se volvieron. Era Lucy Jones, que, a poca distancia, observaba el cadáver de Cleo.

—¡Dios mío! —soltó Gulptilil casi sin aliento—. ¿Señorita Jones? Pero ¿qué ha hecho?

En opinión de Francis, la respuesta a eso era obvia. Su larga cabellera negra había desaparecido, sustituida por un pelo teñido de rubio y cortado muy corto, casi al azar. La contempló medio mareado. Le pareció que era como ver una obra de arte desfigurada.

Me separé de las palabras en la pared y me eché en el suelo como una araña asustada que intenta esquivar una bota. Apoyé la espalda contra la pared de enfrente, encendí un cigarrillo y esperé un instante. Sostuve el cigarrillo con la mano y dejé que el fino hilo de humo ascendiera hacia mi nariz. Estaba atento a la voz del ángel, esperando la sensación de su aliento en la nuca. Sabía que, si no estaba ahí, no andaría lejos. No había señales de Peter ni de nadie más, aunque por un instante me pregunté si Cleo me visitaría en ese momento.

Todos mis fantasmas estaban cerca.

Me imaginé como un nigromante medieval junto a un caldero burbujeante, lleno de ojos de murciélago y raíces de mandrágora, capaz de conjurar cualquier visión maligna que necesitara.

—¿Cleo? —pregunté al abrir los ojos—. ¿Qué pasó? No tenías que morir. —Sacudí la cabeza y cerré los ojos, y en la oscuridad la oí hablar con su habitual tono bronco y divertido.

—Pero lo hice, Pajarillo. Malditos cabrones. Tenía que morir. Los muy hijos de puta me mataron. Desde el principio sabía que lo harían.

Miré alrededor buscándola, pero al principio era sólo un sonido. Y entonces Cleo surgió despacio, como un velero de entre la niebla, y cobró forma delante de mí. Se apoyó contra la pared de la escritura y encendió un cigarrillo. Llevaba un vestido de tono pastel con volantes y las mismas chancletas rosadas que recordaba de su muerte. Sujetaba el cigarrillo con una mano y, como era de esperar, una pala de ping-pong con la otra. Una especie de regocijo maníaco iluminaba sus ojos, como si se hubiera liberado de algo difícil e inquietante.

—¿Quién te mató, Cleo?

—Esos cabrones.

—¿Quién, en concreto?

—Tú ya lo sabes, Pajarillo. Lo supiste en cuanto llegaste a la escalera donde yo esperaba. Lo viste, ¿verdad?

—No. —Sacudí la cabeza—. Fue todo muy confuso.

—Pero de eso se trataba, Pajarillo. Precisamente de eso. Todo era una contradicción, y en ella pudiste ver la verdad, ¿no?

Quería decir que sí, pero seguía sin estar seguro. Entonces era joven e inseguro, y ahora seguía igual.

—Estaba ahí, ¿verdad?

—Por supuesto. Siempre estuvo ahí. O puede que no. Depende de cómo lo mires, Pajarillo. Pero tú lo viste, ¿no?

Seguía indeciso.

—¿Qué pasó, Cleo? ¿Qué pasó realmente?

—Pues que me morí, ya sabes.

—Sí. Pero ¿cómo?

—Tenía que haber sido por la mordedura de un áspid.

—No fue así.

—No, cierto. No fue así. Pero, a mi modo, se le acerca bastante. Incluso pude decir las palabras, Pajarillo. «Me estoy muriendo, Egipto. Muriendo...», lo que fue satisfactorio.

—¿Quién estaba ahí para oírlas?

—Ya lo sabes.

Intenté otro enfoque.

—¿Te defendiste, Cleo?

—Siempre me defendí, Pajarillo. Toda mi vida fue una maldita lucha.

—Pero ¿peleaste con el ángel, Cleo?

Sonrió y agitó la pala de ping-pong para apartar el humo del cigarrillo.

—Por supuesto que sí —respondió—. Ya sabes cómo era. No iba a dejarme vencer fácilmente.

—¿Te mató?

—No. No exactamente. Pero más o menos. Fue como todo en el hospital, Pajarillo. La verdad era tan loca y complicada como todos nosotros.

—Eso pensaba yo —contesté.

—Sabía que podías verlo. —Rió un poco—. Cuéntaselo, como intentaste hacer entonces. Habría sido más fácil si te hubieran escuchado. Pero ¿quién quiere escuchar a los locos?

Esta observación nos hizo sonreír, porque era lo más cercano a la verdad que ninguno de los dos podía decir en ese momento.

Inspiré hondo. Notaba una gran pérdida, como un vacío interior.

—Te echo de menos, Cleo.

—Y yo a ti, Pajarillo. Echo de menos vivir. ¿Te apetece una partida de ping-pong? Te daré dos puntos de ventaja.

Sonrió antes de desaparecer.

Suspiré y volví a la pared. Una sombra parecía haberse deslizado sobre ella, y el siguiente sonido que oí fue la voz que quería olvidar.

—El pequeño Pajarillo quiere respuestas antes de morir, ¿verdad?

Cada palabra era confusa, como si me martilleara la cabeza, como si hubiera alguien llamando a la puerta de mi imaginación. Me eché hacia atrás y pensé si habría alguien intentando entrar en mi casa. Me encogí de miedo y me oculté de la oscuridad que se colaba en la habitación. Busqué palabras valientes para responder, pero eran escurridizas. Me temblaba la mano y creí estar al borde de un gran dolor, pero en algún recoveco encontré una contestación.

—Tengo todas las respuestas —dije—. Siempre las tuve.

Pero era una idea tan dura como cualquier otra que se me hubiera ocurrido alguna vez de modo espontáneo. Me asustó casi tanto como la voz del ángel. Retrocedí y, cuando me encogía de miedo, oí sonar el teléfono en la habitación contigua. Eso me puso más nervioso aún. Pasado un instante se detuvo, y oí cómo se disparaba el contestador automático que me habían comprado mis hermanas.

«Señor Petrel, ¿está ahí? —La voz sonaba distante pero familiar—. Soy el señor Klein del Wellness Center. No ha venido a la cita a la que prometió asistir. Conteste el teléfono, por favor. ¿Señor Petrel? ¿Francis? Póngase en contacto conmigo en cuanto reciba este mensaje. En caso contrario, me veré obligado a tomar alguna medida...»

Permanecí clavado en el sitio.

—Vendrán a buscarte —oí decir al ángel—. ¿No lo ves, Pajarillo? Estás en una caja y no puedes salir.

Cerré los ojos, pero no sirvió de nada. Era como si los sonidos hubieran aumentado de volumen.

—Vendrán a buscarte, Francis, y esta vez, querrán encerrarte para siempre. Se acabó lo del apartamento. Se acabó lo del trabajo contando salmones para el Wildlife Service. Se acabó lo de Francis paseando por las calles y llevando una vida cotidiana. Se acabó la carga para tus hermanas o tus padres, que nunca te quisieron demasiado desde que vieron en qué te ibas a convertir. No; querrán encerrar a Francis hasta el fin de sus días. Con llave, con la camisa de fuerza, babeando. Así acabarás, Francis. Seguro que lo sabes... —Rió antes de añadir—: A no ser, claro, que yo te mate antes.

Estas palabras me sonaron tan afiladas como la hoja de un cuchillo.

«¿A qué estás esperando?», quise decir, pero en lugar de eso gateé como un bebé, con lágrimas en los ojos, para llegar a la pared de las palabras. Estaba ahí conmigo, a cada paso, y todavía no entendía por qué no me había hecho nada. Intenté ahuyentar su presencia, como si la memoria fuera mi única salvación, con el recuerdo de aquella orden de Lucy que parecía trascender los años.

—Que nadie toque nada —pidió Lucy, y avanzó hacia la escalera—. Esto es el escenario de un crimen.

Evans pareció confundido por su aspecto y balbuceó alguna respuesta incongruente. Gulptilil, desconcertado también por su cambio externo, sacudió la cabeza y le salió al paso, como si quisiera detenerla. Los guardias de seguridad y los hermanos Moses se movieron incómodos.

—Tiene razón —dijo Peter—. Hay que avisar a la policía. —La voz del Bombero pareció superar la sorpresa de Evans, que se volvió hacia él.

—¿Qué coño sabrás tú? —soltó.

Gulptilil levantó la mano sin negar ni afirmar con la cabeza. En lugar de eso, se removió en su sitio, cambiando la postura de su cuerpo en forma de pera, parecido a una ameba.

—Yo no estaría tan seguro —indicó con calma—. ¿No tuvimos esta clase de discusión con ocasión de la anterior muerte ocurrida en esta unidad?

—Sí, creo que sí. —Lucy resopló.

—Pues claro. Un paciente mayor que murió de una insuficiencia cardíaca repentina. Lo que, según recuerdo, usted también quería investigar como si fuera un homicidio.

Lucy señaló el cuerpo inerte de Cleo, que seguía colgando grotescamente en el hueco de la escalera.

—Dudo que esto pueda atribuirse a una insuficiencia cardíaca repentina —replicó.

—Ni tampoco presenta indicios de asesinato —contestó Tomapastillas.

—Sí —replicó Peter—. El pulgar mutilado.

El doctor observó la mano de Cleo y, a continuación, el dedo en el suelo. Sacudió la cabeza, como hacía a menudo.

—Puede —respondió—. Pero antes de involucrar a la policía local, con todos los problemas que eso conlleva, señorita Jones, deberíamos ver si podemos llegar a algún consenso. Porque mi inspección inicial no sugiere en absoluto que se trate de un homicidio.

Lucy lo miró con recelo.

—Como usted quiera, doctor —dijo—. Echemos un vistazo.

Lucy siguió al médico hacia la escalera. Peter y Francis se apartaron y los observaron. El señor del Mal los siguió también, después de dirigir una mirada hostil a Peter, pero los demás permanecieron junto a la puerta, como si acercarse más fuera a aumentar de algún modo lo horrendo de la imagen que tenían delante. Francis vio nerviosismo y miedo en más de un par de ojos, y pensó que la muerte de Cleo trascendía los límites corrientes entre la cordura y la demencia; era igual de perturbadora para los normales que para los locos.

Durante casi diez minutos, Lucy y Gulptilil examinaron todos los rincones, repasando hasta el último centímetro de espacio. Francis vio cómo Peter los observaba a ambos con atención y él también trató de seguir sus miradas, como si pudiera leerles el pensamiento. Y, mientras lo hacía, empezó a ver. Era como una cámara desenfocada, en la que todo era vago y borroso, pero empezó a percibir cierta nitidez y a imaginar los últimos momentos de Cleo.

Finalmente, Gulptilil le dijo a Lucy:

—Dígame pues, señora fiscal, ¿por qué juzgaría esto como homicidio?

—Mi asesino siempre ha mutilado dedos. —Señaló el pulgar—. Ésta sería la quinta víctima. De ahí el pulgar.

—Mire bien —pidió el médico a la vez que sacudía la cabeza—. No hay signos de lucha. Nadie ha informado de que hubiera ningún alboroto en esta zona ayer por la noche. Me costaría mucho imaginar que su asesino, o cualquier asesino, fuera capaz de colocar una soga al cuello a una mujer de este volumen y esta fuerza sin llamar la atención. Y la víctima... Bueno, ¿qué detalles de su muerte le recuerdan a las demás?

—Todavía ninguno —respondió Lucy.

—¿Cree que los suicidios son inusuales en este hospital? —repuso Gulptilil.

—Claro que no —contestó Lucy.

—¿Y no tenía esta mujer una obsesión malsana por el asesinato de la enfermera en prácticas?

—Eso no lo sé.

—Quizás el señor Evans pueda ilustrarnos.

Evans se acercó y dijo:

—Parecía más interesada que los demás en el caso. Había tenido varios arrebatos importantes en los que afirmaba tener conocimientos o información sobre esa muerte. Si hay que culpar a alguien, es a mí, por no haber visto lo grave que se había vuelto su obsesión...

Entonó este último mea culpa en un tono que, en opinión de Francis, implicaba todo lo contrario. Dicho de otro modo, creía que no tenía ninguna culpa. Francis alzó los ojos hacia la cara hinchada de Cleo y pensó que toda la situación era surrealista. Al pie de la difunta se debatía literalmente lo que había pasado. Intentó recordarla viva, pero le costaba. Intentó sentirse triste, pero en realidad se sentía exhausto, como si la emoción del hallazgo fuera como escalar una montaña. Volvió a mirar alrededor, en silencio, y se preguntó qué habría ocurrido.

—Señorita Jones —decía Gulptilil—, la muerte no es algo inaudito en el hospital. Este acto encaja en un triste esquema que nos resulta familiar. Gracias a Dios, no es tan frecuente como cabría imaginar pero, aun así, ocurre, ya que a veces tardamos en reconocer las tensiones que soportan algunos pacientes. Su supuesto asesino es un depredador sexual. Pero aquí no hay signos de tal actividad. Tenemos, en cambio, una mujer que, con toda probabilidad, se automutiló la mano cuando sus delirios con el anterior asesinato se descontrolaron. Imagino que encontraremos unas tijeras o una navaja escondida entre sus ropas. Además, supongo que descubriremos que la sábana que convirtió en soga procede de su cama. Así es el ingenio de un psicótico que se propone acabar con su vida. Lo siento... —Señaló al personal de seguridad que estaba aguardando—. Tenemos que conseguir que esta unidad recupere alguna clase de rutina.

Francis esperaba que Peter dijera algo, pero el Bombero mantuvo la boca cerrada.

—Y, señorita Jones —añadió Tomapastillas—, cuando le vaya bien, me gustaría comentar el impacto de su, digamos, peinado. —Se volvió hacia el señor del Mal—. Que se sirva el desayuno —ordenó—. Que empiecen las actividades de la mañana.

Evans asintió. Miró a Francis y Peter y les hizo un gesto con la mano.

—Vosotros dos —dijo—, volved al comedor, por favor. —Pronunció estas palabras con un tono educado, pero era una orden como las que podía dar un carcelero.

A Peter pareció enfurecerlo, pero se limitó a dirigirse a Gulptilil y comentarle:

—Necesito hablar con usted.

Evans gruñó, pero Tomapastillas asintió.

—Por supuesto, Peter —dijo—. Estaba esperando que me lo pidieras.

Lucy suspiró, y dirigió una última mirada al cadáver de Cleo. Francis no supo si lo que asomó a sus ojos fue desánimo u otra clase de resignación. Intuía que ella creía que todo estaba saliendo mal, hiciera lo que hiciera. Su expresión era la de quien cree que algo está fuera de su alcance.

Francis se giró y observó también el cadáver. Dejó que sus ojos examinaran la escena por última vez mientras el personal de seguridad se disponía a descolgarla y depositarla en el suelo.

¿Habría sido un asesinato o un suicidio? Para Lucy, una de las dos cosas era probable. Para el director del hospital, la otra era evidente. Cada uno de ellos necesitaba un resultado distinto.

Francis, sin embargo, sintió un vacío frío y profundo en su corazón, porque veía otra cosa.

Se alejó de la puerta que daba a la escalera y echó un rápido vistazo al dormitorio de las mujeres. La cama de Cleo tenía las dos sábanas intactas, y que no había rastro de un cuchillo o de sangre, como sería lógico si ése hubiera sido el sitio donde se había cortado el pulgar. Sus voces interiores le gritaban cosas contradictorias, pero las silenció bruscamente.

—¿Asesinato o suicidio? —susurró para sí—. ¿Por qué no ambas cosas?

Y se volvió para ir al encuentro de Peter.

28

Los miembros de seguridad se llevaron el cadáver de Cleo mientras Negro Grande y su hermano conducían a los consternados pacientes al comedor para el desayuno. Lo último que Francis vio de la emperatriz de Egipto fue un bulto metido en una bolsa negra para cadáveres que desaparecía por la puerta principal. Pasados unos instantes, Francis se encontró ante un plato desabrido con una tostada que chorreaba un jarabe pegajoso e insípido mientras intentaba analizar lo que había pasado durante la noche. Peter se sentó en la misma mesa. Parecía de muy mal humor, y se dedicó a remover el plato. Noticiero se acercó y empezó a decir algo.

—Ya sé cuál es el titular de hoy —lo atajó el Bombero—. «Paciente muere en un hospital. A nadie le importa un comino.»

Noticiero hizo un puchero y se marchó a una mesa vacía. Francis pensó que Peter se equivocaba, porque había varias personas conmocionadas por la muerte de Cleo. Miró alrededor como para señalárselas, pero entonces vio al hombretón retrasado, que tenía problemas para cortar la tostada en trozos. En otra mesa había tres mujeres que hablaban consigo mismas, indiferentes a la comida e indiferentes unas a otras.

Otro hombre retrasado observaba a Francis con ceño, de modo que éste volvió a mirar a Peter.

—Peter —preguntó—, ¿qué crees que le pasó a Cleo?

El Bombero sacudió la cabeza.

—Todo lo que podía salir mal, salió mal —afirmó—. Le pasaba algo, ¿sabes? Algo que provocó un cortocircuito o un desgaste de todas las cosas que tienen que conectarse y mantenernos equilibrados, y nadie lo vio o hizo nada por impedirlo. Y ahí lo tienes. Cleo ya no está. ¡Zas! Como un truco de magia en un escenario. Evans debería haber visto algo. Quizá los Moses, las enfermeras Caray o Bonita, o tal vez incluso yo. Igual que con Larguirucho, cuando el asesinato de Rubita. Sentía un montón de cosas en la cabeza; martilleos, *bulldozers*, excavadoras, como obras en la carretera, salvo que nadie se dio cuenta. Y cuando prestan atención, es demasiado tarde.

—¿Crees que se suicidó?

—Por supuesto —respondió Peter.

—Pero Lucy dijo...

—Lucy estaba equivocada. Tomapastillas tenía razón. No había indicios de violencia. Y el pulgar mutilado... Bueno, es probable que fuera una manifestación de su locura. Algún delirio de lo más extraño. Puede que cortarse el pulgar tuviera alguna lógica demencial para ella en el último momento. Nunca lo sabremos exactamente.

—¿Examinaste realmente ese pulgar? —dijo Francis tras tragar saliva. El Bombero sacudió la cabeza.

—Cleo me caía bien —dijo—. Tenía personalidad. Carácter. No era vacua, como tantos pacientes. Ojalá hubiera podido meterme en su cabeza un segundo y ver qué sentido tenía todo para ella. Tenía alguna lógica retorcida y propia. Algo que ver con Shakespeare, Egipto y todo eso. Ella era su propio teatro, ¿no es así? Supongo que debería haber estado sobre un escenario. O tal vez convertía todo lo que la rodeaba en su escenario. Puede que ése sea su mejor epitafio.

Francis vio cómo los pensamientos de Peter se arremolinaban, como zarandeados de un lado a otro por vientos huracanados. En ese momento no pudo reconocer en él al investigador de incendios provocados. Siguió haciéndole preguntas en voz baja.

—No parecía la clase de persona que se suicidaría, en especial después de mutilarse.

—Cierto —contestó Peter y suspiró—. Pero nadie parece la clase de persona que se suicidaría hasta que lo hace, y entonces, de repente, todo el mundo que la conocía asiente con la cabeza y asegura: «Por supuesto que sí.» Y parece muy evidente. —Sacudió la cabeza—. Tengo que largarme de aquí, Pajarillo —prosiguió. Y, tras inspirar a fondo, rectificó—: Tenemos que largarnos de aquí. —Levantó los ojos y adivinó algo en el rostro de su amigo—. ¿Qué pasa? —preguntó tras una pausa.

—Estuvo ahí —susurró Francis.

—¿Quién? —Peter se inclinó hacia delante con el entrecejo fruncido.

—El ángel.

—A mí no me lo parece...

—Lo estuvo —susurró Francis—. La otra noche estuvo junto a mi cama diciéndome lo fácil que sería matarme, y esta noche estuvo ahí, con Cleo. Está en todas partes, sólo que no podemos verlo. Está detrás de todo lo que ha pasado, en Amherst, y estará detrás de lo que pase a continuación. ¿Cleo se suicidó? Supongo que sí. Pero ¿quién le abrió las puertas?

—¿Las puertas...?

—Alguien abrió la puerta del dormitorio de las mujeres. Y alguien se aseguró de que la puerta de la escalera no estuviera cerrada con llave. Y alguien la ayudó a pasar por delante del puesto de enfermería sin ser vista...

—Vaya —comentó Peter—, es una buena observación. De hecho, varias buenas observaciones... —Reflexionó antes de añadir—: Tienes razón sobre una cosa, Pajarillo. Alguien abrió algunas puertas. Pero ¿cómo estar seguro de que fue el ángel?

—Puedo verlo —respondió Francis en voz baja.

Peter pareció algo perplejo.

—De acuerdo —dijo—. ¿Qué ves?

—Cómo pasó. Más o menos.

—Sigue.

—La sábana. La que formaba la soga...

—¿Sí?

—La cama de Cleo estaba intacta. Todavía tenía puestas las sábanas.

Peter no dijo nada.

—Y el pulgar...

El Bombero asintió para animarlo.

—El pulgar no cayó directamente al suelo. Alguien lo movió varios centímetros. Y, si Cleo se lo hubiera cortado ella misma, bueno, tendríamos que haber encontrado algo, unas tijeras, un cuchillo o algo, ahí mismo. Y si la mutilación se hizo en otro sitio, tendría que haber habido sangre, un rastro que condujera hasta la escalera. Pero no lo había. Sólo el charco bajo su cadáver. —Inspiró hondo otra vez—. Puedo verlo —añadió en un susurro.

Peter estaba boquiabierto, a punto de replicar, cuando Negro Chico se acercó a ellos. Señaló con el índice a Peter y soltó:

—Vamos. El gran jefe quiere que vayas a verlo ahora mismo.

Peter pareció debatirse entre las preguntas que quería hacer a Francis y la impaciencia que rezumaba el auxiliar.

—Pajarillo, guarda tus opiniones en secreto hasta que yo vuelva, ¿vale? —dijo por fin, y añadió—: No permitas que nadie piense que estás más loco de lo que estás. Espérame, ¿entendido?

Francis asintió. Peter dejó la bandeja en la zona de recogida y se marchó tras el auxiliar. Francis permaneció un momento en su asiento, solo en medio del comedor. Se oía un bullicio constante: el sonido de los platos y cubiertos, risas, gritos y alguien que coreaba desafinando la música lejana de una radio situada en la cocina. Una mañana corriente. Pero, cuando se levantó, incapaz de dar otro bocado a la tostada, vio que el señor del Mal lo observaba desde el rincón. Y cuando cruzó el comedor tuvo la sensación de que había más ojos pendientes de él. Fue a volverse para ver quién lo vigilaba, pero decidió no hacerlo. No estaba seguro de querer saber quién era el que espiaba sus movimientos. Se preguntó si la muerte de Cleo habría impedido que pasara algo. ¿Acaso lo que estaba planeado para esa noche era su propio asesinato, y sólo se había malogrado porque se había presentado otra oportunidad? Apretó el paso.

Cuando Peter, acompañado por Negro Chico, entró en la sala de espera del doctor Gulptilil, oyó la aguda voz del psiquiatra. En su despacho, el médico gritaba lleno de frustración y de una rabia apenas contenida. El auxiliar había puesto a Peter las esposas, pero no los grilletes, para su recorrido por los terrenos del hospital, de modo que éste se consideraba un prisionero parcial. La señorita Deliciosa, tras su mesa, se limitó a dirigir una mirada a Peter y señalar con la cabeza el sofá. Peter procuró escuchar qué era lo que tenía tan alterado a Tomapastillas, porque le sería más fácil tratar con él si estaba manso que si estaba furioso. Pasado un segundo se percató de que su ira iba dirigida a Lucy, y eso lo sobresaltó.

Su primer impulso fue levantarse e irrumpir en el despacho del médico, pero se contuvo y respiró hondo.

—Señorita Jones —se oyó a través de la puerta—, la hago personalmente responsable de toda la alteración del hospital. ¡Quién sabe cuántos pacientes más podrían correr peligro por culpa de sus acciones!

«A la mierda», se dijo Peter. Se levantó de golpe y cruzó la sala antes de que el auxiliar o la secretaria pudieran reaccionar.

—¡Alto! —exclamó ésta—. No puede...

—Ya lo creo que puedo —la contradijo Peter, y agarró el pomo con las manos esposadas.

—¡Señor Moses! —gritó la señorita Deliciosa.

Pero el enjuto auxiliar negro se movió con languidez, casi indiferente, como si la irrupción de Peter en el despacho de Gulptilil fuera lo más normal del mundo.

Tomapastillas alzó los ojos, sobresaltado. Lucy estaba sentada en la silla de la inquisición situada delante de su mesa, un poco pálida pero glacial, como provista de una coraza que hacía que sus palabras, por muy furiosas que fueran, le resbalaran. Permaneció inexpresiva cuando Peter entró, seguido de Negro Chico.

El director médico inspiró hondo, se calmó un poco y dirigió una mirada fría al paciente.

—Peter —dijo—, estaré contigo en un momento. Espera fuera, por favor. Señor Moses, haga el favor...

—También es culpa mía —le interrumpió Peter.

Gulptilil iba a indicarle con un gesto que se fuera, pero se detuvo con el brazo en el aire.

—¿Culpa? —preguntó—. ¿Y eso, Peter?

—He estado de acuerdo con todas las medidas que ella ha tomado hasta ahora. Para encontrar a este asesino se necesitan medidas extraordinarias. He abogado por ellas desde el principio, así que soy tan responsable de cualquier alteración como la señorita Jones.

—Atribuyes mucho poder a tus opiniones, Peter —comentó Gulptilil tras vacilar un momento.

Esta frase confundió a Peter. Inspiró hondo.

—Todo el mundo sabe que en cualquier investigación criminal hay un momento en que deben adoptarse medidas drásticas para aislar el objetivo y volverlo vulnerable. —Eso le sonó petulante e inmaduro, y además no era del todo cierto, pero al menos sonaba bien en ese momento, y lo dijo con la suficiente convicción como para que pareciera cierto.

Gulptilil se reclinó en su asiento y esperó. Lucy y Peter lo observaron, y ambos pensaron más o menos lo mismo: lo que hacía de aquel médico una persona peligrosa era su capacidad de distanciarse de la indignación, el insulto y el enfado y, en su lugar, adoptar una actitud tranquila y observadora. Eso inquietaba a Lucy, que prefería ver cómo la gente demostraba sus rabias, aunque ella no lo hiciera. Peter lo consideraba una capacidad formidable. Le parecía que todas las conversaciones que la gente mantenía con aquel psiquiatra eran, en realidad, partidas de póquer con las apuestas muy altas, en las que Gulptilil tenía la mayoría de las fichas y los demás jugadores apostaban un dinero que no tenían. Ambos tuvieron la impresión de que el doctor hacía cálculos mentales. Negro Chico sujetó a Peter por el brazo para llevarlo otra vez a la sala de espera, pero el médico cambió de opinión.

—Ah, señor Moses —dijo con su voz normal. La rabia que había traspasado las paredes se había desvanecido con rapidez—. Quizá no sea necesario, después de todo. Pasa, Peter. —Señaló otra silla—. ¿Vulnerable, dices?

—Sí. ¿Qué más podría decir?

—¿Más vulnerable de lo que la señorita Jones se ha vuelto con este intento pueril e ingenuo de imitar las características físicas de las víctimas?

—Es difícil de decir.

—Claro que lo es —sonrió el médico—. Pero ¿dirías que si este asesino posiblemente imaginario está de verdad aquí, dentro de estas paredes, el nuevo aspecto de la señorita Jones lo atraerá inexorablemente?

—Creo que sí.

—Muy bien. Yo también lo creo. De modo que podríamos presuponer de modo razonable que si a la señorita Jones no le ocurre nada próximamente, el asesino no está en el hospital. Y que fue Larguirucho quien mató a la desventurada enfermera en un arranque de delirio homicida, como indican las pruebas, ¿no crees?

—Sería una conclusión precipitada —respondió Peter—. El hombre al que buscamos podría ser más disciplinado de lo que pensamos.

—Sí, claro. Un asesino con disciplina. Una característica muy poco corriente en alguien dominado por la psicosis, ¿no? Estáis, como hemos comentado, buscando a un hombre sometido a sus impulsos asesinos, pero al parecer ahora ese diagnóstico ya no es apropiado. Preferiríais, como la señorita Jones sugirió al llegar aquí, que fuese una especie de Jack *el Destripador*. Pero en mis lecturas sobre ese personaje histórico, he averiguado que no parecía tener demasiada disciplina. Los asesinos compulsivos siguen fuerzas muy potentes, Peter, y a la larga son incapaces de contenerse. Pero ésta es una discusión que compete a los historiadores de la materia y que a nosotros nos afecta poco. ¿Podría preguntarte algo? Si el asesino que, según vosotros, está aquí fuera capaz de contenerse, ¿no dificultaría eso que llegaseis a descubrirlo? ¿Sin importar los días, las semanas o incluso los años que dedicarais a buscarlo?

—No puedo predecir el futuro, doctor.

—Ah, Peter —sonrió Gulptilil—, una respuesta muy inteligente y que revela tus posibilidades de recuperación cuando te traslademos a ese lugar que sugirieron tus amigos de la Iglesia. Creo que por eso has venido a mi despacho, ¿verdad? Para comunicarme que aceptas esa oferta tan generosa y considerada.

Peter dudó. El doctor Gulptilil lo observaba.

—Por eso has venido, ¿no? —insistió, y su voz excluía cualquier respuesta salvo la evidente.

—Sí —afirmó Peter, impresionado por la forma en que Gulptilil había logrado combinar las dos cosas: sus problemas con la ley y un asesino desconocido.

—Así pues, Peter desea abandonar el hospital para iniciar un nuevo tratamiento y una nueva vida, y la señorita Jones cree que ha tendido una ingeniosa trampa a su asesino. ¿He hecho una valoración correcta de la situación?

Tanto Lucy, que había permanecido callada, como Peter asintieron.

Gulptilil esbozó una ligera sonrisa.

—Entonces creo que en poco tiempo tendremos la confirmación, o no, de ambas cuestiones. Hoy es viernes. Supongo que el lunes por la mañana podré despedirme de ambos, ¿no? Habrá tiempo más que suficiente para averiguar si el enfoque de la señorita Jones es eficaz. Y para que la situación de Peter esté... bueno, solucionada.

Lucy se revolvió en la silla, dispuesta a protestar por esa fecha límite, pero vio que Gulptilil estaba cavilando. No le convenía pedir una prórroga. Desde luego, en una partida de ajedrez burocrática con el psiquiatra, siempre perdería, sobre todo si se jugaba en su propio terreno.

—El lunes por la mañana —cedió—. De acuerdo.

—Por cierto, al ponerse voluntariamente en esta situación peligrosa, ¿firmará una carta que absuelva a la administración del hospital de cualquier responsabilidad en lo que a su seguridad se refiere?

Lucy entrecerró los ojos y pronunció la respuesta obligada con todo el desdén que pudo reunir.

—Sí.

—Perfecto. Por este lado, todo resuelto. A ver, Peter, déjame que haga una llamada...

Sacó una agenda del cajón superior del escritorio. La abrió con aire despreocupado y tomó una tarjeta de visita de color marfil. Rápidamente marcó un número. Se echó atrás en la silla mientras esperaba.

—Con el padre Grozdik, por favor —dijo cuando le contestaron—. De parte del doctor Gulptilil del Hospital Estatal Western. —Se produjo una breve pausa—. ¿Padre? Buenos días. Me complace informarle que Peter está aquí, en mi despacho, y ha aceptado lo que comentamos hace poco. En todos los sentidos. Creo que es necesario efectuar ciertos trámites para que podamos poner rápidamente fin a esta incómoda situación, ¿verdad?

Peter sintió abatimiento al percatarse de que toda su vida había cambiado en ese instante. Era casi como si estuviera fuera de su cuerpo viendo cómo pasaba. No se atrevió a mirar a Lucy, que también estaba en el umbral de algo, pero no estaba segura de qué, porque el éxito y el fracaso parecían haberse confundido en su cabeza.

En la sala de estar común había varios pacientes alrededor de la mesa de ping-pong. Un anciano con un pijama a rayas y una rebeca abrochada hasta el cuello, aunque en la habitación hacía calor, movía una pala como si jugara una partida, pero no tenía contrincante al otro lado, ni tampoco pelota, de modo que el juego se desarrollaba en silencio. El anciano parecía concentrado en anticiparse a los golpes de su invisible adversario, y tenía una expresión decidida, como si la partida fuese verdaderamente reñida.

La sala estaba silenciosa, con la excepción del sonido apagado de los dos televisores, donde las voces de los locutores y los actores de una telenovela se mezclaban con los murmullos de los pacientes que conversaban consigo mismos. De vez en cuando, alguien golpeaba una mesa con un periódico o una revista, y algún que otro paciente sin darse cuenta empujaba a otro, lo que provocaba algunas palabras. Pero, para un sitio donde se vivían estallidos incontrolables, la sala estaba tranquila. Francis pensó que la ausencia de Cleo había reprimido en algo la ansiedad habitual de la sala. La muerte como tranquilizante. Pero era una mera ilusión, porque notaba la tensión y el miedo por todas partes. Había pasado algo que hacía que todos se sintieran en peligro.

Francis se dejó caer en una butaca demasiado rellena y llena de bultos. Tenía el corazón acelerado porque creía que sólo él sabía lo ocurrido la noche anterior. Esperaba que Peter regresara para comentarle sus observaciones, pero ya no estaba seguro de que su amigo fuera a creerle.

Una de sus voces le susurraba: *Estás solo. Siempre lo has estado.* Y no se molestó en intentar discutirlo o negarlo.

Otra voz, igual de suave, añadió: *No; hay alguien que te está buscando, Francis.*

Sabía a quién se refería.

No estaba seguro de cómo sabía que el ángel lo estaba acechando, pero estaba convencido de que era así. Echó un vistazo alrededor buscando detectar a alguien que lo observara, pero el problema de aquel hospital psiquiátrico era que todo el mundo se miraba y se ignoraba al mismo tiempo.

Se levantó de golpe. Tenía que encontrar al ángel antes de que éste fuera a por él.

Se dirigió hacia la puerta y vio a Negro Grande. Se le ocurrió una idea.

—Señor Moses —llamó.

—Dime, Pajarillo. —El corpulento auxiliar se volvió hacia él—. Hoy es un mal día. No me pidas algo que no pueda darte.

—¿Cuándo se celebran las vistas de altas?

—Esta tarde hay unas cuantas. Justo después de comer.

—Tengo que ir.

—¿Qué?

—Tengo que asistir a esas vistas.

—¿Para qué?

—Para observar qué se hace en una vista. Quizás eso me sirva para no cometer errores cuando me toque el turno —respondió Francis, sin expresar lo que realmente pensaba.

—Bueno, Pajarillo, eso tiene lógica —comentó Negro Grande con una ceja arqueada—. No sé de nadie que lo haya pedido antes.

—Me iría bien —insistió Francis.

El auxiliar pareció dubitativo, pero se encogió de hombros.

—No sé si creer lo que me estás diciendo, Pajarillo. Pero te diré qué haremos. Si me prometes no causar problemas, te llevaré conmigo y podrás sentarte a mi lado y observar. Podría suponer la infracción de alguna norma. No lo sé. Pero me parece que hoy ya se han infringido unas cuantas.

Francis suspiró.

En su cabeza se estaba formando un retrato, y ésta era una pincelada importante.

A media mañana, con un cielo encapotado y un calor pegajoso que cargaba el aire, Lucy Jones, un Peter esposado y Negro Chico caminaban despacio por los senderos del hospital. Al parecer iba a llover pronto. Al principio, los tres iban callados, e incluso sus pasos parecían amortiguados por el denso calor y el cielo plúmbeo. El auxiliar se secó la frente y se miró el sudor acumulado en la palma de la mano.

—Joder, se nota que el verano se acerca. —Era cierto.

Dieron unos cuantos pasos más y Peter se detuvo de golpe.

—¿El verano? —repitió. Alzó los ojos, como si buscara el sol y el cielo azul, pero no estaban. Fuera lo que fuese lo que quería encontrar, no estaba en aquella atmósfera húmeda—. Señor Moses, ¿qué está pasando?

Negro Chico se paró y lo miró.

—¿Qué quieres decir? —quiso saber.

—Me refiero en el mundo. En Estados Unidos. En Boston o en Springfield. ¿Juegan bien los Red Sox? ¿Todavía hay rehenes en Irán? ¿Hay manifestaciones? ¿Discursos? ¿Va bien la economía? ¿Qué pasa con el mercado de valores? ¿Cuál es la película más taquillera?

—Deberías hacer esas preguntas a Noticiero —respondió Negro Chico sacudiendo la cabeza—. Es él quien se sabe todos los titulares.

Peter miró alrededor y contempló los edificios.

—La gente cree que son para mantenernos a todos dentro —comentó—. Pero no así. Esas paredes mantienen el mundo fuera. —Sacudió la cabeza—. Es como estar en una isla. O como ser uno de esos japoneses perdidos en la selva a quienes nadie dijo que la guerra había terminado y que pensaron año tras año que estaban cumpliendo con su deber, luchando por su emperador. Estamos perdidos en la dimensión desconocida, donde todo nos deja de lado. Los terremotos. Los huracanes. Los desastres de todo tipo, provocados por el hombre y por la naturaleza.

Lucy pensó que Peter tenía toda la razón.

—¿Quieres insinuar algo? —preguntó.

—Sí. En la tierra de las puertas cerradas con llave, ¿quién sería el rey?

—El hombre con las llaves —respondió Lucy.

—Y ¿cómo preparas una trampa para un hombre que puede abrir cualquier puerta?

—Logrando que abra la puerta donde estás esperándolo —respondió Lucy tras pensar un instante.

—Exacto. ¿Y cuál sería esa puerta?

Miró a Negro Chico, que se encogió de hombros. Pero Lucy reflexionó y abrió los ojos como ante una revelación providencial.

—Sabemos que abrió una puerta —afirmó—. La puerta que me trajo aquí.

—¿A qué puerta te refieres?

—¿Dónde estaba Rubita cuando fue a por ella?

—Sola en el puesto de enfermería del edificio Amherst, de noche.

—Entonces es ahí donde yo debo estar —conluyó Lucy.

29

A mediodía había empezado a llover, una llovizna irregular interrumpida con frecuencia por chaparrones fuertes o por breves calmas entre chubascos. Francis había seguido a Negro Grande deseando que el corpachón del auxiliar le sirviese de protección para mantenerse fresco detrás de él. Era la clase de día que sugería la proliferación de enfermedades: caluroso, sofocante, bochornoso y húmedo, de cariz casi tropical, como si de repente la sequedad habitual de Nueva Inglaterra hubiese adquirido en el hospital una extraña característica selvática. Era un clima fuera de lugar y loco como todos ellos. Hasta la ligera brisa que agitaba los árboles poseía una densidad extraña.

Como era costumbre, las vistas de altas se celebraban en el edificio de administración, en el comedor del personal, que se transformaba para la ocasión en improvisado tribunal. Había mesas para los funcionarios y para los abogados de los pacientes. Se habían dispuesto filas de incómodas sillas plegables para los pacientes y sus familias. Se incluía una mesa para un taquígrafo y un asiento para los testigos. La sala estaba concurrida, pero no abarrotada, y los presentes hablaban en susurros. Francis y Negro Grande se sentaron en la última fila. Francis creyó que el aire de la habitación era sofocante, pero luego pensó que tal vez no era tanto el aire como la nube de esperanzas anhelantes y de impotencias que llenaban el recinto.

Presidía la vista un juez retirado del tribunal de distrito de Springfield. Era un hombre canoso, con sobrepeso y rubicundo, dado a hacer aspavientos con las manos. Tenía un mazo que utilizaba a menudo sin motivo aparente, y llevaba una toga negra algo gastada que seguramente había vivido mejores días y casos más importantes. A su derecha había una psiquiatra del departamento de salud mental, una mujer joven con pestañas espesas que no dejaba de revisar carpetas y documentos, como si fuera incapaz de encontrar lo que necesitaba, y a su izquierda, un abogado de la oficina del fiscal de distrito local, repantigado en su asiento con la mirada aburrida de un hombre joven al que le ha tocado la china. En una mesa había otro joven abogado, de cabello hirsuto y con un traje mal entallado, algo más entusiasta y atento, que hacía las veces de representante de los pacientes, y delante de él, varios miembros del personal del hospital. Todo estaba concebido para conferir un cariz oficial al procedimiento, para expresar decisiones en términos médicos y jurídicos. Poseía un barniz, de eficiente responsabilidad, como si cada caso que se presentaba hubiera sido antes examinado con atención, estudiado debidamente y evaluado a fondo, cuando Francis sabía que era justo lo contrario.

Sintió impotencia. Echó un vistazo alrededor y se percató de que el elemento fundamental de aquellas vistas eran los familiares sentados en silencio, a la espera de que llamasen a su hijo, su hija, su sobrina, su sobrino, o incluso su madre o su padre. Sin ellos, nadie conseguía salir. Aunque las órdenes que los habían recluido en su día en el Western hubieran vencido hacía tiempo, en ausencia de alguien dispuesto a asumir la responsabilidad en el exterior, la verja del hospital permanecía cerrada. Francis no pudo evitar preguntarse cómo iba a convencer a sus padres de que acudiesen a abrirle las puertas, cuando ni siquiera iban al hospital a verlo.

Una voz sonó en su interior: *Nunca te querrán lo suficiente para venir aquí y pedir que te dejen volver con ellos...*

Y otra, que hablaba deprisa, le dijo: *Tienes que encontrar otra forma de demostrar que no estás loco.*

Asintió para sí, porque sabía que lo que ocultaba al señor del Mal y a Tomapastillas era fundamental. Se removió en su silla y empezó a examinar a las personas sentadas en la sala. Parecían de todas las procedencias, rudas, toscas. Algunos hombres llevaban chaquetas y corbatas incongruentes que se habían puesto para causar una buena impresión cuando, en realidad, era más probable que lograran el efecto contrario. Las mujeres llevaban vestidos sencillos, y algunas sujetaban pañuelos de papel para secarse las lágrimas. Pensó que había una gran cantidad de fracaso esparcido en aquella habitación, así como de culpa. Más de un rostro exhibía las marcas de la culpabilidad, y Francis sintió el impulso de decirles que no era culpa suya que se hubieran convertido en lo que eran, pero no estaba seguro de que eso fuera exacto.

—Prosigamos —dijo el juez con la cara colorada mientras golpeaba dos o tres veces con el mazo.

Francis se volvió para observar el procedimiento, pero antes de que el juez pudiera carraspear y que la psiquiatra de expresión confusa pudiera leer un nombre, oyó varias de sus voces a la vez. *¿Por qué estamos aquí? No deberíamos estar aquí. Deberíamos correr. Deprisa, márchate. Vuelve a Amherst. Ahí estarás a salvo...*

Francis volvió a observar a la gente reunida. Ningún paciente se había fijado en él al entrar, ninguno lo observaba, ninguno lo miraba con malevolencia, odio o rabia.

Sospechaba que eso podría cambiar.

Inspiró hondo. Si eso era así, corría más peligro rodeado de pacientes y personal del hospital, sentado junto a Negro Grande, que nunca. Peligro debido al hombre que creía que también estaba en esa habitación. Y corría peligro debido a lo que se estaba desatando en su interior.

Se mordió el labio y trató de vaciar su mente. Se dijo que debía ser una mera hoja en blanco y esperar a que escribieran algo en ella. Se preguntó si el auxiliar podría notar su respiración superficial y su frente o sus manos sudorosas, y haciendo acopio de fuerza de voluntad se ordenó: *Cálmate.*

Entonces dijo mentalmente a todas sus voces: *Todo el mundo necesita una salida.*

Rogó que nadie, en especial Negro Grande, el señor del Mal o alguno de los demás administradores, notara su agitación. Estaba sentado en el borde de la silla, nervioso, asustado, pero obligado a estar ahí y a escuchar, porque esperaba oír algo importante. Deseaba que Peter estuviera a su lado, o Lucy, aunque no creía que los hubiese convencido de que aquello era vital. Ahora estaba solo, y suponía que estaba más cerca de una respuesta de lo que nadie podía imaginar.

Lucy cruzó las puertas del depósito de cadáveres y sintió el frío del aire acondicionado. Era una pequeña habitación en el sótano de un edificio situado en la periferia de los terrenos del hospital, que solía usarse para almacenar equipo obsoleto y suministros largo tiempo olvidados. Poseía la discutible ventaja de estar cerca del improvisado cementerio. Había una mesa de autopsia de metal reluciente en el centro y una hilera de media docena de contenedores refrigerados en una pared. Una vitrina contenía una modesta selección de escalpelos e instrumental quirúrgico. En un rincón había un archivador y un escritorio con una maltrecha máquina de escribir Selectric IBM. Un ventanuco situado a gran altura en la pared daba al suelo exterior y apenas permitía que un tenue rayo de luz se colara a través de una espesa capa de suciedad. Un par de fluorescentes de techo zumbaban como un enjambre de insectos.

La sala parecía un lugar abandonado, y un ligero hedor a excrementos impregnaba el aire frío. Sobre la mesa de autopsia había una tablilla que sujetaba un juego de formularios. Lucy buscó con la mirada a algún auxiliar pero no había nadie, así que se adentró en la habitación. La mesa de autopsia disponía de dos canales que llegaban hasta el desagüe del suelo. Ambos mostraban manchas oscuras. Tomó la tablilla y leyó el informe preliminar de la autopsia, que exponía lo evidente: Cleo había muerto de asfixia provocada por una sábana utilizada como soga. Sus ojos se detuvieron en la anotación correspondiente a la mutilación, que describía el pulgar seccionado, y luego en el diagnóstico, que era esquizofrenia de tipo paranoide no diferenciada, con delirios y tendencias suicidas. Lucy sospechaba que esta última observación se había añadido, como muchas otras cosas, post mórtem. Cuando alguien se ahorca, sus tendencias suicidas se vuelven bastante claras.

Siguió leyendo. No constaba ningún familiar cercano y la casilla para indicar a quién notificar en caso de muerte o lesiones estaba tachada.

En una ocasión, un célebre médico forense había dictado una clase sobre pruebas y, en términos presuntuosos, había dicho a los estudiantes de Derecho, entre los que se encontraba Lucy, que los muertos hablaban con gran elocuencia sobre la forma de su muerte y a menudo señalaban directamente a la persona que los había llevado a ella. La clase había contado con una gran asistencia y había sido bien recibida, pero ahora a Lucy le pareció abstracta y lejana. Lo que ella tenía era un cadáver silencioso en un refrigerador situado en un rincón de un sótano sombrío, y un protocolo de autopsia incluido en una hoja amarilla sujeta a una tablilla, y no creía que le dijera nada, en especial nada que pudiera ayudarla a encontrar al asesino.

Volvió a dejar la tablilla en la mesa y se dirigió hacia el refrigerador. Ninguna de las puertas estaba marcada, de modo que tiró de la primera, y luego de la siguiente, donde encontró un paquete de seis latas de coca-cola que alguien había puesto a enfriar. La tercera parecía encallada, y ella intuyó que contenía el cuerpo. Inspiró hondo y consiguió abrirla unos centímetros.

En efecto, allí estaba el cadáver desnudo de Cleo.

Quedaba muy ajustada en el contenedor debido a su corpulencia, y la bandeja corredera sobre la que descansaba no se movió cuando Lucy tiró de ella.

Apretó los dientes para dar un tirón más fuerte pero oyó que la puerta de la sala se abría. Se giró y vio al doctor Gulptilil.

Éste la observó con extrañeza un instante, pero cambió de expresión y sacudió la cabeza.

—Señorita Jones —dijo—, menuda sorpresa. Creo que no debería estar aquí.

Lucy no contestó.

—A veces —prosiguió el médico—, hasta una muerte tan pública como la de la señorita Cleo debería gozar de cierta intimidad.

—Estoy de acuerdo, al menos en principio —repuso Lucy con altivez. Su sorpresa inicial quedó sustituida de inmediato por la beligerancia que usaba como armadura.

—¿Qué espera averiguar aquí?

—No lo sé.

—¿Cree que esta muerte puede revelarle algo? ¿Algo que todavía no sepa?

—No lo sé —repitió Lucy, incómoda al ver que no se le ocurría una respuesta mejor.

El médico se acercó a ella, y su cuerpo grueso y su piel oscura relucieron bajo las luces del techo. Avanzó con una rapidez que contrastaba con su figura en forma de pera, y Lucy pensó que iba a cerrar de golpe la tumba temporal de Cleo. Pero lo que hizo, en cambio, fue tirar de la bandeja con el cadáver, de modo que el torso de Cleo quedó al descubierto entre ambos.

Lucy observó las marcas púrpuras que rodeaban su cuello. Parecía que la piel, que ya había adquirido una tonalidad blanca como la porcelana, las hubiera absorbido. La difunta lucía una sonrisita grotesca en los labios, como si la muerte le hubiera hecho gracia. Lucy inspiró y exhaló despacio.

—Quiere que las cosas sean simples, claras, evidentes —comentó Gulptilil—. Pero nunca son así, señorita Jones. Por lo menos aquí.

Lucy asintió. El médico sonrió con ironía, de una forma parecida a Cleo.

—Los signos externos de la estrangulación son patentes —afirmó—, pero las pulsiones reales que la condujeron a este final son opacas. E imagino que la verdadera causa de la muerte escaparía incluso al más distinguido patólogo del país, porque la locura lo oscurece todo.

El doctor Gulptilil tocó la piel de Cleo brevemente. Miraba su cadáver pero dirigía las palabras a Lucy.

—Usted no comprende este sitio —indicó—. No ha hecho ningún esfuerzo por comprenderlo desde que llegó, porque lo hizo con los mismos miedos y prejuicios de las personas que no están familiarizadas con los enfermos mentales. Aquí, lo anormal es normal y lo extraño es habitual. Ha enfocado su investigación como si el hospital fuera parte del mundo exterior. Ha buscado pruebas fidedignas y pistas reveladoras. Ha examinado las historias clínicas y recorrido los pasillos, como habría hecho si éste no fuera el sitio que es. Por supuesto, todo ello es, como he intentado explicarle, inútil. Así que me temo que sus esfuerzos están destinados al fracaso. Como yo había intuido desde el principio.

—Todavía me queda algo de tiempo.

—Sí. Y quiere provocar una reacción en ese misterioso y tal vez inexistente asesino. Quizá sería una actividad adecuada en su mundo, señorita Jones. Pero ¿aquí?

—¿No cree que el factor sorpresa puede favorecerme? —Lucy se señaló los mechones cortados.

—Sí —contestó el médico—. ¿Pero a quién sorprenderá? ¿Y cómo?

La fiscal guardó silencio. El médico observó el rostro de Cleo y meneó la cabeza.

—Ah, pobre Cleo —se lamentó—. Me gustaban mucho sus gracias. Tenía una energía frenética que, cuando estaba controlada, era de lo más divertida. ¿Sabía que podía citar el espléndido drama de Shakespeare por entero, frase por frase, palabra por palabra? Pero, por desgracia, esta tarde irá a descansar a nuestra fosa común. El encargado de la funeraria llegará dentro de poco para preparar el cadáver. Una vida llena de agitación, dolor y de una terrible soledad, señorita Jones. Quien se haya preocupado por ella tiempo atrás y la haya querido en algún momento ha dejado de constar en nuestros registros y en la memoria institucional de que disponemos. De modo que su paso por este mundo ha significado muy poco. No parece justo, ¿no cree? Cleo tenía una gran personalidad, era una mujer resuelta y de sólidas convicciones. Que todo eso estuviera envuelto de locura no menoscaba su pasión. Me gustaría que hubiera podido dejar alguna huella en este mundo, porque se merecía un mejor epitafio que la anotación que figurará en el registro hospitalario. Sin lápida, sin flores. Otra cama en el hospital, sólo que ésta estará bajo tierra. Se merecía un funeral con trompetas y fuegos artificiales, elefantes, leones, tigres y una carroza tirada por caballos, algo digno de una reina. —Suspiró—. Y bien, señorita Jones —prosiguió tras desviar los ojos del cadáver y dirigirlos hacia ella—, ¿qué piensa hacer?

—Buscar, doctor. Buscar hasta el último momento que pase aquí.

—Ah, una obsesión —exclamó Gulptilil con malicia—. Una búsqueda inquebrantable a pesar de todos los obstáculos. Tendrá que admitir que es una cualidad que se acerca más a mi profesión que a la suya.

—Quizás «insistencia» sea una palabra mejor.

—Como quiera. —Se encogió de hombros—. Pero contésteme una pregunta, señorita Jones. ¿Ha venido aquí a buscar a un loco o a un cuerdo?

No esperó a oír la respuesta, que de todos modos tardaba en llegar, y empujó el cadáver de Cleo de vuelta a la unidad de refrigeración. Las guías rechinaron.

—Tengo que reunirme con el encargado de la funeraria, que va a tener un día muy ajetreado. Buenos días, señorita Jones.

Lucy lo observó marcharse, balanceando el cuerpo regordete, y admitió que se sentía algo intimidada por el asesino que estaba buscando. A pesar de todos sus esfuerzos, seguía escondido en el hospital y, que ella supiera, totalmente inmune a su investigación.

—*Eso era lo que creías, ¿verdad?*
Cerré los ojos, a sabiendas de que en un momento el ángel estaría a

mi lado. *Procuré sosegar mi respiración y aminorar los latidos del corazón porque creía que, a partir de entonces, todas las palabras serían peligrosas, tanto para él como para mí.*

—No sólo lo creía. Era verdad.

Me giré, primero a la derecha y después a la izquierda, buscando el origen de esas palabras. Parecía haber vahos, fantasmas, luces vaporosas que temblaban y parpadeaban a cada lado.

—Estaba totalmente a salvo, cada minuto, cada segundo, sin importar lo que hiciera. Seguro que eres consciente de ello, Pajarillo. —*Su voz tenía un tono brusco, lleno de arrogancia y rabia, y cada palabra parecía rozarme la mejilla como el beso de un difunto.*

—Estabas a salvo de ellos —dije.

—Ni siquiera conocían las leyes —se jactó—. Sus normas eran absolutamente inútiles.

—Pero no estabas a salvo de mí —repliqué desafiante.

—¿Y crees que ahora tú estás a salvo de mí? —replicó el ángel con dureza—. ¿A salvo de ti mismo?

No respondí. Se produjo un breve silencio y luego una explosión, como un disparo, seguida del ruido de un cristal hecho añicos. Un cenicero lleno de colillas se había estrellado contra la pared, lanzado con fiera violencia. Retrocedí. La cabeza me daba vueltas; el agotamiento, la tensión y el miedo pugnaban por apoderarse de mí. Olía a tabaco y algo de ceniza todavía revoloteaba en el aire junto a una mancha oscura en la pared blanca.

—Nos estamos acercando al final, Francis —dijo el ángel con tono burlón—. ¿Lo notas? ¿Lo sientes? ¿Te das cuenta de que casi se ha acabado? Tal como ocurrió años atrás —añadió con amargura—. Se acerca el momento de morir.

Me miré la mano. ¿Había lanzado yo el cenicero al oír sus palabras? ¿O lo había lanzado él para demostrar que estaba tomando forma, adquiriendo sustancia? ¿Volviéndose de nuevo real? La mano me temblaba.

—Morirás aquí, Francis. Tendrías que haber muerto entonces, pero morirás ahora. Solo. Olvidado. Sin amor. Pasarán días antes de que alguien encuentre tu cadáver, tiempo más que suficiente para que los gusanos te infesten la piel, se te hinche el estómago y tu hedor apeste.

Negué con la cabeza, dispuesto a hacerle frente.

—Oh, sí —prosiguió—. Será así. Ni una palabra en los periódicos, ni una lágrima derramada en tu funeral, si es que lo hay. ¿Crees que la gente llenará alguna iglesia para encomiarte, Francis? ¿Que pronunciarán discursos bonitos sobre tus obras? ¿Sobre todas las cosas espléndidas y valiosas que hiciste antes de morir? No lo creo, Francis. Te morirás y nada más. Será un gran alivio para todas las personas a las que nunca has importado un comino y que, en el fondo, estarán encantadísimas de que ya no seas una carga para ellas. Lo único que quedará de tu vida será el olor que dejes en este piso, que los próximos inquilinos quitarán con desinfectante y lejía.

Hice un gesto hacia la pared escrita.

—¿Crees que a alguien le importarán tus garabatos idiotas? Desaparecerán en minutos. En segundos. Alguien vendrá, echará un vistazo a los destrozos que causó el loco, irá a buscar una brocha y tapará hasta la última palabra. Y lo que pasó hace mucho tiempo quedará enterrado para siempre.

Cerré los ojos. Si sus palabras me golpeaban, ¿cuánto daño me haría con los puños? Tuve la impresión de que el ángel se volvía cada vez más fuerte y yo más débil. Inspiré hondo y empecé a arrastrarme por la habitación con el lápiz en la mano.

—No vivirás para terminar la historia —dijo—. ¿Comprendes, Francis? No vivirás. No lo permitiré. ¿Crees que podrás escribir el final, Francis? ¡Ja! El final me pertenece. Siempre me perteneció. Siempre me pertenecerá.

No sabía qué pensar. Su amenaza era tan real en ese momento como tantos años antes. Pero tenía que intentarlo. Deseé que Peter estuviera allí para ayudarme, y el ángel debió de leerme el pensamiento, o quizá gemí su nombre sin darme cuenta, porque rió de nuevo y dijo:

—Esta vez no puede ayudarte. Está muerto.

30

Peter recorrió deprisa el pasillo, asomó la cabeza a la sala de estar común, se detuvo frente a las salas de reconocimiento y echó un rápido vistazo al comedor esquivando grupos de pacientes, en busca de Francis y Lucy Jones, pero ninguno de los dos andaba por allí. Tenía la abrumadora sensación de que estaba pasando algo fundamental a espaldas suyas. Recordó de repente la selva de Vietnam. Durante la guerra, el cielo azul, la tierra húmeda, el aire sobrecalentado y el follaje mojado parecían siempre iguales, de modo que sólo un sexto sentido permitía saber si a la vuelta de la esquina habría un francotirador en un árbol, o una emboscada, o quizá sólo un alambre camuflado que cruzaba el camino, esperando el paso errante que detonara la mina enterrada. Todo era cotidiano y corriente, todo estaba en su sitio, como se suponía que tenía que estar, excepto la cosa oculta que amenazaba con una tragedia. Eso mismo veía ahora en el hospital.

Se detuvo junto a una ventana con barrotes, donde habían dejado solo a un anciano en una silla de ruedas. Le resbalaba un hilillo de baba hasta el mentón, donde se mezclaba con su incipiente barba gris. Tenía los ojos fijos en el exterior.

—¿Puede ver algo? —le preguntó Peter, pero no obtuvo respuesta.

Unas gotas de lluvia distorsionaban la vista, y al otro lado del cristal sólo se atisbaba un día apagado, húmedo y gris. Peter se agachó para tomar una toallita de papel del regazo del hombre y le secó la barbilla. El anciano no lo miró pero asintió como dándole las gracias. Siguió inexpresivo. Lo que estuviese pensando sobre su presente, recordando sobre su pasado o incluso planeando de cara al futuro, estaba perdido en la niebla que había descendido sobre él. Peter pensó que los días que le quedaban de vida no tendrían más consistencia que las gotas de lluvia que resbalaban por el cristal de la ventana.

Detrás de Peter, una mujer de pelo largo, despeinado y cubierto de canas hacía eses por el pasillo como si estuviera bebida; se detuvo de golpe y miró el techo.

—Cleo se ha ido —gimió—. Se ha ido para siempre. —Y reanudó su movimiento a la deriva.

Peter se dirigió hacia el dormitorio, convencido de que aquello no era un hogar. Sólo un par de días más. Unos cuantos trámites, un apretón de manos, un «buena suerte», y se acabó. Lo trasladarían y su vida sería otra cosa.

No sabía muy bien qué pensar. El mundo del hospital te provocaba indecisión. En el mundo real, las decisiones eran evidentes y, por lo menos, tenían la posibilidad de ser honestas. Podían evaluarse y sopesarse. Pero entre aquellas paredes cerradas, nada de eso parecía igual.

Lucy se había cortado el pelo y se lo había teñido de rubio. Si eso no provocaba el impulso depredador del hombre que buscaban, no sabía qué podría hacerlo. Apretó los dientes, con fuerza. Miró el techo como un conductor que espera que el semáforo cambie a verde. Pensó que Lucy estaba corriendo un riesgo. Francis también estaba en la cuerda floja. De los tres, él era el que se había arriesgado menos. De hecho, todavía no se había arriesgado, no se había puesto en peligro alguno.

Se volvió y, al ver a Lucy delante de su despacho, se dirigió presuroso hacia ella.

Las vistas de altas se habían celebrado una tras otra a lo largo del día. Francis comprendió enseguida que si habías cumplido todas las condiciones necesarias para optar a una vista, lo más probable era que te dieran de alta. La farsa que estaba presenciando era una ópera burocrática, concebida para asegurarse de que no se corrían riesgos imprevistos y se cumplían las formalidades. Nadie quería dar de alta a alguien que fuera a sumirse de inmediato en una rabia psicótica.

El aburrido joven de la fiscalía examinaba superficialmente los casos pendientes contra los pacientes y el joven que actuaba como abogado de oficio se oponía rutinariamente a todo lo que decía. Para el tribunal eran más importantes la evaluación del personal del hospital y la recomendación de la joven del departamento de salud mental, que seguía rebuscando entre sus carpetas y notas y vacilaba y tartamudeaba un poco al hablar, ya que le pedían opinión sobre si se corría algún riesgo al dar de alta a alguien y ella no tenía ni idea.

—¿Es un peligro para él o para los demás? —le preguntaban como una letanía.

Claro que no, si seguía tomando los medicamentos y no volvía a encontrarse en las mismas circunstancias que lo habían desquiciado. Por supuesto, esas circunstancias seguían ahí, de modo que no era fácil ser optimista sobre las posibilidades reales de nadie fuera del hospital.

Los pacientes se marchaban. Los pacientes volvían. Un bumerang de locura.

Francis intentaba escuchar todas las palabras pronunciadas y observar las caras de los pacientes, los médicos, los padres, hermanos o primos que se levantaban para hablar. En su interior sólo sentía agitación y caos. Sus voces le gritaban que se fuera. Insistentes, chillonas, suplicantes; todas igual de firmes, casi histéricas en su deseo. Era como estar atrapado en el foso de una orquesta horrorosa, en la que todos los instrumentos sonaban cada vez con más fuerza y más desafinados.

Sabía por qué. De vez en cuando, cerraba los ojos para descansar un poco. Pero no le servía de mucho. Seguía sudando y notando tensos los músculos de todo el cuerpo. Le sorprendía que todavía nadie se hubiera percatado de la lucha en que se debatía. Creía que cualquiera que lo mirara de verdad vería de inmediato que estaba al borde de un ataque de nervios.

Inspiró con fuerza, pero le faltaba el aire.

«¿Por qué no lo ven? El ángel se esconde en el hospital. Para matar, necesita poder ir y venir.»

Miró al tribunal y se recordó que ésa era la puerta de salida. Dirigió una rápida mirada a los familiares y amigos que rodeaban a los pacientes.

«Todo el mundo cree que el ángel es un asesino solitario. Pero yo sé algo que ellos ignoran: aquí hay alguien que, sabiéndolo o no, lo está ayudando. Sin embargo, ¿por qué mató a Rubita? ¿Por qué atrajo la atención, si aquí estaba a salvo?»

Ni Lucy ni Peter se habían planteado esa pregunta. Sólo él. Sus voces retumbaban en su interior advirtiéndole que no se atreviera a adentrarse en la oscuridad que lo atraía.

«Creen que asesinó a Rubita porque tenía que matar. Puede que sí. Puede que no.» En ese instante se detestó más que nunca. «Tú también podrías ser un asesino.»

Temió haber hablado en voz alta, pero nadie se volvió ni le prestó atención.

Negro Grande había salido un momento, aburrido de la monótona rutina de las vistas. Cuando regresó a la sala, Francis hizo un esfuerzo inmenso por esconder la ansiedad que lo zarandeaba.

—¿Ya le has cogido el tranquillo, Pajarillo? —susurró el corpulento auxiliar, y se dejó caer en su silla—. ¿Has visto suficiente?

—Todavía no —respondió en voz baja. Lo que aún no había visto era lo que temía y esperaba a la vez.

—Tenemos que volver a Amherst. —Negro Grande se inclinó hacia él para hablarle en susurros—. El día casi ha terminado. Pronto empezarán a buscarte. Esta noche hay programada una sesión de terapia.

—No —medio mintió Francis, porque en realidad no lo sabía con certeza—. El señor Evans la canceló después de todo el alboroto.

—No deberían cancelar las sesiones. —El auxiliar sacudió la cabeza. Hablaba a Francis, pero más a las autoridades del hospital. Levantó los ojos—. Vamos, Pajarillo —dijo—. Tenemos que volver. Sólo quedan un par de vistas y no serán distintas de las que ya has visto.

Francis no supo qué decir, porque no quería contarle la verdad: había una que iba a ser muy distinta. Miró al otro lado de la sala.

Había tres pacientes que seguían esperando. Eran fáciles de reconocer entre el resto de personas reunidas. No iban tan arreglados. Llevaban el pelo alborotado. Sus ropas no estaban tan limpias. Vestían pantalones a rayas y camisas a cuadros, o sandalias con calcetines desparejos. Nada en ellos parecía armonizar, ni su atuendo ni cómo seguían el procedimiento. Era como si todos estuvieran un poco desigualados. Les temblaban las manos y las comisuras de los labios, debido a los fármacos y a sus efectos secundarios. Los tres eran hombres, y oscilaban entre los treinta y los cuarenta y cinco años. Ninguno destacaba particularmente; no eran gordos, altos o canosos, ni estaban tatuados ni tenían nada que los diferenciara. No demostraban sus emociones. Por fuera parecían vacíos, como si los medicamentos no sólo suprimieran su locura, sino también gran parte de sus identidades.

Ninguno se había vuelto para mirarlo, por lo menos que él supiera. Habían permanecido estoicos, casi impasibles, con la vista al frente mientras se habían oído los demás casos a lo largo del día. No podía verles bien la cara, sólo los perfiles.

Uno estaba rodeado de unas cuatro personas. Francis supuso que eran sus padres y una hermana con su marido, que se removía en su silla, nada contento de estar allí. Otro paciente estaba sentado entre dos mujeres mucho mayores que él, probablemente su madre y una tía. El tercero estaba sentado entre un estirado hombre mayor de traje azul y con una expresión severa y una mujer bastante más joven, hermana o sobrina, que no parecía incómoda y escuchaba atentamente todo lo que se decía, incluso tomaba algunas notas en un cuaderno.

El juez dio un mazazo.

—¿Qué nos queda? —preguntó—. Se está haciendo tarde.

—Tres casos, señoría —contestó la psiquiatra—. No parecen complicados. Dos diagnósticos de retraso mental y un catatónico que ha mostrado notables progresos con la ayuda de medicación antipsicótica. Ninguno tiene cargos pendientes...

—Vamos, Pajarillo —susurró Negro Grande—. Tenemos que volver. No pasará nada distinto. Estos casos se aprobarán deprisa. Es hora de irnos.

Francis dirigió una mirada hacia la joven psiquiatra, que seguía hablando al juez retirado.

—Todos estos hombres ya han sido dados de alta varias veces, señoría.

—Venga, Pajarillo —insistió el auxiliar en un tono que no dejaba margen a la discusión.

Francis no sabía cómo decir que lo que iba a pasar era lo que había estado esperando todo el día.

Se levantó, consciente de que no tenía opción. Negro Grande le dio un empujoncito en dirección a la puerta y Francis avanzó hacia ella. No se volvió, aunque tuvo la impresión de que por lo menos uno de los tres pacientes se había vuelto en la silla y le clavaba los ojos en la nuca. Notaba una presencia a la vez fría y caliente, y supo que eso era lo que sentían las víctimas del ángel.

Le pareció que una voz le gritaba: *¡Tú y yo somos iguales!*, pero en la sala sólo se oían las voces rutinarias de los participantes en la vista. Lo que había oído era una alucinación, real e irreal a la vez.

¡Corre, Francis, corre!, le gritaron sus voces.

Pero no lo hizo. Siguió caminando despacio, sabiendo que el asesino estaba a sus espaldas, pero que nadie, ni siquiera Lucy, Peter, los hermanos Moses, el señor del Mal o el doctor Tomapastillas, lo creerían si lo decía. Quedaban tres pacientes en la sala. Dos eran lo que eran. Uno, no. Y tras su máscara de falsa locura, el ángel sin duda se reía de él.

Supo otra cosa: al ángel le gustaba el riesgo, y a él también. No le dejaría vivir mucho más.

El auxiliar sostuvo abierta la puerta del edificio de administración y los dos salieron. Fuera lloviznaba y Francis levantó la cara, como si el cielo pudiera limpiar todos sus miedos y dudas. El día llegaba a su fin y el cielo gris se oscurecía anunciando la noche. Francis distinguió a lo lejos el sonido de una máquina y se volvió en esa dirección. Negro Grande también se giró y ambos miraron hacia el otro lado de los terrenos del hospital. Más allá del jardín, en el cementerio del rincón más alejado del Western, una excavadora amarilla echaba una última carga de tierra al suelo.

—Espera, Pajarillo —dijo el auxiliar—. Debemos detenernos un momento. —Inclinó la cabeza y Francis le oyó murmurar—: Padre nuestro que estás en los cielos...

Francis lo escuchó en silencio.

—Tal vez éstas sean las únicas palabras dichas en recuerdo de la pobre Cleo —suspiró cuando terminó—. Quizá tenga más paz ahora. Dios sabe que en vida tenía muy poca. Eso es triste, Pajarillo. Muy triste. No me obligues a rezar una oración por ti. Aguanta. Todo mejorará, seguro. Confía en mí.

Francis asintió, pero no lo creía. Cuando volvió a mirar el cielo oscurecido, con el sonido distante de la excavadora que llenaba la tumba de Cleo, pensó que estaba escuchando la obertura de una sinfonía cuyas notas y compases presagiaban nuevas muertes.

Lucy reflexionó que era el plan más sencillo y efectivo que podían elaborar, y quizás el único con alguna esperanza de salir bien. Haría el turno de noche que había resultado mortal a Rubita en el puesto de enfermería. Esperaría a que el ángel apareciera.

Ella sería la cabra atada. El ángel sería el depredador. Se trataba de la estratagema más antigua del mundo. Dejaría el intercomunicador del hospital conectado con el puesto de la primera planta, donde los hermanos Moses aguardarían su señal. En el hospital, los gritos pidiendo ayuda eran muy frecuentes y a menudo ignorados, de modo que eligieron la contraseña «Apolo». Cuando la oyeran correrían en su ayuda. Lucy había elegido la palabra con una nota de ironía. Podrían muy bien ser astronautas que se dirigían hacia un planeta distante. Los hermanos Moses creían que no tardarían más de unos segundos en bajar las escaleras, lo que tendría la ventaja añadida de bloquear una de las vías de escape. Lo único que Lucy tenía que hacer era mantener al ángel ocupado unos momentos, y no morir en el intento. La entrada principal del edificio Amherst tenía cerradura doble, lo mismo que la puerta lateral. Todos suponían que podrían acorralar al asesino antes de que hiciese daño a Lucy o usase las llaves para escapar del hospital. Pero si lograba huir, alertarían a seguridad y las opciones del ángel se reducirían rápidamente. En cualquier caso, le verían la cara.

Peter había insistido en este punto y en otro detalle. Sostenía que era fundamental averiguar la identidad del ángel, pasara lo que pasase. Sería la única forma de preparar los casos en su contra.

También había pedido que quedara abierta la puerta del dormitorio de hombres de la planta baja para que él también pudiera controlar la situación, aunque eso significara pasar la noche en blanco. Afirmaba que él estaría un poco más cerca de Lucy, y que era menos probable que el ángel esperara un ataque desde una puerta que solía estar cerrada con llave. Los hermanos Moses habían dicho que eso era cierto, pero que ellos no podían dejar la puerta abierta.

—Va contra las normas —había comentado Negro Chico—. El gran jefe nos echaría si se entera.

—Bueno... —fue a replicar Peter, pero el auxiliar levantó una mano para añadir.

—Claro que Lucy tendrá un juego de llaves de todas las puertas. Lo que haga con ellas cuando esté en el puesto de enfermería no es asunto nuestro. Pero no seremos mi hermano y yo quienes dejemos la puerta abierta. Si atrapamos a este tipo, todo irá bien. Pero no quiero problemas innecesarios.

Lucy echó un vistazo a su cama. La residencia estaba en calma, y tenía la sensación de estar sola en el edificio, aunque sabía que eso no podía ser. En algún sitio habría gente hablando, riendo de una broma o comentando algo. Había extendido un uniforme blanco de enfermera sobre la colcha. Iba a ser su atuendo para esa noche. Rió para sus adentros. El vestido de la Primera Comunión. El vestido del baile de graduación. El traje de novia. El vestido para el funeral. Una mujer preparaba con cuidado la ropa para las ocasiones especiales.

Sopesó el revólver y lo metió en el bolso. No había dicho a nadie que lo tenía.

No esperaba realmente que el ángel apareciera, pero no sabía qué otra cosa podía hacer en el poco tiempo que quedaba. Su estancia se acababa, hacía tiempo que no era bien recibida y el lunes por la mañana también trasladarían a Peter. Eso le dejaba una sola noche. En cierto sentido, ya había empezado a planear el futuro y a pensar en lo que se vería obligada a hacer cuando su misión acabara en fracaso. Sabía que, finalmente, el ángel volvería a matar dentro del hospital, o bien lograría que lo dieran de alta y lo haría en el exterior. Pero si ella seguía todas las vistas de altas y todas las muertes en el hospital, tarde o temprano el ángel cometería un error y ella estaría ahí para acusarlo. Sin embargo este enfoque presentaba un problema obvio: significaba que alguien más tenía que morir.

Inspiró hondo y tomó el uniforme blanco. Intentó no imaginar cómo sería la siguiente víctima. Quién podría ser. Qué esperanzas, sueños y deseos podría tener. Existía en algún mundo paralelo, tan real como cualquiera, pero fantasmagórico. Se preguntó si esta mujer que esperaba la muerte sería como las alucinaciones que tenían tantos pacientes. Estaba en algún sitio, sin saber que era la siguiente víctima del ángel si éste no aparecía esa noche en el puesto de enfermería del edificio Amherst.

Con todo el peso del futuro de esa mujer desconocida sobre los hombros, empezó a vestirse despacio.

Cuando desvié la mirada de las palabras para recobrar el aliento, vi a Peter apoyado contra la pared, los brazos cruzados y una expresión preocupada en la cara. Pero eso era lo único familiar de su aspecto; llevaba la ropa hecha jirones, tenía la piel de los brazos carbonizada y las mejillas y el cuello manchados de tierra y sangre. Quedaba muy poco de él tal como yo lo recordaba. De repente noté el hedor terrible de la carne quemada y la descomposición.

Me sacudí aquella sensación horrorosa y saludé a mi único amigo.

—Peter —exclamé con alivio—, has venido a ayudarme.

Sacudió la cabeza sin decir nada. Se señaló el cuello y los labios para indicar que ya no podía hablar.

Hice un gesto hacia la pared que contenía mi historia.

—Estaba empezando a comprender —afirmé—. Estuve en las vistas de altas. Lo sabía. No todo, pero comenzaba a saber. Cuando recorrí los terrenos del hospital esa noche, por primera vez vi algo distinto. Pero ¿dónde estabas tú? ¿Dónde estaba Lucy? Estabais todos haciendo planes y nadie quería escucharme, cuando yo era quien lo veía mejor.

Sonrió otra vez, como para corroborar sus palabras.

—¿Por qué no me escuchaste? —pregunté de nuevo.

Se encogió de hombros con tristeza. Alargó una mano casi desprovista de carne, como queriendo tocar la mía. En el segundo en que dudé, la huesuda mano que se acercaba se desvaneció, casi como si una niebla hubiera cubierto el espacio que nos separaba y, después de que yo parpadeara otra vez, Peter ya no estaba. Como en un truco de magia en un escenario. Sacudí la cabeza para aclararme las ideas y, cuando volví a alzar los ojos, vi cómo, muy cerca de donde había aparecido Peter, el ángel, incorpóreo, tomaba forma lentamente.

Emitía un brillo blanco, como si tuviera una luz en su interior. Me deslumbró y me protegí los ojos. Cuando volví a mirar, seguía ahí, sólo que fantasmagórico, vaporoso, como si fuera opaco, formado en parte de agua, en parte de aire, en parte con la imaginación. Sus rasgos eran vagos, de contornos borrosos. Lo único nítido y claro eran sus palabras.

—Hola, Pajarillo —saludó—. Aquí no hay nadie que pueda ayudarte. No queda nadie en ninguna parte que pueda ayudarte. Ahora sólo estamos tú y yo, y lo que pasó esa noche.

Lo miré y me di cuenta de que tenía razón.

—No quieres recordar esa noche, ¿verdad, Francis?

Sacudí la cabeza, pero no hablé porque no me fiaba de mi voz.

Señaló la historia que crecía en la pared.

—La hora de morir está cerca, Francis —dijo con frialdad, y añadió—: Esa noche, y también ésta.

31

Francis encontró a Peter frente al puesto de enfermería. Era la hora de la medicación y los pacientes hacían cola. Había empujones y quejas lastimosas, pero en general todo estaba en orden; para la mayoría de ellos se trataba de la llegada de otra noche de otra semana de otro mes de otro año.

—Peter —dijo Francis en voz baja, incapaz de ocultar su emoción—, tengo que hablar contigo. Y con Lucy. Creo que lo he visto. Creo que sé cómo podemos encontrarlo.

En la imaginación febril de Francis, lo único necesario era obtener los expedientes de aquellos tres hombres de la sala de vistas. Uno de ellos era el ángel. Estaba seguro, y su entusiasmo salpicaba cada palabra.

El Bombero, sin embargo, parecía distraído. Tenía los ojos puestos en el otro lado del pasillo, y Francis siguió su mirada. Vio la cola, con Noticiero y Napoleón, el hombretón retrasado y el retrasado colérico, tres mujeres acunando muñecas y las demás caras conocidas del edificio Amherst. Medio esperaba oír la voz retumbante de Cleo con alguna queja imaginaria que los «cabrones» no habían sabido corregir, seguida de su sonora e inconfundible risa socarrona. El señor del Mal estaba dentro del puesto, supervisando cómo la enfermera Caray, que tomaba notas en una tablilla, distribuía los medicamentos. Dirigía esporádicas miradas a Peter. De pronto, tomó un vaso de plástico, salió del puesto y avanzó entre los pacientes, que se apartaron como el mar Rojo para dejarlo pasar. Llegó donde estaban Peter y Francis antes de que éste tuviera tiempo de decir a su amigo nada más sobre lo que le preocupaba.

—Ten, Francis —dijo Evans con aire profesional—. Thorazine. Cincuenta microgramos. Esto acallará esas voces que sigues negando oír. ¡A tu salud!

Francis se metió la cápsula en la boca pero se la puso debajo de la lengua para esconderla. Evans lo observó con atención y le indicó que abriera la boca. Francis obedeció, y el psicólogo lo miró por encima. Francis no supo si había visto la cápsula, pero el señor del Mal habló deprisa.

—Mira, Pajarillo, me da igual que te tomes o no la medicación. Si lo haces, tienes posibilidades de irte de aquí algún día. Si no, bueno, mira a tu alrededor... —Hizo un amplio movimiento con el brazo y señaló a un anciano de cabello blanco y piel flácida y delgada; el espectro de un hombre confinado en una dilapidada silla de ruedas que chirriaba al moverse—. E imagina que éste será tu hogar para siempre —sentenció.

Francis inspiró con fuerza pero no contestó. Evans esperó un segundo, como si aguardara una respuesta. Luego, se encogió de hombros y miró a Peter.

—No hay pastillas para el Bombero esta noche —anunció con frialdad—. No hay pastillas para el verdadero asesino, no ese asesino imaginario que estáis buscando. El verdadero asesino eres tú. —Entrecerró los ojos—. No tenemos una pastilla para arreglar lo que a ti te pasa, Peter. Nada que pueda dejarte como nuevo. Nada que pueda reparar el daño que has hecho. Te irás a pesar de mis objeciones. Gulptilil y las personas importantes que vinieron a verte me desautorizaron. Un acuerdo fantástico. Te irás a un hospital estrambótico para seguir un tratamiento estrambótico para curar una enfermedad inexistente. Pero no hay ninguna pastilla, ningún tratamiento, ni ninguna clase de neurocirugía avanzada que pueda solucionar el problema real del Bombero: la arrogancia, la culpa. Y la memoria. Da lo mismo en quién te conviertas, porque siempre serás el mismo. Un asesino.

Peter permanecía inmóvil.

—Antes pensaba que era mi hermano quien conservaría toda la vida las cicatrices de tu incendio —prosiguió Evans con una amargura glacial en cada palabra—. Pero me equivocaba. Él se recuperará. Seguirá haciendo cosas buenas e importantes. Pero tú jamás olvidarás, ¿verdad? Eres el único que estará marcado. Pesadillas, Peter. Pesadillas para siempre.

Dicho esto, el señor del Mal se volvió de golpe y regresó al puesto de enfermería. Nadie le dirigió la palabra cuando recorrió la cola de pacientes, que tal vez no fueran conscientes de muchas cosas, pero reconocían el enfado cuando lo veían, y se apartaron con cuidado.

—Supongo que tiene razones para odiarme —dijo Peter, en contradicción con la mirada fulminante que dirigió a Evans—. Lo que hice estuvo bien para unos y mal para otros. —Podría haber seguido con ese tema, pero no lo hizo. Se volvió hacia Francis—. ¿Qué querías decirme? —le preguntó.

Francis echó un vistazo alrededor para asegurarse de que no lo observaba nadie del personal, se escupió la cápsula en la mano y se la metió en un bolsillo. Se sentía sacudido por emociones encontradas, sin saber muy bien qué decir.

—Así que te vas... —dijo por fin—. Pero ¿y el ángel?

—Esta noche lo atraparemos. Y si no, será pronto. Háblame sobre las vistas de altas

—Estaba ahí. Lo sé. Lo noté...

—¿Qué dijo?

—Nada.

—¿Qué hizo, pues?

—Nada, pero...

—Entonces ¿cómo puedes estar tan seguro, Pajarillo?

—Lo noté, Peter. Estoy seguro. —Sus palabras expresaban una certeza que no se correspondía con la vacilación en la voz.

—Eso no me sirve de mucho, Pajarillo —comentó Peter y meneó la cabeza—. Pero deberíamos contárselo a Lucy.

Francis sintió una frustración repentina, incluso cierto enfado. Peter no lo estaba escuchando. Todavía no lo habían escuchado, y se dio cuenta de que no lo escucharían nunca. Ellos querían perseguir algo sólido y concreto. Pero, en un hospital psiquiátrico, tales cosas apenas existían.

—Ella se va. Tú te vas...

—Ya —asintió Peter—. Detesto dejarte aquí, pero si me quedo...

—Lucy y tú os iréis. Ambos saldréis. Yo nunca saldré.

—No será tan malo. Estarás bien —lo animó Peter, pero incluso él sabía que eso era mentira.

—Yo tampoco quiero quedarme más tiempo aquí —soltó Francis con voz temblorosa.

—Saldrás —aseguró Peter—. Mira, Pajarillo, te prometo una cosa. Cuando haya terminado el programa al que me mandan y esté limpio, te sacaré de aquí. No sé cómo, pero lo haré. No te dejaré aquí.

Francis quería creerlo, pero no se atrevía a hacerlo. Pensó que, en su breve vida, mucha gente le había prometido y predicho cosas, y que muy pocas se habían cumplido. Atrapado entre las dos visiones del futuro, la que había descrito Evans y la que Peter le prometía, no supo qué pensar, pero sí sabía que estaba más cerca de una que de la otra.

—El ángel, Peter —balbuceó—. ¿Qué pasa con el ángel?

—Espero que esta noche sea la gran noche, Pajarillo. Es nuestra única oportunidad. La última. Pero es un enfoque razonable y creo que funcionará.

Todas las voces interiores de Francis farfullaron a la vez. No sabía si prestarles atención o prestar atención a Peter, que le resumía el plan para esa noche, pero su amigo parecía no querer que Francis conociera demasiados detalles, como si intentara mantenerlo alejado del centro de la acción.

—¿Lucy será el blanco? —preguntó Francis.

—Sí y no. Estará ahí y será el anzuelo. Pero nada más. No le pasará nada. Está todo previsto. Los hermanos Moses la cubrirán por un lado y yo estaré en el otro.

Francis pensó que no resultaría. Dudó un instante. Él tenía muchas cosas que decir.

Entonces, Peter se inclinó para que sólo Francis pudiera oír sus palabras:

—¿Qué te preocupa, Pajarillo?

El joven se frotó las manos, como un hombre que trata de quitarse algo pegajoso de los dedos.

—No estoy seguro —mintió, porque sí lo estaba. Quería dotar su voz de fuerza y de convicción, pero al hablar cada palabra le sonó cargada de debilidad—. Lo noté. Fue la misma sensación que tuve cuando me amenazó, la noche que mató a Bailarín con la almohada. Y lo mismo que noté cuando vi a Cleo colgada...

—Cleo se ahorcó.

—Él estuvo ahí.

—Ella se suicidó.

—¡Él estuvo ahí! —repitió Francis con toda la firmeza de que fue capaz.

—¿Por qué lo crees?

—Le mutiló la mano. No fue Cleo. El pulgar había sido movido de sitio, no pudo caer donde fue encontrado. No había tijeras ni ningún cuchillo. Sólo había sangre en el hueco de la escalera, y en ninguna otra parte, de modo que fue ahí donde tuvo que ser seccionado el pulgar. Ella no lo hizo. Fue él.

—Pero ¿por qué?

Francis se tocó la frente. Creía tener fiebre. Sentía una sensación de calor, como si el sol hubiera quemado de algún modo el mundo que lo rodeaba.

—Para relacionar las dos cosas. Para mostrarnos que está en todas partes. No lo sé muy bien, Peter, pero era un mensaje y no lo hemos entendido.

Peter lo observó con atención, dubitativo. Era como si creyera pero no creyera en lo que Francis decía.

—¿Y la vista de altas? ¿Dijiste que notaste su presencia? —Las palabras de Peter rezumaban escepticismo.

—El ángel necesita poder ir y venir a su antojo. Necesita acceso tanto al mundo del hospital como al exterior.

—¿Por qué?

—Le proporciona poder y seguridad —respondió Francis.

Peter asintió y se encogió de hombros.

—Tal vez. Pero, al fin y al cabo, es sólo un asesino con una predilección especial por cierto tipo de cuerpo y peinado, con una propensión a la mutilación. Supongo que Gulptilil o algún psiquiatra forense podría dedicarse a especular sobre sus motivos, tal vez elaborar alguna teoría sobre cómo el ángel fue maltratado de niño, pero eso no es lo importante. Si lo piensas bien, sólo es un hombre malvado que actúa malvadamente, y yo creo que esta noche lo atraparemos porque es compulsivo y no podrá resistirse a la trampa que le hemos tendido. Quizá deberíamos haberlo hecho desde el principio, en lugar de perder el tiempo con interrogatorios y expedientes. De un modo u otro, morderá el anzuelo.

Francis quiso compartir la confianza de Peter, pero no pudo.

—Supongo que todo lo que dices es verdad —repuso—. Pero supón que no. Supón que no es lo que Lucy y tú pensáis. Supón que todo lo que ha pasado hasta ahora es otra cosa.

—Me he perdido, Pajarillo.

Francis tragó saliva. Tenía la garganta reseca y apenas logró articular un susurro.

—No sé, no sé... Pero todo lo que Lucy y tú habéis hecho es lo que él esperaría...

—Ya te lo he dicho: todas las investigaciones son así. Un examen eficaz de los hechos y los detalles.

Francis sacudió la cabeza. Quería enfadarse, pero sólo sentía miedo. Miró alrededor. Noticiero tenía un periódico abierto y estaba estudiando con aplicación los titulares. Napoleón estaba imaginándose ser el emperador francés. Deseó ver a Cleo, que había vivido en el mundo de la reina egipcia. Algunos ancianos estaban absortos en sus recuerdos, y los retrasados mentales permanecían encallados en su infantilismo. Peter y Lucy estaban aplicando la lógica, incluso la lógica psiquiátrica, para encontrar al asesino. Pero Francis pensó que ése era el enfoque más ilógico en un mundo tan lleno de fantasía, delirio y confusión.

Sus voces le chillaron: *¡Para! ¡Corre! ¡Escóndete! ¡No pienses! ¡No imagines! ¡No especules! ¡No entiendas!* En ese momento se dio cuenta de que sabía lo que pasaría esa noche. Y no podía hacer nada para evitarlo.

—Peter —dijo—, puede que el ángel quiera que todo sea como es.

—Bueno, supongo que es posible —repuso Peter y soltó una carcajada, como si fuera la mayor locura que hubiera oído. Se sentía muy seguro—. Ése sería su peor error, ¿no?

Francis no supo cómo contestar, pero no compartía su opinión.

El ángel se inclinó hacia mí, tan cerca que noté su aliento gélido junto con cada palabra glacial. Escribí tembloroso, de cara a la pared, como si pudiera ignorar su presencia. Él leía por encima de mi hombro, y reía con el mismo sonido terrible que yo recordaba de cuando se acercó a mi cama en el hospital y me amenazó con matarme.

—Pajarillo vio muchas cosas pero no pudo comprenderlas —se mofó.

Dejé de escribir, con la mano sobre la pared. No lo miré, pero hablé con una voz aguda, presa del pánico, pero necesitado aún de respuestas.

—Yo tenía razón sobre Cleo, ¿verdad?

—Sí. —Soltó otra carcajada sibilante—. Ella no sabía que yo estaba ahí, pero estaba. Y lo más raro de esa noche, Pajarillo, fue que tenía

intención de matarla antes de que llegara el alba. Había pensado degollarla mientras dormía y dejar algunas pruebas que apuntaran a otra mujer del dormitorio; habría resultado, como ocurrió con Larguirucho. O quizá ponerle una almohada sobre la cara. Cleo era asmática. Fumaba demasiado. No habría llevado demasiado tiempo asfixiarla. Eso había resultado con Bailarín.

—¿Por qué Cleo?

—Lo decidí cuando ella señaló el edificio donde yo estaba recluido y gritó que me conocía. No la creí, claro. Pero ¿por qué iba a correr el riesgo? Todo lo demás estaba saliendo de maravilla. Pero Pajarillo ya lo sabe, ¿no? Pajarillo lo sabe, porque es como yo. Quiere asesinar. Sabe cómo matar. Siente mucho odio. Le seduce la idea de la muerte. Matar es la única respuesta para mí. Y también para Pajarillo.

—No —gemí—. No es verdad.

—Sabes la única respuesta, Francis —susurró el ángel.

—¡Quiero vivir! —exclamé.

—Lo mismo que Cleo. Pero también quería morir. La vida y la muerte pueden estar muy cerca una de otra. Ser casi lo mismo, Francis. Y dime: ¿eres distinto a ella?

No pude responder esa pregunta.

—¿Viste cómo moría? —quise saber.

—Por supuesto —contestó el ángel, siseante—. Vi cómo sacaba la sábana de debajo de la cama. Debió de guardarla sólo para eso. Sufría mucho y la medicación no la ayudaba en nada, de modo que lo único que podía ver en su futuro, día tras día, año tras año, era más y más dolor. No le daba miedo suicidarse, Pajarillo, no como a ti. Era una emperatriz y entendía la nobleza de arrebatarse uno mismo la vida. La necesidad de hacerlo. Yo sólo la animé y saqué provecho de su muerte. Abrí las puertas, la seguí y vi cómo se dirigía al hueco de la escalera...

—¿Dónde estaba la enfermera de guardia?

—Dormida. Con los pies en alto, la cabeza echada atrás y roncando. ¿Crees que se preocupaban lo suficiente por ninguno de vosotros como para mantenerse despiertos?

—¿Pero por qué la mutilaste después?

—Para mostraros lo que tú sospechaste después. Para mostraros que podía haberla matado. Pero, sobre todo, porque sabía que haría que todos discutieran, y que quienes afirmaban que yo estaba en el hospital lo considerarían una prueba y que quienes lo negaban lo considerarían *igualmente una prueba. La duda y la confusión son cosas muy útiles cuando estás planeando algo preciso y perfecto.*

—Salvo por una cosa —susurré—. No contaste conmigo.

—Por eso estoy aquí ahora, Pajarillo —respondió el ángel—. Por ti.

Poco después de las diez, Lucy se dirigió deprisa al edificio Amherst para encargarse del solitario turno de noche. Hacía una noche terrible, a medio camino entre la tormenta y el calor. Agachó la cabeza, temiendo que su uniforme blanco se destacara entre las tinieblas.

En una mano llevaba un juego de llaves que tintineaban en su rápido avance por el camino. Un roble se balanceaba a merced de una brisa que hacía susurrar las hojas y que parecía fuera de lugar en esa noche de húmedo bochorno. Se había colgado el bolso, con el revólver en su interior, del hombro derecho, lo que le confería un aspecto garboso que difería mucho de cómo se sentía. Ignoró un grito extraño, desesperado y solitario que resonó en un edificio.

Abrió las dos cerraduras y empujó la puerta con el hombro para entrar. Por un instante, se sintió desconcertada. Cada vez que había estado en Amherst, ya fuera en su despacho o recorriendo los pasillos, lo había encontrado lleno de gente, iluminado y ruidoso. Ahora, cuando ni siquiera era tarde, parecía otro lugar. Lo que era un espacio abarrotado y siempre animado, surcado por toda clase de locuras informes y pensamientos descabellados, estaba ahora en silencio, salvo por algún que otro grito en los dormitorios. El pasillo estaba casi a oscuras; a través de las ventanas se filtraba alguna luz procedente de otros edificios que atenuaba un poco la penumbra. La única luz del pasillo estaba en el puesto de enfermería, donde brillaba una lámpara de escritorio.

Notó que una forma se movía dentro del puesto y suspiró con alivio cuando vio que Negro Chico se levantaba y abría la puerta de rejilla metálica.

—Muy puntual.

—No me retrasaría por nada del mundo —repuso ella con falsa valentía.

—Supongo que le espera una noche larga y aburrida —dijo Negro Chico sacudiendo la cabeza. Luego señaló el intercomunicador sobre la mesa. Era una cajita anticuada con un único interruptor en la parte superior y un botón de volumen—. Esto la mantendrá conectada conmigo y con mi hermano en el piso de arriba. Pero tendrá que pronunciar bien claro «Apolo» porque este trasto tiene diez o veinte años y no va demasiado bien. El teléfono también está conectado con el piso de arriba. Sólo tiene que marcar dos cero dos. Le diré qué haremos: si lo deja sonar dos veces y cuelga, también lo consideraremos una señal y acudiremos en su rescate.

—Dos cero dos. Entendido.

—Pero no es probable que vaya a necesitarlo. Según mi experiencia, en este sitio, nada lógico o previsible sale nunca bien, por mucho que se planifique. Estoy seguro de que su hombre sabe que estará aquí. La voz corre deprisa si se dice lo correcto a la persona adecuada. Pero si él es tan inteligente como usted cree, tengo mis dudas de que vaya a caer en lo que supondrá una trampa. Aun así, nunca se sabe.

—Exacto —corroboró Lucy—. Nunca se sabe.

—Bueno, llámenos —asintió Negro Chico—. Y también llámenos si pasa algo de lo que no quiera ocuparse con cualquier paciente. No haga caso a nadie que grite pidiendo ayuda. Solemos esperar hasta la mañana para resolver la mayoría de los problemas nocturnos.

—De acuerdo.

—¿Nerviosa?

—No —mintió Lucy.

—Cuando sea más tarde, le mandaré a alguien para comprobar que todo va bien. ¿Le parece?

—Siempre se agradece tener compañía. Aunque prefiero no asustar al ángel.

—Me imagino que no es la clase de persona que se asusta demasiado —replicó y miró hacia el otro extremo del pasillo—. Ya he comprobado que las puertas de los dormitorios están cerradas con llave. Sobre todo el de los hombres, pues Peter quería que lo dejara abierto. Por cierto, esa llave corresponde a esa puerta... —Le guiñó el ojo con complicidad—. Imagino que todo el mundo estará ya dormido.

Dicho eso, se marchó por el pasillo. Se volvió una vez y la saludó con la mano, pero ese extremo del pasillo, cerca de la escalera, estaba tan oscuro que Lucy apenas distinguió sus rasgos aparte de su uniforme blanco.

Tras oír cómo se cerraba la puerta, dejó el bolso en la mesa, junto al teléfono. Esperó unos segundos, los suficientes para que el silencio la envolviera con una sensación pegajosa, tomó la llave y se dirigió al dormitorio de los hombres. Haciendo el menor ruido posible, la encajó en la cerradura y la giró una vez, lo que provocó un tenue *clic*. Inspiró hondo y regresó al puesto de enfermería, donde se dispuso a esperar.

Peter estaba sentado en la cama, totalmente despierto. Oyó el *clic* y supo que Lucy había abierto la puerta. La imaginó regresando deprisa al puesto de enfermería. Lucy era tan inconfundible, con su estatura, su cicatriz y su porte, que le resultaba fácil imaginar todos sus movimientos. Aguzó el oído para oír sus pasos, sin conseguirlo. El rumor de aquel dormitorio lleno de hombres dormidos, atrapados entre las sábanas y entre sus propias desesperaciones, tapaba cualquier sonido discreto procedente del pasillo. Había demasiados ronquidos, respiraciones pesadas y palabras proferidas en pleno sueño como para distinguir y aislar un sonido. Pensó que eso podría ser un problema, y cuando estuvo convencido de que todos estaban sumidos en un sueño inquieto e irregular, se levantó y se dirigió sigilosamente hacia la puerta. No se atrevió a abrirla porque pensó que podría despertar a alguien, por muy sedados que estuvieran todos. Lo que hizo fue sentarse en el suelo con la espalda apoyada contra la pared para esperar un sonido inusual o la palabra que indicara la llegada del ángel.

Deseó tener un arma, incluso un bate de béisbol o una porra. El ángel utilizaba un cuchillo, y él tendría que mantenerse fuera de su alcance hasta que llegaran los hermanos Moses, avisaran a seguridad y consiguieran atraparlo.

Lucy no había dicho que tuviese un arma, pero él sospechaba que la tenía. Sin embargo, su ventaja radicaba en la sorpresa y en el número. Imaginaba que eso bastaría.

Dirigió una mirada a Francis y meneó la cabeza. El joven parecía dormido, lo que, en su opinión, era positivo. Lamentaba dejarlo solo, pero tenía la sensación de que, en general, tal vez sería mejor para él. Desde la aparición del ángel junto a su cama, algo de lo que Peter ni siquiera estaba seguro de que hubiera ocurrido, lo encontraba cada vez más raro y más descontrolado. Pajarillo había descendido por un sendero que Peter no podía imaginarse y del que no quería formar parte. Le entristecía ver lo que le estaba pasando a su amigo y no poder hacer nada al respecto. Francis se había tomado muy mal la muerte de Cleo y, más que ninguno de ellos, parecía haber desarrollado una obsesión enfermiza por encontrar al ángel. Como si atrapar a aquel asesino significara algo muy importante para Francis.

Peter estaba equivocado, claro. La obsesión era realmente cosa de Lucy, pero no quería verlo.

Apoyó la cabeza contra la pared y cerró los ojos. Sintió cómo la fatiga le recorría el cuerpo, junto con la inquietud. Sabía que muchas cosas iban a cambiar en su vida esa noche y la mañana siguiente. Desechó muchos recuerdos y se preguntó qué pasaría a continuación en su historia. Al mismo tiempo, siguió escuchando con atención a la espera de la señal de Lucy.

¿Volvería a verla alguna vez después de esa noche?

A unos metros de distancia, Francis yacía en su cama, consciente de que Peter había pasado por su lado sin hacer ruido para apostarse junto a la puerta. Sabía que el sueño estaba lejano, pero no así la muerte. Respiró despacio, a un ritmo constante, a la espera de que ocurriese lo inevitable. Algo que era inamovible y estaba planeado y tramado, sopesado y concebido. Se sentía atrapado en una corriente que lo arrastraba hacia quién era él mismo, o hacia quién podría ser, y no podía nadar contra ella.

Todos estábamos exactamente donde el ángel esperaba que estuviéramos. Quise escribir eso pero no lo hice. Iba más allá de la idea de que nos habíamos limitado a tomar posiciones en un escenario y sentíamos los últimos nervios antes de que se levantara el telón, preguntándonos si recordaríamos nuestros papeles, si nuestros movimientos serían armoniosos y si saldríamos a escena cuando nos tocara. El ángel sabía dónde estábamos físicamente, e incluso sabía dónde estábamos mentalmente.

Excepto tal vez yo, porque estaba muy confundido.

Me balanceé atrás y adelante, gimiendo, como un herido en un campo de batalla que quiere pedir ayuda pero sólo logra emitir un sonido gutural de dolor. Estaba arrodillado en el suelo y la pared parecía reducirse delante de mí, lo mismo que las palabras de que disponía.

A mi alrededor, el ángel bramó ahogando mis protestas.

—¡Lo sabía! —gritó—. Lo sabía. Erais todos tan estúpidos... tan normales... ¡tan cuerdos! —Su voz pareció rebotar en las paredes, ad-

quirir impulso entre las sombras y golpearme—. ¡Yo no era como vosotros! ¡Yo era mucho mejor!

Entonces agaché la cabeza, cerré los ojos con fuerza y chillé:

—¡Yo no! —Eso no tenía demasiado sentido, pero el sonido de mi voz enfrentada a la suya me provocó una subida de adrenalina.

Inspiré, a la espera de sentir algún dolor, pero como no sucedió, abrí los ojos y vi que la habitación de repente se inundaba de luz. Explosiones, fogonazos, como proyectiles de fósforo en la lejanía, balas trazadoras que surcaban la oscuridad; una batalla en la penumbra.

—¡Dímelo! —grité por encima del fragor del combate. Mi apartamento parecía combarse y zarandearse con la violencia de la guerra.

El ángel me rodeaba por todas partes, me envolvía. Apreté los dientes.

—¡Dímelo! —grité de nuevo, lo más fuerte que pude.

—Ya sabes las respuestas, Pajarillo —me susurró una voz peligrosa al oído—. Pudiste verlas esa noche. Sólo que entonces no querías admitirlas, ¿no es cierto, Francis?

—¡No! —bramé.

—No quieres reconocer lo que Pajarillo sabía en aquella cama aquella noche porque significaría que Francis tendría que suicidarse ahora, ¿verdad?

No pude responder. Las lágrimas y los sollozos me sacudían el cuerpo.

—Tendrás que morir. ¿Qué otra respuesta hay, Pajarillo? Porque tú sabías las respuestas aquella noche, ¿no?

Noté una agonía creciente al susurrar la única respuesta que podría acallar a ángel.

—No se trataba de Rubita, ¿verdad? —dije—. Nunca se trató de ella.

Rió. Una carcajada feroz. Un ruido terrible, desgarrador, como si se hubiera roto algo que jamás podría repararse.

—¿Qué más vio Pajarillo aquella noche? —preguntó.

Recordé que yacía en la cama inmóvil, tan rígido como cualquier catatónico petrificado ante alguna visión terrible del mundo, sin moverme, sin hablar, sin hacer nada más que respirar, porque mientras yacía en aquella cama veía toda la muerte que el ángel había urdido. Peter estaba en la puerta. Lucy estaba en el puesto de enfermería. Los hermanos Moses estaban en el piso de arriba. Todo el mundo estaba solo, aislado, separado, de modo que era vulnerable. ¿Y quién era más vulnerable que nadie? Lucy.

—Rubita —balbuceé—. Ella sólo fue...

—Una parte del rompecabezas. Tú lo viste, Pajarillo. Es igual esta noche que entonces —tronó el ángel con autoridad.

Apenas podía hablar, porque sabía que las palabras que captaba en ese momento eran las mismas que se me habían ocurrido aquella noche, hacía tantos años. Una. Dos. Tres. Y, después, Rubita. ¿Qué provocaron todas esas muertes? Llevar a Lucy a un sitio donde estaba sola, en la oscuridad, en medio de un mundo que no se regía por la lógica, la cordura o la organización, a pesar de lo que Gulptilil, Evans, Peter, los hermanos Moses o cualquier otro del Western pudiera pensar. Era un mundo gélido dominado por el ángel.

El ángel gruñó y me dio un puntapié. Hasta ese momento había sido fantasmagórico, pero ese golpe me llegó con fuerza. Gemí de dolor, me puse de rodillas y regresé a gatas hacia la pared. Apenas si conseguí sostener el lápiz para escribir lo que vi aquella noche.

La medianoche se acercaba. Las horas se ralentizaban. La oscuridad se apoderaba del mundo. Francis yacía rígido mientras repasaba mentalmente todo lo que sabía. Una serie de asesinatos habían llevado a Lucy al hospital, y ahora ella estaba al otro lado de la puerta, con el cabello corto y teñido de rubio, esperando al asesino. Muchas muertes y muchas preguntas. ¿Cuál era la respuesta? Le parecía tenerla al alcance y, aun así, era como intentar atrapar una pluma arrastrada por el viento.

Se giró en la cama y miró a Peter, que tenía la cabeza apoyada en los brazos. Pensó que el agotamiento debía de haberse apoderado por fin del Bombero. No tenía la ventaja de Francis, cuyo pánico mantenía su sueño a raya.

Francis quiso explicarle que estaba muy cerca de verlo todo claro, pero no le salió ninguna palabra. Y, en el silencio de la desesperación, oyó el sonido inconfundible de la llave que cerraba la puerta que Lucy había abierto antes.

32

Peter levantó la cabeza al oír la llave cerrar la puerta. Se puso de pie de un brinco sin entender cómo había podido dormirse. Cogió el pomo e intentó abrir la puerta, con la esperanza de que el ruido que lo había despertado formara parte de un sueño. Pero la puerta no se movió. Soltó el pomo y dio un paso atrás, embargado por un torrente de emociones, algo distinto al miedo o el pánico, diferente a la ansiedad, la impresión o la sorpresa. De repente el orden de los acontecimientos que había supuesto que iban a ocurrir esa noche se había torcido. Al principio no supo qué hacer, así que inspiró hondo y se recordó que más de una vez había estado en situaciones peligrosas que exigían calma. Tiroteos cuando era soldado, incendios cuando era bombero. Se mordió el labio inferior y se dijo que debía mantenerse alerta y en silencio. Acercó la cara a la ventanita de la puerta y escudriñó el pasillo. De momento no había sucedido nada que hiciera esa noche distinta de cualquier otra.

Francis se había levantado de la cama impulsado por fuerzas que no acababa de reconocer. Oyó cómo sus voces gritaban: ¡*Está pasando ahora!* Pero no sabía a qué se referían. Se quedó de pie, casi como una estatua, junto a la cama, aguardando el siguiente momento, con la esperanza de que lo que tuviera que hacer quedara claro en unos segundos. Y que cuando tuviera que hacerlo, fuera capaz. Estaba lleno de dudas. Jamás había conseguido hacer nada bien, ni una sola vez en toda su vida.

En el puesto de enfermería, Lucy miró a través de la rejilla metálica hacia la penumbra del pasillo y vio una figura lejana, en el mismo sitio donde unas horas antes Negro Chico la había saludado con la mano. Era una forma humana que parecía haberse materializado de la nada. Vio una chaqueta blanca de auxiliar que se detenía un momento ante la puerta del dormitorio de los hombres y luego seguía andando por el pasillo hacia ella. El hombre hizo un gesto para saludarla, y Lucy vio que le sonreía. Tenía un aspecto seguro y despreocupado, y no caminaba con la vacilación habitual de los pacientes, que siempre se movían bajo el peso de sus enfermedades. No obstante, puso la mano sobre el bolso para tranquilizarse con la cercanía del revólver.

No era un hombre demasiado corpulento, quizá no más alto que ella, pero con una complexión más pesada y atlética. Mientras avanzaba por el pasillo parecía volverse cada vez más nítido. Se detuvo y comprobó la puerta de un trastero, hizo lo mismo con una segunda, y también con la que daba acceso al sistema de calefacción en el sótano. La puerta se abrió y él sacó un juego de llaves parecido al que habían dado a Lucy para esa noche, e introdujo una en la cerradura. Estaba a unos seis metros de distancia. Lucy deslizó la mano para agarrar la culata del revólver.

Iba a usar el intercomunicador, pero vaciló cuando el auxiliar comentó, de modo nada desagradable:

—Los idiotas de mantenimiento siempre se dejan las puertas abiertas, por muy a menudo que les digamos que no lo hagan. Me sorprende que no hayamos perdido a algún paciente en esos sótanos.

Sonrió y se encogió de hombros. Lucy no dijo nada.

—El señor Moses me ha pedido que venga a comprobar cómo está —comentó el auxiliar—. Dijo que era su primera noche. Espero no haberla puesto nerviosa.

—Estoy bien —aseguró Lucy, y rodeó la culata con la mano—. Dele las gracias, pero no necesito ayuda.

El auxiliar se acercó un poco más.

—Ya. El turno de noche consiste en estar solo y aburrido, y sobre todo, en mantenerse despierto. Pero puede dar miedo pasada la medianoche.

Lucy lo observó con atención, comparando todos sus rasgos e inflexiones con la imagen que se había formado del ángel. ¿Tenía la estatura, la complexión o la edad adecuadas? ¿Qué aspecto tenía aquel asesino? Se le hizo un nudo en el estómago, y los brazos y las piernas le temblaron de la tensión. Pero no era lógico que el ángel se le acercara tranquilamente por el pasillo con una sonrisa en los labios. Se preguntó quién sería ese hombre.

—¿Por qué no bajó el señor Moses? —preguntó.

—Dos hombres del dormitorio de arriba tuvieron sus más y sus menos al apagar las luces, y tuvo que acompañar a uno de ellos a la cuarta planta para que lo pongan en observación y le administren una inyección de Haldol. Así que dejó a su hermano en el puesto y me pidió que bajara aquí. Pero parece que usted tiene todo bajo control. ¿Puedo ayudarla en algo antes de volver a subir?

Lucy no dejó de sujetar el arma ni de mirar al auxiliar. Intentó examinarlo a conciencia cuando se acercó más. Tenía el pelo castaño, largo pero bien peinado. Llevaba el uniforme blanco impecable y unas silenciosas zapatillas de deporte. Lo miró a los ojos en busca de la luz de la locura, o de la oscuridad de la muerte. Luego, al tiempo que sujetaba el arma con más fuerza y la sacaba un poco del bolso para estar preparada, le observó las manos. Tenía dedos largos, quiza demasiado. Eran manos como garras, pero estaban vacías.

El hombre se situó lo bastante cerca como para que ella notara una especie de calor entre ambos. Pensó que se trataba simplemente de su nerviosismo.

—Bueno, siento haberla sobresaltado. Debería haberla llamado por teléfono para avisarle que bajaba. O quizá debería haberlo hecho el señor Moses, pero él y su hermano estaban un poco ocupados.

—No se preocupe —dijo Lucy.

El auxiliar señaló el teléfono que ella tenía a su lado.

—He de llamar al señor Moses para decirle que vuelvo al ala de aislamiento. ¿Puedo?

—Adelante... —asintió Lucy—. Perdone, no recuerdo su nombre.

Ahora estaba lo bastante cerca de ella como para tocarla, pero separado aún por la rejilla que protegía el puesto de enfermería. La culata del revólver parecía quemarle la mano, como si le gritara que la sacara de su escondrijo.

—¿Mi nombre? —dijo él—. Lo siento. En realidad, no se lo he dicho.

Metió la mano en la abertura por donde se repartían los medicamentos y descolgó el auricular para llevárselo al oído. Lucy observó cómo marcaba tres números y esperaba un segundo.

Una súbita confusión la invadió. El auxiliar no había marcado el 202.

—Oiga —soltó—. Ése no es...

Y el mundo pareció explotar.

El dolor, como un manto rojo, le estalló ante los ojos. El miedo se le clavaba en el corazón con cada latido. La cabeza le daba vueltas vertiginosamente y notó que se caía hacia delante cuando una segunda explosión de dolor le golpeó la cara, seguida de una tercera y una cuarta. De repente sintió en llamas la mandíbula, la boca, la nariz y las mejillas. Estaba al borde del desvanecimiento. Con lo poco que le quedaba de consciencia, trató de sacar el revólver, pero la mano segura y firme con que sujetaba la culata hacía unos segundos ahora era floja e insuficiente. Sus movimientos eran extremadamente lentos, como si estuviese maniatada. Intentó encañonar al auxiliar mientras una vocecita interior le gritaba: «¡Dispara! ¡Dispara!» Pero, con la misma brusquedad, perdió el arma y el equilibrio, y cayó con un fuerte golpe al suelo, donde sólo notó el sabor de la sangre. Parecía la única sensación posible, como si el dolor hubiera anulado todas las demás. Unos estallidos carmesí le deslumbraban los ojos. Un ruido ensordecedor le destrozaba los oídos. El olor del miedo le saturaba la nariz. Quiso gritar pidiendo ayuda, pero las palabras le resultaban inalcanzables, como si estuvieran al otro lado de un precipicio.

Lo que pasó fue lo siguiente: el auxiliar había levantado de golpe el auricular para atizarle un golpe brutal a la mandíbula, demoledor como el puñetazo de un boxeador, a la vez que alargaba la otra mano a través de la abertura para sujetarla por el vestido. Cuando salió impulsada hacia atrás, él tiró de ella, de modo que su cara chocó contra la rejilla que estaba ahí para protegerla. La empujó de esa manera brutal contra la tela metálica tres veces y después la lanzó al suelo, donde había caído de bruces. El arma, que le había arrancado con mucha facilidad de la mano, se deslizó por el suelo hasta detenerse en un rincón del puesto de enfermería. Fue un ataque de una rapidez y eficiencia inauditos. Unos pocos segundos de fuerza desenfrenada con apenas sonido. Lucy, prudente y calculadora, tenía el arma en la mano y, acto seguido, estaba en el suelo, apenas capaz de hilvanar las ideas, salvo una única y terrible: «Voy a morir esta noche.»

Intentó levantar la cabeza del suelo y, a través de la niebla visual que le había provocado el impacto, vio cómo el auxiliar abría con calma la puerta del puesto. Hizo un gran esfuerzo para arrodillarse, pero no pudo. Quería gritar pidiendo ayuda, defenderse, hacer todo lo que había planeado y que antes parecía tan fácil de lograr. Pero sin darle ocasión de reunir la fuerza o la voluntad necesarias, él ya estaba a su lado. Un violento puntapié en las costillas le quitó el poco aliento que conservaba. Lucy gimió y el ángel se agachó y le susurró unas palabras que le provocaron un pánico paralizante.

—¿Te acuerdas de mí? —siseó.

Lo realmente terrible de ese momento, lo que superó la salvaje agresión sufrida segundos antes, fue que, cuando oyó aquella voz tan cerca de ella y con una intimidad que sólo revelaba odio, fue como si el tiempo no hubiera pasado.

Peter espiaba con la cara pegada a la ventanita para intentar ver qué pasaba en el pasillo. Sólo consiguió ver la penumbra y unos rayos de luz tenue que no revelaban ningún signo de actividad. Pegó la oreja a la puerta para oír algo, pero su grosor se lo impidió. No sabía qué pasaba, si es que pasaba algo. Lo único seguro era que la puerta que tenía que estar abierta estaba cerrada, que fuera de su vista y su alcance quizás estaba pasando algo, y que, de repente, no podía hacer nada al respecto. Cogió el pomo y tiró frenéticamente de él, provocando un ruido tenue e impotente que ni siquiera era lo bastante fuerte para despertar a ninguno de los demás hombres, sedados, de la habitación. Maldijo y tiró de nuevo.

—¿Es él? —oyó Peter a su espalda.

Se volvió y vio a Francis de pie, a poca distancia. Tenía los ojos desorbitados por el miedo y la tensión, y un haz de luz que se filtraba por una ventana hacía que su rostro pareciera más joven aún de lo que era.

—No lo sé —respondió Peter.

—La puerta...

—La han cerrado con llave. No entiendo cómo pudo ocurrir.

Francis inspiró hondo, absolutamente seguro de algo.

—Es él —afirmó con una determinación que lo sorprendió.

El dolor limitaba sus pensamientos y movimientos. Luchaba por mantenerse alerta porque sabía que su vida dependía de ello. La hinchazón ya le había cerrado un ojo, y creía que tenía la mandíbula rota. Intentó alejarse a rastras del ángel, pero él volvió a golpearla con el pie.

Luego se abalanzó sobre ella y, sentado a horcajadas, la inmovilizó contra el suelo. Lucy gimió y fue consciente de que el ángel tenía algo en la mano. Cuando le presionó con ello la mejilla, supo qué era: un cuchillo como el que había usado para desfigurar su belleza tantos años atrás.

—No te muevas —susurró como un implacable sargento de instrucción—. No te mueras demasiado deprisa, Lucy Jones. No después de todo este tiempo.

Ella estaba rígida de miedo.

El ángel se levantó, se acercó tranquilamente al mostrador y con dos movimientos rápidos y feroces cortó la línea telefónica y el intercomunicador.

—Ahora —le dijo—, una pequeña charla antes de que ocurra lo inevitable.

Lucy retrocedió sin contestar.

El ángel volvió a situarse sobre ella y la inmovilizó con las rodillas.

—¿Tienes idea de lo cerca que he estado de ti y en tantas ocasiones que he perdido la cuenta? ¿Sabes que he estado a tu lado en cada paso que has dado, día tras día, semana tras semana hasta llegar a sumar años? ¿Que siempre he estado ahí, tan cerca que podría haber alargado la mano para tocarte, tan cerca que aspiraba tu fragancia y te oía respirar? Siempre he estado a tu lado, Lucy Jones, desde la noche en que nos conocimos.

Acercó su cara a la de ella.

—Lo has hecho bien —añadió—. Aprendiste todas las lecciones en la facultad de Derecho, incluida la que yo te enseñé. —La miró con expresión de súbita cólera—. Pero ahora sólo queda tiempo para una última lección —le espetó, y le puso la hoja del cuchillo en el cuello.

—Es él —repitió Francis—. Está aquí.

Peter volvió a mirar por la ventanita de la puerta.

—No he oído la señal. Los hermanos Moses deberían estar aquí...

Dirigió un último vistazo a la mezcla de miedo y perseverancia que Francis lucía en la cara, y se volvió para intentar abrir la puerta con el hombro. A continuación, retrocedió y se lanzó contra el grueso metal, del que sólo pudo arrancar un ruido sordo. El pánico lo invadía, consciente de repente de que, en un sitio donde el tiempo parecía casi irrelevante, ahora los segundos importaban.

Retrocedió y dio un fuerte puntapié a la puerta.

—Francis —dijo—, tenemos que salir de aquí.

Pero Francis ya estaba tirando del bastidor de la cama, intentando arrancar un montante. Peter no tardó en comprender lo que el joven pretendía, y se situó junto a él para ayudarlo a liberar alguna parte de hierro que sirviese de palanca improvisada para forzar la puerta. Entonces una idea insólita se abrió paso entre su miedo y sus dudas: era probable que la sensación que sentía fuera la misma que la de un hombre atrapado en un edificio en llamas al enfrentarse a una pared de fuego que amenaza con devorarlo. Tiró con más fuerza y gruñó del esfuerzo.

En el puesto de enfermería, Lucy luchaba desesperadamente por conservar la calma. En las horas, los días y los meses posteriores a la agresión que había sufrido tantos años atrás, había revivido de modo inevitable todos los «¿y si...?» y «tal vez si...» Ahora procuraba reunir todos esos recuerdos, sentimientos de culpa y recriminaciones, miedos y horrores para revisarlos a fin de encontrar el que pudiera ayudarla, porque este momento era igual que aquél. Sólo que esta vez iban a arrebatarle algo más que la juventud, la inocencia y la belleza. Se ordenó buscar por encima del dolor y la desesperación una forma de defenderse.

Se enfrentaba sola al ángel en un edificio lleno de gente, tan aislada y abandonada como en una isla desierta o en un bosque impenetrable. La ayuda estaba a un tramo de escaleras de distancia. La ayuda estaba al fondo del pasillo, tras una puerta cerrada con llave. La ayuda estaba en todas partes. La ayuda no estaba en ninguna parte.

La muerte era un hombre con un cuchillo que la sujetaba contra el suelo. Él detentaba todo el poder; una fuerza surgida de la planificación, la obsesión y la expectativa de ese momento debía de haber alimentado al ángel. Años de compulsión y deseo sólo para alcanzar ese momento. Entonces supo, de un modo que trascendía todo lo aprendido en la universidad, que tenía que volver su victoria en su contra, así que, en lugar de decir «¡Para!», «¡Por favor!» o siquiera «¿Por qué?», pronunció con los labios hinchados una frase tan arrogante como falsa:

—Siempre supimos que eras tú.

El ángel dudó. Y le apretó el cuchillo contra la mejilla.

—Mientes —siseó. Pero no la cortó, todavía no. Y Lucy supo que había ganado unos segundos. No una oportunidad de vivir, sino un momento que había hecho dudar al ángel.

El ruido que Peter y Francis hacían al pelearse con el bastidor de la cama empezó por fin a despertar a los pacientes. Como zombis surgidos de un cementerio, uno tras otro se fueron desperezando, combatieron el profundo embotamiento de sus sedantes y se levantaron penosamente, parpadeando ante el frenesí de Peter, que forcejeaba con el metal con todas sus fuerzas.

—¿Qué está pasando, Pajarillo?

Francis oyó la pregunta de Napoleón y se detuvo, sin saber muy bien qué responder. Los demás hombres formaban un grupo irregular y amorfo detrás de Napoleón, asombrados por los esfuerzos de él y Peter, que estaban logrando un modesto avance. Casi habían conseguido soltar un trozo de unos noventa centímetros de bastidor.

—Es el ángel —contestó al fin—. Está ahí fuera.

Se oyó un murmullo, mezcla de sorpresa y miedo. Un par de hombres se acobardaron al pensar que el asesino de Rubita estaba tan cerca.

—¿Qué está haciendo el Bombero? —quiso saber Napoleón.

—Necesitamos algo para forzar la puerta —explicó Francis.

—Si el ángel está ahí fuera, ¿no deberíamos atrancarla mejor?

Otro paciente estuvo de acuerdo.

—Tenemos que mantenerlo fuera —murmuró—. Si entra, ¿qué nos salvará?

—Deberíamos escondernos —propuso alguien del grupo. Francis creyó que era una de sus voces, pero cuando los hombres vacilaron indecisos, supo que por esa vez sus voces guardaban silencio.

Peter los miró. El sudor le resbalaba por la frente y le hacía brillar la cara a la tenue luz de la habitación. Por un instante, lo absurdo de la situación casi lo superó. Aquellos hombres, con sus rostros marcados por temores innombrables, pensaban que sería mejor atrancar la puerta que abrirla. Se miró las manos y advirtió que se había hecho varios cortes en las palmas y se había dañado una uña. Volvió a levantar los ojos y vio que Francis se acercaba a los hombres sacudiendo la cabeza.

—No —dijo el joven con paciencia—. El ángel matará a la señorita Jones si no la ayudamos. Es como dijo Larguirucho. Tenemos que afrontar la situación. Protegernos del mal. Tomar medidas. Levantarnos y luchar. De lo contrario nos encontrará. Tenemos que actuar ahora.

De nuevo, los hombres retrocedieron. Se oyó una carcajada, un sollozo, más de un ruidito de miedo. Francis detectó impotencia y duda en todas las caras.

—Tenemos que ayudarla —suplicó—. Ahora mismo.

Los hombres no se decidían. Se balanceaban atrás y adelante como si lo que les pedían que hicieran, fuera lo que fuese, originara un viento que los zarandeaba.

—Ha llegado la hora —afirmó Francis con una rara resolución en la voz—. Éste es el momento. Ahora. El momento en que los locos de este edificio harán algo que nadie espera. Nadie cree en nosotros. Nadie imagina que seamos capaces de lograr algo juntos. Pero vamos a ayudar a la señorita Jones, y lo haremos juntos. Todos a la vez.

Y entonces vio algo de lo más sorprendente. De entre aquel puñado de chalados, el hombretón retrasado, tan infantil en todas sus acciones que no parecía entender ni siquiera la petición más sencilla, se dirigió hacia Francis. Era de tal simplicidad que Francis no logró imaginar cómo habría entendido nada de lo que estaba ocurriendo pero, a través de la densa niebla de su limitada inteligencia, le había llegado la idea de que Peter necesitaba ayuda, la clase de ayuda que él podía ofrecer. Dejó su muñeco sobre una cama y pasó junto a Francis con una mirada decidida. Con un gruñido, apartó a Peter de un empujón. Luego, mientras todos lo observaban en un silencio embelesado, se agachó, agarró el bastidor de hierro y, de un tirón potente, arrancó la barra. La agitó sobre su cabeza, esbozó una amplia sonrisa y se la entregó a Peter.

El Bombero la encajó de inmediato entre la hoja y el marco, junto al cerrojo. A continuación, hizo palanca con todas sus fuerzas.

Francis vio cómo la barra se doblaba con un chirrido espantoso y la puerta empezaba a combarse.

Peter soltó un profundo suspiro y retrocedió. Volvió a encajar la barra e iba a empujarla cuando Francis lo interrumpió.

—¡Peter! —exclamó—. ¿Cuál era la palabra?

—¿Qué? —preguntó, confundido, el Bombero.

—La palabra, la contraseña que Lucy usaría para pedir ayuda.

—«Apolo» —respondió Peter, y se concentró de nuevo en la puerta. Sólo que esta vez, el hombretón retrasado se acercó para ayudarlo, y ambos se aplicaron a la tarea.

Francis se volvió hacia los demás hombres, paralizados en su sitio, como a la espera de alguna liberación.

—Muy bien —dijo con la convicción de un general delante de su ejército en el momento de un ataque—. Tenemos que conseguir ayuda.

—¿Qué quieres que hagamos? —preguntó Noticiero.

Francis levantó una mano, como el árbitro de salida en una carrera.

—Un ruido que puedan oír arriba y les haga entender que necesitamos ayuda.

—¡Ayuda! ¡Ayuda! —gritó un paciente lo más fuerte que pudo. Y luego más bajo—: ¡Ayuda! —Su voz se desvanecía.

—No sirve de nada gritar pidiendo ayuda. Todos lo sabemos —dijo Francis con rotundidad—. Nadie presta atención a esos gritos. Lo que tenemos que gritar es ¡Apolo!

La confusión y la duda provocó que los hombres farfullaran varios Apolo seguidos.

—¿Apolo? —repitió Napoleón—. Pero ¿por qué Apolo?

—Es la única palabra que funcionará —aseguró Francis. Sabía que parecía una locura, pero lo dijo con tanta firmeza que terminó con cualquier otra discusión.

—¡Apolo! ¡Apolo! —gritaron varios de los hombres al instante, pero Francis los hizo callar con un gesto rápido.

—¡No! —exclamó enérgico—. Tenemos que hacerlo juntos. De otro modo, no lo oirán. Lo diremos a la de tres. Vamos a probar.

Hizo una cuenta atrás y sonó un solo Apolo, modesto pero unificado.

—Bien, bien —animó Francis. Miró a Peter y al hombre retrasado, que gemían mientras se afanaban en forzar la puerta—. Esta vez tendrá que ser muy fuerte. —Levantó la mano—. Cuando yo diga —ordenó—. Tres, dos, uno... —Bajó el brazo con rapidez, como una espada.

—¡¡Apolo!! —bramaron los hombres.

—¡Otra vez! —exhortó Francis—. Lo habéis hecho muy bien. Vamos. Tres, dos, uno... —Rasgó el aire de nuevo.

—¡¡¡Apolo!!! —aullaron los hombres.

—¡Otra vez!

—¡¡Apolo!!

—¡Y otra!

—¡¡Apolo!!

La palabra se elevó con fuerza, propulsada a toda potencia, y traspasó las gruesas paredes y la oscuridad del hospital, convertida en una palabra explosiva, pirotécnica, como nunca se había oído en el manicomio y era probable que nunca volviera a oírse, pero que superó todos los cerrojos y las barreras materiales, se alzó, voló y encontró su libertad en el sonido, recorrió veloz el denso aire y, certera, se dirigió directamente a los oídos de los dos hombres que, en el piso de arriba, eran sus principales destinatarios. Ambos estiraron el cuello, sorprendidos, cuando la palabra clave les llegó, resonante, procedente de una fuente tan inesperada.

33

—¡Apolo! —exclamé.

En la mitología era el dios del Sol, cuyo carro veloz señalaba la llegada del día. Era lo que necesitábamos aquella noche, dos cosas que por lo general escaseaban en aquel hospital psiquiátrico: rapidez y claridad.

—Apolo —repetí. Debía de estar gritando.

La palabra retumbó en las paredes de mi apartamento, salió disparada hacia los rincones, saltó hacia el techo. Era una palabra extraordinaria que se deslizaba por mi lengua con una fuerza que avivaba mi resolución. Habían pasado veinte años desde la noche que la había pronunciado por última vez, y me pregunté si ahora no haría por mí lo mismo que entonces.

El ángel bramó de rabia. Alrededor de mí, el cristal se hacía añicos, el metal gemía y se retorcía como consumido por el fuego. El suelo temblaba, las paredes se combaban, el techo oscilaba. Todo mi mundo se estaba desmoronando en pedazos, como si la furia del ángel lo aniquilase. Me tapé los oídos para ahogar la cacofonía de destrucción que me rodeaba. Las cosas se rompían, se desmenuzaban, explotaban, se desintegraban ante mis ojos. Estaba en medio de un aterrador campo de batalla, y mis voces interiores eran como gritos de hombres condenados. Me sujeté la cabeza con las manos para tratar de esquivar la metralla de los recuerdos.

Aquella noche, veinte años atrás, el ángel había tenido razón en muchas cosas. Había previsto todo lo que Lucy haría, sabía con exactitud cómo actuaría Peter, conocía a la perfección la ayuda que prestarían los hermanos Moses. Estaba familiarizado con el hospital y con el modo en que afectaba a la mente de todo el mundo. El ángel comprendía mejor que nadie que el comportamiento de las personas cuerdas era rutinario, organizado y deprimentemente previsible. Sabía que el plan de Lucy le proporcionaría aislamiento, tranquilidad y oportunidad. Lo que ella y Peter habían creído que sería una trampa para él le ofrecía, de hecho, las circunstancias ideales. Conocía la psicología y la muerte mejor que ellos, y era inmune a sus manidos planes. Para pillarla por sorpresa sólo tenía que evitar sorprenderla. Se había tendido ella misma una trampa; eso debió de excitarlo. Y aquella noche, sabía que tendría el asesinato en las manos, delante de él, preparado como una mala hierba que había que arrancar. Se había pasado años preparando el momento en que volvería a tener a Lucy bajo su cuchillo, y había tenido en cuenta casi todos los factores, todos los elementos, todas las consideraciones, excepto, curiosamente, la más evidente y menos memorable.

No había tenido en cuenta a los locos.

Cerré los ojos al recordar. No estaba seguro de si estaba ocurriendo en el pasado o en el presente, en el hospital o en mi apartamento. Lo estaba evocando todo, esta noche y aquella noche, que eran la misma.

Peter emitía ruidos guturales mientras forzaba la puerta con la palanca, junto con el hombretón retrasado, que se esforzaba sudoroso y mudo a su lado. Junto a mí, Napoleón, Noticiero y los demás estaban dispuestos y esperaban, como un coro, mi siguiente instrucción. Temblaban y se estremecían de miedo y entusiasmo porque ellos, más que nadie, comprendían que era una noche irrepetible, una noche en que las fantasías y la imaginación, la alucinación y el delirio se hacían realidad.

Y Lucy, a pocos metros de distancia, pero sola con el hombre que durante tanto tiempo sólo había pensado en su muerte, sabía que necesitaba seguir ganando segundos.

Lucy intentó pensar a pesar de la sensación fría y afilada de la hoja que se le hundía en la piel, una sensación terrible que paralizaba su capacidad de razonamiento. Podía oír, al fondo del pasillo, el ruido de la puerta al ser forzada; que gemía quejumbrosa ante los embates de Peter y el retardado. Cedía despacio, indecisa a abrirse y permitir el rescate. Pero, por encima de ese ruido, oyó cómo los hombres del dormitorio vociferaban la palabra «Apolo», y eso le dio una brizna de esperanza.

—¿Qué significa? —preguntó el ángel con frialdad. Que no le

inquietase aquel repentino ruido asustó tanto a Lucy como todo lo demás.

—¿Qué?

—¡Qué significa! —insistió él con voz baja y dura.

Lucy pensó que no era necesario que añadiera una amenaza a sus palabras. Tenía que ganar tiempo, de modo que vaciló.

—Es un grito para pedir ayuda —explicó por fin.

—¿Cómo?

—Necesitan ayuda.

—¿Por qué gritan...? —Se detuvo y la miró con el rostro contraído.

Incluso en la penumbra ella pudo verle las arrugas de la cara, líneas y sombras que transmitían terror. Durante su lejana agesión había llevado un pasamontañas, pero ahora quería que lo viera porque creía que sería lo último que ella vería. Respiraba con dificultad y gemía debido al dolor de los labios hinchados y la mandíbula herida.

—Saben que estás aquí. —Escupió las palabras con algo de sangre—. Vienen a buscarte.

—¿Quiénes?

—Todos los locos del edificio.

—¿Sabes lo rápido que puedes morir, Lucy? —replicó el ángel, inclinado hacia ella.

Lucy asintió en silencio, temerosa de que una sola palabra conjurase la realidad. El filo del cuchillo se le hincó en la mejilla y la hizo sangrar un poco. Era una sensación aterradora que ella recordaba con claridad del primer encuentro con el ángel tantos años atrás.

—¿Sabes que puedo hacer lo que quiera, Lucy, y que tú no puedes hacer nada para impedirlo?

Ella mantuvo la boca cerrada.

—¿Sabes que podría haberme acercado a ti en cualquier momento durante tu estancia en el hospital y haberte matado delante de todo el mundo, y que lo único que habrían dicho es que estaba loco y no habrían podido culparme? Eso es lo que dicen tus leyes, Lucy. Lo sabes, ¿verdad?

—Adelante, mátame —repuso ella con frialdad—. Como hiciste con Rubita y las otras.

Inclinó más la cabeza para que Lucy notara su aliento en la cara. El mismo movimiento que haría un amante antes de dejar a su amada dormida e irse temprano a trabajar.

—No te mataré como a ellas, Lucy —siseó—. Ellas murieron para traerte hasta mí. Sólo eran parte de mi plan. Sus muertes sólo fueron eslabones. Necesarias, pero no extraordinarias. De haber querido que murieras como ellas, podría haberte matado en cien ocasiones. En mil. Piensa en todos los momentos que has estado a solas en la oscuridad. Quizá no estabas sola todas esas veces. Quizá yo estaba a tu lado, sólo que tú no lo sabías. Pero esta noche quería que ocurriera a mi manera, que tú vinieras a mí.

Lucy no respondió. Se sentía atrapada en el enfermizo torbellino de odio del ángel; giraba y notaba que en cada giro se le escapaba más la vida.

—Fue muy fácil —siseó el ángel—. Crear una serie de asesinatos a los que la prometedora y joven fiscal no pudiera resistirse. Nunca supiste que no significaban nada y que tú lo eras todo, ¿verdad, Lucy?

Gimió a modo de respuesta.

Al fondo del pasillo, la puerta soltó un escalofriante chirrido de rendición. El ángel dirigió la mirada hacia el ruido a través de la penumbra del pasillo. En ese instante de duda, Lucy supo que su vida pendía de un hilo. El ángel quería deleitarse con su muerte durante largo rato. Lo había imaginado todo, desde la manera en que se acercaría a ella hasta el ataque y todo lo que iba a continuación. Había programado todas las palabras que le diría, todos los contactos con su cuerpo, todos los cortes hasta su muerte. Era una obsesión que había ocupado su mente todo el tiempo y que estaba obligado a hacer realidad. Eso lo hacía poderoso, intrépido, y el asesino que era. Todo su ser se había fijado en ese momento culminante. Pero no estaba ocurriendo como había previsto en su cabeza, día tras día, al repasar cada movimiento, cada gesto. Lucy notó que el ángel se tensaba ante el choque entre la realidad y la fantasía. Rogó que se impusiera la realidad. Pero ¿habría tiempo para ello?

Entonces oyó un segundo sonido por encima del terror que la atenazaba. Procedía del piso de arriba: una puerta al cerrarse de golpe y pasos que resonaban en los peldaños de la escalera. Apolo había cumplido su misión.

El ángel soltó un grito de frustración que reverberó en el pasillo.

—Esta noche Lucy tiene suerte —masculló inclinándose hacia ella—. Mucha suerte. No creo que pueda quedarme más rato. Pero volveré por ti otra noche, cuando menos te lo esperes. Una noche en que tus precauciones no valdrán nada, y yo estaré ahí. Puedes ir armada. Protegerte. Irte a vivir a una isla desierta o a una selva remota. Pero tarde o temprano estaré ahí, a tu lado, Lucy. Y entonces terminaremos esto.

Pareció ponerse tenso otra vez y Lucy notó cómo dudaba antes de añadir:

—Nunca apagues la luz, Lucy. Nunca te acuestes en la oscuridad a solas. Porque los años no significan nada para mí, y algún día estaré ahí contigo.

Lucy respiró con fuerza, abrumada por la profundidad de aquella obsesión.

El ángel empezó a separarse de ella, como un jinete desmontando de su caballo.

—Una vez te di algo para que me recordaras cada vez que te miraras en el espejo —le dijo con frialdad—. Ahora me recordarás cada vez que des un paso.

Y, dicho eso, le clavó el cuchillo en la rodilla derecha y lo retorció con fiereza una sola vez. Lucy soltó un grito desgarrador y perdió el conocimiento, pero alcanzó a ser vagamente consciente de que el ángel se había marchado, dejándola magullada, herida, sangrando, apenas viva, acaso lisiada y con una amenaza terrible.

La puerta chirrió otra vez y una franja de tenue luz creció entre el marco y la hoja. Francis pudo atisbar el pasillo al otro lado, que esperaba como una boca tenebrosa. El hombre retrasado se enderezó de repente y lanzó la palanca al suelo, donde repiqueteó. Apartó a Peter y retrocedió unos pasos. Inclinó la cabeza como un toro en un ruedo, enfurecido por la chulería del matador, y se lanzó de golpe con un fuerte alarido. Chocó contra la puerta, que se combó y cedió un poco más con un horrible estrépito. El retrasado se tambaleó y sacudió la cabeza, jadeante, con un hilo de sangre que le manaba de la frente y le bajaba entre los ojos hasta la nariz. Retrocedió, sacudió la cabeza y, por segunda vez, se preparó y bramó con furia para efectuar otra carga. Esta vez la puerta cedió del todo y el ariete humano fue a parar al pasillo.

Peter salió rápidamente, seguido de cerca por Francis y los demás pacientes, que, impulsados por la energía del momento, dejaron atrás gran parte de su locura. Napoleón arengó a los hombres agitando un puño por encima de la cabeza como si sujetara una espada.

—¡Adelante! —ordenó—. ¡Al ataque!

Noticiero decía algo sobre los titulares del día siguiente y sobre pasar a formar parte de la historia mientras avanzaban tambaleantes por el pasillo, unidos todos en un objetivo común.

En la confusión subsiguiente, Francis vio al hombre retrasado volver al dormitorio con el rostro radiante. Una vez allí, se dejó caer en la cama, tomó el muñeco en brazos y se volvió hacia el umbral de la puerta con una expresión de absoluta satisfacción.

Luego vio a Peter correr hacia el puesto de enfermería y, gracias a la tenue luz de la lámpara del puesto, distinguió una figura tendida en el suelo. Salió disparado en esa dirección con zancadas resonantes, como un tambor que tocara a zafarrancho. Al mismo tiempo, vio aparecer a los hermanos Moses por la puerta que daba a las escaleras del otro extremo. Cuando pasaron por delante del dormitorio de las mujeres, se oyeron gritos y chillidos que sonaban como una sinfonía de confusión y pánico cuyo compás lo marcaba el miedo.

Peter se agachó junto a Lucy, y Francis dudó un instante, temeroso de que estuviera muerta. Pero entonces, por encima del fragor que de repente se había apoderado del pasillo, Lucy gimió de dolor.

—¡Dios mío! —exclamó Peter—. Está malherida.

Le acarició una mano e intentó decidir qué hacer. Alzó los ojos hacia Francis y los hermanos Moses, que habían llegado sin aliento.

—Tenemos que conseguir ayuda —dijo.

Negro Chico alargó la mano hacia el teléfono y vio que tenía el cable arrancado. Echó un rápido vistazo al asolado puesto de enfermería y dijo:

—Aguantad. Voy arriba a pedir ayuda.

Negro Grande se volvió hacia Francis con una expresión de ansiosa inquietud.

—Tenía que avisarnos por el intercomunicador o el teléfono... Tardamos unos segundos cuando os oímos... —No terminó la frase, porque de repente el valor de esos instantes parecía equivaler al de la vida de Lucy Jones.

Ella estaba transida de dolor, sólo medio consciente de que Peter estaba a su lado y de que los hermanos Moses y Francis también estaban allí. En su semiconsciencia, le parecía verlos en una costa lejana a la que ella se afanaba por llegar luchando contra las mareas y las corrientes. Sabía que tenía que decir algo importante antes de ceder a la agonía y dejarse caer, tranquila, en el oscuro abismo que la atraía. Se mordió el labio ensangrentado y consiguió articular unas palabras a pesar del dolor y la desesperación que la embargaban.

—Está aquí... —musitó—. Encontradlo... Terminad con esta historia...

No sabía si aquello tenía sentido, o si alguien la había oído. Ni siquiera estaba segura de que las palabras que había logrado formar en su cabeza hubieran salido de sus labios. Pero por lo menos lo había intentado y, con un suspiro, dejó que la inconsciencia se apoderara de ella, sin saber si alguna vez se liberaría de su abrazo seductor pero consciente de que al menos todo el dolor desaparecería.

—¡Mierda, Lucy! ¡No te vayas! —suplicó Peter en vano. Alzó los ojos y dijo—: Ha perdido el conocimiento. —Acercó el oído a su pecho—. Está viva, pero...

Negro Grande se agachó junto a ella y empezó a aplicarle presión en la herida de la rodilla, que sangraba mucho.

—¡Que alguien traiga una manta! —bramó.

Francis se volvió y vio que Napoleón se dirigía hacia el dormitorio para buscar una. Al otro extremo del pasillo, Negro Chico reapareció corriendo.

—¡Ya viene la ayuda! —gritó.

Peter retrocedió un poco, sin separarse de Lucy. Francis vio que miraba al suelo y ambos detectaron la pistola de Lucy. En ese instante, para Francis era como si todo lo que había en el edificio Amherst se moviera a cámara lenta, y de golpe comprendió lo que Lucy había dicho y pedido.

—El ángel... —dijo a Peter y los hermanos Moses— ¿dónde está?

Fue entonces, en ese momento, cuando toda mi locura y todo lo que podría volverme cuerdo algún día se unió en una gran conexión eléctrica y explosiva. El ángel soltaba alaridos y su voz era un estruendo colérico. Me aferraba el brazo para intentar impedirme llegar a la pared, me arañaba, intentaba arrebatarme el lápiz para evitar que escribiera con letra temblorosa lo que había ocurrido a continuación. Peleaba con dureza y me zarandeaba el cuerpo a golpes por cada palabra. Todo su ser se concentraba en detenerme, en doblegarme y en verme muerto ahí mismo, tras darme por vencido, tras quedarme corto, a unos centímetros del final.

Yo me defendía y me esforzaba por escribir en el espacio en blanco cada vez más reducido de la pared. Chillaba, discutía, le gritaba, a punto de estallar como un cristal a punto de hacerse añicos.

—Sí, ¿dónde...? —dijo Peter.

—Sí, ¿dónde...? —dijo Peter.
Francis desvió la mirada del cuerpo tendido de Lucy para escrutar el pasillo. A lo lejos, oyó la sirena de una ambulancia y se preguntó si sería la misma que lo había llevado al Western.

Buscó con los ojos en una dirección aunque, de hecho, estaba buscando en su interior. Miró el pasillo, más allá del dormitorio de las mujeres, hacia la escalera donde Cleo se había suicidado y donde el oportunista ángel le había mutilado después la mano. Sacudió la cabeza y pensó que no había huido por ahí porque se habría topado con los hermanos Moses. Se volvió para examinar las demás vías de escape. La puerta principal. La escalera en el extremo de los hombres. Cerró los ojos y pensó: «El ángel no habría venido aquí esta noche si no dispusiese de una salida de emergencia. Por si algo salía mal, claro, pero también porque necesitaba ocultarse para saborear los últimos instantes de Lucy. No querría compartirlos con nadie. Un sitio donde estar a solas con su obsesión. Te conozco, ángel, y sé lo que necesitas, y ahora sé adónde has ido.»

Francis se dirigió despacio hacia la puerta principal. Cerrada con llave. Reflexionó. Demasiado tiempo. Demasiada incertidumbre. Tendría que haber utilizado dos llaves y salir donde los de seguridad podrían verlo. Y cerrar con llave para no dejar una pista sobre su huida.

Sus voces gritaron su conformidad: *Por ahí no. Lo sabes. Puedes verlo.* No sabía si los gritos eran de ánimo o de desesperación. Echó un vistazo al pasillo y a la puerta derribada del dormitorio de los hombres. Reflexionó otra vez. El ángel habría tenido que pasar ante ellos, y eso habría sido casi imposible, incluso para un hombre que se enorgullecía de su invisibilidad.

Y entonces Francis lo vio.

—¿Qué pasa, Pajarillo? —preguntó Peter.

—Ya lo sé. —La sirena de la ambulancia se acercaba, y le pareció oír pasos presurosos por el camino hacia el edificio Amherst. Eso era imposible, pero aun así oía a Tomapastillas, al señor del Mal y a todos los demás corriendo hacia allí.

Se dirigió a la puerta que daba al sótano y los conductos subterráneos de la calefacción.

—Aquí —dijo. Y, como un mago algo tembloroso en el cumpleaños de un niño, abrió la puerta que debería haber estado cerrada con llave.

Francis dudó en lo alto de las escaleras, atrapado entre el miedo y un tácito deber, mal definido. Nunca había pensado demasiado en el concepto de valentía, limitándose a superar las dificultades cotidianas de pasar de un día al siguiente mediante su ligero contacto con la realidad. Pero, en ese instante, comprendió que dar un paso hacia el sótano exigía una fuerza sobrehumana. Allá abajo, una única bombilla proyectaba sombras en los rincones y apenas iluminaba los peldaños que descendían hacia la zona de almacenaje. Más allá del tenue arco de luz había una penumbra densa, envolvente. Notó una vaharada de aire caliente, viciado. Olía a moho y encierro, como si todos los pensamientos terribles y las esperanzas truncadas de las generaciones de pacientes que vivían su locura en el mundo de arriba se hubieran filtrado hacia el sótano, como el polvo, las telarañas y la suciedad. Era un sitio que rezumaba enfermedad y muerte, un sitio donde el ángel se sentiría cómodo.

—Aquí abajo —confirmó a Peter.

Contradijo así las voces que en su cabeza le gritaban ¡No bajes ahí! Las ignoró. Peter se situó a su lado. En la mano derecha empuñaba el revólver de Lucy. Francis no lo había visto recogerlo en el puesto de enfermería, pero agradeció que lo tuviera. Peter había sido soldado y sabría utilizarlo, y en aquella lúgubre catacumba, necesitarían alguna ventaja.

Peter asintió y se volvió hacia Negro Grande y su hermano, que administraban los primeros auxilios a Lucy. El auxiliar corpulento levantó la cabeza y fijó sus ojos en los del Bombero.

—Mire, señor Moses —dijo Peter con calma—, si no hemos vuelto en unos minutos...

Negro Grande se limitó a asentir con la cabeza. Su hermano también lo hizo.

—Adelante —indicó—. En cuanto llegue la ayuda, os seguiremos.

Francis tuvo la impresión de que ninguno de los dos reparaba en el arma que Peter empuñaba. Inspiró hondo e intentó borrar de su cabeza todo lo que no fuera encontrar al ángel, y con paso titubeante, empezó a bajar las escaleras.

Le pareció que zarcillos de calor y oscuridad lo envolvían a medida que avanzaba. Era imposible caminar sin hacer ningún ruido; la incertidumbre parecía favorecer el ruido, de modo que cada vez que apoyaba el pie en un peldaño creía oír un sonido fuerte y retumbante, cuando lo cierto era lo contrario: sus pasos eran amortiguados. Peter iba detrás y lo empujaba un poco, como si la velocidad fuera importante. Tal vez lo fuera. Tal vez tenían que atrapar al ángel antes de que la noche lo absorbiera y desapareciese.

El sótano era amplio y tenebroso, iluminado por un sola bombilla. Cajas de cartón, bidones vacíos y un batiburrillo de objetos desechados lo convertían en una pista de obstáculos, y una capa de hollín parecía cubrirlo todo. Se movieron lo más rápido posible entre herrumbrosos bastidores de cama y colchones mohosos, como si cruzaran una densa selva de objetos abandonados. Una enorme caldera negra descansaba inútil en un rincón, y un rayo de luz proyectaba algo de claridad al grueso conducto que penetraba en una pared para convertirse en un oscuro túnel.

—Por aquí —señaló Francis—. Ha huido por aquí.

—¿Cómo puede ver por dónde va? —preguntó Peter refiriéndose a la oscuridad absoluta del túnel—. ¿Y adónde crees que le conducirá?

La respuesta a esta pregunta era más complicada de lo que el Bombero creía.

—A otro edificio, Williams o Harvard, o a la central de calefacción y suministro eléctrico —respondió—. Y no necesita luz. Sólo tiene que avanzar, porque sabe adónde va.

Peter asintió y pensó que probablemente el ángel no era consciente de que lo seguían, lo que tal vez constituyese una ventaja. Además, cualquiera que fuese el camino que el ángel recorría en sus anteriores desplazamientos al edificio Amherst, esa noche sería diferente, porque ya no estaba a salvo en el hospital. Esa noche, el ángel querría desaparecer. Pero Peter no estaba seguro de cómo.

Estas cosas también se le habían ocurrido a Francis. Pero él sabía algo más: no debían subestimar la cólera del ángel.

Los dos hombres se adentraron en el conducto de la calefacción.

Se había concebido para proveer de vapor, no para que un hombre lo usara como pasaje subterráneo entre edificios. Pero, aunque no estuviera pensado para esa finalidad, servía para eso. Sólo había espacio para avanzar medio agachado y a trompicones. Era un mundo perfecto para ratas y otros roedores, que sin duda lo consideraban el mejor hogar. Construido hacía décadas y derruido a lo largo de los años, su utilidad resultaba nula salvo para el asesino al que perseguían.

Se movían a tientas y se detenían cada pocos pasos para escuchar con atención, con las manos extendidas hacia delante como un par de invidentes. El calor era sofocante y el sudor les perlaba la frente. Ambos se notaban cubiertos de suciedad, pero siguieron adelante superando los obstáculos, pegados con cuidado a un lado y resiguiendo un tubo viejo que parecía desintegrarse al tocarlo.

A Francis le costaba respirar. El polvo y el deterioro parecían concentrarse en todas las bocanadas de aire que aspiraba. Mientras avanzaba, percibía años de desolación y se preguntó a medida que recorría aquel túnel si estaba extraviándose más o, por el contrario, encontrándose a sí mismo.

Peter iba detrás y se detenía a menudo para aguzar el oído y la vista a la vez que maldecía la oscuridad que ralentizaba la persecución. Tenía la impresión de que no avanzaban con la rapidez necesaria y apremiaba a Francis para que se moviera más deprisa. En la penumbra del túnel, era como si todas las conexiones con el mundo de arriba se hubieran cortado y los dos se encontrasen solos para atrapar una presa muy peligrosa. Trató de obligarse a pensar con lógica y exactitud, a evaluar y reflexionar, a anticiparse y predecir, pero era imposible. Esas cualidades pertenecían al mundo normal, y ahí abajo no servían de nada. El ángel tendría algún plan de acción, pero no alcanzaba a discernir si consistía en evadirse o, simplemente, en esconderse. Lo único que sabía era que tenían que seguir adelante, porque intuía que ningún sendero selvático que hubiera recorrido ni ningún edificio en llamas en el que hubiera entrado habían sido tan peligrosos como la ruta que seguía ahora. Peter comprobó que el arma no llevaba el seguro puesto y la empuñó con más fuerza.

Soltó un juramento al dar un traspié y volvió a soltar otro mientras recuperaba el equilibrio.

Francis tropezó en un escombro y soltó un grito ahogado al tiempo que aleteaba los brazos para no caer. Cada paso era tan incierto como el de un niño, pensó. Pero de repente vio una tenue luz amarilla que parecía estar a kilómetros de distancia.

—¿Tú qué opinas? —susurró Peter.

—¿La central de calefacción? ¿Otro edificio?

Ninguno de los dos tenía la menor idea. Ni siquiera sabían si habían avanzado en línea recta desde el edificio Amherst. Estaban desorientados, asustados y tensos. Peter aferró el arma, al menos eso era algo real, algo firme en un mundo escurridizo. Francis no tenía nada tan concreto en lo que confiar.

Avanzó hacia la pálida luz. Con cada paso no ganaba fuerza sino dimensión, como el sol al asomar tras unas colinas distantes luchando contra la niebla y las nubes. Francis pensó que los atraía como una vela parpadeante a una polilla, y no estaba seguro de que fueran a ser más efectivos que ella.

—Sigue —lo apremió Peter. Lo dijo tanto para oír su propia voz como para convencerse de que el envolvente y claustrofóbico túnel de la calefacción estaba llegando a su fin. Francis agradeció oír aquella palabra aunque procediera de la penumbra incorpórea, como si la hubiera pronunciado algún fantasma que le pisara los talones.

Avanzaron con dificultad y, por fin, la tenue luz amarilla que los atraía arrojó cierta claridad al camino. Francis, vacilante, se acercó una mano a la cara, como si la sensación de ver le resultara curiosamente desconocida. Un escombro le golpeó en la pierna, haciéndole dar otro traspié. De pronto se detuvo, porque intuyó que algo muy evidente se le escapaba, pero Peter le dio un empujoncito y finalmente ambos llegaron a la desembocadura del conducto en la pared. Cuando salieron a un recinto tenuemente iluminado, Francis supo qué le había pasado por alto: habían recorrido la totalidad del túnel sin haber notado ni una sola vez el desagradable tacto pegajoso de una telaraña. Eso le pareció incongruente. En ese túnel tenía que haber arañas.

Y comprendió qué significaba: alguien más había seguido ese camino y las había quitado.

Estaban en un extremo de otro sótano tenebroso. Como en Amherst, sólo una bombilla desnuda en el techo cerca de la escalera situada al otro lado proporcionaba una patética aura de luz. A su alrededor había los mismos montones de material y equipo desechado, y por un instante Francis temió que simplemente hubiesen trazado un extraño

círculo, porque todo parecía igual. Escrutó las sombras que lo rodeaban y tuvo la extraña sensación de que las cosa habían sido movidas para abrir un paso. Peter empuñaba el arma con ambas manos en la postura de un tirador, preparado.

—¿Dónde estamos? —preguntó Francis.

Peter no tuvo ocasión de contestar porque la habitación se sumió
de golpe en una absoluta oscuridad.

34

Peter dio un paso hacia atrás como si lo hubieran abofeteado. Se ordenó que debía conservar la calma, lo que era difícil en la repentina noche que los envolvía. Francis soltó un grito y se encogió de miedo.

—¡Pajarillo! —ordenó Peter—. No te muevas.

Al joven no le costó nada obedecerlo. Estaba casi paralizado por el pánico. Haber sentido el alivio momentáneo de llegar a un lugar reconocible y de pronto volver a sumirse en la oscuridad le aterró indeciblemente. Los latidos de su corazón le indicaban que seguía vivo, pero todas sus voces le advertían que estaba al borde de la muerte.

—¡No hagas ruido! —susurró Peter mientras avanzaba a tientas y amartillaba el revólver. Alargó la mano izquierda para tocar a Francis en el hombro y comprobar su posición. El arma produjo un *clic* espantoso en la oscuridad. Peter se mantuvo inmóvil, intentando no hacer ningún ruido delator.

Francis oía a sus voces gritar: *¡Escóndete! ¡Escóndete!*, pero eso era imposible en ese momento. Se agachó para ocupar el menor espacio posible. Respiraba nervioso, con dificultad, y cada vez que inspiraba se preguntaba si sería la última. Era sólo medio consciente de la presencia de Peter, quien, con un nerviosismo que contradecía su experiencia, dio otro paso al frente. Su pie produjo un leve ruido en el suelo de cemento. Y Francis notó que se volvía a un lado y otro, como decidiendo en qué dirección se encontraba la amenaza.

Francis intentó evaluar la situación. Sabía que el ángel había apagado las luces y estaba esperando en algún sitio del cubículo negro en que estaban atrapados. El asesino estaba en un terreno conocido mientras que Peter y él sólo habían alcanzado a ver unos segundos su entorno antes de ser sumidos en la oscuridad. Francis apretó los puños y todos sus músculos se tensaron, gritándole que se moviera, pero no pudo. Estaba clavado en el sitio como si el cemento del suelo se le hubiera solidificado alrededor de los zapatos.

—¡No hagas ruido! —susurró Peter, y siguió volviéndose a un lado y otro, con el arma delante, preparada para disparar.

Francis notó que el espacio entre él y la muerte se reducía. Percibía la oscuridad de la habitación como si hubieran cerrado su ataúd y el único ruido que oyese fuera las paladas de tierra que le echaban encima. Quería gritar, gimotear, retroceder y acurrucarse como un niño. Sus voces le gritaban que lo hiciera. Le instaban a correr, a huir, a encontrar algún rincón donde esconderse. Pero él sabía que ningún sitio era seguro, y procuró contener el aliento y escuchar.

Oyó unos arañazos a su derecha. Se volvió en esa dirección. Podía haber sido una rata. Podía haber sido el ángel. La incertidumbre lo rodeaba.

La oscuridad lo igualaba todo. Unas manos, un cuchillo, una pistola. Si al principio contaban con la ventaja del arma de Lucy, ahora todo favorecía al hombre que los acechaba en silencio. Francis intentaba reflexionar, que la razón se impusiera al pánico que lo embargaba. Pensó: «He pasado tantos años de mi vida a oscuras que debería sentirme a salvo.»

Supo que lo mismo podía ser válido para el ángel.

Después pensó en lo que había visto antes de que se apagara la luz. Reconstruyó los pocos segundos de visión que había tenido. Comprendió que el ángel había presentido que lo seguían o los había oído en el túnel. Y había decidido no huir, sino esperarlos escondido. Había dejado la luz encendida sólo lo suficiente para comprobar quién lo perseguía. Francis se esforzó en visualizar aquel sótano. El ángel los atacaría por sorpresa. Conocía al dedillo ese lugar y no necesitaba luz para orientarse. Francis reconstruyó la habitación mentalmente, intentando recordar cada cosa con exactitud. Aguzó el oído, pues su respiración le sonaba como un bombo, tan fuerte que amenazaba con tapar cualquier otro sonido.

Peter también sabía que estaban siendo atacados. Hasta la última fibra de su cuerpo le gritaba que se hiciera cargo de la situación, que maniobrara y aprovechara el momento. Pero no podía. Pensó que la oscuridad era una desventaja para todos pero al punto comprendió que no era así. Lo único que hacía era poner de relieve su vulnerabilidad y la de Francis.

También sabía que el ángel tenía un cuchillo, de modo que sólo necesitaba reducir la distancia que los separaba. En aquella oscuridad, un revólver era una ventaja mucho menor de lo Peter había imaginado.

Se volvió a derecha e izquierda. El miedo y la tensión lo cegaban tanto como la oscuridad. Sabía que los hombres razonables pueden encontrar soluciones razonables a problemas razonables, pero sus actuales circunstancias no tenían nada de razonable. Les resultaba tan imposible retroceder como atacar, tan difícil moverse como mantenerse en un sitio. Estaban sumergidos en un mar de sombras.

Francis pensó que la noche acentuaba los sonidos, pero en realidad los confundía y distorsionaba. La única forma de ver era oír, así que cerró los ojos y volvió un poco la cabeza. Se concentró e intentó no prestar atención al Bombero para descubrir la posición del ángel.

A su derecha, a unos metros, sonó un ruido sordo.

Ambos lo oyeron y se volvieron. Peter apuntó y, con toda la tensión del cuerpo ejerciendo presión sobre el dedo en el gatillo, disparó una vez.

La detonación los ensordeció a los dos y el fogonazo restalló como un relámpago. La bala surcó el tenebroso sótano con un propósito mortífero, pero en vano.

Francis notó el olor a pólvora, casi como si el eco del disparo lo transportara. Oyó la respiración agitada de Peter, y cómo maldecía en voz baja. Y entonces tomó conciencia de algo terrible: Peter acababa de revelar dónde estaban.

Pero antes de que pudiera decir nada o escudriñar la oscuridad en la otra dirección, oyó un sonido extraño prácticamente a sus pies. Acto seguido, algo metálico pasó a toda velocidad por su lado, como si volara, como si no tocara el suelo sino que se desplazara por el aire, hasta dar en Peter. Francis se echó atrás, perdió el equilibrio y, al caerse al suelo, se golpeó la cabeza. En un segundo desorientador, perdió la noción de dónde estaba y de lo que estaba pasando.

En medio de una oleada de dolor vertiginoso, se percató de que, a poca distancia pero fuera de su vista, Peter y el ángel estaban enzarzados en una violenta lucha, rodando por el suelo entre la basura y los desechos. Alargó la mano intentando ayudar a su amigo, pero los dos hombres se habían alejado y, por un instante aterrador, estuvo to-

talmente solo, salvo por los sonidos apremiantes de un combate desesperado que tanto podía estar dirimiéndose a un metro de él como a kilómetros de distancia.

En el edificio Amherst, Evans estaba furioso, intentando organizar a los pacientes para devolverlos al dormitorio, pero Napoleón, en-
valentonado por todo lo que había pasado, se obstinaba en decir que
ellos sólo recibían órdenes de Pajarillo y del Bombero, y que hasta
que no se llevaran a la señorita Jones en ambulancia y Pajarillo y el
Bombero no volvieran de allá donde hubiesen ido, nadie se movería.
Su bravuconería no era del todo cierta, porque mientras se enfrentaba
al señor del Mal en medio del pasillo, con Noticiero a su lado como
edecán, muchos pacientes habían empezado a deambular detrás de
ellos. Al otro lado del pasillo, las mujeres, encerradas aún en su dormitorio, gritaban con desesperación advertencias variopintas: «¡Asesinato! ¡Fuego! ¡Violación! ¡Al ladrón!» Más o menos todo lo que se les
ocurría a falta de saber qué estaba pasando. El jaleo que armaban era
enloquecedor.

Gulptilil estaba agachado junto a la sangrante Lucy, mientras dos
paramédicos la atendían diligentemente. Uno logró por fin detener
la hemorragia de la rodilla con un torniquete mientras otro le ponía
una vía de plasma en el brazo. Estaba pálida, al borde del desvanecimiento, intentando hablar pero incapaz de pronunciar palabras, pa-
deciendo horrores. Renunció por fin y se sumió en una seminconsci-
ciencia, apenas consciente de que había gente a su alrededor. Con la
ayuda de Negro Grande, los dos paramédicos la depositaron en una
camilla. Dos guardias de seguridad permanecían a un lado, sin saber
qué hacer, a la espera de instrucciones.

Cuando se llevaban a Lucy, Tomapastillas se volvió hacia los hermanos Moses. Su primer impulso fue exigir a gritos una explicación,
pero decidió aguardar el momento oportuno.

—¿Dónde? —se limitó a preguntar.

Negro Grande tenía su chaqueta blanca manchada de sangre de las
heridas de Lucy. Su hermano estaba manchado de modo parecido.

—En el sótano —señaló Negro Grande—. Pajarillo y el Bombero
fueron tras él.

—Dios mío —dijo Gulptilil entre dientes a la vez que sacudía la cabeza, convencido de que la situación no podía ser peor—. Indíquenme el camino —ordenó.

Los Moses lo condujeron hasta la puerta del sótano.

—¿Se metieron en el conducto de la calefacción? —preguntó Gulptilil, pero no necesitaba respuesta. Negro Grande asintió—. ¿Sabemos adónde conduce?

Negro Chico negó con la cabeza.

Gulptilil no tenía intención de seguir a nadie por aquel oscuro túnel. Inspiró hondo. Confiaba en que Lucy Jones sobreviviera a sus heridas, a pesar de la ferocidad con que le habían sido infligidas, a no ser que la pérdida de sangre y el *shock* se confabularan para quitarle la vida. Visto con objetividad profesional, podía ocurrir. En ese momento, sin embargo, la fiscal no era lo que más le preocupaba. Tenía muy claro que probablemente alguien más moriría esa noche, y estaba intentando prever los problemas que eso le causaría.

—Bueno —comentó con un suspiro—, podemos suponer que conduce a Williams, porque es el edificio más cercano, o a la central de calefacción y suministro eléctrico, de modo que deberíamos mirar en esos dos sitios.

Lo que no dijo en voz alta, claro, fue que sus palabras daban por sentado que Francis y Peter habían llegado a salir del túnel, una suposición sólo probable.

En la oscuridad, Peter peleaba con fiereza.

Sabía que estaba herido de gravedad, pero no hasta qué punto. Cada elemento de la batalla le parecía independiente, diferenciado, y trataba de analizarlos por separado para presentar una defensa coherente. La herida del brazo le sangraba, y el peso del ángel lo estaba aplastando. El revólver había salido disparado hacia un rincón cuando el ángel lo había embestido violentamente, lejos de su alcance, de modo que lo único que le quedaba para defenderse eran sus ansias de vivir.

Lanzó un fuerte puñetazo y el ángel gruñó. Le propinó otro golpe, pero el cuchillo se le clavó en el brazo y, afilado, le desgarró la carne. Peter soltó un grito gutural e, impulsado por su instinto de supervivencia, le atizó lo más fuerte que pudo con los pies. Luchaba contra una sombra, contra la idea de la muerte y contra un asesino de carne y hueso.

Entrelazados furiosamente, los dos hombres trataban de encontrar una forma de acabar con el otro. Era una pelea injusta, porque una y otra vez el ángel podía herirlo con el cuchillo, y el Bombero pensó que las repetidas puñaladas acabarían troceándolo poco a poco. Levantó los brazos para protegerse de los embates mientras daba puntapiés buscando algún punto vulnerable de su adversario.

Notaba el aliento del ángel, sentía su fortaleza, y pensó que no podría competir con la mortífera combinación del cuchillo y la obsesión. Aun así, peleó con fuerza, con arañazos dirigidos a los ojos del ángel, o quizás a su entrepierna, para obtener un breve respiro del cuchillo que lo zahería. Lanzó el puño izquierdo hacia delante y golpeó el mentón del ángel. De esa manera supo que el cuello del asesino estaba cerca, por lo que alargó el brazo y, cuando lo alcanzó, cerró la mano para estrangular a aquel maníaco. Pero, en el mismo instante, el cuchillo le penetró un costado y le atravesaba la carne en busca del estómago, con la esperanza de elevarse a continuación y destruirle el corazón. El dolor le cegó, y Peter medio gritó y medio sollozó al ser consciente de que iba a morir en ese momento, en aquella penumbra. De inmediato aferró la mano del ángel para intentar retrasar lo que parecía inevitable.

Y entonces, de repente, como una explosión, una fuerza inmensa pareció golpear a ambos hombres.

El ángel se tambaleó, lo que redujo su presa sobre Peter.

Peter no supo cómo Francis había logrado atacarlo por detrás, pero lo había hecho, y el joven estaba colgado de la espalda del asesino intentando con fiereza rodearle el cuello con los antebrazos.

Francis lanzó una especie de grito de guerra terrorífico, que combinaba todos sus miedos y todas sus dudas en un aullido estremecedor. En toda su vida, hasta ese instante, nunca se había defendido, nunca había luchado por algo importante, nunca se había arriesgado de verdad, nunca había imaginado que ese momento sería el mejor o el último. De modo que depositó hasta su última esperanza en aquel combate, atizó la espalda y la cabeza del ángel y forcejeó para separarlo de Peter. Usó hasta la última pizca de locura para imprimir fuerza a sus músculos a la vez que dejaba que todo el miedo y todo el rechazo que había vivido hasta entonces avivaran su lucha. Aferraba al ángel con una tenacidad surgida de la desesperación, dispuesto a impedir que la pesadilla o el asesino le robaran el único amigo que había tenido en su vida.

El ángel se retorcía y se revolvía, en una lucha terrible. Estaba atrapado entre los dos hombres, uno herido y el otro enloquecido por el miedo, sin duda, pero impulsado por algo más importante, y vaciló, sin saber con cuál de ellos pelear, sin estar seguro de si debía acabar con el primero y después encargarse del otro, lo que parecía cada vez más difícil dada la lluvia de golpes que le lanzaba Francis, quien de repente le sujetó el brazo y tiró hacia atrás. Este brusco impulso redujo la presión que el ángel ejercía sobre el cuchillo en el costado de Peter, el cual, con una reserva de fuerzas surgida de algún lugar oculto en su interior, agarró la muñeca del ángel con las dos manos y neutralizó la presión de la hoja, con lo que logró detener su penetración.

Francis no sabía cuánto le duraría la fuerza. El ángel era más fuerte que él, y si quería tener una oportunidad, tenía que ser ahora, justo al principio, antes de que el ángel pudiera dirigir toda su furia contra él. Tiró lo más fuerte que pudo, con toda la potencia que le daba el ansia de liberar a Peter. Y, para su asombro, lo logró, por lo menos en parte. El ángel se tambaleó hacia atrás, desequilibrado, y cayó de espaldas, de modo que ahora fue Francis quien quedó atrapado bajo su cuerpo. Intentó entonces atenazarlo con las piernas y se aferró a él con una determinación mortífera, como una mangosta mordiendo a una cobra, mientras el ángel procuraba zafarse de él.

Y en ese instante de confusión, con los tres cuerpos enredados entre sí, Peter se dio cuenta de que el cuchillo en su costado estaba suelto, aferró el mango y, con un grito de dolor, se lo quitó de un tirón con la sensación de que la vida se le marchaba con él. A continuación, reunió toda la fuerza que le quedaba y lanzó una cuchillada con la esperanza de no matar a Francis sino al ángel. Cuando la punta tocó un cuerpo, Peter la impulsó con toda su fuerza, porque sabía que era su única oportunidad. Rogó que en efecto fuese el ángel.

De repente, el ángel, bien sujeto por Francis, gritó. Fue un sonido agudo, como de otro mundo, que pareció expresar todo el mal que había hecho a tantas personas, y resonó en las paredes iluminando la oscuridad con la muerte, la agonía y la desesperación. Su propia arma lo había traicionado. Peter se la hundió inexorablemente en el pecho y acertó en el corazón que el ángel jamás creyó necesitar.

Peter decidió aplicar todo lo que le quedaba de fuerza en ese último esfuerzo y concentró todo el peso de su cuerpo en las dos manos apoyadas sobre el cuchillo, hasta que oyó que el aliento del ángel vibraba con los estertores de la muerte.

Entonces se echó atrás, jadeó y pensó en las muchas preguntas que quería hacer pero no podía, y cerró los ojos para esperar su final.

Mientras tanto, Francis notó cómo el ángel se ponía rígido y expiraba entre sus brazos. Permaneció en esa posición, sujetando al hombre muerto durante lo que le pareció mucho tiempo, pero que seguramente sólo fueron segundos. Sus voces parecían abandonarle en ese momento, junto con sus miedos, sus consejos, sus deseos y sus exigencias, y sólo fue consciente de que todo seguía oscuro y su único amigo en el mundo aún respiraba, pero de modo superficial, dificultoso y cada vez más próximo a la muerte.

Así que apartó a un lado el cuerpo del ángel.

—Aguanta —susurró al oído de Peter, aunque no creyó que el Bombero pudiera oírlo.

Lo agarró por las axilas para tirar de él y, como un niño que ha soltado la mano de su madre, despacio y vacilante, empezó a arrastrarlo por el sótano en busca de la luz y la salida, con la esperanza de encontrar ayuda en alguna parte.

35

El ruido en mi apartamento había ido aumentando de intensidad con el recuerdo, con la rabia. Sentía que el ángel me ahogaba, me arañaba. Los años de silencio se enconaban, y su furia era infinita. Me acobardé al sentir sus golpes en la cabeza y los hombros, me desgarraban el corazón y los pensamientos. Yo gritaba y sollozaba, y las lágrimas me resbalaban por la cara, pero nada de lo que decía parecía causar ningún efecto ni tener ningún sentido. El ángel era inexorable, imparable. Yo había ayudado a matarlo aquella noche, hacía tantos años, y ahora él había venido a vengarse y sería imposible disuadirlo. Pensé que debía de ser lo equitativo, en un sentido perverso. No había tenido ningún derecho a sobrevivir aquella noche en los túneles del hospital, y el ángel ahora reclamaba la victoria que en realidad siempre había sido suya. En el fondo, él siempre había estado conmigo y, por mucho que yo hubiera peleado entonces y por mucho que peleara ahora, jamás había tenido ninguna oportunidad frente a su oscuridad.

Me revolví, lancé una silla a su figura fantasmagórica, al otro lado de la habitación, y vi cómo la madera se partía con estrépito. Grité desafiante mientras evaluaba los escasos recursos que me quedaban, con la absurda esperanza de que aún lograría terminar mi historia escribiendo en el reducido espacio que, en la parte inferior de la pared, aguardaba mis últimas palabras.

Me arrastré por el suelo, igual que aquella noche.

Detrás de mí, oí que llamaban a la puerta de modo repetido y enérgico. Eran voces que me resultaban conocidas pero lejanas, como si me llegaran desde una gran distancia, a través de alguna divisoria que jamás conseguiría cruzar. No creí que fuesen reales. Aun así, grité:

—¡Marchaos! ¡Dejadme en paz!

Todas esas cosas se habían mezclado en mi mente, y las maldiciones y los gritos del ángel me impedían escuchar los gritos que procedieran de cualquier parte que no fueran los pocos metros cuadrados que configuraban mi mundo.

Había tirado de Peter, lo había arrastrado por el sótano para alejarnos del cadáver del asesino. Tanteaba el camino y apartaba cualquier obstáculo, sin saber si realmente iba en la dirección adecuada. Cada paso recorrido acercaba a Peter a la seguridad, pero también a la muerte, como si fueran dos líneas convergentes trazadas en un gran gráfico, y cuando se encontraran, yo perdería la apuesta y él moriría. Me quedaban pocas esperanzas de que alguno de los dos fuera a sobrevivir, de modo que, cuando vi que una puerta se abría y que un rayo de luz disipaba la oscuridad, hice un último esfuerzo con los dientes apretados. El ángel bramó detrás de mí, pero eso era ahora, porque aquella noche estaba muerto. Alargué la mano hacia la pared y pensé que, aunque fuera a morir al cabo de pocos minutos, por lo menos tenía que contar cómo alcé los ojos y distinguí la inconfundible figura de Negro Grande recortada contra la pequeña franja de luz, y oí su voz llamándome:

—¿Francis? ¿Pajarillo? ¿Estás ahí?

—¿Francis? —llamó Negro Grande, de pie en la puerta que daba al sótano de la central de calefacción y suministro eléctrico con su zona de almacén y los túneles que se entrecruzaban bajo los terrenos del hospital. Su hermano estaba a su lado, y el doctor Gulptilil detrás de ellos—. ¿Pajarillo? ¿Estás ahí?

Antes de que pudiera accionar el interruptor de la luz de la desvencijada escalera, oyó una voz débil pero conocida entre las sombras.

—Señor Moses, ayúdenos, por favor...

Ninguno de los hermanos dudó. El grito lastimoso y aflautado que rasgó la negrura que había a sus pies les dijo todo lo que necesitaban saber. Bajaron disparados hacia Francis mientras Gulptilil, un poco a regañadientes, localizaba por fin el interruptor y encendía la luz.

Lo que vio, bajo el brillo tenue de una bombilla desnuda, lo dejó de una pieza. Entre los desechos y el equipo abandonado, Francis, cubierto de sangre y suciedad, intentaba avanzar tirando de Peter, que parecía malherido y se presionaba con la mano una herida sangrante en el costado que había dejado un espantoso rastro rojo en el suelo de cemento. Gulptilil se sobresaltó al distinguir a un tercer paciente más al fondo, con los ojos abiertos debido a la sorpresa y la muerte, y con un cuchillo clavado hasta la empuñadura en el pecho.

—¡Dios mío! —exclamó el médico, y se apresuró a reunirse con los Moses, que ya estaban ayudando a Peter y Francis.

—Estoy bien, estoy bien. Atiéndanlo a él —repetía Francis una y otra vez. Aunque no estaba nada seguro de encontrarse bien, ése era el único pensamiento que el agotamiento y el alivio le permitían tener.

Negro Grande lo captó todo de un vistazo y, tras agacharse junto a Peter, le apartó los jirones de la camisa para comprobar el alcance de su herida. Negro Chico se situó junto a Francis y lo examinó deprisa en busca de posibles heridas, a pesar de sus negativas con la cabeza y sus protestas.

—No te muevas, Pajarillo —le pidió—. Tengo que asegurarme de que estás bien. —A continuación, hizo un gesto hacia el ángel y susurró—: Creo que lo has hecho muy bien esta noche. No importa lo que pueda decir nadie.

Cuando comprobó que Francis no estaba malherido, se volvió para ayudar a su hermano.

—¿Es muy grave? —preguntó Tomapastillas, junto a los dos auxiliares y con los ojos puestos en Peter.

—Bastante —respondió Negro Grande—. Tiene que ir al hospital enseguida.

—¿Podemos llevarlo arriba? —quiso saber Gulptilil.

El auxiliar se limitó a agacharse y pasar los dos brazos por debajo del cuerpo maltrecho de Peter para levantarlo del suelo y, con un esfuerzo y un gruñido, lo cargó escaleras arriba hacia la zona principal de la central de calefacción, como un novio que cruzara el umbral con la novia en brazos. Una vez allí, se arrodilló y con cuidado lo dejó en el suelo.

—Tenemos que pedir ayuda enseguida —dijo.

—Ya lo veo —dijo el director médico, que ya había cogido el viejo teléfono negro de disco de un mostrador y marcaba un número—. ¿Seguridad? Soy el doctor Gulptilil. Necesito otra ambulancia. Sí, exacto, otra ambulancia, y la necesito de inmediato en la central de calefacción y suministro eléctrico. Sí, es cuestión de vida o muerte.

Colgó.

Francis había seguido a Negro Grande y estaba junto a su hermano, que estaba hablando con Peter y le instaba a aguantar y le recordaba que la ambulancia ya estaba de camino y que no debía morir esa noche después de todo lo que había pasado. Su tono tranquilizador provocó una sonrisa en el rostro de Peter, a pesar de todo el dolor, el *shock* y la sensación de que la vida se le escapaba. Sin embargo, no dijo nada. El auxiliar se quitó su chaqueta blanca, la dobló y se la colocó como un pañuelo en la herida del costado.

—La ayuda ya está de camino, Peter —le dijo Gulptilil, inclinado hacia él, pero ninguno de los presentes pudo saber si el Bombero lo oyó o no.

Gulptilil suspiró y, mientras esperaban, empezó a evaluar el daño que se había producido esa noche. Afirmar que era un desastre era minimizar los hechos. Sólo sabía que le esperaba una engorrosa serie de informes, investigaciones y preguntas duras que exigirían respuestas difíciles. Tenía una fiscal de camino al hospital local con unas heridas terribles que ningún médico de urgencias iba a mantener en secreto, lo que significaba que tendría un detective en el hospital en cuestión de horas. Tenía un paciente, de considerable fama y de notable interés para gente importante, que se desangraba en el suelo, al borde de la muerte, pocas horas antes de que se le trasladara a otro Estado en secreto. Y encima tenía un tercer paciente, éste muerto, asesinado sin duda por el paciente famoso y su amigo esquizofrénico.

Había reconocido a ese tercer paciente y sabía que en su historia clínica se leía claramente de su propio puño y letra: «Retraso profundo. Catatónico. Diagnóstico reservado. Tratamiento de larga duración.» Sabía también que una anotación mencionaba que había recibido varios permisos de fin de semana bajo la custodia de su madre y una tía.

Cuanto más lo pensaba, más se convencía de que su carrera dependía de lo que decidiera hacer en los próximos minutos. Por segunda vez esa noche, oyó el sonido lejano de una sirena, lo que imprimía urgencia a su decisión.

—Vivirás, Peter —musitó tras suspirar. No sabía si era cierto, pero sí que era importante. A continuación, se dirigió a los hermanos Moses—. Esta noche no ha existido —les dijo con frialdad—. ¿Entendido?

Los dos auxiliares se miraron entre sí y asintieron.

—Será difícil que la gente no vea ciertas cosas —replicó Negro Chico.

—Pues tendremos que lograr que vean lo menos posible.

Negro Chico señaló con la cabeza el sótano, donde estaba el cuerpo del ángel.

—Ese cadáver complicará las cosas —dijo en voz baja, como si midiera las palabras, consciente de que era un momento importante—. Ese hombre era un asesino.

Gulptilil sacudió la cabeza y le contestó como a un niño de primaria, poniendo énfasis en ciertas palabras.

—No hay pruebas reales de eso. Lo único que sabemos es que intentó agredir a la señorita Jones esta noche. Por qué motivo, lo ignoro. Y, lo más importante, lo que haya hecho en otras ocasiones, en otros lugares, sigue siendo un misterio. No guarda relación con nosotros, aquí, esta noche. Por desgracia, lo que no es ningún misterio es que fue perseguido y asesinado por estos dos pacientes. Puede que su comportamiento estuviera justificado... —Dudó, como si esperara que el auxiliar terminara la frase. Pero éste no lo hizo, de modo que Gulptilil se vio obligado a hacerlo él mismo—: Pero quizá no. En cualquier caso, habrá detenciones, titulares en los periódicos, tal vez una investigación oficial. Es probable que se presenten cargos. Nada volverá a ser igual durante cierto tiempo... —Hizo una pausa para observar los rostros de los dos hermanos—. Y quizás —añadió en voz baja—, no sean sólo el señor Petrel y el Bombero quienes tengan que enfrentarse a las acusaciones. Quienes hayan contribuido a permitir esta noche desastrosa podrían ver en peligro sus empleos... —Esperó de nuevo para medir el impacto de sus palabras en los dos auxiliares.

—Nosotros no hemos hecho nada malo —repuso Negro Grande—. Ni tampoco Francis o Peter...

—Por supuesto —asintió Gulptilil a la vez que sacudía la cabeza—. Moralmente, sin duda. ¿Éticamente? Por supuesto. Pero ¿legalmente? Todo el mundo hizo lo correcto, de eso estoy seguro. Lo entiendo. Pero no estoy tan seguro de cómo otras personas, y me refiero a la policía, percibirán estos hechos tan terribles.

Como los Moses guardaron silencio, Gulptilil prosiguió:

—Hemos de ingeniárnoslas, y lo más deprisa posible. Tenemos que conseguir que esta noche haya pasado lo menos posible —repitió. Y, al decirlo, señaló el sótano con un gesto.

Negro Chico lo entendió, lo mismo que su hermano. Ambos asintieron.

—Pero si ese hombre no está muerto —comentó Negro Chico—, entonces no es probable que nadie se fije en Pajarillo ni en el Bombero. Ni en nosotros.

—Correcto —dijo con frialdad el doctor Gulptilil—. Creo que nos entendemos a la perfección.

El auxiliar pareció reflexionar un momento. Se volvió hacia su hermano y hacia Francis.

—Venid conmigo —dijo—. Todavía tenemos trabajo que hacer.

Los guió de vuelta al sótano, no sin antes dirigirse hacia Gulptilil, que estaba junto a Peter presionándole la herida para contener la hemorragia.

—Debería hacer la llamada —le dijo.

—Dense prisa —asintió el director médico, y se separó de Peter para regresar al mostrador, donde descolgó el auricular y marcó un número—. ¿Sí? ¿Policía? —Inspiró hondo y prosiguió—: Soy el doctor Gulptilil, del Hospital Estatal Western. Llamo para informar de que uno de nuestros pacientes más peligrosos se ha escapado del hospital esta noche. Sí, creo que va armado. Sí, puedo darles su nombre y su descripción...

El médico miró a Francis, que se había quedado clavado, y le hizo un gesto instándole a que se diera prisa. Fuera, el sonido de la ambulancia acompañada por el personal de seguridad se acercaba cada vez más.

La lluvia salpicó la cara de Francis, como si desdeñara lo que había pasado, o tal vez para lavar las últimas horas; Francis no estaba seguro. Un fuerte viento zarandeó un árbol cercano, como si lo horrorizara el cortejo fúnebre que pasaba a su lado en plena noche.

Negro Grande iba delante, con el cadáver del ángel cargado a la espalda como un bulto informe. Su hermano lo seguía con dos palas y un pico. Francis cerraba la comitiva, acelerando el paso cuando Negro Chico lo apremiaba. Oyeron llegar la ambulancia a la central de calefacción y suministro eléctrico, y en una pared distante Francis vio el reflejo de sus luces de emergencia. También había un coche negro de seguridad, cuyos faros esculpían un arco de luz blanca en las densas sombras de la noche. Pero los tres estaban fuera de su línea visual y avanzaban a oscuras hacia un extremo de los terrenos del hospital.

—No hagáis ruido —pidió Negro Chico innecesariamente.

Francis miró el cielo nocturno y le pareció que podía distinguir ricas vetas de ébano, como si algún pintor hubiera decidido que la noche no era lo bastante oscura y hubiera intentado añadir unas pinceladas más gruesas de negro.

Cuando volvió a bajar los ojos, supo adónde iban. No muy lejos estaba el jardín donde habían sembrado flores. Siguió a los hermanos Moses más allá de la desvencijada valla hasta el pequeño cementerio. Una vez allí, Negro Grande hizo deslizar el cadáver hacia el suelo con un gruñido. Cayó con un sonido sordo y Francis pensó que sentiría náuseas pero, para su sorpresa, no fue así. Observó al ángel y pensó que podía haberse cruzado con él en un pasillo, en el comedor o en la sala de estar cientos de veces sin haber sabido quién era en realidad hasta esa noche. No obstante, se dijo que eso no era así, que si alguna vez lo hubiera mirado directamente a los ojos, habría visto en ellos lo mismo que esa noche.

Negro Grande cogió una pala y se situó en un extremo del pequeño montículo que señalaba dónde se había dado sepultura a Cleo el día anterior. Francis se puso a su lado, cogió el pico y, sin decir palabra, lo levantó por encima de la cabeza y lo clavó en la tierra húmeda. Le sorprendió la facilidad con que podía remover la tierra blanda de la tumba de Cleo. Era como si ella le facilitase las cosas.

Entretanto, los paramédicos tenían que esforzarse por segunda vez en pocas horas. No pasó demasiado rato antes de que los tres oyeran arrancar la ambulancia y recorrer el camino de salida en dirección al hospital más próximo, como había hecho antes, a la misma velocidad vertiginosa, por el mismo camino lleno de baches.

Cuando el aullido de la sirena se desvaneció, se quedaron únicamente con el sonido apagado de las palas y el pico. Seguía lloviendo y el agua los empapaba, pero Francis apenas era consciente de sentirse incómodo, ni siquiera de tener el menor rastro de frío. Se le formaba una ampolla en la mano, pero no hizo caso y siguió descargando el pico una y otra vez. Había superado el agotamiento, absorto en lo que estaban haciendo y en la certeza de que todas las pruebas incriminatorias, yacerían bajo tierra.

No supo si tardaron una hora o más en cavar hasta un metro y medio de profundidad, donde el barato ataúd de metal que contenía los restos de Cleo quedó por fin al descubierto. Por un instante, la lluvia repiqueteó contra la tapa, y Francis esperó extrañamente que el ruido no perturbara el sueño de la reina egipcia. Luego, sacudió la cabeza y pensó: «Esto le gustaría. Toda emperatriz se merece un esclavo en la otra vida.»

Negro Grande dejó la pala en el suelo y su hermano lo ayudó a levantar el cadáver del ángel por las manos y los pies. Tambaleantes en el barro resbaladizo, se acercaron al borde de la tumba y, con un impulso, dejaron caer al ángel sobre el ataúd con un sonido apagado. Negro Grande dirigió una mirada a Francis, que estaba de pie al borde de la fosa, dubitativo.

—No es necesario decir una oración por este hombre porque ninguna le servirá de nada allá donde va —le dijo.

Francis asintió.

Después, sin vacilar, los tres hombres cogieron las herramientas y empezaron a rellenar deprisa la tumba, justo cuando la primera luz titubeante del alba empezaba a asomar por el horizonte.

Y eso fue todo.

Me acurruqué hecho un ovillo junto a la pared.

Me estremecí y procuré aislarme del caos que me rodeaba. En un lugar situado a kilómetros de distancia se oían gritos y muchos golpes, como si todos los miedos, las dudas y hasta el último ápice de culpa que había ocultado todos esos años intentaran derribar mi puerta para irrumpir en mi casa. Sabía que debía una muerte al ángel, y que éste había venido a reclamarla. Había contado la historia y no creía tener más derecho a vivir. Cerré los ojos y, sin dejar de oír voces destempladas y gritos apremiantes, esperé a que se vengara, a sentir la frialdad de su tacto. Me contraje todo lo que pude y oí acercarse pasos frenéticos mientras yo, por fin calmado, esperaba la muerte.

TERCERA PARTE

PINTURA AL LÁTEX BLANCA

36

—Hola, Francis.

Entorné los ojos al oír una voz familiar.

—Hola, Peter —respondí—. ¿Dónde estoy?

—En el hospital —dijo con una sonrisa y el habitual brillo despreocupado en los ojos. Debí de parecer alarmado porque levantó la mano—. No en nuestro hospital, claro. Ése ya no existe. En uno nuevo. Mucho más agradable que el viejo Western. Echa un vistazo alrededor, Pajarillo. Esta vez el alojamiento es bastante mejor, ¿no crees?

Giré despacio la cabeza a la derecha y luego a la izquierda. Estaba tumbado en una cama dura con sábanas limpias y frescas. Un gotero me administraba una solución intravenosa a través de la aguja que tenía clavada en el brazo, y llevaba una bata de hospital verde pálido. En la pared frente a la cama había un cuadro grande y colorido: un velero blanco surcando las aguas centelleantes de una bahía un bonito día de verano. Un televisor silencioso descansaba en un soporte atornillado a la pared. Y de pronto descubrí una ventana que ofrecía una vista reducida pero grata de un cielo azul con tenues nubes altas que curiosamente se parecía al cielo del cuadro.

—¿Lo ves? —dijo Peter con un pequeño gesto—. No está nada mal.

—No —admití—. Nada mal.

El Bombero estaba sentado en el borde de la cama, cerca de mis pies. Lo miré de arriba abajo. Estaba cambiado con respecto a la última vez que lo había visto en mi casa, cuando le colgaban jirones de carne, la sangre le manchaba la cara y la suciedad le oscurecía la sonrisa. Ahora llevaba el mono azul que yo recordaba del día que nos conocimos, frente al despacho de Gulptilil, y la misma gorra de los Boston Red Sox.

—¿Estoy muerto? —le pregunté.

Meneó la cabeza y esbozó una ligera sonrisa.

—No —respondió—. Pero yo sí.

Una oleada de pesar me ascendió hasta la garganta y ahogó las palabras que quería decir.

—Lo sé —conseguí articular—. Lo recuerdo.

—No fue el ángel, ¿sabes? —sonrió Peter de nuevo—. ¿Tuve alguna vez la ocasión de darte las gracias, Pajarillo? Me habría matado si no hubiera sido por ti. Y habría muerto si no me hubieras arrastrado y logrado que los hermanos Moses consiguieran ayuda. Te portaste muy bien conmigo, Francis, y te lo agradecí, aunque nunca tuve ocasión de decírtelo. —Suspiró; sus palabras reflejaban cierta tristeza.

»Deberíamos haberte escuchado desde un principio, pero no lo hicimos, y eso nos costó muy caro. Tú sabías dónde y qué buscar. Pero no prestamos atención. —Se encogió de hombros.

—¿Te dolió? —pregunté.

—¿Qué? ¿No escucharte?

—No. —Agité la mano—. Ya sabes a qué me refiero.

—¿Morir? —Peter rió—. Creía que sí, pero, la verdad, no dolió casi nada. O por lo menos no mucho.

—Vi tu foto en un periódico hace un par de años, cuando ocurrió. Era tu foto, pero el nombre era otro. Decía que estabas en Montana. Pero eras tú, ¿verdad?

—Por supuesto. Un nuevo nombre. Una nueva vida. Pero los mismos problemas de siempre.

—¿Qué pasó?

—Fue una estupidez. No era un incendio grande, y sólo teníamos un par de dotaciones trabajando en él; todos creíamos que lo teníamos dominado. Habíamos preparado cortafuegos toda la mañana. Estábamos a sólo unos minutos de declararlo controlado y marcharnos, pero de pronto el viento cambió. Empezó a soplar con fuerza. Dije a los hombres que corrieran a ponerse a salvo. Oíamos el fuego detrás de nosotros, propagado por el viento. Produce un ruido ensordecedor, casi como si te persiguiera un tren a toda velocidad. Todo el mundo logró escabullirse, salvo yo. Podría haberlo conseguido si uno de los hombres no se hubiera caído y yo no hubiese regresado a buscarlo. Así que ahí estábamos, con sólo una manta ignífuga para protegernos. Se la cedí para que pudiera sobrevivir y traté de salir por piernas aunque sabía que no podría. Al final, el fuego me atrapó. Mala suerte, supongo, pero resultó extrañamente adecuado. Por lo menos, los periódicos me llamaron héroe, aunque yo no me sentí tan heroico. Aquello era más bien lo que había estado esperando y, quizá, lo que me merecía. Como si por fin todo se hubiera compensado.

—Podrías haberte salvado —dije.

—Me había salvado otras veces —comentó encogiéndose de hombros—. Y también me habían salvado. Como hiciste tú, sobre todo. Si no me hubieras salvado, entonces no habría podido estar ahí para salvar a aquel hombre. De modo que todo encajaba, más o menos.

—Pero te echo de menos —aseguré.

—Lo sé —sonrió Peter—. Pero ya no me necesitas. De hecho, nunca me necesitaste, Francis. Ni siquiera el día que nos conocimos, pero entonces no podías verlo. Quizás ahora puedas.

No estaba seguro de eso, pero no dije nada, hasta que recordé por qué estaba en el hospital.

—Pero ¿y el ángel? Volverá.

Peter negó con la cabeza y bajó la voz.

—No, Pajarillo. Recibió su merecido hace veinte años. Tú lo venciste entonces y volviste a vencerlo ahora. Se ha ido para siempre. No te molestará, ni a ti ni a nadie más, excepto en los malos recuerdos de ciertas personas, que es donde le corresponde estar y donde tendrá que permanecer. No es perfecto, claro, ni del todo diáfano y agradable. Mas así son las cosas: dejan huella pero seguimos adelante. Sin embargo, tú te has librado. Te lo aseguro.

No sabía si creérmelo.

—Volveré a estar solo —me quejé.

Peter rió. Fue una carcajada sonora, pura, natural.

—Pajarillo, Pajarillo, Pajarillo —dijo, y meneó la cabeza con cada palabra—. Nunca has estado solo.

Alargué la mano para tocarlo, para comprobar que lo que decía era cierto, pero Peter *el Bombero* se desvaneció, desapareció de la cama de aquel hospital, y yo volví a sumirme lentamente en un sueño apacible.

Pronto averigüé que las enfermeras de este hospital no tenían apodo. Eran agradables y eficientes, pero serias. Me comprobaban el suero del brazo y, cuando me lo quitaron, controlaban la medicación que recibía y registraban cada fármaco en una tablilla que colgaba de la pared junto a la puerta. No parecía que en este hospital alguien pudiera esconderse las pastillas en la boca, así que me tragaba diligentemente lo que me daban. A menudo, me hablaban sobre esto o aquello, el tiempo que hacía y cómo había dormido la noche anterior. Pero sus preguntas no eran vanas. Por ejemplo, nunca preguntaban si prefería la gelatina verde o la roja, si me apetecía tomar galletas integrales y zumo antes de dormir o si prefería un programa de televisión u otro. Querían saber concretamente si tenía la garganta seca, si había tenido náuseas o diarrea, o si me temblaban las manos y, sobre todo, si había oído o visto algo que no estuviese ahí realmente.

No les mencioné la visita de Peter. No era lo que querrían oír, y él ya no volvió más.

Una vez al día, venía el médico residente y hablábamos unos minutos sobre cosas corrientes. Pero no eran realmente conversaciones como las de un par de amigos, ni siquiera de dos desconocidos que se encuentran por primera vez, con cortesías y saludos. Pertenecían a un ámbito en que se me evaluaba. El residente era como un sastre que iba a confeccionarme un traje nuevo antes de que yo saliera al mundo, salvo que se trataba de prendas que vestía por dentro, no por fuera.

El señor Klein, mi asistente social, vino un día. Me dijo que había tenido mucha suerte.

Mis hermanas vinieron otro día. Me dijeron que había tenido mucha suerte.

También lloraron un poco y me contaron que mis padres querían visitarme, pero que eran demasiado mayores y no podían, lo que no creí pero fingí que sí. Les dije que no me importaba en absoluto, lo que pareció animarlas.

Una mañana, después de que me hubiera tragado la dosis diaria de pastillas, la enfermera me miró con una sonrisa y comentó que debería cortarme el pelo, porque me iba a casa.

—Hoy es un gran día, señor Petrel —dijo—. Le van a dar de alta.

—¡Uau! —exclamé.

—Pero antes tiene un par de visitas —anunció.

—¿Mis hermanas?

Se acercó tanto que pude aspirar la frescura perfumada de su uniforme blanco almidonado y su cabello recién lavado.

—No —contestó con un susurro—. Visitas importantes. No tiene idea, señor Petrel, de cuánta gente siente curiosidad por usted. Es el misterio más grande del hospital. Teníamos órdenes de muy arriba de que le diésemos la mejor habitación y el mejor tratamiento. Todo a cargo de personas misteriosas a las que nadie conoce. Y hoy vendrá un personaje importante en una limusina negra para llevarlo a casa. Usted es alguien muy importante, señor Petrel. Un famoso. O al menos eso cree la gente.

—No —repuse—. No soy nadie especial.

—Es demasiado modesto. —Sonrió, y sacudió la cabeza.

Tras ella, la puerta se abrió, y el residente psiquiátrico asomó la cabeza.

—Señor Petrel —saludó—. Tiene visitas.

Dirigí la mirada hacia la puerta y oí una voz familiar.

—¿Pajarillo? ¿Cómo te va?

Y a continuación otra.

—Pajarillo, ¿estás causando problemas a alguien?

El psiquiatra se hizo a un lado y los hermanos Moses entraron en la habitación.

Negro Grande parecía aún más grande si cabe. Tenía una cintura enorme que parecía fluir como un océano hacia una gran barriga, unos brazos gruesos y unas piernas como columnas. Llevaba un traje con chaleco azul de raya diplomática que, aunque no soy un experto, me pareció muy caro. Su hermano iba igual de elegante, con zapatos de charol que reflejaban las luces del techo. Los dos tenían algunas canas, y el menor llevaba unas gafas de montura dorada que le conferían un cierto aspecto de intelectual. Pensé que habían cambiado la juventud por fortuna y autoridad.

—Hola —les dije.

Ambos hermanos se situaron a cada lado de la cama. Negro Grande me dio unas palmaditas en el hombro con su manaza.

—¿Te encuentras mejor, Pajarillo? —preguntó.

Me encogí de hombros, pero tal vez no estaba dando una muy buena impresión, así que añadí:

—Bueno, no me gustan todos los fármacos, pero creo que estoy bastante mejor.

—Nos tenías preocupados —afirmó Negro Chico—. Muy asustados.

—Cuando te encontramos —comentó su hermano en voz baja—, no estábamos seguros de que lo superaras. Estabas muy mal, Pajarillo. Hablabas con alguien invisible, lanzabas cosas, peleabas y gritabas. Daba miedo.

—Tuve algunos días difíciles.

—Todos hemos vivido malos momentos —asintió Negro Chico—. Nos asustaste mucho.

—No sabía que erais vosotros quienes iban a buscarme —indiqué.

—Bueno —sonrió Negro Grande, y dirigió una mirada a su hermano—, no es algo que hagamos mucho ahora. No como en los viejos tiempos, cuando éramos jóvenes y trabajábamos en el viejo hospital a las órdenes de Tomapastillas. Ya no. Recibimos la llamada y fuimos corriendo, y nos alegramos mucho de haber llegado antes de que tú, bueno, ya sabes.

—¿Me suicidara?

—Si quieres hablar sin rodeos, Pajarillo —sonrió—, sí, exacto.

Me recosté en las almohadas y los miré.

—¿Cómo supisteis...?

—Te vigilamos desde hace cierto tiempo, Pajarillo. —Negro Chico meneó la cabeza—. Recibíamos informes regulares sobre tus progresos del señor Klein, del centro de tratamiento. Llamadas de la familia Santiago, tus vecinos, que han colaborado mucho. La policía local, algunos empresarios locales, todos ellos nos echaban una mano. Te vigilaban, Pajarillo, año tras año. Me sorprende que no lo supieras.

—No tenía idea. —Sacudí la cabeza—. Pero ¿cómo conseguisteis...?

—Muchas personas nos deben favores —respondió Negro Chico—. Y hay mucha gente que desea estar a buenas con el *sheriff* del condado. —Señaló con la cabeza a su hermano—. O con un concejal —se señaló a sí mismo e hizo una pausa—. O con una jueza federal que tiene verdadero interés en el hombre que ayudó a salvarle la vida una noche terrible hace muchos años.

Nunca había ido en limusina, y menos en una conducida por un policía uniformado. Negro Grande me enseñó a subir y bajar las ventanillas con un botón, y también dónde estaba el teléfono. Me preguntó si quería llamar a alguien, a expensas de los contribuyentes, por supuesto, pero no se me ocurrió nadie con quien quisiera hablar. Negro Chico dio al chófer mi dirección y luego me tendió una bolsa azul que contenía ropa limpia que mandaban mis hermanas.

Cuando enfilamos mi calle, vi otro coche de aspecto oficial estacionado delante de mi edificio. Un chófer con traje negro esperaba de pie junto a la puerta. Parecía conocer a los hermanos Moses, porque cuando salieron de la limusina, se limitó a señalar la ventana de mi casa.

—Está arriba —comentó.

Subí el primero hasta el primer piso.

La puerta que los hermanos Moses y el personal sanitario de la ambulancia habían arrancado de sus bisagras estaba arreglada, pero abierta de par en par. Entré en el apartamento y lo vi limpio, ordenado y restaurado. Noté olor a pintura reciente y comprobé que los electrodomésticos de la cocina eran nuevos. Entonces de pronto vi a Lucy de pie en medio de la sala, apoyada en un bastón de aluminio. Su cabello relucía, negro pero con los bordes algo plateados, como si tuviese la misma edad que los Moses. La cicatriz de la cara se había difuminado con el paso de los años, pero sus ojos verdes y su belleza seguían tan impresionantes como el día que la conocí. Sonrió cuando me acerqué a ella y me tendió la mano.

—Oh, Francis —dijo—, nos tenías tan preocupados. Ha pasado mucho tiempo. Me alegro de volver a verte.

—Hola, Lucy —saludé—. He pensado en ti a menudo.

—Y yo también en ti, Pajarillo.

Me quedé clavado, casi como la primera vez que la vi. Siempre resulta difícil hablar, pensar o respirar en determinados momentos, sobre todo cuando hay tantos recuerdos latentes, detrás de cada palabra, de cada mirada y de cada contacto.

Tenía muchas cosas que preguntarle, pero me limité a decir:

—Lucy, ¿por qué no salvaste a Peter?

—Ojalá hubiera podido. —Sonrió con arrepentimiento y sacudió la cabeza—. Pero el Bombero necesitaba salvarse él mismo. Yo no podía hacerlo. Ni ninguna otra persona. Sólo él.

Suspiró y observé que la pared situada tras ella, donde estaban reunidas todas mis palabras, permanecía intacta. Las líneas escritas subían y bajaban, los dibujos sobresalían, la historia estaba toda ahí, tal como la noche en que el ángel había ido finalmente por mí, pero yo me había zafado de él. Lucy siguió mis ojos y se giró hacia la pared.

—Un gran esfuerzo —comentó.

—¿Lo has leído?

—Sí. Todos lo hemos hecho.

No dije nada, porque no sabía qué decir.

—Lo que describes podría perjudicar a ciertas personas, ¿sabes?

—¿Perjudicar?

—Reputaciones. Carreras. Esa clase de cosas.

—¿Es peligroso?

—Podría serlo.

—¿Qué debo hacer? —pregunté.

—No puedo responder eso por ti, Pajarillo. —Sonrió de nuevo—. Pero te he traído varios regalos que tal vez te sirvan para tomar una decisión.

—¿Regalos?

—Imagino que, a falta de una palabra mejor, podrías llamarlos así. —Hizo un gesto con la mano hacia una simple caja de cartón marrón situada junto a la pared.

Me acerqué y de su interior saqué varios objetos.

Unos blocs gruesos, una caja de lápices del número 2 con gomas de borrar, dos latas de pintura al látex blanca, un rodillo, una bandeja y una brocha grande.

—¿Sabes qué pasa, Pajarillo? —dijo Lucy, midiendo sus palabras con la precisión de un juez—. Cualquiera podría entrar aquí y leer lo que has escrito en la pared. Y podría interpretarlo de varias formas, y una de ellas sería preguntarse cuántos cadáveres hay enterrados en el cementerio del viejo hospital. Y cómo llegaron ahí esos cadáveres.

Asentí.

—Sin embargo, Francis, ésta es tu historia y tienes todo el derecho a contarla. De ahí los blocs, que ofrecen un poco más de permanencia y más intimidad que las palabras escritas en una pared. Algunas ya están empezando a borrarse y es probable que, muy pronto, sean ilegibles.

Era verdad.

Lucy sonrió y se dispuso a añadir algo más, pero se detuvo. En lugar de eso, se inclinó y me besó en la mejilla.

—Me alegro de volver a verte, Pajarillo —dijo—. Cuídate mejor de ahora en adelante.

Y, dicho esto, se marchó cojeando, apoyándose en el bastón y arrastrando la pierna derecha, inservible, como ingrato recuerdo de aquella noche. Los hermanos Moses la observaron un momento y luego, sin decir nada, me estrecharon la mano y la siguieron.

Una vez a solas, me volví hacia la pared. Mis ojos recorrieron veloces todas las palabras escritas y, mientras leía, preparé con cuidado los lápices y los blocs. Sin dudar más de unos segundos, copié deprisa desde el principio:

Francis Xavier Petrel llegó llorando al Hospital Estatal Western en una ambulancia. Llovía con intensidad, anochecía deprisa, y tenía los brazos y las piernas atados. Con sólo veintiún años, estaba más asustado de lo que había estado en su corta y hasta entonces relativamente monótona vida...

Pensé que la pintura al látex blanca podría esperar un par de días.

ÍNDICE